LA TRAHISON TRISTAN

DU MÊME AUTEUR

Aux Éditions Grasset

Série « Réseau Bouclier » :
OPÉRATION HADÈS, avec Gayle Lynds.
LE PACTE CASSANDRE, avec Philip Shelby.
LE CODE ALTMAN, avec Gayle Lynds.
LA VENDETTA LAZARE, avec Patrick Larkin.

LE COMPLOT DES MATARÈSE.
LA TRAHISON PROMÉTHÉE.
LE PROTOCOLE SIGMA.
OBJECTIF PARIS, avec Gayle Lynds.
LA DIRECTIVE JANSON.
LA PEUR DANS LA PEAU. *L'héritage de Bourne.*

Aux Éditions Robert Laffont

LA MÉMOIRE DANS LA PEAU.
LA MOSAÏQUE PARSIFAL.
LE CERCLE BLEU DES MATARÈSE.
LE WEEK-END OSTERMAN.
LA PROGRESSION AQUITAINE.
L'HÉRITAGE SCARLATTI.
LE PACTE HOLCROFT.
LA MORT DANS LA PEAU.
UNE INVITATION POUR MATLOCK.
LE DUEL DES GÉMEAUX.
L'AGENDA ICARE.
L'ÉCHANGE RHINEMANN.
LA VENGEANCE DANS LA PEAU.
LE MANUSCRIT CHANCELLOR.
SUR LA ROUTE D'OMAHA.
L'ILLUSION SCORPIO.
LES VEILLEURS DE L'APOCALYPSE.
LA CONSPIRATION TREVAYNE.
LE SECRET HALIDON.
SUR LA ROUTE DE GANDOLFO.

ROBERT LUDLUM

LA TRAHISON TRISTAN

roman

Traduit de l'américain
par
FLORIANNE VIDAL

BERNARD GRASSET
PARIS

L'édition originale de cet ouvrage a été publiée par St. Martin's Press, aux Etats-Unis, en octobre 2003, sous le titre :

THE TRISTAN BETRAYAL

ISBN 978-2-246-65621-0
ISSN 1263-9559

Moscou, août 1991

Quand elle s'enfonça dans la forêt de Bittsevsky, au sud-ouest de la ville, la limousine noire faisait vraiment déplacée avec sa carrosserie rutilante, ses vitres en polycarbonate feuilleté à l'épreuve des balles, ses pneus à roulage à plat, son blindage high tech en céramique et acier au carbone laminé. C'était une forêt primaire très épaisse, plantée de bouleaux et de trembles entre lesquels poussaient çà et là des pins, des ormes et des érables ; on s'y sentait transporté à l'âge de pierre, quand les tribus primitives armées de javelots taillés à la main sillonnaient ce territoire sculpté par les glaciers, chassant le mammouth au sein d'une nature hostile et sanguinaire. La Lincoln Continental blindée évoquait une tout autre civilisation. Un monde régi par une violence d'un nouveau genre, peuplé de tireurs embusqués et de terroristes maniant le fusil-mitrailleur et la grenade à fragmentation.

Capitale d'une superpuissance au bord du gouffre, Moscou était tombée sous la coupe d'un groupuscule de communistes purs et durs s'apprêtant à renverser le gouvernement réformateur. C'était l'état de siège. Des milliers de soldats patrouillaient la ville, prêts à ouvrir le feu à la moindre alerte. Des colonnes de tanks et de blindés légers s'ébranlaient le long de Koutouzovski Prospekt et Minskoye Shosse. L'air vibrait de leur vacarme. La mairie de Moscou, les installations de télédiffusion, les sièges des journaux, l'immeuble du Parlement étaient cernés par les chars. Les radios avaient interrompu leurs émissions pour ne diffuser que les discours autoritaires des insurgés qui se faisaient appeler Comité national pour l'Etat d'Urgence. Après avoir passé des années à évoluer vers la démocratie, l'Union soviétique était sur le point de retomber entre les griffes du totalitarisme.

A l'arrière de la limousine, un vieillard au visage noble était assis. C'était l'ambassadeur Stephen Metcalfe, l'une des grandes figures de l'*Establishment* américain. Cet homme par ailleurs extrêmement riche avait servi de conseiller à cinq présidents depuis Franklin D. Roosevelt et voué toute son existence à son pays. L'ambassadeur Metcalfe, aujourd'hui retiré des affaires, ne portait son titre que de manière purement honorifique. Néanmoins, un vieil ami à lui, occupant un très haut poste au sein des instances dirigeantes soviétiques, venait de le convoquer de toute urgence à Moscou. Ils ne s'étaient pas retrouvés en tête à tête depuis des décennies : personne ne savait qu'ils étaient amis, aussi bien à Moscou qu'à Washington. Le fait que son ami russe – répondant au nom de code de « Kurwenal » – ait insisté pour le rencontrer dans cet endroit désert avait quelque chose d'inquiétant mais, à vrai dire, en ces temps troublés, tout n'était qu'inquiétude.

Perdu dans ses pensées, visiblement nerveux, le vieil homme ne descendit de la limousine qu'en apercevant la silhouette de son ami, un général trois étoiles. L'homme était affligé d'un fort boitement, dû à une jambe artificielle. Quand il se décida à le rejoindre, l'Américain balaya la forêt de son regard acéré. Soudain son sang se figea dans ses veines.

Un individu était posté en surveillance au milieu des arbres. Un deuxième. Et un troisième ! « Kurwenal » le Russe et Metcalfe l'Américain venaient de se faire repérer !

Un vrai désastre pour l'un comme pour l'autre !

Metcalfe voulut avertir son vieil ami, lui crier de se méfier quand il vit les rayons du couchant se refléter sur la lentille d'un fusil à lunette. *Une embuscade !*

Terrifié, l'ambassadeur tourna les talons et repartit vers sa limousine blindée aussi rapidement que son arthrite le lui permettait. Il n'avait pas de garde du corps ; par principe, il se déplaçait toujours sans escorte. Seuls son chauffeur et un Marine américain non armé, fourni par l'ambassade, l'accompagnaient.

Soudain, surgissant de toutes parts, plusieurs hommes se ruèrent sur lui. Des individus en uniforme noir, coiffés de bérets paramilitaires également noirs, et armés de mitraillettes. Metcalfe tenta de briser le cercle qui se refermait autour de lui, mais il n'était plus un jeune homme, il aurait dû s'en souvenir. *S'agissait-il d'un enlèvement ? Allait-on le prendre en otage ?* Il lança un cri rauque à l'adresse de son chauffeur.

Les hommes en noir escortèrent Metcalfe vers une autre limousine blindée, une ZIL russe. Plein d'appréhension, il monta dans le compartiment passager et découvrit le général trois étoiles déjà installé sur la banquette.

« Mais qu'est-ce que cela signifie ? croassa Metcalfe tout en sentant la panique se dissiper.

— Mes plus plates excuses, répondit le Russe. Nous vivons une époque dangereuse, instable, et je ne pouvais prendre le risque qu'il vous arrive quelque chose, même ici au fond des bois. Ces hommes sont sous mes ordres. Ils ont subi un entraînement antiterroriste spécial. Vous êtes un personnage bien trop important pour qu'on vous expose au moindre danger. »

Les deux hommes se serrèrent la main. Le général était devenu un vieux monsieur de quatre-vingts ans aux cheveux blancs mais avait gardé son profil acéré. Il fit un signe de tête au chauffeur et la voiture se mit à rouler.

« Je vous remercie d'être venu à Moscou – je me doute bien que la soudaineté de ma convocation a dû vous paraître mystérieuse.

— Je me suis dit qu'il y avait sûrement un rapport avec le coup d'Etat, répondit Metcalfe.

— Les choses évoluent plus rapidement que prévu, dit le Russe à voix basse. Ils ont obtenu la bénédiction du *Dirizhor* – le Chef d'orchestre. Il est peut-être déjà trop tard pour enrayer le processus. Le pouvoir risque de tomber entre leurs mains.

— Mes amis de la Maison-Blanche sont très inquiets pour la Russie. Mais en même temps, ils sont pieds et poings liés – le consensus qui s'est formé au sein du Conseil pour la Sécurité nationale tend à rejeter toute intervention, par crainte de déclencher une guerre nucléaire.

— Ils n'ont pas tort, hélas. Les conspirateurs cherchent à renverser le régime de Gorbatchev. Ils ne reculeront devant rien. Vous avez vu les tanks dans les rues de Moscou – maintenant il ne leur reste plus qu'à donner l'ordre d'attaquer. Ils s'en prendront aux civils. Ce sera un bain de sang. Il y aura des milliers de morts ! Mais aucun d'entre eux ne bougera sans l'accord du *Dirizhor*. Tout repose sur lui, il est la pierre angulaire.

— Mais alors, il ne fait pas partie du complot ?

— Non. Comme vous le savez, c'est le dernier des initiés ; il tient les rênes du pouvoir mais dans l'ombre. On ne le verra jamais apparaître dans une conférence de presse ; toutes ses actions demeurent secrètes. En revanche, il est en rapport étroit avec les conspirateurs. Sans son soutien, le coup d'Etat peut échouer. Avec son soutien, il réussira sûrement. La Russie redeviendra une dictature stalinienne, et le monde retombera sous la menace d'une guerre nucléaire.

— Pourquoi m'avez-vous fait venir ? demanda l'Américain. Pourquoi moi ? »

Le général se tourna vers Metcalfe. Ce dernier vit la peur dans ses yeux.

« Parce que vous êtes le seul en qui j'aie confiance. Et vous êtes le seul qui ait une chance d'approcher le *Dirizhor*.

— Pourquoi le *Dirizhor* accepterait-il de m'écouter ?

— Je crois que vous connaissez la réponse, répliqua le Russe d'une voix posée. Vous êtes capable de changer le cours de l'Histoire, mon ami. Après tout, vous l'avez déjà fait. Nous sommes deux à le savoir. »

PREMIÈRE PARTIE

Chapitre 1

Paris, novembre 1940

LA VILLE-LUMIÈRE était plongée dans les ténèbres. Depuis que les nazis avaient envahi et vaincu la France, six mois plus tôt, la plus belle ville du monde était devenue un lieu morne et désolé. Plus personne ne flânait sur les *quais** de la Seine. L'Arc de Triomphe, la place de l'Etoile – ces lieux magnifiques qui autrefois brillaient de mille feux sous le ciel nocturne – dégageaient une impression de tristesse, d'abandon. Au sommet de la tour Eiffel, le drapeau tricolore claquant au vent avait laissé place à l'arrogante swastika nazie.

Paris était calme, silencieux. Les voitures particulières, les taxis avaient presque disparu du paysage. Les nazis avaient réquisitionné la plupart des grands hôtels. Plus de fêtes débridées, plus de folies, plus d'orgies. Les rues ne résonnaient plus des rires des noctambules. Les oiseaux eux-mêmes s'étaient évanouis, victimes des émanations délétères dégagées par les incendies à l'essence ayant éclaté durant les premiers jours de l'invasion allemande.

En général, les Parisiens se terraient chez eux la nuit, par crainte des occupants, du couvre-feu, des nouvelles lois pesant sur eux, des soldats en uniformes verts de la *Wehrmacht* patrouillant dans les rues, baïonnette en bandoulière, revolver au côté. Cette ville autrefois si fière avait sombré dans le désespoir, la disette, la peur.

---

* En français dans le texte (NDLT).

Même l'aristocratique avenue Foch, la plus large, la plus grandiose des artères parisiennes, bordée de splendides immeubles aux façades de pierre blanche, ressemblait à une rue fantôme balayée par les vents.

A une exception près.

Un *hôtel particulier**, scintillant de lumière. Il en sortait une musique assourdie : un orchestre jouant du swing. On percevait aussi le tintement de la porcelaine et du cristal, des voix excitées, des rires insouciants. C'était un îlot chatoyant, un lieu privilégié, épargné, d'autant plus radieux que tout autour de lui, le monde n'était que grisaille.

Le splendide Hôtel du Châtelet appartenait au comte Maurice Léon Philippe du Châtelet et à son épouse, la célèbre et si gracieuse Marie-Hélène. Le comte du Châtelet, industriel à la fortune colossale, occupait un poste de ministre dans le gouvernement de Vichy. Mais il était avant tout connu pour ses fameuses réceptions qui contribuaient à égayer le *Tout-Paris** et à lui faire oublier les sinistres réalités de l'Occupation.

Une invitation à l'Hôtel du Châtelet était une haute distinction sociale, un sujet de convoitise – on faisait des pieds et des mains pour mériter cette faveur, on y pensait des semaines à l'avance. Et d'autant plus en ce moment, avec toutes ces restrictions, ces pénuries alimentaires. Il était tout bonnement impossible de trouver du vrai café, du beurre ou des légumes frais, à Paris. Par conséquent, participer à un cocktail chez les du Châtelet signifiait avant tout se goberger aux frais de la princesse. Quand on séjournait entre les murs de cette gracieuse demeure, il ne vous venait pas à l'esprit que la ville tout entière était soumise à de drastiques rationnements.

La fête battait déjà son plein quand un valet de chambre annonça l'arrivée de celui qu'on n'attendait plus.

L'homme était remarquablement beau. Grand, bâti en athlète, il avait une bonne vingtaine d'années, des cheveux noirs très épais, de grands yeux noisette scintillants de malice et un nez aquilin. En lui tendant son pardessus, il adressa un hochement de tête au maître d'hôtel et dit dans un sourire : *« Bonsoir, merci beaucoup**. »

Ce charmant jeune homme s'appelait Daniel Eigen, séjournait à Paris depuis un an environ et fréquentait assidûment les dîners mondains où tout le monde le connaissait comme un riche célibataire argentin très convoité par ces dames.

« Ah, Daniel, mon amour ! », roucoula Marie-Hélène du Châtelet en voyant Eigen pénétrer dans la salle de bal remplie de danseurs. L'orchestre jouait un air à la mode ; il reconnut *How high the moon*. Madame du Châtelet, postée au centre de la salle, l'avait tout de suite repéré et s'était avancée vers lui avec cette exubérance qu'elle réservait habituellement aux personnages richissimes ou très puissants – comme le duc et la duchesse de Windsor ou le gouverneur militaire allemand de Paris. Cette femme délicieuse, âgée d'une petite cinquantaine d'années, portait une robe de soirée de chez Balenciaga qui mettait en valeur le sillon médian de son ample postérieur. Elle était visiblement tombée sous le charme de son jeune invité.

Daniel Eigen l'embrassa sur les deux joues. Elle l'attira contre elle et le retint un instant en lui susurrant à l'oreille quelques mots en français. « Je suis si heureuse que vous ayez pu venir, mon cher. Je craignais de ne pas vous voir.

— Manquer une fête à l'Hôtel du Châtelet ! s'exclama Eigen. Il faudrait avoir perdu la raison ! » La main qu'il cachait dans son dos surgit comme par magie, porteuse d'une petite boîte enveloppée dans du papier doré. « Pour vous, madame. Le dernier échantillon existant en France. »

L'hôtesse rayonnait de bonheur en s'emparant de la boîte. Elle déchira avidement l'emballage et sortit le flacon de cristal cubique. Un parfum de Guerlain. Elle hoqueta de surprise. « Mais... mais *Vol de Nuit* ne s'achète plus nulle part !

— Vous avez parfaitement raison, repartit Eigen tout sourire. Il ne s'achète pas.

— Daniel ! Vous êtes trop chou, trop prévenant. Comment avez-vous su que c'était mon préféré ? »

Il haussa les épaules d'un air modeste. « J'ai mon propre réseau de renseignement. »

Madame du Châtelet fronça les sourcils et brandit un index réprobateur. « Après tout ce que vous avez fait pour nous procurer du Dom Pérignon... Vraiment, vous êtes trop généreux. En tout cas, je suis ravie que vous soyez ici – les délicieux jeunes gens comme vous se comptent sur les doigts d'une main amputée, ces jours-ci, mon amour. Si quelques-unes de mes invitées se pâment en vous voyant, vous leur pardonnerez. Enfin, je veux parler des rares que vous n'ayez pas encore conquises. » De nouveau, elle baissa le ton. « Yvonne Printemps est venue avec Pierre Fresnay, mais j'ai l'impression qu'elle est repartie en chasse, alors méfiez-vous. » Elle faisait allusion à la fameuse actrice de comédies musicales. « Coco Chanel nous a présenté son nouvel amant, cet Allemand avec lequel elle vit au Ritz. Voilà qu'elle recommence sa tirade contre les Juifs – franchement ça devient barbant. »

Eigen accepta une flûte de champagne servie sur un plateau d'argent présenté par un domestique. Il jeta un coup d'œil alentour. Le sol de la gigantesque salle de bal s'ornait d'un parquet ancien venant d'un grand *château** ; sur ses murs aux panneaux blanc et or pendaient, à intervalles réguliers, plusieurs tapisseries des Gobelins ; quant aux remarquables fresques du plafond, elles étaient de la main du peintre qui, par la suite, avait décoré les ciels de Versailles.

Mais le cadre l'intéressait moins que les invités. A force de scruter la foule, il reconnut quelques personnes. Il y avait là les habituelles célébrités : la chanteuse Edith Piaf qui touchait vingt mille francs à chaque concert ; Maurice Chevalier ; et toute une brochette de grandes vedettes du cinéma français passées au service de la Continental, la maison de production allemande dirigée par Goebbels, qui tournait des films sur mesure pour les nazis. L'habituelle panoplie d'écrivains, de peintres, de musiciens, qui ne rataient jamais les rares occasions de manger et de boire tout leur soûl. Et aussi, comme toujours, les banquiers et industriels français et allemands, en affaires avec les nazis et leur régime fantoche, installé à Vichy.

Enfin, il y avait les officiers nazis, éléments incontournables dans le circuit mondain de l'époque. Ayant tous revêtu leurs uniformes de parade, certains arboraient des monocles et de petites moustaches taillées à la manière du Führer. Le gouverneur militaire allemand, le général Otto von Stülpnagel. L'ambassadeur d'Allemagne à Paris, Otto Abetz, et sa jeune épouse française. Le *Kommandant von Gross-Paris*, le vieux général Ernst von Schaumburg qui, avec ses cheveux presque ras et ses manières prussiennes, méritait largement son surnom de Rocher de Bronze.

Eigen les connaissait tous. Il les voyait régulièrement, dans des salons comme celui-ci notamment. La plupart d'entre eux avaient déjà eu recours à lui. Les nouveaux maîtres de la France ne toléraient pas seulement le soi-disant marché noir; ils en avaient besoin comme tout le monde. Sans marché noir comment auraient-ils fait pour trouver les crèmes de beauté et la poudre de riz dont usaient leurs épouses et maîtresses? Comment dénicher une bouteille d'armagnac digne de ce nom? Leurs positions privilégiées ne leur épargnaient pas les nombreuses privations engendrées par l'état de guerre.

Par voie de conséquence, un trafiquant tel que Daniel Eigen était partout le bienvenu.

Il sentit qu'on lui touchait le bras et reconnut aussitôt les doigts endiamantés d'une ancienne maîtresse, Agnès Vieillard. Réprimant son appréhension, il se tourna vers elle, le visage éclairé d'un sourire. Il ne l'avait pas revue depuis des mois.

Agnès était une petite femme séduisante aux cheveux d'un roux éclatant, mariée à un certain Didier. Homme d'affaires influent doublé d'un marchand d'armes, le fameux Didier était en outre propriétaire d'une écurie de courses. Daniel avait fait la connaissance de la charmante et fort entreprenante Agnès aux courses de Longchamp, où elle possédait une loge privée. Elle s'était présentée au bel Argentin fortuné comme une « veuve de guerre ». Leur aventure, passionnée bien que brève, s'était achevée avec le retour du mari.

« Agnès, *ma chérie** ! Où étais-tu passée ?

— C'est *à moi* que tu demandes ça? Alors que je ne t'ai pas revu depuis cette soirée chez Maxim's. » Elle se mit à se balancer très légèrement au moment où l'orchestre de jazz entonna *Imagination.*

« Ah, mais bien sûr, je m'en souviens parfaitement, s'exclama Daniel qui n'en gardait en fait qu'un très vague souvenir. J'ai été terriblement occupé – toutes mes excuses.

— Occupé, toi? Mais tu ne travailles pas, Daniel, le gronda-t-elle.

— Mon père disait toujours que je devrais trouver à m'occuper de manière utile. A présent que toute la France est occupée, j'avoue que ça m'enlève une épine du pied. »

Elle secoua la tête et fit la moue pour éviter de montrer le sourire involontaire qui venait de naître sur ses lèvres. Elle se pencha vers lui. « Didier est reparti à Vichy. Et je trouve qu'il y a vraiment trop de *boches**, par ici. Pourquoi ne pas filer discrètement pour aller au Jockey Club ? Maxim's est plein de Fritz ces temps-ci. » Elle murmurait : dans le métro, des affiches mettaient en garde les Parisiens. Ceux qui osaient prononcer le mot « boche » encouraient la peine de mort. Les Allemands étaient extrêmement susceptibles sur ce point et n'appréciaient guère l'humour français.

« Oh, mais quelle importance ? Moi, je ne fais pas attention à eux, répondit Daniel dans l'espoir de détourner la conversation. Ce sont d'excellents clients.

— Les soldats – comment les appelle-t-on, les *haricots verts** ? Ce sont de vraies brutes ! Et mal embouchés avec ça ! Il faut les voir aborder les femmes dans la rue, de vrais pots de colle, ces types !

— Il faut les comprendre, rétorqua Eigen. Ces pauvres soldats allemands ont l'impression de conquérir le monde et voilà que les Françaises les regardent de haut. C'est injuste, après tout.

— Mais comment s'en débarrasser ?

— Tu n'as qu'à leur faire croire que tu es juive, *mon chou**. Ça les fera fuir. Ou mets-toi à fixer leurs grands pieds – ils détestent cela. »

Cette fois, elle ne put s'empêcher de sourire. « Mais leur façon de descendre les Champs-Elysées au pas de l'oie !

— Tu crois peut-être que le pas de l'oie est à la portée de n'importe qui ? répliqua Daniel. Essaie un jour – tu finiras sur le derrière. » Il jeta un regard furtif à travers la salle, à la recherche d'une issue.

« Tiens, l'autre jour j'ai vu Goering descendre de voiture, rue de la Paix. Il portait ce ridicule bâton de maréchal – je te jure, il doit dormir avec ! Il est entré chez Cartier, et ensuite le gérant de la bijouterie m'a raconté qu'il avait acheté un collier de huit millions de francs pour sa femme. » D'un index distrait, elle tripotait la chemise blanche empesée de Daniel. « Remarque bien que pour sa femme, il ne se fournit que chez les couturiers français, pas chez les allemands. Les boches ne cessent de critiquer notre esprit décadent mais quand ils sont chez nous, ils l'*adorent**.

— *Herr* Meier n'aime que ce qui se fait de mieux.

— *Herr* Meier ? Que veux-tu dire ? Goering n'est pas juif.

— Rappelle-toi ce qu'il a dit un jour : “Si jamais une bombe tombe sur Berlin, je ne m'appellerai plus Hermann Goering mais Meier.” »

Agnès éclata de rire. « Parle moins fort, Daniel », fit-elle en aparté.

Eigen lui effleura la taille. « Il y a ici un gentleman que je dois voir absolument, mon chou, si tu veux bien m'excuser...

— Dis plutôt qu'une femme vient de te taper dans l'œil, répliqua Agnès sur un ton de reproche en lui adressant un sourire tenant de la grimace.

— Non, non, gloussa Eigen, hélas, il s'agit bel et bien d'affaires.

— Eh bien, Daniel, mon amour, le moins que tu puisses faire c'est de me trouver du vrai café. Je ne supporte pas cet ersatz – de la chicorée, des glands rôtis ! Tu feras ça pour moi, hein mon chéri ?

— Bien sûr, promit-il. Dès que possible. J'attends une livraison dans deux jours. »

Dès qu'il se fut détourné d'Agnès, une voix masculine l'interpella sur un ton sévère. *« Herr Eigen ! »*

Juste derrière lui, il vit un petit groupe d'officiers allemands, au centre duquel se trouvait un SS *Standartenführer*, un colonel de haute taille au port altier, avec des lunettes à monture en écaille de tortue et une petite moustache imitant servilement celle de son Führer. Le *Standartenführer* Jürgen Wegman avait rendu un fier service à Eigen en lui procurant un permis de *service public**, grâce auquel il pouvait conduire l'une des très rares voitures particulières admises dans les rues de Paris. Le transport était un problème majeur à cette époque. Seuls les médecins, les pompiers et, allez savoir pourquoi, les acteurs et actrices les plus en vue avaient le droit d'utiliser leurs propres véhicules ; du coup, le métro était atrocement bondé et, de toute façon, la moitié des stations étaient fermées. On ne trouvait ni carburant, ni taxis.

« *Herr* Eigen, vos Upmann – ils étaient secs.

— Je suis désolé de l'apprendre, *Herr Standartenführer* Wegman. Les avez-vous conservés dans un humidificateur, comme je vous l'avais conseillé ?

— Je ne possède pas d'humidificateur...

— Dans ce cas, je vous en procurerai un », promit Eigen.

L'un de ses collègues, un gros SS *Gruppenführer* au visage poupin, répondant au nom de Johannes Koller, ricana discrètement tout en escamotant dans sa poche de poitrine le jeu de cartes postales sépia qu'il venait de présenter à ses camarades. Eigen eut quand même le temps de les apercevoir : c'étaient des photos cochonnes représentant une femme sculpturale seulement vêtue d'une paire de bas et d'un porte-jarretelles, dans diverses poses lascives.

« Faites excuse, mais ils étaient déjà secs quand vous me les avez donnés. Je doute même qu'ils viennent de Cuba.

— Ils venaient de Cuba, *Herr Kommandant*. Roulés sur la cuisse d'une jeune vierge havanaise. Tenez, servez-vous, avec mes compliments. » Le jeune homme plongea la main dans sa poche de poitrine et en sortit un étui en velours contenant plusieurs cigares enveloppés dans de la cellophane. « Des Romeo y Julietas. J'ai ouï dire que Churchill ne fume que cela. » Avec un clin d'œil complice, il en tendit un à l'Allemand.

Un domestique approcha, tenant un plateau d'argent garni de canapés. « *Foie gras* *, messieurs ? »

Koller en chipa deux d'un seul et même geste. Daniel en prit un.

« Pas pour moi », annonça sentencieusement Wegman à l'intention du domestique et des hommes qui l'entouraient. « Je ne mange plus de viande.

— Pas facile à trouver, ces temps-ci, hein ? dit Eigen.

— Vous n'y êtes pas du tout, répliqua Wegman. Quand un homme avance en âge, il doit se transformer en herbivore, voyez-vous.

— Oui, votre Führer est végétarien, n'est-ce pas ? fit remarquer Eigen.

— Tout à fait, répondit Wegman non sans fierté.

— Et pourtant, il lui arrive d'avaler tout rond des pays entiers », ajouta Eigen d'un ton égal.

Le SS rougit. « Vous semblez capable de vous procurer tout et n'importe quoi, *Herr* Eigen. Vous pourriez peut-être remédier à la pénurie de papier à Paris.

— Oui, vos bureaucrates doivent devenir fous. On se demande parfois s'il reste un seul produit correct sur le marché, de nos jours.

— Tout est de mauvaise qualité, intervint le *Gruppenführer* Koller. Cet après-midi, j'ai dû examiner toute une planche de timbres avant d'en trouver un qui colle à l'enveloppe.

— Vous utilisez encore le timbre frappé à l'effigie de Hitler, messieurs ?

— Oui, bien sûr, répondit Koller d'un ton impatient.

— Alors, vous léchez peut-être le mauvais côté, *hein* * ! », suggéra Eigen avec un clin d'œil.

Le *Gruppenführer* rougit d'embarras et s'éclaircit la gorge d'un air gêné. Sans lui laisser le temps d'imaginer une réponse, Eigen poursuivit : « Vous avez entièrement raison, bien sûr. Les produits français n'arrivent pas à la cheville des vôtres.

— Vous parlez comme un vrai Allemand, dit Wegman d'un ton approbateur. Bien que votre mère fût espagnole.

— Daniel », claironna une voix de contralto. Il se retourna, soulagé qu'on lui offre l'opportunité de fuir cette conversation délicate.

C'était une femme corpulente d'une cinquantaine d'années, gainée dans une robe à fleurs et à volants d'un goût douteux qui lui donnait l'allure d'un éléphant de cirque. Mme de Fontenoy arborait une coiffure bouffante d'un brun d'autant moins naturel qu'elle laissait apparaître une raie blanche. Daniel repéra aussitôt ses énormes boucles d'oreilles, des louis d'or de vingt carats chacun, tellement pesants qu'ils lui distendaient les lobes. Mariée à un diplomate du gouvernement de Vichy, elle était elle-même grande organisatrice de soirées mondaines. « Pardonnez-moi, messieurs, dit-elle aux officiers allemands. Mais je dois vous emprunter le jeune Daniel. »

Mme de Fontenoy venait de glisser son bras autour de la taille d'une jeune fille gracile en robe du soir très décolletée. Une beauté de vingt printemps aux cheveux de jais et aux yeux gris-vert étincelants.

« Daniel, dit Mme de Fontenoy, laissez-moi vous présenter Geneviève du Châtelet, la charmante fille de notre hôtesse. J'ai été fort surprise d'apprendre qu'elle ne vous connaissait pas – la seule Parisienne célibataire dans ce cas, si je ne m'abuse. Geneviève, voici Daniel Eigen. »

La jeune fille tendit une main délicate aux doigts effilés. Dans ses yeux, Daniel lut une mise en garde. Ce bref regard n'était destiné qu'à lui.

Il lui prit la main. « Je suis enchanté de faire votre connaissance », dit-il en s'inclinant. Puis il lui gratta discrètement la paume pour lui indiquer qu'il avait compris l'avertissement.

« M. Eigen vient de Buenos Aires, expliqua la douairière, mais il possède un appartement rive gauche.

— Ah oui ? Et vous vivez à Paris depuis longtemps ? » demanda Geneviève du Châtelet avec un regard vague comme si cette conversation l'ennuyait au plus haut point.

« Assez longtemps, oui, répondit Eigen.

— Assez longtemps pour le connaître comme sa poche, repartit Mme de Fontenoy, les sourcils en accent circonflexe.

— Je vois », susurra Geneviève du Châtelet. Soudain, elle leva les yeux comme si elle venait de reconnaître quelqu'un à l'autre bout de la salle. « Ah, mais j'aperçois ma *grand-tante** Benoîte. Veuillez m'excuser, madame de Fontenoy. »

Comme la jeune femme prenait congé, ses yeux croisèrent ceux de Daniel. Son regard insistant lui indiqua la pièce voisine. Il comprit instantanément le message codé et le lui fit savoir d'un imperceptible hochement de tête.

Après deux interminables minutes de bavardage futile avec la douairière Fontenoy, Daniel s'excusa à son tour. Deux minutes : c'était suffisant pour ne pas éveiller les soupçons. Il se faufila non sans peine à travers la foule des convives tout en distribuant sourires et signes de tête à ceux qui l'interpellaient, les informant tacitement qu'une importante affaire privée l'empêchait de s'arrêter pour les saluer plus longuement.

Non loin de la grande salle de bal, se trouvait la tout aussi majestueuse bibliothèque. Ses murs étaient garnis de rayonnages encastrés en laque de Chine rouge chargés de volumes anciens reliés cuir que personne n'avait jamais lus. L'endroit était désert ; la cacophonie provenant de la salle de bal y diffusait une sorte de murmure assourdi. A l'autre bout, assise sur un divan garni de coussins d'Aubusson, se tenait Geneviève, ravissante dans sa robe noire faisant ressortir la peau diaphane de ses épaules.

« Oh, Dieu merci », chuchota-t-elle d'une voix oppressée. Elle se leva, se précipita vers Daniel et l'entoura de ses bras. S'ensuivit un long baiser passionné. Une minute plus tard, elle se détachait de lui. « Quel soulagement de te voir arriver ! J'avais tellement peur que tu aies d'autres projets pour ce soir.

— Comment peux-tu dire une chose pareille ? protesta Daniel. Jamais je n'aurais laissé passer une chance de te voir. Tu racontes n'importe quoi.

— C'est juste que tu es si... si discret, si soucieux de préserver notre secret. Surtout face à mes parents. En tout cas, tu es là. Dieu merci. Ces gens sont tellement assommants, j'ai cru mourir. Ils n'arrêtent pas de parler nourriture, nourriture et encore nourriture. »

Eigen caressait les épaules nacrées de son amante. Du bout des doigts, il s'aventura jusqu'aux rondeurs de sa poitrine. Les effluves de son parfum lui chatouillaient les narines. *Shalimar*. C'était lui qui le lui avait offert. « Tu m'as tellement manqué, murmura-t-il.

— Cela fait presque une semaine, dit Geneviève. Tu as été bien sage, au moins ? Non, attends – ne réponds pas. Je te connais, Daniel Eigen.

— Tu lis en moi comme dans un livre ouvert, reconnut Eigen d'une voix douce.

— Ça, je n'en suis pas si sûre, répondit Geneviève d'un ton malicieux, les lèvres pincées. Tu possèdes plusieurs personnalités. Comme des couches superposées.

— Tu pourrais peut-être m'en enlever quelques-unes », proposa Daniel.

Geneviève prit un air choqué, mais ce n'était qu'un jeu, ils le savaient l'un comme l'autre. « Pas ici ! N'importe qui peut entrer dans cette pièce.

— Non, tu as raison. Allons quelque part où nous serons bien tranquilles.

— Oui. Le salon du premier. Personne n'y vient jamais.

— Sauf ta mère », fit remarquer Daniel Eigen en secouant la tête. Une idée venait de germer en lui. « Le bureau de ton père. Nous fermerons à clé.

— Mais père nous tuera s'il nous surprend ! »

Daniel hocha tristement la tête. « Hélas, *ma chérie**, tu as raison. Nous ferions mieux de rejoindre les autres. »

Geneviève fit une mine catastrophée. « Non, non ! dit-elle. Je... je sais où il cache la clé. Viens, dépêchons-nous ! »

Elle sortit de la bibliothèque et ils empruntèrent ensemble le couloir donnant accès à un escalier de service. Arrivés au premier étage, ils traversèrent un long vestibule sombre puis s'arrêtèrent devant une petite alcôve ornée d'un buste en marbre du maréchal Pétain. Le cœur de Daniel battait à tout rompre. Il s'apprêtait à tenter le diable et le danger avait le don de l'exciter. Il adorait braver les interdits.

Geneviève glissa la main derrière la sculpture, récupéra adroitement une grosse clé et déverrouilla la porte à double battant du bureau paternel.

Evidemment, la charmante Geneviève ne se doutait absolument

pas que Daniel avait déjà visité cette pièce, et pas qu'une fois. Il avait largement profité de leurs rendez-vous secrets pour explorer l'Hôtel du Châtelet, en pleine nuit, profitant du sommeil de sa maîtresse, de l'absence de ses parents et du jour de congé des domestiques.

Le bureau du comte Maurice Léon Philippe du Châtelet était une pièce très masculine, embaumant le cuir et le tabac à pipe. On y trouvait une collection de cannes, plusieurs confortables fauteuils Louis XV en cuir brun, un énorme secrétaire aux formes tarabiscotées, couvert de documents bien empilés. Sur le manteau de la cheminée, trônait le buste en bronze d'un parent.

Pendant que Geneviève tournait la clé dans la serrure, Daniel passa derrière le bureau pour inventorier en un clin d'œil les diverses piles de manière à repérer d'emblée les papiers les plus intéressants, parmi la correspondance personnelle et les documents comptables. Il remarqua vite les courriers adressés par le gouvernement de Vichy. Des documents militaires extrêmement confidentiels.

Il n'eut pas le temps de poursuivre sa recherche car déjà, Geneviève, ayant fini de verrouiller la double porte, se précipitait vers lui.

« Là-bas, dit-elle. Le canapé en cuir. »

Eigen, quant à lui, n'avait aucunement l'intention de s'éloigner du bureau. Il la fit doucement reculer vers le meuble et se pressa contre elle en la caressant. Ses mains glissèrent de sa taille fine jusqu'à ses fesses où elles s'attardèrent un instant, pétrissant délicatement sa chair ferme. Il baisa sa gorge, son cou, la naissance de ses seins.

« Oh, mon Dieu ! gémit-elle. Daniel. » Elle avait fermé les yeux.

Puis du bout des doigts, Eigen se mit à frôler la soie recouvrant le sillon de ses fesses, en excitant légèrement les zones sensibles, dans l'espoir de détourner son attention. Pendant ce temps, sa main droite s'aventurait vers d'autres surfaces moins charnues. Elle se posa sur la pile de documents convoitée et souleva habilement les papiers du dessus.

Ce soir, la chance lui souriait mais comme il n'avait rien prévu, il allait devoir improviser.

Sans le moindre bruit, il glissa les documents à l'intérieur de sa veste de smoking munie d'une cachette spécialement aménagée à cette fin. Au moment où les papiers disparaissaient sous la soie de la doublure, sa main gauche remonta le long du dos de la jeune femme. Il fit coulisser la fermeture Eclair et rabattit l'échancrure de la robe. Deux seins aux mamelons sombres s'offrirent à la caresse papillonnante de sa langue.

Les papiers enfoncés dans la doublure de sa veste craquaient un peu à chacun de ses mouvements.

Soudain il se figea et redressa la tête.

« Que se passe-t-il ? murmura Geneviève, les yeux écarquillés.

— Tu as entendu ?

— *Quoi ?*

— On vient. J'entends des pas. » Il se trouvait dans une situation compromettante à plus d'un égard, et ses capacités auditives, déjà fort développées en temps normal, en étaient décuplées.

« Non ! » Elle s'écarta, rajusta vivement sa robe sur sa poitrine. « Remonte ma fermeture Eclair, Daniel, je t'en prie ! Il faut qu'on sorte d'ici ! Si quelqu'un s'aperçoit que nous sommes dans... !

— Chut », intima-t-il. Il venait de distinguer deux bruits de pas. Au claquement des semelles sur le sol pavé de marbre, il devina qu'il s'agissait de deux hommes. L'écho se rapprochait toujours plus.

Comme Geneviève traversait la pièce pour atteindre la porte verrouillée, il entendit leurs voix. Les deux hommes parlaient français mais l'un d'eux s'exprimait avec un accent allemand. Le Français marmonnait entre ses dents ; Daniel reconnut le comte, le père de Geneviève. L'autre – était-ce le général von Stülpnagel, le gouverneur militaire ? Impossible à affirmer.

Geneviève tendit bêtement la main vers la clé – mais pour quoi faire ? Ouvrir la porte sous le nez de son père et de son collègue allemand ? D'un mouvement preste, Daniel la retint une seconde avant qu'elle ne commette l'irréparable. Puis il ôta la clé de la serrure.

« Par ici », chuchota-t-il en désignant l'autre porte, au fond du bureau. La dernière fois qu'il était entré dans cette pièce, il était passé par là. Il se dit que Geneviève était trop paniquée pour réfléchir un tant soit peu. Elle ne remarquerait donc pas qu'il connaissait les lieux comme sa poche.

Elle acquiesça en silence et courut dans la direction indiquée. Quand elle arriva devant la porte, Daniel éteignit les lumières. Ils se retrouvèrent plongés dans l'obscurité. Mais Daniel se déplaçait aisément dans le noir, d'autant plus qu'il avait eu le temps de se construire une représentation mentale du bureau et des obstacles à éviter.

Quand elle tourna la poignée et comprit que la porte était verrouillée, elle ne put réprimer un petit halètement de surprise. Mais Daniel avait la clé. Il la sortit. S'il ne l'avait pas fait, ils auraient encore perdu quelques secondes et se seraient certainement fait surprendre. Lorsqu'il l'ouvrit, la porte résista un peu. On l'utilisait rarement. Il fit passer la jeune femme dans l'étroit corridor sombre, referma derrière eux et décida de ne pas verrouiller. La serrure rouillée étant quelque peu bruyante, les deux hommes auraient sans doute entendu jouer la clé.

La porte principale du bureau s'ouvrit, les hommes entrèrent en devisant.

Geneviève agrippa le bras de Daniel et enfonça ses ongles pointus dans la soie de sa manche. Entendit-elle le froissement des papiers dans la doublure de sa veste ? En tout cas, elle ne manifesta aucune surprise. « Et maintenant ? murmura-t-elle.

— Tu descends à la cuisine et, de là, tu retournes dans la salle de bal.

— Mais les domestiques...

— Comment veux-tu qu'ils sachent d'où tu viens ? De toute façon, ils ne diront rien.

— Mais si tu apparais quelques minutes après moi... !

— Je m'en garderai bien, évidemment. Sinon ils comprendraient tout et tu serais coincée.

— Mais alors, où iras-tu ? » Elle essayait de chuchoter mais la peur faisait vibrer sa voix.

« Ne t'en fais pas pour moi, la rassura-t-il. Je te donnerai de mes nouvelles très bientôt. Si ta mère te demande où je suis, dis-lui que tu l'ignores. » La chose allait de soi mais Daniel sentait qu'il était nécessaire de le préciser, Geneviève n'étant pas d'une intelligence à couper le souffle.

« Mais où... ? », commença-t-elle.

Il posa ses doigts sur les lèvres de la jeune femme. « Vas-y, *ma chérie**. »

Elle allait partir quand il la retint en lui effleurant l'épaule. Elle se retourna vers lui. Il déposa un petit baiser sur ses lèvres, rajusta le décolleté de sa robe puis se précipita vers l'escalier de service et se mit à monter. Ses chaussures étaient équipées de semelles de caoutchouc, matière presque insonore et encore plus rare que le cuir, en ces temps de restrictions.

Son cerveau fonctionnait à plein régime. Il revoyait la scène qui venait de se dérouler tout en réfléchissant à la meilleure manière de filer à l'anglaise. En se rendant à cette réception, il savait qu'il verrait Geneviève mais n'avait nullement prévu d'en profiter pour s'introduire dans le bureau de son père – une occasion pareille ne pouvait décemment pas être négligée. Or à présent, avec cette grosse liasse de documents enfoncée dans la doublure de sa veste de smoking, il eût été déraisonnable de réapparaître parmi les invités. Si jamais on le bousculait, les papiers feraient du bruit et les gens risqueraient de s'en étonner.

Cela étant dit, il disposait quand même de quelques échappatoires. Il pouvait se rendre au vestiaire pour récupérer son pardessus. Si jamais on s'avisait de l'interroger, il dirait qu'il cherchait son briquet oublié dans une poche. Ensuite, il transférerait les papiers dans son manteau. Mais si quelqu'un le voyait faire ? Le vestiaire était probablement surveillé.

Et ce risque n'était rien comparé à ce qu'il redoutait le plus. Au moment où il regagnerait la salle de bal, les invités pourraient fort bien comprendre ce qu'il venait de se passer. Le rendez-vous secret avec Geneviève dans le bureau du comte. Les escaliers de service menaient directement à la cuisine. Les domestiques le verraient passer quelques minutes après la fille de la maison. Il leur faudrait peu de temps pour faire le rapprochement. Contrairement à ce qu'il avait prétendu devant Geneviève pour la rassurer, les domestiques n'étaient pas du genre discret. D'ailleurs, il savait qu'elle n'avait pas été dupe : les ragots étaient pain bénit pour les gens de maison.

Eigen se fichait comme d'une guigne des racontars et du qu'en-dira-t-on. Que Marie-Hélène du Châtelet apprenne qu'il lutinait sa fille quand elle avait le dos tourné n'avait pas la moindre espèce d'importance. Non, ce qui l'inquiétait le plus c'était la chaîne de déductions que cette révélation induirait. Il percevait nettement ce qui se profilait tout au bout. Tôt ou tard, le comte s'apercevrait que certains papiers d'importance vitale pour la sécurité nationale avaient disparu de son bureau. Il s'empresserait d'interroger sa femme, ses serviteurs. Les accusations pleuvraient. L'une ou l'autre des filles de cuisine, sans doute pour défendre ses collègues, serait tout à fait susceptible d'avouer qu'elle avait vu le jeune homme descendre les escaliers menant au bureau.

Et alors, même en l'absence de toute preuve formelle, le maître de maison considérerait Daniel comme le suspect numéro un. Du même coup, sa couverture – son atout majeur – serait fichue. Et ce risque-là, il n'était décidément pas prêt à le courir.

Certes, il existait d'autres issues. Au lieu de descendre l'escalier de service, il pouvait très bien monter au deuxième ou au troisième, traverser l'étage sans doute plongé dans le noir, jusqu'à l'autre escalier. De là, il redescendrait jusqu'à la cour derrière l'immeuble, un espace transformé en jardin qui servait autrefois à garer les attelages. Cette cour était fermée par un haut portail de bois. Il pourrait l'escalader, mais on le verrait à coup sûr puisque plusieurs fenêtres de la salle de bal donnaient sur le jardin. Un homme en smoking traversant la pelouse au pas de course pour enjamber un portail passait difficilement inaperçu.

Il n'y avait qu'une seule manière de sortir sain et sauf de l'Hôtel du Châtelet.

Une minute plus tard, il atteignait le dernier étage, celui des chambres de bonne. Le plafond était bas et très incliné. Là, plus de sols en marbre, plus de beaux dallages, mais un vieux parquet grinçant en vulgaire bois de pin. Il n'y avait personne : tous les domestiques se trouvaient au rez-de-chaussée, occupés à servir les invités. Le jeune homme avait effectué une reconnaissance préalable – non pas qu'il s'attendît à un problème quelconque, loin de là, mais il considérait comme essentiel de se ménager une porte de sortie, en toutes circonstances. C'était sa manière d'opérer et cette précaution lui avait maintes fois sauvé la vie.

Il savait qu'il existait une issue par le toit et que, cette demeure se dressant au cœur d'un long alignement de maisons bâties côte à côte, il disposerait d'un certain nombre de passages bien commodes pour s'éloigner sans se faire voir.

L'Hôtel du Châtelet possédait un toit mansardé, percé de lucarnes oblongues à meneaux. Toutes ces fenêtres correspondaient à des chambres de bonne. Il y avait fort à parier que les domestiques ne fermaient pas leurs chambres à clé mais, quand la première porte s'ouvrit sans qu'il ait à insister, il poussa quand même un soupir de soulagement.

Pour tout mobilier, la chambre minuscule ne disposait que d'un lit étroit et d'une commode. La vitre poussiéreuse laissait filtrer un timide clair de lune. Il s'avança jusqu'à la lucarne, baissa la tête et saisit la poignée. Visiblement, on n'ouvrait pas souvent les fenêtres, à supposer même qu'on les ouvrît. Il dut réunir toutes ses forces pour décoincer une vitre puis l'autre.

Une bouffée d'air glacé s'engouffra dans la chambre. Quand il se pencha au-dehors, ce qu'il vit confirma l'observation effectuée quelques jours plus tôt, lorsqu'il avait étudié la disposition du bâtiment. La fenêtre donnait directement sur un toit pentu, enduit de goudron, une surface longue de trois mètres environ, dangereusement glissante, bordée d'un parapet. Ce dernier, sorte de haute rambarde de pierre sculptée, le dissimulerait aux yeux des passants. Du moins tant qu'il se contenterait de longer le toit de ce bâtiment-là. En effet, les immeubles voisins, datant eux aussi du Second Empire mais conçus selon d'autres styles, ne possédaient pas ce genre d'aménagement. Eh bien tant pis, il aviserait le moment venu.

Au fil des ans, des décennies, la couche de goudron couvrant le toit avait subi maints dommages. Les chaleurs estivales l'avaient plissée, gonflée par endroits. Ce soir-là, le toit était saupoudré de neige et les plaques de glace n'arrangeaient rien. Il allait devoir se méfier.

Il lui faudrait sortir de là en passant d'abord les jambes, manœuvre quelque peu hasardeuse car son habit de soirée gênerait ses mouvements. De plus, ses semelles de caoutchouc, idéales pour se déplacer à pas de loup à l'intérieur d'une maison, n'étaient pas prévues pour l'escalade. L'affaire n'aurait donc rien d'une partie de plaisir.

Il leva les bras, s'agrippa au chambranle, plia les genoux et lança ses jambes à l'extérieur. A peine ses chaussures eurent-elles touché la surface du toit qu'elles dérapèrent sur la glace. Au lieu de lâcher le chambranle, il s'y suspendit et resta un instant en équilibre, le corps à demi sorti. Les pieds posés à plat sur le goudron verglacé, il décida de frotter ses semelles d'avant en arrière, de manière à gratter la pellicule de glace. Bientôt, sentant qu'il atteignait le revêtement, il tenta une traction.

Mais la surface du toit lui semblait encore trop peu fiable. Il renonça donc à lâcher la fenêtre. A quelques dizaines de centimètres sur la gauche, se dressait une haute cheminée. Il libéra sa main droite et, se servant de son pied gauche comme d'un pivot, exerça une rotation et s'étira pour s'accrocher à la cheminée sans pour autant abandonner le chambranle de la fenêtre.

La brique était froide et rugueuse sous sa main. Mais cette rugosité jouerait en sa faveur. Le vieux mortier friable liant les briques lui offrirait une prise, permettant à ses doigts de s'enfoncer légèrement dans les fissures. Il s'y agrippa donc, son corps se raidit et trouva son point d'équilibre. Quand il eut assuré sa prise sur les briques de la cheminée, il détacha sa main gauche encore cramponnée à la fenêtre, la ramena vers lui et la tendit vers la cheminée.

Avançant prudemment un pied puis l'autre, il se remit à frotter ses semelles contre la couche de glace jusqu'à dégager une surface non glissante. A présent, il était assez proche de la cheminée pour en étreindre la base, un peu comme un alpiniste se colle à une paroi. Malgré l'extrême robustesse de son torse et de ses épaules, Daniel dut faire appel à toute sa force pour se hisser à hauteur de la cheminée, sans cesser de racler le sol verglacé avec ses chaussures.

Il savait qu'au siècle dernier, les cambrioleurs avaient coutume de circuler à travers la ville en sautant d'un toit sur l'autre. Lui-même s'y était essayé à maintes reprises. L'exercice était plus difficile qu'il n'y paraissait mais, par ce temps, il tenait de l'exploit. Daniel doutait qu'aucun cambrioleur ait été assez fou ou assez suicidaire pour se promener sur un toit couvert de neige et de glace, au cœur de l'hiver parisien.

Daniel escalada la cheminée sur quelques dizaines de centimètres jusqu'au muret de brique séparant le toit de son voisin. A son grand soulagement, il constata que ce dernier n'était pas en goudron mais en tuiles arrondies. Même verglacée, leur surface ondulée lui offrirait une prise suffisante. Il découvrit que se déplacer sur ce genre de revêtement était relativement facile. De plus, contrairement à celui qu'il venait de quitter, ce toit avait un sommet aplati, constitué d'une pièce de maçonnerie d'une soixantaine de centimètres de large. Il y grimpa, testa sa solidité et, une fois convaincu qu'elle supporterait son poids, résolut de progresser tel un funambule en équilibre sur une corde raide.

Au pied de l'immeuble, s'étalait l'avenue Foch, sombre et déserte, ses réverbères éteints à cause des restrictions. Daniel savait que s'il voyait la rue, n'importe quel passant risquait également de l'apercevoir, rien qu'en levant les yeux, puisqu'il n'y avait pas de parapet susceptible de le dissimuler.

On pouvait également le repérer à partir d'autres endroits. Il suffisait qu'un voisin d'en face regarde par la fenêtre de son appartement. Ces temps-ci, les gens étaient devenus plus vigilants. Partout il était question de saboteurs, d'espions. En apercevant un homme juché sur le toit d'un immeuble, un quidam n'hésiterait pas à appeler *la Maison**, la *Préfecture de police**. On ne comptait plus les lettres de dénonciation anonymes. Prévenir la *Kommandantur* était la pire des menaces, dans ces années-là. Daniel courait donc un grand risque en agissant de la sorte.

Il pressa le pas, sans trop de témérité pourtant, et gagna bientôt le petit mur de brique séparant l'immeuble du bâtiment mitoyen. Comme celui de l'Hôtel du Châtelet, le toit de ce dernier était mansardé mais fort heureusement recouvert d'ardoises. Il possédait aussi en son centre une arête aplatie renforcée par une pièce de maçonnerie plus étroite que la précédente. Une trentaine de centimètres de large, pas davantage.

Il s'y jucha et avança prudemment, posant un pied après l'autre. Ses yeux plongèrent dans le vide, vers l'avenue en contrebas. L'espace d'un instant, la peur l'envahit puis il se raisonna, reprit ses esprits et se focalisa sur l'importance de sa mission.

Trente secondes plus tard, il parvenait au mur de séparation suivant, constitué de grosses pierres sur lesquelles s'enchâssait une série de conduits de cheminées en argile. Des panaches de fumée en sortaient, preuve que les habitants de la maison en dessous faisaient partie des quelques Parisiens privilégiés disposant de charbon pour se chauffer. Il tendit la main, saisit l'un des conduits ; il était froid au toucher. Puis un autre. Tandis qu'il se hissait, il nota quelque chose d'intéressant.

Le mur de pierre dépassait largement du toit. Ensuite, il descendait jusqu'à l'arrière-cour de l'immeuble. A quelque trois mètres de cet avant-toit, des échelons en fer dépassaient de la paroi de brique, s'étageant à partir du sommet du mur jusqu'à la cour obscure, tout en bas. Ces barreaux permettaient aux ramoneurs d'accéder aux conduits de cheminées.

Pendant un instant, Daniel hésita sur la marche à suivre. Les barreaux étaient inatteignables de là où il se trouvait. Il écarta l'idée de progresser en équilibre sur le mur de pierre en s'accrochant aux conduits : la tranche du mur était trop étroite. Il allait devoir procéder autrement. Utiliser les tuyaux d'argile. Il se cramponnerait au premier et passerait de l'un à l'autre en balançant les jambes de manière à progresser latéralement, petit à petit, à la manière d'un singe sautant de branche en branche. Les conduits étaient cylindriques et d'un diamètre assez étroit pour qu'il puisse les empoigner.

Il lui fallut plusieurs minutes pour atteindre les barreaux. Pendant qu'il s'accrochait à l'échelon supérieur, il lança le bas de son corps dans le vide. Ses pieds trouvèrent un appui. Puis il se mit à descendre, d'abord lentement, puis plus rapidement, et finit par atterrir dans la cour déserte.

Il resta un instant immobile à scruter l'espace qui l'entourait. Les fenêtres donnant sur la cour étaient sombres. A en juger d'après la fumée s'élevant des cheminées, la maison était habitée. Mais tout le monde devait dormir à cette heure tardive. Il traversa la cour pavée d'un pas tranquille. Un portail verrouillé complétait la haute barrière en bois. Comparé à ce qu'il venait d'accomplir, le fait de franchir cet obstacle ne présentait aucune espèce de difficulté. Il l'escalada, sauta de l'autre côté et se retrouva dans une venelle passant derrière l'avenue Foch.

Daniel connaissait bien ce quartier. Il longea la venelle sans se presser, malgré son envie de prendre ses jambes à son cou, et déboucha sur une rue latérale. Par précaution, il effleura sa veste pour vérifier que les documents s'y trouvaient toujours.

La rue obscure avait un aspect sinistre.

Il passa devant la vitrine aveugle d'une librairie ayant appartenu à un juif. Depuis que les Allemands l'avaient réquisitionnée, un large panneau blanc couvrait son enseigne. On y lisait le mot FRONTBUCHHANDLUNG, tracé en lettres gothiques noires entremêlées de swastikas. Autrefois, cette boutique était une élégante librairie étrangère ; aujourd'hui elle était toujours étrangère mais d'une autre manière : on n'y trouvait plus que des livres en langue germanique.

Les Allemands avaient apposé leur griffe partout, mais, curieusement, sans démolir aucun des fameux grands monuments parisiens, aucun des vieux immeubles faisant la renommée de la capitale. Les nazis n'avaient pas l'intention de détruire le Paris éternel. Au contraire, ils cherchaient à l'annexer, à s'emparer de ce joyau pour en jouir à leur guise. Mais ils manifestaient une certaine négligence dans leur manière de marquer leur territoire. Comme s'ils manquaient de suite dans les idées. Le panneau blanc marqué FRONTBUCHHANDLUNG avait été collé à la hâte sur l'enseigne gravée. N'importe qui aurait pu l'arracher sans peine. On aurait dit qu'ils redoutaient d'abîmer leur nouveau bijou. Quand ils avaient voulu accrocher la swastika sur la tour Eiffel, le vent avait arraché le drapeau si bien qu'ils avaient dû recommencer l'opération. Hitler lui-même ne s'était fendu que d'une simple visite, comme un touriste craintif redoutant de s'égarer dans les méandres parisiens. Il n'y avait même pas dormi. Paris ne voulait pas des nazis, et les nazis le savaient.

En revanche, ils ne se gênaient pas pour placarder leurs affiches de propagande. Tout en marchant, Daniel en voyait un peu partout sur les murs des immeubles, collées à une hauteur telle qu'on les remarquait à peine. Il y avait une raison à cela : quand les Allemands plaçaient leurs stupides inscriptions à hauteur des yeux, elles disparaissaient aussitôt, arrachées ou lacérées. Des Parisiens en colère griffonnaient dessus : « Mort aux *boches** » ou « Vive l'Angleterre ! »

Il entrevit une affiche représentant un Winston Churchill bedonnant en train de fumer un cigare avec un sourire satisfait. Près de lui, une pauvre femme tenait un bébé malingre hurlant de faim. « Regardez ce que le blocus fait à vos enfants ! » intimait le slogan en faisant allusion au blocus britannique. Or tout le monde savait que cette invective n'avait aucun sens. Cette affiche avait beau dominer la rue de plusieurs mètres, quelqu'un avait réussi à y griffonner : « Et les pommes de terre ? » Si le peuple de France souffrait de disette, c'était à cause des lois nazies et rien d'autre. Toutes les pommes de terre cultivées par les fermiers français prenaient le chemin de l'Allemagne.

Une autre affiche posait une question laconique : *ÊTES-VOUS EN RÈGLE* ?* Devait-on entendre : vos papiers sont-ils en règle ? Ou autre chose ? Les gens ne sortaient jamais sans leurs papiers, leur *carte d'identité**. Si jamais on se faisait arrêter par un *gendarme** français ou quelque autre *fonctionnaire**, on comprenait vite qu'ils étaient pires que les soldats allemands.

Le jeune homme avait toujours ses papiers sur lui. Plusieurs jeux, avec différents noms, différentes nationalités. Ces changements de personnalité étaient une fréquente nécessité, dans le genre de vie qu'il menait.

Il parvint enfin à destination : un vieil immeuble de brique à demi écroulé, au milieu d'un pâté de maisons anonyme. Une pancarte en bois décrépite pendait à un crochet de fer forgé : LE CAVEAU. C'était un bar situé au-dessous du niveau de la rue, au pied d'une petite volée de marches en brique écaillées. Comme l'imposait le couvre-feu, son unique fenêtre était enduite de peinture camouflage, ce qui n'empêchait pas d'apercevoir un peu de lumière à l'intérieur.

Il consulta sa montre. Minuit passé. Le couvre-feu décrété par *Ces messieurs** – les nazis – venait de commencer.

Toutefois, ce bar-là n'était pas fermé. Les *gendarmes** autant que les nazis fermaient les yeux, si bien qu'il restait ouvert jusque tard dans la nuit. Il avait suffi de verser quelques pots-de-vin, graisser quelques pattes et payer quelques coups.

Il descendit les marches, actionna trois fois la tirette à l'ancienne et entendit la cloche tinter à l'intérieur, couvrant la cacophonie des voix et la musique de jazz, l'espace d'une seconde.

Un point de lumière apparut dans le judas, au centre de la porte massive en bois noir. La lumière tremblota. On vérifiait qui était là. Puis la porte s'ouvrit et on le laissa entrer.

En effet, l'endroit avait tout d'un *caveau** – un sol dallé, bancal et fendillé, englué par les boissons renversées ; des murs en briques posées de guingois ; un plafond bas. L'endroit était saturé de fumée. Ça sentait la sueur, le tabac froid – du tabac bon marché, en plus – et la piquette. Une musique discordante sortait d'un poste de radio. Accoudés au comptoir en bois éraflé, s'alignaient une demi-douzaine d'ouvriers à l'allure fruste et une femme ayant tout d'une prostituée. En le voyant apparaître, tous levèrent le nez et le considérèrent d'un air vaguement curieux et franchement hostile.

Après l'avoir fait entrer, le patron le salua. « Ça fait une paie, Daniel, dit Pasquale, un vieil homme décharné, aussi décrépit que son bar. Mais ça fait toujours plaisir de te voir. » Il sourit, exposant une rangée de dents jaunes irrégulières, tachées par le tabac, plus deux en or. Il approcha son visage tanné comme un vieux cuir. « T'as toujours pas de Gitanes ?

— Je crois qu'il en arrive demain, ou après-demain.

— Tant mieux. Dis donc, elles sont toujours à cent francs ? Pas moins ?

— Non, au contraire, elles ont augmenté. » Il baissa le ton. « Pour les autres. Pour toi, je fais la remise spéciale cafetiers. »

Ses yeux se plissèrent, méfiants. « Combien ?

— Gratis. »

Pasquale partit d'un grand rire franc, un rire rauque de fumeur. Eigen préférait ne pas imaginer quel genre de *merde** il fumait en règle générale. « Tes conditions me semblent raisonnables, s'écria-t-il en regagnant sa place derrière le comptoir. Je te sers un verre ? »

Eigen fit non de la tête.

« Du scotch ? Du cognac ? Tu as besoin de passer un coup de fil ? » Il désigna, de l'autre côté du bar, une cabine dont il avait lui-même brisé la vitre – comme pour signifier à ses clients de tenir leur langue. Même dans ce bouge où les étrangers n'étaient pas admis, les murs avaient parfois des oreilles.

« Non merci. J'ai juste besoin d'aller aux toilettes. »

Pasquale leva brusquement les sourcils ; puis il hocha la tête : il avait compris. Ce type acariâtre et mal dégrossi était la discrétion même. Jamais il n'oubliait qui réglait son loyer et, en plus de cela, il haïssait les Allemands. Deux de ses neveux avaient péri lors de la bataille des Ardennes. Mais jamais au grand jamais il ne parlait politique. Il faisait son boulot, servait à boire, un point c'est tout.

Comme Eigen longeait le bar, il entendit quelqu'un marmonner *« Espèce de sans-carte* ! »* L'insulte classique dont on accablait les gens faisant du marché noir. Manifestement, l'homme avait surpris la conversation entre Eigen et Pasquale. Eh bien, tant pis.

Tout au bout de la longue salle étroite, dans un coin si sombre que Eigen dut tâtonner pour trouver son chemin, on tombait sur un seuil et quelques méchantes marches en bois. Quand il y posa le pied, elles se mirent à craquer, à gémir. Il descendit. Un client prévenant avait eu la bonne idée de refermer la porte des WC en sortant, et pourtant une épouvantable odeur d'urine et d'excréments flottait dans la cage d'escalier.

Au lieu d'entrer dans les toilettes, Eigen ouvrit la porte d'un cagibi, entra, enjamba les seaux, les balais, les bouteilles de détergents. Un balai à manche court était fixé sur le mur du fond. Il attrapa le manche – les chevilles étaient vraiment très solides – et tourna dans le sens inverse des aiguilles d'une montre. Du même geste, il exerça une poussée sur le mur lui-même, qui pivota.

L'autre pièce, un espace obscur de deux mètres carrés environ, dans laquelle il pénétra, sentait le moisi et la poussière. On entendait nettement les bruits de pas martelant le sol du bar, à l'étage au-dessus. Juste devant lui, se dressait une porte d'acier fraîchement repeinte en noir.

Elle était équipée d'une sonnette bien plus moderne que la méchante clochette suspendue à l'entrée du café. Il la pressa deux fois, puis une troisième.

Une voix bourrue lui répondit : *« Oui*[*] *?*

— C'est Marcel », dit l'homme connu sous le nom de Eigen.

La voix poursuivit en français : « Qu'est-ce que tu veux ?

— J'ai des marchandises qui pourraient t'intéresser.

— Quel genre ?

— Je peux t'avoir du beurre.

— Qui vient d'où ?

— D'un hangar près de la porte des Lilas.

— Combien ?

— Cinquante-deux francs le kilo.

— C'est vingt de plus que le tarif officiel.

— Oui, mais avec moi, tu peux être sûr d'en avoir.

— Bon, d'accord. »

Après une pause, la porte s'ouvrit avec un déclic métallique suivi d'un soupir pneumatique.

Un petit jeune homme d'allure soignée, avec des joues rouges, des cheveux noirs coiffés à la Jules César et des lunettes de soleil rondes, l'accueillit en lui adressant un sourire ironique.

« Eh bien, voyez-moi ça. Stephen Metcalfe en chair et en os, fit l'homme avec un accent du Yorkshire. Sapé comme un prince. Qu'est-ce qui t'amène, mon gars ? »

Chapitre 2

STEPHEN Metcalfe – alias Daniel Eigen, alias Nicolas Mendoza, alias Eduardo Moretti, alias Robert Whelan – tira la porte derrière lui et s'assura qu'elle était hermétiquement fermée. Un joint en caoutchouc cerclait le battant d'acier de manière à atténuer les bruits.

La pièce dans laquelle il pénétra était pareillement insonorisée. Pour ce faire, on avait eu recours aux toutes dernières innovations technologiques disponibles. En fait, il s'agissait d'une pièce emboîtée dans une autre, entourée de plaques d'acier et de murs en caoutchouc épais de six pouces. Même les conduits d'aération étaient gainés de caoutchouc et de fibre de verre. Pour le plafond bas et les cloisons intérieures, on s'était servi d'une nouvelle sorte de parpaings de couleur grise, comme en utilisait l'armée américaine.

Cette peinture gris brillant était en grande partie masquée par les appareils de communication et les consoles sophistiquées encombrant la pièce. Metcalfe avait beau venir ici au moins une fois par semaine, il n'en connaissait pas la moitié. Il y avait là des émetteurs-récepteurs ondes courtes Mark XV et Paraset, des télex, des brouilleurs de téléphone, une machine de cryptage M-209, des magnétophones.

Aux consoles étaient assis deux jeunes types coiffés d'écouteurs et occupés à prendre des notes sur des calepins, le visage baigné par l'étrange lumière verte émanant des écrans cathodiques circulaires. De leurs mains gantées, ils tournaient calmement les cadrans pour régler les fréquences. Les signaux en morse brouillés par des parasites leur parvenaient à travers les câbles traversant l'immeuble – dont le propriétaire était un Français sympathisant – pour déboucher sur le toit.

Chaque fois que Metcalfe entrait dans la Caverne, comme on avait surnommé cette station clandestine – nul ne se rappelait si ce nom dérivait du Caveau, le bar du dessus, ou s'il lui venait de sa ressemblance avec une caverne bourrée d'électronique –, il était impressionné par toute cette technologie. Ces engins, strictement prohibés bien entendu, avaient été introduits clandestinement en France sous forme de pièces détachées, soit par bateau soit par parachutage. Le simple fait de posséder un émetteur radio ondes courtes était passible du peloton d'exécution.

Stephen faisait partie d'une petite équipe d'agents opérant sur Paris pour le compte d'un réseau de renseignement américano-britannique dont l'existence n'était connue que d'une poignée de personnages haut placés, à Washington et à Londres. Metcalfe ne connaissait presque aucun de ses collègues. Telle était la règle prévalant au sein de son réseau. Chaque élément devait rester séparé des autres ; tout était compartimenté. Chaque cellule ignorait ce que faisait son homologue. Une procédure édictée par souci de sécurité.

Dans la Caverne, trois jeunes télégraphistes et décrypteurs étaient chargés de surveiller l'arrivée de messages radio et d'assurer la liaison entre Londres, Washington et un réseau d'espions déployés sur le terrain, à Paris ainsi que dans les autres villes de la zone occupée et à travers toute l'Europe. Ces hommes – deux Britanniques et un Américain – étaient des experts formés par le Royal Corps of Signals de Thame Park, près d'Oxford, et la Special Training School 52. Les télégraphistes qualifiés ne couraient pas les rues, à cette époque, et les Britanniques bénéficiaient d'une avance considérable sur les Américains pour ce qui était de la formation du personnel.

Une radio branchée sur la BBC émettait en sourdine ; on surveillait tout particulièrement ce poste-là car il diffusait des signaux encodés, mêlés à d'insolites « messages personnels » passant avant les nouvelles du soir. Sur une petite table pliante posée au centre de la pièce, un échiquier attendait que les joueurs se décident à finir leur partie. La nuit, les fréquences radio étaient moins saturées et, par conséquent, il leur était loisible de transmettre et de recevoir sans trop de difficulté. Du coup, les échecs passaient au second plan.

Des cartes tapissaient les murs. Des cartes d'Europe, des frontières et des côtes françaises, de chaque arrondissement parisien, mais aussi des cartes marines, topographiques. D'autres encore figuraient les mouvements des navires et des cargos à partir de Marseille. Certaines détaillaient les bases navales. Il y avait également quelques touches humaines dans cette pièce : parmi les plans et les cartes, on apercevait une couverture de *Life* avec la photo de Rita Hayworth et une coupure de magazine montrant Betty Grable en train de se dorer au soleil.

Derek Compton-Jones, l'homme rubicond qui lui avait ouvert, saisit la main de Metcalfe et la secoua vigoureusement. « Heureux de te savoir sain et sauf, mon vieux, déclara-t-il d'un ton solennel.

— C'est ce que tu dis à chaque fois, le taquina Metcalfe. Comme si tu étais déçu.

— Sacré bon sang ! » bredouilla Compton-Jones. Il semblait à la fois embarrassé et indigné. « Nous sommes en guerre ! Tu en as peut-être entendu parler ?

— Non, c'est pas vrai ! se moqua Metcalfe. Maintenant que tu le dis, je comprends pourquoi j'ai croisé tout plein d'uniformes bizarres en venant. »

L'un des deux hommes assis devant les consoles à l'autre bout de la pièce se retourna pour regarder Compton-Jones et fit remarquer d'un air las : « Peut-être que s'il gardait son engin dans son pantalon, il verrait ce qui se passe autour de lui. Mais Monsieur passe le plus clair de son temps dans les chambres à coucher. » Cette voix nasillarde aux inflexions aristocratiques appartenait à Cyril Langhorne, un Britannique qui excellait dans l'art de la cryptographie et du chiffrage.

L'autre, Johnny Betts, un opérateur télégraphiste de premier ordre, originaire de Pittsburgh, se tourna vers son collègue et déclara : « Bien envoyé !

— Ah !, s'esclaffa Langhorne. Tu as trouvé le mot juste ! Notre brave Stephen ici présent est capable de s'envoyer tout ce qui porte jupon. »

Compton-Jones piqua un fard et se mit à rire. Metcalfe se joignit à l'hilarité générale puis leur lança : « Je pense que vous feriez bien de sortir un peu de votre trou pour vous changer les idées, messieurs les techniciens. Je devrais vous emmener au One Two Two, un de ces jours. » Ils avaient tous entendu parler du fameux bordel du 122, rue de Provence.

« Pas pour moi, se vanta Compton-Jones. J'ai une petite amie en ce moment. » Il leur décocha un clin d'œil et ajouta : « On a rendez-vous ensemble après la prochaine livraison de pièces détachées.

— C'est comme ça que tu comptes pénétrer la France en profondeur ? » demanda Langhorne.

Le visage de Compton-Jones vira au rouge brique. Metcalfe, lui, se tenait les côtes. Il aimait bien les hommes qui travaillaient ici, particulièrement Compton-Jones. Quand il parlait de Langhorne et Betts, il les comparait souvent aux jumeaux Bobbsey [1] bien qu'ils n'aient rien en commun. Leurs travaux sur l'alphabet morse et le chiffrage de documents étaient la pierre angulaire de l'opération. Ils accomplissaient une tâche aussi rigoureuse qu'épuisante et Metcalfe savait que leurs blagues douteuses n'étaient qu'une manière de se détendre, ce qui leur arrivait rarement. Quant à Metcalfe, il était un peu leur Errol Flynn à eux, et ils le considéraient avec un mélange de jalousie et de profond respect.

Il dressa la tête, tendant l'oreille vers la mélodie qui sourdait de la radio. « *In the Mood* !, s'exclama-t-il. De la bonne vieille musique américaine – c'est Glenn Miller depuis le Café Rouge à New York.

— Non, désolé, mon vieux, corrigea Compton-Jones. A mon avis, c'est plutôt le Joe Loss Orchestra. Et ils jouent à Londres. Je reconnais leur morceau fétiche.

— Eh bien, les gars, je suis ravi de constater que vous disposez d'assez de loisirs pour écouter la radio, dit Metcalfe. Mais à présent, il est temps de se retrousser les manches. »

Il glissa la main dans sa veste, retira de la doublure la liasse de documents quelque peu cornés et les leur tendit non sans fierté. « Les plans complets de la base souterraine allemande de Saint-

1. Les jumeaux Bobbsey sont les héros d'une série de romans pour la jeunesse créée en 1904 par Edward Stratemeyer (NDLT).

Nazaire, incluant des indications précises sur les abris de U-Boat, et même sur leur système *water-lock* [1].

— Bonne pioche ! » s'émerveilla Compton-Jones.

Langhorne eut l'air impressionné malgré lui. « Tu tiens ça de ta petite copine de la Gestapo ?

— Non, en fait, ça vient du bureau particulier du comte Maurice Léon Philippe du Châtelet.

— Ce sale vichyste ? s'irrita Langhorne.

— Lui-même.

— Tu me fais marcher ! Comment as-tu fait pour pénétrer chez lui ? »

Metcalfe pencha la tête. « Un gentleman ne discute pas de ses affaires de cœur, Cyril, déclara-t-il d'un air faussement dédaigneux.

— Sa *femme* ! Grands dieux, Stephen, tu n'as aucune fierté ! *Madame** la comtesse est une vieille carne !

— Et *mademoiselle** sa fille une sacrée pouliche. Maintenant, il faut nous débarrasser de tout ça le plus vite possible en l'envoyant par avion à Corky, à New York. J'ai aussi besoin que tu encodes un résumé de l'affaire et que tu me le balances sur les ondes pour une analyse plus poussée. »

Le dénommé « Corky » n'était autre qu'Alfred Corcoran. Son patron. Le super-espion dirigeant de main de maître le réseau de renseignement privé dont Metcalfe faisait partie.

Réseau privé signifiait qu'ils ne travaillaient ni pour une agence gouvernementale ni pour un quelconque comité. Ils n'en référaient qu'à Corcoran. Mais il n'y avait rien d'illégal là-dedans car ce groupement avait été créé à l'instigation du président Franklin Delano Roosevelt en personne.

De l'autre côté de l'Atlantique, on vivait une époque étrange. L'Europe était en guerre mais pas l'Amérique. Elle se contentait d'observer, attendant son heure. L'isolationnisme comptait de nombreux et puissants partisans. Le camp adverse également ; des voix s'élevaient pour réclamer avec passion l'engagement des Etats-Unis dans le conflit, prôner la défense des pays européens amis et la défaite de Hitler – sinon toute l'Europe risquait de

---

1. Dispositif destiné à empêcher le retour de l'eau de refroidissement dans le collecteur d'échappement tout en contribuant à la réduction du bruit (NDLT).

tomber sous le joug de l'Allemagne nazie ; ensuite il serait trop tard pour réagir. La puissance de Hitler ne connaîtrait plus de bornes.

Il n'existait pas d'agence de renseignement centralisée et pourtant Roosevelt avait désespérément besoin d'informations fiables et impartiales, susceptibles de l'éclairer sur les intentions des nazis et la détermination de leurs opposants. La Grande-Bretagne survivrait-elle à la guerre ? Roosevelt n'avait aucune confiance dans les services de renseignement militaires ; il déplorait leur amateurisme et méprisait tout autant les fonctionnaires du Département d'Etat à qui il reprochait leur isolationnisme mais aussi leur regrettable propension à bavasser devant le premier journaliste venu.

Aussi, fin 1939, Franklin Roosevelt avait-il repris contact avec un vieil ami d'Harvard. Alfred Corcoran avait servi dans les services de renseignement militaires G-2 durant la Première Guerre mondiale, avant d'accéder à un très haut poste au sein du MI-8 – connu sous le nom de « Chambre noire », l'unité de déchiffrage basée à New York, déjà chargée de décrypter les codes diplomatiques japonais dans les années vingt. Sans jamais passer sur le devant de la scène, Corcoran avait joué un rôle primordial dans la résolution de plusieurs crises diplomatiques, au cours des années trente, de la Mandchourie à Munich.

FDR savait que Corky était le meilleur – mieux encore, il savait qu'il pouvait lui faire confiance.

Grâce aux fonds secrets de la Maison-Blanche et au soutien inconditionnel du Président, Corky avait monté son réseau en prenant bien soin de se tenir éloigné des coteries de Washington et de leurs potins. Son cercle privé de renseignement était placé sous les ordres directs de la Maison-Blanche et ses quartiers généraux situés dans l'immeuble Flatiron à New York passaient aux yeux de tous pour le siège d'une société de commerce international.

Ayant carte blanche pour embaucher ce qui se faisait de mieux en matière d'agents secrets, Corcoran puisait sans compter dans les réserves des grandes universités, recrutant de jeunes diplômés ayant reçu l'éducation nécessaire à leur future intégration dans les cercles mondains très fermés faisant la pluie et le beau temps en Europe. Comme la plupart de ses recrues figuraient au Bottin mondain, certains plaisantins avaient fini par surnommer le réseau de Corcoran le Bottin. Cette appellation était passée dans leur jargon. L'un de ses tout derniers poulains était un jeune diplômé de Yale répondant au nom de Stephen Metcalfe.

Fils d'un riche industriel américain et d'une aristocrate russe – dont la famille avait fui le pays avant la révolution d'Octobre –, Stephen avait passé son enfance à sillonner le monde. Scolarisé en Suisse, il parlait allemand, russe, français et espagnol couramment et presque sans accent : les Metcalfe possédaient de vastes domaines en Argentine où depuis des années ils passaient une partie de l'hiver. En outre, ils entretenaient de bonnes relations commerciales avec le gouvernement soviétique.

Le frère de Stephen, Howard – le plus sérieux des deux –, dirigeait l'empire familial depuis la mort de leur père, quatre ans plus tôt. De temps en temps, Stephen retrouvait Howard, l'accompagnait dans ses déplacements et l'assistait de son mieux tout en refusant d'assumer les lourdes responsabilités liées à la gestion d'une grosse entreprise.

Qui plus est, Stephen était un garçon au tempérament téméraire. C'était un rebelle doublé d'un fêtard – autant de qualités précieuses aux yeux de Corcoran, car elles lui seraient utiles pour assumer sa nouvelle couverture, celle du play-boy argentin en visite à Paris.

Derek Compton-Jones s'éclaircit la gorge d'une petite toux nerveuse. « En fait, on n'aura pas besoin d'envoyer un message », annonça-t-il.

Langhorne leva un instant les yeux avant de replonger vers sa console.

« Tiens donc ? Tu connais un moyen plus rapide de faire parvenir ce truc à Manhattan ? » répliqua Metcalfe.

A cet instant, la porte du fond s'ouvrit.

Il ne s'attendait assurément pas à voir apparaître ce visage-là ; c'était un visage grave aux traits tirés, celui d'Alfred Corcoran.

Chapitre 3

Le vieil homme s'était mis sur son trente et un, comme d'habitude. Une cravate impeccablement nouée, un costume gris anthracite accentuant sa silhouette menue. Il sentait la menthe, comme toujours – il était accro aux Pep-O-Mint Life Savers – et fumait une cigarette. Il fut pris d'une toux rauque.

Compton-Jones retourna aussitôt à son poste et le silence se fit. Leur bonne humeur s'était évanouie d'un seul coup.

« C'est pas possible, ces foutues cigarettes françaises sont vraiment à chier ! J'ai fumé toutes mes Chesterfield dans l'avion en venant, quelque part au-dessus de Terre-Neuve. Stephen, si tu veux t'attirer les bonnes grâces de ton patron, je te conseille de lui procurer du tabac américain. Tu es bien censé bosser dans le marché noir ? »

Metcalfe bafouilla quelques mots en s'avançant pour serrer la main de Corky. Sa main gauche, quant à elle, restait crispée sur les documents volés. « Bien sûr... Corky... qu'est-ce que vous faites... ? » Corcoran n'avait rien d'un rond-de-cuir : il possédait une réelle expérience du terrain. Mais se rendre en France occupée n'était pas une mince affaire. Le voyage était pénible, compliqué et franchement risqué. Par conséquent, le vieux monsieur ne venait pas souvent à Paris. S'il était là, c'était sans doute pour une bonne raison.

« Qu'est-ce que je fais ici ? le coupa Corcoran. C'est plutôt à moi de te poser la question, tu ne crois pas ? » Il se retourna et regagna la pièce dont il venait de sortir en faisant signe à Metcalfe de le suivre.

Metcalfe referma la porte derrière lui. De toute évidence, le vieil homme désirait lui parler en privé. Jamais il ne l'avait senti aussi tendu.

Dans la pièce adjacente, on stockait une série d'appareils dont une machine à écrire à clavier allemand servant à confectionner les sauf-conduits et les cartes d'identité, ainsi qu'une petite presse destinée à la contrefaçon des documents simples – la plupart des travaux importants étant réalisés à New York ou à Londres – comme les permis de travail ou de circulation français. Sur une table, était étalée une collection de tampons en caoutchouc, dont une excellente copie d'un cachet de censure allemand. Dans un coin de la pièce, près d'un portemanteau chargé d'uniformes, des piles de papiers s'entassaient sur un bureau en chêne. Une lampe de bibliothèque d'un vert opaque projetait un cercle de lumière.

Corcoran s'assit au bureau et fit signe à Metcalfe de prendre un siège. Le seul disponible était un lit de camp militaire appuyé contre le mur. Metcalfe s'assit, le cœur battant, puis déposa la liasse de documents volés à côté de lui, sur le lit.

Pendant un long moment, Corcoran le regarda sans mot dire. Ses yeux gris pâle larmoyaient derrière ses lunettes d'écaille aux verres fumés.

« Tu m'as horriblement déçu, Stephen, commença Corcoran d'une voix douce. Je t'ai installé ici à grands frais malgré nos maigres ressources et en retour, qu'est-ce que tu as fait ?

— Monsieur », intervint Metcalfe.

Mais Corcoran ne se laissa pas interrompre. « La civilisation telle que nous la connaissons est en train d'être digérée par la panse insatiable de Hitler. Les nazis ont envahi la Norvège, le Danemark, la Hollande, la Belgique, le Luxembourg, et maintenant la France. A Dunkerque, ils ont rejeté les Britanniques à la mer. Leurs bombes mettent Londres à feu et à sang. Ce sale type a désormais les coudées franches. Sacré bon sang, mon petit gars, dis-toi que nous assistons peut-être à l'agonie du monde libre ! Et toi, nom d'un chien – tu passes ton temps à délacer des *bustiers** ! » Il sortit un rouleau de Pep-O-Mint Life Savers et goba un bonbon.

Metcalfe profita de ce court répit pour saisir les papiers posés sur le lit de camp et les brandir devant son patron et mentor. « Monsieur, je viens de m'emparer des plans ultrasecrets de la base navale stratégique allemande sur la côte atlantique, à Saint-Nazaire...

— Oui, oui, le coupa Corcoran d'un ton excédé, en croquant dans son Life Saver. Je sais. Les Allemands ont perfectionné les *water-locks* contrôlant l'entrée des abris sous-marins. J'ai déjà vu ces plans.

— *Quoi ?*

— Tu n'es pas mon seul agent de terrain, mon jeune ami. »

Metcalfe rougit, incapable de réprimer un accès d'indignation. « Qui vous les a donnés ? J'aimerais le savoir. Si plusieurs de vos agents marchent sur les mêmes plates-bandes, on risque de se rentrer dedans et de tout faire foirer. »

Corcoran secoua lentement la tête, visiblement agacé. « Tu ferais mieux de ne pas aborder cette question, Stephen. Aucun de mes agents ne doit savoir ce que font les autres – c'est une règle inviolable.

— Et complètement folle... monsieur.

— Folle ? Non, c'est de la prudence. Le sacro-saint principe de compartimentation. Chacun de mes agents ne doit savoir que ce qui est strictement nécessaire à l'accomplissement de sa mission. En ce qui concerne tes collègues, moins tu en sauras mieux cela vaudra. Autrement, si jamais l'un d'entre vous était arrêté et torturé, tout le réseau serait compromis.

— C'est pour ça que nous avons tous des pilules de cyanure sur nous, objecta Metcalfe.

— Oui. Qui ne serviront que si on vous en laisse le temps, d'ailleurs. Imagine qu'on te tombe dessus par surprise ! Je vais te dire une chose : l'un de mes agents – que j'ai réussi à faire nommer à un haut poste dans la Compagnie française des Pétroles – a été capturé par la Gestapo voilà une semaine. Depuis, je n'ai plus de nouvelles de lui. Le gars en question connaît l'existence de cet endroit-ci. » Corky fit un geste circulaire pour bien signifier qu'il s'agissait de la Caverne. « Et si jamais il parlait ? Si jamais il craquait ? C'est ce genre de problème qui m'empêche de dormir. »

Un ange passa. « Pourquoi êtes-vous venu à Paris, monsieur ? »

Corky se mordit la lèvre. « Ton nom de code, Stephen. C'est Roméo, n'est-ce pas ? »

Metcalfe roula les yeux et secoua la tête, d'un air gêné.

« J'avoue que ton manque de retenue face au beau sexe me laisse souvent perplexe. » Corky gloussa et fut pris d'une toux sèche qu'il calma avec un autre bonbon. « Mais de temps à autre, cette collection de cœurs brisés sert notre cause.

— Comment cela ?

— Je fais allusion à une femme avec laquelle tu as flirté voilà quelques années. »

Metcalfe cligna les yeux. Les femmes correspondant à cette définition se comptaient par dizaines et il n'avait pas trop envie d'y réfléchir.

« Cette personne – cette ancienne amie à toi – s'est prise d'amitié pour un haut dignitaire nazi.

— Je ne vois pas de qui vous voulez parler.

— C'est tout naturel. Cette histoire est vieille de six ans. A Moscou.

— *Lana* ! » murmura Metcalfe.

Il ressentit comme un choc électrique. Le simple fait d'entendre son nom, un nom qu'il avait cru enterré à jamais, la faisait resurgir dans sa mémoire, aussi réelle qu'autrefois.

Lana – Svetlana Baranova – était une femme extraordinaire, incroyablement belle, fascinante, passionnée. Elle avait été son premier grand amour.

En 1934, lorsque Stephen Metcalfe, à peine sorti de Yale, avait pour la première fois mis les pieds à Moscou, il avait découvert une ville sombre, effrayante, mystérieuse. La famille Metcalfe gérait quelques affaires en Russie – dans les années vingt, le vieux Metcalfe avait contribué à monter une demi-douzaine d'opérations conjointes avec le gouvernement soviétique, allant des usines de crayons de Novgorod aux exploitations pétrolières de Géorgie. La bureaucratie soviétique étant ce qu'elle était, le vieux Metcalfe s'était un jour trouvé confronté à un problème administratif. Il avait envoyé ses deux fils régler le différend. Pendant que le flegmatique Howard passait ses journées à parlementer en vain avec les fonctionnaires soviétiques, Stephen avait entrepris d'explorer la capitale. Moscou le fascinait au plus haut point. Le grand théâtre du Bolchoï en particulier, avec sa majestueuse colonnade surmontée d'une sculpture en cuivre représentant le char d'Apollon.

Et c'est dans ce vaste édifice du XIXe siècle qu'il avait vu danser une jeune ballerine si belle qu'il en était resté paralysé de stupeur. Elle semblait flotter au-dessus des planches. Elle prenait son envol, planait dans les airs comme un bel oiseau blanc, son aura diaphane rehaussée par son teint de porcelaine, ses yeux sombres, ses cheveux noirs et soyeux. Soir après soir, il l'avait regardée danser avec une aisance et une virtuosité saisissantes. Elle excellait dans *Le Pavot rouge* et *Le Lac des cygnes* mais sa grandiose interprétation de *Tristan et Isolde* chorégraphié par Igor Moïsseïev dépassait tout ce qu'il avait vu jusqu'alors.

Un jour, Metcalfe trouva enfin un prétexte pour l'aborder. La jeune Russe parut ravie et comblée par les attentions du riche Américain tout en ignorant que le riche Américain en question – malgré ses allures faussement mondaines – était tout aussi ravi et comblé qu'elle. Quelques mois plus tard, une fois leur problème résolu, les fils Metcalfe avaient dû regagner les Etats-Unis. Stephen quitta Svetlana Baranova la mort dans l'âme. Jamais une séparation ne l'avait tant fait souffrir. Dans le train de nuit reliant Moscou à Leningrad, Stephen n'avait pas fermé l'œil. Au matin, une heure avant d'arriver à destination, quand la vieille femme revêche qui servait le thé passa dans les compartiments, son frère Howard s'éveilla du sommeil du juste et entreprit de lui remonter le moral en lui lançant quelques plaisanteries. Howard était aussi raisonnable et insensible qu'un frère aîné pouvait l'être. « Allons, oublie-la, répétait-il. C'est une danseuse, bon sang ! Le monde est rempli de jolies femmes – tu verras. »

Sans prendre la peine de lui répondre, Stephen continuait à contempler d'un air lugubre la forêt qui défilait derrière la vitre du train.

« En tout cas, j'espère que tu ne t'es pas engagé auprès d'elle. Je préfère ne pas songer à ce que dirait Père s'il découvrait qu'on t'a vu en compagnie d'une ballerine. C'est presque aussi grave qu'une *actrice* ! »

La tête obstinément tournée vers le paysage, Metcalfe avait émis une sorte de grognement.

« Cela dit, il faut avouer que c'était un beau brin de fille », admit enfin Howard.

« Svetlana Baranova est aujourd'hui danseuse étoile au Bolchoï, annonça Alfred Corcoran. Voilà quelques mois, elle est devenue la maîtresse d'un haut fonctionnaire du ministère allemand des Affaires étrangères en poste à Moscou. »

Metcalfe secoua la tête, comme pour balayer quelque vieux souvenir rance. « Lana? ânonna-t-il. Avec un *nazi*?

— Apparemment, confirma Corcoran.

— Et... d'où tenez-vous que j'ai eu une... aventure avec elle ?

— Rappelle-toi, quand tu t'es engagé, je t'ai fait remplir un formulaire ennuyeux, long d'une cinquantaine de pages, dans lequel je te demandais de fournir la liste de tes contacts à l'étranger – amis, parents, relations, tout. Tu as mentionné des parents à Buenos Aires, des camarades de classe à Lucerne, des amis à Londres, en Espagne. Mais à Moscou, personne, et pourtant tu n'avais pas fait mystère de ton séjour dans cette ville. Alors, je t'ai demandé comment tu avais pu passer plusieurs mois à Moscou sans te faire des relations. Et c'est à ce moment-là que tu m'as confessé... eh bien, que tu avais rencontré cette jeune femme...

— Cela m'était sorti de l'esprit.

— Mon équipe de New York est restreinte, comme tu le sais, mais très efficace. Ils n'ont pas leur pareil pour établir des liens entre les individus. Un jour, mes enquêteurs sont tombés par hasard sur une note de renseignement concernant un attaché d'ambassade allemand en poste à Moscou, du nom de Rudolf von Schüssler. On y rapportait une rumeur insinuant que ses convictions nazies n'étaient peut-être pas aussi ancrées qu'il y paraissait. En voyant cela, l'une de mes collaboratrices a eu l'excellent réflexe de connecter deux éléments d'information. Le rapport sur von Schüssler faisait état de ses liens avec une danseuse du Bolchoï nommée Svetlana Baranova. Ce nom m'a tout de suite mis la puce à l'oreille.

— Lana fréquente un diplomate allemand? » marmonna Metcalfe. Il réfléchissait à voix haute.

« Depuis l'année dernière, quand Hitler et Staline ont signé leur pacte de non-agression, la communauté diplomatique allemande à Moscou a reçu l'autorisation de nouer certaines relations avec des Russes de la bonne société. Bien sûr, le ministère allemand des

Affaires étrangères est truffé de riches aristocrates de haut lignage – le Bottin mondain ne se limite pas à notre pays, tu le sais – et un certain nombre d'entre eux cachent mal leur aversion pour Hitler et ses sbires. Nous sommes partis du postulat que ce von Schüssler pouvait faire partie de ces opposants plus ou moins avoués. Mais la chose reste à vérifier. En quoi consiste vraiment son désaccord avec les nazis ? Est-il assez déterminé pour offrir éventuellement son aide à nos superviseurs ? Telle est ta mission. Je voudrais que tu apportes une réponse à ces questions. »

Metcalfe hocha la tête, le cœur battant d'excitation. Retrouver Moscou ! Et... Lana !

« Voilà ce que j'aimerais que tu fasses, poursuivit Corcoran. De nos jours, il est atrocement difficile pour un étranger de pénétrer en territoire russe. Ça n'a jamais été simple, mais aujourd'hui cela relève de l'exploit. Je suppose qu'on peut toujours infiltrer un agent sous une couverture quelconque, mais la chose est extraordinairement risquée. En l'occurrence, ce ne sera pas nécessaire. Je veux que tu t'y rendes à visage découvert. Sous ta propre identité. Après tout, tu peux arguer d'une raison valable. Disons que ta famille désire surveiller le bon fonctionnement de certains transferts de biens concernant quelque vieille opération conjointe.

— Je ne vois pas de quoi vous voulez parler.

— Oh, ça viendra. Tu n'auras qu'à régler les détails avec ton frère. Nous t'y aiderons. Crois-moi, les Soviétiques veulent pouvoir compter sur des apports en devises solides. Ils seront trop heureux de t'aider dans tes démarches. Et ce, malgré les diatribes contre les Etats-Unis qui paraissent chaque jour à longueur de colonnes dans la *Pravda*.

— Vous envisagez de leur verser des pots-de-vin ?

— Je n'exclus rien. Ça n'a pas grande importance. Pour moi, l'essentiel consiste à les convaincre de t'accorder un visa, afin que ton voyage à Moscou soit revêtu d'une vraie légitimité. Quand tu seras là-bas, tu reprendras contact avec Svetlana, ton ancien flirt. Une rencontre tout à fait fortuite, bien sûr, lors d'une réception à l'ambassade américaine. Et, comme il se doit, vous évoquerez le bon vieux temps.

— Et ensuite ?

— Ensuite, à toi de voir. Qui sait, vous reprendrez peut-être votre histoire là où vous l'aviez laissée.

— C'est le passé, Corky. Nous avons rompu.

— Oui, mais en douceur, je te connais. Toutes tes anciennes maîtresses semblent encore te porter dans leur cœur. Ce qui ne finit pas de m'étonner, d'ailleurs.

— Mais que voulez-vous de moi ?

— Nous disposons là d'une rare opportunité. Tu auras la chance de pouvoir côtoyer un très important diplomate allemand exerçant directement sous les ordres de von Ribbentrop, et donc du Führer. Et tu le rencontreras dans un cadre informel, en privé, loin des cercles officiels.

— Oui, mais dans quel but ?

— Le jauger. De manière à confirmer si possible les rapports que nous avons reçus sur son compte – voir si nous avons vraiment affaire à un dissident.

— Si vous recevez des rapports sur lui, j'en déduis que ses opinions ne sont pas si secrètes que cela.

— Nos diplomates américains sont très sensibles aux nuances. Ils rapportent les subtilités, interprètent les mots d'esprit, ce genre de choses. Mais ça ne vaut pas une estimation claire et nette, effectuée sur place par un officier de renseignement bien entraîné. Si, comme nous l'espérons, il se révèle que von Schüssler désapprouve les idées démentielles de Adolf Hitler, il se peut que nous arrivions à exploiter un filon de renseignements très rentable.

— Vous voulez que je le fasse passer de notre côté, c'est cela ?

— Procédons un pas après l'autre, veux-tu ? D'abord, tu vas demander un visa à ton nom au consulat soviétique, ici, sur le boulevard Lannes. Etant donné les rapports privilégiés qu'entretient ta famille avec les Soviétiques, ça ne prendra pas plus d'une semaine. Pendant ce temps, tu liquideras tes affaires à Paris mais sans brûler tous tes vaisseaux. Demain, tu rencontreras l'un de mes associés, un homme fort avisé qui en connaît un rayon sur les petits objets utiles dont tu auras besoin à Moscou. »

Metcalfe hocha la tête. L'idée d'aller à Moscou l'excitait au plus haut point, mais ce n'était rien comparé à celle de revoir Svetlana Baranova.

Corcoran se leva. « Allons, Stephen. Nous n'avons pas de temps à perdre. Chaque jour qui passe, les nazis remportent une nouvelle victoire. Envahissent un autre pays. Bombardent une autre ville.

Pendant que nous restons là les bras ballants, ils deviennent plus forts, plus rapaces. Comme tu le sais, nous manquons de tout – sucre, chaussures, essence, caoutchouc, munitions. Mais la chose qui nous fait le plus défaut, c'est le temps. »

Chapitre 4

Le violoniste avait beau interpréter son morceau favori, la *Sonate à Kreutzer* de Beethoven, il n'y prenait aucun plaisir. Et pour cause : la pianiste qui l'accompagnait jouait effroyablement mal. C'était l'épouse d'un officier SS, une rombière mal fagotée dont le talent laissait fort à désirer : elle pianotait comme une adolescente au concert de fin d'année. Cette femme n'avait rien d'une musicienne. Enfonçant les touches sans aucun sens du rythme, elle martelait avec une vigueur inopportune les passages requérant le plus de délicatesse et de sensibilité. De plus, elle avait la déplorable habitude de jouer de la main gauche un instant avant la droite, ce qui cassait les accords. Le premier mouvement, un *allegro* tempétueux, s'était relativement bien passé. Mais le troisième, l'*andante cantabile*, recelait des ornementations rythmiques d'une grande virtuosité, le genre de raffinement que la vieille harpie était incapable de percevoir.

De plus, la pièce était complexe, même pour un musicien accompli comme lui. Lorsque Beethoven en avait envoyé la partition au grand violoniste parisien Rodolphe Kreutzer, auquel il l'avait dédiée, ce dernier avait déclaré la sonate impossible à jouer. Jamais il n'avait osé la donner en public.

Quant à l'acoustique, mieux valait ne pas en parler. Ils se trouvaient au domicile du supérieur direct du violoniste, le *Standarten-*

führer H.J. Kieffer. L'homme dirigeait la section parisienne du service de contre-espionnage du *Sicherheitsdienst*, autrement dit les services secrets nazis. Le sol couvert de tapis, les murs tendus de lourdes draperies et de tapisseries anciennes absorbaient tous les sons. Et pour couronner le tout, le piano, un excellent Bechstein, était odieusement désaccordé.

Kleist se demandait pourquoi il avait accepté de jouer ce soir.

Après tout, il avait bien d'autres choses à faire et le violon n'était qu'un passe-temps pour lui.

Soudain une odeur lui chatouilla les narines. Il identifia des notes de bergamote, d'orange et de rosemarie flottant au-dessus d'une base de néroli et de musc, et reconnut *4711*, l'eau de Cologne fabriquée par les parfums Muelhens, une société allemande.

Sans même lever les yeux, Kleist comprit que Müller venait d'entrer dans la pièce. Müller, son superviseur local, était l'un des rares membres du *Sicherheitsdienst* à utiliser de l'après-rasage. La plupart des hommes du SD considéraient l'usage du parfum comme manquant de virilité.

Müller n'avait pas assisté au dîner, ni au concert, il devait donc avoir une affaire importante en tête. Kleist décida de passer la reprise et de bâcler le quatrième mouvement pour en terminer plus vite et se débarrasser de cette corvée. Il avait du pain sur la planche.

L'assistance seulement composée de quelque vingt-cinq personnes, à savoir l'ensemble des membres du SD plus leurs épouses, applaudit à tout rompre. Kleist les remercia d'un hochement de tête et se précipita dans le coin où l'attendait Müller.

« On a eu un souci », dit placidement ce dernier.

Kleist, le violon dans une main, l'archet dans l'autre, hocha la tête. « La station radio.

— Exact. Il y a eu un parachutage de la RAF en Touraine, la nuit dernière. Plusieurs conteneurs remplis d'instruments de communication. Notre informateur nous a prévenus de l'opération. » Il ajouta d'un air satisfait : « Notre informateur ne s'est jamais trompé. Il affirme que ce parachutage nous mènera au *réseau**. » Autrement dit, à un groupe de résistants.

« L'équipement a-t-il été livré à Paris ? », demanda Kleist. Quelqu'un faisait le pied de grue non loin de lui, sans doute pour le complimenter sur sa prestation. Kleist se tourna, ne reconnut pas la femme, hocha sèchement la tête et revint vers Müller. L'admiratrice s'esquiva.

« Dans un appartement de la rue de Mazagran, près de la porte Saint-Denis.

— C'est là que se trouve la station radio ? Rue de Mazagran ? »

Müller fit non de la tête. « Juste un lieu de transfert. L'appartement en question appartient à une vieille prostituée.

— L'équipement a-t-il été livré ? », répéta Kleist.

Müller sourit en opinant du bonnet. « On est venu le chercher, pour être plus exact. Un agent que nous soupçonnons être un citoyen britannique exerçant clandestinement en France.

— Et alors ? répliqua impatiemment Kleist.

— Notre équipe a perdu sa trace.

— Quoi ? » Kleist soupira de mépris. Il n'y avait pas de limite à l'incompétence des équipes opérationnelles du SD. « Vous voulez que je parle à cette prostituée, c'est cela ?, fit-il.

— Le plus tôt sera le mieux, répondit Müller. Au fait, vous avez très bien joué. C'était du Bach ? »

La prostituée exerçait son commerce rue du Faubourg Saint-Denis, au pied de l'arc de triomphe, un monument érigé au XVIIe siècle pour célébrer les victoires de Louis XIV dans les Flandres et en Rhénanie. En fait, elles étaient cinq à faire le trottoir tout en papotant et présentant leurs avantages aux hommes qui passaient par là, des types harassés, pressés de rentrer chez eux avant le couvre-feu. Elle aurait pu être n'importe laquelle parmi les cinq, songea Kleist.

Quand, dans son uniforme vert empesé, il les dépassa d'un pas nonchalant, il remarqua que trois d'entre elles étaient trop jeunes pour correspondre à la description de Müller. La femme dont l'appartement avait servi au transfert de l'équipement parachuté en Touraine par la Royal Air Force était une « vieille pute », d'après ses dires. Elle avait dans les quarante ans et un bâtard de vingt-quatre ans travaillant pour la Résistance. Il lui arrivait souvent de prêter l'appartement à son fils qui s'en servait pour entreposer du matériel. Seules deux prostituées semblaient assez âgées pour avoir un fils de vingt-quatre ans.

Ses narines frémirent. Il percevait l'assortiment d'odeurs qu'il avait coutume d'associer aux prostituées françaises – les cigarettes bon marché, le parfum minable dont elles masquaient leur manque d'hygiène. Son nez délicat fut assailli par leurs effluves féminins, mêlés aux relents du sperme ayant résisté au lavage à l'eau claire. Un mélange assez écœurant, pour tout dire.

Elles remarquèrent son uniforme. Il l'avait gardé intentionnellement. Déjà trois femmes se tournaient vers lui avec un sourire lascif. Elles lui souhaitèrent le bonsoir en allemand de cuisine. Les deux plus âgées gardaient leurs distances, ce qui ne le surprit guère. Les femmes mûres détestaient l'occupant, du moins ne s'en cachaient-elles pas. Il s'arrêta, leur sourit, revint en arrière et s'approcha d'elles.

Quand il fut assez près, il huma l'odeur rance de la peur. Certains croient que seuls les chiens peuvent détecter ce genre d'odeur sur les êtres humains. C'est totalement faux. Kleist avait appris à le faire. Il étudiait la biologie, à ses moments perdus. Les émotions violentes, la terreur en particulier, stimulaient les glandes apocrines au niveau des aisselles et de l'aine. Les follicules lâchaient leurs sécrétions, produisant une senteur âcre, musquée, acide, à nulle autre pareille.

Il sentait sa peur.

Non seulement la prostituée détestait les Allemands, mais elle les craignait. Dès qu'elle vit l'uniforme, elle identifia la police de la sécurité et se mit à paniquer à l'idée que son rôle au sein de la Résistance soit découvert.

« Vous », fit-il en la désignant.

Elle détourna les yeux pour fuir son regard. Confirmation supplémentaire, s'il en était besoin.

« Ces messieurs les Allemands te préfèrent, Jacqueline », la taquina l'une des plus jeunes.

Elle finit par se résoudre à affronter son regard. Sa dernière décoloration à l'eau oxygénée remontait à quelques semaines. « Oh, un beau soldat comme vous mérite mieux que moi », dit-elle en essayant de prendre un ton frivole. Sa voix rauque de fumeuse tremblotait. Sous ses paroles hachées, Kleist devina le battement rapide de son cœur.

« Je préfère les femmes mûres, déclara-t-il. Une femme qui a vécu. Qui sait des choses. »

Les autres se mirent à rire bêtement et à caqueter.

Non sans hésitation, la blonde décolorée s'approcha de lui. « Où on va ? demanda-t-elle.

— Je n'ai pas d'endroit à moi, à Paris, avoua Kleist. Je ne fais que passer. »

La prostituée haussa les épaules. Ils se mirent à marcher côte à côte. « Il y a une petite rue pas loin d'ici.

— Non. Ça n'ira pas pour ce que je compte faire.

— Mais si vous n'avez pas d'endroit...

— Nous avons besoin d'un lit et d'un peu d'intimité. » Sa réticence à le conduire chez elle confinait au comique. Il prenait un malin plaisir à jouer avec elle au chat et à la souris. « Tu n'habites pas très loin, j'en suis sûr. Tu ne le regretteras pas. »

L'immeuble de la rue de Mazagran tombait en ruine. Ils montèrent les quatre étages en silence. Nerveuse, elle mit du temps à trouver ses clés dans son sac. Finalement elle le fit entrer. L'appartement était grand mais chichement meublé. Elle l'emmena dans sa chambre et lui indiqua la salle de bains. « C'est par là, si vous en avez besoin », fit-elle.

Le lit était large, le matelas défoncé, couvert d'un jeté de lit élimé rouge vif. Il s'assit au bord; elle s'installa près de lui et entreprit de déboutonner sa tunique d'officier.

« Non, dit-il. Tu te déshabilles d'abord. »

Elle se leva, passa dans la salle de bains et ferma la porte. Il tendit l'oreille pour tenter de percevoir le glissement d'un tiroir qu'on ouvre, le cliquetis d'une arme qu'on empoigne. Mais il n'y eut rien de tel, juste le bruit d'un robinet qui coule. Elle émergea quelques minutes plus tard, drapée dans une robe de chambre turquoise qu'elle entrouvrit l'espace d'un instant pour lui permettre de reluquer sa chair nue. Elle avait des seins plutôt fermes pour une femme de son âge.

« Le peignoir, s'il te plaît », intima Kleist.

Elle n'hésita que quelques secondes avant de laisser glisser la robe de chambre sur le sol, exposant son corps avec une fierté hautaine. Puis elle s'approcha, resta debout face à lui et tenta à nouveau de déboutonner sa tunique.

« Va au lit, s'il te plaît », ordonna Kleist.

Elle obéit en se déplaçant avec une grâce étudiée et s'allongea, sans lâcher la pose. « Vous êtes un homme réservé, dit-elle. Vous n'aimez pas vous montrer nu.

— C'est cela, répondit Kleist faisant le timide. Et j'aime bien parler un petit peu, avant. »

Elle resta interdite puis répliqua : « Vous voulez que je vous dise des cochonneries, c'est ça ?

— J'ai idée que tu pourrais facilement m'en remontrer dans ce domaine. » Avant même de voir le coin du sac dépasser de sous le lit, il huma l'odeur de la toile mouillée. Ce sac-là avait servi à transporter l'équipement, conclut Kleist. Voilà pourquoi il était encore humide. Peut-être pleuvait-il, cette nuit, sur la Touraine. « Ah, j'adore l'odeur de votre merveilleuse campagne française !

— Pardon ? »

Il tendit la main, tira sur la toile et dégagea le sac bien plié. « Oui, la vallée de la Loire. Je reconnais l'odeur de cette terre fertile. L'argile siliceuse, le sol calcaire. La Touraine, n'est-ce pas ? »

Elle eut un coup au cœur mais, par réflexe, dissimula son effroi sous un haussement d'épaules et colla une main experte sur la braguette de son prétendu client. « Vous autres, les soldats allemands, vous avez des gros paquetages, murmura-t-elle. Ça m'excite terriblement. »

Le sexe de Kleist demeura flaccide. Il lui attrapa la main, y enfonça ses ongles, l'écarta de lui. « En parlant de paquetages, reprit-il. Les champs de Touraine font de très bons terrains de largage pour ce genre de chose, n'est-ce pas ?

— Je ne vois pas de quoi vous parlez. Je n'ai jamais mis les pieds en Touraine...

— Toi peut-être pas, mais ton fils René si. Pas vrai ? »

La prostituée eut une expression hébétée, comme si elle venait de recevoir une gifle. Elle rougit. « Je ne comprends rien à ce que vous dites, répéta-t-elle. Que me voulez-vous ?

— Juste une petite information. Tu es une femme qui connaît la vie, comme je l'ai déjà dit. Je veux un nom. »

Elle se dressa en se cachant la poitrine avec les bras. « Partez, je vous en prie, s'écria-t-elle. Vous faites erreur. Je suis une femme qui travaille pour gagner sa vie, c'est tout ce que j'ai à vous dire.

— Tu crois protéger ton fils unique, dit Kleist d'une voix douce. Mais en réalité tu lui portes préjudice. A lui, à sa femme et à son fils de deux ans – ton petit-fils. Car si tu refuses de me dire ce que j'ai besoin de savoir, ils seront abattus avant le lever du soleil. Cela je peux te l'assurer. »

La prostituée hurla : « Mais qu'est-ce que vous voulez ?

— Un nom, c'est tout, fit-il. Celui du Britannique qui a réceptionné l'équipement. Et comment on le contacte.

— Je ne sais rien du tout ! martela-t-elle. Je me contente de leur prêter mon appartement ! »

Kleist sourit. Elle avait craqué assez facilement. « C'est très simple, mademoiselle. Tu as le choix entre deux options. Les petites magouilles de ton fils m'importent peu. Je ne m'intéresse qu'au Britannique. Tu me dis comment le contacter et tu sauves ton fils et ton petit-fils. Sinon ils mourront dans l'heure qui vient. A toi de choisir. »

Elle lui avoua tout ce qu'il voulait savoir. Les informations jaillissaient de sa bouche dans une logorrhée terrifiée.

« Merci, dit Kleist.

— Maintenant hors d'ici, sale *boche* * ! cracha la prostituée. Sors de mon appartement, salopard de nazi ! »

La misérable tentative de la prostituée pour recouvrer un semblant de dignité ne lui fit ni chaud ni froid. Elle lui avait tout dit, après tout. Il lui en fallait plus pour l'émouvoir. En revanche, il savait que dès son départ, la femme s'empresserait de contacter son fils pour lui parler de la visite de l'officier allemand. Le Britannique risquait d'être informé avant qu'on ait eu le temps de lui mettre la main dessus, et cela n'arrangerait pas ses affaires.

Il se pencha vers elle, lui caressa les seins, les épaules. « Tu ne devrais pas dire des choses pareilles, fit-il sans s'énerver. Nous ne sommes pas si mauvais que cela. »

Elle se raidit à son contact et détourna la tête, si bien qu'elle ne vit pas luire le boyau de chat, la corde du *mi*, que Kleist avait brusquement sorti de sa poche, en l'enroulant sur son poing comme un garrot. Quand elle le sentit se tendre sur sa gorge, elle voulut crier mais aucun son ne sortit. Au bout de quelques secondes, Kleist renifla l'odeur nauséabonde de la décharge cloacale, mêlée à l'arôme de conifère de la colophane enduisant la corde de violon. Son extraordinaire sensibilité olfactive n'était pas toujours un avantage. Quand elle fut morte, il retira la corde et la remit dans sa poche.

Puis, après s'être soigneusement lavé les mains pour les débarrasser de cette ignoble puanteur, il quitta l'appartement de la prostituée.

Chapitre 5

CORCORAN disait vrai, il n'y avait pas de temps à perdre. Il fallait s'occuper du visa soviétique. Metcalfe pouvait le faire établir à Paris, au consulat soviétique du boulevard Lannes. L'occupant allemand était en cheville avec les Russes, à présent; Moscou se montrerait coopératif. Et, détail plus déterminant, la famille de Metcalfe commerçait avec le gouvernement soviétique. Par conséquent, les Metcalfe étaient considérés par Moscou comme des personnes en vue. Il obtiendrait son visa sans le moindre problème, il en était sûr.

Mais il lui faudrait d'abord contacter son frère Howard à New York. Comme Howard s'occupait de tout ce qui concernait l'entreprise familiale, il était le seul habilité à régler les formalités et à informer le gouvernement soviétique de l'arrivée de Stephen. Howard ne serait sans doute pas surpris par la requête de son jeune frère. Il le savait au service de l'administration américaine qui le chargeait de certaines missions secrètes. Pour des raisons de sécurité, on ne lui en avait pas dévoilé davantage.

Lorsque Metcalfe quitta la Caverne, le bar à l'étage au-dessus était devenu plus calme. Il restait quelques clients, des poivrots irrécupérables vautrés dans leur coin, occupés à ingurgiter leurs breuvages d'oubli. Seul le patron, Pasquale, le vit arriver. Penché sur un boulier et une pile de factures, il s'employait à compter la recette du soir. En entendant Metcalfe approcher, il leva la tête, lui adressa un clin d'œil et un geste rapide – index et pouce pincés devant les lèvres, comme s'il tirait sur une cigarette. Metcalfe lui fit signe du menton. Le cafetier n'avait pas oublié les cigarettes tant convoitées et, sans un mot, Metcalfe venait de lui indiquer que lui non plus n'avait pas oublié. Il traversa la salle sans faire de bruit, tapota le bras du patron en passant et sortit.

Il consulta sa montre : une heure passée.

A cette heure tardive, les rues de Paris étaient désertes. Metcalfe, épuisé, avait juste besoin d'une bonne nuit de sommeil mais en même temps, sa rencontre avec Corky l'avait excité. Il se sentait bourré d'adrénaline. Malgré sa fatigue, il se savait incapable de fermer l'œil.

Il était tard, certes, mais peut-être pas tant que cela. Il connaissait une femme, l'une de ses principales indicatrices pour tout dire. Elle travaillait dans un service de chiffrage. C'était un oiseau de nuit qui aimait se coucher tard, bien qu'elle doive se présenter à son bureau à neuf heures du matin tous les jours.

Sa porte lui était ouverte, quelle que soit l'heure ; ne le lui avait-elle pas souvent répété ? Eh bien, une visite nocturne tiendrait lieu de test.

Flora Spinasse était une femme simple mais attachante. De prime abord, on la sentait un peu sur la défensive mais quand on parvenait à l'apprivoiser, elle devenait enjouée, puis passionnée. Avant le début de l'occupation allemande, cinq mois plus tôt, elle travaillait comme chiffreuse à la *Direction générale de la Sûreté nationale**. Quand les nazis étaient arrivés, la Gestapo avait investi le siège de la *Sûreté** situé 11, rue des Saussaies, à deux pas du palais de l'Elysée, pour en faire son quartier général. Les Allemands organisèrent une purge, se débarrassèrent des employés jugés peu fiables et gardèrent précieusement les autres, car ils manquaient de travailleurs francophones. La plupart des secrétaires et des employés de bureau restèrent en poste. Les Françaises ne portaient pas leurs nouveaux patrons dans leur cœur mais celles qui avaient eu la chance de conserver leur emploi choisirent de taire leurs sentiments de peur de se retrouver à la rue.

Mais elles n'en avaient pas moins leur vie privée, leur environnement familial. Flora Spinasse, elle, trimbalait sa petite tragédie personnelle. Sa grand-mère bien-aimée était morte pendant l'invasion nazie. Les infirmières de l'hôpital où on l'avait admise s'étaient enfuies devant l'avancée allemande et, comme certains de leurs patients étaient trop malades pour les suivre, elles leur avaient au préalable administré des injections létales. La vieille dame avait fait partie du lot. Flora avait ravalé son chagrin mais la colère couvait toujours en elle. Elle haïssait les nazis pour ce qu'ils avaient fait subir à sa ville et à sa grand-mère.

Stephen savait tout cela – le réseau de Corky avait soigneusement étudié les dossiers des hôpitaux et les listes des personnes travaillant dans les administrations sensibles, sur la place de Paris – avant même de la rencontrer « par hasard » au parc Monceau. Le bel et riche Argentin la combla d'attentions. Elle en fut d'abord flattée et embarrassée puis, de fil en aiguille, ils finirent par tourner en dérision les stupides écriteaux que les Allemands venaient d'installer partout dans le parc : RASEN NICHT TRETEN – pelouse interdite. Avant l'arrivée des Allemands, on avait le droit de pique-niquer sur toutes les pelouses du parc Monceau. Mais aujourd'hui ? Ce genre d'interdiction était si... si germanique !

Le couvre-feu imposé par les nazis prenait effet à minuit. Donc quiconque avait un minimum de jugeote rentrait chez soi ou du moins évitait de se promener dans les rues. Ceux qui violaient le couvre-feu pouvaient passer le reste de la nuit en prison. Parfois les contrevenants se voyaient contraints de cirer les chaussures des soldats allemands ou assignés à la corvée de pluches dans les cuisines militaires.

Flora habitait rue La Boétie. Cela représentait une bonne balade. Il avait laissé sa puissante Hispano-Suiza au pied de son immeuble, rue de Rivoli. Mais tant pis : s'il était venu en voiture à la réception, il aurait dû l'abandonner avenue Foch, de toute façon. Il entendit le ronronnement guttural d'un moteur. Une Citroën noire – appartenant à la Gestapo, sûrement – passa non loin de là. Mais ses occupants étaient trop occupés pour s'arrêter et chercher des ennuis au piéton solitaire qui n'avait rien à faire là.

La température avait encore baissé, le vent s'était levé. Metcalfe sentait ses oreilles et ses doigts s'engourdir. Il commençait à regretter de n'avoir pas pris son pardessus en quittant la réception quand il se souvint qu'il n'avait pas eu le choix.

Une minute plus tard, il vit passer un fourgon de police – un *panier à salade**, comme disaient les Français – transportant des prisonniers. Metcalfe fut pris d'un accès de paranoïa vite jugulé. La plupart des véhicules circulant à cette heure tardive appartenaient aux nazis ou à leurs complices. Il avisa une cabine téléphonique et traversa la rue. En s'approchant, il remarqua la pancarte que les Allemands avaient collée sur la vitre – ACCÈS INTERDIT AUX JUIFS – puis entendit un cri et un bruit de pas précipités.

« Hé ! Vous là-bas ! *Arrêtez** *!* »

Metcalfe se contenta de jeter un regard distrait au *flic** qui courait vers lui avant de poursuivre son chemin jusqu'à la cabine.

« Hé ! Vous ! Montrez-moi vos papiers. » Le policier avait une petite vingtaine d'années et une barbe naissante.

Metcalfe haussa les épaules, sourit aimablement et lui tendit une carte d'identité au nom de Daniel Eigen, délivrée par la Préfecture de Police. Le Français l'examina d'un œil soupçonneux. Quand il comprit qu'il avait interpellé un étranger, il sembla se raidir.

« Le couvre-feu commence à minuit, gronda le jeune homme. Il est interdit de sortir ; vous le savez. »

Avec un sourire en coin, Metcalfe désigna sa veste de soirée d'un revers de main. *Je suis un alcoolo, un réprouvé,* semblaient signifier son geste et son rictus désabusé. Il se félicita de n'avoir pas eu le temps de se changer. Son smoking constituait un bon alibi. En somme, s'il avait violé le couvre-feu, c'était pour un motif bien véniel.

« C'est pas une excuse, lâcha le *flic** d'un air suffisant. Le couvre-feu est valable partout et pour tout le monde. Vous êtes en infraction. Je vais devoir sévir et vous conduire au poste pour interrogatoire. »

« Magnifique, marmonna Metcalfe entre ses dents. Ça, c'est bien ma veine. » Depuis que le couvre-feu était en vigueur, il avait été pris en infraction un nombre incalculable de fois, mais jamais on ne lui avait causé d'ennuis. C'était fort contrariant. Il était à peu près sûr que ses faux papiers supporteraient un examen minutieux et, en cas de besoin, il comptait un certain nombre de relations influentes susceptibles de se porter garantes. Diable, son carnet d'adresses rassemblait une ribambelle d'amis haut placés, capables de le faire libérer en un clin d'œil. Mais le laisserait-on les appeler ? Si ce type-là fourrait son nez dans ses dossiers... Jusqu'où pouvait-on creuser sans découvrir la supercherie ? Combien d'attestations superposées protégeaient-elles l'identité du soi-disant Daniel Eigen ? Et s'il ne résistait pas à l'interrogatoire ?

La meilleure arme contre un représentant de l'autorité était l'autorité, Metcalfe le savait. *Règle numéro un,* selon Corky, *quand on est confronté à l'autorité, toujours se réclamer d'une autorité supérieure. Si tu dois retenir une seule chose de mon enseignement, que ce soit celle-là.*

Il se rapprocha du policier, la mine renfrognée. « C'est quoi votre matricule ? demanda-t-il en français. Allons, dites-le-moi. Quand Didier entendra parler de vous, il va avoir une attaque.

— Didier ? s'étonna le jeune homme en fronçant les sourcils d'un air soupçonneux.

— Ne me dites pas que vous ne connaissez même pas le nom de votre supérieur, Didier Brassin, le *Préfet de police*[*] », reprit Metcalfe. Il agita la tête comme s'il n'en croyait pas ses oreilles et sortit l'étui à cigares en velours de sa poche de poitrine. « Quand Didier apprendra qu'un de ses hommes – un simple agent de police – m'a empêché de lui livrer ces Romeo y Julietas à son domicile du quai des Orfèvres, des cigares dont il a besoin pour une réunion urgente, cette nuit, il vous fichera à la porte. Enfin, s'il est de bonne humeur. Maintenant donnez-moi votre matricule, je vous prie. »

Le flic recula d'un pas. Son expression avait changé du tout au tout : à présent il était affable, tout sourire. « Je vous en prie, monsieur... ne soyez pas offensé. Vous pouvez circuler, monsieur. Toutes mes excuses ! »

Metcalfe secoua la tête, fit volte-face et s'éloigna. « Que cela ne se renouvelle pas, lança-t-il.

— Bien sûr que non, monsieur. Ce n'était qu'une regrettable erreur ! »

Ayant renoncé à téléphoner, Metcalfe dépassa la cabine d'un pas rapide. Finalement, il débarquerait chez Flora Spinasse sans s'annoncer.

Flora habitait un immeuble minable, rue La Boétie. L'étroit vestibule, comme tous les murs d'ailleurs, était badigeonné d'une hideuse peinture jaune moutarde écaillée. Il se faufila à l'intérieur – elle lui avait donné la clé de l'entrée –, prit le petit ascenseur jusqu'au quatrième étage et frappa chez elle en se servant de leur code secret, trois coups rapides suivis de deux. Il entendit un chien japper derrière la porte. Flora mit un temps fou à ouvrir et eut un hoquet de surprise en le voyant.

« Daniel ! s'exclama-t-elle. Que fais-tu là ? Quelle heure est-il ? » Elle portait une longue chemise de nuit en coton et des bigoudis. Son caniche Fifi courait en cercle à ses pieds en grondant.

« Je peux entrer, chère Flora ?

— Que fais-tu là ? Oui, oui, entre donc... Dieu du ciel ! Fifi, couché mon petit *toutou*[*] ! »

Flora n'était pas à son avantage mais c'était tout à fait normal à cette heure tardive. On la sentait gênée ; ses mains papillonnaient autour de ses bigoudis puis revenaient inspecter sa chemise de nuit, ne sachant que cacher en premier. Elle referma rapidement la porte derrière lui. « Daniel ! » répéta-t-elle. Mais il la fit taire en l'embrassant sur la bouche. Elle lui rendit son baiser avec un enthousiasme non feint.

« Tout va bien pour toi ? finit-elle par articuler quand ils se furent écartés l'un de l'autre.

— Il fallait que je te voie, avoua Metcalfe.

— Mais... mais Daniel, tu aurais dû m'appeler ! Tu le sais ! On ne débarque pas chez une dame comme ça sans prévenir. Surtout quand elle est dans ce genre de tenue.

— Flora, cette tenue me convient parfaitement. Tu n'as pas besoin de t'apprêter, de te maquiller. Tu es adorable au naturel, je te l'ai déjà dit. »

Elle rougit. « Tu dois avoir des problèmes. Je ne vois pas d'autre explication. »

Il embrassa du regard son petit appartement triste. Pour respecter l'extinction des feux, les fenêtres étaient tendues de satinette noire. La lampe posée dans un coin du salon était elle-même assombrie par un abat-jour bleu. On n'aurait jamais surpris la jeune Flora à enfreindre les règles. Elle les appliquait à la lettre. Le fait de flirter avec un étranger – et de lui fournir des renseignements – constituait sa plus grave infraction, son unique transgression au sein d'une existence vouée au respect de l'ordre et des convenances. Mais cette infraction-là n'avait rien d'anodin.

Les femmes sans histoires faisaient toujours les meilleurs agents. Metcalfe l'avait déjà remarqué. Elles n'attiraient pas l'attention, acceptaient des missions pénibles et les exécutaient avec conscience. Dans le secret de leur cœur, couvait un désir de rébellion. De même, c'était parmi les filles les plus simples qu'on trouvait les amantes les plus ardentes, les plus insatiables. En général, les jolies demoiselles comme Geneviève, trop vaniteuses et nombrilistes, avaient tendance à se montrer froides et nerveuses au lit. Elles ne s'abandonnaient jamais complètement. Alors que Flora, qui n'était pas une reine de beauté, manifestait un appétit vorace pour le sexe. Metcalfe lui-même trouvait parfois ses exigences épuisantes.

Non, Flora était heureuse de le voir, quels que soient l'heure et le jour. Il en était certain.

« On gèle ici, chérie, fit-il remarquer. Comment fais-tu pour dormir ?

— J'ai juste assez de charbon pour chauffer cette pièce quelques minutes par jour. Alors, je l'économise pour le matin. J'ai pris l'habitude de dormir dans le froid.

— A mon avis, tu as besoin que quelqu'un te tienne chaud la nuit.

— Daniel ! », fit-elle, choquée mais ravie.

Il l'embrassa de nouveau, un petit bécot affectueux. Fifi, couché sur la descente de lit râpée, posée près du canapé, les considérait tous les deux avec grand intérêt.

« Tu ne crois pas que tu devrais me faire livrer un peu de charbon, reprit Flora. Tu peux le faire, je sais que tu peux. Regarde à quoi j'en suis réduite. » Elle s'approcha de la cheminée et lui montra des boules de pâte à papier à moitié calcinées, venant de journaux, de boîtes en carton et même de livres. Elle les avait imbibées d'eau pour qu'elles se décomposent avant de les modeler en forme de balles. A Paris, comme la plupart des gens manquaient de charbon, la méthode de la boule de papier s'était généralisée. Il leur arrivait souvent d'aller jusqu'à brûler leurs meubles. « Mon amie Marie a bien de la chance – un officier de la Gestapo vient de s'installer dans son immeuble. Du coup, ils ont du charbon et tous les appartements sont correctement chauffés.

— Je te le trouverai ton charbon, mon chou.

— Quelle heure est-il ? Deux heures au moins. Et il faut que je me lève pour aller travailler demain matin – non, ce matin !

— Désolé de te déranger, Flora, mais c'est important. Si tu préfères, je m'en vais...

— Non, non, s'empressa-t-elle de le rassurer. Tant pis, je serai une loque demain au travail, et les souris grises se moqueront de moi. » C'était ainsi qu'on appelait les auxiliaires féminines de la Gestapo, les *Blitzmädchen.* Ces femmes en uniforme gris semblaient avoir investi toutes les administrations. « J'aurais aimé t'offrir du vrai thé. Puis-je te proposer du Viandox ? » Metcalfe en avait par-dessus la tête du Viandox ; cette curieuse décoction fabriquée à partir d'extrait de viande de bœuf se répandait partout à Paris. A cette époque, pour tout repas, certains devaient se contenter d'une tasse de Viandox et de quelques biscottes.

« Non, merci. Je n'ai besoin de rien.

— Je suis sûre que tu peux me trouver du vrai thé, et le plus vite sera le mieux.

— Je ferai l'impossible. » Flora ne cessait de réclamer des choses à son amant argentin, expert en marché noir. Elle se montrait si intéressée, si avide d'obtenir ses faveurs qu'il n'avait pas vraiment l'impression de lui être redevable de quoi que ce fût. Il se servait d'elle pour obtenir des renseignements mais en réalité, c'était surtout elle qui se servait de lui.

« Vraiment, Daniel !, gronda Flora. Débarquer comme ça sans prévenir ! Et au milieu de la nuit ! Ça me laisse sans voix. » Elle passa dans la salle de bains dont elle ferma la porte et en émergea dix minutes plus tard, drapée dans une robe de chambre en soie, élégante bien qu'un peu râpée. Ses bigoudis avaient disparu et ses cheveux étaient à présent soigneusement coiffés. Elle s'était mis du rouge à lèvres et une bonne couche de fond de teint. Bien qu'elle ne fût pas très belle, tous ces efforts l'avaient rendue presque jolie.

« Superbe ! s'exclama Metcalfe.

— Oh, je t'en prie », dit Flora en écartant sa remarque d'une chiquenaude. Mais elle rougit : Metcalfe savait qu'elle adorait les compliments. On ne lui en faisait pas souvent si bien qu'elle les savourait avec délices. « Demain, je me ferai une permanente.

— Tu n'en as pas besoin, Flora.

— Vous les hommes ! Qu'est-ce que tu en sais ? Certaines femmes se font des permanentes toutes les semaines ! Bon, je n'ai presque rien à t'offrir. J'ai fait un gâteau au chocolat grâce à un bon que m'a donné mon voisin – j'ai mélangé des nouilles écrasées et une goutte de chocolat, c'est infect. Tu en veux ?

— Tout va bien, je te l'ai dit.

— Si seulement j'avais du vrai chocolat...

— Mais oui, ma chère. Je t'en trouverai.

— Ah oui ? Oh, ce serait délicieux ! Quand je suis allée chez Paquet, l'épicier, hier soir après le travail, tout ce qu'il m'a donné c'est un morceau de savon et une livre de nouilles. Je n'ai donc pas de beurre pour le petit déjeuner.

— Je peux t'avoir du beurre aussi, si ça te fait plaisir.

— Du beurre ! Vraiment ? Tu es merveilleux. Oh, Daniel, tu n'as pas idée ! La vie est devenue tellement difficile. Je n'ai rien pour nourrir mon Fifi. Il n'y a pas de volaille, pas de gibier. » Sa voix devint un murmure. « Tu sais, j'ai entendu dire que certaines personnes mangent leurs chiens ! »

Fifi leva les yeux et grogna.

« Ils se mijotent des ragoûts de chat, Daniel ! Et voilà quelques jours, j'ai vu de mes yeux une vieille femme tout ce qu'il y a de respectable assommer un pigeon dans le parc et l'emporter chez elle pour le faire cuire ! »

Metcalfe se rappela soudain le petit flacon carré de *Vol de Nuit* de chez Guerlain qui reposait au fond de la poche de sa veste de soirée, là d'où il avait sorti le parfum destiné à Mme du Châtelet, plus tôt dans la soirée. Ce flacon-là était pour Geneviève mais dans l'affolement, il avait oublié de le lui offrir. Il le sortit et le déposa entre les mains de Flora. « En attendant, voilà pour toi. »

La jeune femme écarquilla les yeux et poussa un petit cri. Elle se jeta au cou de Metcalfe en s'écriant : « Tu es un magicien !

— Flora, écoute. Un de mes amis part pour Moscou cette semaine – il vient de me l'annoncer – et j'aimerais aller y faire quelques affaires.

— Des affaires ? A Moscou ?

— Les Allemands qu'on rencontre là-bas sont aussi cupides que ceux d'ici, tu sais.

— Oh, les Allemands – *ils nous prennent tout*[*] ! Ce soir, un Fritz m'a laissé sa place dans le métro, mais j'ai refusé.

— Flora, j'ai besoin que tu me trouves quelque chose d'autre au bureau. »

Elle plissa les yeux. « Les souris grises ne me quittent pas des yeux. C'est dangereux. Je dois faire attention.

— Bien sûr. Tu fais toujours attention. Ecoute, ma chérie, j'ai besoin d'une liste complète de tous les Allemands en poste à l'ambassade de Moscou. Tu peux faire ça pour moi ?

— Eh bien... je peux essayer, je suppose...

— Parfait, ma chérie. Tu me rendrais un fier service.

— Mais en échange, je te demande de faire deux choses pour moi.

— Bien sûr.

— Peux-tu m'obtenir un laissez-passer pour la zone libre ? Je veux rendre visite à ma mère. »

Metcalfe hocha la tête. « Je connais quelqu'un à la Préfecture.

— Formidable. Et encore une chose.

— Certainement. Qu'est-ce que c'est ?

— Déshabille-moi, Daniel. Tout de suite. »

Chapitre 6

Au petit matin, Metcalfe rentra chez lui, au cinquième étage d'un immeuble « Belle Epoque » donnant sur la rue de Rivoli. C'était un appartement vaste et somptueux, meublé à grands frais, comme il se doit pour un play-boy international, puisque telle était sa couverture. Parmi ses voisins, on comptait plusieurs officiers supérieurs nazis, installés dans des appartements confisqués à des Juifs. Ces messieurs appréciaient fort le voisinage de ce jeune Argentin fortuné. Trop heureux de pouvoir se procurer grâce à lui des marchandises de luxe introuvables, ils ne cherchaient pas d'ennuis au dénommé « Daniel Eigen ».

Arrivé devant sa porte, il enfonça sa clé dans la serrure et se figea soudain, assailli par une sorte d'impression fébrile, comme une prémonition. Il ne savait pas quoi, mais quelque chose clochait.

D'un geste mesuré, il ressortit la clé et leva le bras pour toucher le haut du battant. A cet endroit, la porte dépassait de quelques millimètres. Quand il sortait, il avait l'habitude de déposer une épingle sur cette petite saillie. Elle n'y était plus.

Quelqu'un était entré chez lui.

Or, il était le seul à posséder la clé de son appartement.

Malgré l'épuisement et le manque de sommeil, il retrouva aussitôt toutes ses facultés. Il recula, jeta un coup d'œil à droite et à gauche. Le couloir obscur était désert. Alors il colla l'oreille contre la porte.

Aucun bruit ne lui parvint mais cela ne voulait pas forcément dire qu'il n'y avait personne à l'intérieur.

Depuis qu'il vivait à Paris, jamais une pareille mésaventure ne lui était arrivée. Il allait et venait sous sa fausse identité, assistait aux dîners, aux réceptions mondaines, déjeunait chez Maxim's ou chez Carrère, rue Pierre-Charron, menait ses affaires tout en collectant des renseignements sur les nazis. Jamais il ne s'était senti suspect aux yeux des autorités. On n'avait jamais fouillé son appartement; personne ne s'était jamais avisé de lui faire subir d'interrogatoire. Il avait fini par se croire intouchable.

Mais quelque chose venait de changer. Les indices de ce changement étaient aussi imperceptibles que cette épingle absente au sommet de sa porte mais il fallait en tenir compte.

Il toucha le holster qu'il portait à la taille, sous son pantalon, pour vérifier que le Colt .32 compact était à sa place, prêt à servir en cas de besoin.

Son appartement ne disposait que d'une seule entrée, songea Metcalfe. Non, pas exactement. Une seule porte mais pas une seule entrée.

A pas de loup, il fila jusqu'au bout du couloir. Les fenêtres à double battant étaient rarement ouvertes, sauf l'été, quand la chaleur devenait par trop étouffante, mais pour les avoir testées, il savait qu'elles s'ouvraient sans peine. *Ménage-toi toujours une porte de sortie,* lui avait rabâché Corky depuis le premier jour de son entraînement dans la ferme de Virginie.

On ne fermait jamais les *volets**, de manière à laisser entrer la lumière. En plongeant ses regards à l'extérieur, il aperçut l'échelle d'incendie qu'il avait déjà remarquée lors de sa dernière inspection. Elle courait le long de la façade; on pouvait l'atteindre depuis cette fenêtre. Dans la ruelle en bas, il ne vit pas âme qui vive mais il lui faudrait agir vite. Le soleil était levé, le temps clair; on risquait donc de le voir.

Sans plus attendre, il tourna la poignée de la *crémone**. La crémaillère gémit faiblement, les vitres s'ouvrirent vers l'intérieur. Il sauta sur le rebord et s'engagea sur la plate-forme grillagée de l'échelle d'incendie.

Avançant prudemment sur les plaques de fer glissantes, il longea la façade jusqu'à la fenêtre de sa chambre. Bien sûr, elle était fermée, mais il ne se séparait jamais de son fidèle Opinel. Après s'être assuré qu'il n'y avait personne à l'intérieur, il glissa la lame, fit levier et entreprit d'actionner la *crémone**. *Doucement*, s'ordonna-t-il. Il avait huilé le dispositif de fermeture de la fenêtre voilà peu de temps, l'opération s'effectua donc sans trop de bruit, juste un léger frottement au moment où les vitres s'écartèrent. Pour se rassurer, il se dit que la rumeur montant de la rue le couvrirait sûrement. Il enjamba le rebord et atterrit dans la pièce le plus délicatement possible en se recroquevillant au moment de toucher le sol, de façon à atténuer la vibration de l'impact. Puis il demeura immobile, l'oreille tendue. Pas un bruit.

C'est alors qu'un détail attira son attention; quelque chose de très subtil, imperceptible pour un autre que lui. Une lueur sur la crédence d'acajou, le reflet du soleil sur la surface polie.

Ce matin – ou plutôt hier matin –, cet endroit-là était encore couvert d'une fine couche de poussière. La Provençale qui faisait le ménage chez lui deux fois par semaine n'était pas censée passer avant le lendemain et, dans ce vieil appartement, la poussière avait tendance à s'accumuler rapidement. Metcalfe était certain de ne pas y avoir touché. Quelqu'un d'autre l'avait essuyée, sans doute pour effacer ses traces. Quelqu'un était entré ici, la chose ne faisait plus aucun doute.

Mais *pourquoi*? Les nazis ne pénétraient jamais par effraction dans les appartements parisiens, c'était une règle. Les visites clandestines ne faisaient pas partie de leur mode opératoire. Quand ils recherchaient des criminels, des agents britanniques en planque par exemple, ils perquisitionnaient tous les logements d'un immeuble mais ces descentes, bien que nocturnes la plupart du temps, se faisaient au vu et au su de tout le monde. Et toujours sous une apparence de légalité. On produisait des documents officiels, on exhibait des signatures.

Alors qui était donc cet intrus ?

Et deuxièmement, était-il encore sur les lieux ?

Metcalfe n'avait jamais tué. En revanche, il connaissait bien les armes, depuis son enfance passée dans l'*estancia* familiale au cœur de la pampa argentine. Durant son entraînement dans la ferme de Virginie, on l'avait formé aux techniques létales. Mais il n'avait jamais eu l'occasion de tirer pour tuer et n'avait aucune envie de s'y mettre.

Pourtant, si le besoin s'en faisait sentir, il n'hésiterait pas.

Cela dit, il allait devoir user de prudence. Même si un intrus se cachait dans son appartement, il ne pouvait prendre le risque de tirer, à moins que sa vie ne soit en danger. Il aurait eu à répondre de son geste. De plus, s'il s'agissait d'un Allemand, les autorités ne le lâcheraient pas et sa couverture serait fichue.

Autre détail curieux, la porte de sa chambre était fermée. Il la laissait toujours ouverte en partant. Vivant seul, il n'avait aucune raison de la fermer. Les petites choses, les menues habitudes qui passaient inaperçues formaient un voile de normalité, une mosaïque de la vie quotidienne. Et voilà que les fragments de cette mosaïque se trouvaient perturbés.

Il marcha jusqu'à la porte, s'immobilisa et tendit l'oreille pour déceler les déplacements d'un éventuel visiteur. Son parquet craquait. Un étranger n'était pas censé le savoir. Mais derrière la porte tout était calme. Pas un bruit.

Il se plaqua contre le mur, tourna la poignée et entrouvrit d'abord avant de pousser le battant contre la cloison d'un geste brusque. Son cœur battait à tout rompre. Coulant son regard dans le salon, il étudia le jeu des ombres et de la lumière, guettant des modifications, s'attendant à voir surgir l'ennemi.

Ensuite, sans quitter son poste d'observation, il examina l'ensemble de la pièce, posant son regard sur toutes les cachettes possibles. Rien ne bougeait. Alors, il posa la main sur son arme et la glissa hors de son étui.

Soudain il fit carrément irruption dans la pièce, son pistolet braqué devant lui, et dit : « Montrez-vous ! »

En pivotant sur lui-même pour couvrir tout le champ, il fit sauter le cran de sûreté d'un coup de pouce, arma le percuteur en actionnant la glissière et se prépara à tirer.

La pièce était vide.

Il n'y avait personne. Il en était quasiment certain. Il en avait l'intuition. Pourtant, sans relâcher son attention, il se mit à longer le mur en pointant son arme de côté et d'autre et atteignit bientôt la porte de la petite bibliothèque.

Il la trouva ouverte, comme il l'avait laissée. La bibliothèque – en fait, un deuxième petit salon meublé d'un bureau, d'un fauteuil et tapissé de livres – était déserte. D'où il se tenait, il avait une vue précise de la pièce, jusque dans ses moindres recoins.

Mais, ne voulant courir aucun risque, il se précipita vers la cuisine, poussa la double porte et entra, son arme pointée devant lui. La cuisine elle aussi était vide.

Après avoir passé en revue toutes les autres cachettes potentielles – dans la salle à manger, le garde-manger, son grand placard à vêtements –, il dut se rendre à l'évidence. Il était seul dans cet appartement.

Il se détendit un peu. Beaucoup d'affolement pour rien. Bien sûr, il avait eu raison de se méfier mais au fond, il se sentait un peu stupide d'avoir réagi de la sorte.

En regagnant le salon, il remarqua un autre léger changement. Sa bouteille de cognac Delamain Réserve de la Famille Grande Champagne était posée sur le bar, comme d'habitude, mais l'étiquette n'était plus tournée vers l'extérieur. On l'avait donc déplacée.

Quand il ouvrit son coffret à cigarettes en ébène, il nota que la double couche de cigarettes n'était plus disposée de la même façon. La veille, il restait plus d'espace entre la dernière cigarette et le bois. Quelqu'un l'avait vidé pour voir ce qu'il y avait au fond – dans quel but ? Trouver des documents ? Des clés ? Il ne cachait rien dans cette boîte ; mais l'intrus l'ignorait.

D'autres indices lui apparurent. L'interrupteur de la vieille lampe en cuivre avait glissé sur la droite : on avait donc soulevé la lampe pour regarder sous le pied. Une bonne cachette certes, mais dont il ne s'était jamais servi. On avait dû également toucher au combiné du téléphone car le fil gainé de tissu pendait dans le sens inverse de celui où il l'avait laissé la veille. On l'avait donc décroché. Mais pour quoi faire ? Passer un coup de fil ? Ou simplement inspecter le socle de l'appareil ? La grosse pendule en marbre garnissant le manteau de la cheminée avait bougé, elle aussi. La pellicule de poussière s'interrompait à un centimètre de sa base. La fouille s'était déroulée dans les règles de l'art : on avait poussé la minutie jusqu'à redisposer les cendres de la cheminée, après avoir fourragé dans l'âtre ; ils étaient allés jusqu'à regarder dans la boîte à cendres, autre cachette judicieuse mais jamais utilisée.

Metcalfe courut vers le placard à vêtements aménagé dans un renfoncement à l'extérieur de la chambre. Ses costumes, ses chemises semblaient rangés en ordre et pourtant l'espace entre les cintres n'était plus le même. De toute évidence, l'individu avait décroché soigneusement chacun de ses vêtements pour en fouiller les poches.

Mais le ou les intrus n'avaient apparemment pas remarqué le compartiment scellé dans le mur, au fond du placard. Un petit bijou de cachette confectionné par un homme de Corky, un artisan hors pair. Quand il fit coulisser le panneau, le lourd coffre en acier apparut. Son cadran était encore pointé sur le chiffre sept et la fine couche de poussière intacte. Ce coffre contenait du liquide, des numéros de téléphone codés et des papiers d'identité établis à des noms différents. On n'y avait pas touché. Un vrai soulagement.

On avait fouillé son appartement de fond en comble – et avec quelle application ! – sans découvrir le coffre contenant la preuve que Daniel Eigen n'était qu'un nom d'emprunt, la couverture d'un espion américain. Par conséquent, ils ne connaissaient toujours pas sa véritable identité.

Ils n'avaient pas trouvé ce qu'ils cherchaient.

Mais... mais que cherchaient-ils exactement ?

Avant de sortir de chez lui, il passa un coup de fil à Howard, à New York.

Son frère fut content de l'entendre, bien qu'un peu surpris. Et sa surprise redoubla lorsque Stephen lui exprima son soudain intérêt pour leurs mines de manganèse de Géorgie. La famille Metcalfe gérait encore cette concession conjointement avec le ministère du Commerce soviétique. C'était une affaire sans grande envergure qui rapportait fort peu à cause des diverses restrictions imposées par le régime, auxquelles s'ajoutaient les indispensables pots-de-vin. Les Russes souhaitaient depuis longtemps racheter les parts des Metcalfe. Stephen lui suggéra que l'idée n'était peut-être pas si mauvaise et lui annonça qu'il se proposait de partir pour Moscou afin d'y rencontrer certaines personnes bien placées et faire avancer les pourparlers. Après un long silence – souligné par le sifflement de la liaison transatlantique – Howard comprit ce que son frère lui demandait. Sans hésiter, il accepta d'organiser son voyage. « Tu ne peux pas savoir l'effet que ça me fait, dit Howard sur un ton caustique, que mon petit frère décide de prendre une part plus active dans les affaires familiales.

— C'est un trop lourd fardeau pour une seule personne.

— Je suppose qu'une certaine danseuse n'a rien à voir dans la résurgence de ton intérêt pour nos avoirs en Russie. Dis-moi si je me trompe.

— Comment oses-tu mettre en doute ma motivation? », répliqua Metcalfe, un sourire dans la voix.

Très vite, il enleva son smoking pour enfiler un costume-cravate, la tenue passe-partout de l'homme d'affaires international qu'il prétendait être. Heureusement, la mode était aux pantalons larges, presque trop ; ils cacheraient l'arme dont il fixa l'étui à sa cheville.

La matinée était froide et claire lorsqu'il sortit de son immeuble, l'angoisse au cœur.

Environ une heure plus tard, il était assis dans la nef obscure d'une église, à Pigalle. Les sinistres vitraux de l'abside ne laissaient entrer qu'un filet de lumière. Parmi les rares paroissiens, quelques vieilles dames passaient leur temps à s'agenouiller, marmonner de rapides prières, allumer des cierges. Ça sentait l'allumette brûlée, la cire, la sueur, un mélange pas si désagréable que cela.

La petite église avait été laissée à l'abandon pendant des années mais au moins elle avait résisté aux envahisseurs nazis. Non pas qu'ils aient démoli des bâtiments parisiens ni détruit ou même fermé des églises. Loin de là. L'Eglise catholique avait passé des accords avec les Allemands. Elle acceptait les nouveaux dictateurs et en échange, ils lui laissaient exercer ses droits.

De nouveau, il palpa son arme.

Metcalfe remarqua un prêtre en soutane et col romain, sa silhouette filiforme en grande partie cachée sous des vêtements trop larges pour lui. Il le vit entrer, s'agenouiller devant une statue, allumer un cierge, se relever et se diriger vers une porte vétuste menant à la crypte en sous-sol. Metcalfe lui emboîta le pas.

Une sorte de lustre éclairait chichement la pièce humide. Corcoran rabattit le capuchon de sa soutane et s'assit à une petite table ronde, près d'un inconnu. L'homme ressemblait à une bouche d'incendie. Un col de chemise trop étroit, une cravate trop courte, un veston bon marché qui le boudinait. A côté de Corky, toujours aussi maigre et élégant, il formait un étonnant contraste.

« James, lança Corcoran à l'adresse de Metcalfe. Je voudrais te présenter Chip Nolan. »

Intéressant : Corcoran venait de lui attribuer un faux nom. Bien sûr, tout le monde savait que Corky était un grand paranoïaque. Avec lui, la main gauche ne devait jamais savoir ce que faisait la droite. Stephen se demanda aussitôt si « Chip Nolan » était un pseudonyme ou pas.

Metcalfe serra la main du petit homme replet. « Enchanté », lança-t-il.

Nolan avait de la poigne ; ses yeux clairs le regardaient bien en face. « Moi de même. Vous travaillez pour Corky. Sur le terrain. Je n'en sais pas plus mais ça suffit pour m'impressionner.

— Le FBI nous a prêté Chip pour renforcer notre département technique. Il est expert en *flaps and seals* [1] et en fourniture d'équipement.

— Vous vous rendez à Moscou, hein ? intervint Nolan tout en soulevant une grande et lourde valise de cuir qu'il déposa sur la table. Je connais que dalle à votre mission et c'est très bien comme ça. Je suis ici pour vous fournir de l'équipement, vous offrir tous les joujoux dont vous aurez besoin. La boîte à malices, comme on l'appelle. » Il caressa d'une main légère le cuir usé de la valise. « Elle est à vous. Une authentique valise soviétique, fabriquée à Krasnogorsk. » Il la déboucla, révélant une pile de vêtements bien pliés, dont un costume enveloppé dans du papier de soie. « Véritable vêtement soviétique, poursuivit Nolan. Fabriqué dans l'Usine Textile de la Révolution d'Octobre et acheté au GOUM, le grand magasin de la place Rouge. Il a été usé et déformé par nos soins. Les ruskoffs ont pas trop l'habitude de s'acheter des fringues neuves, du coup ils sont obligés de les porter plus longtemps que nous autres Américains. Tout a été taillé à vos mesures. » Il déballa une paire de chaussures marron de mauvaise qualité. « Ces trucs-là sont plus vrais que nature. Croyez-moi, même en cherchant bien, on n'arrive pas à trouver des godasses aussi moches à l'Ouest. Et la première chose que les Russes regardent chez vous c'est vos chaussures, vous verrez. C'est comme ça qu'ils repèrent les étrangers. »

Metcalfe jeta un coup d'œil à Corky. Le vieil homme semblait distant, comme s'il pensait à autre chose. « En fait, je ne suis pas

---

1. Méthodes conçues pour l'ouverture discrète des plis, la recherche et le désamorçage des pièges explosifs contenus dans les courriers (NDLT).

censé passer pour un citoyen russe, précisa-t-il. Je séjournerai à Moscou sous ma propre identité. »

Corcoran s'éclaircit la gorge. « Tu débarqueras là-bas sous ton vrai nom, James, c'est vrai. Mais on ne sait jamais ce qui peut arriver. Toujours se ménager une porte de sortie. Tu auras peut-être besoin de changer d'identité. »

Metcalfe approuva d'un hochement de tête. Le vieil homme avait raison, évidemment.

Nolan produisit ensuite un appareil photo miniature. Metcalfe reconnut un Riga Minox. D'un mouvement de tête, il exprima qu'il pouvait se passer d'explications. L'homme du FBI sortit un jeu de cartes qu'il disposa en éventail sur la table. « Jetez un coup d'œil là-dessus.

— Qu'est-ce que c'est ? demanda Metcalfe.

— Un plan de Moscou et de ses environs. Document top secret. Si on vous prend en possession de ce plan là-bas, ils vous balanceront dans un cachot de la Loubianka et jetteront la clé. Coincé en sandwich entre le recto et le verso de chaque carte à jouer, on a glissé une partie du plan. Chaque partie est numérotée. Pour reconstituer l'ensemble, il suffit de les assembler après avoir décollé la face de la carte. S'il reste de la colle, vous frottez avec le pouce et ça part.

— Judicieux », dit Metcalfe.

L'homme du FBI présenta un assortiment d'armes aisément dissimulables. Metcalfe avait déjà eu l'occasion d'en voir de semblables : un pistolet de poignet, une ceinture en toile dont la boucle contenait un pistolet Webley modifié de calibre .25, activable par une cordelette. Puis Nolan s'empara d'une trousse à rasage en toile, fit glisser la fermeture Eclair et sortit un rasoir et un blaireau en ivoire qu'il fit rouler sur la table. Metcalfe s'en saisit, l'examina et tenta en vain de dévisser le manche. « Vous pouvez le laisser traîner dans votre chambre d'hôtel sans vous faire de souci », indiqua Nolan qui le récupéra et tourna le manche dans le sens des aiguilles d'une montre. Une cavité apparut, contenant un bout de papier roulé. Il s'agissait d'un masque jetable, un système d'encodage de messages impossible à décrypter. Metcalfe hocha la tête ; il savait comment on utilisait les masques jetables. « Imprimé sur du nitrate de cellulose, donc hautement inflammable. Facile à détruire si vous êtes coincé. »

Nolan saisit un tube de dentifrice Ipana, pressa dessus et fit sortir un peu de pâte blanche. « Les Popov ne soupçonneront jamais que ce truc est creux. » Il tira sur le repli à la base du tube dont il extirpa une poche protégeant un foulard de soie garni de centaines de chiffres imprimés. Metcalfe reconnut une liste de clés. Il hocha la tête.

« Vous trouverez d'autres masques jetables là-dedans. Vous fumez ? » Nolan exhiba un paquet de Lucky Strike.

« Pas souvent.

— Va falloir vous y mettre. Et voilà encore une clé ici. » Nolan lui montra un stylo-plume puis attrapa une autre valise qu'il posa sur la table, comme la première, à la différence près que celle-ci était un élégant bagage en cuir de chez Hermès. « Si vous voulez passer pour un Américain.

— J'ai déjà une valise, merci.

— Celle-ci est mieux, mon petit gars. A l'intérieur des serrures, on a caché les pièces maîtresses d'un émetteur radio. Sans elles, l'émetteur ne marchera pas.

— Quel émetteur ?

— Celui-ci. » Nolan hissa une troisième valise en cuir. Elle paraissait très lourde. Quand il l'eut déverrouillée, il lui montra une boîte noire en acier recouverte d'un film granuleux. « Le BP-3, annonça-t-il fièrement. Le plus puissant émetteur-récepteur jamais inventé.

— C'est l'un des tout premiers prototypes, ajouta Corky. Conçu pour le MI-6 par une équipe géniale, des émigrés polonais. J'ai réussi à leur mettre la main dessus avant les angliches ; ne me demande pas comment. A côté de cette petite merveille, tous les autres émetteurs-récepteurs font figure de reliques juste bonnes à garnir une vitrine de musée. Je t'en prie, prends-en soin comme de la prunelle de tes yeux. Toi, on peut toujours te remplacer mais pas cet engin-là, malheureusement.

— Exact, confirma Chip Nolan. C'est un vrai joyau. Et à Moscou, vous en aurez besoin. Pour autant que je sache, la seule autre manière de communiquer avec la base est le canal noir, d'accord ? »

Nolan regarda Corky qui se contenta d'opiner du chef.

« A n'utiliser qu'en cas d'urgence. Autrement, il y a ceci, ou alors les messages cryptés qu'on fait passer par des intermédiaires de confiance.

— Il en existe ? s'étonna Metcalfe. Je veux dire des intermédiaires en qui je peux avoir confiance.

— Il y en a un, finit par lâcher Corcoran. Un attaché à l'ambassade américaine. Je t'indiquerai son nom et la façon d'entrer en contact avec lui. Il travaille pour moi. Mais je tiens à t'avertir, James. Une fois là-bas, tu devras te débrouiller seul. Sans soutien d'aucune sorte.

— Et si ça tourne mal ? s'enquit Metcalfe. Vous dites tout le temps qu'il faut se ménager une porte de sortie.

— Si ça tourne mal, articula Corcoran en se redressant dans sa soutane, tu seras désavoué. Tu devras t'en sortir par tes propres moyens. »

Quelques minutes plus tard, l'homme du FBI prit congé. D'un air renfrogné, Corcoran sortit un paquet de Gauloises et une boîte d'allumettes. Metcalfe, se rappelant soudain qu'il avait un cadeau pour lui, extirpa des Lucky Strike de sa poche et les posa devant son mentor.

« Pas de Chesterfield sur le marché, en ce moment, annonça Metcalfe, mais ça vaut mieux que rien, j'imagine. »

Corky déballa le paquet sans mot dire mais à son petit sourire on devinait que le cadeau lui faisait plaisir. Metcalfe lui parla de l'effraction de son appartement.

Après un long silence, Corcoran lâcha : « C'est inquiétant.

— Je vous crois.

— Ce n'est peut-être rien de plus qu'un excès de zèle de la Gestapo. Après tout, tu es un étranger en visite à Paris – ce qui attire automatiquement les soupçons. Mais cette visite intempestive pourrait aussi bien révéler quelque chose de plus grave.

— Une fuite. »

Corcoran pencha un peu la tête. « Ou une pénétration. En dépit de tous mes efforts pour faire respecter le principe de compartimentation, je me doute bien que des recoupements s'effectuent, que des choses se disent, que la sécurité est sans arrêt compromise. Tout ce que nous pouvons faire, en ce moment, c'est renforcer notre vigilance. Je crois que cette mission à Moscou n'aura rien d'une partie de plaisir.

— Qu'est-ce qui vous fait dire cela ? »

Corcoran retira une cigarette du paquet, craqua une allumette d'un geste décidé et l'alluma. « Cette femme, cette danseuse – elle a compté pour toi, n'est-ce pas ?

— Autrefois oui. Plus maintenant.

— Ah, je vois, fit Corcoran avec un sourire énigmatique tout en inhalant une bonne bouffée. Maintenant, elle n'est plus qu'un nom sur ta longue liste d'aventures romantiques, hein ?

— Quelque chose comme ça.

— Alors le fait de la revoir – dans les bras d'un autre – ne te fera pas souffrir ? » Il retint la fumée dans ses poumons un bon moment.

« Vous m'avez confié des missions bien plus difficiles.

— Mais jamais une aussi importante. » Finalement il relâcha la fumée. « Stephen, comprends-tu la gravité de ce que tu es sur le point d'accomplir ?

— Dit comme ça, répliqua Metcalfe, j'ai tout à coup l'impression que non. Même s'il s'avère que von Schüssler est effectivement un antinazi convaincu souhaitant *de plus* trahir son propre gouvernement – ce qui me paraît une vue très optimiste –, il ne constituera qu'une source d'information supplémentaire. Je suis sûr que nous en avons d'autres. »

Corcoran secoua lentement la tête. Le vieil homme lui parut encore plus décharné que lors de leur dernière rencontre, à New York. « Si nous remportons le jackpot, si tu parviens à le gagner à notre cause, Stephen, ce type comptera parmi nos liens les plus solides avec le haut commandement allemand. Il navigue dans l'entourage de l'ambassadeur allemand à Moscou, le comte Werner von der Schulenberg. Il fait partie de la haute, sa famille a ses entrées partout – tu sais ce que c'est. » Il émit un petit gloussement sec. « Ces gens-là considèrent d'un œil torve cet agitateur viennois, ce parvenu nommé Adolf Hitler. Ils n'ont que mépris pour le Führer. Mais, en même temps, ce sont tous des patriotes allemands. Et pas des moindres.

— Si von Schüssler est un patriote, comme vous le supposez, il ne risque guère de trahir son propre pays, surtout en pleine guerre. Führer ou pas Führer.

— La question de son loyalisme peut se révéler plus complexe qu'elle ne paraît de prime abord. Mais, à moins d'aller voir sur place, impossible d'en être sûr. Et si nous – tu – réussissons, j'ai idée que les renseignements auxquels il nous donnera accès seront vraiment stupéfiants.

— Des renseignements sur quoi, exactement ? Comment un fonctionnaire du ministère des Affaires étrangères, même haut placé, serait-il au courant de la stratégie militaire qui se concocte dans l'entourage privé de Hitler ?, rétorqua Metcalfe. A mon avis, il ignore tout des plans élaborés par les nazis pour l'invasion de l'Angleterre.

— Exact. Mais en revanche, il sera incollable sur l'état des relations entre l'Allemagne et l'Union soviétique. Et c'est là-dessus que reposent tous nos espoirs. »

Metcalfe secoua la tête sans comprendre. « Ils sont alliés dans cette foutue guerre. Depuis l'année dernière, Hitler et Staline se tiennent les coudes. Que voulez-vous apprendre de plus ? »

Corcoran prit un air attristé, comme déçu. « Ils ont signé un bout de papier. Un traité. Mais un traité c'est comme un miroir, Stephen. On y voit ce qu'on veut bien y voir.

— Ce que vous dites me dépasse, Corky.

— Hitler offre à Staline un chiffon de papier à signer. Ce papier dit nous sommes amis, nos intérêts concordent, nous voilà partenaires. Mais Staline ne voit dans ce traité que ce qu'il veut bien y voir : un reflet de ses ambitions, de ses espoirs, de ses aspirations. Et ce que Staline voit dans ce reflet ne correspond pas forcément à ce que voit Hitler. Ils peuvent très bien avoir l'un et l'autre deux visions radicalement différentes. Et nous autres spectateurs, le reste du monde, nous avons aussi le choix. Soit nous voyons dans ce miroir le reflet d'un pacte liant deux malfaiteurs s'associant pour commettre leurs méfaits main dans la main, soit nous y voyons un jeu de dupes dans lequel chacun tente de manœuvrer l'autre. T'es-tu jamais demandé pourquoi un miroir inverse la gauche et la droite et pas le haut et le bas ?

— Vous savez que je n'arrive jamais à résoudre vos énigmes, Corky. »

Corcoran poussa un soupir d'exaspération. « Allons, Stephen ! Un miroir n'intervertit pas la gauche et la droite. Il se contente de montrer ce qu'il voit. Il reflète ce qui est en face de lui. »

Metcalfe hocha de nouveau la tête. « Vous voulez savoir ce que les Russes pensent des Allemands, et ce que les Allemands pensent des Russes. Telle est la grande vérité que vous cherchez à découvrir. C'est bien cela ? »

Corcoran sourit. « La vérité est un miroir brisé. Pulvérisé en des myriades de fragments. Chacun croit que sa petite partie constitue le tout, si tu me permets de paraphraser les stances du Kasidah de Haji Abdu El-Yedzi dans la version de Sir Richard Francis Burton.

— Je vous le permets », dit Metcalfe. Corky adorait citer ce panégyrique perse pour illustrer ses dires.

« L'alliance entre ces deux tyrans est le grand mystère de la guerre, reprit Corky. Il convient d'y accorder la plus grande attention. Te souviens-tu des guerres du Péloponnèse, Stephen ?

— Je crains qu'elles ne se soient déroulées un peu avant ma naissance, grand-père. Vous-même deviez être en culottes courtes, à l'époque. »

Corcoran le gratifia d'un sourire de convenance. « Athènes n'a dû sa survie qu'à la discorde régnant entre ses deux formidables ennemis.

— Seriez-vous en train de me dire qu'une sorte de fissure s'est formée entre l'Allemagne et la Russie ?

— Je suis en train de dire que j'aimerais en avoir le cœur net. Ce serait un renseignement vraiment inestimable. Et notre seul espoir, pour tout dire. »

En voyant Metcalfe froncer les sourcils, son mentor comprit que le jeune homme ne suivait pas très bien son raisonnement. Il poursuivit : « Pendant que Hitler était occupé à combattre la Grande-Bretagne et la France, les Russes lui envoyaient du fer et du caoutchouc, des céréales et du bétail. Les Russes nourrissaient les soldats de Hitler et fournissaient son armée. Te rends-tu compte ? Pendant que son propre peuple mourait de faim, Staline a vendu à Hitler des milliers de tonnes de blé ! Les deux tyrans se sont partagé l'Europe, à présent ils projettent de se partager l'Empire britannique et ensuite de gouverner le monde à eux deux.

— Allons, Corky. Ils ne vont pas se partager l'Empire britannique. Churchill me semble bien résolu à ne pas les laisser faire.

— Churchill est un grand homme d'Etat et je ne remets pas en cause sa résolution. Mais que peut-il contre un ennemi aussi invulnérable que les nazis ? Quand il dit qu'il n'a rien à offrir que du sang, de la peine, des larmes et de la sueur – eh bien, moi je le crois sans peine. L'Angleterre ne possède pas grand-chose d'autre. Sa survie même devient problématique.

— Mais vous croyez vraiment que Staline fait confiance à

Hitler ?, repartit Metcalfe. Ces deux fous sont comme des scorpions dans une bouteille !

— C'est vrai, mais ils ont besoin l'un de l'autre, répondit Corcoran en soufflant un épais nuage de fumée par les narines. Ils ont beaucoup de points communs. Ils ont instauré des régimes totalitaires. Ils se contrefichent l'un comme l'autre de la notion de liberté individuelle. L'alliance entre eux a été un coup de génie. Et ce n'est pas la première fois. Regarde ce qui s'est passé durant la dernière guerre, Stephen. Quand la Russie a compris que l'Allemagne était en train de perdre, elle a signé avec elle une paix séparée à Brest-Litovsk. Et elle a passé les dix années suivantes à réarmer l'Allemagne en grand secret, ceci en totale violation du traité de Versailles. C'est bien la Russie qui a créé l'ennemi formidable que nous sommes contraints d'affronter aujourd'hui.

— Vous ne croyez pas que Hitler soit juste en train de gagner du temps, que tôt ou tard il décidera d'attaquer la Russie ? J'ai toujours pensé qu'il méprisait les Slaves, les cocos. Enfin, il suffit de parcourir *Mein Kampf*...

— Nous *savons* qu'il ne prévoit aucune attaque. Nous disposons de renseignements parcellaires mais fiables venant de l'entourage de Hitler, allant dans ce sens. Hitler n'est pas idiot. Pour lui, entrer en guerre contre la Russie tout en combattant le reste du monde, ce serait de la folie pure, un coup de grâce porté à la cause nazie ! Pour nous, évidemment, une telle éventualité serait un cadeau inespéré. Et j'ajouterai une chose qui me préoccupe au plus haut point, en ce moment. En Amérique, je subis énormément de pressions venant de personnes appartenant au monde du renseignement et de l'armée. Ces gens estiment que Hitler n'est pas notre principal ennemi.

— Que voulez-vous dire ?

— Ils considèrent que seuls les bolcheviques constituent une vraie menace. A leurs yeux, Adolf Hitler représente un formidable rempart contre le communisme.

— Mais comment... comment peut-on voir en Hitler autre chose qu'un tyran assoiffé de sang ? s'indigna Metcalfe.

— Pour beaucoup, le mensonge a quelque chose de rassurant », expliqua Corcoran. Un sourire sardonique joua sur ses lèvres. « C'est une vérité que j'ai apprise très jeune. J'ai perdu ma tante étant enfant. On m'a dit qu'elle était "partie pour un monde meilleur".

— Comment savez-vous qu'ils mentaient? demanda Metcalfe, histoire de titiller un peu le vieux maître espion.

— Tu ne connaissais pas ma tante », riposta Corcoran.

Metcalfe appréciait l'esprit mordant du vieil homme, et plus encore dans les moments de tension. « Très bien, dit-il. Qu'avez-vous prévu pour moi ?

— Je veux que tu quittes Paris dès demain, déclara brusquement Corcoran. Fais-moi plaisir, renonce à dire adieu à tes nombreuses conquêtes. Personne ne doit savoir où tu vas. Si tu veux, écris-leur des cartes postales que nous posterons des îles Canaries ou d'Ibiza. Laisse-leur croire que l'insaisissable et séduisant M. Eigen a été appelé à l'étranger pour régler une affaire pressante. Personne n'y trouvera rien à redire. »

Metcalfe hocha la tête. Corcoran avait raison, bien sûr. Mieux valait éviter les explications. Demain ! Cela signifiait qu'il n'aurait pas le temps de repasser chez Flora Spinasse prendre la liste du personnel de l'ambassade allemande à Moscou : dommage, mais il se débrouillerait sans.

« Tu voyageras par les *Chemins de fer du Nord**. Départ gare du Nord en direction de Berlin, et ensuite Varsovie. On t'a réservé un compartiment de première classe au nom de Nicolas Mendoza. A Varsovie, tu arriveras à la gare Warszawa Centralna, deux heures et quart de battement. Tu fais un petit tour et ensuite tu embarques dans le train de Moscou sous le nom de Stephen Metcalfe. On t'a pris une chambre au Métropole. »

Metcalfe hocha la tête. « Les papiers ?

— Tu as des contacts à Paris. Mon personnel aux Etats-Unis n'a pas le temps de les fabriquer et de te les envoyer.

— Pas de problème.

— Tu auras du pain sur la planche. Les enjeux sont incommensurables, alors tu évites de jouer au m'as-tu-vu. Il y a de fortes chances pour que les choses tournent mal.

— Je vous repose la question : qu'est-ce que je fais si ça tourne mal ? »

Corcoran ajusta sa chasuble. « Si ça tourne mal, Stephen, je te conseille la prière. »

Chapitre 7

LE VIOLONISTE attendait dans l'appartement de l'homme. Le *Sicherheitsdienst* avait obtenu l'adresse grâce au numéro de téléphone fourni par la prostituée. Kleist ne connaissait toujours pas l'emplacement de la station radio – la fille l'ignorait, bien entendu, de même que leur informateur, le type qui les avait avertis du parachutage : l'information était strictement compartimentée. En attendant le retour de l'agent britannique, il avait eu largement le temps de fouiller l'appartement à fond. Il connaissait maintenant l'identité de l'Anglais, ce qui était un bon début. Il savait que celui-ci travaillait la nuit et dormait le jour.

Kleist n'avait plus qu'à attendre.

Peu après sept heures du matin, il entendit une clé tourner dans la serrure. L'Anglais fit chauffer de l'eau pour le thé en fredonnant, passa dans la salle de bains enfiler son pyjama, ouvrit la porte du placard à vêtements et, au moment où il faisait glisser les cintres, eut à peine le temps de pousser un cri. Kleist surgit du placard comme un diable en lui agrippant la gorge à deux mains. L'Anglais bascula en arrière.

Il émit une sorte de gargouillis. Il étouffait, son visage vira au cramoisi. « Mais que... ! » Kleist lui décocha un coup de genou dans les parties. Le choc fut si violent qu'on entendit le coccyx craquer.

L'Anglais gémissait, pleurait à chaudes larmes. Une vraie fillette.

« Je veux juste savoir où se trouve votre station radio », fit Kleist. Son anglais était empreint d'un fort accent germanique ; il avait appris cette langue sur le tard. Il retira une main de la gorge de l'homme.

« Va te faire foutre », bredouilla l'Anglais d'une voix de fausset.

Il avait dû croire que Kleist avait retiré sa main pour lui permettre de parler. Mais il n'en était rien. Kleist en avait juste besoin pour pêcher au fond de sa poche la corde de violon enroulée. En deux secondes, il la tendit d'un coup sec et l'appliqua sur le cou de sa victime, entre la protubérance cartilagineuse du larynx et l'os hyoïde, zone particulièrement vulnérable. Cette prise avait l'avantage de compresser à la fois la trachée artère et la carotide. L'Anglais avait les yeux qui lui sortaient de la tête.

On ne pouvait pas dire que ce jeune homme se préoccupait beaucoup de son hygiène personnelle, songea Kleist. Il ne s'était certainement pas baigné depuis plusieurs jours. Certes, l'eau chaude était soumise à restriction mais ce n'était pas une excuse.

« Je vous repose la question, dit Kleist en articulant bien. Où se trouve la station radio dans laquelle vous travaillez ? C'est tout. Si vous répondez, mon travail sera fini et je partirai aussitôt. Vous aurez la vie sauve. Inutile de jouer les héros. »

L'Anglais tenta de dire quelque chose. Kleist relâcha le boyau de chat juste assez pour le laisser parler.

« ... accord ! hoqueta-t-il. ... accord !... e vais vous dire !

— Si vous mentez, non seulement vous signez votre arrêt de mort mais celui de tous vos collègues. » Kleist pratiquait l'interrogatoire et la torture depuis de nombreuses années, et son expérience lui avait appris que les menaces de mort étaient rarement efficaces. Ce qui fonctionnait c'était la culpabilité, l'instinct qui poussait à protéger ses amis, ses collègues. Et la douleur : il n'y avait rien de plus radical que la douleur pour délier les langues. Voilà pourquoi il avait positionné le boyau de chat de cette manière. Pour faire le plus mal possible.

« Je vais tout vous dire ! », glapit l'Anglais.

Et c'est ce qu'il fit.

Lorsque Kleist estima qu'il en savait assez, il pressa brusquement la corde de violon contre la chair tendre de la gorge. Dans les yeux de l'Anglais passa une expression désemparée, indignée, juste avant que ses globes oculaires ne jaillissent de ses orbites. *J'ai rempli ma part du marché et pas vous,* semblait exprimer son regard. *Pourquoi ?*

Kleist n'en finissait pas de se demander pourquoi toutes ses victimes s'imaginaient pouvoir négocier avec lui. Que valait une négociation quand une seule des deux parties détenait tout le pouvoir ?

Lorsque l'Anglais fut mort, Kleist se leva et, avec un frémissement de dégoût, nettoya les odeurs nauséabondes qui lui souillaient les mains.

Chapitre 8

DEPUIS plusieurs années, Metcalfe connaissait un faussaire à Paris. Un homme auquel il faisait confiance, dans la mesure où un agent secret pouvait faire confiance à quiconque dans l'exercice de ses fonctions. Alain Ducroix était bien plus qu'un simple faussaire mais l'occupation nazie l'avait transformé, comme elle avait transformé tant de gens. Vétéran de la Première Guerre mondiale, il avait été grièvement blessé lors de la bataille de la Somme. Ducroix possédait de nombreux talents : poète, propriétaire d'une librairie très cotée, éditeur. Les éditions Ducroix étaient une minuscule imprimerie spécialisée dans les publications à compte d'auteur, de petits recueils de poésie magnifiquement ouvragés, écrits par des auteurs à la fois légendaires et méconnus. Et sur ses presses, installées dans un local exigu, derrière la boutique, Alain Ducroix effectuait des travaux tout aussi méticuleux mais d'un autre genre : *cartes d'identité**, permis de conduire, laissez-passer, passeports allemands, toute la panoplie indispensable à la petite armée des combattants de la Résistance. C'était un homme généreux et un bon artisan.

Metcalfe avait déjà eu recours à ses services, tantôt pour lui-même, tantôt pour des amis, mais toujours sous le nom de Daniel Eigen. S'il rechignait à lui décliner sa véritable identité, ce n'était pas seulement pour protéger sa couverture mais surtout pour lui éviter les ennuis. Eigen avait dépanné plus d'une fois le vieux faussaire ou ses copains résistants. Ducroix savait donc qu'il faisait du marché noir. Mais il était depuis toujours persuadé qu'il ne se mêlait pas de politique, ce qui ne l'empêchait pas de le trouver sympathique ou, du moins, digne de confiance.

A présent, Metcalfe avait besoin de son aide. Comme il devait quitter la France par train sous l'identité de Nicolas Mendoza, il lui fallait une autorisation de voyager à ce nom. Un document délivré par le gouvernement de Vichy. Et Ducroix était le seul faussaire parisien possédant le papier adéquat, de la qualité et du grammage requis. Le seul aussi qui sache reproduire parfaitement la typographie et les cachets gouvernementaux.

La librairie Ducroix donnait sur l'avenue de l'Opéra. Dans ses vitrines savamment décorées, on pouvait admirer des livres d'une prodigieuse beauté, imprimés et reliés à la main par Alain Ducroix lui-même. Les passants s'arrêtaient pour contempler les reliures de maroquin cramoisi, les dos ornés de nerfs et dorés à l'or fin. Certains étaient reliés veau ou vélin, avec des papiers marbrés, des dos cousus main, la première de couverture marquée à l'aveugle ou couleur or, rouge, les tranches dorées.

Seule note discordante dans sa devanture, un petit portrait encadré du maréchal Pétain trônait au-dessus d'une affichette portant le mot VENDU. C'était un trait d'esprit, une blague mordante. Certes, on ne pouvait le nier, Pétain avait vendu la France aux Allemands, mais placer ce genre de chose en vitrine n'était guère prudent, songea Metcalfe. Quand il verrait Ducroix, il le mettrait en garde. Etant donné l'importance de ses activités clandestines, mieux valait taire ses opinions.

Metcalfe poussa la porte. Les clochettes fixées dessus carillonnèrent. La boutique était déserte mais encombrée de tables, d'étagères où s'empilaient des volumes de poésie et de littérature, dont les propres œuvres de Ducroix.

Mais pas totalement déserte, bien sûr. « Ah, Daniel ! entonna une riche voix de baryton jaillissant de l'arrière-boutique. Où étais-tu passé ? »

Ducroix était un gaillard d'une soixantaine d'années affublé d'une tignasse de cheveux blancs. Il propulsa littéralement sa chaise roulante dans l'étroit couloir central. Bien que paralysé depuis la dernière guerre, c'était un homme puissant, à la carrure d'athlète. Ses mains étaient larges, calleuses, ses avant-bras musclés.

Il saisit la main de Metcalfe et la secoua vigoureusement. « Tu aimerais bien t'offrir ma nouvelle édition des *Fleurs du Mal*, hein ? Un bon choix, je te l'accorde. La reliure est en maroquin noir, doublée maroquin rouge, les pages de garde marbrées à la main. Un volume magnifique, sans me vanter. Et je ne parle pas de la typographie...

— Ce portrait de Pétain dans la vitrine, l'interrompit Metcalfe.

— Oui, glousse Ducroix. Le héros de Verdun ! Moi, je lui crache à la gueule.

— Eh bien, tu ferais mieux de cracher en privé. J'enlèverais cette petite plaisanterie de ma vitrine, si j'étais toi. »

Ducroix haussa les épaules. « *D'accord** », dit-il. Il baissa la voix. « Allons au fond pour discuter. »

Metcalfe suivit Ducroix à travers la boutique, passa une double porte et pénétra dans la pièce fermée, dallée de pierre, qui abritait la presse à bras, la fondeuse servant à mouler les caractères en plomb et les établis où Ducroix fabriquait ses reliures.

Tandis que Metcalfe expliquait ce dont il avait besoin, Ducroix hochait la tête, les yeux fermés pour mieux se concentrer. « Oui, oui, dit-il enfin. C'est possible. Il doit me rester quelques papiers vierges ; mais c'est à vérifier. Ils sont extrêmement difficiles à obtenir. J'ai dû m'adresser à un vieil ami qui dirige l'une des plus grandes imprimeries de Paris. Il réalise des commandes pour le gouvernement, donc il avait un stock de documents vierges. Le cachet officiel du ministère des Affaires étrangères, je l'ai fondu moi-même dans le plomb. Mais les caractères, je devrai les fabriquer sur la linotype, et avec le plus grand soin si on veut que la contrefaçon passe inaperçue. Tu sais ce que c'est, la plupart des gardes aux frontières sont des ânes bâtés mais de temps à autre, on tombe sur un pinailleur et c'est la catastrophe. Tu préfères éviter ça, hein ?

— Oui, évidemment, abonda Metcalfe.

— J'ai peut-être abusé de Baudelaire ces derniers temps. Je ne peux m'enlever cette phrase de la tête : *"Il n'y a pas de hasard dans l'art, non plus qu'en mécanique*"*. Et le grand art nécessite beaucoup d'efforts, pas vrai ? Non pas que je sois un grand artiste, loin s'en faut, mais pour réussir ce genre de travail, il faut un sens artistique et beaucoup de concentration. *Alors* !* » Il fit pivoter son fauteuil, tendit la main vers l'établi derrière lui, récupéra un mince volume au milieu d'une pile et le tendit à Metcalfe.

« *Mon cher**, voilà un cadeau pour toi. *Phèdre* de Racine. Sa lecture te permettra peut-être de trouver le temps moins long – un bon fauteuil t'attend dans la boutique. La reliure n'est pas tout à fait sèche, alors fais attention. Il est superbe, non? Le veau est atrocement dur à trouver, ces temps-ci – les Allemands expédient toutes nos vaches chez eux.

— Superbe, oui ! reconnut Metcalfe. Je le lirai avec plaisir.

— Si tu veux bien patienter quelques minutes, je vais voir ce que je peux faire et je te dirai si ce document me prendra une heure ou douze. Tu en as besoin rapidement ?

— Aussi rapidement que possible, mon cher Alain.

— Je ferai de mon mieux. Va dans la boutique et surveille la rue pendant que je jette un œil derrière. Et si Racine ne répond pas à ton attente, ne te gêne pas pour fouiller sur les étagères. Il se pourrait bien que tu découvres quelques petits bijoux, ici. Comme disait Lamartine : *"Même dans le rebut, on trouve des joyaux***."* »

Metcalfe regagna la boutique et passa les rayonnages en revue d'un œil désabusé. Il n'était pas du genre à fréquenter les librairies et aujourd'hui encore moins. Il n'avait pas la patience. Il se sentait tendu, inquiet à l'idée de compromettre son ami.

Imiter des visas de sortie du territoire constituait une contrefaçon bien plus grave que fabriquer de faux tickets de rationnement ou autres documents mineurs. Si Metcalfe se faisait prendre, Ducroix risquait de plonger lui aussi. Cette pensée lui donnait la chair de poule. Après tout, en acceptant d'entrer dans la clandestinité, Metcalfe savait qu'il s'exposerait à de nombreux dangers. Ducroix, lui, était un intellectuel, un libraire, un lettré. Pas un espion. C'était un homme courageux faisant son possible pour aider la Résistance ; il était vital qu'on le protège.

Quelques minutes plus tard, le fil de ses pensées s'interrompit soudain. Le carillon retentit à la porte. Un client venait d'entrer : un homme d'une quarantaine d'années. A sa vue, Metcalfe ressentit une impression désagréable. Son instinct le mettait en garde. Ce type n'était pas très clair. Il avait l'air trop bien nourri, en cette période de privations. Il y avait quelque chose de propret, d'apprêté chez ce monsieur vêtu d'un costume sur mesure. Ses cheveux coupés court lui donnaient une allure martiale ; il portait des lunettes sans monture. Etait-ce un Allemand? Ses chaussures vernies à semelles de cuir devaient coûter les yeux de la tête. Les Français ne s'habillaient plus avec une telle élégance.

Metcalfe fit semblant d'examiner une édition de Corneille sur une étagère placée à hauteur d'yeux tout en surveillant discrètement le prétendu client. On aurait dit que l'homme effectuait une tournée d'inspection. Le parquet craquait sous ses pas. Il semblait chercher quelque chose, ou quelqu'un.

Metcalfe observait sans rien dire. Soudain, l'homme se tourna légèrement et c'est alors que Metcalfe remarqua le léger renflement à hauteur de la taille : une arme glissée dans un étui.

Mon Dieu, pensa Metcalfe. *Je les ai attirés ici.*

Une minute plus tard, il entendit une voiture s'arrêter devant la boutique. Avant même de repérer la traction avant Citroën noire, il reconnut le modèle au bruit de son moteur puissant. C'était une voiture de la Gestapo. Un homme assis sur la banquette arrière en descendit. Lui aussi habillé en civil, et tout aussi élégant.

Quand le deuxième agent de la Gestapo entra dans la boutique, Metcalfe eut une poussée d'adrénaline. *Ils ont dû me suivre*, réalisa-t-il avec terreur.

Il effectua un rapide calcul mental. Il possédait une arme glissée dans la ceinture de son pantalon, au niveau des reins. Une cachette totalement invisible. En théorie, il était en mesure de se défendre mais ce n'était pas une raison pour dégainer et tirer. Il ne le ferait qu'en tout dernier recours : inutile de courir le risque de descendre un agent de la Gestapo, surtout à la veille de son départ. Cela compliquerait tout.

En supposant, bien sûr, qu'il pourrait s'échapper. Il avait deux hommes en face de lui. Deux hommes sans doute chargés de procéder à une arrestation, pas de tuer.

Mais qui étaient-ils venus arrêter ?

Ducroix était le plus vulnérable. Après tout, Metcalfe ne faisait rien de mal en traînant dans cette librairie. Si les hommes de la Gestapo l'emmenaient pour l'interroger, ils n'obtiendraient rien. En revanche, s'ils faisaient irruption dans l'arrière-boutique pendant que Ducroix confectionnait ses faux, le Français serait aussitôt arrêté et condamné à mort.

Il devait protéger Ducroix, l'avertir; c'était la première chose à faire.

Metcalfe se retourna tranquillement, laissa courir son doigt sur une rangée de livres comme s'il cherchait un titre précis, puis s'avança vers l'étagère suivante. Il se déplaçait avec une lenteur mesurée et la patience d'un bibliophile en quête d'un livre rare.

Le premier gestapiste leva les yeux et se mit à observer ses déplacements d'un air méfiant. Au lieu d'accélérer le pas, Metcalfe ralentit pour tenter de détourner l'attention de l'Allemand. Il s'arrêta, prit un livre sur une étagère, l'ouvrit, l'examina. Puis, secouant la tête, il remit le volume en place, continua de marcher vers le fond de la boutique et disparut aux yeux de l'Allemand en se glissant derrière un haut rayonnage. Une fois caché, il pressa l'allure en marchant sur la pointe des pieds.

Et enfin, il atteignit la double porte de l'atelier.

Il fit bien attention de pousser le battant avec délicatesse pour éviter que les gonds ne grincent. Ce qu'ils ne firent pas.

Ducroix était au téléphone, près d'un établi. Metcalfe constata non sans soulagement qu'aucun document dangereux ne traînait à la vue. Pas de cachets de la *Wehrmacht*, pas de formulaires vierges, rien de tout cela.

Ducroix se tourna vers Metcalfe et lui sourit. « On me demande dans la boutique, c'est ça ? Aurions-nous des clients fortunés ?

— La Gestapo, fit Metcalfe dans un souffle. Deux types. Si tu as quelque chose de compromettant exposé à la vue, cache ça tout de suite ! »

Ducroix le considéra d'un air abasourdi.

Metcalfe poursuivit. « Peut-on sortir par-derrière ? » *Ménage-toi toujours une porte de sortie :* le premier commandement de Corky. Pourtant Metcalfe avait failli. Il s'était laissé prendre de court.

« Mais j'ai oublié de te donner le coffret ! protesta Ducroix. Pour le Racine ! » Il souleva une boîte couverte de tissu, posée sur l'établi, puis fit pivoter son fauteuil pour se placer face à Metcalfe.

« Bon sang, il y a plus urgent ! s'énerva le jeune homme en balayant l'atelier du regard, à la recherche d'une issue. Tu ne comprends donc pas : la Gestapo est là ! Il faut que je sorte d'ici, et toi tu dois...

— Je dois faire mon devoir », l'interrompit Ducroix d'une voix étrangement atone. Avant que le coffret ne tombe par terre, Metcalfe vit qu'il contenait un énorme Luger, à présent pointé sur sa poitrine.

Ducroix tenait le gros pistolet à deux mains, les coudes bloqués sur les accoudoirs de son fauteuil d'infirme pour assurer son geste. Metcalfe regarda longuement le canon de l'arme. Il glissa une main dans son dos pour s'emparer de son propre pistolet. Ducroix aboya : « Pas un geste ou je tire. »

Metcalfe entendit des bruits de pas derrière lui. Il se retourna. Les deux agents de la Gestapo le menaçaient de leurs armes.

« Alain ! hurla Metcalfe. Mais qu'est-ce qui te prend ?

— Je te conseille d'éviter les mouvements brusques, fit Ducroix. Sinon, je n'hésiterai pas à te tuer. Ces messieurs veulent seulement te parler, et je te conseille de coopérer. Tu vois, je pointe ce pistolet sur ta septième vertèbre thoracique. Tu bouges, je tire, et... *voilà** ! Tu passeras le restant de tes jours dans un fauteuil roulant, comme moi. Si tu en réchappes, bien sûr. En dessous de la taille, tout est mort, *mon frère**. Tu n'imagines pas comme ça aide à la concentration. Plus besoin de courir *les femmes**. Les paumes de tes mains se couvriront de cals... Mais ne t'inquiète pas... que disait ce poète anglais ? "Car les gens seront toujours gentils..." Tu prieras pour que la mort vienne, crois-moi.

— Excellent travail, fit une voix venant de derrière Metcalfe.

— Tout le plaisir est pour moi », répondit Ducroix en haussant les épaules, ce qui ne l'empêcha pas de resserrer sa prise sur l'arme. Il n'avait rien perdu de son entraînement militaire.

Les pensées de Metcalfe tournoyaient sous son crâne, activées par l'afflux d'adrénaline. Il était pris au piège.

Il s'immobilisa tout en coulant un regard discret derrière lui. Les deux agents de la Gestapo le visaient. Ils se trouvaient à moins de trois mètres et se rapprochaient toujours. Trois armes braquées sur lui. Ils étaient trop nombreux. Au moindre mouvement brusque, ils lui troueraient la peau. Cela ne faisait pas le moindre doute.

Comment et *pourquoi* les choses avaient-elles tourné de cette façon ? Il avait du mal à comprendre. C'était effarant : Ducroix l'avait trahi ! Ducroix qui prétendait haïr viscéralement les Allemands l'avait, pour une raison mystérieuse, livré à la Gestapo. Plus qu'effarant, c'était presque inconcevable. Quel genre de pression avaient-ils exercée sur lui ? Quelle sorte de menace ? Quel marché avaient-ils bien pu passer avec lui ?

A moins que Ducroix n'ait été de mèche avec les nazis depuis le début ?

Pendant que Metcalfe s'escrimait à trouver un sens à tout cela, une autre partie de son cerveau calculait à toute allure ses chances de s'en sortir. Et s'il se jetait sur Ducroix... Mais c'était inutile. Il était coincé.

Mais que lui voulaient-ils? Que savaient-ils de lui? Sa fausse identité avait-elle été découverte? Ou tout simplement Ducroix l'avait-il dénoncé parce qu'il tentait de se procurer des faux papiers – en faisant cela, il s'accusait lui-même !

« *Meine Herren,* fit Metcalfe sur un ton sarcastique, vous ne trouvez pas que vous en faites un peu trop?

— Les mains le long du corps », intima l'autre gestapiste.

Metcalfe baissa lentement les bras et secoua la tête en affichant une expression signifiant je suis navré mais je n'y comprends rien. « Puis-je au moins vous demander ce qui se passe, messieurs ?

— La conversation viendra en son temps, *Herr* Eigen. Nous avons une salle d'interrogatoire réservée à cet usage. Pour l'instant, soit vous nous suivez sans faire de geste inconsidéré soit nous avons ordre de vous abattre. »

Ordre : ces hommes agissaient sur ordre d'un supérieur, d'officiers supérieurs. C'étaient des exécutants, des agents de bas étage, et tant mieux, songea Metcalfe. Ils n'étaient pas intervenus de leur propre chef. Ils obéissaient à une autorité.

Metcalfe sourit et jeta un coup d'œil à Ducroix. Le regard glacial du Français demeurait impénétrable. Ses mains serraient toujours le Luger en position de tir. De lui n'émanait aucune sympathie. On aurait dit qu'ils n'avaient jamais été camarades. Qu'il était devenu un autre homme – impitoyable, inflexible.

« Messieurs, dit Metcalfe, n'êtes-vous pas au moins censés me dire pourquoi vous m'arrêtez ? »

Il entendit le carillon tinter à la porte de la librairie.

« Demi-tour, je vous prie, ordonna le premier Allemand. Marchez vers la sortie. Les bras le long du corps.

— Non, de l'autre côté ! intervint Ducroix. Il ne faut pas qu'on le voie sortir de ma boutique ! » De son arme, il désigna une porte à l'autre bout de l'atelier. Metcalfe ne l'avait pas remarquée jusqu'alors. Elle débouchait probablement dans la ruelle.

« C'est à cause des documents ?, insista Metcalfe. *Les papiers ?* » Il haussa le ton. « A cause des documents que j'utilise pour fournir Gerhard Mauntner en cognac, cigarettes et caviar?

Pour procurer à *Frau* Mauntner ses bas de soie, son parfum? Messieurs, vraiment... Vous n'êtes pas sérieux. » En invoquant le nom du numéro deux de la Gestapo à Paris, l'un de ses clients occasionnels, Metcalfe sortait l'artillerie lourde. Il se dit que les deux hommes, n'étant que de serviles exécutants, n'oseraient rien faire qui risquât de mécontenter un personnage aussi haut placé que Mauntner.

« Oh mais si, nous sommes très sérieux, répondit calmement le deuxième Allemand sur un ton satisfait qui ne disait rien qui vaille. Car voyez-vous, la signature de Gerhard Mauntner figure au bas de votre mandat d'arrêt. Nous obéissons aux ordres exprès du *Gruppenführer* Mauntner. Allez, en route. »

Ils avaient déjoué son stratagème ! Sa ruse était tombée à plat. Il n'avait plus qu'à les suivre. De nouveau, il jeta un coup d'œil à Ducroix, toujours agrippé à son pistolet, toujours aussi menaçant malgré les perles de sueur étoilant son front. Un faible sourire jouait sur les lèvres du faussaire. L'amoureux de la poésie appréciait l'ironie de la situation : quel délicieux spectacle que de voir un affabulateur piégé par ses propres mensonges.

« Eh bien, j'ai l'impression qu'il s'agit là d'une terrible méprise, s'obstina Metcalfe, mais nous éclaircirons tout cela rue des Saussaies. »

Il se mit à marcher vers le fond de la pièce et passa devant la grosse machine Linotype.

L'un des agents le rejoignit et l'attrapa par le coude. Dans son autre main, l'homme de la Gestapo pointait son Walther. Son collègue les suivait de près.

Dans sa vision périphérique, Metcalfe vit que Ducroix, ayant enfin baissé son arme, roulait son fauteuil en direction de la boutique, sans doute pour s'occuper du client qui venait d'entrer. On n'avait plus besoin de lui, ici. A présent, Metcalfe était seul avec les deux agents mais toujours en position d'infériorité, tant au point de vue du nombre que de l'armement.

Tout en marchant, il gardait la tête baissée, comme s'il avait honte. Soudain, il se mit à trembler de peur. « Oh mon Dieu, murmura-t-il. C'est affreux. Je savais bien que ça m'arriverait un jour... »

Les genoux de Metcalfe se dérobèrent sous lui. Un gémissement d'angoisse s'échappa d'entre ses lèvres. Envahi par l'épouvante, il grelottait littéralement; puis il tomba comme une masse. L'agent qui lui tenait le coude relâcha un peu sa prise pour éviter d'être déséquilibré par son poids mort, mais trop tard.

Metcalfe entraîna l'Allemand dans sa chute; ensuite il pivota sur lui-même et, vif comme l'éclair, attrapa la tête de l'homme et lui cogna le crâne contre le dallage. On entendit nettement le craquement de l'os heurtant la pierre : il lui avait fracturé le crâne. Ses yeux se révulsèrent dans leurs orbites.

Une fraction de seconde plus tard, Metcalfe se redressait, le Walther de l'homme inanimé dans la main. Il bondit sur sa droite, passa derrière la machine en acier et fit feu en direction de l'autre Allemand.

« Jetez votre arme ou vous êtes mort ! », hurla le gestapiste. Son expression flegmatique avait laissé place à la peur. Quand il riposta, sa balle ricocha sur la carcasse d'acier de la linotype. Metcalfe glissa son arme dans un interstice de la machine et prit son temps pour viser. De nouveau, plusieurs projectiles heurtèrent le métal. L'homme se précipita vers Metcalfe, sans cesser de tirer malgré les ricochets.

Soudain Metcalfe ressentit une vive douleur à la cuisse. Une balle venait de lui perforer la chair, déchirant le tissu de son pantalon. Il serra les dents, appuya une fois encore sur la détente et toucha l'Allemand à la gorge. L'homme poussa un cri et s'affaissa en se tenant le cou d'où jaillissait un sang artériel écarlate. Par réflexe, il pressa la détente, mais son arme était pointée vers le haut; la balle se ficha dans le plafond en ciment. Un dernier coup pour rien. L'agent tomba en beuglant comme un animal. Hasardant un coup d'œil, Metcalfe constata que son tir avait fait mouche. L'homme remuait encore mais il était hors d'état de nuire et n'en avait plus pour très longtemps. Il ne criait déjà plus, le son qui sortait de sa bouche ressemblait davantage à une faible plainte entrecoupée de gargouillis.

Metcalfe se retourna et malgré la douleur spasmodique qui lui transperçait la jambe, se mit à courir vers la sortie. Entendant quelque chose remuer, il jeta un coup d'œil derrière lui et aperçut sa première victime couchée sur le flanc, en train de fouiller le sol à la recherche de son arme, sans comprendre qu'elle était passée entre les mains de Metcalfe.

Cette fois, Metcalfe visa le ventre. L'homme s'affaissa. Il ne bougerait plus désormais. Même s'il vivait encore, sa blessure était assez grave pour l'empêcher définitivement de nuire.

C'est arrivé, j'ai fini par tuer un homme, pensa-t-il, morose. Il laissait échapper un soupir de soulagement quand une nouvelle détonation retentit. Il s'aplatit contre le mur, près d'une longue caisse de caractères en bois, assez proéminente pour lui servir de rempart.

Côté librairie, se découpant dans le contre-jour, il reconnut la silhouette de Ducroix dans son fauteuil roulant. Le Français tirait sur Metcalfe avec une précision mortelle. Chacune de ses balles égratignait un peu plus le bois des étagères, à quelques centimètres de sa tête. Un tiroir plein de caractères en plomb explosa ; son contenu se répandit bruyamment sur le sol.

Metcalfe riposta. Le premier projectile heurta l'assise métallique du fauteuil d'infirme, le deuxième se ficha dans une roue, le troisième perça le front de Ducroix.

Vision d'horreur. Un fragment osseux fut projeté en l'air, le sang jaillit comme un geyser, le faussaire s'écroula dans son fauteuil.

Abasourdi, Metcalfe resta immobile quelques instants puis, reprenant ses esprits, se précipita vers les corps inanimés des deux gestapistes, les fouilla et empocha tous les papiers, insignes et autres pièces d'identité. Ce genre de choses pouvait toujours servir.

Puis il fonça vers la sortie, au fond de l'atelier, tira un bon coup sur la poignée et se retrouva de l'autre côté, dans une ruelle jonchée de détritus.

Chapitre 9

Il n'avait qu'un endroit où se réfugier.

La planque. La Caverne. Il devait absolument contacter Corky pour l'informer de ce qui venait d'arriver, de la trahison de Ducroix, de tout ce gâchis. Corcoran serait fou de rage en apprenant que Metcalfe était grillé, cela allait de soi, mais une brèche s'était formée à l'intérieur du réseau et on devait le tenir au courant. Il serait peut-être en mesure de lui expliquer pourquoi le faussaire avait tourné casaque de manière si inattendue – à moins qu'on ne l'ait retourné, chose plus probable.

Metcalfe devait joindre Corky immédiatement et, pour cela, il n'existait qu'un seul moyen autorisé. Le réseau de transmissions de la Caverne ; telle était la procédure mise au point par Corcoran afin de préserver la sécurité de tous.

Il partait en courant quand un élancement à la cuisse l'obligea à ralentir l'allure. Il opta donc pour un bon pas. Ce n'était pas tant à cause de sa blessure, qui était superficielle ; Derek Compton-Jones, l'opérateur radio de la Caverne, avait suivi une formation de secouriste, il le soignerait correctement. Non, s'il avait décidé de marcher c'était pour ne pas avoir l'air pressé. Il voulait passer pour un homme important s'en allant traiter d'importantes affaires. Si par hasard quelqu'un l'arrêtait en chemin, il exhiberait l'un des papiers dérobés aux deux gestapistes. Pour l'instant, le fait qu'il ne ressemble ni à l'un ni à l'autre était le cadet de ses soucis.

On était déjà en fin d'après-midi et les Parisiens se bousculaient le long des trottoirs. Son arrestation manquée, le carnage qui s'était ensuivi l'avaient profondément secoué. Il était sous le choc. Jamais encore il n'avait ôté la vie, et voilà qu'à présent il avait le sang de trois hommes sur les mains. Il avait beau se répéter que s'il ne les avait pas tués, il serait étendu là-bas, raide mort, il se sentait engourdi, écœuré par le souvenir de son acte.

Lorsqu'il parvint au pied du vieil immeuble de brique dont le Caveau occupait le rez-de-chaussée et la station radio le sous-sol, sa cuisse lui faisait déjà beaucoup moins mal et il ne boitait presque plus. Il descendit les marches menant au bar, tira trois fois sur la vieille sonnette et attendit que le judas glisse de côté le temps que Pasquale, le patron du bar, vérifie son identité.

Il patienta une bonne minute avant d'actionner la clochette trois fois encore. En règle générale, Pasquale ne traînait pas pour faire entrer ses visiteurs. Il devait être occupé, se dit-il. Pourtant d'habitude, à cette heure-là, il n'y avait pas foule dans le Caveau, mis à part les habituels piliers de bar, les irrécupérables.

Une autre minute passa, sans réponse. Il fit une nouvelle tentative. Etrange, songea-t-il. Le bar serait-il fermé ? Metcalfe connaissait un autre moyen d'accéder à la station, mais c'était plus compliqué. Il fallait passer par l'immeuble voisin, prendre l'ascenseur jusqu'à la cave et déverrouiller la porte coupe-feu menant à la Caverne. Mais cette façon de procéder était réservée aux urgences, car moins sûre : les habitants de l'immeuble mitoyen pouvaient le voir entrer et se poser des questions.

Quand Metcalfe tourna la poignée, il fut surpris de constater que la porte du bar n'était pas fermée à clé alors qu'elle aurait dû l'être.

A l'intérieur régnait une profonde pénombre, ce qui lui parut tout aussi surprenant. Personne. Et pourtant la porte était ouverte – c'était à n'y rien comprendre. Dès que ses yeux furent habitués à l'obscurité, il repéra la forme sombre du long comptoir en bois, celles des tabourets de bar posés devant et, enfin, une chose qui le laissa sans voix.

Plusieurs tabourets étaient renversés, le comptoir jonché d'éclats de verre – des verres à vin fracassés, des verres à apéritif couchés sur le zinc, fêlés. Quelque chose s'était produit dans ce bar, quelque chose de violent.

Il passa derrière le comptoir. Le tiroir de la vieille caisse enregistreuse de Pasquale était ouvert. Plus un sou à l'intérieur.

Un cambriolage ?

Même sous la férule allemande, les voleurs sévissaient toujours à Paris. Mais ce chaos faisait penser à autre chose qu'à un vulgaire cambriolage. Il y avait eu lutte.

Et tout le monde avait disparu ! Pasquale, ses clients – envolés.

Que s'était-il passé ?

La station radio !

Très vite, Metcalfe longea le comptoir en évitant les tabourets renversés et le verre brisé, dévala les marches menant au sous-sol, chercha à tâtons la porte du placard à balais et l'ouvrit.

Empoignant le manche commandant l'accès, il tourna dans le sens inverse des aiguilles d'une montre. La porte d'acier peinte en noir se dressait juste devant lui. Le cœur battant, il appuya à deux reprises sur la sonnette, puis une troisième.

Mon Dieu, pensa-t-il, *faites qu'ils soient là !*

Il attendit dans un silence épouvantable. Il devinait ce qui s'était passé. Les nazis – soit la Gestapo, soit le SD – avaient appris l'existence de la station. Quelqu'un avait parlé. Pasquale, le patron du bar ? Etait-ce possible ?

Ou alors l'un des agents de Corky, celui qui s'était fait ramasser par la Gestapo ? Mais comment ce type avait-il été démasqué ? Il devait y avoir une fuite quelque part dans le réseau !

Oh, mon Dieu, non ! Que faire ? Et si tous les hommes de la station avaient été raflés ? Metcalfe resterait seul sur le terrain, sans aucun moyen de joindre Corky.

Non, il devait y avoir un moyen ! Il possédait des directives à suivre en cas d'urgence ; un code imprimé en caractères minuscules sur l'envers des étiquettes de ses vêtements. Il y avait toujours une solution de secours ; Corky y avait pourvu.

Il sonna de nouveau, la même séquence de deux coups brefs suivis d'un long. Mais toujours aucune réponse.

Ils étaient partis, eux aussi : il en était sûr, à présent. On les avait arrêtés. Le réseau avait été irrémédiablement compromis.

Mais si on les avait arrêtés... les Allemands avaient dû installer un dispositif destiné à piéger les agents opérant à l'extérieur, au moment où ils tenteraient de contacter la base ! Pour l'instant, il ne voyait aucun piège mais il fallait quand même rester vigilant.

Il sortit son trousseau de clés de sa poche. Le porte-clés représentait un disque de cuir. Il pressa dessus, le cuir céda ; à l'intérieur, se trouvait une petite clé d'acier.

Il la glissa successivement dans trois serrures disposées sur le pourtour de la porte. Quand il eut déverrouillé la troisième, il entendit un déclic et le battant pivota en émettant une sorte de sifflement, le bruit du bourrelet de caoutchouc calfeutrant la porte.

Il hésitait à parler, de peur que quelqu'un ne lui saute dessus.

La rangée d'émetteurs-récepteurs produisait une lueur verdâtre. Les appareils de transmission étaient toujours là, ce qui lui parut bon signe : si les nazis avaient découvert la Caverne et raflé ses occupants, ils en auraient profité pour saisir l'équipement de valeur qui s'y trouvait, par la même occasion.

Mais où était passée l'équipe ? Pourquoi avait-on laissé les machines sans surveillance ?

Tout à coup, Metcalfe aperçut une silhouette de dos assise devant une console. Metcalfe reconnut Johnny Betts, le radiotélégraphiste américain. Il l'appela : « Johnny ! Tu n'as pas entendu... ? »

Puis Metcalfe vit que Johnny portait encore ses écouteurs. Voilà pourquoi il n'avait pas entendu la sonnette. Il s'avança vers lui et lui donna une petite tape sur l'épaule.

Johnny bascula sur le côté. Les yeux lui sortaient des orbites. Son visage était cramoisi, sa langue pendait de manière grotesque.

Le sang lui monta à la tête. Metcalfe vacilla en poussant un cri d'horreur. « Mon Dieu, non ! » Au premier abord, il avait cru que Johnny Betts avait la gorge tranchée, mais il n'en était rien. Ce qu'il avait pris pour une profonde entaille était en fait une marque de ligature assortie d'un hématome.

Betts avait été étranglé, garrotté, avec une cordelette ou un fil de fer.

Johnny Betts assassiné !

Metcalfe pivota sur lui-même et se mit à chercher les autres – Cyril Langhorne, Derek Compton-Jones. Il ne vit personne. Alors il se rua vers la pièce d'à côté, ouvrit la porte et regarda à l'intérieur. La pièce était vide. Où étaient passés les autres ?

Il courut jusqu'à l'antichambre menant à l'issue de secours qui débouchait sur l'immeuble mitoyen. Là, près de la porte en acier légèrement entrouverte, il tomba sur le corps recroquevillé de Cyril Langhorne, le front percé d'une balle.

Les assassins avaient fait irruption dans la station par l'issue de secours. La chose ne faisait plus aucun doute. Dès que Langhorne s'était approché de la porte d'acier, on l'avait abattu, sans doute au moyen d'un pistolet muni d'un silencieux. Penché sur la console, Betts n'avait rien entendu à cause de son casque. Pour une raison inconnue – peut-être pour ne pas faire de bruit ? – on l'avait garrotté au lieu de lui tirer dessus. Quelqu'un s'était glissé derrière lui – ils étaient certainement plusieurs –, lui avait passé une cordelette ou un fil de fer autour du cou et avait serré jusqu'à ce que mort s'ensuive.

Seigneur, comment une telle horreur avait-elle pu se produire ?

Et où était Derek ? C'était le seul membre permanent à ne pas être là. Etait-il rentré chez lui pour dormir, juste avant l'attaque ? Peut-être – mon Dieu, faites qu'il en soit ainsi – l'emploi du temps de Derek lui avait-il sauvé la vie.

Un bruit. Un fort crissement de pneus, puis de freins, venant de dehors. De la rue. D'habitude, on n'entendait pas la circulation dans cette pièce insonorisée. Mais la porte d'acier était entrouverte, laissant passer les bruits.

Une arrivée aussi peu discrète ne pouvait être que le fait des nazis. Du renfort ? Une deuxième équipe ?

Ils venaient le chercher.

Metcalfe enjamba le corps de Langhorne, se glissa par l'issue de secours et grimpa les marches de l'immeuble mitoyen. Dans sa course, il jeta un coup d'œil à l'extérieur par un soupirail et vit trois ou quatre Citroën noires. La Gestapo, bien sûr.

Cette fois, il savait par où s'échapper.

*

Il émergea sur le toit et, de là, passa sur le suivant, franchit ainsi plusieurs immeubles avant de descendre et d'atteindre les ruelles étroites en retrait de l'avenue.

Il était hors d'haleine mais tellement dopé par l'afflux d'adrénaline qu'il réfléchissait à peine. Il ne faisait que courir, tendu vers son objectif : arriver le plus vite possible chez Derek Compton-Jones pour l'empêcher de se rendre à la station radio – et accessoirement, lui demander s'il avait une idée sur les raisons de cette catastrophe.

En supposant que Derek en ait réchappé, bien entendu.

Il ne se trouvait pas sur place ; en tout cas, Metcalfe n'avait pas vu son cadavre. Compton-Jones travaillait la nuit et dormait le jour ; pour leur malheur, les autres prenaient leur service plus tôt. Derek était peut-être toujours vivant, après tout.

Corky avait-il déjà connaissance du désastre ?

Il ne ralentit l'allure qu'à quelques mètres de l'immeuble. Malgré la stricte interdiction édictée par Corky, le chantre de la compartimentation, Metcalfe connaissait l'adresse de Derek ; la station de Paris était petite et les deux hommes étaient devenus amis. Il venait de s'arrêter devant une papeterie, de l'autre côté de la rue, feignant de s'intéresser au contenu d'une vitrine tout en lorgnant de son mieux le reflet du trottoir d'en face. Au bout de quelques minutes, il acquit la certitude que personne de louche ne traînait devant le bâtiment : pas de voitures à l'arrêt, pas de piétons faussement désœuvrés. Il traversa la rue en deux enjambées, pénétra dans l'immeuble et s'engagea dans l'escalier.

Parvenu devant la porte de Derek, il resta un moment à écouter puis frappa.

Pas de réponse.

Il frappa de nouveau et appela : « Derek ? » En entendant sa voix, Derek serait rassuré et n'hésiterait pas à lui ouvrir. A supposer qu'il soit là. Mais plusieurs minutes passèrent sans que rien bouge.

Metcalfe regarda à droite et à gauche. Ne voyant personne, il sortit de son portefeuille un long et fin crochet de métal recourbé à une extrémité. C'était un outil de crochetage rudimentaire dont il avait appris à se servir. Il inséra le pic, l'agita d'avant en arrière et de bas en haut, puis tourna vers la droite. Très vite, le mécanisme réagit. Ces vieilles serrures françaises n'étaient pas bien compliquées, constata Metcalfe non sans soulagement. Il entra sur la pointe des pieds.

Il avait plusieurs fois rendu visite à Compton-Jones. Les deux hommes avaient pris l'habitude de partager une bouteille de whisky pendant que Derek écoutait avec fascination Metcalfe lui narrer ses aventures sur le terrain... et même, mais avec moins de détails, dans les chambres à coucher. Pour le jeune décrypteur britannique, Metcalfe incarnait à lui seul tout ce qu'il y avait de plus excitant dans cette guerre clandestine ; à travers lui, Derek avait pu la vivre par procuration.

Tout de suite, une odeur très particulière lui monta aux narines : l'odeur âcre et métallique du sang, comparable au goût que laisse une pièce de monnaie sur la langue. Son cœur s'emballa lorsqu'il pénétra dans la pièce. Deux secondes plus tard, il vit le corps de Compton-Jones et ne put réprimer un gémissement.

Derek était étendu sur le dos, près du placard à vêtements. Son visage avait viré au violacé, la couleur d'un hématome en train de se résorber. Ses yeux exorbités fixaient le vide, comme ceux de Johnny Betts. Sa bouche était entrouverte. Une ligne écarlate lui traversait la gorge, tel un fin ruban de peau écorchée. On l'avait garrotté, lui aussi.

Metcalfe frissonna. Des larmes lui montèrent aux yeux. Il se laissa tomber à genoux, posa les doigts sur le cou de Derek pour chercher un pouls qu'il savait absent – Derek avait été assassiné.

« Qui a fait cela ? marmonna Metcalfe d'une voix tremblante de rage. Qui diable a pu te faire ça ? Sacré nom de Dieu, qui t'a fait subir une chose pareille ? »

Il était peut-être stupide de penser que certains meurtres sont plus violents que d'autres – un meurtre est un meurtre, après tout – pourtant, Metcalfe trouvait cette méthode particulièrement cruelle, inutile. Puis dans un deuxième temps, il songea que cette technique comportait certains avantages tactiques. Le garrot était une manière discrète de se débarrasser de quelqu'un, sans doute la plus discrète de toutes. La victime était incapable d'émettre un son. Le sang n'alimentant plus le cerveau, elle ne pouvait plus crier. Pourtant la plupart des exécuteurs répugnaient à employer cette pratique. L'assassin de Derek n'était pas seulement habile : c'était un malade mental.

Apparemment, le garrot était sa signature. Sans trop savoir comment, Metcalfe parvint à se redresser. La tête lui tournait, il sentait qu'il allait s'évanouir mais réussit quand même à tituber jusqu'à la porte de l'appartement. Il allait l'atteindre quand elle s'ouvrit.

Un Allemand s'engouffra dans la pièce. Un homme entre deux âges, vêtu d'un uniforme de la Gestapo orné d'un insigne de *Standartenführer*.

L'homme tenait un Walther. « Pas un geste ! » aboya-t-il en visant la poitrine de Metcalfe.

Celui-ci tendit la main vers le pistolet fixé à sa cheville.

« Je vous conseille de ne pas sortir votre arme, cria l'Allemand. Car je n'hésiterai pas à tirer. »

Metcalfe songea un instant à lui désobéir mais calcula que le *Standartenführer* le prendrait de vitesse. Une telle tentative équivalait à un suicide ; le colonel de la Gestapo n'avait pas l'air de plaisanter. Il mettrait sa menace à exécution sans l'ombre d'un scrupule. Metcalfe obtempéra donc.

Il se mit à fixer l'Allemand d'un air hautain en croisant lentement les bras sur sa poitrine.

« Les mains le long du corps », intima le colonel.

Metcalfe obéit mais garda le silence et continua de le lorgner d'un œil torve.

Finalement, il prit la parole et, dans un allemand impeccable, articula : « C'est bon ? Vous avez obtenu ce que vous vouliez, *Standartenführer* ? Vous êtes content de vous ? » Son regard était glacial mais son expression demeurait flegmatique, légèrement dédaigneuse. Metcalfe avait appris l'allemand dans son enfance, en Suisse. Il le parlait à la perfection ; la légère pointe d'accent qu'on décelait dans son phrasé lui venait de son professeur de lycée qui, en bon aristocrate germanique, s'exprimait en *hochdeutsch* [1]. Metcalfe savoura son effet. Les Allemands possédaient une telle notion d'appartenance sociale que le gestapiste serait malgré lui impressionné par ce détail hautement significatif.

« Je vous demande pardon ? », s'étonna le colonel. Il s'était soudain radouci. Son air arrogant avait disparu ; à présent, on le devinait inquiet.

« *Dummkopf !* lâcha Metcalfe. Qui donc a ordonné qu'on tue cet Anglais ? C'est *vous* ?

— Mais, monsieur...

— C'est absolument intolérable. Mes ordres étaient pourtant clairs. Je voulais qu'on le capture vivant afin de l'interroger. Vous n'êtes qu'un sombre idiot, un incapable. Montrez-moi vos papiers, espèce d'imbécile. Je vais demander une enquête. Cette opération a été salopée par votre faute. »

Toute une gamme d'expressions défila sur le visage du gestapiste, allant de la confusion à l'inquiétude en passant par la

1. Allemand littéraire (NDLT).

panique. Il se hâta de sortir son portefeuille et présenta ses papiers d'identité.

« Zimmermann, lut Metcalfe en se composant une mine songeuse comme s'il mémorisait le nom. *Herr Standartenführer* Zimmermann, vous serez tenu pour personnellement responsable de ce gâchis ! Est-ce vous qui avez ordonné l'exécution de cet agent britannique ?

— Non, monsieur, ce n'est pas moi, répondit le colonel, intimidé par le ton agressif de Metcalfe. On m'a seulement dit que l'Américain venait d'arriver, monsieur, et j'ai cru, à tort, que c'était vous. Comment aurais-je pu imaginer... ?

— C'est scandaleux ! Et pourquoi avez-vous mis tout ce temps ? Ça fait quinze minutes que j'attends. C'est tout simplement inadmissible ! »

Metcalfe glissa la main dans la poche de sa veste et sortit le paquet de cigarettes pris sur l'un des agents de la Gestapo, dans la librairie. C'était un paquet d'Astra, une marque répandue chez les nazis. Il se servit sans en offrir au colonel et craqua une allumette tirée d'une boîte de *Sturmstreichhölzer*. Un signe de reconnaissance tacite : Metcalfe était bien un officier allemand.

En soufflant la fumée par le nez, Metcalfe ajouta : « Maintenant, débarrassez-moi de ce cadavre, et vite. » Il secoua la tête d'un air dégoûté, se pencha pour prendre son pistolet puis se dirigea vers la sortie.

« Excusez-moi », dit soudain l'Allemand. Avec une certaine inquiétude, Metcalfe sentit que la voix de l'officier s'était un peu raffermie.

Metcalfe se retourna de mauvaise grâce. Le regard perplexe de l'homme était rivé sur sa jambe droite.

Baissant les yeux, Metcalfe vit ce qui intriguait tant l'Allemand. Sa jambe de pantalon était imbibée de sang. Bien que superficielle, la blessure qu'il avait reçue dans l'imprimerie avait abondamment saigné.

Metcalfe ne put dissimuler une légère confusion. Les soupçons du colonel s'accrurent d'autant. *Quelque chose ne tourne pas rond ici*, semblait penser l'homme de la Gestapo. Son visage se crispait de plus en plus, passant graduellement de l'étonnement à la méfiance.

« Monsieur, je suis en droit de vérifier vos papiers, dit l'Allemand. Je veux m'assurer que vous êtes bien... »

Metcalfe ne le laissa pas finir sa phrase. Il sortit son arme et tira. La balle se logea dans la poitrine de l'homme qui s'écroula. Lorsque Metcalfe pressa une deuxième fois la détente, il visa précisément le même endroit pour bien s'assurer que son adversaire ne se relèverait pas.

Certes, il venait d'éliminer un gêneur mais pour Metcalfe, rien n'était plus comme avant. Désormais, la Gestapo le recherchait. Qu'ils connaissent son vrai nom ou pas, c'était du pareil au même. A partir de maintenant, il allait devoir se cacher. Impossible pour lui d'entrer dans une gare. Donc le voyage en train, l'itinéraire prévu par Corky, étaient à proscrire. Trop dangereux. Il lui faudrait modifier les plans et en avertir Corky.

A présent, Metcalfe figurait sur la liste des individus recherchés. Il ne pourrait plus circuler librement dans la rue.

Il s'approcha lentement du cadavre de l'Allemand, chercha le pouls sur sa gorge. En vain. Il examina les deux petits trous au centre de la poitrine. Bien que les balles aient transpercé la tunique, elles n'avaient pas causé de déchirures notables dans le tissu.

Sans perdre un instant, il déshabilla le colonel, se dévêtit lui-même et transféra son portefeuille, ses papiers, ses clés et son passeport dans les poches de l'uniforme. Puis il roula en boule les vêtements qu'il venait d'ôter, les fourra au fond d'un dressoir et enfila la tunique militaire. Le tissu très empesé, raide et râpeux lui causa une impression bizarre mais l'uniforme ne lui allait pas trop mal. Il plaça la cravate noire de manière à bien cacher les trous et la fixa au moyen de l'insigne du parti nazi que l'homme utilisait comme épingle à cravate.

Les papiers et l'arme du colonel pouvaient s'avérer utiles. Il s'en empara également. Dans l'armoire à pharmacie de Derek, il trouva de la gaze, du sparadrap et du merthiolate. Après s'être rapidement bandé la cuisse, il sortit précipitamment de l'appartement pour se mettre en quête du seul homme capable de lui faire quitter Paris dans des délais raisonnables.

« Seigneur tout-puissant ! s'exclama Chip Nolan. Ils sont tous *morts* ?

— Tous sauf l'homme que vous connaissez sous le nom de James », répondit Corky d'un air consterné. Il venait de pénétrer dans un modeste appartement du VIIIe arrondissement, l'une des nombreuses planques que le Bureau possédait sur Paris.

« Mon Dieu ! s'écria Nolan d'une voix cassée par l'émotion. Qui a fait cela ? Qui sont les salauds qui ont fait cela ? »

Corcoran s'approcha de la fenêtre et se mit à contempler la rue avec appréhension. « Vous allez m'aider à le découvrir. L'un de mes hommes a été tué par balles, deux autres sont morts garrottés.

— *Garrottés ?*

— Exactement comme le bibliothécaire belge, la semaine dernière – encore un membre de mon organisation. Je suppose que le responsable est à chercher du côté du *Sicherheitsdienst*. Mais j'ai besoin d'en avoir le cœur net – je veux un compte rendu médico-légal en bonne et due forme, le genre d'examen dont le Bureau a le secret. »

Nolan hocha la tête. « C'est risqué mais pour vous je le ferai. Les *salauds* ! »

Corcoran tourna le dos à la fenêtre en agitant la tête. « C'est un regrettable contretemps.

— Contretemps ? Bon Dieu, Corky, je ne sais pas comment vous fonctionnez. Pour vous, le monde n'est qu'un gigantesque jeu d'échecs. Pour l'amour du ciel, il s'agit d'êtres humains ! Ils avaient des parents, peut-être des frères, des sœurs. Ils avaient des *noms*. La vie humaine ne représente donc rien à vos yeux ?

— Ne dites pas de bêtises !, lâcha Corcoran. En ce moment même, des êtres humains meurent partout en Europe. Je n'ai pas le temps de m'apitoyer sur une poignée d'individus anonymes qui connaissaient pertinemment les risques encourus au moment de rejoindre nos rangs. La seule chose qui me préoccupe c'est la préservation de la liberté sur cette planète. L'individu doit toujours s'effacer devant l'intérêt général.

— On croirait entendre Joe Staline, répliqua Nolan. Vous parlez comme un dictateur. Mon vieux, vous êtes un vrai pisse-froid. Un salopard dépourvu de tout sentiment humain.

— Seulement quand mon boulot l'exige.

— Et ça arrive souvent ?

— Tout le temps, mon bon ami. Tout le temps ! »

Chapitre 10

LE DIPLOMATE espagnol enrageait.

José Félix Antonio María de Liguori y Ortiz, ministre des Affaires étrangères de la junte militaire conduite par le généralissime Franco, s'était rendu à Paris pour une série d'entretiens confidentiels avec l'amiral François Darlan. Son avion privé devait décoller d'Orly dans un quart d'heure mais hélas sa limousine était tombée en panne sur la route à mi-chemin entre la porte d'Orléans et Orly.

La traction avant Citroën noire 11N était garée sur le bas-côté. Son moteur tournait au ralenti, le chauffeur fourrageait sous le capot pour tenter de le réparer.

Le ministre jeta un œil sur sa montre et tripota nerveusement sa moustache extravagante, frisée au fer et gominée. « *Madre de Dios !* s'exclama-t-il. *Caray !* Mais qu'est-ce qui se passe ?

— Mes excuses, Votre Excellence ! cria le chauffeur. On dirait que c'est la transmission. Je fais tout ce que je peux !

— Mon avion décolle dans quinze minutes ! répliqua l'Espagnol. Dépêchez-vous !

— Oui, monsieur, bien sûr », dit le chauffeur. Puis il marmonna entre ses dents. « Ce foutu avion ne partira pas sans toi, imbécile ! » Il y avait trois autres Espagnols dans le véhicule qui les suivait. Ils seraient tous en retard. Sale affaire.

Le chauffeur, un dénommé Henri Corbier, maudissait ce fasciste espagnol à la moustache ridicule. Depuis qu'Ortiz était arrivé à Paris, deux jours plus tôt, il n'arrêtait pas de distribuer ses ordres. Corbier ne pouvait décidément plus le supporter.

Aujourd'hui, il l'avait obligé à rester assis dans le froid huit heures d'affilée, devant l'un de ces fichus bâtiments officiels. Tout ça pendant qu'Ortiz discutaillait tranquillement avec ces connards du gouvernement de Vichy et une poignée de généraux nazis. L'Espagnol ne lui aurait pas permis de l'attendre dans un café. Non, il fallait qu'il reste là, à se geler les miches. Et comme l'essence se faisait rare, il n'avait même pas pu laisser tourner le moteur !

Alors, quand un ami à lui, qui partageait son mépris des boches et ne digérait pas la manière dont ils avaient ruiné Paris, lui avait demandé de lui accorder une petite faveur, il avait non seulement accepté mais il l'en aurait presque remercié.

« Rien d'illégal, lui avait-on assuré. Contente-toi de bloquer la limousine sur la route de l'aéroport. Arrange-toi pour que l'Espagnol arrive en retard. Comme ça, nos amis à Orly auront le temps de faire le nécessaire pour trafiquer le Junkers Ju-52 du fasciste ; ne cherche pas à comprendre. Personne ne pourra jamais prouver que la voiture n'était pas réellement en panne. »

Henri lui aurait volontiers rendu ce service pour rien, c'était son devoir de patriote après tout, mais quand ils lui offrirent un gros jambon de Bayonne en remerciement, il explosa de joie. Quelle chance d'être récompensé pour un travail si agréable, et avec un produit valant plus que l'argent – le jambon était une denrée tellement rare.

« Pourquoi c'est si long ? » hurla le ministre.

Henri jouait avec le moteur, faisait semblant de régler un cylindre. « C'est bientôt fini ! lui rétorqua-t-il sur le même ton. Je crois que j'ai trouvé. » Et il ajouta entre ses dents : *« Putain de merde** *! »*

La vieille Renault Juvaquatre fonçait vers la guérite de la sentinelle bloquant la route d'accès à la piste d'Orly. Deux Allemands de la police militaire se mirent aussitôt en alerte.

Metcalfe, toujours vêtu de l'uniforme volé, baissa sa vitre. *« Heil Hitler ! »* claironna-t-il avec sur le visage un masque d'autorité impavide. Il montra l'insigne de la Gestapo.

Le soldat salua, répondit *« Heil Hitler ! »* et fit signe au véhicule de passer.

Cette première étape s'était déroulée comme Metcalfe l'avait espéré. L'homme n'avait pas examiné son insigne, ne lui avait posé aucune question. Jamais un troufion n'aurait risqué sa place, ni sa peau, à chercher des poux à un officier supérieur de la Gestapo qui, de toute évidence, venait pour une affaire urgente.

« Bien joué », le félicita l'autre occupant du véhicule, qui en était également le propriétaire. Roger « Scoop » Martin était un homme élancé aux cheveux roux et bouclés, prématurément clairsemés – à vingt-huit ans, il était à peine plus vieux que Metcalfe – et au teint cireux, les joues grêlées de cicatrices d'acné. Martin, l'un des meilleurs pilotes de la RAF, venait d'être enrôlé dans le SOE, Spécial Operations Executive, l'agence britannique spécialisée dans le sabotage et la subversion, récemment créée par Winston Churchill. Martin habitait Paris ; comme couverture, il exerçait les fonctions de *médecin-chef** au Foyer du Soldat, institution fournissant de la nourriture et des soins aux prisonniers de guerre, visitant les blessés dans les hôpitaux. De par son métier, c'était l'un des rares Parisiens autorisés à posséder son propre véhicule.

« On a fait le plus facile », répondit Metcalfe. Il balaya du regard le parking asphalté. Depuis qu'ils avaient envahi la France, les nazis avaient transformé Orly en base militaire. Les avions décollant ou atterrissant sur cette piste ne transportaient que des troupes ou accessoirement de hauts dignitaires du régime nazi. Des soldats de la *Wehrmacht* armés de mitrailleuses légères MG-34, de pistolets Schmeisser 9 mm ou de mitraillettes MP-38 patrouillaient le secteur ; le terrain d'aviation était encombré de transports de troupes, de camions Skoda et Steyr et d'énormes poids lourds Opel Blitz.

« Nous y sommes », fit Roger en désignant un portail fermant une barrière grillagée censée protéger les pistes et les hangars.

Metcalfe hocha la tête en tournant le volant. « Sacrément sympathique de ta part de faire ça pour moi, Scoop, dit-il.

— Comme si j'avais le choix, grommela Martin. Corcoran a téléphoné à Sir Frank et après j'ai reçu l'ordre de m'envoler pour cette *Silésie* de mes deux.

— Oh, tu l'aurais fait quand même », répondit Metcalfe avec un léger sourire. Roger s'était servi de ses liaisons au SOE pour transmettre l'important message de Metcalfe à Corcoran. Grâce à lui, ce dernier était donc au courant de l'effroyable carnage de la Caverne et savait que Metcalfe avait dû modifier ses plans. Corky allait devoir s'arranger pour que ses contacts à Moscou prévoient un visiteur supplémentaire.

« Mouais. Il y a des limites à l'amitié », bougonna le pilote.

Metcalfe connaissait l'humour froid de son ami. Roger Martin aimait jouer au martyr. Il se plaignait sans arrêt de la vie qu'on lui faisait mener mais ce n'était qu'une attitude. En réalité, Roger était un ami tout ce qu'il y avait de loyal, et il adorait ce qu'il faisait. Quand il jouait au poker, il se comportait de la même façon. Il râlait pour faire croire qu'il avait une mauvaise main puis abattait une quinte flush royale.

Irlandais par son père, Français par sa mère, Roger était né et avait fait ses études à Cognac. Sa famille fabriquait du cognac depuis le XVIIIe siècle. Il possédait la double nationalité, parlait français comme un vrai Charentais, mais se considérait comme britannique. Le jour où il avait vu pour la première fois un biplan passer au-dessus du Nord-Pas-de-Calais, il avait formé le vœu de devenir pilote. L'entreprise familiale l'intéressait peu, aussi était-il entré à Air France avant de servir dans l'armée de l'Air française en Syrie. Pour fuir l'invasion nazie, il avait rejoint les Volontaires de la Royal Air Force et, après avoir subi l'entraînement adéquat, avait été enrôlé pour des missions spéciales au sein des « Moon Squadrons » de la RAF. Basé à Tangmere, sur la côte sud de l'Angleterre, il s'était vu confier un « Lizzie », un petit monomoteur Westland Lysander, chargé de larguer des denrées aux troupes assurant la défense de Calais, pendant l'évacuation de la poche de Dunkerque. De nombreux Lysander avaient été abattus, mais pas celui de Scoop. Ensuite, il avait accumulé des milliers d'heures de vol en survolant l'Europe de nuit. Rien ne lui faisait peur. Largages ou extractions d'agents britanniques, décollages, atterrissages dans des champs bourbeux avec quelques malheureuses torches pour marquer la piste. Le tout au nez et à la barbe des Allemands. Mais Scoop n'était pas du genre à se vanter de ses exploits. « N'importe quel connard est capable de lâcher des mecs sur la France, avait-il dit un jour à Metcalfe. L'opération contraire, c'est une autre paire de manches, je reconnais. » Roger se tailla également une réputation d'expert en exfiltration sur les terrains les plus hasardeux. Son commandant l'avait surnommé Scoop [1] et le sobriquet lui était resté.

« Je ne vois vraiment pas comment tu comptes t'y prendre », grogna Scoop tandis qu'ils descendaient de la Renault. Peints sur le flanc de la voiture, on voyait les emblèmes du Foyer du Soldat et de la Croix-Rouge.

« La seule chose que tu aies à faire c'est de la fermer, répliqua Metcalfe. Tu y arriveras, *mon vieux**. »

Scoop grommela.

« Toi, tu pilotes. Moi, je m'occupe du reste. »

Devant eux se profilait un autre poste de contrôle. Un soldat se tenait près de la barrière, tourné vers eux. En voyant Metcalfe, il fit le salut militaire puis quand il produisit son insigne, lui adressa un signe de tête. La barrière s'ouvrit.

« Dans quel hangar on va ? murmura Metcalfe.

— Du diable si je le sais, répondit Scoop. On connaît le numéro sur la queue de l'appareil, l'heure prévue pour le décollage, et c'est à peu près tout. » Comme ils approchaient d'un autre poste de contrôle, ils firent silence. Cette fois, Metcalfe se contenta d'adresser un bref salut aux sentinelles qui le lui rendirent.

Tout de suite après être passés, pendant qu'ils traversaient une étendue herbeuse voisine de la piste asphaltée, Scoop reprit le fil de la conversation : « Je suggère qu'on s'arrête au premier hangar pour se renseigner. On n'a qu'à dire que je suis censé piloter un avion mais que je ne sais pas où il est. »

Ils passèrent devant une poignée d'officiers allemands en train de fumer tout en riant à gorge déployée. Il baissa la voix. Les Allemands étaient penchés sur des cartes postales coquines. Un SS *Gruppenführer* au visage poupin les tenait en éventail entre ses mains grassouillettes. Metcalfe tressaillit. Il connaissait cet homme. Le brigadier général Johannes Koller faisait partie de ses nombreuses relations d'affaires.

Metcalfe tourna tranquillement la tête en feignant de discuter avec Scoop. Il s'attendait à faire ce genre de rencontre désagréable tôt ou tard – mais pas maintenant, pas ici !

Scoop remarqua la détresse sur le visage de Metcalfe. Il prit l'air interloqué mais ne dit rien.

---

1. *To scoop* signifiant ramasser, rafler, s'emparer de (NDLT).

Il était probable que le *Gruppenführer*, trop occupé à montrer ses cartes postales, n'ait pas vu passer Metcalfe. Et même, à supposer que son regard se soit porté sur le visage de l'Américain, l'uniforme de la Gestapo aurait détourné ses soupçons naissants. Ne le reconnaissant pas avec certitude, il préférerait sans doute se taire.

Ils atteignirent enfin le dernier poste de contrôle. Celui-ci était plus élaboré : une guérite ouverte à la limite du tarmac, occupée par deux sentinelles. Dès qu'ils l'auraient franchie, il ne leur resterait plus qu'à localiser le bon hangar. Metcalfe se raidit. Si le soldat lui demandait d'examiner son insigne volé ou ses papiers, tout serait fichu. Les photos du gestapiste qu'il avait tué ne lui ressemblaient pas du tout.

Mais le policier militaire qui dirigeait apparemment ce poste de contrôle se contenta de le saluer et de leur faire signe de passer. Metcalfe vida ses poumons sans faire de bruit. Au même instant, il distingua un mouvement sur le côté. C'était Koller qui se dirigeait vers lui à grandes enjambées, suivi des autres officiers.

Metcalfe lui aussi pressa l'allure. « Dépêchons, murmura-t-il à Scoop.

— Quoi ?

— Fonce. Tu es un pilote en retard. Il faut que tu rejoignes tout de suite ton appareil. Moi je ne peux pas courir – j'aurais l'air louche.

— Tu es dingue...

— Fais ce que je te dis. Je te retrouve après. »

Scoop haussa les épaules, agita la tête pour indiquer qu'il ne comprenait rien à rien, et se mit à trottiner comme un homme en retard à son travail. Metcalfe, lui, conserva son allure déterminée.

« Excusez-moi ! Excusez-moi ! »

Metcalfe se retourna, vit la sentinelle qui venait de lui accorder le passage. A côté du soldat, se tenait Koller. Son doigt tendu désignait Metcalfe.

Metcalfe haussa les épaules, prit l'air étonné, mais nc bougea pas d'un poil. Il se pencha un peu comme pour chercher quelque chose au fond de sa poche. *Je dois rester absolument impassible !* Il tourna la tête, vit Scoop entrer dans l'un des hangars et se demanda une fois de plus s'il devait se mettre à courir ou attendre encore un peu. De toute façon, il était inutile de fuir ; Scoop et lui n'iraient pas bien loin. En plus, il était trop tard. Koller et le policier militaire l'auraient bientôt rejoint. « Je connais cet homme ! lança le *Gruppenführer*. C'est un imposteur !

— Monsieur, dit la sentinelle. Approchez, s'il vous plaît. Puis-je voir vos papiers ?

— C'est une plaisanterie, j'espère ! répliqua Metcalfe d'une voix de stentor. Allons ! Je n'ai pas de temps à perdre. »

Les deux hommes étaient à présent tout près de lui. « Oui, c'est Eigen ! Daniel Eigen ! Je savais bien que c'était lui !

— Vos papiers, monsieur, insista le policier militaire.

— Mais qu'est-ce que vous fichez là, Eigen ? demanda Koller en le fusillant du regard. Vos actions criminelles sont...

— Taisez-vous, espèce d'idiot ! » rugit Metcalfe. Il bondit vers le *Gruppenführer*, glissa une main dans sa tunique pour s'emparer des cartes postales obscènes qu'il jeta en l'air, puis renifla bruyamment en rapprochant son visage de celui de l'Allemand. « Regardez à quoi ce dégénéré passe son temps ! lâcha-t-il à l'intention du garde. Et sentez un peu son haleine. Il est saoul. »

Le visage de Koller vira au pourpre. « Comment osez-vous...

— Qu'il s'agisse d'une *blague* entre collègues ou d'un simple sabotage, inutile de chercher bien loin le responsable ! Cet alcoolique dégénéré tente d'entraver le travail du Reich. » Il désigna Koller. « Qui que vous soyez et quelles que soient vos intentions dégénérées, je vous dénie le droit de fourrer votre sale nez dans mes affaires ! Je suis ici pour une mission de la plus grande importance ! Comme dit notre Führer, l'avenir appartient aux vigilants. » Il secoua la tête d'un air écœuré. « *Gott im Himmel !* Vous jetez le discrédit sur nous tous. »

Sur ces bonnes paroles, Metcalfe tourna les talons et s'éloigna rapidement en direction du hangar où Scoop venait d'entrer. Mais il restait sur ses gardes, l'oreille dressée pour déceler les cris, les bruits de pas précipités qui risquaient de retentir d'un instant à l'autre, signe que sa ruse aurait échoué. Johannes Koller s'était remis à parlementer avec le garde. Il s'étranglait de rage, frisait la crise d'apoplexie.

La contre-attaque de Metcalfe avait fonctionné mais ne lui avait probablement fait gagner qu'une ou deux minutes.

C'était mieux que rien. Quelques petites secondes pouvaient faire la différence entre le succès et l'échec.

Metcalfe prit ses jambes à son cou. Le hangar se dressant droit devant lui était une grande structure de béton armé en forme de tonneau. A l'origine, il avait servi d'entrepôt pour les dirigeables. A présent, il abritait le Junkers Ju-52/3m prévu pour ramener au bercail le ministre des Affaires étrangères espagnol. L'avion n'attendait plus que lui pour décoller.

Mais, hélas, *el ministro* avait eu un regrettable empêchement. Quant au pilote, un homme brun en blouson de cuir, Metcalfe l'aperçut affalé sur le sol, contre un mur en béton. Qu'est-ce que Scoop lui avait fait? L'avait-il abattu? Scoop était seulement pilote mais en cas de danger imminent, il n'hésitait pas à tuer.

L'avion était plutôt laid, avec ses flancs aplatis. Ses trois puissants moteurs se mirent à tourner, il fit un bond en avant et commença à rouler. A travers la vitre en Plexiglas, Metcalfe aperçut Scoop assis aux commandes lui faire signe de grimper tout en hurlant quelque chose. Mais le rugissement des moteurs l'empêcha d'entendre ce qu'il disait.

Cet avion faisait environ vingt mètres de long sur sept de hauteur. Sur sa carlingue en tôle ondulée étaient peints les mots IBERIA-LINEAS AEREAS ESPAÑOLAS. C'était un appareil fabriqué en Allemagne pour l'aviation espagnole, certainement un vestige de la Guerre civile.

Quelle folie! Scoop lui demandait de grimper à bord d'un avion en marche. Certes, il n'y avait pas le choix; déjà plusieurs gardes couraient vers lui en brandissant leurs armes. Il baissa la tête pour éviter les hélices géantes, fonça comme une flèche, dépassa l'aile basse en forme de console et s'agrippa à la porte restée ouverte. Il n'y avait pas de passerelle mais ce n'était pas nécessaire. Metcalfe se hissa à la seule force des bras et atterrit à l'intérieur de la cabine à l'instant même où l'avion accélérait sur le tarmac. Il rabattit la porte et la verrouilla.

Metcalfe entendit une grêle de balles s'enfoncer dans la carlingue en aluminium. L'appareil disposait d'un léger blindage. Il supporterait une fusillade ordinaire, mais rien de plus virulent. Les moteurs s'emballèrent, gémirent. A travers le petit hublot en Plexiglas, il voyait la piste défiler sous ses pieds. La cabine était équipée d'une douzaine de sièges, et était, comparée à celles des Junkers classiques, presque luxueuse. Metcalfe voulut s'élancer vers l'avant de l'appareil mais une soudaine embardée le précipita sur le sol. Il termina son parcours en rampant et déboucha enfin dans le cockpit.

« Attache-toi ! » hurla Scoop pendant que Metcalfe sautait sur le siège du copilote. Une nouvelle rafale de mitraillette percuta le nez de l'appareil. Heureusement, le cockpit était haut perché et fortement incliné, hors de la ligne de feu. A travers l'écran de Plexiglas, il pouvait voir d'où venaient les tirs : trois ou quatre membres de la police militaire faisaient cracher leurs mitrailleuses à une trentaine de mètres de là.

Soudain, Metcalfe s'aperçut qu'ils se dirigeaient droit sur les gardes. Scoop semblait les viser ! Il allait leur rouler dessus. Très vite, les hommes s'éparpillèrent ou plongèrent de chaque côté de l'appareil, prouvant qu'ils estimaient inutile et par trop téméraire de risquer leur vie pour arrêter un engin de plus de sept tonnes lancé à pleine vitesse.

Comme Metcalfe se sanglait sur son siège, il entendit Scoop parler dans le micro. Mais impossible de comprendre un traître mot. Le ronronnement du moteur grimpait dans les aigus. L'avion allait de plus en plus vite. Scoop rabattit les manettes pour mettre pleins gaz et réussir un décollage serré. Le fuselage encaissa encore une pluie de plomb, quelque part à l'arrière. L'appareil poursuivit sa course comme si de rien n'était.

Le hurlement des moteurs se calma un peu. « Seigneur tout-puissant, Metcalfe, s'écria Scoop. Dans quel pétrin tu m'as fourré ?

— C'est toi qui l'as voulu, Scoop.

— Si peu.

— Mais quand même. Bon, quand est-ce qu'on décolle ? »

Scoop haussa les épaules. « Le couloir de vol est libre mais je suis parti un peu plus tôt que prévu. Nous devrions être tranquilles pour un moment.

— Un *moment* ?

— Je doute que le contrôle aérien de la *Luftwaffe* donne l'ordre de nous abattre. Trop d'incertitudes. Ils prévoient le décollage d'un avion espagnol ; du coup, ils ne sauront plus où donner de la tête...

— Tu *doutes* ?

— Permets-moi de te signaler, mon cher Metcalfe, que nous sommes en guerre. Par chance, cet appareil est immatriculé comme transport civil. Mes potes de la RAF ne nous descendront donc pas. Ce sont plutôt ces foutus nazis qui m'inquiètent. Nous voyageons à bord d'un avion volé dans un espace aérien contrôlé par les Allemands. Tu sais ce que ça signifie. »

Metcalfe choisit d'ignorer l'avertissement ; après tout, que pouvait-il faire d'autre en cet instant précis ? Il ne leur restait plus qu'à espérer en réchapper. Tout reposait sur l'immense talent de son ami. « Tu as déjà piloté ce genre d'engin ?

— Oh, bien sûr. *"Tante Ju"*. Le cercueil en tôle. Non, en fait, ça ne m'est jamais arrivé, mais j'ai failli, une fois.

— Dieu du ciel, grommela Metcalfe. Jusqu'où peut nous mener ce coucou ? »

Scoop garda le silence une minute entière. Ils s'élevaient toujours. « Quelque chose comme huit cents *miles*, si on compte les réservoirs auxiliaires.

— Assez loin pour arriver en Silésie.

— Tout juste.

— Même en supposant qu'on y parvienne sains et saufs et qu'on soit en mesure de refaire le plein, ça risque d'être un peu juste.

— De quoi tu parles ?

— Il nous restera *encore* huit cents *miles* à parcourir. Donc, ça sera juste.

— Huit cents *miles* pour aller où ? Je croyais que la Silésie était notre destination finale.

— Non, répliqua Metcalfe. J'ai rendez-vous. Avec une de mes ex.

— Tu serais pas devenu complètement maboul, Metcalfe ?

— Pas du tout. Nous partons pour Moscou. »

DEUXIÈME PARTIE

Moscou, août 1991

L'ambassadeur Stephen Metcalfe raccrocha le téléphone. Cet appel l'avait secoué.

Il était minuit passé, heure de Moscou. Il se trouvait dans une pièce sécurisée au premier étage de la Maison de Spaso, la somptueuse demeure jaune mastic, édifiée à un *mile* à l'ouest du Kremlin pour servir de résidence à l'ambassadeur américain à Moscou. Metcalfe y avait vécu quatre ans dans les années soixante ; il la connaissait bien. L'ambassadeur actuel, l'un de ses amis, était ravi d'accorder à l'illustre Stephen Metcalfe l'usage de la ligne téléphonique sûre.

Le conseiller pour la Sécurité nationale venait de lui fournir les toutes dernières nouvelles de la crise se développant à Moscou. Et le moins qu'on pût dire, c'était que les choses se présentaient mal.

Alors qu'il prenait des vacances en famille dans sa villa de Crimée, au bord de la mer Noire, le président soviétique Mikhaïl Gorbatchev avait été pris en otage. Les conspirateurs – dont le président du KGB, le ministre de la Défense, le chef du Politburo, le Premier ministre et même le propre chef d'état-major de Gorbatchev – avaient déclaré l'état d'urgence. Ils avaient également diffusé l'information fallacieuse selon laquelle Gorbatchev, malade, était désormais incapable de gouverner, commandé 250 000 paires de menottes à une usine de Pskov et fait imprimer 300 000 mandats d'arrêt. Pour pouvoir incarcérer leurs ennemis, ils avaient libéré deux étages entiers de la prison Lefortovo, à Moscou.

La limousine ZIL l'attendait devant la Maison de Spaso. Metcalfe y monta et s'installa à côté de son vieil ami, le général trois étoiles. Metcalfe remarqua que le Russe répondant au nom de code « Kurwenal » était habillé en civil. L'homme fit un signe de tête au chauffeur et la voiture s'enfonça aussitôt dans les rues encombrées par les tanks.

Sans autre forme de préambule, le général annonça d'une voix tendue par l'angoisse : « Gorbatchev ne dispose d'aucun moyen de communiquer avec le monde extérieur. Toutes ses lignes téléphoniques ont été coupées, même sa ligne spéciale de commandant en chef.

— Il y a pire, ajouta Metcalfe. Je viens d'apprendre que les conspirateurs ont pris le contrôle de l'arsenal nucléaire. »

Le général ferma les yeux. La valise contenant les codes nucléaires secrets permettrait à la junte de balancer toutes les bombes qu'elle désirait quand elle le désirerait. La simple idée qu'un tel pouvoir se trouvait concentré entre les mains d'une bande de fous le terrifiait.

« Gorbatchev est-il encore en vie ?

— Oui, à ce qu'on sait, répondit Metcalfe.

— Les insurgés réclament du changement, dit le général. Eh bien, ils l'obtiendront. Mais pas celui qu'ils imaginent. Si... »

Metcalfe attendit la suite de la phrase puis, comme son ami hésitait à poursuivre, demanda : « Si quoi ?

— Si le *Dirizhor* intervient. Lui seul est en mesure d'arrêter cette folie.

— Ils l'écouteront ?

— Mieux que cela. En tant que chef absolu du complexe militaro-industriel de mon pays, le *Dirizhor*, comme on l'appelle, détient un immense pouvoir. »

Metcalfe s'enfonça dans son siège. « C'est curieux, vous savez, dit-il. On dirait que vous et moi sommes destinés à ne nous rencontrer qu'à l'occasion des grandes crises internationales. Chaque fois que le monde se trouve au bord de la guerre nucléaire. Le Mur de Berlin, les missiles de Cuba...

— N'avais-je pas raison de soutenir que Khrouchtchev n'oserait jamais lancer ses missiles ?

— Vous n'avez jamais agi à l'encontre des intérêts de votre pays, et moi non plus. Tous les deux, nous avons fait fonction de... de...

— De coupeurs de circuit. Je n'en démordrai pas. Nous avons toujours répondu présent chaque fois que la maison menaçait de brûler.

— Mais nous nous faisons vieux, l'un comme l'autre. On nous respecte à cause de notre réputation, de notre âge, de notre prétendue "sagesse" – bien qu'à mon avis, la sagesse ne se gagne qu'en commettant d'abord un monceau de bévues.

— Dont on tire un monceau d'enseignements, ajouta le général.

— Peut-être. Pourtant, je ne suis plus qu'un vieillard dépassé. Washington m'a quasiment mis sur la touche. Si je n'étais pas si riche, je doute que la Maison-Blanche se soucierait encore de m'adresser des invitations.

— Le *Dirizhor* ne vous prendra pas pour quelqu'un de dépassé. Pour lui, vous ne serez pas sur la touche.

— J'appartiens au passé, à l'Histoire.

— En Russie, le passé ne meurt jamais et l'Histoire s'intègre au présent. »

Avant que Metcalfe puisse répondre, les freins de la limousine crissèrent. Ils s'arrêtèrent devant un barrage routier : cônes de signalisation, balises lumineuses, rangée de soldats en uniforme.

« Le groupe Alpha, l'informa le général.

— Mettez-les au garde-à-vous, fit Metcalfe. Vous êtes leur supérieur, après tout.

— Ils n'appartiennent pas à l'armée mais au KGB. Ce commando d'élite a servi en Afghanistan, en Lituanie. » Il ajouta comme à regret : « Et maintenant ici, à Moscou. »

Les hommes entourèrent la limousine, leurs fusils-mitrailleurs pointés vers ses occupants. « Descendez de ce véhicule, ordonna le chef de l'escadron. Toi le chauffeur. Et vous, les deux vieillards à l'arrière. Vite !

— Grands dieux, souffla le général. Ces hommes ont reçu l'ordre de tuer. »

Chapitre 11

Moscou, novembre 1940

Moscou avait radicalement changé depuis son dernier séjour et pourtant c'était toujours Moscou. Une ville paradoxale où coexistaient chicheté et grandeur, orgueil et désespoir. Partout où il passait, que ce soit dans le vestibule de l'hôtel Métropole ou à Kuznetsky Most, ça puait la *makhorka*, ce mauvais tabac russe, une odeur qu'il avait toujours associée à la Russie. Il retrouvait aussi les émanations rances et nauséabondes de la peau de mouton humide.

Tant de choses avaient changé et tant de choses étaient restées les mêmes. On avait démoli les vieux immeubles bas pour les remplacer par les majestueux gratte-ciel tant prisés par Staline, ressemblant à de gros gâteaux de mariage. Ils symbolisaient le style architectural connu sous l'appellation de gothique stalinien. La ville était truffée de constructions anarchiques, de chantiers. Moscou se transformait pour devenir le digne cœur d'un empire totalitaire.

On ne voyait plus d'attelages. Les rues pavées avaient été élargies, nivelées, recouvertes d'asphalte. Moscou se convertissait à l'ère de l'automobile. Non pas que la circulation fût intense ; on remarquait quelques vieilles Renault cabossées, mais surtout des Emkas, le surnom que les Russes donnaient aux GAZ M-1, la version soviétique de la Ford de 1933. Les tramways brun sale crissaient encore sur leurs rails, les Moscovites les attrapaient toujours au vol et se laissaient pendre à l'extérieur, sur le marchepied, mais ils n'étaient plus aussi bondés qu'à l'époque où Metcalfe avait découvert Moscou. Il existait désormais d'autres transports en commun, dont le nouveau métro construit quelques années plus tôt.

La pollution s'était aggravée : les usines, les trains, les automobiles vomissaient des fumées délétères. L'ancienne rue Tverskaya, cette large avenue en pente, avait été rebaptisée rue Gorki, pour remercier le grand écrivain d'avoir soutenu la Révolution. La plupart des petites boutiques avaient été remplacées par des grands magasins gouvernementaux – malgré leurs jolies vitrines, on y trouvait aussi peu de marchandises que de clients. La nourriture était rare, la propagande abondante. Metcalfe avait l'impression de voir à tous les coins de rue des portraits géants de Staline, seul ou posant à côté de Lénine. Les immeubles étaient tendus d'immenses bannières rouges proclamant : « NOUS DÉPASSERONS LES QUOTAS DU PLAN QUINQUENNAL ! » et « COMMUNISME = POUVOIR DES SOVIETS + ÉLECTRIFICATION DU PAYS TOUT ENTIER ! »

Pourtant le mirage communiste n'avait pas effacé le Moscou éternel – les dômes dorés en forme d'oignon des vieilles églises orthodoxes étincelaient au soleil, la cathédrale Saint-Basile éclaboussait la place Rouge de ses couleurs éblouissantes, les ouvriers allaient et venaient dans leurs méchants habits de coton ouaté, les paysans emmitouflés dans leurs gros manteaux, les babouchkas en fichu trimbalaient leurs *avoskas*, des filets à provisions, ou des valises en bois fabriquées avec les moyens du bord.

Toutefois, leurs expressions s'étaient transformées. Sur leurs traits, on lisait une peur indicible, plus profonde, plus ancrée qu'autrefois. Une véritable paranoïa, une terreur presque tangible, s'était emparée d'eux et les enveloppait telle une nappe de brouillard. De tous les changements, c'était le plus affreux. Metcalfe n'avait pas connu les purges des années trente, car la grande terreur n'avait commencé qu'après son départ. Aujourd'hui, elle marquait tous les visages, du plus humble des paysans jusqu'au commissaire du peuple le plus influent.

Metcalfe l'avait sentie le jour même, dans les yeux de ses interlocuteurs, pendant sa réunion au Commissariat du peuple pour le Commerce extérieur – il avait cru que la discussion n'en finirait jamais mais il avait bien fallu s'y plier, cela faisait partie du leurre, contribuait à justifier sa présence à Moscou. Il avait rencontré certains membres de cette délégation autrefois, mais depuis, ces gens avaient tellement changé qu'il avait eu un mal fou à les reconnaître. Litvikov, jadis si jovial, toujours prompt à plaisanter, était devenu un être hagard et renfrogné. Ses assistants, qui l'avaient accueilli auparavant en rivalisant d'amabilité, comme il se devait pour un grand capitaliste américain, le considéraient à présent d'un œil terne, sans décrocher un mot. Metcalfe avait lu de l'envie, de la crainte dans leurs regards. Pour eux, il incarnait l'opulence, certes, mais en même temps, c'était un individu dangereux, contagieux : s'ils l'approchaient de trop près, ils risquaient d'être contaminés. Leurs supérieurs les rejetteraient. A tout moment, ils pourraient se voir accusés d'espionnage, de collaboration avec un agent capitaliste; et ce serait la prison, la peine de mort. On fusillait pour moins que ça.

Au souvenir de cette rencontre, Metcalfe secoua la tête. Assis à une table couverte de feutre vert, dans une salle de conférences surchauffée, il avait dû se livrer à un véritable exercice d'acrobatie, lançant des allusions, esquissant des promesses sans jamais s'engager à rien. Il avait évoqué les relations politiques de sa famille, lâché des noms prestigieux, ceux de Franklin Roosevelt, des fidèles assistants du Président ou de certains sénateurs influents. Il leur avait confié que le Président, malgré sa prise de position officielle et ses critiques envers la Russie, désirait sincèrement développer les échanges commerciaux avec l'Union soviétique. Ses interlocuteurs n'en avaient pas perdu une miette. Tous ces beaux discours n'étaient qu'illusions, jeux de miroirs, mais on aurait dit qu'ils avaient fait leur effet.

En traversant la place Teatralnaya, il prit le temps d'admirer la superbe façade du théâtre du Bolchoï, avec son portique à huit colonnes dominé par les quatre chevaux de bronze du char d'Apollon. Metcalfe sentit son pouls s'accélérer.

Il croisa un *militsiyoner*, un gardien de la paix, qui le scruta d'un air méfiant, en détaillant sa tenue : un épais pardessus en cachemire noir, des gants de cuir finement cousus. Après tout, l'héritier des Industries Metcalfe ne pouvait s'habiller autrement.

Caché à la vue de tous, lui avait rabâché Corky. *La nudité est le meilleur des déguisements.*

Un jour, son vieil ami Derek Compton-Jones, ayant surpris ces paroles, les avait complétées d'une remarque ironique : « Stephen a bien retenu cette histoire de nudité. Il croit qu'un masque jetable est un accessoire de chambre à coucher. »

Ce rappel du passé raviva sa peine. Tous ses amis de la station parisienne étaient morts, à présent. Des hommes honnêtes et courageux, assassinés dans l'exercice de leur devoir, mais comment ? Et pourquoi ?

Un vieux proverbe russe – il en avait entendu des douzaines, des centaines durant son précédent séjour – lui revint en mémoire. Il disait : « Vis dans le passé, tu perdras un œil ; oublie le passé, tu perdras les deux. »

Il n'arrivait pas à oublier le passé. Non, c'était impossible. Ici, à Moscou, il l'environnait de toutes parts. Il ne pouvait que s'y replonger ; et ce passé-là avait un visage, celui d'une danseuse nommée Svetlana.

Devant le théâtre, une foule de gens attendaient qu'on les laisse entrer. Ce soir, on jouait à guichets fermés. Metcalfe ne possédait pas de billet pour cette représentation du *Pavot rouge*, mais il y avait toujours moyen de s'arranger. A Moscou, les devises fortes – le dollar américain, la livre anglaise, le franc – achetaient presque tout. On trouvait immanquablement un Moscovite désireux de se procurer des *valuta*, ces devises étrangères qui vous donnaient accès aux magasins spéciaux réservés aux étrangers. Les gens d'ici étaient tellement désespérés qu'ils étaient même capables de troquer leurs précieux billets pour le Bolchoï. Le désespoir : Metcalfe savait qu'il pourrait toujours compter sur lui, à Moscou.

En règle générale, les personnes faisant la queue devant le théâtre étaient mieux vêtues que les simples passants, et cela n'avait rien d'étonnant. Les billets d'opéra ne s'obtenaient que par *blat*, le terme russe soviétique pour « relations ». Il fallait connaître quelqu'un de bien placé, ou occuper soi-même de hautes fonctions, être membre du Parti – ou ressortissant étranger. On voyait beaucoup d'uniformes parmi cette foule, des officiers arborant des épaulettes rouges. Les épaulettes constituaient une nouveauté dans l'armée russe, remarqua Metcalfe. Staline les avait introduites récemment. C'était sa manière à lui de remonter le moral de l'Armée Rouge, traumatisée par les purges de 1938. Durant cette période, de très nombreux officiers avaient été accusés de trahison, de collusion avec l'Allemagne nazie, et passés par les armes.

Mais le plus surprenant pour Metcalfe n'était ni les beaux uniformes des officiers russes ni les étoiles d'argent brodées sur leurs épaulettes rouges, mais leurs cheveux presque ras, taillés à la prussienne. Il leur trouvait même quelque ressemblance avec leurs homologues nazis. Des médailles de bronze et d'or cliquetaient sur leur poitrine ; des pistolets glissés dans de rutilants étuis de cuir pendaient à leurs gros ceinturons.

Etrange, songea-t-il : voilà qu'aujourd'hui Moscou était allié aux nazis. La Russie et l'Allemagne, son ennemi héréditaire, avaient signé un pacte de non-agression. Les deux plus grandes puissances militaires européennes étaient à présent associées. L'Etat fasciste et l'Etat communiste travaillaient main dans la main. Les Russes allaient même jusqu'à fournir du matériel de guerre aux nazis. Comment les forces de la liberté pouvaient-elles espérer venir à bout de l'Allemagne nazie et de l'Union soviétique réunies ? C'était une folie !

Une senteur familière flottait dans l'air, remarqua Metcalfe. Elle émanait de toutes ces femmes russes en robe du soir. Il reconnut *Pavot rouge*, l'infect parfum soviétique – infect mais tout à fait approprié, étant donné le titre du ballet ! – que les étrangers surnommaient l'« Haleine de Staline ».

Un vieil homme croisa son regard et s'approcha en murmurant : *« Bilyeti ? Vyi khotiye bilyeti ? »* Vous cherchez des billets ?

Ses vêtements usés jusqu'à la corde avaient dû être élégants autrefois. Ses gants troués au bout avaient été reprisés avec de la ficelle. Cet homme réduit à la mendicité avait sans doute vécu dans le confort quelques années auparavant. Son langage châtié rendait son personnage encore plus poignant.

Metcalfe opina du chef. « Juste un, dit-il.

— J'en ai deux, insista le vieil homme. Pour vous et votre femme, monsieur ! »

Metcalfe fit non de la tête. « Juste un. Mais je vous paie les deux. » Il produisit une petite liasse de dollars, bien plus que ne l'exigeait la transaction. Le vieillard écarquilla les yeux en lui tendant le billet.

« Merci monsieur ! Merci ! »

Le vieux Russe lui fit un grand sourire découvrant plusieurs couronnes en or. Cet homme aurait été bien en peine de s'offrir un tel luxe aujourd'hui.

Décidément, la Russie manquait de tout, pensa Metcalfe. Nourriture, carburant, vêtements... mais la denrée la plus rare entre toutes était la *dignité*.

Il déposa son manteau au *garderob*, comme tout le monde se devait de le faire. Une vieille dame ridée aux cheveux blancs le lui prit et le suspendit parmi les habits informes et grisâtres des Russes, en le caressant d'un regard admiratif.

Lorsque la sonnerie retentit, Metcalfe se mêla au flot des spectateurs qui gagnaient leurs places. A peine entré, il ne put réprimer un élan d'admiration devant une telle opulence ! Il avait oublié à quel point ce théâtre était somptueux, comme un îlot d'extravagance tsariste au cœur de la morosité moscovite. Un immense lustre en cristal pendait d'un haut plafond en coupole, décoré de charmantes peintures classiques. Six rangées de loges privées bordaient celle du tsar, toutes garnies de tentures rouges et de sièges dorés. Juste au-dessus, étincelaient le marteau et la faucille. Dans le drap chatoyant du rideau de scène étaient tissées les lettres CCCP, le sigle du parti communiste russe, ainsi que toutes sortes de chiffres figurant les grandes dates de l'histoire du communisme soviétique.

Metcalfe était très bien placé. En jetant des coups d'œil tout autour de la salle, il remarqua le jeune officier russe assis juste derrière lui. L'homme lui sourit.

« C'est un magnifique théâtre, n'est-ce pas ? » dit le Russe.

Metcalfe lui rendit son sourire. « Spectaculaire. » Il sursauta. L'homme lui avait parlé en anglais, pas en russe.

Pourquoi ? Comment avait-il compris... ?

Les vêtements, sans aucun doute. Rien de plus. Pour l'œil exercé d'un Russe, un étranger se repérait aisément.

Mais comment connaissait-il l'anglais ?

« La représentation de ce soir est tout à fait spéciale, reprit le militaire doté d'une tignasse rousse, d'un nez fort et d'une bouche large et cruelle. *Le Pavot rouge* de Gliere – vous connaissez l'histoire, je suppose ? Ça parle d'une danseuse opprimée par un capitaliste vicieux et méchant. » Un léger sourire affecté apparut sur son visage.

Metcalfe hocha la tête et sourit poliment. Soudain, une chose lui attira l'œil. Le rouquin n'était pas un simple soldat de l'Armée Rouge. A en juger d'après sa tunique verte et ses épaulettes dorées, le Russe était major dans le *Glavnoye Razvedyvatelnoye Upravlenie* : le GRU. Le principal service de renseignement de l'armée soviétique. Renseignement militaire : espion.

« Je connais cette histoire par cœur, répondit Metcalfe. Vos propagandistes russes adorent faire endosser le rôle du méchant à nous autres, capitalistes. »

L'homme du GRU acquiesça d'un mouvement de tête. « Le premier rôle, celui de Tao-Hoa, sera interprété par l'étoile du Bolchoï. Elle se nomme Svetlana Baranova. » Il souleva les sourcils mais son expression demeura impassible. « Cette femme est vraiment extraordinaire.

— Ah bon ? répliqua Metcalfe. Dans ce cas, je ne la quitterai pas des yeux.

— Vous avez raison, dit le Russe. C'est ce que je fais moi aussi. Je ne rate aucun de ses spectacles. »

Metcalfe sourit de nouveau et se retourna, rempli d'inquiétude. L'homme du GRU *savait* qui il était. C'était évident ! Son visage l'exprimait on ne peut plus clairement ; on aurait dit qu'il voulait le faire comprendre à Metcalfe. Il n'y avait aucun doute là-dessus.

Ce qui signifiait que l'agent du GRU avait été placé ici, juste derrière Metcalfe, à dessein. Il se mit à ruminer de sombres pensées. Comment avaient-ils pu organiser un dispositif pareil ? Car c'était organisé, bien évidemment ; cette « coïncidence » ne devait rien au hasard.

Mais comment ? Mentalement, Metcalfe passa en revue les événements de ces dernières minutes. Il se souvint s'être assis à sa place. Autour de lui, sur les côtés, devant, derrière, tous les fauteuils étaient déjà occupés. Il avait tout de suite remarqué la tignasse rousse, le visage cruel, arrogant ; sa conscience avait enregistré cette présence pour l'enfouir aussitôt après. Mais l'homme du GRU *ne pouvait pas* s'être installé après l'arrivée de Metcalfe !

Alors comment avaient-ils monté leur coup ? Pris d'un accès de paranoïa, il se mit à ressentir des picotements sur la nuque. Combien de probabilités y avait-il pour qu'une place achetée devant le Bolchoï à un vendeur à la sauvette, quelques minutes avant le spectacle, se trouve *justement* située devant celle d'un agent du GRU connaissant ses liens avec Lana Baranova ?

Metcalfe tressaillit. Il venait de saisir. Le vieil homme qui lui avait vendu son billet : cet ancien bourgeois réduit à la mendicité par désespoir... Le désespoir poussait à obéir sans poser de questions.

C'était un coup monté, évidemment !

Ils savaient qu'il se rendait au Bolchoï – *ils*, c'est-à-dire ceux qui le surveillaient, les autorités soviétiques, dans le cas présent, le GRU – et voulaient lui faire savoir qu'ils savaient, qu'il ne pouvait faire un geste sans qu'ils soient au courant. A moins qu'il ne soit devenu totalement paranoïaque ?

Mais non. *Ce n'était pas une coïncidence.* On l'avait suivi jusqu'au Bolchoï. Dans ce cas, la filature avait été confiée à des experts ; il n'en avait rien soupçonné, et c'était cela le plus inquiétant. Normalement, il faisait très attention à ces choses-là. C'était son métier, après tout : on lui avait enseigné toutes ces techniques. De plus, l'adresse et la discrétion n'étaient pas le fort des agents de surveillance soviétiques. Avec eux, on avait droit à des avertissements bien appuyés plus qu'à des filatures en bonne et due forme.

Mais comment avaient-ils pu mettre au point un pareil dispositif à la dernière minute ? Il s'était bien gardé d'aller acheter sa place dans une billetterie pour touristes, comme le font tous les visiteurs étrangers. Il avait pris soin de se procurer son billet à la dernière minute, sachant que les revendeurs ne manquaient pas.

Avant qu'il traverse la place Teatralnaya, nul n'aurait pu deviner son intention de se rendre au Bolchoï. Ensuite, seules quelques petites minutes s'étaient écoulées, un laps de temps bien trop court pour qu'un agent fasse irruption dans la salle et s'installe juste à la bonne place.

Soudain une idée germa dans son esprit : il était arrivé à Moscou sans se cacher le moins du monde. Il avait utilisé son vrai nom, son voyage était prévu depuis plusieurs jours, son arrivée autorisée par les autorités responsables. Ils possédaient un dossier sur lui ; cela ne faisait aucun doute. Ils ne connaissaient probablement pas la raison de son voyage mais, en revanche, ne pouvaient ignorer son ancienne relation avec Lana. Le fait qu'il ait envie de voir danser son ex-petite amie était parfaitement prévisible. Oui c'était cela : ils avaient anticipé ses mouvements et introduit un homme dans la place au cas où il agirait comme prévu.

On le connaissait et on le tenait à l'œil. Tel était le message qu'ils lui envoyaient.

Mais pourquoi le GRU ? Pourquoi un agent des renseignements *militaires* soviétiques ? Le NKVD aurait été mieux désigné pour ce genre d'opération.

La dernière sonnerie avant le lever de rideau résonna dans les foyers, les lumières baissèrent, le brouhaha perdit progressivement de son intensité jusqu'à se dissoudre dans un silence électrique. L'orchestre attaqua l'ouverture ; le rideau se leva.

Puis, quelques minutes plus tard, Tao-Hoa fit son entrée et Metcalfe la vit.

Pour la première fois depuis six ans, Metcalfe vit sa Lana. Il en resta paralysé de stupeur, tant elle était belle, tant elle était souple. Son visage rayonnant semblait tout entier ravi par l'extase, la transparence, la joie ; elle ne faisait qu'une avec la musique. Ce visage-là venait du paradis. Le public aurait pu se trouver à des millions de kilomètres de là ; elle appartenait à l'éther, pas à ce bas monde.

Comparées à elle, les autres danseuses ressemblaient à des marionnettes. Elle avait une présence fascinante, des mouvements à la fois fluides et puissants. Elle planait comme si les lois de la gravité n'existaient pas pour elle. La magie la soulevait de terre, la musique s'incarnait dans son corps.

Pendant un instant, Metcalfe laissa son cœur s'envoler avec elle. Les souvenirs le traversaient. La première fois qu'il l'avait vue, c'était dans *Tristan et Isolde* – ce ballet n'avait d'ailleurs connu qu'une seule représentation. Igor Moïsseïev ayant eu l'idée saugrenue de monter un spectacle sur une musique allemande, le Commissariat à la Culture lui avait rapidement fait remarquer son erreur. Le temps qu'ils avaient passé ensemble lui paraissait tellement court, comme s'il avait été interrompu de manière autoritaire lui aussi. Le souvenir de leur histoire, brève mais passionnée, le hantait toujours. Comment avait-il pu la laisser ? Mais comment aurait-il fait pour rester ? C'était une aventure sans lendemain, une passade, rien de plus : il ne comptait pas rester à Moscou et elle n'avait pas l'intention de partir.

Et depuis ce temps-là, pensa-t-il, angoissé, que lui était-il arrivé ? Avait-elle changé durant ces six années ? Qu'était-elle devenue ? Etait-elle toujours la jeune fille fragile et impétueuse qu'il avait connue ?

Dans quelle galère s'apprêtait-il à l'embarquer ?

Soudain le public éclata en applaudissements. Le rideau tomba et Metcalfe fut arraché à sa rêverie. C'était l'entracte. Il avait passé tout ce temps dans le brouillard, perdu dans ses pensées, ses souvenirs de Lana. Tout à coup, il s'aperçut que ses yeux étaient embués de larmes.

Puis une voix s'éleva, juste derrière lui. « Difficile de la quitter des yeux, n'est-ce pas ? Moi je n'essaie même pas. »

Metcalfe se retourna lentement et vit l'homme du GRU bien enfoncé dans son fauteuil, en train d'applaudir à tout rompre. Il agitait si fort les bras que sa tunique glissait en rythme, révélant à chaque mouvement un éclat de métal dans un étui à revolver.

Un Tokarev 7,62 mm nickelé.

Moi je n'essaie même pas.

Que voulait-il suggérer par là ?

« Elle est merveilleuse, abonda Metcalfe.

— Comme je disais, je ne rate aucune de ses représentations, renchérit l'homme du GRU. Je la suis depuis des années. » Il parlait sur le ton de la confidence, d'une voix pleine de sous-entendus, de menaces : une voix malveillante.

Les lumières se rallumèrent, les spectateurs se levèrent. Au Bolchoï comme dans la plupart des théâtres russes, entracte était synonyme d'agapes ; on se retrouvait autour d'un buffet. Il y aurait de la vodka, du champagne, du vin rouge, du vin blanc ; du saumon fumé et de l'esturgeon, du jambon, du salami, du poulet froid. Les issues de la salle de spectacle furent rapidement bloquées par la foule courant se restaurer. Etant donné la disette qui sévissait à Moscou dont les habitants ne subsistaient que grâce aux cartes de rationnement, cela n'avait rien d'étonnant.

L'homme du GRU se leva juste après Metcalfe, comme s'il avait l'intention de lui emboîter le pas. Mais la cohue était telle que l'Américain parvint à le distancer. Il remonta l'allée en jouant des coudes et gagna la porte de sortie. Que lui voulait ce type ? se demanda Metcalfe. Une chose était sûre : on le surveillait étroitement. De toute évidence, l'homme ne faisait rien pour passer inaperçu, ni pour se fondre dans le décor.

L'officier du GRU vit Metcalfe se faufiler à travers la foule sans prêter attention aux récriminations de ceux qu'il bousculait. *« Molodoi chelovyek ! Ne nado lyest' bez ocheredi !* lui lança une vieille dame guindée. Jeune homme, n'essayez pas de me passer devant. » Une réaction classique : les Russes, en particulier les vieilles dames, adoraient faire la leçon aux étrangers, leur expliquer comment se comporter. Il arrivait qu'on vous reproche vertement de ne pas porter de chapeau par temps froid. Ces gens se mêlaient de tout.

« *Prostitye,* répondit Metcalfe d'une voix suave. Je vous demande pardon. »

Dès qu'il eut atteint le foyer, il se tortilla pour se frayer un chemin à travers une foule toujours plus dense. Mais il savait que l'homme du GRU ne le retrouverait pas de sitôt. Il l'avait semé, du moins temporairement.

Il savait où il allait. Il connaissait le Bolchoï encore mieux que la plupart des abonnés, l'ayant visité un nombre incalculable de fois, pour rendre visite à Lana.

Grâce à sa tenue de soirée et à l'expression impavide qu'il s'était composée, il réussit à marcher sans qu'on l'interpelle jusqu'à une porte peinte en beige, assortie d'une pancarte INTERDIT AU PUBLIC écrite en cyrillique. Elle n'était pas fermée, autrefois déjà elle ne l'était jamais. L'ayant franchie, il tomba sur le *dezhurny*, le vigile, un homme basané à la peau vérolée, vêtu d'un uniforme bleu. Assis à une table, il était la figure même du bureaucrate soviétique – à ceci près que ses semblables sévissaient déjà dans l'administration tsariste : un petit fonctionnaire n'éprouvant aucun intérêt pour son travail mais farouchement hostile à tous les importuns osant défier son autorité.

« Un présent pour la danseuse étoile, Miss Baranova, claironna Metcalfe dans un russe teinté d'accent anglais. De la part de l'ambassadeur de Grande-Bretagne, mon brave. »

L'homme le scruta d'un air soupçonneux et tendit le bras. « Vous n'avez pas le droit d'entrer. Donnez-le-moi ; je le lui remettrai. »

Metcalfe s'esclaffa. « Oh, je crains que sir Stafford Cripps n'apprécie guère, mon ami. C'est un cadeau bien trop précieux, et si jamais quelque chose lui arrivait... Eh bien, je redoute un incident diplomatique, une enquête... » Il se tut et sortit une petite liasse de roubles qu'il tendit au garde. L'homme écarquilla les yeux. C'était plus qu'il ne gagnait en un mois, très probablement.

« Je suis terriblement désolé de vous causer du dérangement, reprit Metcalfe, mais on m'a expressément demandé de le remettre en main propre. »

Le garde glissa prestement le pot-de-vin dans la poche de sa veste en jetant des regards furtifs à droite et à gauche. « Eh ben, qu'est-ce que vous attendez ? » grogna-t-il en fronçant les sourcils de manière caricaturale. Il lui fit signe de circuler. « Allez ouste ! Dépêchons. »

Dans les coulisses régnait une agitation frénétique. Les machinistes étaient occupés à déplacer les décors, dont une immense toile de fond figurant le port du Kuomintang, en Chine. La proue d'un gigantesque bateau soviétique se découpait sur un ciel orange. Un groupe de danseurs, certains vêtus en marins russes, d'autres en coolies, traînaient dans le coin, cigarette au bec. Quelques ballerines costumées en Chinoises, le visage lourdement fardé, filèrent devant ses yeux en trottinant sur leurs pointes. Metcalfe renifla l'odeur du maquillage de scène.

Une danseuse lui indiqua une porte ornée d'une étoile rouge et or. Le cœur battant, il frappa.

« *Da ?* fit une voix féminine assourdie.

— Lana », dit-il.

La porte s'ouvrit d'un coup et elle apparut. Ses cheveux noirs et lisses comme de la soie, relevés en un chignon serré, ses grands yeux noisette étincelant entre ses paupières retouchées au pinceau, son petit nez retroussé, si bien dessiné, ses hautes pommettes, ses lèvres boudeuses rougies par le fard. Une beauté époustouflante. Elle était éblouissante, encore plus radieuse de près que sous les projecteurs.

« *Shto vyi khotite ?* demanda brusquement la délicate ballerine sans lever les yeux vers son visiteur. Que voulez-vous ?

— Lana », répéta lentement Metcalfe.

Dès qu'elle posa les yeux sur lui, il comprit qu'elle l'avait reconnu. Quelque chose dans son expression s'adoucit une fraction de seconde puis se durcit de nouveau. Elle se drapa dans sa dignité. A la fragilité furtivement entrevue se substituèrent le dédain, l'ironie.

« Eh bien, ça alors ! fit-elle d'une voix douce comme du velours. Mais ne serait-ce pas Stiva, mon cher vieil ami ? »

Stiva : c'était le petit nom qu'elle lui avait donné. Six ans auparavant, elle ronronnait presque quand elle le prononçait. Aujourd'hui, il crut deviner dans le ton de sa voix une nuance de –

comment était-ce possible ? – de *mépris*. Elle le gratifia d'un charmant sourire, comme une étoile condescendant à recevoir les hommages d'un admirateur. « Quelle délicieuse surprise. »

Metcalfe ne put s'empêcher de la prendre dans ses bras mais au moment de recevoir son baiser, elle tourna brusquement la tête et lui offrit sa joue couverte de talc. Quand elle recula – il fut surpris par la force de ses bras minces –, comme pour mieux contempler son cher vieil ami, son mouvement lui parut calculé. Elle voulait écourter les effusions.

« Lana, dit Metcalfe, pardonne cette intrusion, *dushka.* » *Dushka,* chérie, était l'un des petits mots tendres qu'il lui murmurait autrefois. « Je suis venu à Moscou pour affaires et quand j'ai appris que tu dansais ce soir...

— Quel plaisir de te revoir. C'est bien toi de débarquer sans prévenir. » Il y avait presque de la moquerie dans sa voix, quelque chose d'excessivement convenu.

Metcalfe sortit un coffret de velours noir de sa veste de soirée et la lui tendit.

Elle ne fit même pas le geste de le prendre. « C'est pour moi ? Trop aimable. Mais à présent, si cela ne t'ennuie pas, je dois finir de me maquiller. Le Bolchoï manque de personnel ces temps-ci, c'est un vrai scandale. » D'un geste, elle lui désigna sa minuscule loge avec le miroir à trois faces, la petite coiffeuse encombrée de fards et de brosses, de démaquillant à la lignine. Sur les serviettes de coton déchirées, il remarqua les lettres B et A – « Bolchoï Artists » –, brodées en gros caractères jaunes. Metcalfe enregistra jusqu'aux moindres détails tant ses sens étaient en éveil. « Je n'ai personne pour m'aider à me maquiller, ce soir ; c'est affreux. »

Metcalfe ouvrit le coffret. A l'intérieur, un collier de diamants étincelait sur l'écrin de velours noir. Lana aimait les bijoux, comme la plupart des femmes, mais s'intéressait moins à leur taille ou leur éclat qu'au travail de l'artiste qui les avait dessinés. Il le lui donna ; elle y jeta un coup d'œil rapide, plein d'indiffé[illegible]nce.

Soudain, elle partit d'un rire clair et mélodieux. [illegible] ment ce qui me manquait, s'écria-t-elle. Une chaîne [illegible] passer autour du cou. »

Elle lui rendit l'écrin d'un geste brusque. Sidéré [illegible] il bredouilla : « Lana... »

« Ah, Stiva, Stiva. Tu ne changeras donc jam[illegible]

bons vieux réflexes capitalistes, hein? Vous rêvez de nous passer les menottes et vous croyez que parce qu'elles sont en or serti de diamants, on n'y verra que du feu.

— Lana, protesta Metcalfe, ce n'est qu'un petit cadeau.

— Un cadeau? se moqua-t-elle. Je n'ai plus besoin que tu m'offres des cadeaux. Tu m'en as déjà fait un, mon cher Stiva. Il y a des cadeaux qui entravent, contraignent, emprisonnent, et il y en a d'autres qui grandissent.

— Qui grandissent? fit Metcalfe, déconcerté.

— Oui, mon Stiva, qui grandissent. Comme des tiges de blé dans une ferme collective. Comme notre grande économie soviétique. »

Metcalfe la contempla sans comprendre. Il ne décelait pas la moindre ironie dans sa voix. Tout ce discours sur les fermes collectives et l'esclavage capitaliste – cela correspondait si peu à l'irrévérencieuse Svetlana Baranova d'autrefois, qui se moquait des slogans staliniens, du kitsch communiste, le *poshlost'* comme elle l'appelait, ce terme intraduisible signifiant quelque chose comme « mauvais goût ». Que lui était-il arrivé? Etait-elle devenue une créature du système? Comment pouvait-elle débiter pareil boniment? Croyait-elle sincèrement ce qu'elle disait?

« Et je suppose que ton grand chef Staline représente pour toi l'image de l'homme idéal? » marmonna Metcalfe.

Un spasme de terreur crispa le visage de la jeune femme l'espace d'un bref instant. Il réalisa la stupidité de sa remarque. Il venait de la placer dans une position très périlleuse. Des gens ne cessaient d'aller et venir pendant qu'ils discutaient sur le seuil de la loge; n'importe qui pouvait entendre. Et il suffisait d'un seul mot subversif, même prononcé par un étranger, pour encourir les sanctions les plus sévères.

« Oui, rétorqua-t-elle. Notre cher Staline comprend les besoins du peuple russe. Il aime le peuple russe, et le peuple russe l'aime. Vous autres Américains croyez pouvoir tout acheter avec votre argent répugnant, mais notre âme russe n'est pas à vendre! »

Il entra dans sa loge en lui parlant doucement. « *Dushka,* je sais bien que tu fréquentes des hommes bien plus séduisants quc moi. Comme ton ami nazi, *Herr* von...

— Tu ne sais pas de quoi tu parles! siffla-t-elle.

— Les rumeurs vont bon train, Lana. Même dans les ambassades étrangères. Je sais des tas de...

— *Non !* » le coupa-t-elle. Sa voix tremblait. Il y décela quelque chose de plus puissant que la peur : de la sincérité. « Tu ne sais rien ! A présent, sors d'ici tout de suite ! »

Chapitre 12

« VOUS étiez magnifique, ce soir, dit Rudolf von Schüssler en caressant les cheveux de Svetlana Baranova. Mon petit Pavot rouge à moi. »

Quand il effleura la peau de porcelaine de son cou, elle tressaillit, et pendant un bref instant, il se demanda s'il s'agissait d'un frisson de plaisir ou de répulsion – était-ce possible ? Mais lorsqu'il vit ses lèvres s'ourler d'un ravissant sourire, il se sentit rassuré.

Elle portait le déshabillé qu'il lui avait ramené de Munich, un vêtement taillé dans une soie rose impalpable qui dissimulait tout en les révélant la courbure de ses seins, de sa taille fine, la chair voluptueuse de ses cuisses effilées mais bien musclées. Ce déshabillé le mettait dans tous ses états. Cette femme était le mets le plus appétissant auquel il lui avait jamais été donné de goûter, ce qui n'était pas peu dire puisque von Schüssler était un monsieur distingué ayant toujours apprécié la bonne chère. Certains pouvaient le trouver corpulent. Quant à lui, il se considérait comme un homme bien en chair, un gastronome aimant profiter des plaisirs de la vie.

Seulement voilà, profiter des plaisirs de la vie relevait de la gageure, à Moscou. La nourriture qu'on trouvait ici, même par l'entremise de l'ambassade allemande, était tout bonnement médiocre. L'appartement qu'on lui avait attribué, et dont l'ancien propriétaire, quelque officier de l'Armée Rouge, avait été exécuté lors des grandes purges, était relativement spacieux. Quant à la datcha de Kountsevo, près de Moscou, qui lui servait de maison de campagne, elle lui convenait à merveille. Certes, il avait dû graisser quelques pattes russes pour qu'on la lui loue ; ses collègues de l'ambassade, moins chanceux que lui, l'avaient accablé de leurs sarcasmes, mais peu importait. Ces gens-là ne disposaient pas comme lui d'une vaste fortune familiale leur permettant de s'attirer les faveurs du gouvernement soviétique.

Il avait fait venir ses meubles de l'étranger, renoncé à trouver des domestiques corrects pour ses réceptions mondaines et, après en avoir fait le tour, s'était rapidement lassé de ces mornes réjouissances où l'on tombait systématiquement sur les mêmes attachés d'ambassade en poste dans cette ville lugubre. Les gens n'avaient qu'un seul sujet de conversation : la guerre. Et à présent que les Russes avaient signé ce pacte de non-agression avec Berlin, c'était encore pire. Il serait devenu fou d'ennui s'il n'avait pas rencontré son petit Pavot rouge.

Tout semblait aller pour le mieux dans sa vie. Ce n'était pas de la chance ; non, juste l'illustration de la phrase préférée de son père : rien de tel qu'une haute naissance. Le lignage – quoi de plus essentiel ? Il était fier de ses ancêtres et du majestueux manoir près de Berlin appartenant à sa famille depuis plus d'un siècle. Ses pères avaient servi les kaisers. Sans oublier, bien sûr, le grand général prussien Ludwig von Schüssler, le héros de 1848 qui, à la tête de son armée, avait écrasé l'insurrection libérale alors que Frédéric-Guillaume IV, le roi de Prusse, était sur le point de capituler. Bien conscient du nom prestigieux dont il avait hérité, von Schüssler s'était juré de lui rester fidèle.

Malheureusement, il arrivait que certains mauvais coucheurs insinuent que sans ce patronyme, il n'aurait jamais accédé à sa position actuelle. Von Schüssler, lui, estimait au contraire que ses talents n'étaient pas reconnus à leur juste valeur. Cela l'agaçait au plus haut point. Les mémorandums au style remarquable qu'il s'obtinait à rédiger, de vrais bijoux truffés de citations de Goethe, ne débouchaient hélas sur rien de concret.

Pourtant, il faut de l'intelligence, de la compétence, du talent pour devenir sous-secrétaire d'ambassade dans une métropole comme Moscou. Certes, il devait sa situation à un vieil ami de la famille, le comte Friedrich Werner von der Schulenberg, ambassadeur d'Allemagne à Moscou et doyen du corps diplomatique de cette ville. Dieu soit loué, le ministère des Affaires étrangères allemand comptait nombre d'aristocrates – le ministre lui-même, Joaquim von Ribbentrop, mais aussi le bras droit de von Ribbentrop, Ernst von Weiszacker, ou bien Hans Bernd von Haeften, ou encore l'ancien ministre des Affaires étrangères, Freiherr Konstatin von Neurath... et ainsi de suite. Qui d'autre possédait ce sens inné de la grandeur intrinsèque du *Volk* germanique – la civilisation ayant offert au monde Beethoven et Wagner, Goethe et Schiller? La civilisation ayant offert au monde la civilisation elle-même ?

Adolf Hitler n'avait pas le privilège d'appartenir à une lignée aussi prestigieuse que la sienne mais il fallait bien convenir que cet homme était un visionnaire. On avait parfois besoin de sang neuf. Aussi exaspérant et vaniteux que puisse être *der Führer*, on devait reconnaître qu'il possédait le sens de la grandeur du peuple germanique. Et, après tout, malgré toute sa rhétorique sur le pouvoir des masses, le Troisième Reich désirait ardemment conquérir une légitimité que seuls des aristocrates tels que les von Schüssler étaient en mesure de lui conférer.

Voilà pourquoi von Schüssler passait chaque fin de semaine à rédiger ses Mémoires dans sa datcha de Kountsevo. Son illustre ancêtre Ludwig von Schüssler avait pris la peine d'écrire les siens, s'assurant par là même une place dans l'histoire. Rudolph, les ayant lus cinq ou six fois, avait acquis la conviction que ses propres écrits laisseraient une trace plus durable. Après tout, l'époque où il vivait était bien plus importante, bien plus intéressante.

Bon, Moscou était une ville ennuyeuse, il fallait bien l'avouer, mais il n'avait qu'à se dire qu'il occupait un poste prestigieux. Très bientôt, l'Allemagne gagnerait la guerre – c'était inévitable : le seul pays assez puissant pour vaincre l'Allemagne était la Russie, et ce Staline était doux comme un agneau –, von Schüssler pourrait ensuite se retirer dans son *Schloss*, tout auréolé de la gloire d'avoir bien servi son gouvernement, pour y chevaucher ses bien-aimés lippizaners à travers la magnifique campagne allemande... Il mettrait la dernière main à ses Mémoires et les ferait publier sous les ovations.

Il emmènerait son joli bijou avec lui, son Pavot rouge, la seule étoile brillant dans les ténèbres moscovites. Il vouait une éternelle reconnaissance au Dr Hermann Behrends, un autre vieil ami. Behrends – il portait à présent le titre de *SS Untersturmführer der Reserve (Waffen-SS)* – et lui avaient suivi ensemble les cours de l'université de Marbourg. Ensemble ils avaient passé leur doctorat de droit et ensemble ils avaient pratiqué l'escrime. Behrends, escrimeur bien plus passionné que von Schüssler, arborait fièrement les cicatrices qui lui marquaient les joues : de profondes entailles dues à des coups d'épée. Après l'université, ils avaient suivi des routes différentes; alors que von Schüssler optait pour les Affaires étrangères, Behrends avait rejoint la SS. Mais ils étaient restés en contact, et c'est Behrends qui l'avait mis dans la confidence juste avant que von Schüssler ne quitte Berlin. Il lui avait confié, comme seul un ami peut le faire, un secret dont il avait eu connaissance. Un secret qui, selon lui, pourrait servir son vieux camarade de fac.

Behrends lui avait raconté l'histoire de Mikhaïl Baranov, héros de la Révolution russe.

Et quand von Schüssler avait rencontré la fille du vieil homme, peu après son arrivée à Moscou, lors d'une réception à l'ambassade d'Allemagne... Eh bien, comme dit le vieux proverbe allemand, *Den Gerechten hilft Gott.* Les choses bien arrivent aux gens bien. Une fois de plus, le lignage s'était révélé décisif; mais cette fois, il ne s'agissait plus seulement du lignage de von Schüssler, mais de celui de l'époustouflante ballerine. Le secret de son père. « Les pères ont mangé les raisins verts et les enfants ont les dents gâtées. » Cette phrase n'avait jamais été aussi pertinente.

Il ne l'avait pas fait chanter – non, non, il ne fallait pas considérer les choses sous cet angle. Il avait juste cherché à établir un lien, capter son attention. Il se rappelait la scène. Quand il l'avait attirée dans un coin tranquille, à l'écart des autres invités, pour lui raconter ce qu'il avait appris au sujet de son père, elle était devenue toute pâle... Mais tout ça c'était du passé. Un jour, le père de von Schüssler lui avait dit quelque chose de très juste : *Mars öffnet das Tor der Venus. Der erste Kuss kommt mit Gewalt. Der zweite mit Leidenschaft.* Mars ouvre la porte de Vénus. Le premier baiser lui est ravi. Le deuxième s'obtient par passion.

« Vous semblez éteinte ce soir, ma chérie, dit-il.

— Je suis seulement fatiguée, répondit la jolie fille. Danser est épuisant, vous le savez bien, Rudi.

— Mais cela ne vous ressemble pas du tout », insista-t-il. Il lui caressa les seins, lui pinça les mamelons. D'abord, il crut qu'elle faisait la grimace puis, très vite, von Schüssler s'aperçut que cette crispation révélait un élan de plaisir. Son autre main s'aventura plus bas et se mit à la caresser. Elle paraissait indifférente, mais c'était normal : ce genre de fille avait besoin de se sentir désirée, elle était comme une forteresse qu'on devait prendre d'assaut. Certes, il avait connu des amantes plus entreprenantes mais chaque femme était différente. Pour s'échauffer, il lui fallait juste un peu plus de temps que les autres.

Il choisit de voir de la passion dans le regard mauvais qu'elle lui lança. Cela dit, sous un certain angle, son expression aurait pu passer pour... de la rage contenue. Mais non, c'était bien de la passion. Cette fille était une farouche petite pouliche.

Il tendit la main vers la boîte de chocolats allemands – le chocolat russe était innommable – et en glissa un entre les lèvres de la jeune femme. « Je crois que sans toi je deviendrais fou, susurra-t-il. Fou d'ennui. Il n'y a rien de pire que l'ennui, tu ne trouves pas ? »

Mais Lana évitait son regard. Elle paraissait encore distante. Un étrange sourire jouait sur ses lèvres. Il ignorait ce qu'elle avait dans la tête, mais c'était bien comme ça. Il aimait les femmes mystérieuses.

Quand tous ces tracas prendraient fin, il ramènerait un superbe trophée à Berlin.

Washington

Le Président tenait à préparer lui-même ses cocktails et ceux de ses visiteurs. Ce soir-là, il avait mélangé du jus de pamplemousse avec du gin et du rhum. Le résultat était infect mais Alfred Corcoran feignit de se régaler.

Cette pièce était la préférée du Président parmi toutes celles de la Maison-Blanche. Le bureau du premier étage était un endroit agréable, confortable quoique un peu surchargé. S'y entassaient des bibliothèques en acajou, des canapés de cuir, des maquettes de bateaux et des marines. C'était là qu'il lisait, classait sa collection de timbres, jouait au poker et recevait ses hôtes les plus importants.

Roosevelt était enfoncé dans son fauteuil de cuir rouge à haut dossier. Chaque fois qu'il voyait son vieil ami, Corcoran s'étonnait de son apparence physique. Le Président était un homme bien bâti, avec des bras, des épaules de déménageur. Si l'on ignorait ses jambes atrophiées par la polio, on pouvait le croire bien plus grand qu'il ne l'était réellement.

Le Président prit une petite gorgée de cocktail et fit la grimace. « Pourquoi diable ne m'avez-vous pas dit à quel point c'était immonde ?

— Je n'ai pas trop l'habitude de boire du rhum, répondit poliment Corcoran.

— Vous gardez toujours un atout dans votre manche, hein mon vieux Corky ? Bon, que se passe-t-il à Paris ?

— Certains de nos agents, parmi les meilleurs, ont été démasqués.

— Tués, vous voulez dire. La Gestapo ?

— Nous croyons qu'il s'agit du *Sicherheitsdienst* nazi. De toute évidence, il y a eu fuite.

— Le type qui s'en est sorti – sait-il *pourquoi* nous l'avons envoyé à Moscou ?

— Bien sûr que non. La vérité doit se décanter petit à petit. Et comme un bon vin rouge, on ne doit jamais la servir avant l'heure.

— Vous pensez qu'il aurait refusé s'il avait su ?

— Pas exactement. Je pense que s'il savait, il ne ferait pas ce qu'on lui demande de faire. Du moins, pas aussi efficacement.

— Mais vous êtes sûr qu'il se montrera à la hauteur ? »

Corcoran hésita. « Si j'en suis sûr ? Non, monsieur le Président. Je n'en suis pas sûr. »

Roosevelt se tourna pour regarder Corcoran bien en face. Ses yeux étaient d'un bleu perçant. « Seriez-vous en train de me dire que ce n'est pas le meilleur homme pour ce boulot ?

— C'est le *seul* homme pour ce boulot.

— Cet agent porte de lourdes responsabilités sur les épaules. Bien trop lourdes, je dirais. » Le Président leva le fume-cigarette en nacre à ses lèvres et gratta une allumette. « La Grande-Bretagne est en grand danger. Je ne sais pas jusqu'à quand ils pourront supporter les bombardements nazis. La Chambre des Communes est quasiment détruite ; Coventry et Birmingham ont été rasées. Ils ont réussi à repousser la *Luftwaffe*, mais qui sait combien de temps ils tiendront. En outre, les Anglais sont au bord de la banqueroute

– ils n'ont pas assez d'argent pour nous payer toutes les munitions qu'ils nous ont commandées et dont ils ont désespérément besoin pour parer les attaques nazies. Le Congrès n'acceptera jamais de leur faire crédit. En plus, nous avons tous ces enragés de America First sur le dos, ces types qui m'accusent de vouloir entraîner l'Amérique dans le conflit. » Il tira sur le fume-cigarette ; l'extrémité de sa cigarette s'embrasa comme un soleil mourant.

« Nous ne sommes pas prêts à nous lancer dans la guerre », déclara Corcoran.

Roosevelt approuva d'un air grave. « Dieu sait que c'est vrai. Nous n'avons pas commencé à nous réarmer. Mais la chose crève les yeux ; sans notre aide, la Grande-Bretagne n'en a plus que pour quelques mois. Et si Hitler écrase la Grande-Bretagne, c'est nous qui aurons le couteau sous la gorge. Et ce n'est pas tout. » Le Président souleva un dossier posé sur la table basse, près de lui, et le tendit à son interlocuteur.

Corcoran se leva, le prit et l'ouvrit tout en se rasseyant. Il le parcourut en branlant du chef.

« La Directive numéro seize, annonça le Président. Signée de la main de Hitler. Les nazis l'appellent Opération Lion de mer – il s'agit de leurs plans top secrets pour l'invasion de la Grande-Bretagne par deux cent cinquante mille soldats allemands. Le largage de commandos parachutistes suivi d'un atterrissage amphibie puis de l'infanterie, des panzers... Je ne pense pas que la Grande-Bretagne survive à cela. Si les Allemands arrivent à leurs fins, toute l'Europe tombera sous la coupe du Troisième Reich. Nous ne pouvons pas laisser une telle chose se produire. Corky, vous comprenez que si notre agent ne nous sort pas de ce pétrin, nous sommes tous condamnés, n'est-ce pas ? Je vous repose la question, votre homme est-il à la hauteur ? »

Corcoran plissa les yeux tout en inhalant une bouffée de sa Chesterfield. « C'est un risque énorme, je l'admets, dit-il d'une voix sourde, mais qui ne risque rien n'a rien. Chaque fois que des mortels décident de changer le cours de l'Histoire, il y a un risque que les choses tournent mal.

— Corky... si jamais le moindre détail de ce plan venait à être divulgué, les retentissements seraient pires que si nous étions restés les bras ballants. »

Corcoran écarta sa cigarette et fut pris d'une toux sèche. « Le temps viendra probablement où ce jeune homme ne nous sera plus d'aucune utilité. Quand un vaisseau fait eau, il faut parfois jeter le ballast par-dessus bord.

— Vous avez toujours été un emmerdeur.

— Je prends cela comme un compliment, venant de vous. »

Le Président lui adressa un sourire glacial.

Corcoran haussa les épaules. « En fait, j'ai tout lieu de penser qu'il ne survivra pas à cette expédition. Dans le cas contraire, si besoin est, nous n'hésiterons pas à le sacrifier.

— Seigneur, Corky, avez-vous du sang ou bien de la glace dans les veines ?

— A mon âge, monsieur le Président, il est difficile de faire la différence. »

Chapitre 13

METCALFE dormit mal cette nuit-là. Il ne cessait de se retourner dans son lit. Son insomnie n'était due ni au matelas inconfortable, ni aux draps rugueux, pas plus qu'au fait de se retrouver dans une chambre d'hôtel inconnue, bien que tout cela y contribuât certainement. Non, il n'arrivait pas à trouver le sommeil parce que l'anxiété qui l'envahissait faisait marcher son esprit trop vite, battre trop fort son cœur. L'anxiété d'avoir revu Lana, d'avoir compris combien il avait aimé cette femme alors que, pendant des années, il avait feint de l'oublier, comme les douzaines d'autres qui étaient passées entre ses bras. L'anxiété causée par la réaction de la jeune femme – sa manière de flirter avec lui, de faire la coquette, puis son dédain, son mépris. En était-elle venue à le haïr ? On aurait dit que oui, et pourtant, en même temps, elle semblait attirée vers lui, comme lui vers elle. Ne serait-il pas en train de se raconter des histoires ? D'habitude, Metcalfe voyait clairement les choses, ne tombait jamais dans aucun panneau. Il s'en faisait une gloire, d'ailleurs. Mais quand il se trouvait devant Svetlana Mikhaïlovna Baranova, il perdait ce don d'objectivité. Il la percevait comme à travers une lentille déformante.

Il était sûr d'une chose, en tout cas. Lana avait changé d'une manière qui l'excitait et l'inquiétait tout à la fois. Elle n'était plus une jeune fille vulnérable et frivole ; elle était devenue une femme sûre d'elle-même, équilibrée, une diva parfaitement consciente de l'effet qu'elle produisait sur autrui, du pouvoir de sa beauté, de sa célébrité. Elle était plus belle que jamais, et plus dure aussi par certains côtés. En elle, la douceur, la fragilité – il songea à la petite fossette à la base de son cou, à cette peau de porcelaine qu'il aimait tant embrasser – avaient disparu. Elle s'était bâti une carapace qui la protégeait, sans aucun doute, mais la rendait aussi plus lointaine, plus inatteignable. D'où lui venait cette dureté ? Du cauchemar de vivre dans la Russie de Staline ? Ou juste du fait d'avoir grandi ?

Et il se demanda : cette apparente dureté ne serait-elle qu'un rôle ? Car Svetlana n'était pas seulement une extraordinaire danseuse mais aussi une actrice accomplie. Et si cette attitude n'était qu'une armure qu'on endosse et qu'on enlève au gré des humeurs ?

Quant à cet Allemand qu'elle avait pris pour amant, ce von Schüssler, haut fonctionnaire du ministère des Affaires étrangères nazi, comment avait-elle pu tomber amoureuse d'un tel individu ? Metcalfe n'avait jamais discuté politique avec elle, et la dernière fois qu'ils s'étaient vus, les nazis venaient à peine de prendre le pouvoir en Allemagne. Il n'avait donc aucune idée de ses sentiments à leur égard, mais son père était un héros de la Révolution soviétique, et ces gens-là étaient les ennemis jurés des communistes. Son père, ce grand patriote russe, connaissait-il l'étrange liaison de sa fille ?

La mission dont Corky l'avait chargé – parvenir jusqu'à von Schüssler par l'intermédiaire de Lana, se faire bien voir par l'Allemand et déterminer si on pouvait le gagner à leur cause – semblait à présent irréalisable. Elle n'accepterait jamais de coopérer avec Metcalfe, surtout si elle devinait ses intentions. Elle ne se laisserait pas manipuler.

Pourtant il ne pouvait se permettre d'abandonner. L'enjeu était trop grave.

Un coup frappé à la porte le fit sursauter et le réveilla pour de bon. *« Da ? »* cria-t-il. On frappa de nouveau – deux coups, encore deux puis un. Il reconnut le code convenu avec Roger Martin.

« Dobroye utro », dit une voix revêche au mauvais accent russe : Bonjour. En effet, c'était Roger.

Dès que Metcalfe ouvrit la porte, Roger s'engouffra dans la

chambre. Il était affublé d'une *telogreika* – veste de paysan molletonnée et ouatée – bleu marine en lambeaux, de bottes en feutre et d'une casquette de fourrure. Si Metcalfe n'avait pas su que c'était lui, il aurait facilement pu le confondre avec un paysan ou un ouvrier russe.

« Nom d'un chien, Scoop, tu empestes !, s'exclama Metcalfe.

— Comment crois-tu qu'on se procure des vêtements dans le coin ? J'ai acheté ceux-là à un type dans la rue. Et je dois dire qu'il avait l'air absolument ravi de faire affaire avec moi.

— Eh bien, te voilà plus vrai que nature, je l'avoue. Tout droit sorti d'un *kolkhoze.* » Metcalfe éclata de rire.

Roger désigna ses bottes en feutre. « Ces *valenki* sont atrocement chaudes. Pas étonnant que l'armée russe ait vaincu Napoléon. Les *frogs* n'ont rien de tel dans leur garde-robe. A présent, pourquoi diable ne m'as-tu pas dit d'apporter du papier toilette ? » Il tenait une petite valise pesante qu'il déposa par terre. Metcalfe savait qu'elle contenait l'émetteur radio ; Roger ne l'avait pas lâchée depuis qu'ils s'étaient installés au Métropole. Hors de question de la laisser dans la chambre, bien entendu, et Metcalfe ne pouvait assurément pas l'emmener avec lui quand il se rendait au ministère du Commerce, ou au théâtre du Bolchoï.

« Puisque tu t'es déguisé en Moscovite, autant aller jusqu'au bout, dit Metcalfe. Sers-toi de morceaux de la *Pravda* ou des *Izvestia.* »

Roger fit la grimace. « Maintenant je comprends pourquoi les Russes ont l'air si opprimés. En plus, après m'être rasé, il m'a fallu cinq minutes pour évacuer l'eau – tu as déjà essayé le lavabo ? Complètement bouché.

— Eh oui, Scoop, le simple fait d'avoir une salle de bains pour soi tout seul constitue un rare privilège.

— Tu parles d'un privilège ! Comment s'est passée ta soirée ? »

Metcalfe lui décocha un regard d'avertissement, leva l'index et le fit tourner pour lui indiquer qu'il y avait probablement des dispositifs d'écoute cachés dans la chambre. Roger roula les yeux, s'avança vers une lampe sur pied et se mit à parler dedans. « Les capitalistes ont fait une découverte vraiment stupéfiante ; ils appellent ça *papier toilette.* J'espère sincèrement que les Russes ne nous voleront pas cette technologie. »

Metcalfe savait pourquoi Roger faisait l'imbécile : ses plaisanteries, ses fanfaronnades lui servaient à cacher sa peur panique. Le Britannique était l'un des hommes les plus courageux que Metcalfe ait connus. Il avait l'habitude des missions secrètes mais ici, à Moscou, tout était différent. Les étrangers étaient rares et étroitement surveillés. Se mêler à la populace s'avérait bien plus compliqué qu'en France. Etant donné ses origines, Roger passait facilement pour un Français; ici, il ne pouvait que faire semblant et serrer les dents. En France, le métier d'agent secret pouvait se révéler dangereux, mais en Russie il était littéralement semé d'embûches.

Metcalfe se dépêcha de s'habiller puis les deux hommes descendirent dans le hall pour discuter. Il était tôt et l'endroit était presque vide. Seuls quelques hommes costauds en costumes bleu foncé typiquement russes, assis sur des canapés et des fauteuils, faisaient semblant de lire des journaux. Metcalfe et Roger s'installèrent côte à côte dans deux fauteuils à l'autre bout, assez loin pour que les agents du NKVD ne les entendent pas.

Roger parlait rapidement, à voix basse. « Ton émetteur ne marche pas à l'intérieur – on a besoin d'un espace ouvert, de préférence isolé. En plus, il va falloir le cacher le plus tôt possible. Dis-moi où tu comptes aller aujourd'hui et j'imaginerai un plan.

— On donne une réception dans la datcha de l'ambassade américaine, au milieu des bois, au sud-est de Moscou, dit Metcalfe. Corky m'en a parlé – son contact à Moscou m'obtiendra une invitation.

— Excellent. C'est parti. Mais comment suis-je censé circuler dans cette foutue ville ? Je n'ai pas de voiture, on ne trouve aucun taxi et, avec mes trois mots de russe, impossible de prendre le tramway. Bon sang, quand je pense que je suis censé être ton chauffeur et qu'ils ne nous donneront même pas de voiture !

— Ils nous donneront une voiture, répondit Metcalfe.

— Une voiture *avec* chauffeur. Qui fera office d'escorte, de garde du corps et de garde-chiourme, tout en un.

— As-tu essayé l'ambassade britannique ? »

Roger hocha la tête. « Pas de bol. Ces types n'ont même pas de voitures pour leur propre usage.

— J'essaierai l'ambassade américaine.

— Fais jouer toutes tes relations. En attendant, j'ai quand même réussi à me procurer une vieille Harley-Davidson. Mon russe est affreux mais la livre anglaise fait des miracles ici, c'est stupéfiant de voir ça ! Avec des bottes de neige et une boussole, je serai paré. Ensuite, je vais devoir imaginer un truc pour trouver du kérosène. Atrocement rare de nos jours, avec tous ces rationnements.

— Un pot-de-vin stratégique devrait venir à bout de ces petites difficultés.

— Oui, à condition de savoir à qui le verser, répliqua Roger. Cela me vaudra une petite balade du côté de l'aéroport. J'aurai besoin de ton plan de Moscou – j'ai du pain sur la planche. Et toi ? As-tu réussi à prendre contact, hier soir ?

— Oh oui, j'ai pris contact », répondit Metcalfe d'un ton plein d'amertume. Puis il articula : « Moi aussi, j'ai du pain sur la planche. »

Dès que Roger fut parti, Metcalfe pénétra dans la salle de restaurant pour prendre son petit déjeuner. On lui indiqua une table déjà occupée par un gros bonhomme chauve, affligé d'une forte couperose sur le nez et les joues. L'homme, vêtu d'un costume de tweed écossais aux motifs criards, lui serra la main. « Ted Bishop », dit-il en anglais. Visiblement, il avait identifié Metcalfe comme un Occidental. « Correspondant du *Manchester Gardian* à Moscou. » Bishop avait un fort accent cockney.

Metcalfe se présenta sous son vrai nom. Autour d'eux, dans le restaurant mal éclairé, la plupart des tables étaient inoccupées. Metcalfe savait que les hôteliers soviétiques procédaient ainsi. Ils installaient toujours leurs clients étrangers ensemble, surtout quand ceux-ci parlaient la même langue. Les rassembler devait permettre de mieux les surveiller.

« Vous êtes journaleux, vous aussi ? » demanda Bishop.

Metcalfe fit non de la tête. « Je suis ici pour affaires. »

Bishop opina du bonnet tout en laissant tomber un morceau de sucre dans un verre de thé. Son expression changea, un peu comme s'il venait d'avoir une idée. « Les Industries Metcalfe, dit-il. Je me trompe ? »

Metcalfe était impressionné. Son nom n'était pas si connu. « C'est cela même. »

Bishop leva les sourcils.

« Mais faites-moi une faveur, dit Metcalfe. J'aimerais vraiment que ma visite ici reste confidentielle, donc si cela ne vous ennuie pas, évitez de mentionner mon nom dans vos dépêches...

— Bien entendu. » Les yeux de Bishop s'illuminèrent. Il semblait ravi d'avoir un secret à garder. Metcalfe n'ignorait pas qu'il devait se montrer prudent en présence d'un reporter, mais ce type pouvait s'avérer utile. C'était un contact, une relation à cultiver.

« Bon, j'espère que vous n'avez pas trop faim, reprit Bishop.

— Si, je suis affamé. Pourquoi ?

— Regardez, le sucre ne se dissoudra pas dans mon thé. Je poirote ici depuis si longtemps qu'il a refroidi. C'est comme ça tous les matins. Le service est si lent qu'on se demande des fois s'ils n'attendent pas que les œufs éclosent. Et puis quand enfin ils se pointent, ils vous amènent deux tranches de pain noir, du beurre et un œuf baignant dans l'huile. Ils vous le servent à *leur* manière, ça veut dire que si jamais Olga, là-bas dans les cuisines, s'est levée du pied gauche, elle vous mitonnera un truc bien dégueulasse.

— J'ai tellement faim que je mangerais même de la sciure.

— Vous en aurez, pas d'inquiétude », rétorqua Bishop avec un gloussement. Tout son corps tressauta, son double menton trembla. « Ne mangez rien qui soit haché, je vous préviens. Ils adorent y rajouter de la sciure. La version ruskof de la saucisse-purée, mince alors, j'en donnerais pas à un termite affamé, croyez-moi. » Il baissa le ton. « Tiens, en parlant d'insectes, on ne doit jamais perdre de vue qu'ils nous espionnent, où qu'on aille. Ils placent leurs saloperies de petits micros partout où ils peuvent. Je serais prêt à jurer qu'ils en ont fourré un dans le cul du réceptionniste. Ce qui expliquerait pourquoi il fait cette tête-là. »

Metcalfe se mit à rire de bon cœur.

« Le régime russe – c'est le meilleur du monde, pas vrai ? » Bishop poursuivit. « J'ai bien dû perdre cinquante kilos depuis que je suis ici.

— Et depuis quand êtes-vous à Moscou ?

— Quatre ans, sept mois et treize jours. » Il regarda sa montre. « Oh, et seize heures. Mais quelle importance ?

— Vous devez connaître cette ville comme votre poche. »

Bishop lui lança un regard en coin. « Plus que je n'aimerais, j'en ai peur. Qu'est-ce que vous voulez savoir ?

— Oh, rien, fit Metcalfe d'un ton désinvolte. Rien de particulier. » Il avait des questions à lui poser mais le moment n'était pas encore venu. *Vas-y doucement avec ce gars,* pensa-t-il. *C'est un reporter, après tout. Son métier consiste à vous tirer les vers du nez, creuser, débusquer la vérité cachée derrière les faux-semblants.* Pourtant, malgré lui, il trouvait sympathique ce journaliste anglais s'escrimant à faire son métier. Il connaissait ce genre de type : un vrai pro que plus grand-chose n'étonnait et qui n'avait peur de rien sauf de l'ennui. Il avait certainement plus d'un tour dans son sac.

« Vous savez comment on change de l'argent, j'imagine ? Faites-le à votre ambassade – vous obtiendrez un bien meilleur taux qu'à l'hôtel. »

Metcalfe hocha la tête ; il avait déjà changé un peu d'argent sur place.

« Si vous voulez des adresses de restaurants, je crois être en mesure de vous aider, mais je vous préviens, la liste des plats est courte et triste. Pour manger de la tarte aux pommes comme au pays, une seule adresse : le Café National. Chez Aragvi, rue Gorki, en face du Télégraphe central, vous trouverez un chachlik assez correct. Du bon cognac géorgien aussi. Le Praga, sur la place Arbat – bon, la cuisine est dégueulasse, mais ils ont un bon orchestre tzigane, et on y danse. Avant, ici, ils avaient un chouette ensemble de jazz tchèque, mais ils ont été expulsés en 37. On les soupçonnait d'espionnage. En réalité, je suis sûr qu'on les a écartés parce qu'ils donnaient des complexes aux musiciens russes. En parlant d'espions, Metcalfe, je ne sais pas si vous avez déjà mis les pieds à Moscou, mais je vous conseille de vous méfier.

— Comment cela ? », demanda Metcalfe sur un ton badin, pour masquer la tension qui venait de s'emparer de lui.

« Eh bien, jetez un œil tout autour. Vous avez vu les boy-scouts, là-bas ? » Bishop désigna le hall de son menton volumineux.

« Des boy-scouts ?

— C'est comme ça qu'on appelle les types du NKVD. Des agents bolcheviques. Sales types. Ils veulent tout savoir sur vous ; surveillez vos fréquentations, parce que vous pouvez être sûr qu'ils seront toujours là pour zieuter.

— Dans ce cas, ils risquent de s'ennuyer avec moi. La plupart de mes rendez-vous me conduisent au ministère du Commerce extérieur. Ils risquent d'en être pour leurs frais.

— Oh, je suis sûr que vous êtes réglo, mais ça ne suffit pas de nos jours. Trop souvent, si les négociations ne tournent pas comme ils le souhaitent, les rouges cherchent à vous coincer, vous les hommes d'affaires. Vous avez entendu parler de cette société d'ingénierie anglaise, Metro-Vickers ? »

Metcalfe était au courant. La Metropolitan-Vickers Electrical Company Ltd. avait fourni du matériel électrique lourd à l'Union soviétique. Un an avant son premier séjour à Moscou, deux de leurs employés avaient été arrêtés et accusés de sabotage industriel. Ce qui avait causé un grave incident diplomatique. « Deux ingénieurs ont été jugés devant un tribunal moscovite et condamnés à deux ans de prison, commenta Metcalfe, après que deux turbines qu'ils avaient installées sont tombées en panne ? Mais n'ont-ils pas été relâchés pour éviter que ce cafouillage ne détériore plus gravement les relations diplomatiques avec la Grande-Bretagne ?

— C'est exact, reconnut Bishop. Mais si les cocos ont osé les arrêter, c'est que les gars en question avaient peu de contacts avec l'ambassade britannique. Du coup, le Kremlin s'est imaginé qu'il pouvait s'en prendre impunément à eux – en se disant que le gouvernement britannique allait les lâcher. Vous avez des potes à l'ambassade américaine ?

— Pas vraiment », répondit Metcalfe. Il avait un contact là-bas, en tout et pour tout, un attaché d'ambassade nommé Hilliard que Corky lui avait suggéré de rencontrer. Mais l'attaché devait se montrer prudent, ne jamais faire allusion à Metcalfe. Si jamais quelque chose arrivait à l'espion américain – si les Soviétiques le prenaient la main dans le sac – l'ambassade nierait avoir aucun lien avec lui. Corky avait bien mis l'accent sur ce point.

« Eh bien, je vous suggère de vous y faire des amis sans tarder, lui conseilla l'Anglais. Vous voyez, je ne vous ai pas menti sur le service, hein ? » Il prit une gorgée de thé. « Il se peut que vous ayez besoin d'un allié. Mieux vaut avoir un allié à Moscou.

— Ou alors ?

— Ils sentiront que vous êtes faible et vous tomberont dessus. Si vous possédez quelque accointance avec un organe officiel – que ce soit un journal ou un gouvernement – c'est déjà cela. En revanche, sans appui, vous êtes vulnérable. S'ils ont le moindre soupçon vous concernant, ils n'hésiteront pas à vous faire des ennuis. A bon entendeur salut. »

*

Il faisait terriblement froid, si froid que la peau de son visage lui brûlait. D'après les quelques commentaires qu'il avait glanés çà et là, c'était l'hiver le plus rigoureux depuis des années. Il s'arrêta dans un magasin Torgsin sur la rue Gorki. On y trouvait des marchandises rares qu'aucun Russe ne pouvait s'offrir, puisqu'ils n'acceptaient que des *valuta*, des devises fortes. Il s'acheta une chapka, une toque de fourrure – pas pour se déguiser mais pour se garantir du froid. Si les Russes portaient ce genre de couvre-chef c'était uniquement parce qu'aucun autre ne tenait aussi chaud. La fourrure protégeait leurs oreilles du rude hiver russe. Il savait que la température pouvait descendre terriblement bas, à Moscou, si bas que l'encre gelait dans l'encrier. Lors de son dernier séjour, comme les réfrigérateurs n'existaient pas, son frère et lui – malgré leur statut d'hôtes privilégiés – avaient dû suspendre leurs denrées périssables à l'extérieur des fenêtres; ils retrouvaient systématiquement le lait et les œufs congelés, aussi durs que de la glace.

Il s'aperçut tout de suite qu'on le suivait. Au moins deux des armoires à glace du NKVD qu'il avait vues assises dans le hall du Métropole le filaient avec une maladresse, une absence de discrétion révélant soit leur manque d'entraînement soit leur intention de se faire remarquer. Metcalfe opta pour la deuxième solution. On l'avait prévenu. Eût-il moins bien connu les manières de la police secrète russe, il se serait inquiété, craignant d'avoir été démasqué. Mais Metcalfe savait comment procédaient les services secrets, du moins se plaisait-il à le croire. Quand ils voyaient un étranger, ils ne le lâchaient plus. Ils étaient comme ces chiens de garde qui se mettent à grogner dès qu'ils aperçoivent un intrus potentiel, pour le dissuader de trop s'approcher. Ces bandits – car ils n'étaient guère plus que des bandits, de vulgaires coupe-jarret – étaient organisés en équipes chargées de suivre les étrangers, les intimider, s'assurer que quiconque osait s'aventurer à Moscou sentirait le souffle chaud de la police d'Etat sur son cou.

Paradoxalement, Metcalfe trouvait la présence des gardes-chiourme du NKVD rassurante. C'était la preuve que le NKVD ne le suspectait pas outre mesure, chose curieuse par ailleurs. Cela signifiait que la police secrète le considérait comme un étranger parmi tant d'autres. S'ils l'avaient soupçonné de fomenter un mauvais coup, s'ils avaient eu vent de la *vraie* raison de sa présence ici, le NKVD n'aurait pas lancé à ses trousses de telles nullités mais des agents autrement plus expérimentés. Non, ces bandits n'étaient que des roquets mal dégrossis, chargés de s'assurer qu'il ne sortait pas des sentiers balisés. Du coup, leur présence avait quelque chose de rassurant.

En même temps, elle lui posait problème. A certains moments, il se souciait peu d'être suivi ; mieux encore, cela l'amusait – lors de ses visites au ministère du Commerce extérieur, par exemple. Il voulait que le NKVD le voie en train de vaquer à ses affaires officielles. Mais ce matin, c'était différent. Il fallait qu'il les sème sans en avoir l'air. S'il déjouait une filature du NKVD avec trop d'habileté, il éveillerait les soupçons. Et la Loubianka, le sinistre siège du NKVD, en serait aussitôt avisée. Non seulement ils sauraient qu'il préparait un mauvais coup, mais en plus, il pourrait dire adieu à sa couverture d'homme d'affaires américain et deviendrait à leurs yeux un agent de renseignement.

Ce matin, il jouerait au touriste, rien de plus. Un touriste en balade dans les rues de la grande capitale russe. Il devrait agir en fonction de ce postulat, ce qui impliquait toute une série de comportements : pas de tactique de fuite trop évidente, des mouvements ni trop précipités ni trop coordonnés. Il éviterait de donner l'impression d'un homme ayant un but précis, un rendez-vous par exemple. Non, pour paraître plausible, il lui faudrait déambuler un peu au hasard, s'arrêter de temps en temps pour contempler telle ou telle curiosité, comme tous les touristes.

Et ce faisant, il ne devrait pas perdre de vue que son but premier consistait à semer ses poursuivants.

Une vieille femme vendait quelque mystérieuse boisson dans une charrette. Le mot *limonad* était inscrit sur une pancarte. En Russie, on appelait limonade n'importe quelle boisson gazeuse. Devant la charrette s'étirait une queue interminable ; des Russes coiffés de bonnets de fourrure, dont les protège-oreilles relevés rappelaient fort des oreilles d'âne, attendaient leur tour avec une patience bovine. Contre quelques kopecks, ils auraient droit de tremper leurs lèvres dans un verre commun rempli d'un mélange d'eau carbonatée et de sirop rouge. Metcalfe s'arrêta comme pour observer la scène et en profita pour mieux situer ses poursuivants. Il en repéra un à une centaine de mètres derrière lui, marchant d'un pas lourd. L'autre se tenait sur le trottoir d'en face ; il faisait semblant de téléphoner dans une cabine. Ils étaient tous à leur poste.

Ils ne le quittaient pas des yeux mais, en restant à bonne distance, lui faisaient comprendre qu'ils étaient là pour lui. Se rapprocher aurait rendu leur surveillance trop patente ; s'éloigner leur aurait compliqué les choses.

D'un pas nonchalant, le nez en l'air comme un touriste errant au gré des caprices de cette ville étrange, Metcalfe poursuivit sa promenade le long de l'avenue. Le vent soufflait fort. Parfois, dans un hurlement, il emportait avec lui un rideau de flocons de neige mêlés de givre. Ses bottes – les bottes de cuir verni d'un riche Américain, pas des *valenki* en feutre – crissaient sur les tas de neige. Peu de temps après, il fut accosté par un vendeur de journaux manchot, un vieil homme proposant des exemplaires de *Trud*, des *Izvestia* et de la *Pravda*. De son unique main, il tenait plusieurs exemplaires d'un petit livret rouge qu'il brandit sous le nez de Metcalfe. « Un demi-rouble pour ce recueil de chansons, claironnait le vieillard édenté. Nos plus grandes chansons soviétiques ! » Il se mit à fredonner d'une voix aigre et cassée : « "Staline, notre petit père, notre soleil, notre tracteur soviétique". »

Metcalfe sourit, fit non de la tête puis s'arrêta. Une idée lui était venue. Un tram arrivait sur la ligne de *Bukashka*, également connue sous le nom de *« Bol'shaya krugosvetka »*, longeant la rue Sadovaya. Dans sa vision périphérique, il le vit s'approcher lentement. De l'autre côté de la rue, un agent observait les marchandises exposées dans la vitrine d'un magasin marqué OBUVI, ou Chaussures ; en réalité, il suivait les mouvements de Metcalfe dans le reflet. L'autre se dirigeait vers Metcalfe sur le même trottoir que lui, tout en gardant ses distances. Dans un instant, il atteindrait la charrette où la vieille femme vendait sa *limonad*. Si Metcalfe calculait bien son coup, le champ visuel de l'homme serait momentanément bouché. Il s'approcha du vendeur de journaux édenté tout en sortant son portefeuille. Le voyant faire, l'agent n'avait aucune raison de s'inquiéter. Metcalfe s'arrêtait seulement pour acheter un livre de chansons, transaction qui lui prendrait au moins trente secondes, car le vieil homme essaierait certainement de lui vendre autre chose. Même durant les quelques instants où il le perdrait de vue, l'homme du NKVD était donc assuré que l'Américain ne filerait pas.

Metcalfe tendit un rouble au vieillard.

« Ah, *vot, spasibo, baryn* », le remercia le vendeur dans ce langage courtois, presque soumis, que les paysans d'autrefois adoptaient pour s'adresser aux aristocrates. Le Russe posa sa petite pile de livrets sur son étal de journaux afin de pouvoir attraper la pièce. Metcalfe n'attendit pas qu'il lui remette son recueil de chansons. Il lui faussa vite compagnie, s'élança vers le trottoir et sauta dans le tramway en marche. Son pied droit atterrit sur le marchepied du tram à trois wagons, sa main droite agrippa un anneau de métal. Il se hissa et réussit à rétablir sa position. Heureusement, le tram ne roulait pas assez vite pour que Metcalfe se blesse. A l'intérieur, des cris fusèrent dont une voix féminine, probablement l'une des *strelochnitsi*, les vieilles femmes chargées de tourner les roues maintenant les voitures sur leurs rails.

Il jeta un rapide coup d'œil autour de lui et acquit la certitude que ses deux gardiens n'y avaient vu que du feu. Comme le tramway dévalait bruyamment la rue, Metcalfe aperçut au loin celui qui contemplait la boutique de chaussures. Il n'avait pas bougé. L'homme n'avait donc rien remarqué. Son acolyte arpentait la file des clients de la limonadière ; à son air impassible, on devinait sans peine que lui non plus n'avait rien noté de bizarre. L'homme du NKVD était sans doute persuadé que sa cible américaine n'en finissait pas de marchander avec le vendeur de journaux manchot. Seul ce dernier l'avait vu sauter dans le tram, mais le temps que les deux agents lui demandent des explications, Metcalfe serait loin.

Metcalfe se mêla à la foule des passagers, s'avança vers le conducteur et déposa une poignée de kopecks dans la coupelle prévue à cet effet. Tous les sièges en bois étaient occupés – par des hommes pour la plupart, remarqua-t-il, alors que plusieurs femmes, jeunes ou vieilles, restaient debout.

Il s'en était sorti – momentanément, bien entendu, mais il avait bel et bien semé ses gardiens. Par ce geste, il venait de changer les règles du jeu. Dès qu'ils s'apercevraient de sa disparition, leur méfiance à son égard grandirait, leur vigilance également. Ils le traiteraient comme un ennemi. La prochaine fois, il lui serait plus difficile de leur échapper.

Il descendit du tram rue Petrovka. Cette grande avenue du centre-ville était bordée de demeures somptueuses. Hôtels particuliers ayant appartenu aux plus riches marchands de Russie, palaces reconvertis en hôtels, ambassades, immeubles résidentiels, boutiques. Il reconnut aussitôt le bâtiment à trois étages, avec sa façade classique en calcaire, où vivaient Lana et son vieux père, Mikhaïl Ivanovich Baranov, un général à la retraite travaillant aujourd'hui au Commissariat à la Défense. Durant son séjour à Moscou, six ans auparavant, Metcalfe y avait souvent rendu visite à Lana; il aurait pu retrouver son appartement les yeux fermés.

Mais au lieu de s'arrêter devant l'immeuble, il le dépassa comme s'il se dirigeait vers l'hôtel Aurora, une cinquantaine de mètres plus loin. Il longea plusieurs échoppes : une boulangerie; un magasin presque vide censé vendre de la viande; et une boutique de vêtements pour femmes, dont la vitrine lui permit de surveiller les allées et venues derrière lui. Quelques personnes étaient descendues du tram en même temps que lui – plusieurs femmes d'âge moyen, une jeune mère avec deux petits enfants et un vieil homme – et aucun d'entre eux ne semblait suspect. Il s'arrêta, feignant d'inspecter les maigres marchandises exposées dans la vitrine du magasin de vêtements. Dans le reflet, il détailla les silhouettes des passants. Constatant qu'il n'était pas suivi, il fit brusquement demi-tour, traversa la rue, soudain captivé par une affiche touristique vantant les splendeurs de Sotchi. Un geste aussi inopiné n'aurait pas manqué de faire réagir un éventuel poursuivant, l'obligeant à changer de direction de manière abrupte. Mais il ne remarqua aucun comportement suspect. A présent, il était certain qu'il n'avait attiré personne chez Lana. Il marcha encore une centaine de mètres, revint sur ses pas, puis contourna l'immeuble.

Au Bolchoï, Lana était protégée comme toutes les danseuses, et peut-être plus en raison de son statut d'étoile. Ici, en revanche, il serait bien plus facile de l'approcher, du moins le supposait-il. Levant les yeux vers le quatrième étage et la rangée de fenêtres correspondant à l'appartement du père de Svetlana, il vit une ombre.

Se découpant contre les rideaux translucides se tenait une silhouette qu'il reconnut aussitôt. Il en eut le souffle coupé.

Une jeune femme mince était debout près de la fenêtre, une main sur la hanche, l'autre levée comme dans un geste adressé à un interlocuteur invisible.

C'était Lana; il en était sûr.

Même en ombre chinoise, elle était extraordinaire, d'une beauté stupéfiante. Soudain, il lui devint insupportable de rester planté là, dans le froid glacial, sur ce trottoir moscovite balayé par les vents alors que Lana se trouvait dans cet appartement là-haut, à quelques dizaines de mètres de lui. La veille au soir, elle l'avait accablé de son dédain, congédié avec un mélange de mépris et – il en était sûr – de peur. Aujourd'hui, elle l'accueillerait avec cette même peur.

Mais d'où venait cette peur qui la tenaillait ? S'agissait-il simplement de la phobie qu'éprouvaient tous les Russes face aux étrangers, craignait-elle d'être aperçue en compagnie d'un visiteur capitaliste ? Ou alors redoutait-elle de fâcher son nouvel amant, ce von Schüssler ? L'avait-on mise en garde ? Quelle que soit l'origine de sa frayeur, Metcalfe devrait en tenir compte quand il se retrouverait face à elle. Il lui ferait savoir qu'il la comprenait. L'essentiel était de dissiper au plus vite son angoisse en allant droit au but.

Il patienta encore quelques instants dans une entrée voisine. Pour donner le change, il sortit un exemplaire des *Izvestia* et fit semblant de lire. Finalement, ayant décidé que personne ne le surveillait, il continua jusque chez Lana. Après avoir passé la porte d'entrée – il n'y avait pas de gardien car aucun membre du gouvernement ne vivait ici – il monta les quatre étages.

La porte de son appartement, comme toutes celles de cet immeuble – et de tous les immeubles moscovites semblables à celuici – était capitonnée de cuir. Metcalfe savait que le capiton servait à deux choses. Il protégeait bien sûr du froid mais surtout des oreilles indiscrètes. Ici, les gens vivaient dans la crainte des espions.

Il appuya sur la sonnette et attendit. Une étrange combinaison d'appréhension et d'impatience accéléra son rythme cardiaque. Au bout d'une minute environ, il entendit des pas pesants. Ce n'était pas Lana ; peut-être son père ?

La porte s'ouvrit lentement et un visage apparut ; le visage raviné d'une vieille femme qui le considéra avec suspicion de ses tout petits yeux chassieux, enfouis sous les rides. Elle portait un méchant pull-over de laine d'où dépassait un joli col de dentelle et par-dessus, un gros tablier en lin.

« Da ? Shto vyi khotite ? » demanda-t-elle. Que désirez-vous ?

Aussitôt Metcalfe identifia non pas la femme elle-même mais la catégorie de personnes à laquelle elle appartenait. C'était une *babouchka*, une « grand-mère ». Ce vocable s'appliquant à toutes les vieilles femmes russes recouvrait un grand nombre de significations. La *babouchka* était le centre de la famille russe prise au sens large, une matriarche maussade mais au grand cœur, ne ménageant jamais sa peine dans cette société où les hommes mouraient souvent avant l'heure, sinon à la guerre du moins par l'abus d'alcool. Elle était mère, grand-mère, cuisinière, gouvernante et gorgone, tout cela à la fois.

Mais ce n'était pas la grand-mère de Lana. Elle faisait sans doute fonction de cuisinière-gouvernante. Le privilège de posséder une domestique n'était accordé qu'à certains membres de l'élite soviétique.

« Bonjour, *babouchka*, commença Metcalfe d'une voix aimable. Je viens voir Svetlana Mikhaïlovna.

— Et vous êtes... ? grogna la vieille.

— S'il vous plaît, dites-lui que c'est... Stiva. »

La *babouchka* se renfrogna encore un peu plus. Elle lui lança un regard peu affable et ses yeux disparurent presque sous les multiples replis de ses paupières. Sans mot dire, elle referma vivement la porte. Metcalfe entendit son pas pesant s'éloigner et sa voix s'assourdir au fur et à mesure qu'elle s'enfonçait dans l'appartement. Autrefois, Lana et son père n'avaient pas de gouvernante, songea Metcalfe. Posséder une femme de ménage ou une cuisinière représentait un luxe de plus en plus rare à cette époque, il le savait. Etait-ce un avantage spécial accordé à la danseuse étoile du Bolchoï ?

Une minute plus tard, la porte se rouvrit. « Elle n'est pas là, maugréa la vieille femme sur un ton cassant.

— Je sais qu'elle est là, insista Metcalfe.

— Elle n'est pas là, cracha la *babouchka*.

— Alors quand rentrera-t-elle ? demanda Metcalfe en jouant son jeu.

— Elle ne rentrera *jamais*. Pas pour vous. Ne remettez plus les pieds ici ! »

Et elle lui claqua la porte au nez.

Lana était plus qu'effrayée : elle était terrifiée. Elle venait de le congédier une fois de plus – mais *pourquoi* ? Metcalfe ne voyait pas dans ce rejet la réaction irréfléchie d'une amante en colère. Non, quelque chose de plus complexe était à l'œuvre. La peur d'entrer en contact avec un étranger n'expliquait rien non plus. Sinon, pourquoi l'aurait-elle renvoyé là, alors que sa gouvernante avait bien vu qu'il était seul ? Lana aurait dû le laisser entrer, par simple curiosité, pour lui demander ce qu'il cherchait, pourquoi il était à Moscou, ce qui le poussait à se montrer si insistant. Il connaissait Lana, se souvenait de sa curiosité insatiable. Autrefois, elle ne se lassait jamais de lui poser des questions sur la vie en Amérique, sur ses voyages à travers le monde. Dans ces moments-là, elle se comportait presque comme une enfant. Non, Lana n'aurait jamais laissé passer l'occasion de discuter avec lui ; au contraire, elle aurait trépigné d'impatience. Il savait aussi qu'elle n'était pas rancunière pour un sou. Ses colères ne duraient jamais bien longtemps ; elles éclataient puis disparaissaient aussi vite. Voilà pourquoi ce silence obstiné n'en finissait pas de l'étonner.

Le visage maussade de la vieille gouvernante lui revint à l'esprit. Pourquoi une domestique alors que ni Lana ni son père n'en avaient eu besoin par le passé ? Ils vivaient seuls tous les deux et Lana s'était toujours chargée de cuisiner pour son père veuf.

La *babouchka* était-elle vraiment une gouvernante ? Ou bien une sorte de gardienne, une surveillante assignée à Lana ? Avait-on placé la vieille femme chez Lana pour contrôler ses faits et gestes, la tenir prisonnière ?

Mais cela n'avait pas grand sens ; Lana n'était pas une personnalité si importante. Une danseuse, rien de plus. Il devait y avoir une raison simple, plausible, rationnelle à la présence de cette gouvernante : la *babouchka* n'était rien d'autre qu'un avantage accordé à une artiste de premier plan connue dans tout le pays. C'était sûrement cela. Mais alors, pourquoi Lana refusait-elle de le recevoir ? On était en 1940 ; les temps avaient changé depuis le début des années trente. La société soviétique émergeait à peine de la période des grandes purges ; la peur, la paranoïa régnaient partout. Les autorités avaient très bien pu avoir connaissance de leur ancienne liaison et ordonner à la jeune femme de ne pas reprendre contact avec lui. C'était la seule explication.

Il espérait de tout son cœur qu'il en était ainsi, car une autre explication avait commencé à lui trotter dans la tête. Une explication si effroyable qu'il préférait ne pas y songer. Et si les autorités soviétiques connaissaient la raison de sa présence ici ? Si elles étaient au courant de sa mission secrète ? Dans ce cas, bien sûr, le comportement de Lana n'aurait plus rien d'étrange. On lui aurait interdit de le voir. Mais alors, dans ce cas...

Non, impossible. S'ils l'avaient démasqué, ils l'auraient arrêté dès son arrivée à Moscou. Décidément, c'était incompréhensible.

En descendant l'escalier, il jeta un coup d'œil par une étroite fenêtre et vit une chose qui le fit s'arrêter net. Dans la petite cour devant l'entrée de l'immeuble, un homme fumait une cigarette. Son aspect ne lui était pas inconnu, mais où l'avait-il vu auparavant ? Il possédait un visage typiquement russe : hautes pommettes, traits ciselés, paupières légèrement bridées comme ont les Sibériens. Une expression sévère, implacable, des yeux pâles et des cheveux blonds très épais.

Où avait-il vu cet homme ?

Soudain il sut. Il l'avait aperçu devant le Métropole, en train de discuter avec un autre type. Tous deux semblaient si absorbés dans leur conversation que Metcalfe n'avait pas trop fait attention à eux. Comme à son habitude, il avait inscrit leurs visages dans sa mémoire. Mais ni l'un ni l'autre ne l'ayant regardé, il ne s'était guère appesanti sur la question.

Pourtant c'était le même homme ; il en était certain.

C'était inconcevable. Metcalfe aurait juré que personne ne l'avait suivi. Il avait semé les sbires du NKVD peu après avoir quitté l'hôtel ; cela ne faisait pas le moindre doute. Après être descendu du tramway, il avait regardé les autres passagers s'éparpiller, chacun suivant son chemin. Aucun individu suspect ne traînait dans le coin – il en était absolument convaincu !

Mais il était tout aussi convaincu que le blond au visage dur et l'homme entr'aperçu devant l'hôtel Métropole ne faisaient qu'un.

Ce qui signifiait qu'il ne l'avait pas suivi. Et c'était d'autant plus inquiétant. Corky avait coutume de répéter : *Il y a pire qu'être suivi, c'est de ne pas être suivi – ça veut dire qu'on sait où tu vas.*

Comme s'il avait su par avance où Metcalfe comptait se rendre, l'homme blond s'était posté devant l'immeuble de Lana. Mais comment avait-il fait pour deviner ? Metcalfe n'avait rien dit à Roger, dans le hall de l'hôtel. Il n'avait rien dit à personne.

De toute évidence, l'homme blond, ou ses commanditaires, connaissait ses relations avec la jeune femme. Contrairement aux flics qui le guettaient dans le hall du Métropole, ce type-là devait suivre des ordres bien précis. Il avait sûrement accès au dossier de Metcalfe. Ce qui faisait de lui un agent de catégorie supérieure ; une catégorie bien plus dangereuse.

Toujours coincé dans l'escalier, Metcalfe se tenait de biais par rapport à la fenêtre pour éviter d'être vu. Ses pensées tourbillonnaient sous son crâne. L'agent ne l'avait pas vu entrer dans l'immeuble ; en revanche, on l'avait envoyé là en tant qu'observateur. Il connaissait le visage de Metcalfe, sa tenue vestimentaire : c'était justement pour l'étudier à son aise et établir une confirmation visuelle qu'il traînait devant l'hôtel, tout à l'heure.

Il ne m'a pas vu entrer, se répétait Metcalfe. *Il ne sait pas que j'ai essayé de rencontrer Lana.*

Et il ne le saurait jamais, se promit Metcalfe, déterminé à protéger la jeune femme coûte que coûte.

Il descendit au rez-de-chaussée et continua jusqu'au sous-sol. L'odeur de fumée devint plus prenante : cet immeuble n'était pas chauffé au charbon mais au bois, comme presque tout Moscou ces temps-ci. Le pays manquait de charbon mais regorgeait de bois. Il poussa une lourde porte fendillée donnant sur une cave obscure au sol crasseux. Metcalfe laissa ses yeux s'habituer à l'obscurité puis avança parmi les rondins empilés, se faufilant entre les tuyaux de l'antique chaudière. Dans un coin, une boue visqueuse recouvrait le sol. Il s'agissait d'une douche clandestine installée pour les résidents de l'immeuble. Les bains chauds étaient interdits par la loi, du moins pour les Moscovites ; comme on avait débranché tous les chauffe-eau, il était impossible de se baigner à moins de faire chauffer de l'eau sur un fourneau. Un commerce illégal avait donc pris naissance dans les caves de certains grands immeubles. Les Moscovites payaient des sommes exorbitantes pour avoir le droit de se tortiller sous un filet d'eau tiède.

On devait bien faire entrer le bois dans la cave d'une manière ou d'une autre, songea-t-il. Il y avait certainement une entrée de service, un *sluzhebnyi vkhod.* A force de fureter, il repéra enfin une sorte de toboggan rudimentaire servant aux livraisons, une petite volée de marches en ciment grimpant vers les portes d'une trappe, fermées de l'intérieur au moyen d'un crochet qu'il se dépêcha d'ôter. Il poussa l'un des battants de la trappe et jeta un œil dans la ruelle à l'extérieur. Personne en vue. Le blond n'avait pas dû bouger de son poste. De peur de manquer sa cible, il resterait là à attendre qu'un étranger pénètre dans l'immeuble ou en sorte.

Metcalfe émergea de la trappe, referma derrière lui et se mit à courir dans la ruelle pavée qui se révéla plus large que prévu. C'était une *pereulok*, une rue secondaire reliant deux avenues, servant essèntiellement aux livraisons. Il vit les entrées de service de la plupart des boutiques devant lesquelles il était passé tout à l'heure, rue Petrovka. Habituellement ces entrées étaient verrouillées, ce qui ne l'arrangeait guère. Il passa en trombe derrière la boulangerie, la boucherie, le magasin de vêtements puis, arrivé au niveau de l'hôtel Aurora, ralentit pour adopter une allure plus normale.

Après avoir regardé à droite et à gauche, il escalada une volée de marches en bois, passa devant des poubelles et cogna du poing contre la porte d'acier. Pas de réponse. Il frappa de nouveau puis actionna la poignée qui, à sa grande surprise, tourna.

A l'intérieur, un corridor mal éclairé empestant le tabac conduisait à un couloir plus large. Deux portes battantes s'ouvrirent sur une immense cuisine. Une femme trapue aux cheveux cuivrés brassait une quelconque mixture dans une grosse marmite en fer ; un homme en uniforme bleu faisait frire d'étranges côtelettes sur une grille. Surpris, ils levèrent les yeux vers lui sans comprendre ce qu'un étranger si bien vêtu faisait dans ces lieux.

« Oh, excusez-moi, dit Metcalfe en anglais. Je crois que je me suis perdu.

— *Nye ponimayu* », bougonna la femme rousse en haussant les épaules : je ne comprends pas. Metcalfe lui adressa un sourire poli pour exprimer qu'il ne parlait pas russe, haussa les épaules lui aussi, traversa la cuisine et déboucha dans une salle de restaurant déserte. Il poursuivit son chemin et traversa le hall de l'hôtel, un espace minable malgré ses hauts plafonds, avec des murs écaillés et des tapis d'Orient usés jusqu'à la trame. Des têtes de rennes empaillées contemplaient la scène du haut de leurs supports en bois.

Derrière le comptoir de la réception, deux jeunes gens zélés le regardèrent passer en lui adressant un petit signe de tête. Ils ne l'avaient jamais vu mais n'osèrent rien dire. Un étranger bien habillé sortait de l'hôtel : quoi de plus naturel ? Metcalfe leur rendit leur salut d'un hochement de tête brusque mais poli et s'avança d'un bon pas vers la sortie. Il ne lui restait plus qu'à disparaître en se mêlant au flot des passants. L'homme blond devant chez Lana n'avait pas fini de poireauter.

Dès qu'il sortit de l'hôtel, il remarqua une silhouette familière appuyée contre un abri de tramway.

Le blond aux yeux pâles. Il fumait en plissant les yeux, le corps un peu avachi comme s'il attendait quelqu'un.

Metcalfe regarda ailleurs. *Mon Dieu,* pensa-t-il, *ce type est sacrément futé.* Il ne savait ni qui il était, ni d'où il venait, mais en tout cas il était d'une tout autre trempe que les flics minables du NKVD. C'était un espion de première classe.

Pourquoi ?

Pourquoi avoir dépêché un homme aussi compétent pour le filer ? Que fallait-il en conclure ? On pouvait en conclure... des tas de choses. La plus évidente étant que les renseignements soviétiques, pour une raison ou une autre, considéraient Metcalfe comme quelqu'un à surveiller de près. Si sa couverture d'homme d'affaires étranger fonctionnait encore, on ne lui aurait pas attribué un tel ange gardien.

Son front se couvrit de sueur, un flot d'adrénaline gicla dans ses veines. *Auraient-ils deviné ma couverture ?* se demanda-t-il.

Savent-ils pourquoi je suis ici ?

Il ne voyait plus qu'une solution pour se débarrasser de l'agent : le brûler. Cet homme était bien trop intelligent, bien trop dangereux. Mais un tel espion perdait toute efficacité dès que sa cible l'identifiait. Après, il ne servait plus à rien sur le terrain ; ses supérieurs lui donneraient l'ordre de se retirer.

Se composant une expression aimable et parfaitement ingénue, Metcalfe s'avança d'un pas tranquille vers l'abri en bois. Il répétait dans sa tête la phrase toute faite qu'il comptait lui servir : *Vraiment désolé, mais vous ne pourriez pas me dire où je suis ? Je crois que je me suis perdu...* Un face-à-face qui provoquerait immanquablement le remplacement de l'agent trop insistant.

Metcalfe fit le tour de l'édicule, le cœur battant. Il n'en croyait pas ses yeux. Sacré nom de Dieu, ce type était vraiment fort !

Il s'était évaporé.

Chapitre 14

L'AMBASSADE américaine se trouvait rue Mokhovaya, près de l'hôtel National, face à la place du Manège et au Kremlin. Des bureaux mornes et vétustes pourtant soumis à des mesures de sécurité très strictes. Quelle ironie, songea Metcalfe tout en adressant un sourire forcé au fonctionnaire chargé de contrôler son passeport avant de l'autoriser à entrer : une ambassade américaine protégée à la fois par les Russes et les Américains. Postés devant la chancellerie, on voyait des Marines et des agents du NKVD. Les Marines étaient là pour empêcher les Russes d'entrer ; le NKVD aussi – en fait, ces derniers s'assuraient qu'aucun de leurs compatriotes ne forçait le barrage pour se réfugier dans l'ambassade et quitter le pays.

L'homme qu'il était venu voir, le dénommé Amos Hilliard, occupait un petit bureau austère dépourvu de toute originalité. Il exerçait les fonctions de troisième secrétaire et de consul. C'était un petit binoclard chauve à la peau blême. Il avait des mains fines et délicates. On se disait en les voyant qu'une coupure avec une feuille de papier pourrait bien lui être fatale.

Mais son apparente fragilité cachait une fermeté de caractère hors du commun. Hilliard avait son franc-parler, il lui arrivait même de faire preuve d'une redoutable franchise. Metcalfe comprit rapidement pourquoi Corcoran, qui se méfiait de presque tout le monde, faisait confiance à Hilliard. Cet originaire de l'Iowa avait fait toute sa carrière aux Affaires étrangères et, bien qu'expert de la Russie, prétendait n'avoir jamais rencontré de véritable expert de la Russie. « Vous savez ce que c'est qu'un expert de la Russie ? » avait dit Hilliard en reniflant de dédain, quelques minutes après que Metcalfe fut entré dans son bureau. « Quelqu'un qui a vécu en Russie vingt ans – ou deux semaines. Je n'appartiens à aucune de ces deux catégories. Je vous assure, ce genre d'expert n'existe pas. En la matière, l'ignorance règne. Certains sont simplement plus ignorants que d'autres. »

Non seulement Hilliard faisait partie du club très fermé des fonctionnaires du Département d'Etat en qui Corky avait confiance mais, en outre, il travaillait pour lui en secret. Corcoran n'avait certes pas pour habitude d'organiser des rencontres entre deux de ses agents : c'était une violation de son sacro-saint principe de compartimentation. « Dans le cas présent, je n'ai pas le choix, avait-il confié à Metcalfe avant son départ de Paris. Je doute sérieusement de la fiabilité des autres membres du personnel de notre ambassade à Moscou. Hilliard est l'un de nos rares fidèles. A supposer, ajouta-t-il froidement, qu'on puisse faire confiance à quiconque en ce bas monde, considération qui, au demeurant, risquerait de nous mener trop loin.

— Vous vous comptez dans le lot ? », avait rétorqué Metcalfe avec un sourire malicieux.

Sa remarque désinvolte n'avait pas eu l'effet escompté sur Corcoran. Au contraire, il l'avait prise au sérieux : « Tu viens de mettre le doigt sur une erreur de base que nous commettons invariablement – ne trouves-tu pas que nous avons trop confiance en nous-mêmes ? » Dans les yeux du vieil homme, Metcalfe distingua une lueur accusatrice, un reproche qu'il lui faisait si souvent qu'il n'était plus besoin de l'exprimer : *Ne sois pas trop imbu de ta personne, Stephen – tu pourrais bien découvrir un jour que tu n'es pas aussi bon que tu le penses*.

« Bienvenue dans la vallée du bonheur, lança Hilliard en allumant une Camel. Notre... ami commun doit vous tenir en haute estime. »

Metcalfe haussa les épaules.

« De toute évidence, il vous fait une confiance aveugle.

— Et à vous aussi. En général, il interdit à ses agents d'entrer en contact. »

Hilliard secoua la tête comme pour s'éclaircir les idées et sourit. « Demandez à notre *ami* quel temps il fait et avant de répondre, il commencera d'abord par s'interroger sur le pourquoi de votre question.

— De toute évidence, Moscou fait exception à la règle.

— Exact. Du seul fait d'avoir franchi les portes de cet immeuble vous êtes nommément connu d'une bonne douzaine de mes collègues. Bien sûr, vous êtes un homme d'affaires américain en visite à Moscou, rien de plus. Mais j'en connais un ou deux qui ont dû sourciller en apprenant que vous aviez rendez-vous avec moi.

— Comment cela ?

— Ne vous méprenez pas sur le sens de mes paroles. Je ne suis qu'un simple diplomate, je fais mon travail, je courbe l'échine, mais je n'appartiens à aucune de leurs nombreuses factions, chacune ayant ses propres obédiences, donc je suis automatiquement suspect. Je me devais de vous avertir – bien qu'à mon avis ce ne soit pas nécessaire, mais vous ne m'en tiendrez pas rigueur – de n'adresser la parole à nul autre que moi, dans cette ambassade. On ne peut faire confiance à personne. C'est un nid de vipères, ici.

— Des agents doubles ?

— Doubles ? se gaussa Hilliard. Double ça veut dire *deux*, n'est-ce pas ? Revoyez vos calculs, mon ami. Aujourd'hui, notre ambassade à Moscou ressemble à Ankara ou Istanbul dans les années trente. Elle grouille d'agents prenant leurs ordres un peu partout. Ça rappelle ce qu'on trouve quand on soulève un bout de bois pourri – des myriades de bestioles dont on ne soupçonnait même pas l'existence détalent dans tous les sens. A mon avis, notre gouvernement est le premier responsable de cette situation. La Maison-Blanche de Roosevelt se craquelle de partout. Ils revoient leur politique russe tous les quatre matins, ils nagent complètement et, du coup, abreuvent nos agents sur le terrain de mots d'ordre totalement abscons qui se contredisent les uns les autres.

— Vous n'êtes pas de ceux qui considèrent M. Roosevelt comme un rouge, n'est-ce pas ? fit Metcalfe d'une voix hésitante.

— Plus aujourd'hui. Mais quand il a pris ses fonctions et pendant plusieurs années ensuite, il a regardé Moscou à travers des lunettes teintes en rose – c'est une chose avérée. L'un des premiers points inscrits à son programme consistait à faire ce qu'aucun autre président des USA n'avait fait depuis que les cocos avaient viré le tsar – reconnaître officiellement le gouvernement soviétique. Il s'est d'ailleurs exécuté sans la moindre hésitation. Et son principal conseiller, Harry Hopkins, l'homme en qui il a placé toute sa confiance, a toujours dit pis que pendre sur nous, les "experts de la Russie". Selon lui, les experts des Affaires étrangères se montraient trop durs envers le brave oncle Joe Staline. Il n'arrêtait pas de répéter : "Enfin les gars, ces types ont de bons côtés. Pourquoi vous refusez de les prendre en considération ?" Mais, pour l'amour du ciel, il n'y a qu'à voir l'ambassadeur que Roosevelt nous avait envoyé à l'époque ! »

Metcalfe hocha la tête. L'ambassadeur en question était un notoire adorateur de Staline, allant même jusqu'à défendre les purges sanglantes de l'oncle Joe. « Que dites-vous là ? Certains de vos collègues seraient un petit peu mous avec les Russes ? Un peu roses ? Ou alors cette ambassade abrite-t-elle des espions à la solde du Kremlin ? »

Hilliard avait l'air mal à son aise. Sa main grassouillette courait nerveusement sur le duvet de bébé couvrant son crâne dégarni. « Il y a une différence entre un espion et un agent d'influence. Je fais allusion à ceux qui croient qu'on peut manger à tous les râteliers. Qu'ils peuvent travailler pour nous tout en accordant certaines faveurs à leurs amis de la Place Rouge – en leur passant des tuyaux, des coups de fil, dans le but d'orienter les choses de l'intérieur, pour que la politique étrangère américaine prenne un tour plus, dirons-nous, plus favorable à l'égard de Moscou.

— Appelez-les comme vous voulez, répliqua Metcalfe. Pour moi, ce sont des traîtres. »

Hilliard haussa les épaules avec une certaine lassitude. « J'aimerais que ce soit aussi simple. Mais ces hommes-là ne font que suivre plus ou moins la tendance qui prévaut au sommet de l'Etat. Si Harry Hopkins et FDR cherchent à bâtir des relations américano-soviétiques solides pour dresser un rempart contre les nazis, pourquoi s'étonner de voir des agents transmettre des informations à leurs amis du NKVD ou du Kremlin ? Après tout, ils se contentent d'apporter leur contribution personnelle à la cause nationale. Non, les traîtres les plus dangereux sont ceux qui agissent par amour – ceux-là se prennent pour de vrais patriotes. » Hilliard lui lança un regard perçant.

Que diable essaie-t-il de me dire ? se demanda Metcalfe.

« D'après votre description, il vous serait impossible de faire confiance à *vos propres collègues* travaillant comme vous à l'ambassade du gouvernement des Etats-Unis à Moscou ? Vous ignoreriez même qui travaille ou non pour *Staline* ?

— Comme je le disais, il existe d'autres factions chez nous. D'autres éléments sont à prendre en compte. Il a fallu du temps pour que Roosevelt se décide à admettre que l'oncle Joe Staline n'était peut-être pas le brave type qu'il croyait. Maintenant, il commence à en apprendre des vertes et des pas mûres au sujet des bolchos. » Il baissa le ton. « Regardez ce crétin qu'il a nommé ambassadeur, dernièrement. Un gros richard qui a financé sa campagne, un avocat new-yorkais fort en gueule mais qui connaît que dalle à la Russie et la déteste encore plus que nous autres. Il méprise les Soviétiques mais sans rien en savoir. Il n'y a rien de pire que le fanatisme fondé sur l'ignorance. Et ici, il a sa petite cour. Tous ces types bouffent du Russe. Ils sont tellement terrifiés par le virus du bolchevisme qu'ils feraient n'importe quoi pour saboter nos relations avec le Kremlin. Trop heureux d'aider Berlin du mieux qu'ils peuvent. Ils voient les nazis comme le seul espoir d'arrêter l'expansion du communisme à travers le monde.

— Des gens qui travaillent pour *Hitler* ? Vous parlez sérieusement ?

— Je le répète, ils penchent des deux côtés. Ou des trois... On n'en sait rien, en fait. C'est bien cela le problème ! Je vous le dis, c'est un foutu nid de vipères, ici.

— Je vous l'accorde.

— Mais vous êtes venu pour autre chose. Si je lis attentivement le message codé qui m'est parvenu, vous avez besoin que je vous fournisse des renseignements concrets. Vous voulez des informations sur l'alliance entre nazis et Soviétiques – savoir si elle est réelle. Ou s'il s'agit de quelque manœuvre tactique d'un côté comme de l'autre.

— En effet, cela fait partie de ma mission.

— Et c'est là que réside le grand mystère. Une énigme digne du Sphinx. Un énorme point d'interrogation pour nous tous. Mais, je ne vous le cache pas, ce qui m'intrigue c'est pourquoi *vous* tenez tant à le savoir.

— Mieux vaut en rester là.

— La compartimentation, articula Hilliard avec un hochement

de tête. La segmentation. Bon, laissez-moi vous dire une chose. Pendant un an et demi, j'ai envoyé des télégrammes à Washington pour les prévenir que Staline s'apprêtait à signer un pacte de non-agression avec Hitler, et vous savez ce que j'ai obtenu en retour? Ils ont refusé de me croire. Ils ont nié. "Mais non, allons, ça n'arrivera jamais." Voilà ce que me répondaient ces imbéciles. Un gouvernement marxiste ne passera jamais d'accord avec son ennemi idéologique. Washington semblait incapable de comprendre que le seul souci de Staline était de préserver le système soviétique. C'était pourtant simple. L'idéologie n'a rien à voir là-dedans. Et à l'heure actuelle, c'est toujours l'autopréservation qui prévaut.

— Vous saviez qu'ils allaient signer un traité ?

— J'avais mes sources.

— Au Kremlin ? »

Hilliard secoua la tête et sourit d'un air énigmatique. « Tout le monde savait que Berlin et Moscou avaient entamé des pourparlers, mais personne, pas même les *Russes*, n'aurait imaginé qu'ils s'acheminaient vers un accord en bonne et due forme. Alors, vous allez me dire : comment vous l'avez su, vous? Je vais vous raconter une histoire. Quand le ministre des Affaires étrangères allemand, von Ribbentrop, s'est rendu à Moscou pour signer le pacte avec Staline, les Russes n'avaient même pas prévu de drapeaux nazis pour la cérémonie de bienvenue, à l'aéroport. Ils ont cherché partout, mais sans succès. Bien sûr, comme ils avaient passé les six années précédentes à tirer à boulets rouges sur les nazis, tous les drapeaux avaient disparu. Finalement, ils se sont adressés à un *studio de cinéma* moscovite qui s'était spécialisé dans les films de propagande antinazie – et qui, évidemment, a dû fermer boutique depuis.

— Mais vous saviez, insista Metcalfe. Vous saviez qu'un accord allait être signé. » *Cela signifie qu'Amos Hilliard doit avoir une source à l'ambassade allemande,* pensa Metcalfe.

« Je vais vous confier le secret du succès limité que j'ai remporté ici, à Moscou, répondit le diplomate. Je pense comme Staline. Pas très agréable en soi, je l'admets. Mais dites-vous que c'est un homme éminemment pragmatique. Je l'ai rencontré ; il m'a été donné de le jauger. Il est impitoyable, mais surtout impitoyablement *pratique.* Je sais comment il pense. Il voit que la

France est tombée, que les Anglais ont fait demi-tour et regagné leurs pénates. Il voit que Londres n'a pas d'alliés en Europe – pas le moindre ! Et Staline sait qu'il n'a pas d'autre atout dans son jeu. Qu'il faut toujours s'entendre avec le fort, pas avec le faible. Il fera n'importe quoi pour empêcher les panzers allemands d'approcher des frontières russes.

— Et c'est d'autant mieux si le Führer lui abandonne en échange la moitié de la Pologne, les pays Baltes et la Bessarabie.

— Exactement. D'autant plus que Hitler tient à éviter une guerre sur deux fronts. Ce qui le détruirait. Ce serait de la folie pure que d'attaquer la Russie et les Anglais en même temps. Son armée, ses ressources s'en trouveraient éparpillées. Il perdrait à coup sûr. Et Hitler, quoi qu'on dise de lui, n'est pas stupide. Ce qui nous ramène à l'énigme du Sphinx, le mystère insoluble. Cette alliance entre Hitler et Staline est-elle réelle ? Eh bien, je vais vous répondre. Oui, elle est tout ce qu'il y a de réel. Elle est aussi réelle que la guerre. Aussi réelle que la notion de préservation de ses propres intérêts. »

Metcalfe hocha la tête. Il ne savait plus que penser quand soudain une idée germa au fond de son cerveau, encore difficile à formuler... « Mais si ce que vous dites est vrai, nous sommes tous foutus, dit-il. Une alliance militaire entre les deux grands empires du continent européen, deux puissances possédant un potentiel militaire immense et des millions de soldats... Ils n'auront plus qu'à se partager le butin, se répartir l'Europe puis le reste du monde entre eux deux, redessiner les frontières. Et on ne pourra rien y faire !

— A présent, je vois pourquoi notre ami commun vous apprécie. Vous êtes un fin stratège.

— Staline a lui-même mené les négociations avec von Ribbentrop, n'est-ce pas ? »

Hilliard opina du chef.

« Il n'aurait pas fait cela s'il n'avait été sincèrement déterminé à les faire aboutir.

— Et quand le pacte a été signé, l'oncle Joe a bu un coup à la santé de Hitler. En l'appelant *molodyetz*.

— Brave type.

— Vous parlez russe.

— Un petit peu, mentit Metcalfe. Juste assez pour me débrouiller.

— Et maintenant les Soviétiques achètent à prix d'or aux Allemands des turbines, des machines-outils, des tours et des canons antiaériens. Vous croyez que l'Allemagne vendrait ce genre de matériel aux Russes si elle ne les considérait pas comme des partenaires dans l'effort de guerre? Moi je ne crois pas. Nous sommes dans un fichu pétrin, Metcalfe. Et vous pensez que Washington veut s'engager dans cette guerre? Vous pensez que Roosevelt souhaite attaquer à la fois l'Union soviétique et l'Allemagne nazie?

— Notre seul espoir est qu'ils cessent de s'entendre comme larrons en foire.

— Vous croyez au Père Noël, Metcalfe. Vous rêvez. Ces dictateurs savent qu'en marchant main dans la main, ils sont beaucoup plus puissants – ensemble, ils peuvent se partager le monde. Et, je vais vous dire, mes amis britanniques à Moscou m'ont laissé entendre des trucs – certains membres éminents du gouvernement de Churchill, si ce n'est Churchill lui-même, exercent des pressions pour parvenir à une paix séparée avec l'Allemagne contre les Soviétiques. »

Metcalfe mâchonnait sa lèvre inférieure tout en réfléchissant. « Vous connaissez bien le personnel de l'ambassade d'Allemagne à Moscou? »

Hilliard se mit aussitôt sur ses gardes. « Assez bien, oui. Que voulez-vous savoir?

— Ont-ils un deuxième secrétaire du nom de von Schüssler? »

Le diplomate fit oui de la tête. « Un type médiocre. Un aristocrate issu d'une longue et prestigieuse lignée, ce qui lui a valu son boulot au ministère des Affaires étrangères. Une nullité. Que voulez-vous savoir sur lui?

— Avez-vous idée de ce qu'il a vraiment dans la tête?

— Ah, dit Hilliard en comprenant où Metcalfe voulait en venir. C'est vrai, certains membres de l'ambassade allemande ne portent pas les nazis dans leur cœur, dirons-nous. De vrais patriotes qui aiment l'Allemagne mais haïssent les nazis et feront tout leur possible pour déboulonner Hitler. Des membres d'une résistance clandestine. Mais von Schüssler? Ça m'étonnerait. Il n'est pas du genre à cracher dans la soupe. Et je doute qu'il adhère à une quelconque idéologie. Il fait ce qu'on lui dit de faire. Pour autant que j'en puisse juger – et j'ai rencontré cet homme pas mal de fois, c'est une petite ville, ici – il porte un regard triste et désabusé sur lui-même, en tant qu'héritier de la haute noblesse prussienne. Il cherche la gloire, sans aucun doute. Mais il n'est pas courageux. C'est un homme faible et vaniteux. Von Schüssler obéit aux ordres. Sa seule ambition est de se retirer dans son château, la poitrine couverte de décorations. Et il écrit ses Mémoires, à ce qu'on m'a dit. Grands dieux !

— Je vois », dit Metcalfe. Il avait confiance dans le jugement de Hilliard. *Un homme faible et vaniteux.* Ni un héros, ni quelqu'un capable de s'engager dans la résistance antinazie. Ni un homme susceptible de se rallier à leur cause, apparemment. Bien entendu, Metcalfe ne devait pas se contenter de l'avis d'un seul, mais si Hilliard avait raison, Corky n'avait pas misé sur le bon cheval. *Il n'est pas courageux.* Ce portrait n'était pas celui d'un potentiel agent double. Et pourtant, Corcoran avait envoyé Metcalfe à Moscou pour lui proposer d'en devenir un. Comment Corky avait-il pu se tromper à ce point ? D'autant plus que son contact à Moscou, Amos Hilliard, aurait pu le dissuader d'aller plus loin. Metcalfe n'en revenait pas.

« Ecoutez, je ne sais pas ce que vous comptez faire, mais si vous avez envie de rencontrer le bonhomme, je crois savoir que lui et sa petite amie danseuse seront à la datcha ce soir. »

Sa petite amie danseuse, songea Metcalfe. *Lana !*

« La petite enclave diplomatique moscovite vit dans un perpétuel tourbillon mondain. Cette datcha en est le centre. Eh oui, la vallée du bonheur résonne de cris de plaisir.

— J'irai », dit Metcalfe en se levant. Hilliard l'imita et contourna son bureau. Metcalfe s'apprêtait à lui serrer la main quand, à sa grande surprise, le petit homme le prit chaleureusement dans ses bras. Il comprit la raison de ce geste étonnant lorsque Amos Hilliard lui murmura à l'oreille : « Faites attention à vous, vous m'entendez ? Et surtout ne remettez jamais les pieds ici, Metcalfe. Ça vaudra mieux pour vous – et pour moi. »

Chapitre 15

ARRIVÉ sur le palier, Metcalfe récupéra la clé de sa chambre d'hôtel auprès de la *dezhurnaya*, la vieille femme chargée de surveiller les allées et venues de derrière son bureau. Au Métropole, comme dans tous les hôtels soviétiques, les clients prenaient et rendaient leur clé à la *dezhurnaya*, la plupart du temps une vieille dame comme celle-ci, qui ne quittait jamais son poste. La nuit, elle ronflait à son bureau, la tête posée sur un oreiller. On avait peut-être imaginé ce système archaïque pour rassurer les clients soucieux de savoir que leurs clés ne seraient remises à personne d'autre qu'eux. Mais la vraie raison était bien différente, évidemment. Il s'agissait de contrôler les pensionnaires. La sécurité et encore la sécurité. A Moscou, tout tournait autour de la sécurité – celle de l'Etat bien entendu.

Après avoir introduit la clé dans la serrure, il s'aperçut que la femme de chambre n'avait pas encore fait le ménage. Chose étrange, puisque l'après-midi était bien entamé.

Il laissa ses yeux s'accoutumer à l'obscurité. Pendant ce temps, une deuxième pensée lui vint à l'esprit – une prise de conscience qui le secoua comme un uppercut en pleine poitrine. On avait fouillé sa chambre. Théoriquement, il n'aurait pas dû s'en étonner ; c'était une pratique courante ici que de fouiner dans les chambres d'hôtel des visiteurs étrangers. Mais, en l'occurrence, la chose avait été menée de manière ostensible, comme pour lui signifier qu'on ne l'oubliait pas.

La pièce était sens dessus dessous. Sa valise, qu'il avait verrouillée en partant ce matin, était grande ouverte, la serrure forcée. Son contenu, rangé en toute hâte avant de quitter Paris, jonchait à présent le lit et le sol. C'était un chaos total, une vraie folie !

Les quelques costumes qu'il avait pris soin de suspendre dans le placard avaient été non seulement jetés par terre mais déchirés, comme pour vérifier qu'ils ne recélaient pas de poches secrètes. Ils avaient tailladé ses ceintures en cuir et les semelles de ses chaussures. Même la doublure de sa valise avait été arrachée sans ménagement. Une fouille en règle, effectuée sans la moindre discrétion. C'était cette sauvagerie qui le choquait le plus.

Il traversa rapidement la pièce, souleva la valise Hermès pour en examiner l'armature de cuivre contenant les pièces d'un émetteur radio miniaturisé, susceptibles d'être assemblées en cas de besoin. Autant qu'il put en juger, rien n'avait disparu. Il vérifia avec soulagement la présence du cristal, principal composant de l'émetteur, sans lequel rien ne fonctionnait. Les pièces étaient tellement bien cachées qu'ils ne les avaient pas trouvées. Bien sûr, il ne s'agissait que des plus petits éléments, Roger ayant emporté le reste de l'engin pour le dissimuler quelque part dans la forêt de pins entourant la datcha de l'ambassade américaine.

Puis il se souvint du Webley compact qu'il avait soigneusement attaché au cadre du lit avec du fil de fer. Quand il s'agenouilla pour regarder sous le sommier, il remarqua tout de suite que le tissu qu'il avait décloué puis recloué, une fois le pistolet glissé à l'intérieur, avait été déchiré.

L'arme avait disparu.

Il s'effondra sur une chaise, le cœur battant. Pourquoi avaient-ils laissé un tel désordre, pourquoi avoir agi si ostensiblement? Qu'est-ce que cela signifiait? Ils – les services de sécurité soviétiques, bien qu'il ne sache pas lesquels exactement – semblaient lui lancer un avertissement, lui faire savoir, à leur inimitable manière, qu'ils le soupçonnaient. Ils venaient de tracer une ligne dans le sable. *Défense d'aller plus loin. Attention où tu mets les pieds. Et surtout n'oublie pas qu'on te tient à l'œil.*

Mais ce genre de mise en garde supposait un feu vert de la direction des services de sécurité. C'était cela le plus énervant. On l'avait repéré et il ne savait pas pourquoi. Certains individus haut placés avaient de sérieuses raisons de douter de sa couverture. Y avait-il eu *fuite* ?

Il devait contacter Corky et le mettre au courant. En règle générale, toute communication avec Corcoran était proscrite, à moins qu'on ait expressément besoin de recourir à lui pour prendre une décision que lui seul était habilité à prendre – la sécurité sur le terrain impliquait que l'agent soit isolé du commandement central aussi longtemps que possible. Mais la nature de cette agression – car c'en était une – prouvait l'existence d'une brèche dans la sécurité dont Corky devait être informé sans tarder. Ce soir, Metcalfe se rendrait à la réception donnée dans la datcha américaine, près de Moscou. Il s'arrangerait pour s'en esquiver discrètement et s'enfoncer dans les bois en suivant les marques prédéterminées que Roger avait laissées à son intention. Il trouverait l'émetteur, y fixerait le cristal et les autres composants retrouvés dans l'armature de sa valise et, une fois l'engin en état de marche, tenterait de contacter Corky.

Mais d'abord, il allait devoir sortir d'ici sans être suivi. Ce ne serait pas une mince affaire. Les gardes-chiourme postés dans le hall de l'hôtel lui emboîteraient le pas, mais cela n'avait rien de trop inquiétant. En revanche, il ne pouvait en dire de même de l'inconnu aux yeux pâles. Personne, hormis Amos Hilliard, ne savait qu'il projetait d'assister à la réception de ce soir, et il ne le dirait à personne, sauf peut-être à l'ambassadeur. D'un autre côté, si le NKVD apprenait que Lana comptait s'y rendre – et il fallait tenir compte du fait que sa rencontre avec Lana dans les coulisses du Bolchoï ne leur avait pas échappé –, ses gardiens auraient tôt fait de conclure qu'il chercherait à se faire inviter. Cela étant, il devrait prendre des précautions, les envoyer sur de fausses pistes et réduire du même coup le nombre de ses surveillants.

Tout en se lavant la figure et se rasant, il entreprit d'élaborer un plan. On frappa à la porte. Metcalfe saisit la serviette, se sécha et alla ouvrir.

Ted Bishop, le journaliste britannique, se tenait planté là. Il avait l'air encore plus chiffonné que d'habitude. Sa cravate allait de travers, les pans de sa chemise dépassaient de son pantalon, son visage était rouge. Il serrait dans sa main une bouteille de scotch.

« Cette sacrée *dezhurnaya* refusait de me donner le foutu numéro de votre chambre. J'ai dû me faire passer pour votre frère. Vous imaginez un peu ! Un bel Américain comme vous, frère d'un misérable nabot anglais comme moi ! » Il bredouillait, visiblement pompette. « Elle doit croire qu'on nous a adoptés – tu parles d'une histoire ! »

Bishop contempla d'un œil hagard la pagaille régnant dans la chambre de Metcalfe. « On trouve plus de personnel correct, de nos jours. Je veux dire, je sais que les femmes de chambre du Métropole sont au-dessous de tout, mais quand même ! »

Metcalfe le tira à l'intérieur et ferma la porte. « Est-ce qu'ils fouillent systématiquement les chambres des étrangers, en ce moment ? demanda-t-il. Même celles des hommes d'affaires désireux de passer des contrats avec eux ? Pas étonnant que les échanges commerciaux entre l'Union soviétique et l'Amérique soient taris.

— Ils ont fait ça ? s'écria Bishop en titubant jusqu'à l'unique chaise où il s'affala. Nom d'un chien ! J'en crois pas mes yeux ! Ils ont pris votre passeport aussi ?

— Non, répondit Metcalfe. Il est en sûreté à la réception.

— Je suppose qu'ils sont en train de l'examiner pour en faire une copie – les passeports américains sont devenus une denrée rare ces temps-ci. Qu'est-ce que vous avez fait ? Auriez-vous semé l'un des cafards qu'ils ont lancé sur vos traces ? »

Metcalfe fit oui de la tête.

« Ils n'aiment pas ça. Ça les rend dingues. Ils veulent tout savoir sur les déplacements de leurs hôtes étrangers. Vous avez un verre ici ? Un petit coup, ça vous dit ? » Il agita sa bouteille de scotch en la tenant par le goulot.

« Pas de refus », dit Metcalfe. Il s'empara du verre poussiéreux posé sur la commode et le tendit au journaliste.

« Vous en avez un deuxième ?

— Ils ne m'en ont pas donné d'autre, je le crains. »

Bishop se versa plusieurs doigts de scotch. « Ça vaut mieux pour vous. » Il leva le verre à ses lèvres et but avec une visible satisfaction. « C'est même pas du vrai scotch. Leur foutue vodka ! Ils mettent une saloperie de caramel pour la colorer et après ils l'échangent contre du bon argent bien de chez nous. Ils remplissent de vieilles bouteilles de Johnnie Walker avec. Pas étonnant qu'elles soient jamais bouchées.

— Pas pour moi, merci », lança Metcalfe, voyant bien que Bishop n'avait pas l'intention de lui en proposer.

« Vodka de mes fesses, répéta Bishop. Du scotch, tu parles ! C'est à vous fendre le cœur ! Ce régime inepte est à l'image de ce tord-boyaux trafiqué. Belle métaphore, hein ! Mais moi, les métaphores je les laisse aux lopettes. Vous allez quelque part ce soir ? Vous avez des projets ?

— J'ai rendez-vous avec des amis.

— Je vois. » Bishop le scruta par-dessus son godet. « Des relations d'affaires, je suppose.

— Quelque chose dans le genre.

— Qui leur vendent la corde ?

— Pardon ?

— La corde. Qui vendent la corde aux Russes. Vous avez jamais entendu parler de ça ?

— Je crains que non. »

Bishop le fixa de ses yeux injectés de sang. « C'est ce que disait Lénine. "Les capitalistes nous vendront la corde pour les pendre." »

Prudence, songea soudain Metcalfe. Le correspondant britannique était un pochard mais sous les vapeurs d'alcool, on devinait sans peine une haine profonde et indéfectible envers le régime soviétique. Il se souvint des paroles de Hilliard : ... *Tous ces types qui bouffent du Russe... Trop heureux d'aider Berlin du mieux qu'ils peuvent. Ils voient les nazis comme le seul espoir d'arrêter l'expansion du communisme à travers le monde...* Ted Bishop faisait-il partie de « ces types qui bouffent du Russe », lui aussi ? Le journaliste était resté coincé à Moscou pendant des années, ce qui signifiait qu'il possédait de bonnes sources d'informations – mais le marché fonctionnait-il dans les deux sens ? En retour, fournissait-il des renseignements à certains de ses informateurs les plus zélés ? Informateurs n'appartenant pas forcément au gouvernement soviétique, mais plutôt à la communauté étrangère basée ici ?

Chacun à Moscou semblait posséder ses propres contacts clandestins. C'était un vrai labyrinthe. Qu'avait dit le Premier ministre britannique, l'année dernière, déjà ? « Je ne peux vous prédire l'action de la Russie. C'est une charade enveloppée de mystère, le tout inclus dans une énigme. » Encore plus confondante, plus déroutante, cette expression « nid de vipères » qu'avait employée Hilliard pour désigner les observateurs de la Russie, à Moscou. *Faites attention à vous,* l'avait-il prévenu.

Bishop déclamait ses diatribes en gesticulant comme un fou. « Vous et vos semblables, vous prétendez venir ici pour faire du pognon, mais en réalité vous aidez les Soviets à monter leur machine de guerre. Vous croyez pas ? Merde alors, Douglas Aircraft fabrique bien des avions pour les Ruskofs, non ? Et si ces oiseaux-là ne pondent pas leurs bombes sur Londres, un jour ou l'autre, je veux bien qu'on me pende. United Engineering and Foundry est en train de monter l'usine d'aluminium la plus moderne du monde, à Stupino près de Moscou ; même chez vous, il n'y en a pas de plus luxueuse. Et devinez à quoi sert l'aluminium : à construire ces bombardiers. General Electric livre des turbines et des centrales électriques clés en main aux cocos ; vous leur construisez des usines sidérurgiques, des fours, de magnifiques fonderies plus grosses que celle de Gary, Indiana, sans parler de... Ah, je perds le fil. Vous n'avez qu'à compléter vous-même. »

Tandis que Bishop pestait dans son coin, Metcalfe arpentait la pièce pour rassembler ses rares vêtements mettables et jeter par terre les déchirés. S'il comptait se rendre à l'ambassade américaine ce soir, il fallait se dépêcher et donc se débarrasser au plus vite du Britannique imbibé.

Bishop reprit une lampée de sa « vodka marron ». Il baissa la voix comme pour un aparté. « J'ai sans doute tort de vous dire ça, Metcalfe, mais c'est un truc que je tiens *de source sûre*, un zigue qui travaille pour un mec de la “chambre de compensation”...

— La quoi ? s'enquit Metcalfe en tendant l'oreille.

— C'est comme ça que je l'appelle – “la chambre de compensation”... Bon, il paraît que le copain de Staline, Molotov, part pour Berlin dans la matinée. Garanti. Il prend le train à la gare Byelorusskaya, demain matin, avec une importante délégation de gros connards.

— Ah bon », répondit Metcalfe d'un ton blasé. Si c'était vrai, il s'agissait d'une nouvelle de la plus haute importance. Si Staline envoyait son ministre des Affaires étrangères en Allemagne, cela signifiait qu'il avait l'intention de cimenter ses relations avec les nazis...

« Les Anglais ont fait des appels du pied aux Soviets, dit Bishop en vacillant dangereusement, du coup, quand ils vont apprendre ça, ils vont être bien emmerdés. Londres dit que les Russes ont signé un bout de papier pour calmer les boches mais que, par-derrière, ils les détestent cordialement. C'est ce qu'ils croient, pas vrai ? Mais c'est rien que des conneries ! Ça vous semble pas bizarre, à vous, Met...

— C'est une information avérée ? »

Bishop leva un doigt tremblant, tenta de le pointer sur Metcalfe, plissa les yeux et se remit à se balancer d'avant en arrière et de gauche à droite. « Source sûre, je vous ai dit. » Tout à coup, Bishop baissa le doigt et recula, bouche bée. « Vous allez pas me couper l'herbe sous le pied, maintenant !

— Ne vous tracassez pas pour ça, Ted.

— Le tracas et moi on est nés le même jour, comme qui dirait », brailla-t-il. A voix basse, il ajouta : « Vous seriez pas un espion, vous ? Le truc de l'*homme d'affaires*, c'est leur couverture classique, vous savez. »

Metcalfe se raidit, composa un sourire et prépara une objection amusante qu'il n'eut pas le temps de formuler. L'Anglais partit d'un gros rire, proche du braiement, qui s'acheva sur un rot. Tout de suite après, Bishop fonça dans la salle de bains et claqua la porte derrière lui. Metcalfe l'entendit hoqueter et vomir.

« Ça va ? » cria-t-il. Bishop répondit par un grognement, suivi d'un surcroît de râles et autres bruits de régurgitation. Avec un hochement de tête désabusé, Metcalfe entreprit d'enfiler ses vêtements en toute hâte. Ted Bishop avait peut-être ses entrées ici ou là mais c'était d'abord et surtout un ivrogne. De ce fait, il constituait plus une gêne qu'un véritable danger. Quelques minutes plus tard, Metcalfe entendit la chasse d'eau puis un robinet qui coulait et enfin, Bishop émergea de la salle de bains, un sourire niais collé sur le visage.

« Euh, Metcalfe, dit-il, ça vous ennuierait beaucoup de me laisser votre dentifrice et votre crème à raser quand vous quitterez Moscou ? Pas moyen de dégotter ce genre de trucs par ici, vous savez. »

*

Roger n'était toujours pas revenu au Métropole. L'objectif étant d'arriver le plus discrètement possible à la datcha de l'ambassade, Metcalfe avait dû renoncer à louer une voiture avec chauffeur auprès d'Intourist. Quant à prendre un taxi, à supposer qu'on puisse en trouver, c'était totalement exclu. Lorsque Metcalfe s'approcha du comptoir, l'un des deux jeunes réceptionnistes, celui qui semblait le plus aimable, lui adressa un sourire.

« J'ai besoin d'une course », annonça Metcalfe. Il avait choisi de s'exprimer en russe mais en affectant de chercher ses mots et avec un accent à couper au couteau. Un étranger parlant russe couramment aurait éveillé les soupçons. Mieux valait passer pour un touriste un peu perdu.

« Une... course ?

— Une voiture.

— Je peux appeler Intourist », proposa l'employé en tendant la main vers le téléphone.

« Non, l'arrêta Metcalfe avec un grand sourire. Rien d'officiel. Je... eh bien, c'est juste entre nous, d'accord ? Une affaire personnelle, vous voyez ce que je veux dire ? »

L'employé leva lentement le menton en plissant les yeux. Les commissures de ses lèvres se relevèrent légèrement. Il avait compris à mi-mot. « Personnelle », répéta-t-il.

Metcalfe chuchota presque : « Une affaire impliquant une femme, vous comprenez ? Une belle fille. *Ochi chorniye* », ajouta-t-il. Les yeux noirs : la vieille ritournelle russe. « Comme elle est guide pour Intourist, elle a peur que ses supérieurs découvrent... vous comprenez ? »

Le Russe comprenait. « Vous ne souhaitez pas avoir recours à Intourist, dit-il avec un mouvement de tête. Mais c'est très difficile, monsieur. Intourist est l'organisation officiellement chargée des touristes. » Il haussa les épaules d'un air impuissant. « Moscou n'est pas comme Londres ou New York, monsieur. Intourist est le seul service de transport officiel pour les étrangers.

— Je comprends très bien », dit Metcalfe et, très discrètement, il glissa sur le comptoir une épaisse liasse de roubles dépassant un petit peu d'une feuille de papier à lettres marquée à l'emblème du Métropole. « C'est une situation compliquée, j'en suis bien conscient. Mais quoi que vous trouviez pour me dépanner – du moment que je puisse rejoindre mes *ochi chorniye* par un moyen de transport non officiel – ce sera parfait, et euh, j'apprécierai votre geste comme il se doit.

— Oui, monsieur, répondit l'employé, soudain enthousiaste. L'amour se joue des obstacles. » Il disparut dans le bureau, revint une minute plus tard et se pencha pour vérifier que son collègue, à l'autre bout du comptoir, n'écoutait pas. Ce dernier discutait avec un groupe de Bulgares. « Je ne vous promets rien, monsieur, mais il existe peut-être une possibilité. » Il arqua les sourcils. « Seulement voilà, je vais avoir besoin d'arranger quelques petits détails... »

Metcalfe hocha la tête et, sous prétexte d'une poignée de main, lui fit passer une autre liasse de roubles bien épaisse. « Faites tout ce que vous pouvez.

— Oui, monsieur. Je vais sans doute pouvoir vous aider. Veuillez me suivre... »

Le jeune Russe sortit de derrière son comptoir et s'avança rapidement vers les portes de l'hôtel, Metcalfe sur les talons. Quelques minutes plus tard, l'employé hélait une grosse camionnette cabossée marquée MOLOKO : lait. Le réceptionniste se précipita vers le chauffeur, parlementa puis revint vers Metcalfe. « Ce monsieur me dit que l'essence est plutôt rare et... très chère. »

Metcalfe acquiesça d'un hochement de tête et de nouveau soulagea ses poches. Le Russe repartit voir le chauffeur, lui tendit l'argent et revint vers Metcalfe. « Par ici, monsieur », dit-il en le conduisant à l'arrière de la camionnette dont il ouvrit les portières. Metcalfe monta. Le compartiment ne contenait que des caisses remplies de bouteilles de lait et, curieusement, un cageot d'oignons répandant une odeur pestilentielle. Une fois les portières fermées, Metcalfe se trouva plongé dans la pénombre. Par un guichet aménagé entre la cabine du chauffeur et le compartiment où il se tenait, une voix revêche lui demanda : « Où vous allez? »

Pour éviter d'évoquer la datcha de l'ambassade, Metcalfe se contenta de lui indiquer l'itinéraire. Jetant un œil par l'étroite fente, il aperçut une veste de paysan en loques et un bonnet de fourrure. « Attention, touchez pas à mes oignons », ordonna le chauffeur tout en démarrant. Le véhicule fit un bond en avant. « Dix roubles le kilo, et encore j'ai eu de la chance d'en trouver. Ma bonne femme va être contente, ça je peux vous le dire. » Pendant que le chauffeur déroulait son babil monotone, les yeux de Metcalfe s'accoutumaient à l'obscurité. Remarquant une petite vitre poussiéreuse à l'arrière de la camionnette, il y colla un œil pour voir si on les suivait.

Personne. Tout en continuant son monologue, le chauffeur prit le chemin détourné que Metcalfe lui avait indiqué. De temps en temps, Metcalfe émettait un grognement pour montrer qu'il écoutait.

Quand enfin la camionnette atteignit Nemchinovka et quitta Mozhaisk Shosse pour s'engager sur l'étroit sentier bordé d'arbres conduisant à la datcha, Metcalfe avait acquis la certitude que personne ne l'avait pris en filature. Il y était arrivé. Enfin, une victoire ! Modeste certes mais appréciable. Satisfait d'avoir réussi à contrôler la situation, il s'accorda un éphémère instant de fierté.

« Ici, c'est parfait », dit Metcalfe. L'embrayage grinça, la camionnette s'arrêta en cahotant. Metcalfe ouvrit les portières et sauta. Dehors, il faisait sombre ; en hiver, la nuit tombait vite à Moscou. Il repéra facilement la datcha, quelques dizaines de mètres plus loin. C'était le seul bâtiment éclairé. En entendant une musique de gramophone, des rires, une conversation animée, le tout assourdi par la distance, il se demanda si Lana et son amant étaient déjà arrivés.

Metcalfe remit la main à la poche et contourna la camionnette d'un bon pas afin de régler le chauffeur. Mais il n'en eut pas le temps car l'homme avait déjà appuyé sur le champignon et démarré dans un nuage de poussière. Pourquoi une telle précipitation ? Etait-il pressé au point de filer sans encaisser ce qui lui était dû ? Décontenancé, Metcalfe le regarda partir et, un instant avant que la camionnette bringuebalante ne s'engage sur la route poussiéreuse, entrevit pour la première fois les traits de l'homme dans le rétroviseur. Son cœur s'emballa, il venait de reconnaître ce visage en partie dissimulé sous le bonnet de fourrure.

Son chauffeur n'était autre que l'individu qu'il cherchait à tout prix à éviter. L'homme blond aux yeux gris.

Chapitre 16

Le mal était fait. Il avait tout tenté pour débarquer ici incognito et voilà que cet échec risquait de lui porter encore plus préjudice qu'une arrivée en fanfare. Après tout, quoi de plus naturel à ce qu'un héritier des Industries Metcalfe profite de son séjour à Moscou pour participer à une réception à l'ambassade américaine ? Personne n'aurait rien trouvé à y redire. En revanche, les manœuvres louches qu'il venait d'employer feraient sans doute planer un sérieux doute sur ses intentions. C'était un mauvais point pour lui. Il imaginait déjà les conséquences. La fouille de sa chambre d'hôtel ne serait qu'un début. Ils allaient sûrement se déchaîner contre lui.

La datcha louée par l'ambassade américaine était une modeste maison de campagne en rondins, haute de deux étages. Bâtie au sommet d'une crête, elle donnait sur la vallée boisée s'étendant au sud-ouest de Moscou. Pour la communauté diplomatique étrangère en poste à Moscou, cette demeure était le centre de la vie mondaine. Ambassadeurs, conseillers, attachés s'y rassemblaient pour échanger ragots, informations, et tenter de se tirer mutuellement les vers du nez. Tout au long de l'année, les plus importants émissaires américains, britanniques, italiens, grecs, turcs ou serbes se retrouvaient dans ses salons pour le plaisir de papoter. Nombre de questions de la plus haute gravité s'y traitaient régulièrement. Bien mieux que dans n'importe quelle cérémonie officielle. L'endroit dégageait cette atmosphère d'intimité, de simplicité qui encourage les discussions à bâtons rompus. On s'y sentait bien, en confiance, et tout naturellement on en venait vite aux confidences. Nombre d'informations essentielles avaient été dévoilées entre deux coupes de champagne. Américains et Allemands avaient coutume de chevaucher de concert les montures dont Britanniques et Américains avaient fait l'acquisition. Parfois les diplomates partaient faire de longues promenades à pied dans les bois. Ces rassemblements mondains avaient quelque chose de délicieusement illicite. On trinquait sur la véranda, on bavardait autour d'un bon dîner, on jouait au tennis ou, durant les longs mois d'hiver, on faisait du patin à glace. Mais derrière les mondanités, il n'était question que d'une seule et même chose : la politique. Tout n'était que politique dans la datcha américaine. C'était la seule devise échangeable en ces lieux.

En pénétrant dans la salle principale, Metcalfe tomba sur une foule bigarrée assemblée devant une cheminée où grondait un feu réconfortant. Il reconnut immédiatement certains visages : l'ambassadeur britannique, sir Stafford Cripps ; l'ambassadeur grec dont les tendances socialistes n'empêchaient pas la perspicacité ; le comte von der Schulenberg, un monsieur grisonnant de haute taille et d'allure distinguée, qui tenait lieu de doyen de la communauté diplomatique en vertu de son ancienneté à Moscou. Il en connaissait d'autres mais seulement de vue. Soudain, il remarqua Amos Hilliard. L'attaché écarquilla les yeux pour lui montrer qu'il l'avait bien vu puis détourna vite le regard. *How high the moon*, passait sur un gramophone posé dans un coin, un vieux Victrola muni d'un grand cornet décoré.

Il se présenta à une femme postée près de l'entrée – il s'agissait en fait de l'épouse de l'ambassadeur.

« Un resquilleur ? s'étonna-t-elle. Vous ? Ne soyez pas bête – vous êtes le fils de Charlie Metcalfe, n'est-ce pas ? Savez-vous que votre père et moi... » S'ensuivit un babillage dépourvu d'intérêt. Elle avait rencontré son père quelques dizaines d'années plus tôt, au club de l'Union League à New York. Ils avaient soi-disant flirté, mais comme on flirte dans ce milieu. Metcalfe avait l'habitude de ce genre d'aveu. Le nom des Metcalfe n'était pas seulement fameux, il revêtait une qualité particulière, même aux yeux des gens de qualité, car le père de Metcalfe, en plus de son immense fortune, avait occupé une place éminente dans le cercle restreint de la haute société. Sur ce point, ses fils n'avaient jamais suivi son exemple. Stephen s'était souvent demandé si la voie qu'il s'était choisie – l'espionnage pour le compte de son pays et son corollaire, les rôles, les identités d'emprunt – n'était pas une sorte de réponse à l'hypocrisie du tourbillon mondain où se complaisait son père.

Madame l'ambassadrice, l'ayant débarrassé de son manteau, jeta un coup d'œil intrigué sur sa doublure déchirée – suite à la fouille brutale de ses effets par le NKVD –, prit ses deux mains dans les siennes et entreprit de lui énumérer la liste des invités en modulant sa voix comme s'ils en étaient aux confidences. « Le petit homme là-bas c'est l'ambassadeur italien, Augusto Rosso, avec son épouse américaine, Frances. Nous devrions lui battre froid, mais nous l'aimons bien quand même, il est si drôle. Il nous emmène tout le temps faire des balades à Moscou dans son roadster décapotable. Il adore passer ses nuits à jouer au poker et Pumpkin, son épagneul noir, est absolument ravissant. Ah, voyons, là-bas, en train de discuter comme larrons en foire, vous avez les ministres de Turquie, de Grèce et de Serbie ; ils se retrouvent chaque matin pour le café dans le salon de Stafford Cripps ; et ils ne cessent de papoter autour de leurs tasses. Ce Roumain là-bas, je ne devrais pas vous le dire, mais il a réussi à attraper la chaude-pisse et croyez-moi, Moscou n'est pas la ville idéale pour le traitement des maladies vénériennes. Il doit prendre l'avion pour *Stockholm* toutes les semaines. Eh bien, Stephen, j'espère que vous êtes prêt à discuter politique, car ici on ne parle que de cela. C'est affreusement ennuyeux, j'espère que vous supportez ce genre de... »

Metcalfe accepta le verre – un authentique scotch – qu'elle lui offrait puis s'excusa en prétextant qu'il ne voulait pas la soustraire davantage à ses autres invités. La rumeur de son arrivée s'était répandue comme une traînée de poudre. Même aux yeux des membres du gratin, Metcalfe faisait figure de célébrité. En tant qu'homme d'affaires séjournant à Moscou pour traiter quelque mystérieuse transaction, doublé d'un jeune et charmant célibataire, héritier d'un nom illustre, il était un apport de sang neuf, un morceau de viande fraîche dans une cage peuplée de vieux lions affamés ; tout le monde voulait lui parler, entendre de sa bouche les derniers potins en provenance des Etats-Unis, le présenter à leurs filles, à leurs sœurs.

L'alcool coulait à flots, la nourriture abondait : caviar, tartines de pain noir beurré, esturgeon fumé. De cette foule pulsait une sorte de splendeur superficielle, de luxe creux. Au cœur de ce microcosme privilégié, on se régalait des mets les plus raffinés alors que tout autour, la Russie mourait de faim. Metcalfe aurait pu se sentir étranger en ces lieux mais il connaissait son rôle par cœur. Depuis qu'il était adulte, il avait participé à tant de fiestas qu'aujourd'hui il était devenu expert en reparties spirituelles, haussements de sourcils, allusions voilées à Groton, Exeter, Princeton, Yale, et autres réceptions données à Grosse Pointe, Watch Hill ou Bar Harbor.

L'épouse de l'ambassadeur ne lui avait pas menti. Toutes les conversations tournaient autour de la politique, la guerre, l'engagement prévisible ou pas des USA. Mais avant tout, il était question de l'Allemagne et de la stupéfiante nouvelle que Ted Bishop lui avait annoncée quelques heures plus tôt : le voyage à Berlin de Molotov, le ministre russe des Affaires étrangères. Que fallait-il en penser? se demandaient les diplomates. La Russie allait-elle s'engager dans la guerre aux côtés de l'Allemagne contre la Grande-Bretagne ? Ce serait un véritable cauchemar.

Metcalfe surprit des bribes de conversation.

« Mais von Ribbentrop a signé un traité de non-agression de dix ans ! disait un attaché américain à son homologue anglais.

— Vous pensez sérieusement que les Allemands ont l'intention de le respecter ? Enfin, soyons sérieux !

— Ils n'ont pas le choix. Les Allemands sont dans l'incapacité de mener la guerre sur deux fronts !

— Les traités signés par Hitler ne valent pas mieux que des chiffons de papier, n'oubliez jamais cela. En plus, ce type a le communisme en horreur !

— Hitler n'est pas idiot. Jamais il n'attaquera la Russie. Ce serait de la folie – du suicide ! Ses conseillers doivent bien connaître la puissance de la Russie, de l'Armée Rouge...

— L'Armée Rouge ? Mais c'est justement ça, le problème ! Staline a fait fusiller quatre-vingt-dix pour cent de son état-major, au cours des deux dernières années, et Hitler le sait ! »

Metcalfe échangea quelques mots avec l'ambassadeur américain qui lui narra une anecdote – peaufinée à force de redites – au sujet des toilettes de sa résidence de Spaso House. L'installation étant hors d'usage, il n'avait trouvé personne capable d'effectuer les réparations, si bien qu'il avait dû demander à son opérateur téléphonique d'appeler le commissaire adjoint aux Affaires étrangères, Andreï Vychinski, pour lui dire que si les toilettes n'étaient pas réparées dans une heure, l'ambassadeur se rendrait au Commissariat pour utiliser celles de Vychinski.

L'ambassadeur présenta Metcalfe à Amos Hilliard. « Vous devriez venir déjeuner à l'ambassade un jour, proposa-t-il.

— Ouais, marmonna Hilliard quand l'ambassadeur se fut éclipsé. Soupe de tomate en boîte mélangée avec du lait concentré, et ananas en boîte en guise de dessert. C'est fou le nombre d'aliments en conserve qu'on peut trouver. » Il baissa le ton. « Bon, voyons voir, l'essentiel du contingent allemand est rassemblé ici. Ils ne ratent jamais une fête à la datcha. Il y a le général Köstring, leur attaché militaire, et là-bas Hans Heinrich Herwarth von Bittenfeld, que tout le monde appelle Johnny – une source fort utile, il ne porte pas les nazis dans son cœur, mais ça reste *entre nous**. Et il y a... »

Metcalfe n'écoutait déjà plus. A l'autre bout de la pièce, pendue au bras d'un obèse affligé d'un double menton, se tenait Lana.

Vêtue d'une robe du soir blanc et or, elle était à mille lieues de la femme russe typique. En fait, elle semblait appartenir à une autre espèce. Son amant venait sans doute de dire quelque chose d'amusant mais le sourire de la jeune femme flottait dans le vague, empreint d'une infinie tristesse. Elle tenait une coupe de champagne mais ne buvait pas. Autour d'elle se pressaient des officiers allemands en uniforme et d'autres hommes qui, malgré leur tenue civile, avaient un je-ne-sais-quoi de germanique – lunettes sans monture, moustaches à la Hitler, arrogance satisfaite, bien en chair. Point de mire de ce noyau d'admirateurs, elle semblait s'ennuyer à mourir.

« ... Si vous voulez en avoir le cœur net, poursuivait Hilliard, pourquoi ne pas vous présenter à lui – après tout, en digne homme d'affaires américain, vous cherchez à faire du fric partout où c'est possible ; peu importe avec qui. D'accord ?

— Je vous prie de m'excuser », dit Metcalfe en s'écartant pour s'approcher d'elle, attiré comme un papillon par une lumière vive.

Pendant qu'il se frayait un passage à travers la foule, elle se tourna brusquement et leurs regards se croisèrent. Il en eut le souffle coupé. Dans ses yeux, il vit luire des étincelles, une fureur contenue. Pourtant, sous un certain angle, on aurait pu au contraire y lire de l'intérêt – de la passion même. Le genre de regard qu'elle lui adressait souvent, six ans auparavant. Il décida malgré tout d'opter pour la première éventualité. Elle était furieuse contre lui, elle lui en voulait de plus en plus.

Tout en fendant la foule – *combien de foutues réceptions vais-je encore devoir endurer ?* se demandait-il – il passa en revue toutes les reparties cinglantes qu'il gardait en réserve. Se croirait-elle pourchassée ? Dans ce cas, il n'avait pas à s'en faire. La plupart des femmes adoraient qu'on les pourchasse. Mais elle ne pouvait en être sûre ; après tout, il était parfaitement normal qu'un homme dans sa position assiste à ce genre de réception. Elle devait se demander s'il s'agissait d'une simple coïncidence.

« Stephen ! » La femme de l'ambassadeur revenait à la charge. Elle l'arrêta en posant une main à plat sur sa poitrine. « Je constate que vous délaissez toutes les jeunes femmes célibataires présentes ici. Quel effroyable gâchis ! Elles sont sevrées de compagnie masculine depuis si longtemps, vous savez. Allez donc accomplir votre devoir de patriote.

— Je vais faire l'impossible, répondit Metcalfe sans cesser d'avancer vers Lana.

— Oh, pas besoin d'aller si loin, gloussa la femme de l'ambassadeur. Vous vous êtes bâti une fameuse réputation à Yale. J'ai entendu les histoires les plus inquiétantes à votre sujet.

— J'ai la conscience tranquille », répondit Metcalfe sur un ton serein. Il était à présent si proche de Lana qu'il pouvait sentir son parfum délicat, la chaleur irradiant de ses bras nus. Son cœur battait si fort qu'il se dit que tout le monde devait l'entendre.

Lana se retourna brusquement et le regarda dans les yeux. « Une conscience tranquille, dit-elle calmement, suppose une mémoire défaillante, en règle générale. »

Il sourit d'un air penaud et répondit en russe : « Je présume que vous ne dansez pas, ce soir. »

Elle le fixa et lui rendit son sourire. Il fallait bien la connaître pour comprendre que ce sourire n'avait rien de sincère. « Ils se débrouillent très bien sans moi.

— Permettez-moi d'en douter. Pouvez-vous me présenter à votre... ami ? » Metcalfe s'était composé une expression innocente à laquelle elle ne se laissa pas prendre.

Au fond de son regard, un éclair de contrariété vacilla, qu'elle dissimula en inclinant un peu la tête. « Bien sûr. Rudi, j'aimerais vous présenter une de mes relations. »

Rudolf von Schüssler posa sur Metcalfe un regard dépourvu de tout intérêt en lui tendant une main moite et grassouillette. Cet homme aussi grand que corpulent avait la regrettable habitude de fixer ses interlocuteurs de ses petits yeux inquiets. Une barbiche traversait son double menton telle une minuscule écharpe de fourrure.

« Charmé de faire votre connaissance, dit Metcalfe en anglais. Quel honneur de rencontrer un homme ayant si bon goût en matière de femmes. »

Svetlana piqua un fard. Von Schüssler eut l'air abasourdi, incapable de trouver une repartie à la hauteur.

« On m'a dit que vous faisiez partie de la mission diplomatique ayant la meilleure réputation à Moscou, poursuivit Metcalfe.

— Et vous êtes ici pour... ? » s'enquit von Schüssler d'une voix douce et haut perchée, presque féminine.

Ici signifiait-il à Moscou ou à la réception de l'ambassade ? Metcalfe opta pour Moscou. « Je voyage énormément à cause de mon travail. » Se tournant légèrement, il obligea von Schüssler à faire de même pour l'écarter du cercle de ses compatriotes qui reprirent leur conversation. Metcalfe, Lana et von Schüssler étaient à présent isolés des autres.

« Votre travail ?

— Ma famille possède les Industries Metcalfe. Vous en avez peut-être entendu parler.

— Je ne suis pas spécialiste des sociétés américaines.

— Vraiment ? Mais vous n'ignorez sans doute pas que certaines de nos plus grandes firmes ont contribué à l'édification de votre régime. Tenez, la compagnie Ford Motor fabrique des véhicules de transport de troupes pour la *Wehrmacht*. Les camions qui ont permis à vos soldats d'envahir la France et la Pologne ont été fabriqués par General Motors – ils sont l'épine dorsale du système de transport militaire allemand. » Il fit une pause le temps d'étudier la réaction de l'Allemand. Mais von Schüssler avait seulement l'air de s'ennuyer. « Et n'oubliez pas que votre Führer a élevé Henry Ford à la dignité de grand-croix de l'Aigle germanique – la plus haute décoration civile – pour services rendus au Reich. » Il haussa les épaules. « Je me suis laissé dire que Hitler avait accroché un grand portrait de M. Ford près de son bureau.

— Eh bien, je crois me rappeler qu'un président américain a dit un jour : “L'affaire de l'Amérique c'est les affaires”, *ja?* » dit von Schüssler en saisissant un canapé garni de sevruga. Un instant, Metcalfe crut que l'Allemand lui adressait un clin d'œil puis il comprit qu'il s'agissait juste d'un tic.

« Certains hommes d'affaires américains, reprit prudemment Metcalfe, comparent le commerce international à un flambeau éclairant la voie de la politique. Il est toujours agréable de pouvoir faire de l'argent tout en aidant à... soutenir des forces historiques que nous ne pouvons aider ouvertement, si vous voyez ce que je veux dire. »

Metcalfe était en train de tendre l'appât sans savoir si l'Allemand allait y mordre. L'allusion était assez appuyée – Metcalfe faisait partie de ces industriels américains favorables aux nazis. S'il mordait à l'hameçon, von Schüssler devrait dévoiler ses positions. S'il combattait en secret le régime nazi, Metcalfe le devinerait à certains signes subtils mais imparables, un changement d'expression, d'attitude.

« Je suis sûr que l'argent, comme l'amour, arrive toujours à ses fins, répondit von Schüssler d'une voix morne.

— Tous mes collègues ne pensent pas comme moi, repartit Metcalfe. Certains hommes d'affaires n'apprécient pas les nazis. Ils vous considèrent comme des barbares. »

Von Schüssler parut se dresser sur ses ergots. « Vous devriez dire à vos collègues industriels qu'il n'y a pas de barbares chez nous. Le peuple allemand – le vrai peuple allemand – a toujours aimé allier la beauté à la force. Nous nous attachons à restaurer la civilisation et l'ordre. Un point c'est tout. Dans l'Europe unifiée sous la férule du Führer régneront la paix, la loi et l'ordre. Et l'ordre est bon pour les affaires, n'est-ce pas ? »

Metcalfe observa attentivement l'expression de son interlocuteur, cherchant à déceler une pointe de scepticisme, une quelconque hésitation, un trait d'ironie – en bref, un décalage entre les paroles et l'homme qui les prononçait.

Il ne trouva rien de semblable. Le visage de von Schüssler restait neutre, impassible ; pour lui, les sentiments qu'il venait d'exprimer n'étaient qu'une série de lieux communs. Comme un maître d'école expliquant à un élève particulièrement obtus la différence entre les reptiles et les mammifères. Un petit homme aux cheveux ternes portant des lunettes à monture épaisse prit von Schüssler à part et se mit à lui débiter un discours en allemand.

Metcalfe et Lana se retrouvèrent enfin seuls. Elle lui glissa : « Ne reviens plus jamais chez moi, tu m'entends ? *Jamais !*

— Oh, Lana, je suis désolé, dit Metcalfe, sidéré. Je ne me rendais pas compte...

— Non, tu ne te rendais pas compte. » Elle sembla s'adoucir un peu, sa colère s'apaisa. « Il y a tellement de choses dont tu ne te rends pas compte.

— Je commence à m'en apercevoir ». Tellement de choses, pensa-t-il. Un exemple, il ne s'était pas rendu compte à quel point il l'aimait encore. « Nous avons laissé une affaire en suspens, toi et moi.

— Une affaire, oui, répondit-elle en hochant la tête d'un air triste. Pour toi, la vie se résume à des rapports commerciaux. J'ai entendu ce que tu as dit à Rudi. Tu voudrais faire des affaires avec ces gens-là. Rien ne compte hormis le tout-puissant dollar.

— Il y a peut-être des choses dont tu ne te rends pas compte, toi non plus, répliqua-t-il sans hausser le ton.

— Tu es un homme d'affaires. Un homme qui fait des affaires. Tu peux toujours essayer de te rebeller contre ce qu'on t'a laissé en héritage, mais c'est inutile. La tache est indélébile.

— La tache ?

— Celle du capitalisme. Faire de l'argent avec le sang des travailleurs.

— Je vois », répondit Metcalfe. Le femme qu'il avait devant lui n'avait plus rien à voir avec l'insouciante Lana d'autrefois qui se moquait de la politique ; aujourd'hui, elle parlait comme une instructrice du Komsomol. On aurait dit qu'elle avait ingurgité toute la propagande du parti communiste. « Si l'entreprise est une tache, la Russie a réussi à s'en... débarrasser... A s'en purger, pourrait-on même dire.

— Pour citer notre chef bien-aimé, prononça-t-elle d'une voix sentencieuse, on ne fait pas d'omelette sans brûler le poulailler.

Comme dit le slogan : le communisme, c'est le pouvoir soviétique plus l'électrification du pays tout entier. »

Qu'essayait-elle de lui dire? Parlait-elle à demi-mot? Sur son visage, il ne décelait pas la moindre ironie.

« Je ne pense pas que Staline ait dit cela. A propos de ses purges sanglantes, je crois que son expression était : on ne fait pas d'omelette sans casser des œufs. »

Elle rougit. « Staline a compris bien avant le peuple russe qu'il y aurait toujours des freins à nos grandes ambitions.

— Ah oui ? Et quelles sont ces grandes ambitions ?

— Nous construisons un nouvel Etat socialiste, Stephen. Tout sera collectivisé. Pas seulement les fermes. Tout. Les usines sont en passe de l'être. Les familles aussi. Bientôt ce sera le tour de la poésie! Jamais une société n'a réussi une chose pareille. Tu imagines ? »

Elle disait n'importe quoi, répétait des slogans comme un perroquet. Mais en même temps, c'était exagéré, ridicule. On aurait dit qu'elle se moquait de la propagande omniprésente. Qu'en penser? Peut-être parodiait-elle le sinistre langage de la propagande communiste, mais elle y mettait tellement de sous-entendus, tellement de cynisme, qu'il avait du mal à se faire une opinion. En fait, il la reconnaissait à peine. Qu'était-il arrivé à la jeune fille douce et simple qui ne pensait qu'à s'amuser ?

« Lana, dit-il doucement, il faut qu'on parle.

— Mais c'est ce que nous faisons, Stiva.

— Seul à seule. »

Elle fit une pause comme pour peser le pour et le contre. « As-tu visité le parc autour de la datcha? C'est vraiment joli. Si nous faisions une petite promenade ? » Elle semblait lui faire cette proposition de manière irréfléchie, enjouée, mais il n'était pas dupe. Pour la première fois, elle consentait à lui parler.

« J'en serais ravi », dit-il.

Dehors, il faisait un froid mordant. Ce n'était pas une nuit à arpenter l'épaisse pelouse derrière la datcha. Lana portait un long manteau de fourrure ressemblant à du vison et un bonnet assorti. Un luxe d'une extravagance inimaginable que personne ne pouvait s'offrir en ce temps-là. Metcalfe qui le savait se demanda s'il s'agissait d'un cadeau de son nouvel amant. *« Ces gens-là »*, avait-elle dit pour désigner les nazis. Pourquoi ce dédain? Haïssait-elle von Schüssler et tout ce qu'il représentait? Dans ce cas, que faisait-elle avec lui? La Lana d'autrefois ne s'intéressait pas aux biens matériels; elle n'aurait jamais entamé une liaison par simple intérêt.

Cette femme était devenue une énigme pour lui. A quoi ressemblait sa vie, aujourd'hui? Que cherchait-elle auprès de cet Allemand? Que pensait-elle réellement du système stalinien? En quoi avait-elle changé?

« Tu es vraiment venu pour affaires, Stephen? », demanda-t-elle pendant qu'ils marchaient sans but, leurs bottes crissant sur la neige gelée. Elle conservait une distance polie, remarqua-t-il, comme pour bien signifier – à lui et aux éventuels observateurs – qu'ils n'étaient rien de plus que des amis, ou des *relations*, comme elle l'avait précisé à von Schüssler. Au loin, Metcalfe vit se profiler un bâtiment, probablement une écurie.

« Bien sûr. C'est mon travail. Tu le sais.

— J'ignore ce que tu fais, Stephen. Depuis quand es-tu à Moscou?

— Quelques jours. Lana...

— Es-tu venu à cette réception parce que tu savais que tu m'y rencontrerais?

— Oui, avoua-t-il.

— Le passé c'est le passé, Stephen. Nous avons grandi chacun de notre côté. Nos chemins se sont écartés. Nous avons eu une aventure, il y a longtemps, mais c'est bien fini.

— Tu es amoureuse de cet Allemand?

— Il m'amuse. Il est, comment dit-on, *charmant**. » Elle affectait un ton léger mais guère convaincant.

« *Charmant** n'est pas le premier mot qui vient à l'esprit quand on pense à von Schüssler. Lugubre, peut-être.

— Stephen, le gronda-t-elle. Tu n'as pas le droit de te mêler de mes affaires de cœur.

— Tu as raison. A condition qu'il s'agisse vraiment de cœur. Et pas d'autre chose.

— Ce qui signifie? lâcha-t-elle.

— Eh bien, le vison ne court pas les rues, à Moscou.

— Je gagne très bien ma vie. Six mille roubles par mois.

— Tous les roubles du trésor national sont incapables d'acheter ce qui ne se vend nulle part. »

Elle tordit sa jolie bouche dans un sourire rusé. « C'est un cadeau. Mais ce n'est rien comparé au cadeau que tu m'as donné.

— Tu m'as déjà dit cela – tu m'as parlé d'un cadeau que je t'ai donné. Quel *cadeau*, Lana ?

— Rudi se montre plein d'attentions à mon égard, fit-elle en éludant sa question. C'est un homme généreux. Il m'offre des cadeaux, oui... et alors ?

— Ça ne te ressemble pas.

— Qu'est-ce qui ne me ressemble pas ?

— De fréquenter un homme juste parce qu'il t'achète des fourrures et des bijoux. »

Elle ne releva pas. « C'est sa façon d'exprimer son amour.

— Amour ?

— Son attachement, disons.

— Moui. Moi, je n'ai pas l'impression que tu aies beaucoup d'attachement pour lui. Je me trompe ?

— Stephen, fit-elle, exaspérée. Tu n'as plus aucun droit sur moi.

— Je le sais. Je comprends. Mais il faut qu'on se rencontre ; il faut qu'on parle. C'est important.

— Parler ? cracha-t-elle. Je sais comment tu *parles*.

— J'ai besoin de ton aide. Il faut qu'on organise un rendez-vous. Pouvons-nous nous retrouver demain après-midi – tu seras rentrée à Moscou ?

— Je serai rentrée, dit-elle. Mais je n'ai aucune raison de te rencontrer.

— Le parc Sokolniki. Notre lieu de rendez-vous habituel, l'endroit où nous...

— Stiva, le coupa-t-elle. Tais-toi. » D'un geste du menton, elle désigna l'homme qui venait d'apparaître sur la véranda, non loin de l'endroit où ils discutaient. Quand il se tourna vers eux, Metcalfe le reconnut. C'était l'homme du GRU, celui qui était assis derrière lui au Bolchoï et lui avait parlé de Lana.

« J'ai déjà vu ce type, murmura Metcalfe.

— Le lieutenant Kundrov du GRU, dit-elle d'une voix à peine plus forte qu'un soupir. C'est mon ange gardien.

— Ton... ange gardien ?

— C'est un boulot en or – un officier comme lui pour une petite danseuse comme moi... Depuis dix-huit mois, il ne me lâche pas d'une semelle. Au début ça frisait le ridicule. Il me suivait comme un petit chien. Si je rencontrais des amis au restaurant, je le retrouvais assis à la table voisine. Si j'allais faire des courses, il était derrière moi dans la file. A chaque représentation, il était là, toujours à la même place. Finalement, je l'ai invité à prendre un thé. J'ai fait cela devant d'autres dignitaires lors d'une réception privée au Bolchoï, afin qu'il ne puisse refuser.

— Pourquoi ?

— Je me suis dit qu'il valait mieux que je connaisse mon geôlier. Peut-être qu'un jour on lui ordonnera de m'envoyer devant le peloton d'exécution. Peut-être même appuiera-t-il lui-même sur la détente. J'ai voulu connaître l'homme qui a accepté de prendre en charge mon destin.

— Mais pourquoi ? Pourquoi t'ont-ils assigné un gardien ? »

Elle haussa les épaules. « Je suppose que c'est à cause de mon statut de danseuse étoile. » Elle ajouta sur un ton enjoué : « Je suis devenue un important personnage, donc il faut me tenir à l'œil. Une danseuse qui fréquentait un ressortissant étranger – un capitaliste qui n'arrêtait pas de faire le pied de grue devant l'entrée des artistes – a été envoyée en Sibérie. Nous sommes des oiseaux en cage.

— Donc tu es parvenue à un arrangement, conclut Metcalfe en anglais.

— "Arrangement", répéta-t-elle. J'aime bien ce mot. Comment tu l'épelles ? »

Parvenir à un arrangement avec son geôlier, médita Metcalfe : c'était tout à fait dans l'esprit russe. Comme il lui épelait le mot, il remarqua que l'homme du GRU, le lieutenant Kundrov, traversait la pelouse pour les rejoindre.

« Bonsoir, Svetlana Mikhaïlovna, dit le Russe d'une voix sonore de baryton. Il fait un froid de canard. Vous allez tomber malade.

— Bonsoir, Ivan Sergueïevitch, répondit Lana avec une politesse affectée. Permettez-moi de vous présenter un homme d'affaires en visite...

— Stephen Metcalfe, l'interrompit Kundrov. Oui, je crois que nous nous sommes rencontrés au Bolchoï. »

Ils se serrèrent la main. « Vous êtes amateur de danse, à ce que je vois, dit Metcalfe.

— Je fais partie des admirateurs de Svetlana Mikhaïlovna.

— Tout comme moi, mais je crains que nous ne soyons pas les deux seuls dans ce cas.

— C'est tout à fait juste, répliqua le Russe. Svetlana Mikhaïlovna, vous passez la nuit ici ? Sur invitation de l'ambassadeur ? »

Etait-ce de l'irritation qui crispa soudain son visage ? « On ne peut rien vous cacher, répliqua gaiement Lana. Oui, je compte faire un peu de ski et de cheval. Et vous ?

— Non, on ne m'a pas proposé de rester dormir, hélas.

— Quel dommage ! », s'exclama Lana.

Kundrov se tourna vers Metcalfe. « Vous avez réussi à venir sans trop de problèmes ? Il est impossible de trouver un taxi de nos jours. Je suppose qu'Intourist vous a fourni une voiture avec chauffeur. »

Comme il semblait au courant des vains efforts de Metcalfe pour déjouer la surveillance dont il était l'objet, ce dernier décida d'en profiter pour redresser un tant soit peu la situation. « En vérité, je souhaitais venir sans me faire remarquer. Vous n'imaginez pas toutes les précautions que j'ai prises.

— Mais pourquoi cela ? Nous sommes dans le paradis soviétique, dit suavement l'homme du GRU. Il n'y a pas de secrets chez nous. Pas de notre part du moins. »

Metcalfe prit un air penaud. « Justement voilà le problème.

— Je ne saisis pas très bien.

— Vous – le GRU, le NKVD, ou autre – avez trop tendance à bavarder. Les ragots, vous savez ce que c'est ? Les gens discutent, la rumeur court et après, c'est moi qui en paie les conséquences.

— La rumeur court... vers qui ? »

Metcalfe leva les yeux au ciel. « Mon frère, qui d'autre voulez-vous ? Je lui ai juré sur une caisse de bibles que je venais ici pour affaires. Je ne suis pas censé participer à des réceptions. J'ai eu assez de problèmes la dernière fois quand je... voyez-vous, mon frère c'est l'homme sérieux de la famille. Il croit que je me suis amendé. Il croit que je marche droit – que j'ai arrêté de boire. Laissez-lui ses illusions. S'il découvre que j'ai repris mes mauvaises habitudes, il m'interdira de m'occuper de l'entreprise familiale.

— C'est fascinant ! » répliqua Kundrov. Son sourire de convenance indiquait qu'il ne croyait pas un mot de ce beau discours. Il désigna la datcha d'un geste de la main, comme pour montrer les convives à l'intérieur. « Et tous ces gens, vous ne craignez pas qu'ils remarquent que vous reprenez vos... mauvaises habitudes ? Vous n'avez pas peur qu'ils parlent ?

— Ceux-là ne m'inquiètent pas. Je n'en dirai pas autant de ce damné chauffeur anglais que mon frère a chargé de me surveiller. Sous prétexte de me conduire à mes rendez-vous, il se comporte comme mon aide de camp. En réalité, c'est un vrai boulet. C'est lui que j'essayais de semer.

— Ah. Dans ce cas, vous pouvez compter sur ma discrétion, dit Kundrov.

— Ça me rassure, répondit Metcalfe. Je n'en attendais pas moins de vous. »

Lana s'éclaircit la gorge. « Veuillez m'excuser, messieurs, mais je dois rejoindre Rudi. Il va croire que je l'abandonne. »

Une heure plus tard, Metcalfe montait dans une Bentley conduite par un sous-secrétaire de l'ambassade britannique qui s'était proposé de reconduire plusieurs invités à Moscou. Dans la voiture, on riait fort; les plaisanteries lourdes révélaient le taux d'alcoolisation des passagers, l'hilarité était contagieuse. Comme ils débouchaient du long sentier de terre rejoignant la route goudronnée, Metcalfe s'exclama :

« Nom de Dieu, j'ai oublié ma serviette là-bas ! »

Plusieurs grognements s'élevèrent. Quelqu'un fit sèchement remarquer : « Pas besoin de faire demi-tour – vous pouvez être sûr que les gars du NKVD l'ont déjà forcée pour voler ce qu'elle contenait.

— Garez-vous tout simplement, si cela ne vous ennuie pas, demanda Metcalfe.

— Vous n'allez quand même pas refaire le chemin à pied? s'indigna une femme.

— Un peu d'air frais ne me fera pas de mal, répondit Metcalfe. Je prendrai la voiture suivante. »

Il descendit et se mit à marcher vers la datcha jusqu'à ce que le moteur de la Bentley ne soit plus qu'un lointain bourdonnement. Alors il s'arrêta et regarda autour de lui pour s'assurer qu'on ne l'observait pas.

Brusquement, il quitta le sentier et plongea dans la forêt épaisse, certain de ne pas avoir été observé. Il venait d'échapper à la surveillance de l'homme aux yeux gris et de Kundrov, l'ange gardien de Lana.

Dans le cas contraire – s'il se trompait – les conséquences seraient désastreuses.

La prudence était de mise.

Chapitre 17

Il s'enfonçait dans les bois. Les brindilles, les aiguilles de pin crissaient sous ses pas. A cette distance, on ne risquait pas de l'apercevoir du sentier ; si jamais une voiture passait par là, ses phares ne porteraient pas si loin. Il sortit une torche, une boussole militaire et, tenant la torche dans une main, éclaira l'écran de la boussole en s'efforçant d'aligner l'aiguille sur le nord magnétique.

Comme ils n'avaient bien sûr pas pu se procurer de carte de la région, Roger avait eu l'idée de quadriller le secteur en se servant des coordonnées fournies par la boussole. Metcalfe savait que Roger avait enterré l'émetteur quelque part dans les bois et indiqué son emplacement par un système de marquage très simple. Metcalfe fit décrire un arc de cercle au faisceau de sa torche. Il cherchait une tache de peinture rouge sur un tronc d'arbre. La végétation se composait essentiellement de bouleaux centenaires aux écorces pelées et de pins majestueux. En dehors de l'étroit faisceau lumineux, tout était sombre, presque opaque. Le ciel nocturne était bouché, une lourde chape nuageuse obscurcissait la lune. Il jeta un œil sur sa montre. Le cadran au radium annonçait presque deux heures du matin. La forêt n'était pas totalement silencieuse ; les forêts ne le sont jamais. De temps à autre, une saute de vent faisait bruire les feuilles des bouleaux, gémir les branches ; il entendait de petits animaux détaler sur son passage. Metcalfe marchait lentement, d'un pas léger, mais sans précautions excessives. En même temps, il demeurait en alerte, à l'affût de tout bruit sortant de l'ordinaire. Comme il se trouvait à proximité d'une datcha appartenant à l'ambassade américaine, il était fort probable que des patrouilles du NKVD sillonnaient les bois à intervalles plus ou moins réguliers. Mais sans doute pas au milieu de la nuit, encore qu'on ne pût jurer de rien en ce domaine.

Où donc était cet arbre marqué ? Il était fort possible que Roger ait été interrompu avant d'avoir réussi à tracer les marques. Mais il existait une autre explication, plus probable. Leurs deux boussoles n'étaient pas très bien réglées et, par conséquent, leurs coordonnées pouvaient varier de plusieurs dizaines de mètres. De toute façon, sur un périmètre peu étendu, les boussoles manquaient toujours de précision.

Enfin, il tomba sur un bouleau portant une touche de peinture rouge toute récente ; elle n'était pas encore sèche. Normalement, il devait y en avoir trois en tout, étalées sur trois arbres censés former un alignement. Roger avait caché le gros émetteur radio près du dernier. Metcalfe vérifia sa boussole, la régla de nouveau, obliqua soixante degrés ouest et atteignit la deuxième marque rouge.

Un craquement retentit à quelque distance de lui ; une trentaine de mètres peut-être. Il s'immobilisa, éteignit sa torche et tendit l'oreille. Au bout d'une minute, il décida que ce bruit n'avait rien d'inquiétant, en tout cas rien d'humain. Il ralluma, déplaça lentement le faisceau de gauche à droite de façon à éclairer la troisième tache de peinture qui brillait sur un tronc, à neuf mètres nord-nord-ouest.

C'était ici. La dernière marque.

Metcalfe et Roger s'étaient concertés sur la meilleure manière de cacher l'émetteur. Seulement Roger ne pouvait connaître d'avance sa manière de procéder. Comment savoir quand on ne connaît pas les lieux ? Il improviserait. Mais trouverait-il des arbres creux ? Ou un édicule, comme un abri ou une cabane ?

La réponse, Roger l'avait gravée au canif à la base du troisième arbre marqué. Metcalfe découvrit soudain les petits caractères carrés : C/8/N. Ce code alphanumérique signifiait que l'émetteur se trouvait précisément à huit pieds au nord de l'arbre. La lettre C indiquait la troisième des six possibilités qu'ils avaient prévues ensemble : l'appareil était donc enterré et recouvert de terre, de brindilles et de tout ce qu'il avait pu ramasser sur place. Metcalfe parcourut les huit pieds puis repéra une grosse pierre plate, à peine visible dans l'ombre du sous-bois. Un observateur lambda n'aurait rien remarqué. Metcalfe s'agenouilla pour balayer les aiguilles de pin, les brindilles, les feuilles mortes puis, rassemblant ses forces, souleva la pierre. Juste en dessous, il vit une toile verte, la bâche dont Roger avait enveloppé la petite valise de cuir, enfoncée dans un trou récemment creusé, à en juger par son aspect. Metcalfe sortit la valise non sans effort – elle était bien calée – puis, après avoir épousseté la terre et les débris qui la salissaient, l'ouvrit. Connaissant bien les manettes de l'émetteur, il était parfaitement capable d'opérer dans le noir.

Encastrés dans la valise pesant quelque quinze kilos, il répertoria une batterie d'automobile de douze volts et une batterie de secours, un casque à écouteurs et une antenne. Puis l'émetteur lui-même, une boîte en acier d'une trentaine de centimètres de côté, revêtue d'un enduit de protection noir gaufré. C'était un BP-3, l'unité de communication clandestine la plus sophistiquée jamais conçue, œuvre d'un groupe de réfugiés polonais ayant travaillé dans le plus grand secret à Letchworth, cinquante kilomètres au nord de Londres. Afin d'échapper à l'invasion nazie, ces civils polonais, de remarquables experts en télécommunications formés par les Allemands, avaient fui leur pays pour se mettre à la disposition des services secrets britanniques. Chargés d'améliorer le vieil émetteur Mark XV peu maniable, un appareil si massif qu'il fallait deux valises pour le transporter, leurs efforts avaient abouti à la naissance d'un émetteur-récepteur compact mais puissant, composé d'éléments miniaturisés. Son récepteur frisait l'excellence ; il avait un rendement de trente watts et une portée autorisant les communications intercontinentales. Un travail insurpassable. Lorsque Corky avait remis la valise à Metcalfe, dans une église à Pigalle, il jubilait à l'idée d'avoir réussi à obtenir plusieurs exemplaires du prototype en brûlant la priorité au MI-6 britannique. *A côté de cette petite merveille, tous les autres émetteurs-récepteurs font figure de reliques juste bonnes à garnir une vitrine de musée,* avait claironné Corky. *Je t'en prie, prends-en soin comme de la prunelle de tes yeux. Toi, on peut toujours te remplacer mais pas cet engin-là, malheureusement.*

Le mode d'emploi de l'appareil était collé sous le couvercle de la boîte noire en acier, mais Metcalfe connaissait la procédure par cœur. Pendant quelques instants, il resta immobile à épier les bruits de la forêt. Les feuillages chuchotaient, un oiseau de nuit hululait dans le lointain. Rien d'autre. A cause de la neige, son pantalon était trempé aux genoux et ses jambes commençaient à s'engourdir. La situation n'avait rien de confortable – sa tâche aurait été tellement plus facile ailleurs, dans un lieu clos, mais il n'avait pas le choix. Il lui était bien sûr loisible d'y apporter des améliorations. Il déplia la bâche verte ayant servi à envelopper la valise et l'étala sur le sol. Il allait quand même pouvoir s'asseoir dans un endroit sec, d'autant plus que sa tenue n'était guère adaptée à ce genre d'escapade champêtre : un pardessus en cachemire noir sur un habit de soirée. Non seulement il avait sali et déchiré ses vêtements en traversant les buissons mais son apparence elle-même constituerait un handicap si jamais il était contraint de s'esquiver rapidement. Il ressemblait à ce qu'il était : un étranger tiré à quatre épingles traînant dans les bois autour de Moscou. Un suspect idéal. Il aurait du mal à se faire passer pour, disons, un type du coin, un chasseur, ou autre. Certes, il parlait russe ; son léger accent n'aurait rien d'étonnant, beaucoup de citoyens d'Union soviétique originaires de régions lointaines en avaient un. En revanche, sa tenue vestimentaire le trahirait à coup sûr.

Il se mit à échafauder une histoire plausible, dont il se servirait en cas de besoin. Puisqu'il ressemblait à un touriste américain, eh bien il tiendrait ce rôle. On l'avait invité à passer la fin de la semaine dans la datcha de l'ambassade – Lana avait bien dit qu'elle et von Schüssler dormaient sur place – et il s'était perdu en voulant faire une petite promenade nocturne. Ou alors il jouerait l'amoureux se rendant à un rendez-vous galant. Une femme – mariée à un attaché d'ambassade, par exemple. Préférant rester discrets, ils étaient convenus de se retrouver au milieu des bois, mais elle avait déjà regagné sa chambre... Son cerveau enfiévré passait d'une version à l'autre à toute vitesse, soupesant la crédibilité de chacune.

Pendant que son esprit ruminait, ses doigts s'activaient. De la poche de son pantalon, il sortit un petit objet noir de forme oblongue terminé par deux pointes : le cristal qu'on avait glissé dans le dispositif de fermeture de sa valise de telle sorte qu'il semblait en faire partie. Ce cristal recélait les fréquences encodées sur lesquelles il recevrait et émettrait ses messages. Le ranger avec l'unité radio eût été trop dangereux. Si jamais on avait découvert le coffret de l'émetteur, la sécurité de toute l'opération aurait été sérieusement compromise. On ne rangeait pas une clé dans la serrure correspondante. Il enfonça le cristal dans la fiche Q, située à la base de l'émetteur, puis brancha les écouteurs et s'en coiffa.

Ensuite il alluma la torche et l'orienta vers le bas de manière à former un cercle de lumière autour de lui. Il faudrait agir vite : une tache de lumière vive au milieu des ténèbres, et lui assis au milieu... On pouvait le voir à des centaines de mètres à la ronde, au bas mot. S'il se faisait repérer, il aurait du mal à justifier son comportement. On l'arrêterait et on le conduirait à la Loubianka pour l'exécuter sans autre forme de procès.

Il sortit de sa poche de poitrine un paquet de Lucky Strike et un stylo-plume. Le paquet de cigarettes contenait plusieurs petits bouts de papier; il en prit un. C'était un masque jetable imprimé sur un morceau de papier de riz passé au nitrate, facile à détruire par le feu; cette matière se dissolvait rapidement dans l'eau chaude également. On pouvait même l'avaler en cas de besoin. Il dévissa le stylo-plume. A l'intérieur, un mouchoir de soie de vingt centimètres sur dix, roulé très serré. Il le secoua pour le déployer et l'étala doucement contre la toile imperméable. Le carré de soie était couvert de minuscules groupes de lettres disposées en grille.

Associés, ces deux objets – le masque jetable en papier de riz et la clé en soie – constituaient le système de cryptage le plus sophistiqué jamais conçu. Connu sous le nom de table de Vigenère, il avait été mis au point, à Londres, par le Special Operations Executive de Churchill. Corky avait coutume de regretter le retard des Américains sur les Britanniques en matière de codes et de chiffrage. Il l'expliquait par le fait que les Anglais prenaient l'espionnage très au sérieux. En plus d'être à l'abri des pannes, ce système était très simple d'utilisation et impossible à pénétrer. Les plus puissantes machines de décryptage en étaient incapables. Chaque lettre de l'alphabet était remplacée par n'importe quelle autre, prise dans une série parfaitement aléatoire. Ce code suivait un modèle impossible à élucider. Par conséquent, si jamais l'ennemi interceptait la transmission, le cryptogramme demeurait insoluble. Chaque clé servait une fois puis on la détruisait; la station mère conservait le seul double existant et aucune clé n'était identique à une autre. Officiellement, le code de substitution polyalphabétique s'appelait « clé incohérente infinie ». Corky en parlait souvent comme de l'arme ultime.

Metcalfe alluma l'unité puis passa sur RÉCEPTION. Il abaissa un commutateur, tourna un cadran marqué d'une flèche jusqu'à ce qu'un tube au néon s'allume. Déplaçant un autre cadran sur TRANSMISSION, il sélectionna la position en surveillant la luminosité de l'ampoule, la plus forte brillance indiquant la fréquence ayant le signal le plus puissant. A présent, l'émetteur était prêt à fonctionner.

Il avait composé et crypté son message à l'avance, bien sûr. C'était un message urgent destiné à informer Corky des derniers événements à Moscou, de l'existence de Kundrov, l'ange gardien du GRU assigné à Svetlana, et lui demander de le renseigner sur cet individu. En outre, Metcalfe l'instruisait de la surveillance alarmante dont il était l'objet, en précisant qu'un homme l'inquiétait tout particulièrement, à cause de son habileté à le pister. Il lui disait qu'il était peut-être grillé. Pour finir, il voulait donner à Corky une première estimation de la personnalité de von Schüssler, suite aux informations fournies par Amos Hilliard – l'Allemand n'avait rien d'une recrue potentielle. Mais tout cela devrait être abrégé, condensé au maximum, et pour ce faire il emploierait les abréviations standard communément acceptées. Imprimée sur la clé en soie, en plus de la grille alphanumérique, se trouvait une série de codes transcrivant des phrases couramment utilisées par les agents de terrain : « Arrivé à bon port », ou bien encore « planque localisée ». Mieux encore, Corky avait inventé une autre série de lettres servant à traduire de manière hyperabrégée les idées complexes et les expressions longues.

Par ailleurs, Metcalfe devrait communiquer non pas oralement mais en morse. Il n'avait pas le choix. Ce n'était pas qu'une question de sécurité, bien que cet aspect ne soit pas négligeable. En fait, la transmission des signaux vocaux ne dépassait pas quelques centaines de kilomètres ; telles étaient les limites de la technologie. En revanche, les canaux à ondes continues – c'est-à-dire les signaux en morse – parcouraient plusieurs fois cette distance.

Rapprochant la torche, il déchiffra le bout de papier tiré du paquet de Lucky Strike. Aux yeux d'un observateur lambda, les longues séries de lettres groupées n'étaient que du charabia mais l'observateur lambda n'avait rien à faire dans cette histoire. En revanche, des agents expérimentés, comme l'ange gardien de Lana ou le blond du NKVD, auraient immédiatement identifié un code, même s'ils étaient incapables de le décrypter. Ce bout de papier, ainsi que les masques jetables et la clé en soie, constituaient des pièces à conviction terriblement dangereuses.

Dépêche, s'admonesta-t-il. *Tu es planté au milieu d'un foutu rond de lumière dans une forêt sombre, près de Moscou. Chaque minute qui passe augmente les risques de te faire repérer.*

Il se mit à tapoter sur la manette du télégraphe située sur le devant de l'émetteur, en bas à droite. La tâche était laborieuse ; il en avait perdu l'habitude n'ayant plus utilisé de radio de campagne depuis son arrivée à Paris. Par-dessus le marché, le manque de lumière ne facilitait guère les choses. Il réussit pourtant à transmettre son message en un peu plus d'une minute. Dès que la station mère 23-C l'aurait réceptionné, ils avertiraient Corcoran en lui transférant l'information par des canaux sécurisés. Metcalfe attendit la réponse codée indiquant que son message avait été reçu puis il ôta ses écouteurs et coupa l'émetteur.

Dans une série de gestes rapides, il éteignit la lumière, démonta la machine, retira le cristal, referma la valise et l'enveloppa dans la bâche. Puis il enfonça l'ensemble dans le trou, replaça la pierre plate par-dessus et, aussi minutieusement que possible, balaya le sol pour éparpiller les détritus, la matière organique et supprimer toute trace de son passage.

Il entendit une branche craquer.

Metcalfe se figea, tous ses sens en alerte. Il s'agissait sans doute d'un écureuil mais deux précautions valaient mieux qu'une.

Un autre craquement, suivi d'un crissement de feuilles mortes. Une fois puis deux.

Ce n'était pas un animal mais un être humain. Quelqu'un progressait péniblement à travers le sous-bois. Le bruit de pas ne cessait de se rapprocher.

A présent, il en était sûr. Il n'y avait pas d'erreur.

Quelqu'un se dirigeait vers lui.

Aussi discrètement que possible, Metcalfe fit quelques pas sur sa gauche et se dissimula derrière un sapin. Son cœur battait la chamade. L'émetteur enterré se trouvait à deux mètres de lui. Mais comment être sûr qu'on ne l'avait pas vu faire ? Il tenta de rassembler ses idées. Combien de temps avait-il laissé sa torche allumée ? Aurait-elle attiré l'attention d'une patrouille ?

En même temps, il comprit que si jamais on le surprenait, on aurait tôt fait de trouver l'émetteur également; ils voudraient savoir ce qu'il faisait là et se mettraient à fouiller tout autour.

Il aurait dû s'enfuir à toutes jambes; pourtant le risque était trop grand de se faire repérer. Non seulement il se tenait à quelques pas d'un matériel clandestin sophistiqué dont les câbles encore chauds trahiraient son usage récent, mais il avait sur sa personne des pièces à conviction de première importance. Le mouchoir de soie avec la clé cryptographique imprimée, enfoncé en boule dans la poche de sa veste; le paquet de cigarettes contenant les masques jetables en papier de riz; le cristal de l'émetteur. Autant de preuves irréfutables de sa culpabilité. *Si je suis pris, c'est la mort assurée.*

Devait-il les jeter, s'en débarrasser purement et simplement? Et ensuite? Dès qu'il commencerait à courir, ils le poursuivraient et tomberaient vite sur les objets abandonnés sur le sol. Les semer dans sa fuite ne ferait qu'attirer l'attention sur eux. De plus, il ne tenait pas à se défaire de cet équipement vital. Le cristal était irremplaçable. Sans lui, il ne pourrait plus rien transmettre à la station mère. Sans les masques jetables et la clé en soie, il serait incapable d'encrypter ses messages et se retrouverait isolé à Moscou, sans aucun moyen de contacter Corcoran.

Certes, il n'avait pas le choix. Il devait se mettre à courir – mais dès cet instant, la poursuite commencerait. Pendant quelques secondes, l'indécision le cloua au sol. Il passait en revue les diverses options afin de retenir la plus sensée. Qui était cet homme qui approchait? Ses yeux percèrent la nuit. Etait-ce ce maudit agent du NKVD, le blond aux yeux pâles qui le suivait comme son ombre? Le lieutenant du GRU, Kundrov, l'ange gardien de Lana?

Non. Ce n'était ni l'un ni l'autre. Il commençait à discerner, dans la pénombre, la silhouette qui approchait. D'emblée, il crut voir un militaire vêtu d'un pardessus de laine et d'une casquette. Mais non, il s'agissait d'un agent du NKVD. Il aperçut les épaulettes, l'insigne sur la casquette. Ce type appartenait au service de sécurité soviétique, probablement au directorat des gardes du NKVD, un département bien distinct dont les officiers avaient mission de protéger les frontières de la nation et les zones sensibles.

Le NKVD avait envoyé un détachement patrouiller les alentours de la datcha américaine. Cela tombait sous le sens. Le NKVD ne laissait jamais les étrangers sans surveillance, surtout les Américains, et une maison de campagne comme celle-ci méritait une attention toute particulière. Pour eux, tous les diplomates étaient des espions – après tout, la plupart des Soviétiques en poste à l'étranger l'étaient; pourquoi en serait-il autrement de leurs homologues occidentaux? Par conséquent, la sécurité nationale exigeait qu'un cordon de gardes quadrille le secteur. On pouvait également imaginer que ces bois abritaient quelque installation secrète – les forêts autour de Moscou étaient truffées de bases et d'instituts liés à l'Armée Rouge, au GRU ou au NKVD.

Mais à cette heure de la nuit, il n'aurait jamais pensé tomber sur une patrouille. Et s'il n'y avait qu'un seul garde? Non, c'était absurde. Ils circulaient en équipes de deux ou trois au minimum. Etant donné l'heure tardive, leurs rondes étaient sans doute plus espacées, ce qui expliquait pourquoi Metcalfe n'avait rien vu ni entendu jusqu'à présent.

Mais qui dit sentinelle dit groupe de sentinelles.

Le garde avançait toujours. Malgré son jeune âge – à peine une vingtaine d'années apparemment – il ne semblait pas dépourvu d'expérience. Il progressait dans le noir sans le secours d'une torche, preuve qu'il avait l'habitude de se déplacer dans cette forêt, de nuit, et qu'il en connaissait tous les sentiers, toutes les clairières. Par ce simple fait, le Russe possédait un avantage considérable sur Metcalfe. Les secondes s'égrenaient; Metcalfe ne pouvait plus se permettre de rester caché derrière ce tronc d'arbre. Si le garde se rapprochait encore, il le remarquerait.

Soudain on craqua une allumette ! Puis, aussi vite, elle s'éteignit.

La sentinelle du NKVD avait sorti une allumette, mais pas pour s'éclairer ni pour allumer une cigarette. C'était un signal – à l'intention de ses camarades ! On entendit un bruissement dans le lointain : le martèlement produit par des bottes frappant le sol. A présent, des voix lui parvenaient, un dialogue rapide, précipité. L'alerte était donnée. Les autres membres de l'escouade, convoqués par le craquement de l'allumette, approchaient en courant, sans prendre la peine de dissimuler leurs mouvements. Ils convergeaient vers lui !

Metcalfe pivota sur lui-même et franchit d'un bond une étroite trouée entre deux arbres. Les branches qu'il effleura en passant frémirent mais impossible de faire autrement. Il prit ses jambes à son cou et se mit à zigzaguer d'une clairière à l'autre, le regard braqué loin devant lui pour tenter d'apercevoir un sentier praticable. La nuit était trop épaisse. On n'y voyait pas à plus de quinze mètres.

Des cris en russe retentirent dans son dos. Un gradé hurlait ses instructions à un jeune officier. Bien qu'il n'osât pas se retourner, Metcalfe identifia un changement dans le modèle sonore. Les hommes s'étaient séparés, empruntant chacun un chemin différent dans l'intention de lui couper la route.

Leurs torches restaient éteintes. Ces hommes n'avaient sans doute pas besoin de lumière puisqu'ils connaissaient les bois. Ou alors ils estimaient que le fait de sortir leurs torches constituerait une perte de temps. Quelle qu'en soit la raison, cela jouait en sa faveur : l'obscurité était la meilleure des couvertures.

Il se rappelait vaguement la topographie des lieux, du moins des quelques espaces entrevus lors de sa courte promenade avec Lana et du bref trajet en voiture au sortir de la réception. Il savait que la forêt couvrait une colline et une vallée – il en avait eu un aperçu depuis l'arrière de la datcha – et, d'après son sens de l'orientation, il devait se diriger plus ou moins vers la vallée. Une pente douce vint confirmer sa supposition.

Mais comment espérer semer une équipe de gardes expérimentés ?

Il n'y arriverait peut-être pas. Mais il devait essayer. L'enjeu était effrayant. S'ils parvenaient à l'appréhender et le conduisaient à la Loubianka, on le jetterait en prison et personne ne pourrait plus rien pour lui. Ni Corky ni aucun membre du gouvernement américain. En Russie soviétique, les espions américains finissaient soit derrière les barreaux soit, dans un camp en Sibérie – l'effroyable goulag dont il avait entendu parler – soit, encore devant un peloton d'exécution. Cette dernière possibilité étant la plus probable.

Stimulé par la terreur, il courait comme il n'avait jamais couru auparavant. Il se mit à serpenter entre les arbres puis traversa une clairière en s'efforçant de désorienter ses poursuivants.

Soudain, un coup de feu retentit !

Une explosion. Une balle percuta un tronc d'arbre, à moins de deux mètres de lui. Puis une autre ! Cette dernière plia le bouleau qu'il venait de dépasser. A présent, la forêt résonnait du fracas de la mitraille. Les balles sifflaient en tous sens. L'une d'elles passa si près de sa tête que le déplacement d'air lui chatouilla l'oreille. Pour leur échapper, il se jeta à terre, se retrouva à quatre pattes puis se redressa et se remit à courir comme un fou, tête baissée, en évitant la ligne droite. *Un homme apeuré finit toujours par adopter une attitude prévisible,* aimait à répéter Corky. *Le chemin le plus rapide, la plus courte distance entre deux points.* Il devait donc aller à l'encontre de ce comportement naturel et trop prévisible.

Il y eut une autre volée de balles dont plusieurs se perdirent dans la nature ; l'une d'elles le frôla. La fusillade semblait venir de trois endroits différents ; manifestement, les hommes s'étaient séparés afin de le prendre en tenaille. L'un d'entre eux avait l'air assez doué pour ajuster son tir sans cesser de lui courir après. Juste devant lui, Metcalfe repéra une élévation rocheuse, au sommet d'une petite côte. Il obliqua dans cette direction en se disant que les gros rochers et les éboulis lui serviraient peut-être d'abri temporaire. Prenant son élan, il sauta et atterrit non sans dommage sur la crête. La douleur lui arracha un grognement. Quand il leva les yeux, il vit la lueur glacée du clair de lune. Il se trouvait au bord d'un profond ravin parcouru d'un ruisseau. D'après l'aspect des rives recouvertes de neige et de givre, l'eau avait dû se transformer en glace.

Six bons mètres le séparaient du fond du ravin. Sauter comportait de gros risques mais faire demi-tour encore plus, se dit-il. Une autre volée de balles fit gicler la terre et ricocha contre les rochers. Les tirs n'étaient plus aussi précis. Il avait dû réussir à mettre de la distance entre lui et ses poursuivants. Malgré leur tactique de déploiement, ces derniers se trouvaient à présent trop loin pour l'avoir dans leur ligne de mire. Peut-être l'avaient-ils carrément perdu de vue ; c'était possible. Il saisit un caillou de bonne taille et le balança de toutes ses forces derrière lui, sur la droite. La pierre heurta le sol avec un bruit sourd.

Aussitôt une pluie de balles cingla les arbres et le sous-bois à l'endroit même où le caillou avait atterri. Sa manœuvre de diversion avait fonctionné.

Puis, faisant taire ses craintes – se fiant uniquement à son instinct de conservation –, il s'élança et retomba brutalement sur la rive gelée, les jambes ramassées contre la poitrine pour minimiser l'impact. Un éclair de douleur lui transperça le corps, il perdit l'équilibre et glissa vers le ruisseau. Se rétablissant tant bien que mal, il affermit sa prise puis tendit un pied pour tester la solidité de la glace. Elle semblait ferme, épaisse de plusieurs centimètres. Il allait pouvoir traverser. Avec maintes précautions, il s'engagea sur la surface gelée, fit un pas puis un autre, et la glace céda, le précipitant dans le ruisseau. L'eau lui montait jusqu'aux genoux. Il hoqueta. Elle était atrocement froide. Pendant qu'il pataugeait en s'efforçant d'atteindre l'autre rive, il sentait ses pieds s'engourdir rapidement.

Des tirs résonnaient dans la forêt, loin derrière lui. Ses poursuivants suivaient une fausse piste mais il aurait suffi que l'un d'eux escalade la crête surplombant le ruisseau pour l'apercevoir.

A cet endroit, la surface gelée du ruisseau était très fine. Elle se brisait à chacun de ses pas. Il était sur point d'arriver sur l'autre rive quand son pied droit, aussi insensible qu'un bout de bois, heurta quelque chose. Il bascula en avant et tomba à plat ventre sur la berge glacée. A présent, l'eau imbibait ses vêtements ; un terrible frisson le parcourut lorsqu'il tenta de se relever. Ses pieds engourdis refusaient de bouger. Il tourna la tête et vit, à sept mètres devant lui, sur la pente s'élevant du ruisseau, un tas de branches mortes couvertes de glace. On aurait dit qu'une tempête les avait arrachées d'un arbre. Metcalfe rampa dans cette direction et, avec le peu qu'il lui restait d'énergie, se jeta sur les branchages, tête la première. Les branches friables cédèrent facilement ; il s'y enfonça. Ses jambes étaient tellement faibles qu'elles flageolaient. Impossible de poursuivre sa route. Il avait besoin de repos. Non seulement il avait perdu toute résistance mais ses réflexes fonctionnaient au ralenti. D'un geste désespéré, il attrapa les feuilles et les branches enneigées pour s'enfouir dessous.

Une ou deux minutes plus tard, il entendit des bruits de pas précipités, des voix de plus en plus nettes. Metcalfe aurait été bien en peine de dire d'où elles provenaient : la patrouille pouvait se trouver sur la crête au-dessus de lui, ou bien au fond du ravin. Dans ce dernier cas, ils auraient tôt fait de remarquer la glace brisée à la surface du ruisseau ; il ne leur resterait plus qu'à suivre ses traces pour trouver la cachette où il se terrait, grelottant, incapable de réprimer les tressautements qui agitaient son corps.

Il y eut un cri. A quelle distance, impossible à dire. « Il est par là

– je le vois ! » On aurait dit la voix du plus jeune garde, celui qui l'avait déjà repéré. C'était un paysan, un cul-terreux à en juger par sa façon de s'exprimer.

« De quoi tu parles ?

— Là ! Vasya, espèce de nigaud, *là-bas* !

— Le fusil, imbécile ! Pas le revolver ! »

L'avaient-ils localisé ? Son pardessus gris apparaissait-il entre les brindilles ? Il se recroquevilla pour se faire tout petit. Que pouvait-il faire d'autre ? S'ils se trompaient et tiraient dans la mauvaise direction, mieux valait ne pas bouger. Sinon ils s'apercevraient de leur erreur et agiraient en conséquence. Mais s'ils ne se trompaient pas – si l'un d'eux l'avait effectivement repéré et se préparait à le viser avec son fusil – alors il était un homme mort. Un coup bien ajusté en pleine tête et c'en serait fait de lui.

« D'accord », fit la voix du jeune homme.

Metcalfe n'était pas religieux mais à cet instant, il se mit à supplier Dieu que ses poursuivants soient trop loin pour ajuster leur tir. Il ferma très fort les yeux, vida son esprit. Son cœur battait la chamade.

Et la détonation claqua. Son écho se répercuta à travers bois.

Mais aucun projectile ne le toucha. Il ne sentit aucune balle siffler près de lui. Il n'entendit pas le moindre impact. Ils avaient sans doute tiré dans une autre direction.

« Tu l'as raté. » Une voix plus âgée.

« Je l'ai vu ! » De nouveau la voix du jeune. « J'ai vu sa forme, sa silhouette. Comme je te vois !

— Triple idiot ! rugit son aîné. C'était un cerf !

— Ce n'était pas un cerf ! »

Une autre voix, celle du troisième membre du groupe. « Artyem a raison. C'était un cerf. Un mâle, je crois. Mais tu l'as manqué.

— Je sais à quoi ressemble un cerf ! protesta le jeune. J'ai passé mon enfance à chasser.

— Ton enfance ? Mais tu n'en es pas encore sorti, mon petit gars ! Et je te dis que tu viens de tirer sur un cerf et de le manquer, affirma l'un des hommes mûrs.

— Bon, d'accord, il y avait peut-être un cerf, concéda le gamin, mais je suis sûr d'avoir vu un homme. Je sais faire la différence entre un homme et un cerf, quand même ! » Ses protestations suscitèrent les moqueries de ses compagnons.

A en croire le ton hésitant du jeune soldat et les railleries de ses camarades, il était clair que les membres de la patrouille ne croyaient plus vraiment à la présence d'un fugitif dans ces bois.

« Tu t'es bien amusé avec ton fusil, Sacha ? Je te signale que tu nous as fait crapahuter pendant vingt kilomètres dans cette fichue forêt ! Maintenant, finie la chasse. Il fait froid et c'est l'heure de la relève.

— Ça, pour faire froid..., renchérit l'autre. L'ordre de Staline est reconnaissant au jeune et vaillant camarade Choubentsov d'avoir traqué et liquidé le cerf contre-révolutionnaire, malgré la résistance de ses supporters koulaks. Maintenant, on y va. »

*

Metcalfe demeura enfoui un bon moment – au moins une demi-heure, bien qu'il eût perdu la notion du temps – sous les brindilles et les feuilles enneigées, avant d'oser s'en extraire. Il entendit les gardes du NKVD s'éloigner en discutant à pleine voix sans cesser de balancer des vannes à leur jeune compagnon. Ce dernier avait probablement aperçu un cerf et tenté de l'abattre. Une confusion qui venait de sauver la vie de Metcalfe. Les soldats avaient naturellement conclu qu'en fait de fugitif, la forme entrevue était celle d'un cerf détalant dans le sous-bois. Or le jeune garde avait effectivement aperçu Metcalfe, ou du moins sa silhouette dans le lointain. Et voilà qu'à présent, il passait pour un nigaud. Metcalfe ne remua pas un cil avant d'être sûr qu'aucun soldat ne traînait plus dans les parages. Une nouvelle patrouille aurait très bien pu prendre la relève. Mais aucun bruit ne vint confirmer ses craintes.

Malgré les crampes qui lui tordaient les membres, ses pieds commençaient à reprendre vie. Il sentait des fourmillements de bon augure. Ce bref répit lui avait fait du bien. Il lui fallut un effort prodigieux pour se redresser. Il secoua la glace, la neige et les feuilles mortes qui parsemaient ses vêtements. Malgré son épuisement, il devait s'éloigner sans attendre. Heureusement, le ciel nocturne s'était quelque peu éclairci. Un semblant de clair de lune lui permettrait de s'orienter. A l'aide de la boussole et de la torche, il trouva son chemin à travers la forêt et mit le cap sur la datcha, sans cesser de tendre l'oreille au cas où une autre patrouille passerait dans le coin. Il allait devoir trouver une solution pour regagner Moscou, et la datcha était de loin l'endroit le plus propice pour cela. Plusieurs véhicules y étaient garés. Il en volerait un, si nécessaire ; ou alors, il convaincrait un invité de le ramener en ville. Encore une fois, sa réputation de noceur lui permettrait d'expliquer son apparence débraillée : il était sorti avec une fille, avouerait-il d'un air penaud ; il avait dû abuser de l'alcool, tomber, s'évanouir... Il pourrait toujours inventer une histoire crédible. Si la femme de l'ambassadeur était encore là – elle n'avait pas dû quitter la datcha puisqu'elle recevait des invités – elle croirait volontiers n'importe quelle fable le concernant, même la plus abracadabrante. Elle l'avait vu partir, certes, mais quoi d'étonnant à ce qu'il ait fait une heureuse rencontre en chemin ?

En arrivant près de la datcha, il remarqua l'écurie aperçue tout à l'heure depuis la véranda. Les chevaux appartenant à l'ambassade dormaient là. Il pourrait faire de même, sans craindre qu'on lui pose des questions. Il pénétra dans la grange sans bruit pour ne pas réveiller les animaux.

Les bêtes se mirent à renifler, à piétiner. Une lampe à pétrole restée allumée produisait une lueur jaune vacillante. Les dix stalles n'abritaient que trois chevaux : de magnifiques pur-sang arabes, deux noirs et un bai. Il y eut un hennissement. Ces bêtes étaient splendides mais nerveuses et s'il ne les calmait pas, elles risquaient d'ameuter les hôtes endormis dans la maison voisine.

L'un après l'autre, les chevaux levèrent la tête en arquant le cou. Ils soufflaient doucement par les naseaux, leurs oreilles rabattues vers l'arrière ; ils écoutaient. Metcalfe s'approcha du premier, non par-derrière, ce qui l'aurait alarmé, mais de biais. Il lui parla à voix basse. Quand il osa le flatter en caressant son cou, son garrot, ses flancs soyeux, le cheval poussa un grognement prolongé ; quelques minutes plus tard, il se calmait. Ses oreilles se redressèrent vers l'avant, sa lèvre inférieure s'abaissa. Les autres l'imitèrent. Leur souffle devint régulier, presque inaudible.

Alors il se confectionna une couche au creux d'une balle de foin, assez près de la lampe à pétrole pour profiter de sa chaleur, et s'étendit. Il était tellement épuisé qu'il s'endormit aussitôt ; un sommeil profond, parcouru de rêves étranges et décousus.

Un rai de lumière vive l'éveilla. C'était le petit matin et, bien qu'il n'eût pas dormi tout son soûl, il savait qu'il était temps pour lui de partir. Il se sentait perclus de douleurs ; le lit de fortune qu'il s'était creusé dans la paille n'avait fait que raviver les souvenirs cuisants de sa fuite à travers la forêt. Couvert de paille et de poussière, il se mit sur son séant, s'épousseta la figure et frotta ses yeux las.

Soudain des charnières rouillées grincèrent et l'étable fut inondée de lumière. Metcalfe sauta sur ses pieds, plongea tête la première dans une stalle vide et s'aplatit contre le mur. Les chevaux arabes hennirent doucement. Plus qu'une manifestation d'inquiétude, on aurait dit une sorte de salut. Ils semblaient reconnaître la personne qui venait d'entrer.

Metcalfe lui aussi la reconnut.

Vêtue d'une tenue de cavalière rouge, un foulard sur la tête, Lana se découpait dans le contre-jour.

Chapitre 18

« LANA », chuchota-t-il.

Elle cligna les yeux, pas vraiment surprise de le voir. Avant qu'elle ne se compose une expression outrée, Metcalfe décela dans son regard une brève lueur ressemblant fort à du plaisir.

« Stiva ? » Elle s'efforçait de prendre un ton sévère, comme pour le gronder. « Mais... nous étions d'accord, le parc Sokolniki, demain à la tombée du jour.

— Eh bien, je n'ai pas pu attendre. »

Elle secoua la tête et pouffa de rire malgré elle. « Regarde-toi ! Qu'est-il arrivé à l'homme le plus élégant de Moscou ? »

Il était dans un état pitoyable, il le savait : des brins de paille parsemaient ses cheveux, son manteau, son costume, et il sentait le cheval. « Tu vois à quoi j'en suis réduit, par ta faute, *dusya* ?

— Je vais faire un tour à cheval. C'est l'un de mes rares plaisirs, en ce moment.

— Et ton petit ami allemand ? »

Elle se renfrogna. « Il se lève rarement avant midi. Il ne remarquera même pas mon absence. En fait, tout le monde dort encore.

— Alors tu ne verras pas d'inconvénient à ce que je t'accompagne ? »

Elle inclina la tête. « Non. »

Elle sauta adroitement en selle, Metcalfe l'imita d'un mouvement tout aussi preste. Sa mère élevait des chevaux et lui avait appris à monter dès qu'il avait su marcher. En revanche, il fut surpris de voir que Lana était devenue une excellente cavalière ; elle avait dû ajouter cette corde à son arc, au cours de ces dernières années. *Un changement parmi tant d'autres*, pensa-t-il.

Il ne l'avait pas remarquée jusque-là mais une allée courait à travers bois. Elle souffrait d'un manque d'entretien ; de petites branches les fouettaient quand ils passaient. Metcalfe laissa Lana mener la cadence. Quand le sentier s'élargit un peu, elle se pencha en avant, claqua de la langue, serra les cuisses. Son cheval, l'arabe bai, accéléra aussitôt et se mit au petit galop. Elle montait comme si elle était née sur un cheval. La piste s'élargit encore, leur permettant de chevaucher côte à côte ; mais quand elle rétrécit de nouveau, elle reprit la tête. Metcalfe tendit son visage à la douce chaleur du soleil matinal. Pendant quelques instants, ils galopèrent en silence ; il se laissait bercer par le rythme. On aurait dit que le passé remontait à la surface. La crainte, la terreur, la suspicion – toutes les horreurs qu'il venait de vivre se trouvaient reléguées au second plan. Il contemplait sa fine silhouette bien campée sur sa selle ; elle ne faisait qu'une avec sa monture. Au repos, les traits de son visage, encadré par le foulard aux couleurs éclatantes, reflétaient la plus pure harmonie. La tristesse qui avait semblé la posséder plus tôt dans la soirée n'était plus qu'un souvenir. Dieu, comme il l'aimait !

Au bout d'un certain temps, le terrain lui parut familier. Il l'interpella pour capter son attention et, du même coup, interrompit sa rêverie. D'un geste de la main, il désigna les épais fourrés qu'il avait traversés en courant la nuit précédente. Quatre ou cinq heures auparavant. Ou bien un jour entier. Il avait perdu la notion du temps. Elle fit l'étonnée mais accepta pourtant de le suivre en dehors du sentier. Leurs chevaux adoptèrent un pas tranquille en s'enfonçant entre les arbres.

Au bout de quelques minutes, elle lui lança : « Il n'y a pas de chemin, par ici !

— Je sais.

— Il devient difficile d'avancer. Nous devrions revenir en arrière.

— Je cherche quelque chose. Ce ne sera pas long. »

Bientôt, il tomba sur un arbre barbouillé de peinture rouge.

« Attends-moi un instant. » Il descendit de cheval en jetant des coups d'œil tout autour de lui, dans l'espoir de retrouver le trou recouvert de mousse et de brindilles où il avait enterré l'émetteur. Une vision inattendue attira vite son attention. Quelque chose de tout à fait nouveau.

Le sol encombré de feuilles avait été nettoyé, raclé jusqu'à la terre. On avait déplacé le gros rocher plat. En dessous, le trou creusé par Roger ne contenait plus rien. *L'émetteur avait disparu.*

Saisi de terreur, Metcalfe comprit ce qui s'était passé. Le plus jeune membre de la patrouille était revenu sur les lieux en marchant sur ses traces. C'était la seule explication. Sans doute piqué au vif par les moqueries de ses aînés, déterminé à leur prouver qu'il avait bien vu un homme et pas un cerf, il avait mené son enquête de son côté. Le gamin avait concentré ses recherches sur la zone où il avait repéré l'intrus et, malgré l'habile cachette, avait remporté le gros lot. Triomphant, plein de hargne, il avait rapporté sa prise à ses camarades. Et à présent – si les choses s'étaient effectivement déroulées ainsi – la patrouille du NKVD savait que la forme entrevue dans la forêt n'était ni celle d'un cerf ni d'un simple vagabond mais bien... d'un espion. Un véritable espion. Une telle découverte lui procurerait de l'avancement. Et elle ferait l'effet d'une bombe dans les quartiers généraux du NKVD, à la Loubianka. Un émetteur dernier cri sortant des usines britanniques ! A la Loubianka, ce serait le branle-bas de combat. Cellules de crise, coups de téléphone hystériques, convocations d'urgence.

Les choses venaient de basculer. Le NKVD allait lancer toutes ses équipes sur la piste de l'espion – ou du nid d'espions car, tels les cafards, ces gens-là vivaient en bandes, c'était bien connu.

La prudence lui dictait de débarrasser le plancher au plus vite. Ils allaient dépêcher des escadrons et attendre que l'espion revienne sur les lieux de son forfait, comme le font tous les malfaiteurs, paraît-il.

Il devait fuir sans tarder !

Metcalfe regagna en courant l'endroit où il avait laissé Lana et les chevaux. En le regardant sauter en selle, elle remarqua son visage tendu. « Chéri, qu'est-ce qui ne va pas ?

— Rien », marmonna-t-il entre ses dents. Il tira sur les rênes pour que son cheval fasse demi-tour vers le sentier et quelques secondes plus tard, rectifia : « Tout. »

Lana le considéra longuement puis hocha la tête comme si elle comprenait. « Bienvenue en URSS », répondit-elle avec un sourire entendu.

Dès qu'ils atteignirent le sentier, ils entreprirent de contourner la datcha. Metcalfe avait pris la tête. Arrivés près de l'écurie, ils descendirent et firent entrer leurs montures. Lana pompa de l'eau dans un seau ; son cheval but avidement. Elle plaça un autre baquet devant le cheval de Metcalfe, qui étancha sa soif de la même manière. Ils la connaissaient, lui faisaient confiance. Elle enleva le harnais, retira la selle avant de la suspendre, ôta la bride et nettoya le mors sous le robinet de la pompe avant de le suspendre lui aussi. Elle exécutait ces gestes rapides d'une main experte tout en caressant son cheval et lui roucoulant des mots doux à l'oreille. Elle prit une serviette suspendue à un crochet et se mit à lui frotter l'échine pour activer la circulation du sang. Enfin, elle l'étrilla avec une brosse souple. Metcalfe l'imita. Ils travaillaient dans un silence que ne troublait aucune gêne. Ils étaient comme de vieux amis qui n'ont pas besoin de parler pour se sentir bien ensemble. Quand elle eut fini d'examiner les sabots de son cheval pour en ôter les cailloux, elle le reconduisit dans sa stalle.

Lorsque Metcalfe ferma la barrière de la stalle, il vit qu'elle s'était approchée de lui, comme pour lui parler.

« Lana », commença-t-il. Mais d'un geste preste, elle posa la main sur sa bouche pour lui intimer le silence. Son visage était tendu vers le sien, des larmes brillaient dans ses yeux. Elle posa ses deux mains sur les joues de Metcalfe qui la prit dans ses bras. Les lèvres de la jeune femme s'entrouvrirent et se posèrent sur les siennes. Il sentait la chaude moiteur des larmes roulant sur ses joues. Elle tremblait. Il glissa les mains dans son dos, la serra encore plus fort et se mit à la caresser. Ils s'embrassèrent avec une passion qui le surprit. Il l'attira plus près de lui. Lana lui pétrissait les muscles du dos, des fesses. Il glissa une main vers ses seins. Brusquement, elle détourna les lèvres. « Oh mon Dieu, Stiva, dit-elle d'une voix plaintive. Prends-moi. Je t'en prie. Aime-moi ! »

Une couverture hâtivement jetée sur quelques bottes de foin leur servit de couche. C'était rugueux et pas particulièrement confortable mais ni l'un ni l'autre ne s'en plaignit. Ils firent l'amour précipitamment, sans parler, à moitié vêtus. Et ensuite, tout aussi précipitamment, ils rajustèrent leurs vêtements, aussi effrayés l'un que l'autre à l'idée qu'on puisse les surprendre. Tout en s'habillant, Lana se mit à chantonner.

« Qu'est-ce que c'est ? demanda Metcalfe.

— De quoi tu parles ?

— Cette chanson. J'ai l'impression de la connaître. »

Elle se mit à rire. « *"Comme ils étaient forts tes bras qui m'enlaçaient."* Cette chanson m'est venue en tête, va savoir pourquoi.

— Elle est jolie. On se voit toujours demain soir ?

— Oui, bien sûr. Pourquoi pas ?

— Rudolf... ne risque pas de se poser des questions ?

— Je t'en prie, répondit-elle, énervée. Cela faisait très très longtemps que je ne m'étais pas sentie aussi bien. Pourquoi a-t-il fallu que tu me rappelles son existence ?

— Qu'est-ce que tu fabriques avec lui ? Je sais que tu ne l'aimes pas. Je ne saisis pas.

— Il y a tellement de choses que tu ne saisis pas, Stiva.

— Explique-moi », dit-il en posant sa main sur la sienne.

Elle se mordit la lèvre. « Je n'ai pas eu le choix.

— Pas le choix ? On a toujours le choix, *milenki.* »

Elle secoua lentement la tête et de nouveau ses yeux s'emplirent de larmes. « Pas quand on est prisonnier, *dorogoi moi.* Pas quand on est otage.

— De quoi parles-tu ? Comment ce...

— C'est à cause de mon père. Il sait que je l'aime très fort, que je ferais tout pour le protéger.

— Von Schüssler menace ton père ?

— Non, pas ouvertement. Il possède un... document. Un bout de papier extrêmement dangereux pour mon père, qui pourrait le conduire devant le peloton d'exécution et moi en prison.

— Lana, que diable... ?

— Ecoute-moi. Je t'en prie, laisse-moi parler. » Elle prit sa main dans les siennes et la serra. « Tu connais le célèbre général de l'Armée Rouge, Mikhaïl Nikolaïevitch Toukhatchevski, le grand héros de la Révolution ?

— De nom, oui.

— Il a défendu Moscou en 1918, conquis la Sibérie en 1920. Un grand soldat, un homme d'une farouche loyauté. Chef d'état-major de l'armée soviétique. C'était un vieil ami de mon père. Nous avons même dîné plusieurs fois chez lui, avec sa famille. Mon père lui vouait un véritable culte. Il possédait une photographie de Toukhatchevski et de lui. Elle trônait sur le piano. » Elle se ménagea une courte pause, retint son souffle comme pour affermir sa voix. « Une nuit de mai – cela fait trois ans de cela, en 1937 – je dormais quand j'ai entendu sonner à la porte. J'ai pensé qu'il s'agissait d'un farceur, d'un voyou, d'un ivrogne, alors je me suis remise au lit et j'ai collé l'oreiller sur ma tête. Mais ça n'arrêtait pas de sonner. Alors, j'ai regardé la pendule. Il était minuit passé. Finalement, le tintamarre a cessé et j'ai pu me rendormir. J'avais une représentation importante le lendemain soir – on donnait *La Belle au bois dormant*.

« J'ai dû me réveiller quelque chose comme une heure plus tard, cette fois à cause d'un violent éclat de voix. Celle de mon père. Je me suis levée et j'ai tendu l'oreille. La conversation venait du bureau de mon père. Il semblait se disputer avec quelqu'un. J'ai couru jusqu'à la porte entrouverte mais je me suis arrêtée juste avant de franchir le seuil. Père était là, en robe de chambre, apparemment très agité. Il discutait avec Toukhatchevski. D'abord, j'ai cru que Mikhaïl Toukhatchevski lui passait un savon, et j'ai senti la colère monter en moi. Je suis restée plantée là, à écouter. C'est alors que j'ai compris qu'il ne s'agissait nullement d'une querelle – père était furieux, je ne l'avais jamais vu dans cet état, mais pas contre son ami Mikhaïl Toukhatchevski. Il était en colère contre Staline. Toukhatchevski, lui, paraissait plutôt calme. Il parlait d'une voix triste et résignée, presque sinistre.

« J'ai passé la tête pour mieux les voir et, à ma grande surprise, j'ai remarqué que les cheveux de Toukhatchevski étaient devenus gris. La dernière fois que je l'avais vu, deux ans auparavant, il était encore très brun. De toute évidence, quelque chose de terrible lui était arrivé. J'ai reculé d'un pas pour éviter qu'ils ne me voient. Je savais que s'ils se rendaient compte de ma présence, ils se tairaient. Et j'avais le sentiment que la chose dont ils discutaient était si grave, si dangereuse, que mon père ne m'en parlerait jamais. Il se montre toujours si protecteur avec moi, tu le sais.

— Ça ne veut pas dire qu'il ne te respecte pas, *dusya*. Mais qu'il t'aime.

— Oui. J'ai fini par le comprendre. Pourtant, pendant des années cette attitude m'a rendue folle de rage. Je ne supportais pas qu'il s'obstine à me traiter comme une petite fille. Alors j'ai entendu Toukhatchevski dire à mon père que Staline et son NKVD avaient découvert un immense complot au sein de l'armée. La rumeur prétendait que Staline possédait la preuve irréfutable que certains de ses officiers supérieurs conspiraient contre lui – un complot fomenté avec des membres du Haut Commandement allemand, dans le but de renverser Staline. Et parmi les prétendus conspirateurs, figurait... Toukhatchevski!

— C'est insensé.

— Tu crois? J'ignore la vérité. Lorsque mon père et lui parlaient en privé, ils s'accordaient sur le fait que Staline était un homme dangereux. » Sa voix n'était plus qu'un soupir. « Mon père déteste Staline. Ça je le sais. Il ne supporte pas qu'on prononce son nom sous notre toit. Oh, en public il lève volontiers son verre avec les autres quand on porte un toast au Secrétaire général. Devant ses collègues, il encense Staline. Il n'est pas stupide. Mais en fait, il le hait de tout son cœur. Et Toukhatchevski le haïssait également.

— Quelle était cette "preuve irréfutable" que possédait Staline? L'a-t-on jamais su?

— La chose n'a jamais été rendue publique. Mais des rumeurs ont circulé. Les services secrets tchèques avaient soi-disant remis un dossier au NKVD. Ce dossier contenait des lettres écrites de la main de ces officiers soviétiques à l'intention de leurs homologues allemands, leur demandant de les aider pour monter un coup d'Etat contre Staline. Ils ont vérifié les signatures, les cachets, tout. L'une de ces lettres était signée de la main de Mikhaïl Toukhatchevski.

— Il l'avait effectivement écrite?

— Bien entendu il a nié. Mais il savait que les autorités n'en tiendraient pas compte. Il était convaincu qu'on allait l'arrêter, avec tous les autres.

— Et il a couru avertir ton père?

— Oui, il est venu lui annoncer cela, entre autres choses. Père lui a conseillé d'écrire à Staline pour lever ce malentendu. Toukhatchevski lui a répondu qu'il l'avait déjà fait, mais sans obtenir de réponse. D'après lui, ses jours étaient comptés. Il craignait non seulement pour sa vie mais pour celle de sa famille. Il avait perdu tout espoir. Le lendemain matin, j'ai demandé à mon père de me dire qui était venu la veille au soir. Bien entendu, il a refusé en prétendant que cela ne me regardait pas. Mais j'ai remarqué que la photo de lui aux côtés de Toukhatchevski avait disparu. Plus tard, je l'ai trouvée au fond d'un tiroir, enveloppée dans du papier. Et quelques jours après, Toukhatchevski et sept autres officiers de haut rang étaient arrêtés. Ils ont été jugés dans le plus grand secret – leur procès n'a duré que trois heures ! – et déclarés coupables d'espionnage et de haute trahison. »

Les mains de la jeune femme broyaient les siennes. Mais Metcalfe se contentait d'écouter en hochant la tête.

« Ils ont tous avoué, ajouta-t-elle. Sous la torture, comme nous l'avons appris plus tard. Après, on leur a dit que le seul moyen de sauver leurs vies – et surtout celles de leurs proches – consistait à signer des confessions. Ensuite, on les a exécutés à l'intérieur de la Loubianka. Pas dans la prison elle-même, soit dit en passant, mais dans la cour, en plein jour. Ils ont fait venir des camions du NVKD pour que le bruit des moteurs couvre les détonations. » Elle resta muette pendant un long moment. Metcalfe respecta son silence. On n'entendait que le doux frémissement des chevaux. « En mourant, reprit-elle enfin d'une voix cassée, ils ont crié : “Longue vie à Staline !” »

Metcalfe secoua la tête, passa son bras libre autour de ses épaules et la serra fort.

« Et bien sûr, reprit Lana, ce bain de sang ne fut que le premier... d'une longue série. Plus de trente mille officiers ont péri dans cette purge. Des généraux, des maréchaux d'armée, des centaines de commandants de division, et tous les amiraux.

— Lana, qu'est-ce que cette terrible histoire a à voir avec toi ?

— Mon père, murmura-t-elle, faisait partie des rares généraux à ne pas avoir été inquiétés.

— Parce qu'il n'était pas impliqué. »

Elle ferma les yeux. Son visage n'était qu'un masque de douleur.

« Parce qu'on ne l'a pas attrapé. Ou peut-être seulement par un coup de chance. Ce genre de choses arrive parfois.

— Pas “attrapé” ? Serais-tu en train de me dire que ton père... complotait contre Staline ?

— Cela semble à peine croyable. Et pourtant il m'a souvent confié sa haine de Staline. Comment aurais-je pu ne pas le croire ?

— Mais il ne t'a jamais avoué avoir fait partie du complot, n'est-ce pas ?

— Il n'aurait jamais fait une chose pareille ! Je te l'ai dit, il me protège comme la prunelle de ses yeux. Au moindre soupçon, ils l'auraient passé par les armes sans autre forme de procès. Avec Staline, le bénéfice du doute n'a pas cours.

— Alors comment peux-tu en être si sûre ? »

Brusquement elle s'arracha à son étreinte, se leva, marcha vers le cheval bai et se mit à lui caresser les flancs d'un air absent. De toute évidence, elle désirait éluder un sujet extrêmement douloureux. Au bout de quelques minutes, sans regarder Metcalfe, elle se remit à parler.

« Voilà quelques mois, j'ai été invitée à une réception à l'ambassade d'Allemagne. C'était une de ces soirées extravagantes qu'affectionnent les Allemands. Et bien sûr, elle n'aurait pas été totalement réussie s'ils n'avaient pas invité la crème de la bonne société moscovite, à savoir les acteurs, chanteurs et danseurs les plus fameux. Pour être honnête, je n'y allais que pour manger. Vraiment ! Ça me gêne de te dire ça, mais c'est vrai. Passons. Un diplomate allemand est venu vers moi et m'a demandé si j'étais la fille du célèbre général Baranov.

— Von Schüssler. »

Elle fit oui de la tête. « Pourquoi cette question? me suis-je demandé. Aujourd'hui, mon père travaille au Commissariat à la Défense, et même si son emploi est très ennuyeux, très bureaucratique, je ne dois pas en parler à n'importe qui ; on nous répète qu'il y a des espions partout. Cet homme-là semblait tout savoir sur la carrière militaire de mon père – bien plus que moi. Il a prétendu vouloir me parler en privé. Il avait quelque chose à me faire partager, une chose qui allait beaucoup m'intéresser. Son discours m'a intriguée, comme il s'y attendait. Nous avons pris nos verres et nous nous sommes installés dans un coin de la salle, loin des autres. J'ai tout de suite vu que von Schüssler était un homme cultivé, très différent de la plupart de ces rustres qui peuplent les rangs des nazis. Il ne me plaisait guère – il semblait arrogant, imbu de sa personne, à mille lieues de ce qu'on appelle un homme charmant. Mais il parlait d'une manière simple et détachée, et moi j'écoutais. Il m'a dit que l'un de ses vieux camarades de classe, un officier SS, lui avait montré un dossier ultrasecret fort intéressant concernant certains membres éminents de l'armée soviétique. Certains de ces documents avaient déjà été remis à Staline, mais il en existait d'autres.

— Oh, Seigneur. Lana, *dorogaya.* Tu as dû avoir si peur.

— Oui, et il a dû le voir sur mon visage. Je n'ai pas réussi à feindre – je rougis facilement ; je suis nulle pour cacher mes émotions. Je n'ai rien dit, j'ai fait semblant de ne pas comprendre, mais il a senti que je me décomposais. *Bozhe moi,* Stiva ! Mon Dieu. Il a ajouté que ce dossier contenait d'autres lettres et des noms dont Staline n'avait jamais entendu parler. A l'en croire, son ami SS s'amusait à collecter des preuves compromettantes pour les utiliser plus tard, en cas de besoin, comme des jokers.

— Ce salaud t'a menacée.

— Non, rien d'aussi vulgaire, Stiva. Rien d'aussi évident. Son discours restait subtil, truffé de sous-entendus. Il m'a dit qu'il ne voyait aucune raison pour que ce document atterrisse dans les bureaux du NKVD. Que le passé était le passé. Mais c'est quand même intéressant, qu'en pensez-vous ? m'a-t-il demandé comme s'il parlait de la pluie et du beau temps.

— Subtil peut-être, mais moi j'appelle ça du chantage, un point c'est tout.

— Vois-tu, il voulait juste m'inviter à dîner, prétendait-il. Il me trouvait attirante et souhaitait me connaître mieux.

— Le *fumier.* » Bien entendu ! Tout prenait sens, à présent. Metcalfe comprenait la manœuvre et cela le rendait malade.

« Naturellement, j'ai accepté son invitation à dîner. Et on s'est revus le lendemain soir.

— Tu n'avais pas le choix, admit Metcalfe d'une voix douce. Tu ne pouvais pas le repousser. »

Elle haussa les épaules. « Je ferais l'impossible pour protéger mon père. Tout comme mon père ferait l'impossible pour me protéger. Et si cela signifiait passer mes nuits avec un homme que je trouvais ennuyeux et repoussant – eh bien, en Russie les gens font des choses pires pour sauver ceux qu'ils aiment. Ils mentent, trahissent et vendent leurs meilleurs amis au NKVD. D'autres sont envoyés au goulag ; on leur tire une balle dans la nuque. Face à cela, que représente mon petit sacrifice ? Coucher avec Rudolf von Schüssler, ça n'est rien du tout. Je serais capable de faire bien plus, bien pire, pour sauver la vie de mon père.

— Quand je suis passé dans ta loge l'autre soir... tu étais terrifiée, n'est-ce pas ? »

Elle le regarda. Metcalfe vit ses joues ruisselantes de larmes.

« Nous sommes entourés d'informateurs et les ragots vont bon train. Si jamais von Schüssler apprenait que mon ancien amant américain est de retour à Moscou... J'ai craint que sa jalousie ne se transforme en rage. Et qu'il ne mette sa menace à exécution. Il n'hésiterait pas à jeter mon père en pâture aux loups du NKVD. Oh, Stiva, je t'aime de tout mon cœur. Je t'ai toujours aimé ; tu le sais. Mais c'est impossible. Nous ne pouvons pas. »

Metcalfe entendait à peine ses paroles. Son esprit tourbillonnait comme un kaléidoscope dont les lentilles colorées glissent d'un motif à l'autre. Le père de Lana, un fameux général de l'armée soviétique, aujourd'hui retiré du service actif mais travaillant toujours pour le Commissariat à la Défense. Son galant allemand, un homme évoluant dans l'entourage de l'ambassadeur nazi, von der Schulenberg. Une extraordinaire chaîne de connexions, des liens forgés par l'ambition, la coercition, le pouvoir. Cette chaîne emprisonnait sa chère Lana – mais vue sous un autre angle, elle avait peut-être son utilité ?

Etait-ce cela que Corky avait en tête depuis le début ?

Le cœur de Metcalfe s'emballa. Il se dressa et l'entoura de ses bras pour la réconforter. Il la sentit devenir toute molle contre lui, comme si son corps était en train de se dissoudre dans le sien. De violents sanglots l'agitaient. Les minutes passèrent ainsi. Il la serrait sur son cœur ; elle pleurait. Rien d'autre n'importait davantage à ses yeux que tenir Lana entre ses bras. D'ailleurs, il aurait été incapable de faire quoi que ce fût d'autre en ce moment ; et Lana non plus. Enfin, elle brisa le silence sans pour autant se libérer de son étreinte. « Tu sais, *moi lyubimi*, je suis comme le peuple russe. Nul ne peut rien pour moi.

— Peut-être que si, articula Metcalfe, assailli par de tumultueuses pensées. Peut-être que si. »

Une symphonie d'odeurs agressaient les délicates narines du violoniste. Il en était presque toujours ainsi quand il entrait quelque part, surtout dans les endroits inconnus. Il identifia le parfum de la crème Nivéa dont le rond-de-cuir se servait en lieu et place de savon à barbe, ceux de son tabac à pipe Obel, de la lotion capillaire au romarin qu'il utilisait dans l'espoir aussi vain que pitoyable d'enrayer la progression de sa calvitie. Il renifla également le cirage de l'officier consulaire et reconnut la marque Erdal ; une senteur qui lui rappelait son enfance et son père, un homme strict, autoritaire, mettant un point d'honneur à ce que ses bottes soient toujours impeccablement cirées. Son père ramenait à la maison des boites de cirage Erdal renfermant des images à collectionner qui représentaient des zepellins, des planeurs ou, mieux encore, des animaux préhistoriques. Il revit avec délices ces beaux dessins en couleurs où diplodocus, archéoptéryx et plésiosaures gambadaient dans le marais primordial. Ces vignettes faisaient partie de ses rares souvenirs d'enfance vraiment heureux.

Dans un autre registre, moins plaisant celui-là – la plupart des odeurs qui assaillaient ses sensibles membranes nasales étaient hélas loin d'être agréables –, il devina ce que le bureaucrate avait consommé pour son déjeuner. L'homme anxieux souffrait d'embarras gastriques. Il avait mangé des saucisses et du chou au vinaigre, nourriture riche ayant provoqué quelques flatulences peu avant l'arrivée du violoniste. Planaient encore dans l'air les derniers vestiges de cette puanteur.

« Dites-moi, cette liste est-elle longue ?, demanda Kleist. J'ai seulement besoin du nom des individus de sexe masculin de nationalité britannique ou américaine dont l'arrivée a été signalée au cours de la semaine dernière. Combien d'entre eux répondent-ils à ces critères ? » Le violoniste voulait juste savoir si un dénommé Daniel Eigen était arrivé à Moscou ces derniers jours.

Bien entendu, il était tout à fait possible – voire probable – que Eigen ait utilisé une fausse identité. Mais quoi qu'il en soit, cette liste constituait un bon point de départ. Elle lui éviterait de perdre un temps précieux à passer d'un hôtel à l'autre, pour vérifier les noms des derniers inscrits et procéder à des identifications visuelles.

Certes, il avait mieux à faire que discuter avec ce minable. Mais l'attaché militaire qu'il souhaitait rencontrer, le général Ernst Köstring, étant absent de son bureau pour toute la journée ou presque, lui avait demandé de s'adresser à son laquais.

Le bureaucrate semblait tenir en réserve toute une série d'excuses et de faux-fuyants. L'homme était passé maître dans l'art de la procrastination, le seul talent dont étaient largement dotés les fonctionnaires allemands des Affaires étrangères. Il avait passé les dix dernières minutes à improviser et déverser un véritable déluge de prétextes destinés à justifier son incapacité à satisfaire sa demande. Kleist avait l'habitude de ce genre d'attitude pour l'avoir systématiquement rencontrée chaque fois qu'il avait traité avec les Affaires étrangères. Ces gens considéraient le *Sicherheitsdienst* avec un mélange de mépris et de crainte.

Kleist se souciait peu de leur mépris. En revanche leur crainte pouvait lui être utile. Ce misérable gratte-papier empestant la lotion capillaire au romarin et les pets, plastronnant derrière son petit bureau, ne faisait pas exception à la règle : *ce type me déteste, mais il me craint encore plus,* songeait-il. Ces gens-là le dégoûtaient, avec leurs culs aussi flasques que leurs âmes. Il les considérait comme des êtres veules, bileux, persuadés de leur supériorité, même face à des hommes comme lui. Alors qu'ils n'étaient rien de plus que des moineaux emportés dans le puissant sillage d'un aigle, des souris quémandant la protection d'un lion. Ces virtuoses du trombone et de l'agrafeuse : comme leurs existences étaient ordinaires, leurs vies monotones. Ils ne connaissaient pas, et ne connaîtraient jamais, le sentiment de transcendance que Kleist partageait avec son mentor, Reinhard Tristan Eugen Heydrich : cette exaltation qui vous transporte quand de votre archet s'élève une musique à ce point sublime que nul ne peut l'entendre sans être ému jusqu'aux larmes. Ou bien cette sensation suprême, et très comparable à l'émotion musicale, qui vous saisit au moment où vous prenez une vie. Un autre genre de mélodie mais tout aussi mesurée, rythmique, contrôlée, requérant non seulement du doigté mais de l'instinct. Du grand art, pour tout dire.

Kleist n'arrivait pas à détacher ses yeux de la gorge du bureaucrate. L'homme déglutissait nerveusement en s'empêtrant dans ses explications. C'était *impossible*, on ne pouvait décidément pas réclamer une telle liste au NKVD, les Affaires étrangères ne collaboraient pas, ne *pouvaient pas* collaborer avec les services secrets soviétiques qui, après tout, n'avaient jamais renoncé à travailler contre eux, à les soupçonner, en dépit de la ligne politique officielle... Kleist regardait sa pomme d'Adam tressauter; ses yeux perçaient le cartilage de son larynx, les ligaments, les tendons, le fascia mou. Toute cette chair lui semblait si nue, si vulnérable. L'espace d'un bref instant, il s'imagina en train d'enrouler un boyau de chat autour de cette gorge, une corde de *mi* bien tendue. Avec un plaisir ineffable, il aurait tiré d'un coup sec sur la corde, étouffant du même geste cette insupportable logorrhée de *Scheisse*, toutes ces conneries ! Kleist remarqua la pointe acérée du pique-notes posé sur le bureau et se demanda ce qu'il ressentirait s'il la plongeait dans les globes oculaires de ce gobe-mouche, jusqu'à chatouiller les tissus flasques de son misérable cerveau.

Quelque chose dans l'expression du violoniste, peut-être une étincelle jaillie de son écœurante songerie, avait dû soudain apparaître au bureaucrate. En tout cas, Kleist vit les pupilles de l'homme rétrécir, ses yeux cligner plus rapidement. Il se fit tout à coup plus docile.

« ... Ce n'est pas que nous n'ayons aucun contact ici, à Moscou, ajouta-t-il hâtivement. Il nous est possible de soudoyer les autorités compétentes, nos homologues du ministère des Affaires étrangères soviétique. Ils possèdent les listes de tous les étrangers entrant dans le pays.

— Excellent, lâcha Kleist. Quand puis-je disposer de cette liste ? »

Le bureaucrate avala sa salive tout en s'efforçant de camoufler son angoisse derrière une attitude bravache empreinte de suavité.

« J'ai tendance à penser qu'à la fin de la semaine, peut-être...

— *Aujourd'hui*. J'ai besoin de cette liste *aujourd'hui*. »

Le visage de l'homme vira au blême. « Mais bien sûr, *Herr Haupsturmfüher*. Je ferai de mon mieux.

— Et si ce n'est pas trop demander, j'aimerais assez que vous me trouviez une pièce ici, où je puisse m'exercer au violon en attendant.

— Certainement, *Herr Haupsturmfüher*. Pourquoi ne prendriez-vous pas mon bureau ? »

Chapitre 19

« TONNERRE de Dieu, qu'est-ce qui vous est arrivé ? », rugit Ted Bishop lorsque Metcalfe pénétra dans le hall du Métropole. « Vous avez l'air aussi mal en point que moi. Encore pire que votre chambre d'hôtel après le passage des boy-scouts ! »

Metcalfe lui fit un clin d'œil mais continua de marcher vers l'ascenseur. « Vous aviez raison – ces filles russes sont de vraies furies.

— Je ne me rappelle pas avoir dit cela. » Bishop avait l'air ennuyé. « Ce genre de chose ne m'est jamais vraiment arrivé. » Il le suivit en protégeant de la lumière ses yeux injectés de sang et lui murmura sur le ton de la confidence : « On dirait que vous avez droit à une filature internationale.

— Comment cela ?

— Pas juste la Gaie-paie-où, enfin cette bande de connards du NKVD, comme on les appelle aujourd'hui. Pour moi, c'est bonnet blanc et blanc bonnet. Non, en plus vous avez les boches sur les talons.

— Les Allemands ?

— Ce matin, un boche est passé à la réception pour demander la liste des derniers arrivés. Les hôtes étrangers ayant pris une chambre ici au cours de la dernière semaine. »

Metcalfe s'arrêta net, se retourna et, d'un ton faussement détaché, commenta : « Bigre, les nazis sont en train de prendre les mesures de la ville pour savoir s'ils pourront y caser tous leurs meubles. » Il ajouta, toujours sur le mode de la plaisanterie : « Ne trouvez-vous pas qu'ils en prennent un peu trop à leur aise ici. »

Bishop haussa les épaules. « A vue de nez, c'était un type du SD. Le *Sicherheitsdienst*, la police de la sécurité SS, leur service de renseignement. Mais il n'a pas obtenu grand-chose du réceptionniste. La barrière de la langue, vous voyez le truc. En plus, les Ruskofs n'aiment pas trop les questions, sauf quand ce sont eux qui les posent.

— Lui ont-ils fourni les informations qu'il réclamait ? » Les derniers arrivés ? Les clients étrangers ? Il pouvait très bien s'agir d'une coïncidence mais Metcalfe n'y croyait pas trop. *Pourquoi un Allemand ?* se demandait-il.

« J'ai pris le mec à part, histoire de bavarder gentiment avec lui. Vous savez combien nous sommes avides d'informations – avec un peu de chance, il aurait pu me dire ce que les boches mijotent en ce moment ; je prends tout : les ragots, les rumeurs, tout est bon. Ne serait-ce que pour écrire une ligne ou deux dans mon prochain envoi au canard. Vous voyez le genre : "Un Allemand en visite dans la capitale m'a confié que..." Les gens adorent ce genre de conneries. Je lui ai sorti le grand jeu. On a parlé un bon moment.

— De quoi ?

— Le gars en connaît un rayon question musique. Il a rencontré Walter Gieseking en personne. Et Elisabeth Schwarzkopf aussi.

— Vous a-t-il demandé les noms des clients ?

— Bien sûr. Il n'a pas cessé de revenir sur le sujet.

— Et vous l'avez aidé ? » Metcalfe s'efforçait de conserver un ton léger.

« Il disait qu'un vieil ami lui avait demandé de rechercher quelqu'un pour lui. Il ne se rappelait pas le nom exact. Un type venant de Paris.

— Eh bien, dans ce cas, ça ne me concerne pas.

— Le ciel vous entende. Je suis meilleur pour recueillir de l'information que pour en fournir. Les aléas du métier. Quelque chose dans son histoire sentait vaguement le rance, je dois dire. Le nom exact lui échappait ? Mon œil. A d'autres. Ça m'a mis la puce à l'oreille ! »

Roger Martin était encore endormi lorsque Metcalfe cogna à la porte. « Ça te dirait une petite balade ? demanda Metcalfe.

— Pas vraiment, ronchonna Roger.

— Très bien. Alors, on y va. »

Dès qu'ils sortirent de l'hôtel, une nouvelle équipe de surveillants leur emboîta le pas et adopta aussitôt le dispositif que Metcalfe commençait à identifier comme la technique standard du NKVD. Un des flics resta en arrière, pendant que l'autre traversait la rue et les suivait sur le trottoir d'en face. Ce n'étaient ni des amateurs ni des as de la filature. Un troisième, encore invisible, croisait-il dans les parages ? L'homme blond, par exemple, un véritable Houdini comparé à ces deux médiocrités. C'était fort possible. Pourtant Metcalfe était déterminé à ne leur donner aucun motif d'alarme. Roger et lui avaient simplement besoin de discuter dans un lieu public, loin des micros de l'hôtel. Ils se comporteraient normalement pour ne pas les inquiéter outre mesure.

Metcalfe voulait passer aux yeux de ses gardiens pour un homme d'affaires s'accordant une brève promenade matinale sur l'avenue animée, pour visiter la ville d'un pas nonchalant ; sa voix, en revanche, était tout sauf insouciante. Il se dépêcha de retracer à Roger les derniers événements, depuis la mise à sac de sa chambre d'hôtel, jusqu'à la filature géniale dont il avait été victime, en passant par la disparition alarmante de l'émetteur.

Au fur et à mesure de son discours, il le voyait se renfrogner ; quand il lui parla du vol de l'émetteur, son ami fit la grimace : « Après tout le mal que je me suis donné pour enterrer ce foutu machin, dit-il. Et sans me faire voir, en plus.

— A ton avis, y a-t-il un moyen d'assembler les éléments restants ? J'ai encore le cristal ; on pourrait peut-être récupérer la clé de morse et les autres pièces sur des radios ondes courtes...

— Tu es vraiment sûr de ton coup ? le coupa Roger.

— Je crains que non, admit Metcalfe.

— C'est pas un truc que tu oserais demander à un ami, hein ?

— Non, sans doute pas.

— Bon. Alors nous sommes d'accord.

— Oui, tu as raison. Je regrette de t'avoir dit ça. C'est ridicule, impossible. Mais il doit bien y avoir...

— Je vais le faire. »

Metcalfe sourit. « Je n'en attendais pas moins de toi, Scoop.

— Donne-moi un jour, peut-être deux.

— Accordé. Pendant ce temps, je vais tenter de joindre Corky. » Il fallait l'informer de la disparition de l'émetteur ; sinon, voyant que ses messages restaient sans réponse, il en déduirait qu'un malheur était arrivé.

« Mais comment ? Nous sommes coincés jusqu'à ce que j'arrive à bricoler un émetteur. Enfin, si jamais j'y arrive. »

Metcalfe garda le silence un bon bout de temps puis se décida à répondre : « Corky m'a indiqué une procédure à n'utiliser qu'en dernier ressort.

— Pas la valise diplomatiquc, j'cspèrc. C'cst trop lent – il faut compter deux jours au bas mot. Je ne connais qu'un seul canal correct pour les communications diplomatiques : le télégraphe. Les messages passent par les lignes commerciales, mais ils sont encodés.

— Et ce n'est pas fiable.

— Pas fiable ? C'est le canal le plus fiable qui existe ! Nom d'une pipe, c'est comme ça que l'ambassadeur communique avec le Président !

— Quand je dis pas fiable, je ne pense pas aux Russes mais aux nôtres. Apparemment, les ennemis de l'intérieur sont aussi dangereux que ceux de l'extérieur.

— Seigneur !, fit Roger. Alors, qu'est-ce que Corky t'a recommandé ?

— D'après lui, il existe une connexion téléphonique secrète, inconnue de la plupart des membres de l'ambassade. Une transmission radio brouillée, cryptée, reliée à un émetteur situé en Estonie, chargé d'amplifier le signal et de le relayer par des câbles téléphoniques enterrés.

— *Le canal noir*, murmura Roger, ébahi. Bon Dieu, j'en ai entendu parler mais je croyais qu'il s'agissait d'une légende.

— De toute évidence, on s'en sert rarement. Sinon, les Soviétiques l'auraient déjà repéré. Voilà pourquoi on n'y a recours qu'en cas d'urgence.

— Le contact de Corky y a-t-il accès ? »

Metcalfe hocha la tête.

« Et quelle est cette urgence ?

— Quelque chose ne tourne pas rond. Il se passe un truc imprévu, n'ayant rien à voir avec la mission pour laquelle Corky m'a envoyé ici. Von Schüssler n'est pas plus susceptible de devenir un agent double que toi. Ça, Corky *devait* le savoir ! Ses sources sont autrement plus fiables que les miennes. »

Roger prit un air pensif. « Tu penses qu'il se trame quelque chose qui nous échappe !

— Je ne vois pas d'autre explication. Sinon, cela voudrait dire que Corky m'a mis sur une fausse piste, et ce n'est pas dans ses habitudes. Tu sais bien, il n'envoie jamais ses hommes en territoire ennemi avant que toute l'opération ne soit réglée comme du papier à musique. S'il m'a ordonné de quitter Paris dans l'urgence, ce n'est certainement pas pour me lancer sur une mission sans queue ni tête – ça n'aurait aucun sens !

— En effet, dit Roger. Je pense que tu as raison. Ça ne colle pas. »

Ils se séparèrent et partirent chacun de son côté. Metcalfe retourna à l'ambassade américaine par un chemin détourné. Sur la route, il passa devant un immeuble de style classique, l'ambassade d'Allemagne, d'après ce qu'on lisait sur sa plaque de cuivre. Il songea à von Schüssler. Tous les renseignements qu'il avait collectés sur ce diplomate, leur brève conversation dans la datcha de l'ambassade américaine, traçaient nettement le portrait d'un simple carriériste. Cet homme n'était ni un nazi fanatique, doté de courage et d'intelligence, ni un activiste antinazi.

Alors, qu'est-ce que Corky avait en tête ? Pourquoi diable l'avait-il envoyé ici ?

De la musique sortait d'une fenêtre ouverte sur le côté de l'ambassade. Il faisait un froid glacial ; pour ouvrir une fenêtre par ce temps, il fallait être un peu dingue, songea vaguement Metcalfe. La musique était vraiment sublime : quelqu'un jouait du violon avec une incroyable maestria. Mais comment s'appelait ce morceau ? se demanda-t-il. Son nom lui revint tout à coup : *Totendanz*. La danse macabre. Il n'y avait que les Allemands pour allier culture et barbarie avec ce sinistre raffinement.

Comme il arrivait à proximité de l'ambassade américaine, il vit quelque chose bouger dans sa vision périphérique. En se retournant, il reconnut la crinière blonde si familière, en partie cachée sous une toque de fourrure, les hautes pommettes sibériennes.

L'homme du NKVD, celui qui l'avait suivi jusque chez Lana, celui qui l'avait conduit à la datcha. Voilà qu'il s'était matérialisé devant l'ambassade américaine, comme s'il lisait dans les pensées de Metcalfe. Il avait abandonné à ses pitoyables collègues la tâche de filer Metcalfe depuis son hôtel ; lui était au-dessus de cela, ou au-delà. Il semblait connaître *d'avance* les déplacements de sa proie.

Metcalfe pivota vivement sur lui-même et voulut se précipiter sur l'agent du NKVD, mais trop tard. Il était déjà parti. *Très bien*, pensa-t-il. Ce flic était peut-être suprêmement doué pour la filature mais aujourd'hui, il avait fait chou blanc. Qu'avait-il appris, tout compte fait ? Il n'y avait rien de bien extraordinaire à ce qu'un homme d'affaires américain fréquente les locaux de son ambassade. Si on voulait juste le mettre à l'épreuve, l'intimider – eh bien, c'était complètement raté. Ils en seraient pour leurs frais.

Amos Hilliard apparut dans le petit hall de réception des affaires consulaires. Il semblait mécontent, nullement ravi de revoir Metcalfe.

Ce dernier lui expliqua la raison de sa visite. Non sans réticence, Hilliard consentit à l'aider. « Le Donjon, dit-il. Comme le donjon d'un château. Il est étroitement surveillé, une vraie place forte. Moi-même je ne m'en sers que très rarement. Il va falloir que j'invente une excuse pour endormir mes collègues.

— Je vous en remercie, dit Metcalfe.

— Dites à Corky que je veux une augmentation », rétorqua le diplomate.

Un quart d'heure plus tard, Metcalfe suivait Hilliard à travers un dédale de corridors verrouillés aboutissant à une porte d'acier. C'était la partie la mieux gardée de l'ambassade, commenta le diplomate chemin faisant. Il tourna méthodiquement le cadran d'une grosse serrure noire à combinaison qui ne consentit à s'ouvrir qu'au bout de quelques minutes. Effectivement, Hilliard n'avait pas l'habitude de traîner dans ce secteur.

Dès qu'ils passèrent dans le corridor sécurisé, Hilliard désigna une porte marquée PLACARD ÉLECTRIQUE, derrière laquelle se trouvaient les boîtes de dérivation alimentant en courant le canal noir ; les câbles du télex et du téléphone étant, eux, branchés sur un autre système. Il s'arrêta devant une porte sans inscription, munie de trois verrous d'aspect fort complexe. Une fois passé ce dernier seuil, Metcalfe se retrouva dans une sorte de cabine téléphonique, du moins c'est ce qu'il crut au premier abord : un espace étroit et peu profond aux parois plaquées d'acier. Un cercueil n'aurait pas été moins confortable. Il y avait là une chaise métallique et, fixé sur une petite tablette d'acier, un combiné téléphonique noir d'une banalité confondante, reposant sur un énorme bulbe lui servant de base.

C'était donc cela le module de communication ultrasécurisé que Hilliard appelait le Donjon. Guère plus qu'une cabine insonorisée bénéficiant des systèmes acoustiques les plus sophistiqués existants. Dès que Metcalfe fut assis, Hilliard sortit et verrouilla la lourde porte.

Metcalfe n'était pas claustrophobe mais ne put éviter un moment de panique. La porte était percée d'un petit hublot en Plexiglas par lequel il vit Hilliard entrer dans une petite pièce, de l'autre côté du couloir. De là, il surveillerait l'opération et s'assurerait que tout se passait bien.

A l'intérieur du Donjon régnait un silence oppressant. L'air était immobile. Faute de ventilation – sans doute pour garantir l'étanchéité sonore –, la température grimpait régulièrement. Hilliard venait d'initier la connexion via le canal noir au moyen d'un télégramme codé hautement prioritaire; dès que les liaisons nécessaires seraient établies, ce qui prendrait quelques minutes, ils recevraient un appel entrant.

Le visage de Metcalfe dégoulinait de sueur. Soudain une puissante sonnerie retentit. Il sursauta. Jamais il n'avait entendu un téléphone produire un bruit pareil. Metcalfe s'empara du combiné.

« Stephen, mon garçon. » La voix de Corky ressemblait à un croassement, mais il l'aurait reconnue entre mille. Bien que leur conversation fût protégée par une connexion sécurisée, Corcoran évitait soigneusement de mentionner le nom de famille de Metcalfe. Cette voix lui fit l'effet d'un baume apaisant. C'était comme s'il ne l'avait pas entendue depuis une éternité, et pourtant il n'était parti que depuis quelques jours. « Je suppose qu'il y a une urgence. J'étais justement en train de savourer un excellent déjeuner. » La liaison produisait un son creux, pareil à un étrange écho métallique.

« Toutes mes excuses, rétorqua sèchement Metcalfe.

— Tu as apprécié le ballet ?

— Avez-vous reçu mon message disant que j'avais établi le contact ?

— Certes. Mais qu'en est-il de l'Allemand ?

— Une brève conversation.

— Suffisante pour te faire une idée ?

— Je crois, oui.

— A ton avis, ce type serait-il susceptible de constituer un atout dans notre jeu ? Un agent double potentiel ?

— Je crains que non. Et pour tout dire, j'ai idée que vous le saviez pertinemment. »

Corky resta quelques secondes silencieux. Sur la ligne, on entendait un léger bruit blanc, comme un sifflement assourdi. « Le chemin le plus court entre deux points n'est pas toujours la ligne droite, répliqua le vieil homme.

— Qu'est-ce que je fabrique ici ? s'écria Metcalfe en abandonnant toute retenue. Pour l'amour du ciel, Corky, je n'arrive pas à croire que vous m'ayez envoyé ici, avec tous les risques que cela impliquait, pour suivre une fausse piste. D'accord, une ancienne petite amie à moi se trouve avoir tissé des liens avec un gros abruti de diplomate allemand – bon, et alors ? Je suis sûr que vous disposez d'une centaine de candidats au recrutement bien meilleurs que ce von Schüssler ! N'essayez pas de me faire croire le contraire. Que diable se passe-t-il, Corky ?

— Du calme, Stephen, répondit froidement Corky. Je voulais que tu prennes contact avec ton “ancienne petite amie”, comme tu dis, et tu l'as fait. La phase un a été exécutée.

— La phase un de quoi ? Je ne suis pas une marionnette dont on tire les fils pour le plaisir de la voir danser. Qu'est-ce que je fiche ici ? » Il s'épongea le front et le cou avec un mouchoir.

« Stephen, tu sauras ce que tu as besoin de savoir quand le moment sera venu.

— Je ne suis pas d'accord, Corky. C'est moi qui suis sur le terrain, c'est moi qui risque ma peau...

— Tu es un volontaire, Stephen. Pas un conscrit. Dès que tu voudras rentrer chez toi, je me ferai une joie d'organiser ton rapatriement. Mais tant que tu travailles pour moi, la sécurité opérationnelle reste primordiale. C'est un jeu dangereux dans lequel nous sommes impliqués. Le cauchemar auquel tu as assisté dans la station de Paris devrait te le rappeler...

— Quelle est la “phase” suivante, comme vous dites ? », le coupa Metcalfe.

Un long sifflement métallique. Les secondes s’égrenèrent. Metcalfe se demandait s’ils n’avaient pas été coupés lorsque Corky se manifesta de nouveau : « Rudolf von Schüssler, comme tous ses collègues de l’ambassade d’Allemagne à Moscou, est chargé de rassembler des informations sur les intentions des Russes. Hitler leur a interdit d’engager des procédures d’espionnage en bonne et due forme, par peur d’éveiller les soupçons des Soviets. Du coup, leur boulot est devenu quasiment impossible. Les nazis cherchent à obtenir des renseignements par tous les moyens possibles et imaginables, mais n’y arrivent pas. Je propose que nous leur donnions un petit coup de pouce.

— Ce qui signifie ?

— Sous peu tu recevras un paquet contenant des documents. Il te faudra convaincre Svetlana de les transmettre à son Allemand. »

Metcalfe faillit lâcher le téléphone.

« Les transmettre ? hurla-t-il.

— Nous sommes confrontés à plusieurs facteurs concordants, reprit Corky. Le père de Svetlana est un important général de l’Armée Rouge à la retraite, un héros de la Révolution qui travaille aujourd’hui pour le Commissariat à la Défense.

— Il occupe un poste insignifiant, objecta Metcalfe. Une sinécure accordée pour bons et loyaux services. Il brasse de la paperasse, c’est tout. Lana m’a dit...

— Improvise, mon garçon. Tu es capable de mieux. Accorde-lui une promotion.

— Dois-je comprendre que vous me demandez d’*utiliser* Lana ? Voilà donc la raison pour laquelle vous m’avez envoyé ici, n’est-ce pas ? Cela et rien d’autre ? » Il s’en doutait mais voulait l’entendre de la bouche de Corky.

« Je formulerais cela autrement. Je veux que tu l’*enrôles*. Si quelqu’un doit être utilisé, c’est bien von Schüssler. Tu t’en serviras comme d’un canal pour faire parvenir des informations à l’*Oberwehrmacht*. Des informations stratégiques et tactiques, des renseignements destinés à fausser leurs décisions.

— Bon Dieu, Corky, si je faisais ce que vous me demandez, elle se retrouverait dans une situation incroyablement risquée. Je veux dire, elle est ballerine, danseuse, pour l'amour du ciel ! Pas agent de renseignement. Elle n'a rien d'une espionne – c'est une artiste.

— C'est une femme de spectacle, Stephen. Certains de mes meilleurs agents viennent du milieu du théâtre.

— Et si elle dérape, que croyez-vous qu'il lui arrivera ?

— Stephen, répondit Corcoran en s'armant de patience, ai-je besoin de te rappeler sa situation actuelle ? Ces temps-ci, un citoyen russe qui fricote avec un étranger est considéré comme un traître. Mais elle n'est pas une Russe ordinaire. C'est une célèbre danseuse, en plus son père est général et elle couche avec un diplomate allemand. Oublie le pacte Hitler-Staline – je suis sûr que les services de renseignement soviétiques la surveillent de très près. »

Metcalfe revit soudain l'ange gardien de Lana, Kundrov. *De plus près que vous ne croyez,* pensa-t-il. Pourtant, von Schüssler n'avait certainement pas abordé Lana pour des raisons politiques. En tout cas, si jamais son intérêt pour elle avait eu un quelconque rapport avec la position de son père, Lana ne l'avait pas remarqué, bien qu'elle subisse ses assiduités depuis des mois. Non, l'Allemand n'avait qu'une seule motivation, le sexe. Lana était une femme d'une beauté hors du commun et cela suffisait à expliquer l'attention qu'il lui portait. De plus, son statut de danseuse étoile faisait d'elle une sorte de trophée aux yeux de von Schüssler. Les hommes manquant d'assurance comme lui aimaient à rehausser leur réputation en exhibant leurs conquêtes féminines. Il avait basé son chantage sur le fait que le nom de Mikhaïl Baranov figurait dans un dossier susceptible de le conduire devant le peloton d'exécution ; et tout de suite après avoir obtenu ce qu'il espérait, il s'était désintéressé du vieil homme.

« Et son père ? insista Metcalfe. Il risque gros, lui aussi.

— Son père – comment le dire sans manquer de tact – n'en a plus pour longtemps. Il va se faire arrêter lui aussi, comme la plupart de ses anciens collègues de l'Armée Rouge. Ce n'est qu'une question de jours.

— Il a survécu jusqu'à présent.

— Son nom figure sur une liste. Nous l'avons appris. Le NKVD appelle ce document *Kniga Smerty* – le Livre de la Mort. Ils ont procédé à des arrestations selon un ordre bien précis. Son heure viendra bientôt. Dès qu'ils mettront la main sur lui, Lana n'aura plus d'intérêt pour nous. Aujourd'hui, elle peut encore servir de canal à notre entreprise de désinformation. Donc le temps presse. Et dis-toi que le NKVD est déjà en train de se demander si elle représente un risque pour la sécurité. Elle s'est déjà mise dans le pétrin.

— Pas volontairement, répliqua Metcalfe en épongeant son front moite. Elle n'avait pas le choix.

— Je t'en prie. Permets-moi de te rappeler que les nazis sont en train de grignoter l'Europe juste devant nos yeux. Enfin quand je dis grignoter, je suis bien en dessous de la vérité. Ils la gobent tout rond. La foutue machine de guerre nazie a répandu le concept de guerre éclair jusqu'aux confins de cette planète. Le monde n'a jamais connu pareille menace contre sa liberté. La France est vaincue ; Hitler n'a pas d'ennemis en Europe ; l'Angleterre ne tiendra probablement pas le choc. Si nous avons une seule chance de mettre un coup d'arrêt à cette catastrophe planétaire, c'est pas le moment de nous défiler, nom de Dieu ! C'est pour cela que tu es venu à Moscou. Il n'y a rien de plus important. Et maintenant voilà qu'il t'est enfin donné la possibilité de changer les choses. Ne pas en profiter tiendrait de la folie pure. Pire que de la folie : ce serait une négligence criminelle. » Corky fit une pause. Metcalfe restait coi. « Tu es là, Stephen ?

— Et qu'y a-t-il dans ces documents que vous souhaiteriez que Lana transmette à von Schüssler ?

— Ces documents tracent un portrait à l'intention de l'OKW, le *Oberkommando der Wehrmacht*, de Hitler et de son Haut Commandement. Ils dressent une sorte de portrait.

— Quelle sorte de portrait ?

— Certains artistes peignent à l'huile ; d'autres utilisent l'aquarelle. Nous, nous préférons les chiffres. En colonnes bien alignées. Des évaluations portant sur la puissance militaire, un décompte de l'équipement, des divisions, des troupes, les emplacements des dépôts d'armes. Un agrégat de données qui traceront, pour les visières vert-de-gris de la Wehrmacht et, au bout du compte, pour Hitler en personne, un portrait de l'Armée Rouge aussi expressif qu'un tableau de Van Gogh.

— Quelle *sorte* de portrait ? insista Metcalfe.

— Celui d'un ours, Stephen. Mais d'un gentil nounours. Un ourson dont on aurait coupé les griffes.

— Vous voulez qu'elle transmette à von Schüssler des faux documents démontrant la faiblesse de l'armée russe.

— Des faux d'excellente qualité, tu peux me croire. Staline lui-même n'y verrait que du feu.

— Je n'en doute pas un seul instant. »

Mon Dieu, s'émerveilla Metcalfe malgré lui : c'était une idée à la fois brillante et diabolique ; du Corky tout craché. « Si Hitler pense que l'invasion de la Russie est gagnée d'avance, il foncera tête baissée, dit Metcalfe. Sans hésiter un instant !

— Je ne te le fais pas dire, articula Corky d'une voix où le sarcasme se percevait nettement, malgré la mauvaise qualité de la connexion.

— Dieu du ciel, Corky, vous voudriez inciter Hitler à déclarer la guerre à l'Union soviétique ! »

Un autre silence interminable. Les craquements et autres sifflements reprirent, pareils aux chuintements émis par une radio mal réglée. « Stephen, tu te rappelles ce que je t'ai dit l'autre jour à propos des guerres du Péloponnèse, n'est-ce pas ?

— Oui, lâcha Metcalfe. Athènes n'a dû sa survie qu'à la lutte opposant ses ennemis.

— Athènes a monté ses ennemis les uns contre les autres. Elle a semé la discorde. Voilà ce qui s'est passé.

— Mais comment pouvez-vous être sûr que ces documents parviendront bien à Hitler ? Pensez une seconde au nombre de maillons qui composent la chaîne, au nombre de probabilités pour qu'ils soient écartés par tel ou tel bureaucrate nazi trop sceptique.

— Très juste, Stephen, mais si nous ne devions jouer que les coups gagnés d'avance, nous ne ferions jamais rien, tu ne crois pas ?

— Je vous l'accorde.

— Nous savons une chose : chaque jour, Hitler passe des heures à lire des comptes rendus, des mémorandums et des rapports. C'est un mordu du renseignement. Ses grandes décisions, il les prend toujours seul mais sur la base des informations qu'on lui transmet. Et pour lui, les seules informations valables proviennent de son service d'espionnage. Ses chers espions. Il leur fait une confiance aveugle. Cela dit, von Schüssler n'est pas un espion, mais il a son réseau. Des amis haut placés. »

Les pensées tourbillonnaient sous le crâne de Metcalfe. Son mouchoir était tellement trempé qu'il ne servait plus à rien. Il en chercha un autre, en vain. « Je le ferai à une condition.

— Je te demande pardon ? fit Corky, incrédule.

— Si jamais quelque chose tourne mal – si Lana sent qu'elle va avoir des ennuis, qu'elle risque de se faire arrêter – promettez-moi que vous lui ferez quitter Moscou. » Avec la paume, il essuya la sueur qui lui embuait les yeux. Cette cabine était horriblement inconfortable et il se demandait combien de temps il supporterait cette chaleur.

« Stephen, tu sais parfaitement que ce genre de pratique n'entre pas dans nos méthodes.

— Je suis sûr du contraire. Nous l'avons fait en France ; nous l'avons fait en Allemagne.

— Pour des cas exceptionnels...

— Il s'agit d'un cas exceptionnel, Corky. Sans cette garantie, je ne demanderai rien à Lana.

— Je t'assure que nous ferons tout pour minimiser les risques, Stephen, mais...

— Je vous ai donné mes conditions, déclara Metcalfe. Je ne négocierai pas. C'est à prendre ou à laisser. »

De l'autre côté du couloir, Amos Hilliard assis devant un terminal télétype guettait les messages entrants susceptibles de requérir une réaction immédiate. Le canal noir était un équipement relativement récent et, comme toute nouvelle technologie, manquait de fiabilité. Il consistait en une fusion complexe et peu maniable de diverses connexions internationales, une série de liens dont chacun était soumis aux aléas de la guerre. Les problèmes pouvaient surgir à tout moment. Pour surveiller la stabilité de la transmission, le meilleur outil était l'indicateur de puissance fiché dans la console devant laquelle il était installé. En ce moment, les deux aiguilles signalant la puissance de transmission et de réception étaient quasiment stables. Si jamais l'une des deux chutait, Hilliard se tenait prêt à réagir au quart de tour pour restaurer la connexion.

La conversation de Metcalfe s'avérait plus longue que prévu. Hilliard en ignorait la teneur mais il devait s'agir d'une question extrêmement délicate. Hilliard ne savait pas très bien ce que le jeune homme était censé faire à Moscou mais se garderait bien de l'interroger ; le sacro-saint principe de compartimentation cher à Corky l'interdisait formellement ; toutefois il ne pouvait s'empêcher de faire fonctionner ses méninges. Il connaissait Metcalfe de réputation. On lui avait déjà parlé de ce riche play-boy – qui au demeurant lui semblait trop frivole pour collaborer avec Corky – et de sa danseuse du Bolchoï. De plus, il les avait vus sortir ensemble de la datcha, le soir de la réception. Inutile d'avoir fait Polytechnique pour comprendre qu'il y avait quelque chose entre eux. Et puis, toutes ces questions au sujet de von Schüssler. Visiblement, Metcalfe était chargé d'évaluer l'Allemand. Peut-être se servait-il de la fille pour approcher le nazi. C'était sans doute la raison pour laquelle Corky avait choisi un agent si peu expérimenté. Il n'avait pas besoin d'un vrai spécialiste du terrain mais d'un expert en chambres à coucher.

Hilliard jeta un œil sur le compteur et sursauta. Les deux aiguilles venaient de chuter brutalement. Il ignorait pourquoi mais l'indicateur de puissance était au plus bas. Il bondit de son siège, se précipita dans le couloir et colla son nez sur le hublot de Plexiglas trouant la porte d'acier du Donjon. De l'autre côté, Metcalfe couvert de sueur discutait avec animation. S'il parlait encore c'était que la connexion n'était pas coupée, contrairement à ce qu'il redoutait.

Alors pourquoi l'indicateur de puissance avait-il accusé une telle chute ?

Soudain un terrible frisson le traversa. Serait-il possible que... ?

Il frappa du poing sur le hublot jusqu'à ce que Metcalfe se retourne, perplexe. D'un geste frénétique, Hilliard lui fit signe de raccrocher. Il passa son index en travers de son cou, comme pour mimer un égorgement. Metcalfe prononça encore deux ou trois mots puis coupa la communication.

Lorsque Hilliard réussit enfin à déverrouiller la porte, il libéra un Metcalfe trempé et prêt à l'assommer. « Que diable... ? tonna-t-il.

— Une fuite ! expliqua Hilliard. Durant les dernières vingt, trente secondes.... vous avez dit des choses importantes ? Il se peut que la conversation ait été enregistrée, écoutée.

— *Enregistrée ?* Non, nous avions fini d'évoquer les points les plus importants ; nous en étions aux détails. Mais comment est-ce possible... *des écoutes ?* »

Hilliard ne prit pas la peine de répondre. Il pivota sur lui-même et fonça à travers le couloir. Ses pas résonnaient sur le sol de mosaïque. La seule jonction accessible était l'armoire électrique près de l'entrée. On y avait rafistolé le nœud de câbles téléphoniques. Jusqu'à ce que l'on isole correctement le système, c'était un point vulnérable. Tout à coup, à quelques mètres devant lui, la porte menant à l'armoire électrique s'ouvrit violemment. Une silhouette sombre en émergea et disparut aussitôt au bout du couloir. Hilliard reconnut l'homme : c'était une nouvelle recrue, un jeune secrétaire d'ambassade dont Hilliard se méfiait depuis son arrivée. Maintenant, il en avait le cœur net. Il était là pour espionner.

Pour le compte de qui ?

Hilliard courut vers l'armoire électrique, l'ouvrit brusquement et vit ce qu'il craignait de voir. Un combiné abandonné par le fuyard traînait par terre, venant confirmer ce qu'il savait déjà.

Metcalfe campé devant l'armoire électrique comprit aussitôt ce qui venait d'arriver.

« C'est fini, annonça Hilliard. Les circuits sont grillés.

— Et avec eux la fameuse sécurité du canal noir.

— La sécurité du canal noir était censée nous protéger de l'extérieur. Des Soviétiques. Pas de l'intérieur.

— Qui était-ce ?

— Un jeune officier du Foreign Service. Un type insignifiant, tout au bas de la hiérarchie...

— Qui le dirige ?

— Je ne sais pas. Et je doute d'être en mesure de le découvrir rapidement. Je ne suis certain que d'une seule chose, Metcalfe : nombreux sont les acteurs de la mauvaise farce qui se joue ici, et plus il y a d'acteurs plus on a de chances de devenir le dindon de la farce. Si jamais vous vous amusez à passer encore une fois par le canal noir, ce sera comme si vous émettiez directement sur Radio-Moscou. Rendez-moi un service – pour mon bien comme pour le vôtre. Sortez par la porte de derrière et ne remettez plus jamais les pieds ici. Je vous en supplie, Metcalfe. Plus jamais. »

Le violoniste était assis sur un banc du parc, en face de l'ambassade américaine. Le thème principal du quartet de Schubert *Der Tod und das Mädchen* lui trottait dans la tête. Quel bonheur ! Il adorait ce passage dans lequel les triolets rageurs et turbulents de l'ouverture laissaient place à des cadences apaisantes, sombres et veloutées, composées en *ré* mineur ; il jouissait de ce glissement subtil du majeur au mineur, de l'atmosphère sinistre et menaçante qui se dégageait de la mélodie à ce moment précis. Tout en regardant les gens entrer et sortir par la porte principale, il faisait tout son possible, sans y parvenir bien sûr, pour ignorer les odeurs écœurantes de Moscou. Il les connaissait déjà par cœur – la sueur aigre des hommes, ajoutée à la vodka, la saleté des femmes qui se négligeaient, les haleines empestant l'oignon, le tabac bon marché, et partout ces relents de chou bouilli. Jusqu'à présent, il avait cru que les Français étaient les êtres les plus repoussants qui soient mais il avait eu tort : les Russes étaient pires. Leurs émanations constituaient pour lui une toile de fond olfactive sur laquelle il était en mesure de reconnaître instantanément n'importe quel étranger, qu'il soit américain ou britannique. Müller, son contact au *Sicherheitsdienst*, avait de bonnes raisons de croire que Daniel Eigen, membre du réseau d'espionnage opérant sur Paris, se trouvait à Moscou. Et Reinhard Heydrich lui-même soupçonnait que le nommé Eigen était impliqué dans un plan de grande envergure méritant une enquête approfondie. N'importe quel imbécile était capable d'éliminer Eigen, mais très peu d'agents du SD possédaient la double compétence dont il se savait investi. Lui seul avait le talent de mener une enquête et, si nécessaire, de se débarrasser d'un individu gênant en un clin d'œil.

Même sous contrôle allemand, les frontières françaises demeuraient poreuses. Les gens désireux de s'enfuir disposaient de nombreuses possibilités. Et ils ne s'en privaient pas. Paris abritait des tas de citoyens britanniques, la plupart sans papiers, répertoriés dans aucun registre. Il était tout bonnement impossible de savoir lesquels avaient pu disparaître au cours de ces derniers jours. A Moscou, en revanche, les choses étaient beaucoup plus faciles. Certes, un étranger pouvait parfaitement entrer avec un faux passeport, comme partout dans le monde, mais en Russie ce n'était pas une mince affaire car la surveillance était plus stricte que n'importe où ailleurs. De plus, la Russie n'accueillait que fort peu d'étrangers. Tout à l'heure, quand on lui remettrait la liste tant convoitée, elle ne serait certainement pas très longue. Et tant mieux, car moins elle comporterait de noms plus vite il toucherait au but.

Il avait posté un collègue du SD à l'extérieur de l'ambassade britannique. A eux deux, ils auraient tôt fait d'identifier leur cible. Tous les étrangers visitaient l'ambassade de leur pays, à un moment ou à un autre. Celui-ci ne ferait sans doute pas exception à la règle.

Un homme en pardessus beige sortit du bâtiment d'un pas alerte. Et si c'était lui ?

Kleist se leva, traversa l'avenue et aborda l'homme. « Pardonnez-moi, dit-il d'un air affable. Nous nous connaissons, n'est-ce pas ? »

Mais avant même que l'homme n'ait ouvert la bouche, le violoniste sut qu'il s'était trompé. De son manteau émanait une combinaison révélatrice de graisses animales – porc et oie –, rehaussée d'une fragrance de paprika. Cet homme était hongrois, comme son accent le lui confirma.

« Non, je ne crois pas, fit l'inconnu. Désolé.

— Toutes mes excuses, répondit le violoniste. Je vous ai pris pour quelqu'un d'autre. »

Chapitre 20

METCALFE ne reconnut pas d'emblée la femme rondelette assise sur un banc du jardin de la place Sverdlov. Elle était trop bien déguisée. Visiblement, son costume venait de la garde-robe du Bolchoï. Rembourré aux endroits stratégiques, il transformait radicalement sa silhouette gracile. Elle ressemblait à une grosse paysanne russe d'âge mûr.

Lorsqu'il finit par s'apercevoir que c'était elle, il passa devant son banc à grandes enjambées en maintenant une distance de sécurité entre eux deux. Elle fit semblant de ne pas le reconnaître, ne lui accorda pas même un regard.

On l'observait peut-être. En tout cas, c'était fort probable. Il n'avait remarqué aucun individu suspect dans les parages, mais tout portait à croire que l'agent blond aux yeux gris pâle était caché quelque part et ne perdait pas une miette de la scène. Il se faisait peut-être des idées mais, en l'occurrence, deux précautions valaient mieux qu'une.

Lors de leurs retrouvailles dans les écuries, il lui avait fourni des instructions détaillées pour organiser leur rendez-vous. Désormais, à chacune de leurs rencontres, ils devraient employer les ruses du métier – il avait utilisé l'expression russe *po vsem pravilam iskusstva*, signifiant littéralement « les règles de l'art ».

Elle avait réagi avec un mélange de crainte et de soulagement.

Toutes ces manœuvres furtives la terrifiaient mais en même temps elle appréciait la prudence de Metcalfe car elle lui assurait une protection – pour elle comme pour son père. Toutefois, lorsque le jeune homme lui avait détaillé les précautions à prendre, elle avait eu l'air surprise. « Comment fais-tu pour savoir ce genre de choses, Stephen ? Comment connais-tu ces... ces *pravily iskusstva* ? Je pensais que tu étais un homme d'affaires – et d'habitude un homme d'affaires ne se comporte pas comme un *espion.* »

Il avait éludé sa remarque d'un haussement d'épaules en précisant sur un ton détaché, aussi convaincant que possible : « J'adore les films d'Hollywood, *dusya* ; tu le sais bien. »

Après avoir dépassé son banc d'une trentaine de mètres, il ralentit l'allure et feignit d'hésiter sur la direction à prendre. A cet instant, Lana le doubla. Elle avait non seulement modifié son apparence mais aussi sa démarche : elle trottinait en boitant légèrement, comme si elle souffrait de la goutte ou d'une maladie des hanches.

Au moment où elle passa près de lui, sur l'étroite allée, elle lui murmura : « Allée Vassilïevski, juste après la rue Pouchkine. » Puis elle s'éclipsa. Il balaya le parc du regard, d'un air incertain, comme s'il tentait de s'orienter, et se remit en marche, prenant soin de laisser une trentaine de mètres entre eux. En la regardant boitiller devant lui, il n'en revenait pas de sa métamorphose. Elle imitait à la perfection la démarche d'une vieille dame pressée. Elle sortit du parc, plongea entre les voitures et traversa la rue Pouchkine avec la témérité ombrageuse d'une grand-mère russe.

Cette procédure s'appelait un « coup de sécurité », dans le jargon de Corky et de ses formateurs ; en clair, ils s'assuraient que personne ne leur collait aux basques. Il la regarda tourner dans la minuscule allée Vassilïevski puis lui emboîta le pas et la vit s'approcher d'une porte en bois donnant accès à un immeuble résidentiel. Une rangée de sonnettes s'étageaient sur la gauche, assorties d'étiquettes portant des noms manuscrits, dans un petit cadre en cuivre. L'immeuble semblait vieux et décrépit ; à l'intérieur, pas de vestibule, juste un palier. L'immeuble sentait la viande avariée et le tabac *makhorka.* Il escalada derrière elle deux volées de marches grinçantes, couvertes d'un tapis élimé, et tomba sur une porte d'appartement.

Il entra. L'appartement sombre, calfeutré, sentait le renfermé. Il referma derrière lui. Aussitôt, elle lui sauta au cou. Sous les mains de Metcalfe, les rembourrages de son vêtement produisaient une drôle d'impression, mais son visage était toujours aussi ravissant, sa bouche tiède et attirante. Il l'embrassa.

Elle se dégagea de son étreinte. « Nous devrions être à l'abri ici, mon chéri.

— A qui appartient cet endroit ?

— A une danseuse. Je devrais dire une ancienne danseuse. Elle a repoussé les avances de son répétiteur et depuis, elle travaille comme femme de ménage à l'agence Tass, comme sa mère. Macha a eu de la chance de décrocher ce boulot, tout compte fait.

— Elles sont au travail, en ce moment ? »

Lana hocha la tête. « Je lui ai dit que j'avais... rencontré quelqu'un. Elle sait que je ferais la même chose pour elle, si elle avait besoin d'un coin tranquille, d'un...

— Nid d'amour, c'est bien cela ?

— Oui, Stiva, le taquina-t-elle. Tu es bien placé pour connaître cette expression. »

Il eut un sourire crispé. « Tu es déjà venue ici avec von Schüssler ?

— Oh non, bien sûr que non ! Il ne mettrait jamais les pieds dans un endroit pareil ! Nous nous voyons dans son appartement à Moscou, et seulement là.

— Il possède une autre résidence ?

— A la campagne, il dispose d'une vaste demeure confisquée par les Russes à un riche commerçant. Les Allemands sont traités comme des rois, de nos jours. Staline tient à ce que Hitler constate les efforts qu'il déploie pour entretenir de bonnes relations entre nos deux pays. Enfin je suppose.

— Tu y es déjà allée ? Dans la maison de campagne de von Schüssler, je veux dire ?

— Stiva, je te l'ai déjà dit – cet homme ne signifie rien pour moi ! Je le méprise !

— Ce n'est pas de la jalousie, Lana. J'ai juste besoin de savoir où vous vous rencontrez. »

Elle plissa les yeux. « Pourquoi ?

— Pour m'organiser. Je t'expliquerai.

— Il ne me reçoit que dans son appartement moscovite. La maison de Kuntsevo m'est interdite.

— Pourquoi cela ?

— C'est un lieu immense et grandiose, avec du personnel, des gens qui connaissent sa femme. Il préfère rester discret. » Elle ajouta avec dégoût : « C'est un homme marié, tu sais. Sa femme et ses enfants habitent Berlin. On dirait qu'il me tient cachée comme un secret honteux. Il passe ses fins de semaine là-bas, à rédiger ses Mémoires, comme s'il avait quelque chose à dire, comme s'il était autre chose qu'un cafard ! Mais pourquoi me poses-tu de telles questions, Stiva ? J'en ai assez d'entendre parler de ce porc ! J'ai rendez-vous avec lui ce soir, et je préférerais éviter de penser à lui en attendant.

— C'est qu'il m'est venu une idée, Lana. Quelque chose qui pourrait te sortir de là. » En s'entendant prononcer ces paroles à haute voix, il eut la nausée. Il lui mentait, se servait d'elle. Ou, pour dire les choses plus précisément, il la manipulait. Mais cela le torturait. « Te demande-t-il des nouvelles de ton père ?

— Très peu. Juste assez pour me rappeler la menace qui pèse sur lui. Le pouvoir qu'il possède sur ma vie. Comme si c'était nécessaire ! Comme si je pouvais l'oublier ! Il imagine peut-être que je pense à autre chose, à chaque seconde que je passe près de lui ! » Elle cracha presque ces mots : « Il croit peut-être que son charme me subjugue au point de me faire oublier sa méchanceté ?

— Donc, si jamais tu lui laissais entendre que ton père vient d'être nommé à un nouveau poste au Commissariat, une fonction importante – qui lui donnerait accès à un large éventail de documents concernant l'Armée Rouge – penses-tu qu'il te croirait ?

— Pourquoi diable irais-je lui raconter une chose pareille ?

— Pour lui mettre une idée en tête.

— Ah oui ?, fit Lana d'une voix chargée de sarcasme. Et tu penses qu'il me demandera de dérober des documents à mon père, c'est cela ?

— Exactement.

— Et ensuite... ensuite, je lui remettrai ces secrets d'Etat. C'est ça ton idée, Stiva ?

— Tout à fait. Des documents concernant certains projets ultra-secrets de l'armée soviétique. »

Comme elle l'aurait fait avec un enfant stupide, elle prit le visage de Metcalfe entre ses mains et se mit à rire. « Quelle idée géniale, mon Stiva. Et après ça, tu vas me demander de me planter au beau milieu de la place Rouge, mégaphone en main, pour crier à tout Moscou ce que je pense de Staline ? Tu m'accompagneras, ce jour-là ? »

Sans se laisser ébranler par ses railleries, Metcalfe poursuivit :

« Les documents seront faux, bien sûr.

— Oh ! Et où trouverai-je ces faux documents ?

— Je te le donnerai. »

Elle recula et plongea son regard dans le sien. « Et von Schüssler se discréditera en les transmettant à Berlin », articula-t-elle. Elle avait renoncé à son ton ironique.

« Au bout du compte, oui, il se discréditera, admit Metcalfe.

— Ils le renverront à Berlin et je serai délivrée de lui.

— En dernier lieu, oui. Mais avant cela, tu te seras servie de lui pour sauver la Russie.

— Sauver la Russie ? Comment est-ce possible ? »

Metcalfe voyait bien qu'il jouait un jeu dangereux et déloyal avec elle. Il se méprisait pour cela. En ne lui avouant qu'une partie de la tâche qu'il comptait lui confier, il la menait en bateau, purement et simplement. Il tirait odieusement profit de sa haine du nazisme, de son amour pour la Russie, de sa haine de von Schüssler – et de son amour pour lui.

« Tu n'ignores pas qu'aucun accord, aucun chiffon de papier n'empêchera jamais Hitler d'agir à sa guise. Tout doit plier devant les intérêts du régime nazi. Il poursuit un seul but : dominer le monde – il n'a jamais cessé de le répéter, d'ailleurs. C'est écrit noir sur blanc dans *Mein Kampf*; ça figure dans tous ses discours. Il ne s'en est jamais caché. Quand un pays constitue une menace, Hitler attaque – et toujours le premier. L'Union soviétique ne fera pas exception à la règle.

— C'est dément ! Staline ne menacera jamais l'Allemagne nazie !

— Je partage entièrement ton avis. Mais si on veut que Hitler continue à le croire, le seul moyen consiste à lui fournir des renseignements secrets qui le confortent dans cette idée. Aucune autre source d'information n'est susceptible de le convaincre. Tu comprends ? Par l'intermédiaire de von Schüssler, tu transmettras à Hitler des documents prouvant que l'Union soviétique ne représente aucun risque pour l'Allemagne. Si on parvient à endormir la méfiance de Hitler, il baissera sans doute la garde.

— Stiva, je n'arrête pas de me demander jusqu'à quel point ce que tu me racontes est vrai. Tu prétends être un homme d'affaires, tu parles russe couramment, tu dis que ta mère est russe...

— Elle l'est. Je te l'assure. Et je suis bien un homme d'affaires – d'une certaine façon. Disons, que ma *famille* est dans les affaires – c'est pour cela que je suis venu ici la première fois.

— Mais aujourd'hui.

— Aujourd'hui, c'est un peu différent. Je suis venu pour aider des amis.

— Des amis travaillant dans le renseignement.

— Quelque chose comme ça.

— Alors la *Pravda* dit vrai quand elle prétend que tous les étrangers sont des espions !

— Non, c'est de la propagande. La plupart ne le sont pas. » Il hésita. « Je ne suis pas un espion, Lana.

— Tu fais cela par amour, alors. »

Etait-ce encore un sarcasme ? Il la regarda attentivement. « Par amour de la Russie, ajouta-t-il. Et pour l'amour de toi.

— Je trouve que tu aimes beaucoup de choses », répondit-elle.

Il lui sembla percevoir une lueur de compréhension sur ses traits. Mais il ne put s'en assurer, l'ombre était trop épaisse.

« Oui », dit-il en l'attirant contre lui. Troublé par sa passion et son sentiment de culpabilité, il ajouta : « Beaucoup de choses. Et une seule. » Il exprimait la vérité, du moins s'en rapprochait-il autant que faire se pouvait.

Ils étaient étendus sur un lit étroit, dans l'appartement sombre d'une étrangère. Le bras de Lana reposait sur la poitrine de Metcalfe, leurs deux corps étaient moites de sueur, leur souffle encore un peu court. Le visage de la jeune femme était enfoui dans l'oreiller. Lui fixait les lézardes fendillant le plâtre du plafond. Leur étreinte charnelle lui avait procuré un grand bien-être physique mais son esprit restait en proie au tourment. Il sentait croître la tension, la culpabilité enfouie au fond de sa poitrine lui chavirait les entrailles, répandait un goût aigre dans sa gorge. Comme d'habitude, Lana s'était offerte à lui sans restriction, les yeux fermés, la tête rejetée en arrière. Lui avait-il permis d'oublier, ne serait-ce que pour quelques minutes, les terribles angoisses qui lui gâchaient la vie ? Il aurait voulu que cette sérénité ne la quitte jamais. Il décida de ne rien faire, de ne rien dire, de peur de rompre le charme. Il lui avait déjà assez menti.

Plusieurs minutes s'écoulèrent ainsi, puis elle tourna son visage vers le sien. Sur ses traits, la tension n'avait pas disparu.

« Mon... ange gardien, comme je l'appelle. Tu as compris ce qu'il représente ?

— Celui que j'ai rencontré à la datcha ? Qui ne te lâche pas d'une semelle ? »

Elle acquiesça.

« Tu as l'air plutôt à l'aise avec lui. Est-ce qu'un détail m'aurait échappé ?

— J'ai *l'air* à l'aise, oui. Mais quand j'imagine ce qu'il pourrait me faire subir, je tremble de peur. Tu sais de quoi il est capable, de quoi ils sont tous capables ? S'ils découvrent que je fréquente un agent de renseignement américain ?

— Bien sûr, dit Metcalfe en effleurant son visage rougi, sa peau de pêche.

— Je n'en suis pas si sûre. Moscou a bien changé depuis ton dernier séjour. Tu n'imagines pas les purges que nous avons vécues au cours de ces dernières années. Nul n'est capable de se figurer un tel cauchemar ! C'est impossible, à moins de vivre ici. Même nous, les Russes, nous avons du mal à croire à ce qui nous arrive.

— Ce n'est pas fini, n'est-ce pas ?

— Personne ne le sait. Les choses sont moins terribles aujourd'hui qu'il y a deux ans, mais nous continuons à vivre dans l'ignorance. C'était ça le plus horrible, l'ignorance. Quand on entendait frapper à la porte, on se disait que le NKVD débarquait pour vous emmener. Quand le téléphone sonnait, on s'attendait toujours à apprendre une nouvelle catastrophe. Les gens disparaissaient du jour au lendemain, sans explication, et leur famille avait tellement peur qu'elle n'en parlait à personne. Quand ils arrêtaient quelqu'un pour l'envoyer dans les camps ou l'exécuter... on *fuyait* sa famille par crainte de la contagion ! Une arrestation dans une famille, c'est comme le typhus, la lèpre – on doit se tenir à l'écart si on veut survivre ! Et pour couronner le tout, ils n'arrêtent pas de répéter qu'il faut se méfier des étrangers, parce que les capitalistes sont tous des espions. Je t'ai parlé de cette amie danseuse qui s'était entichée d'un étranger. Une belle fille bourrée de talent. Eh bien, tu sais ce qu'elle fait actuellement, d'après ce qu'on m'a dit ? Elle travaille dans un camp à Tomsk. Chaque jour que Dieu fait, elle nettoie les toilettes. Comme elles sont gelées, elle doit racler les excréments avec une plaque de fer.

– Les innocents paient le prix fort.

— Tu sais ce que disent les représentants de l'autorité, quand on en trouve un qui consent à parler ? Ils disent qu'évidemment, dans le tas, on trouvera toujours des victimes innocentes, mais qu'est-ce que ça peut bien faire ? Quand on abat un arbre, il y a toujours des copeaux qui tombent avec. »

Metcalfe ferma les yeux et glissa son bras autour d'elle.

« Ils ont arrêté un voisin à nous – sa femme allait avoir un bébé. On n'a jamais su ce qu'il avait fait pour mériter ça. Conspiration contre l'Etat, soi-disant. Ils l'ont conduit à la prison de Butirki et lui ont ordonné de signer une fausse déclaration. Comme il clamait son innocence et refusait d'obéir, ils ont fait venir sa femme dans la salle d'interrogatoire. Ils se sont mis à deux pour le ceinturer pendant que deux autres s'occupaient de la pauvre femme. Ils l'ont jetée à terre en la rouant de coups. Elle ne cessait de hurler et lui, il les implorait d'arrêter. Mais ils n'arrêtaient pas. » Elle déglutit. Des larmes ruisselaient sur son visage, trempaient l'oreiller. « Tout d'un coup, le bébé est arrivé. Ça s'est passé très vite, devant leurs yeux. Un enfant mort-né.

— Mon Dieu, Lana, supplia Metcalfe. Je t'en prie !

— Alors tu vois, mon Stiva, si tu veux savoir pourquoi j'ai changé, pourquoi j'ai l'air si triste, eh bien c'est à cause de cela. Pendant que tu voyageais, pendant que tu collectionnais les femmes, voilà le monde dans lequel moi je vivais. Voilà pourquoi je suis si prudente.

— Je prendrai soin de toi, répondit Metcalfe. Je t'aiderai. » Et en même temps il songeait : *Que suis-je en train de lui faire ?*

Chapitre 21

« OH, mon petit pavot, roucoula von Schüssler. On dirait que tu ne m'écoutes pas. »

Comme à son habitude, il n'avait cessé de babiller, de l'assommer avec ses petites histoires de bureau. Ses collègues n'appréciaient pas ses brillantes idées à leur juste mesure. Bien qu'elle habite à deux pas de l'ambassade, sa secrétaire arrivait systématiquement en retard, sous prétexte que les transports publics étaient au-dessous de tout... Il lui resservait inlassablement la même litanie. De minables récriminations regroupées sous un même thème : ces misérables individus étaient incapables de percevoir sa grandeur. Von Schüssler ne lui confiait jamais de secrets. De deux choses l'une : soit il était plus futé qu'elle ne le pensait, soit – plus probablement – rien ne l'intéressait en dehors de sa personne.

« Je suis un peu préoccupée », répondit Lana. Ils étaient allongés sur l'énorme lit à baldaquin que von Schüssler avait fait venir de Berlin. Tout en pérorant, il sirotait du cognac et se gavait de massepain. Il portait un peignoir de soie sans rien en dessous (comme elle avait pu le remarquer, à son grand dam). Il sentait mauvais – l'Allemand n'était pas un maniaque de l'hygiène. Quand elle était près de lui, elle avait toujours des crampes d'estomac mais ce soir, c'était encore pire. Elle redoutait l'instant où il enlèverait son peignoir – d'ailleurs, elle devinait que ça n'allait pas tarder – et se mettrait à la tripoter. Entre eux, l'acte sexuel n'était qu'un « acte », songeait-elle. Mais aujourd'hui, c'était différent. Elle était sur le point de commettre l'irréparable et l'angoisse la tenaillait d'autant plus.

« C'est ta chorégraphie qui te trotte dans la tête, dit von Schüssler en lui caressant les cheveux comme on flatte un chien. Oublie un peu ton travail, mon petit pavot. Notre couche est sacrée. Tu ne dois pas la souiller avec ces petits soucis. »

Elle fut tentée de répliquer que, de son côté, il ne se gênait pas pour le faire, mais se retint juste à temps. « C'est mon père, avoua-t-elle. Je m'inquiète tellement pour lui.

— *Schatzi,* répondit tendrement von Schüssler. Je t'en prie, mon petit pavot. Les autorités n'entendront jamais parler de ce dossier ! Je te l'ai promis, tu le sais bien ! »

Elle secoua la tête. « Ce n'est pas cela. On lui a confié un nouveau poste.

— Ah », fit von Schüssler en se calant contre une pile d'oreillers. Visiblement, cette conversation l'ennuyait au plus haut point. « Et alors ? » Il semblait attendre qu'elle change de sujet afin de pouvoir revenir à ses propres obsessions : ses collègues de l'ambassade ou, pire, la ceinture retenant encore son peignoir.

« Le Commissariat à la Défense lui a donné de l'avancement, insista Lana. Un poste beaucoup plus important. »

Von Schüssler reprit une gorgée de cognac et chipa un morceau de massepain. « Tu en veux, ma chérie ? »

Elle fit non de la tête. « A présent, Père est chargé de contrôler les dépenses de l'Armée Rouge. Il doit superviser tous les achats effectués dans le cadre du Commissariat, c'est-à-dire l'approvisionnement des troupes, les dépenses en armement – tout ! »

Von Schüssler se contenta d'émettre un grognement d'ennui.

« C'est un travail épuisant ! Imagine, toute la stratégie de l'Armée Rouge est entre ses mains ! »

Finalement, une lueur d'intelligence parut éclairer les yeux bleu délavé de von Schüssler. Intelligence ou rapacité porcine ? Peut-être un peu des deux. « Vraiment ? C'est une mission de première importance, tu ne trouves pas ? Il doit être ravi de cette promotion. »

Lana laissa échapper un profond soupir. « Tous les soirs, il ramène des piles de documents à la maison. Il passe ses nuits à travailler sur ses dossiers ! Des colonnes de chiffres – tant de tanks, tant d'avions, de navires, d'armes, de troupes... Pauvre papa, ils vont le tuer à la tâche !

— Tu as vu ces documents ?

— Vu ? Ils traînent partout dans l'appartement – on marche dessus ! Mon cher père est un soldat, pas un comptable ; pourquoi lui ont-ils confié un travail pareil ?

— Mais dis-moi, tu les as lus ? », demanda von Schüssler. Il jouait l'indifférent mais ses talents d'acteur laissaient à désirer. « Est-ce que, euh, tu comprends ce qu'ils disent, enfin ce qui est écrit dessus ?

— Rudi, les caractères sont si petits que ça me fait mal aux yeux ! Mon pauvre père – il est obligé de porter des lunettes pour pouvoir les déchiffrer. Ces dossiers lui donnent de terribles migraines.

— Tous ces documents qui traînent dans l'appartement, médita von Schüssler. Ton père doit avoir du mal à s'y retrouver, non ? Est-ce un homme organisé ?

— Organisé ? Père ? » Elle éclata de rire. « Quand il commandait ses troupes, il était la rigueur même. Mais pour ce qui est de la paperasse, c'est un vrai désastre ! Il n'arrête pas de se plaindre en disant qu'il n'arrive plus à mettre la main sur tel ou tel papier. Il me demande si je l'ai vu, où il l'a mis...

— Mais alors, si jamais des documents disparaissaient, il ne s'en apercevrait pas. » Peu à peu, l'esprit de von Schüssler se mettait en branle. Lana avait l'impression de voir tourner des rouages encrassés. « Très intéressant, mon petit pavot. *Très* intéressant. » L'idée – qui, chose essentielle, était devenue *son* idée – avait fini par prendre racine dans le sol aride de son cerveau. Bientôt, elle vit à son air que sa décision était prise. Pour l'instant, il n'insisterait pas ; il attendrait qu'ils aient fait l'amour. Dans sa tête, il devait se dire qu'après l'amour, elle serait plus favorablement disposée envers lui ; c'est à ce moment-là qu'il lui ferait sa proposition hardie. Il saisit un pan de sa ceinture en soie dont le nœud à moitié défait reposait en travers de sa bedaine, comme la faveur d'un paquet-cadeau. Lana sentit son estomac se serrer quand il tira sur la ceinture et que son peignoir s'ouvrit, révélant les recoins sombres de son bas-ventre. Son minuscule organe était caché quelque part sous sa luxuriante toison pubienne.

Comme tout à l'heure, il posa sa main grassouillette sur les cheveux de la jeune femme mais, cette fois, exerça une légère poussée pour l'obliger à baisser la tête dans une certaine direction.
« Mon joli pavot rouge, dit-il. Mon *Schatzi.* »

D'abord, elle fit semblant de ne pas comprendre ce qu'il voulait, puis se résigna à l'inévitable. Elle devait garder à l'esprit que la mission dans laquelle elle venait de s'engager était plus importante que sa petite personne. Et comme toutes les missions importantes, elle ne revêtait pas que des aspects agréables. Son visage se rapprocha du sexe de von Schüssler. Elle espérait que son sourire figé passerait pour une expression de ravissement anticipé et masquerait efficacement son insondable répugnance.

Le violoniste pénétra dans le consulat germanique, situé au 10 de l'allée Leonticvski, et déclina son identité. La réceptionniste, une *Frau* d'âge moyen, lui adressa un sourire réservé quand il s'assit pour attendre l'attaché militaire. Malgré ses cheveux décolorés à l'eau oxygénée mais bien noirs à la racine, elle semblait se prendre pour une beauté, ce qui avait pu être vrai quelques dizaines d'années plus tôt. En tout cas, il lui avait tapé dans l'œil. Kleist lui rendit son sourire.

Le lieutenant-général Ernst Köstring, attaché militaire de l'ambassade allemande en Union soviétique, était en charge des activités d'espionnage allemandes sur le territoire russe, entre autres choses.

En fait, il dirigeait un service local de renseignement antisoviétique. Au-dessus de lui s'étageait toute une pyramide d'officiers de l'*Abwehr* grimpant jusqu'au grand patron, l'amiral Wilhem Franz Canaris.

Mais pour le violoniste, Köstring n'avait rien d'un maître espion. L'homme était un spécialiste des affaires russes car il était né et avait grandi à Moscou ; il parlait russe couramment mais manquait de *Zivilkourage.* Ses rapports étaient bien connus pour leur vacuité. Il avait passé des années à se plaindre de ne pouvoir obtenir des informations de la part des Russes qui s'ingéniaient à lui imposer une escorte du NKVD à chacun de ses déplacements. En réalité, il était incapable de transmettre à ses supérieurs la moindre information substantielle. On en apprenait davantage sur l'armée soviétique en lisant les journaux ou en assistant aux parades du 1er mai sur la place Rouge. En outre, il était de notoriété publique que l'*Abwehr* détestait le *Sicherheitsdienst*, la seule agence d'espionnage digne de ce nom. L'*Abwehr* et le SD se trouvaient donc en position de concurrence mais la première ne faisait pas le poids, surtout aux yeux de Hitler.

Pourtant Köstring n'était pas né de la dernière pluie. Il savait que le violoniste avait été dépêché à Moscou par le SS *Gruppenführer* Heydrich en personne ; et nul ne souhaitait s'attirer les foudres de Reinhard Heydrich. Ce dernier était aussi brillant qu'impitoyable. Hitler l'avait surnommé « l'homme au cœur de fer », ce qui dans la bouche du Führer représentait un remarquable compliment, bien entendu. Le SD avait beau être une agence rivale, Köstring savait qu'il valait mieux coopérer, sinon il irait au-devant des pires ennuis. Du seul fait de demander un rendez-vous à l'attaché militaire, le violoniste jouait son atout majeur. Il obtiendrait les renseignements dont il avait besoin. Le minable rond-de-cuir qu'on lui avait refilé pouvait bien aller au diable. Kleist n'avait pas de temps à perdre avec cet individu insignifiant, timoré, incapable d'affronter ses responsabilités.

L'attaché militaire reçut Kleist avec la plus grande courtoisie. C'était un homme grand, mince et très digne, âgé d'une petite soixantaine d'années, visiblement trop occupé pour se répandre en bavardages inutiles.

« Je dois avouer que la nouvelle de votre arrivée à Moscou ne m'a pas transporté de joie, dit-il à brûle-pourpoint. Comme vous le savez, depuis le mois d'août de l'année dernière, le Führer a interdit à l'*Abwehr* toute activité hostile à la Russie.

— Loin de moi l'idée de contrevenir aux ordres du Führer », lâcha Kleist. Il n'aimait guère le tour que prenait d'emblée cette conversation.

« L'amiral Canaris a publié une directive impérative : on ne doit tenter aucune action susceptible d'offenser la Russie. L'amiral se conforme aux vœux du Führer et moi aussi. Les espions allemands n'ont rien à faire ici. C'est aussi simple que cela. »

A présent, Kleist comprenait pourquoi le bureaucrate obséquieux qu'il avait rencontré quelques heures auparavant paraissait si anxieux. Les activités clandestines contrevenaient à la politique officielle de l'ambassade. Quelle bande de lâches !

« Comme disait Goethe, l'ignorance constitue parfois un danger, déclara Kleist. Il existe sûrement des moyens de contourner cette interdiction. Surtout pour un homme intelligent comme vous.

— Détrompez-vous. Je respecte cette règle à la lettre. Cela dit, je suis bien conscient que vous êtes un envoyé de *der Ziege.* » Il s'autorisa un sourire discret. *Der Ziege*, la Chèvre. C'était ainsi qu'on surnommait Heydrich, à cause de sa voix de fausset. Ce sobriquet lui collait à la peau depuis l'Université et encore aujourd'hui, il piquait une colère chaque fois qu'il l'entendait.

Kleist, lui, se garda bien de sourire. Il affûta son regard de manière à faire comprendre à son interlocuteur qu'il n'était pas d'humeur à plaisanter.

L'attaché réalisa qu'il venait de commettre un impair. Sa mauvaise blague allait sans doute parvenir aux oreilles de Heydrich. Aussi se hâta-t-il de réparer sa bévue : « Cette mission ne pourrait donc revêtir un caractère plus impératif, à moins qu'elle ne soit ordonnée par Himmler lui-même. »

Le violoniste acquiesça.

« Mon patron et le vôtre s'entendent fort bien, vous savez. Canaris et Heydrich sont voisins ; il leur arrive de jouer au croquet. Heydrich a enseigné le violon à la fille de Canaris. Il paraît même qu'ils font de la musique ensemble. » Déstabilisé par le silence de Kleist, Köstring poursuivit : « A ce que je vois, les membres du SD sont tous musiciens.

— Amateurs, précisa le violoniste. Et pas tous. La liste, je vous prie. »

Köstring ouvrit un tiroir et sortit une feuille de papier qu'il tendit à Kleist. La liste comportant une vingtaine de noms avait été dressée à la main par un habitué de l'alphabet cyrillique, d'où cette étrange écriture script. Kleist en prit connaissance. Il repéra les noms de plusieurs dirigeants du parti communiste américain ; quelques artistes de gauche, dont un chanteur nègre et un directeur de théâtre de seconde zone. Des membres de la Fabian Society anglaise, quelques hommes venus pour affaires. Aux différents noms correspondaient les dates d'arrivée, celles des départs prévus, les numéros de passeport, l'adresse des hôtels où ces personnes étaient descendues. On pouvait imaginer que parmi elles figuraient des agents envoyés à Moscou sous des identités d'emprunt. Mais d'un autre côté, ces gens pouvaient très bien ne rien avoir à se reprocher. Peu importait : il ferait la tournée des hôtels et en aurait vite le cœur net. Cette liste représentait quand même une bonne base de départ.

Kleist se leva. « J'apprécie votre aide, dit-il laconiquement.

— Une chose, précisa l'attaché en levant un index. Nous sommes très à cheval là-dessus. Nous ne tuons pas les Russes. »

Le violoniste le gratifia d'un sourire pincé, assorti d'un regard acéré. « Je n'ai aucune intention de tuer des Russes », déclara-t-il.

Lorsque Metcalfe pénétra dans l'hôtel, l'un des réceptionnistes cria son nom : « Monsieur ? Monsieur Metcalfe ? Je suis vraiment désolé, mais vous avez un message urgent. »

Metcalfe prit le papier plié, tendu par l'employé. Roger ? se demanda-t-il. Hilliard ? Ni l'un ni l'autre n'aurait eu l'idée saugrenue de confier un message urgent à un réceptionniste.

Non. Ce bout de papier ne venait pas du calepin servant à l'employé à noter les messages. C'était une feuille de papier-chiffon bien épaisse. L'en-tête gravé annonçait : « Commissariat du Peuple pour le Commerce extérieur de l'URSS. » Le message quant à lui ne comportait que quelques lignes tapées à la machine :

Très estimé monsieur Metcalfe !

Vous êtes prié par la présente de vous rendre immédiatement au Commissariat du Peuple pour le Commerce extérieur où le commissaire Litvikov souhaite vous entretenir d'une affaire de la plus haute importance. Votre chauffeur a reçu toutes les instructions nécessaires.

Au bas de la feuille, le premier assistant de Litvikov avait apposé un paraphe extravagant au stylo-plume. Litvikov, le commissaire pour le Commerce extérieur, était l'homme qu'il avait rencontré à son arrivée, le garant officiel de sa visite à Moscou.

Metcalfe consulta sa montre. Il était tard, les bureaux devaient être fermés à cette heure-ci bien que, à sa connaissance, les horaires de travail des fonctionnaires soviétiques soient relativement aléatoires. Il se passait quelque chose, et quelque chose de sérieux. Metcalfe ignorait quoi mais apparemment, il n'était pas question de se défiler.

Le chauffeur de Litvikov attendait dans le hall de l'hôtel. Metcalfe se dirigea vers lui. « *Seryozha*, dit-il. Allons, en route ! »

Plusieurs téléphones de différentes couleurs encombraient le bureau de Litvikov. Sur le territoire de l'administration soviétique, l'importance d'un fonctionnaire se mesurait au nombre de ses téléphones. Metcalfe se demanda si l'une de ces lignes aboutissait dans le bureau du Secrétaire général, si Litvikov possédait un tel pouvoir. Derrière lui trônaient deux grands portraits, l'un de Lénine, l'autre de Staline.

Dès que Metcalfe entra, escorté de l'assistant, Litvikov se leva. C'était un homme de haute taille, avec des sourcils en broussaille, des épaules voûtées, des cheveux noir corbeau et un teint cadavérique. Depuis leur dernière rencontre, dix ans auparavant, Litvikov avait gravi les échelons du département. Le fonctionnaire obséquieux et néanmoins jovial d'autrefois était devenu un type anxieux et torturé. Metcalfe constata un autre changement alarmant : l'homme semblait possédé par divers sentiments paradoxaux. En lui, la colère, l'indignation se mêlaient à une assurance de façade cachant mal sa peur.

Litvikov le mena vers une longue table de conférence couverte de feutrine verte et chargée d'un arsenal de bouteilles d'eau minérale que le commissaire n'ouvrait probablement jamais. Il s'assit à un bout, son assistant s'installa à sa droite, Metcalfe à sa gauche.

« Nous avons un problème, monsieur Metcalfe. » Litvikov parlait anglais avec l'accent d'Oxford.

« La mine de cuivre, intervint Metcalfe. Je suis tout à fait d'accord. Nous en avons discuté, mon frère et moi...

— Non, monsieur Metcalfe. Il ne s'agit pas de la mine de cuivre mais de quelque chose de bien plus grave. Des rapports me sont parvenus, témoignant d'un comportement suspect de votre part. »

Le cœur de Metcalfe s'emballa. Il hocha la tête. « Aleksandr Dmitrovich, lança-t-il sur un ton jovial, vos hommes n'auraient-ils rien de plus important à faire que de se mêler de ma vie amoureuse ?

— *Non,* monsieur. » Il désigna une pile de feuillets jaunes, posés sur la table à sa droite, marqués d'un tampon rouge : SECRET. Des comptes rendus de filature, certainement. « Ces documents avancent d'autres explications, monsieur Metcalfe. Leurs conclusions laissent planer un sérieux doute sur vos réelles activités à Moscou. Nous vous surveillons de très près.

— Ça me paraît évident. Mais laissez-moi vous dire que votre

NKVD perd son temps et celui de son personnel, avec moi. Un innocent n'a rien à cacher.

— Pourtant, vous agissez comme si vous aviez quelque chose à cacher.

— Il y a une différence, Aleksandr Dmitrovich, entre la dissimulation et la discrétion.

— La discrétion ? », s'étonna le commissaire. Il haussa les sourcils. On lisait de l'anxiété dans ses yeux las.

Metcalfe désigna la pile de rapports. « Toutes ces laborieuses filatures n'ont servi qu'à brosser le portrait d'un homme qui aime les femmes, un play-boy comme on dit. Un dilettante, si vous préférez. Un débauché. Je suis tout à fait conscient de ma réputation, monsieur. Elle me colle à la peau et pourtant je vous jure que je m'acharne à passer pour quelqu'un de sérieux. »

Mais le Russe ne voulait rien entendre. « Cela n'a rien à voir avec votre tendance à... "courir la gueuse", c'est ce qu'on dit, n'est-ce pas ? Croyez-moi...

— Appelez cela comme vous voulez, mais quand un étranger venant d'un pays capitaliste entretient une liaison avec une femme russe à Moscou, c'est la femme qui prend tous les risques. Vous ne me soutiendrez pas le contraire. Je ne suis pas un vil séducteur, monsieur, et la réputation des personnes que je fréquente me tient à cœur. Hélas, dans ce pays, une femme amoureuse d'un homme tel que moi risque bien plus que sa réputation. Par conséquent, si mon excès de précautions semble suspect aux yeux du NKVD, ce n'est pas mon problème. Personnellement, j'en suis fier. Qu'ils me suivent comme des petits chiens, si cela leur chante. » Soudain, une réflexion de Kundrov, l'ange gardien de Lana, lui revint en mémoire. Il ajouta : « Il n'y a pas de secrets dans le paradis soviétique, m'a-t-on dit.

— Et vous travaillez avec les Allemands ? » le coupa Litvikov.

Ainsi, c'était cela ! Kundrov l'avait vu discuter avec von Schüssler dans la datcha.

« Et vous ? » répliqua sèchement Metcalfe.

Le visage hâve de Litvikov s'empourpra. Il se mit à fixer la table en jouant avec son porte-plume qu'il plongea machinalement dans un encrier. « Cela ne vous regarde pas, reprit-il après un long silence. Nos rapports commerciaux avec les Allemands ont-ils quelque chose à voir avec vous ?

— A quoi rime cette question ? Vous me disiez que rien ne vous échappait, que vous étiez au courant de tout. »

De nouveau, Litvikov demeura coi pendant quelques secondes, puis se tourna vers son assistant. *« Izvinitye ! »* aboya-t-il à l'homme pour lui signifier de les laisser seuls.

Lorsque l'assistant eut quitté la pièce, Litvikov reprit la parole. « Metcalfe, ce que je vais vous dire suffirait à me faire arrêter, et même exécuter. Je vous tends cette arme dans l'espoir que vous ne l'utiliserez pas contre moi. Mais je veux que vous compreniez ma situation – notre situation. Peut-être, quand vous aurez compris, vous montrerez-vous plus coopératif. J'ai toujours eu confiance dans votre frère ; je ne vous connais pas aussi bien que lui, mais j'ose espérer que vous êtes aussi fiable – aussi discret, comme vous dites. Voyez-vous, aujourd'hui ce n'est pas tant le commerce qui est en jeu, mais la vie de ma famille. Je suis père de famille, monsieur Metcalfe. J'ai une femme, un fils et une fille. Vous comprenez ? »

Metcalfe hocha la tête. « Vous avez ma parole. »

Litvikov replongea sa plume dans l'encrier mais, cette fois, se mit à griffonner quelque chose sur la feuille de papier-ministre étalée devant lui. « Comme vous le savez, voilà un peu plus d'un an, mon gouvernement a signé un traité de paix avec l'Allemagne. La veille de l'annonce de ce traité, la *Pravda* publiait un article sur la persécution des Polonais en Allemagne. Pendant des années, Staline et l'ensemble de nos dirigeants ont fustigé Hitler et les nazis. Nos journaux regorgeaient d'articles critiquant vertement le régime nazi. Puis tout d'un coup, un jour du mois d'août, tout cela s'est arrêté ! Plus d'articles antinazis. Plus de discours antinazis. Un virage à 180 degrés. Le mot *nazisme* a disparu des colonnes de nos journaux. A présent, la *Pravda* et les *Izvestia* encensent les discours de Hitler ! Ils vont même jusqu'à citer le *Völkischer Beobachter*. » Les gribouillis obsessionnels de Litvikov décrivaient des boucles enchevêtrées, tellement serrées qu'elles finirent par produire un gros pâté. « Comment croyez-vous que le peuple russe peut accepter cela ? C'est difficile d'oublier ce que nous avons lu dans la presse, toutes ces atrocités commises par les nazis. »

Metcalfe aurait voulu répliquer : Et les atrocités commises par Staline ? Et les millions de gens déportés, torturés, tués au cours des purges ? Mais il jugea préférable de répondre : « Bien sûr que non. C'est une question de survie, n'est-ce pas ?

— A-t-on jamais vu un lapin chercher la protection d'un boa constrictor ?

— Le lapin c'est l'Union soviétique ?

— Comprenez-moi bien, monsieur Metcalfe. Si nous sommes attaqués, nous lutterons jusqu'à la mort – et nous ne serions pas les seuls à mourir. Si nous sommes envahis, nous combattrons avec un acharnement sans précédent. Mais nous n'avons aucun intérêt à envahir d'autres pays.

— Allez dire ça aux Polonais, rétorqua Metcalfe. Vous avez envahi la Pologne dès le lendemain de la signature du traité avec l'Allemagne, je me trompe ? Allez dire ça à la Finlande.

— Nous n'avions pas le choix ! s'indigna le Russe. C'était une mesure défensive.

— Je vois, fit Metcalfe qui venait de marquer un point.

— Mon pays n'a pas d'amis, Metcalfe. Comprenez bien cela. Nous sommes isolés. A peine avions-nous signé ce pacte avec l'Allemagne que la Grande-Bretagne commençait à nous reprocher de l'avoir trahie ! Elle a prétendu nous avoir "courtisés" dans l'espoir de combattre avec nous l'Allemagne nazie. Mais qu'ont-ils fait pour nous "courtiser" ? Comment nous ont-ils séduits ? Les Anglais et les Français nous ont envoyé une délégation de bras cassés – un amiral britannique à la retraite et un général français complètement gâteux. Leur bateau était tellement lent qu'il leur a fallu deux semaines pour arriver à Leningrad ! Des officiers cacochymes mais pas l'ombre d'un ministre des Affaires étrangères. La Russie a pris cela comme un camouflet. Ce n'est pas ainsi qu'on négocie une alliance. Winston Churchill exècre les Soviétiques – d'ailleurs, il ne s'en cache pas. Et qui a-t-il choisi de nommer comme ambassadeur à Moscou ? Je vous rappelle que l'ambassadeur de Grande-Bretagne est le représentant étranger le plus important après celui de Washington. Sir Stafford Cripps – un vulgaire député radical, un socialiste dépourvu de liens avec le gouvernement britannique. Que devions-nous faire, face à cela ? Non, monsieur Metcalfe, l'Angleterre nous a envoyé des signaux on ne peut plus clairs. Une alliance avec la Russie ne les intéressait pas le moins du monde. » A force de s'acharner sur sa feuille, Litvikov réussit à la déchirer. Il lâcha son porte-plume.

« Oui, fit Metcalfe en se rangeant à son avis. Le Kremlin n'avait vraiment pas le choix. Mais comment qualifieriez-vous cet accord avec Hitler ? Est-ce une association en bonne et due forme ou une entente de principe, destinée à endormir l'ennemi ? »

Litvikov haussa les épaules. « Je suis membre du Politburo, mais cela ne signifie pas qu'on me tient au courant des décisions prises en haut lieu.

— Vous ne savez donc rien.

— Vos questions ne sont pas de celles qu'on s'attend à entendre dans la bouche d'un homme d'affaires doublé d'un play-boy.

— En tant qu'homme d'affaires, j'ai tout intérêt à me renseigner sur les questions politiques. Et ces temps-ci tout particulièrement.

— Laissez-moi vous dire une chose, et après vous tirerez vos propres conclusions. Le mois dernier, les nazis se sont emparés de plusieurs régions de la Roumanie et les ont tranquillement annexées à la Hongrie. Nous n'en avons entendu parler qu'une fois la chose faite.

— Une fissure dans les relations entre Hitler et Staline ? sonda Metcalfe.

— Il n'y a pas de fissure, s'empressa de répondre le Russe. Nous sommes dans le noir total, monsieur Metcalfe. Personne ne voit ce que ça signifie. Je sais seulement que Staline compte sur une entente durable avec Hitler.

— Compte... ou espère ? »

Pour la première fois, Litvikov esquissa un sourire. Ou plutôt une sorte de grimace cynique. Je vous vois venir, semblait-il sous-entendre. « Mon anglais manque parfois de précision. *Espère* est peut-être le mot juste.

— J'apprécie votre sincérité. Vous pouvez compter sur ma discrétion. » En parlant du Kremlin de manière aussi ouverte, et disons-le assez critique, Litvikov se mettait en danger.

Le sourire de Litvikov s'évanouit. « Dans ce cas, permettez-moi de me répéter. Cette conversation représente un avertissement amical.

— Quel mot dois-je privilégier : “amical” ou “avertissement” ?

— Je vous en laisse juge. Certains de mes collègues conçoivent depuis longtemps certains soupçons au sujet des Industries Metcalfe. Ils pensent qu'il ne s'agit pas seulement d'un cartel capitaliste, ce qui en soit suffirait à susciter notre méfiance. On raconte que vous seriez une façade, cachant des intérêts étrangers. » Son regard se fit pénétrant.

« J'imagine que vous en savez plus que moi, répondit Metcalfe en lui retournant son regard.

— Je sais que votre famille et vous avez de nombreux amis à Washington et au sein du grand capital. Mais j'ignore presque tout du reste. Je n'ai jamais caché à votre frère que si jamais un rapatriement de vos avoirs s'avérait nécessaire, nous n'hésiterions pas à le faire.

— Un rapatriement ? » Metcalfe savait ce que cela signifiait mais tenait à ce que l'autre verbalise sa menace.

« La saisie de tous les avoirs des Industries Metcalfe. Ne faites pas l'innocent. »

Metcalfe cligna les yeux sans réagir.

« Cela ne vous fait peut-être ni chaud ni froid, mais je puis vous assurer que votre frère n'a pas très bien pris la chose quand je lui en ai parlé voilà quelques années. Le nom de James Mellors vous dit-il quelque chose ?

— Non. Il devrait ?

— Et Harold Delaware ? Milton Eisenberg ?

— Désolé.

— Pas autant que moi, monsieur Metcalfe. Ce sont tous des citoyens américains. Les autorités soviétiques les ont exécutés pour espionnage au lieu de les renvoyer dans leur pays d'origine. Et vous croyez peut-être que votre gouvernement s'en est offusqué ? Pas du tout. Il avait d'autres chats à fouetter, voyez-vous. Des questions de politique internationale autrement plus importantes. Le gouvernement des Etats-Unis savait que ces hommes étaient coupables et que nous étions en mesure de le prouver, confessions écrites à l'appui. Au sein de votre Département d'Etat, personne n'avait envie que ces confessions paraissent au grand jour, alors ils n'ont pas bougé. Le camarade Staline en a tiré des leçons. La notion d'extraterritorialité n'existe plus. Le camarade Staline a compris que tendre la main aux Etats-Unis comporte le risque de se faire mordre. Alors il ne tend plus la main mais le poing. » Pour illustrer ses dires, Litvikov serra son poing droit. « Cinq doigts solidement unis en un seul poing. C'est cela la collectivisation. Lénine nous a enseigné que le collectif implique la disparition de l'individuel.

— Certes, dit Metcalfe en s'efforçant de contrôler les battements de son cœur. Et Staline, quant à lui, a organisé la disparition de très nombreux individus. »

Litvikov se dressa, tremblant de rage. « Si j'étais vous, je me méfierais, articula-t-il. Peut-être subirez-vous le même sort. »

Assis dans un petit parc en face du Métropole, le violoniste observait l'entrée de l'hôtel avec une paire de jumelles légères munies de lentilles Zeiss 8 × 60. Son interrogatoire bref et peu satisfaisant des deux réceptionnistes lui avait quand même appris l'heure à laquelle les équipes se relayaient au comptoir. Et en effet, il venait de constater que les employés avec lesquels il avait discuté avaient laissé place à d'autres qui ne connaissaient pas son visage.

Il replia les jumelles, les rangea, puis traversa la rue, entra dans l'hôtel et, au lieu de faire halte au comptoir, se dirigea tout de suite vers le grand escalier moquetté. Son allure déterminée le classait d'emblée dans la catégorie des étrangers fréquentant le restaurant. Personne ne l'arrêta, ni à l'entrée ni dans le hall; il venait dîner. Qu'y avait-il d'étonnant à cela? La plupart des clients du restaurant étaient des étrangers, après tout.

Il pénétra dans la vaste salle à manger de style Art nouveau. La décoration avait quelque chose de grandiose. Lambris dorés à l'or fin, colonnes, vitraux au plafond et fontaine de marbre. Il inspecta la salle d'un air détaché, comme s'il cherchait un compagnon de table et, lorsque son regard croisa celui du maître d'hôtel, il se contenta de hocher la tête avec un sourire vague jusqu'à ce que le Russe s'éloigne. Puis, comme s'il ne voyait personne de sa connaissance, il fit demi-tour, quitta le restaurant et marcha droit vers les escaliers. Dans cet hôtel étaient descendues quatre des personnes figurant sur la liste remise par l'attaché militaire. L'aide d'un réceptionniste lui était désormais inutile puisqu'il possédait leurs numéros de chambre.

Chapitre 22

Le restaurant Aragvi se trouvait sur la rue Gorki, juste après l'immeuble central du télégraphe. C'était l'un des très rares restaurants moscovites acceptables, et Metcalfe et Scoop Martin avaient terriblement besoin d'avaler une nourriture convenable. Ils avaient prévu de se retrouver devant l'établissement à sept heures du soir.

Mais si Metcalfe avait décidé de dîner chez Aragvi, c'était pour une raison autrement plus importante que sa cuisine. Amos Hilliard lui avait donné rendez-vous ici, dans les toilettes messieurs, à huit heures tapantes. Désormais, l'ambassade était un terrain miné, avait déclaré Hilliard. En outre, l'Aragvi présentait certains avantages, convenant parfaitement à une rencontre clandestine. A toute heure, une foule épaisse s'y pressait, composée en grande partie d'étrangers. De plus, il y avait plusieurs entrées, lui avait précisé Hilliard. Le diplomate comptait passer par-derrière, en toute discrétion. Et pour finir, Hilliard connaissait le directeur. « Je suis incapable de me souvenir des sommes que j'ai pu laisser dans ce restaurant. Et je ne parle pas de ce qu'il y avait sur la table mais de ce que j'ai glissé en dessous. Ici, le moindre service se monnaie. »

Roger, toujours si ponctuel, était en retard. Le Britannique découvrait sans doute à ses dépens que se déplacer dans Moscou n'était pas chose facile. C'était encore bien pire que dans la France occupée, avait-il grommelé. Au moins, là-bas, il connaissait la langue.

Sachant cela, Metcalfe l'attendit un quart d'heure sur le trottoir sans s'inquiéter outre mesure. Pendant ce temps, il voyait la file serpentant devant le restaurant s'allonger toujours plus. Il en profita pour examiner les environs afin de voir s'il était surveillé mais personne ne semblait faire attention à lui.

Soudain il décida qu'il était temps d'entrer. Poireauter ici ne servait à rien. L'essentiel à ses yeux était son rendez-vous avec Hilliard ; ne le voyant pas, Roger comprendrait qu'il se trouvait à l'intérieur. Il s'avança vers la porte du restaurant en doublant tous les Russes qui faisaient le pied de grue devant et le laissèrent passer sans rechigner. Sa tenue vestimentaire le désignait comme un étranger, il avait donc le droit de se placer en tête de file. Un homme sortit de la foule et sans même lui demander son nom lui fit signe d'entrer. Metcalfe n'eut pas à brandir son passeport américain pour se faire admettre ; un billet de vingt dollars glissé dans la paume du chef de rang suffit. L'homme portait les cheveux longs, une grande capote à galons, des chaussures pointues et un pince-nez assorti d'un ruban noir passé autour du cou.

L'étrange chef de rang lui attribua une table pour deux, perchée sur un balcon. De là, il avait une vue imprenable sur la salle en contrebas. Un orchestre jouait des chansons d'amour géorgiennes. On lui servit du pain de campagne chaud, du vrai beurre et du caviar gris qu'il dévora en s'aidant de plusieurs verres de Borzhomi, l'eau minérale géorgienne, une boisson très pétillante et fortement soufrée. Lorsque le chef de rang se présenta une troisième fois – il n'avait visiblement pas l'intention de négliger cet Américain si généreux, distribuant de gros pourboires en dollars et pas en roubles – Metcalfe décida de commander pour Roger et lui. Il avait dû être retenu par quelque chose d'important. Au moins, quand il se déciderait à apparaître et s'avancerait vers lui de son pas nonchalant, pour lui annoncer quelque nouvelle échevelante, la table serait-elle garnie. Metcalfe commanda deux fois plus de nourriture qu'ils n'étaient capables d'en avaler : du *satsivi* et du *chachlik,* des steaks et du faisan.

L'orchestre entonna une mélodie géorgienne, *Suliko.* Metcalfe l'avait entendue lors de sa dernière visite à Moscou. Elle lui rappelait Lana, comme à peu près tout ce qu'il voyait et entendait ici. Il l'emportait avec lui partout où il allait; c'était plus fort que lui. Mais hélas, penser à elle lui chavirait le cœur. Il souffrait de lui avoir menti, se sentait terriblement coupable de l'avoir manipulée pour qu'elle mène à bien le plan de Corky. Un plan d'une audace époustouflante mais qui ne pourrait aboutir qu'avec la participation de la jeune femme. En cas de réussite, le cours de la guerre s'en trouverait changé. Et le cours de l'histoire aussi. Comparé au destin du monde entier, que représentait celui d'un seul individu? Pourtant Metcalfe n'arrivait pas à s'en convaincre; ce genre de raisonnement menait tout droit à la tyrannie. C'était ainsi que fonctionnaient Hitler et Staline : le destin des masses devait prendre le pas sur les droits de l'individu.

Et puis il l'aimait. C'était aussi simple que cela. Il aimait cette femme, tremblait de la voir impliquée dans cette affaire, redoutait ce que lui réservait le destin. Pour se consoler, il essayait de se dire qu'en cas de succès, son père et elle seraient enfin libres. Mais en attendant, elle courrait d'énormes risques. Le chemin était semé d'embûches. A tout moment, l'opération pourrait capoter. Alors, elle serait démasquée, exécutée. Il préférait ne pas songer à cela, c'était trop horrible.

Quand il consulta de nouveau sa montre, il s'étonna de constater qu'il était bientôt huit heures. Il se leva de table et se dirigea vers les toilettes messieurs.

Amos Hilliard était déjà là, debout devant un lavabo. Il se lavait les mains.

Metcalfe ouvrait la bouche pour parler quand Hilliard lui intima de se taire en posant un doigt sur ses lèvres; puis il lui désigna une cabine fermée. Sous la porte, on voyait apparaître une paire de chaussures russes et un pantalon tirebouchonné par-dessus. Metcalfe en fut décontenancé; ni l'un ni l'autre n'avait prévu cette éventualité. Il se dirigea vers la rangée d'urinoirs et se soulagea pendant que Hilliard continuait de se laver les mains tout en surveillant la porte de la cabine, au fond du miroir.

Metcalfe tira la chasse d'eau. Le Russe, quant à lui, ne bougeait toujours pas. Etait-ce une coïncidence? Metcalfe décida d'opter pour cette explication. Il ne fallait pas s'inquiéter pour si peu. Il rejoignit Hilliard devant les lavabos. Le diplomate n'en finissait pas de se frotter les mains avec du savon. Leurs regards se croisèrent dans le miroir. Metcalfe lui posa une question muette.

Hilliard haussa les épaules. Le cœur battant, Metcalfe entreprit de se laver les mains lui aussi. Ils se gardaient d'échanger la moindre parole. Si jamais on les surprenait, ils risqueraient les pires ennuis.

Il savait que Hilliard avait apporté avec lui le premier jeu de documents falsifiés mis au point par les techniciens de Corky. Ils lui étaient parvenus par la valise diplomatique. Si on les trouvait sur l'un d'entre eux, c'en serait fini pour l'un comme pour l'autre. On les enverrait au goulag et personne n'entendrait plus jamais parler d'eux. Ou alors on les passerait tout de suite par les armes. La mine sinistre de Hilliard ne l'étonnait guère. Le diplomate mesurait les risques.

Finalement, on entendit un bruit de chasse d'eau et un Russe émergea de la cabine. Il regarda les deux lavabos occupés par Hilliard et Metcalfe, leur lança un regard noir et sortit. Sans prendre le temps de s'essuyer les mains, Hilliard courut vers la porte d'entrée et tourna le verrou.

Tout aussi prestement, il tira de son veston un paquet étroitement ficelé et le tendit à Metcalfe.

« Ce n'est que le premier jeu, murmura Hilliard. D'autres suivront.

— Merci, dit Metcalfe.

— En temps normal, ma bonne éducation me pousserait à vous répondre “Je vous en prie” ou “Tout le plaisir est pour moi”, ou “C'est moi qui vous remercie”, mais étant donné les circonstances, je n'ai pas l'intention de vous servir ce genre de boniment, déclara Hilliard. Je suis là sur ordre de Corky, un point c'est tout, vous le savez. Si quelqu'un d'autre me demandait de faire une chose pareille, je lui répondrais d'aller se faire voir. Je ne sais pas ce que contiennent ces documents – ils sont hermétiquement fermés – mais quand vous aurez quitté Moscou, je serai bien soulagé.

— Et moi donc !

— Parfait. Ecoutez-moi bien avant qu'un autre pochard russe n'arrive pour soulager sa vessie pleine à craquer. Ceci est notre dernier face-à-face. Désormais, nous communiquerons par l'intermédiaire d'une boîte aux lettres morte.

— Très bien. » C'était plus sûr, de toute façon, songea Metcalfe.

« Corky prétend que vous avez une mémoire d'éléphant. Alors, servez-vous-en. N'écrivez rien de ce que je vais vous dire, vous comprenez ?

— Allez-y. »

Hilliard paraissait changé. L'angoisse, la contrariété avaient fait leur œuvre. De l'extérieur, il était toujours le même ; un petit bonhomme à lunettes, la peau flasque, le crâne à moitié dégarni. Mais au-dedans, il s'était durci. L'aimable et onctueux diplomate originaire du Midwest semblait possédé par la colère et une peur indicible, proche de la panique. Metcalfe trouva cette transformation très inquiétante.

« Au coin de la rue Pouchkine et de Proyezd Khudozhestvennovo Teatra, vous trouverez deux magasins presque mitoyens, d'accord ? L'un porte le numéro 19 et l'enseigne *Myaso*, “Viande”.

— Merci », répliqua Metcalfe sur un ton sarcastique. Hilliard savait très bien qu'il parlait russe.

« Sur l'autre, vous verrez écrit *Zhenskaya Obuv.* » Chaussures pour dames. Cette fois, Hilliard s'abstint de traduire. Metcalfe hocha la tête.

« L'entrée du bâtiment est coincée entre ces deux magasins. Elle n'est pas gardée et reste ouverte vingt-quatre heures sur vingt-quatre. En entrant, vous trouverez sur votre droite un radiateur fixé au mur par un crochet en métal. Derrière, il y a un espace de quelques centimètres. Le prochain jeu de documents sera caché là.

— Pas très fameux comme idée, rétorqua Metcalfe. Et si les papiers prenaient feu ? »

Hilliard se renfrogna. « Nous sommes à Moscou, pour l'amour du ciel ! Les deux tiers des radiateurs ne fonctionnent pas, dont celui-là. Faites-moi confiance. Il faudra bien cinq ans pour qu'on le répare. »

Metcalfe hocha la tête. « Le signal ?

— Si je suis à mon bureau, ce qui ne sera pas forcément le cas, vous m'appellerez pour me dire que vous avez perdu votre passeport. Je répondrai que vous vous êtes trompé de service. Si j'ai alimenté la boîte aux lettres, je vous demanderai de rappeler le service consulaire. Dans le cas contraire, je raccrocherai aussitôt.

— Et si vous n'étiez pas à votre bureau ?

— Le point de repli sera un téléphone sur Kozitski Pereulok. Numéro 2, Korpus 8, entrée 7. C'est entre les rues Gorki et Pouchkine. Compris ? »

De nouveau, Metcalfe fit oui de la tête. « 2, Kozitski Pereulok, Korpus 8, entrée 7. C'est tout près du *gastronom* de Yeliseïevski.

— Je vous promets de vous recommander aux gars du Baedeker quand ils viendront actualiser leur guide sur Moscou, fit Hilliard d'un ton sévère. L'entrée 7 se trouve entre la polyclinique, au numéro 18, et une boutique "Ovoshchifrukty". » Il ne traduisit pas le mot russe signifiant fruits et légumes. « C'est à quatre pâtés de maisons de la boîte aux lettres. Quand vous entrerez dans le bâtiment, vous verrez un téléphone sur votre gauche, fixé sur un panneau en bois. Ce téléphone correspond au numéro 746, mais il n'y a qu'un seul appareil sur place. Dans le coin en bas à droite du panneau, un morceau du placage en bois a été arraché. A cet endroit, les gens qui se servent du téléphone ont griffonné des tas de gribouillis. Du coup, nos propres inscriptions n'attireront pas l'attention. Quand j'aurai alimenté la boîte aux lettres, je vous le signalerai d'un cercle au crayon rouge. Rouge, compris ?

— Compris !

— Quand vous aurez pris le colis, vous tracerez une ligne verticale au milieu du cercle. Est-ce bien clair ?

— Tout à fait. Le téléphone est accessible vingt-quatre heures sur vingt-quatre, lui aussi ?

— Oui.

— Avez-vous prévu des leurres ? » Metcalfe faisait allusion aux boîtes aux lettres mortes destinées à désorienter les éventuels surveillants.

« C'est mon affaire.

— La sécurité opérationnelle est mon affaire tout autant que la vôtre. »

Hilliard lui lança un regard féroce.

« Un signal d'urgence ? »

Hilliard continuait de le dévisager sans rien dire.

« Un signal de capture – pour m'avertir, par exemple, que les canaux sont sales, que vous avez été intercepté ?

— Si j'ai été intercepté, vous ne trouverez pas d'inscription. Un point c'est tout. Vous n'entendrez plus parler de moi. Pas plus que Corky ni aucun des amis que j'ai laissés chez moi en Iowa ou à Washington, parce que je serai en train de casser des cailloux en Sibérie jusqu'à ce que mort s'ensuive. A moins qu'on ne me tire une balle dans la nuque. Sommes-nous sur la même longueur d'onde ? Alors faites-moi une faveur. Veillez au coup de sécurité. Ne vous faites pas repérer. »

Il se retourna et, sans ajouter un mot, déverrouilla la porte d'entrée des toilettes et disparut.

*

Au moment où Metcalfe regagna sa table, son dîner – *leur* dîner – était servi. Mais toujours pas de Roger. Il découvrit non sans effarement un amoncellement d'assiettes remplies de *chachlik* d'agneau, de *chachuchuli* de bœuf, de *khinkali* – boulettes de viande – et de *chakhokhbili* – ragoût de faisan. A quoi s'ajoutaient des bouteilles de Tsinandali, un excellent vin blanc couleur paille, et d'eau minérale Borzhomi. Malheureusement Metcalfe n'avait plus faim du tout. Il glissa une liasse de billets sous son assiette et quitta le restaurant, escorté du chef de rang désireux de savoir ce qui avait bien pu le mécontenter. Il le gratifia d'un autre billet de vingt en s'excusant : « J'ai dû manger trop de pain. »

Comme de bien entendu, des ombres le suivirent de l'Aragvi jusqu'au Métropole. Il ne les reconnut pas ; l'équipe avait changé et l'homme blond aux yeux pâles n'en faisait pas partie. Encore qu'il n'en soit pas tout à fait sûr. L'autre le surveillait peut être de loin, sans se faire voir. Les documents encore enveloppés de cellophane étaient cachés dans la poche intérieure de son veston. Ils lui brûlaient la poitrine. Il tenta de penser à autre chose mais la peur le saisissait chaque fois qu'il songeait à ce qu'il se passerait si jamais on l'arrêtait et qu'on les trouve sur lui. Des documents militaires falsifiés – il aurait beau leur jouer la comédie, rien n'y ferait.

Les réceptionnistes de l'hôtel le regardèrent passer sans mot dire. Roger n'avait pas laissé de message. La chose l'inquiéta un peu mais, à l'heure actuelle, Roger était le cadet de ses soucis. C'était un professionnel ; il savait se débrouiller. Son absence avait sans doute une explication. En revanche, Lana, elle, n'était pas une professionnelle ; il pouvait lui arriver n'importe quoi.

Dans le couloir menant à sa chambre, il tomba sur l'inévitable *dezhurnaya*. Cette gorgone-là, il ne l'avait encore jamais vue. Elle l'accueillit avec la mauvaise humeur coutumière et refusa de lui remettre sa clé.

« Vous l'avez déjà prise, dit-elle, accusatrice.

— Non, répliqua Metcalfe. Vous devez faire erreur. » A moins que Roger n'ait eu besoin d'entrer dans sa chambre ; pour y déposer quelque chose, un message ou...

Un émetteur ! Il avait passé toute la journée à assembler les composants et, connaissant Scoop, il avait sans doute terminé le travail et l'attendait chez lui pour lui faire la surprise. Il n'était pas du genre à laisser un émetteur sans surveillance dans une chambre d'hôtel.

Mais sa porte était fermée et il eut beau cogner, personne ne répondit. Il essaya chez Roger, sans plus de succès. Revenant vers la *dezhurnaya,* il s'énerva : « Ma chambre est fermée à clé. » La seule façon de procéder avec ces harpies consistait à leur imposer votre volonté : répondre à l'autorité par l'autorité. « J'ai besoin de la clé. Méfiez-vous. Si jamais vous l'avez remise à une personne non autorisée, vous risquez votre place. » Il sortit son passeport. « Avez-vous donné la clé à quelqu'un d'autre que moi ? »

La *dezhurnaya* s'enfonça dans un silence obstiné. Cette femme ne respectait que la sacro-sainte valeur soviétique du *poryadok*, l'ordre. Les choses devaient se faire dans le respect des règles et en remettant une clé au mauvais client, elle les avait violées. Elle la lui tendit d'un air revêche. « N'oubliez pas de la ramener ! » lui cria-t-elle.

N'importe qui aurait pu prendre cette clé : le NKVD, mais ils possédaient certainement un passe ; un membre de l'ambassade américaine. Ce n'est qu'en arrivant devant sa porte pour la deuxième fois qu'il se souvint des paroles de Ted Bishop.

Un boche... Il disait qu'un vieil ami lui avait demandé de faire des recherches pour retrouver quelqu'un. Il ne se rappelait pas le nom exact. Un type venant de Paris... Quelque chose dans son histoire sentait vaguement le rance.

Un boche. Un nazi. *Du SD, d'après les apparences*.

Venant de Paris pour retrouver quelqu'un.

La destruction de la Caverne n'avait été qu'un début. Après avoir démantelé le réseau de Corky à Paris, ils avaient réussi à le pister jusqu'à Moscou.

Le sort funeste de ses amis de Paris pourrait très facilement lui échoir à son tour.

Quelqu'un l'attendait dans sa chambre. Metcalfe en était sûr.

Quelqu'un désireux d'éliminer les derniers membres du réseau. Quelqu'un fermement décidé à le tuer.

C'était *un piège*, songea Metcalfe, un piège dans lequel il ne tomberait pas. Il n'avait pas d'arme ; entrer dans la chambre était donc hors de question. Pour regagner le hall, il existait d'autres chemins lui évitant de repasser devant le cerbère femelle et de perdre son temps en explications. Il dévala l'escalier de service, traversa le hall et s'approcha du comptoir, d'un air courroucé.

« Cette maudite clé ! s'exclama-t-il en brandissant l'objet. Elle ne marche pas !

— Vous êtes sûr que c'est la bonne, monsieur ? » demanda l'employé. Il la prit, l'examina. Le numéro de chambre était imprimé sur l'étiquette, noir sur blanc. Il n'y avait pas d'erreur.

« Il faut la tourner vers la gauche, monsieur. Dans le sens inverse des aiguilles d'une montre.

— Ça je le sais. Je ne viens pas de débarquer ! Je vous dis que ça ne marche pas. Maintenant, auriez-vous l'amabilité de m'envoyer quelqu'un pour ouvrir cette porte ? Je suis pressé. »

L'employé secoua une clochette. Un valet émergea de la salle des bagages, derrière lui. Ils échangèrent quelques mots en russe puis le valet, presque un gamin, s'avança vers Metcalfe, fit une timide courbette et prit la clé. Metcalfe le suivit dans l'ascenseur. Au quatrième étage, ils sortirent, passèrent devant la *dezhurnaya* qui les fixa sans mot dire, et longèrent le corridor jusqu'à la chambre de Metcalfe.

« C'est celle-là, monsieur ? demanda le groom.

— Essayez vous-même. Moi je n'y suis pas arrivé. » Il restait prudemment derrière le groom. Si l'Allemand inconnu l'attendait à l'intérieur et s'il avait vraiment l'intention d'abattre Metcalfe avec une arme à feu, il s'en abstiendrait en entendant la voix du jeune homme. Non pas qu'un assassin nazi soit en rien motivé par des considérations humanitaires – que représentait pour lui la mort d'un innocent ? Non, il y renoncerait pour d'évidentes raisons pratiques. Les tueurs professionnels évitaient les effusions de sang inutiles qui engendrent plus de problèmes qu'elles n'en résolvent. Le petit groom lui servirait donc de bouclier.

Quand le garçon tourna la clé dans la serrure, il recula encore un peu, de manière à se rendre totalement invisible de la personne se trouvant dans la chambre. Il banda ses muscles, prêt à bondir hors de la ligne de feu dès le début de la fusillade.

La porte venait de s'ouvrir sans difficulté. En jetant un coup d'œil dérouté à Metcalfe, le groom tira sur le lourd battant. Metcalfe sentit son cœur s'emballer.

« Tout va comme vous voulez, monsieur? » demanda le groom. Il hésita devant la porte ouverte, jeta un œil dans la pièce puis se tourna vers l'Américain. Officiellement, les pourboires étaient considérés comme des tentatives de corruption capitalistes, mais visiblement le garçon ne se préoccupait guère de la politique officielle.

« Je vous remercie beaucoup, dit Metcalfe. Je ne sais pas pourquoi je n'y arrivais pas. » Il sortit un billet de cinq dollars, s'approcha du jeune homme, lui tapota cordialement l'épaule tout en prenant bien soin de rester derrière lui, et jeta un coup d'œil dans la pièce.

Elle était vide. Il n'y avait personne.

La salle de bains.

La porte de la salle de bains était entrebâillée. Tout à l'heure, il l'avait laissée grande ouverte, et voilà qu'à présent elle était presque fermée. Cela ne signifiait rien, bien entendu. On avait nettoyé la chambre en son absence ; la femme de ménage avait dû entrer dans la salle de bains.

« Ecoutez, pendant que vous êtes là, poursuivit Metcalfe, ça vous ennuierait de m'aider à soulever quelque chose de lourd? Mon dos me fait atrocement souffrir. »

Le groom haussa les épaules : *bien sûr, pourquoi pas.*

« Ma maudite valise est dans la salle de bains, voudriez-vous la sortir de là? Je vous donnerai ceci pour votre peine. » Il tendit un autre billet au garçon. C'était un pourboire énorme pour un si jeune homme. Comment aurait-il pu résister à un deuxième billet de cinq dollars? Le groom traversa la pièce en direction de la salle de bains. Metcalfe resta en retrait, se plaçant en dehors de l'éventuelle ligne de feu.

Le groom poussa la porte de la salle de bains, jeta un œil à l'intérieur et dit : « Monsieur, je ne vois aucune valise...

— Vraiment? La femme de chambre a dû la déplacer alors. Désolé. »

Mais le jeune homme ne bougeait toujours pas. Il écarquillait les yeux, comme paralysé, puis il fit un pas en avant et se mit à crier. *« Bozhe moi ! Bozhe moi ! »*

Pendant que les hurlements du garçon allaient crescendo, Metcalfe se précipita dans la salle de bains et vit ce qui l'effrayait tant.

Un homme reposait au fond de la baignoire, la tête sur le rebord. Son visage était violacé, ses yeux jaillissaient de leurs orbites, sa langue mauve sortait de sa bouche entrouverte. Metcalfe faillit ne pas le reconnaître.

Il laissa échapper un hoquet. Il se précipita vers la baignoire et toucha la joue de Roger. La moiteur glaciale de sa peau lui confirma que son ami était bel et bien mort, et depuis plusieurs heures sans doute. Une blessure fine et dentelée lui sectionnait presque la gorge. Vision horriblement familière.

Metcalfe identifia la marque de strangulation qu'il avait vue quelques jours auparavant, à Paris.

Chapitre 23

Le groom sortit à reculons de la salle de bains. Des gestes saccadés, apparemment involontaires, l'agitaient. Il avait cessé de crier mais la panique se lisait sur son visage.

Metcalfe n'y prêta guère attention. Lui-même était en état de choc. « Mon Dieu », murmurait-il. La scène horrible, grand-guignolesque, qui s'étalait devant ses yeux frisait l'insoutenable.

La tragédie de Paris venait de se reproduire.

Ils avaient assassiné Scoop.

Ce n'était pas le moment de tergiverser. Il n'y avait plus qu'une chose à faire. Sortir d'ici avant que le groom n'appelle à l'aide, avant que les autorités soviétiques – en clair, le NKVD – ne débarquent et l'enferment pour le soumettre à interrogatoire. Malgré la douleur, malgré le choc, son esprit fonctionnait toujours. L'enchaînement des conséquences lui apparut clairement. Même s'il parvenait à les cacher, ils découvriraient sous peu les documents falsifiés. Et il aurait beau échafauder quelque laborieuse explication, ils lui riraient au nez.

Une explication. Lui aussi en cherchait une. Désespérément.

Mieux valait remettre ces réflexions à plus tard. Il ne lui fallut que quelques secondes pour jeter deux ou trois vêtements dans la méchante valise en carton achetée la veille, tourner les talons et sortir en courant de la chambre.

Sans émetteur, pas de moyen rapide et efficace de contacter Corcoran. Le fameux canal noir lui-même n'était plus sûr. Même chose pour la valise diplomatique, probablement. Il ne lui restait qu'une seule possibilité. Demander à Amos Hilliard d'encoder un message en utilisant la cryptographie la plus sûre dont il disposât, et le faire parvenir à Corky. Hilliard rechignerait mais accepterait quand même de lui rendre ce service.

En tout cas, il devait joindre Corky par n'importe quel biais. Le réseau avait été pénétré et le fait que la menace s'étende aujourd'hui jusqu'à Moscou donnait la mesure de la brèche.

Une pensée l'assaillit qu'il tenta d'évacuer en se disant qu'il s'agissait là d'une chimère causée par l'horreur des derniers événements – la vision de son ami mort le rendait hystérique – mais il la sentait s'agiter au creux de son ventre et ne parvenait pas à s'en débarrasser.

Amos Hilliard ?

Et si jamais le contact de Corky à Moscou n'était pas fiable ? Les paroles de Hilliard affluèrent dans sa mémoire : *on ne peut faire confiance à personne.*

Amos Hilliard s'incluait-il dans le nombre ? Après tout, il était le seul à savoir ce que Metcalfe faisait à Moscou. A supposer que Hilliard jouât sur deux tableaux ou plus – comme le faisaient allégrement ses collègues de l'ambassade, à l'en croire –, il n'aurait eu qu'un mot à dire pour...

Metcalfe secoua la tête pour éliminer cette idée grotesque. Il voyait des traîtres partout. Et il savait que ce genre d'idée paranoïaque vous paralysait l'esprit, vous coupait bras et jambes, ce qu'il devait à tout prix éviter en ce moment.

Pourtant, l'atroce réalité demeurait fichée dans sa conscience : il avait obligé Scoop Martin à le conduire à Moscou en avion. Du coup, il portait la responsabilité de la mort de son vieil ami, aussi sûrement que s'il l'avait tué de ses propres mains. Metcalfe était la cible mais en entrant dans la chambre, l'assassin était tombé sur Roger. On l'avait donc éliminé à sa place. Mais que faisait Roger dans la chambre de Metcalfe ? Encore un autre mystère. Peut-être mettait-il la dernière main au nouvel émetteur et voulait-il lui faire la surprise ? Espérait-il le cacher dans cette chambre ? Dans ce cas, où était l'engin ?

S'ils avaient pénétré le réseau de Corky et s'ingéniaient à le démanteler en éliminant les agents les uns après les autres – d'abord à Paris, maintenant à Moscou –, Metcalfe n'était pas le seul à risquer sa peau.

Lana aussi.

A chacune de leurs rencontres, le danger grandissait. Elle deviendrait bientôt une cible comme les autres. Et dès l'instant où Metcalfe lui remettrait les faux documents, elle entrerait de fait dans le réseau de Corky. Sans le savoir, elle viendrait grossir la liste des victimes potentielles, au même titre que Roger ou les agents de la station radio de Paris.

Non content de me servir d'elle, voilà que je joue sa vie ! C'est méprisable, pensa-t-il. *Elle n'a pas choisi ce destin. Moi je me suis porté volontaire pour ce travail, je savais à quoi je m'exposais. Elle non.*

Et pourtant il était trop tard pour faire marche arrière. Elle s'était déjà trop engagée auprès de von Schüssler.

Il allait devoir la protéger, ne pas trop se montrer en sa compagnie. A la rigueur, ils pourraient se rencontrer en société. Après tout, les gens le considéraient comme un riche play-boy. Quoi d'étonnant à ce qu'un homme comme lui cherche à reconquérir une ancienne maîtresse ? Déjà, quand ils s'étaient retrouvés dans l'appartement de son amie, ils avaient pris d'extraordinaires précautions. Désormais, ils devraient redoubler de prudence.

Mais pour l'instant, il fallait songer à disparaître en s'assurant qu'on ne le filait pas. Pour cela, il emploierait toutes les méthodes à sa disposition. Il venait de sortir du Métropole par une issue de service dont il ne s'était jamais servi. La bande de pieds nickelés chargés de le suivre était en train de poireauter dans le hall de l'hôtel. Mais ils n'étaient pas seuls à le surveiller. L'homme blond du NKVD l'inquiétait davantage. Metcalfe prendrait donc des mesures supplémentaires. Il ne les laisserait pas faire.

Il y mettait un point d'honneur.

L'énorme toile d'araignée de la place Rouge était bordée à l'est par un immense bâtiment à l'architecture complexe, doté d'une façade de marbre et de granit longue de plusieurs centaines de mètres. Il s'agissait du *Gosudarstvenny Universalny Magazin* : autrement dit le GUM, le plus grand centre commercial de Moscou. Avec ses trois étages de galeries, il ressemblait à une gare des années 1900, comme on en trouve à Londres ou bien à Paris. Une foule épaisse allait et venait entre les centaines de boutiques dont l'architecture extravagante formait un étrange contraste avec la chicheté des marchandises disposées sur leurs rayonnages.

La foule grouillante, la multitude de coins et de recoins, d'escaliers et autres passages, tout cela servait parfaitement les desseins de Metcalfe. Il allait pouvoir semer ses éventuels poursuivants sans trop de difficultés. Toujours chargé de sa valise en carton, il fit halte devant diverses boutiques, examinant ici des disques de phonographe, là des parfums, des bijoux de pacotille, des châles de paysanne. La multitude s'ouvrait sur son passage pour se refermer ensuite; elle l'avalait, le cachait mieux qu'un rempart. De toute façon, qu'y avait-il d'étrange à ce qu'un homme d'affaires américain visite la plus célèbre galerie marchande de Moscou? Sa petite valise pouvait très bien contenir des documents de travail. Il se joignit aux nombreux badauds montant un escalier en fer, accéda au premier balcon et, de là, balaya du regard le niveau inférieur sans rien remarquer de suspect.

Avisant un magasin en coin ouvert des deux côtés, il entra et se mit à examiner avec grand intérêt un étalage de jouets en bois sculpté dont des poupées *matriochka* joliment décorées. Il prit une poupée, l'ouvrit, et à l'intérieur en découvrit une autre légèrement plus petite. Il y en avait six en tout, emboîtées les unes dans les autres. Un bel exemple de l'art populaire russe. Il se dit que Lana apprécierait ce cadeau. De plus, acheter quelque chose lui fournissait un prétexte valable pour rester encore un peu ici. Il prit place dans la queue pour payer, puis passa dans une autre file afin de récupérer son achat – la bureaucratie soviétique avait même envahi les magasins de souvenirs moscovites! Tout en patientant, il jetait de vagues coups d'œil autour de lui. Il ne remarqua pas de visage connu ni aucun dispositif de surveillance.

Son achat effectué, il sortit de la boutique par l'autre porte, puis soudain fit demi-tour, comme s'il avait repéré quelque chose d'intéressant. Jouant des coudes, il fendit la foule et grimpa encore une volée de marches. Le deuxième niveau était moins bondé. Il parcourut rapidement une centaine de mètres, prit un autre escalier qui le ramena au premier étage et entra dans les toilettes messieurs où plusieurs hommes se tenaient debout devant un urinoir creux.

Deux d'entre eux lui parurent saouls. Il s'enferma dans une cabine et troqua vite ses vêtements contre la tenue fournie par Corky. La doublure de la veste de paysan était largement fendue mais, de l'extérieur, on n'y verrait que du feu. Non seulement les chaussures, le pantalon, la chemise et la veste étaient typiquement russes mais ils avaient perdu toute forme. Des habits usagés plus vrais que nature.

Il tendit l'oreille. Les deux pochards étaient partis ; d'autres hommes venaient d'entrer. C'était parfait. Il enfila une perruque châtain un peu trop serrée pour lui, puis étala de la colle sur son menton, sa lèvre supérieure, ses sourcils ; quand elle fut sèche, il appliqua dessus une sorte de barbiche hirsute. Pour réussir une telle transformation, il eût été nettement plus à son aise devant une glace plutôt qu'assis sur l'abattant des toilettes. Fort heureusement, il avait pensé à se munir d'un petit miroir de poche qui lui permit de vérifier que tout était bien en place. Il passa ensuite aux sourcils broussailleux, souligna ses yeux d'un trait sombre pour accentuer les cernes et se vieillir de quelques années. Quand tout fut terminé, il avait la tête d'un fumeur alcoolique d'une quarantaine d'années. Un paysan russe ayant passé sa chienne de vie à trimer, comme la plupart des paysans russes.

Il s'étudia de nouveau dans le miroir et fut impressionné par sa métamorphose. Mais comme il ne voulait courir aucun risque, il décida d'en rajouter, prit des tampons d'ouate et les enfonça à l'intérieur de ses joues, au niveau de la mâchoire supérieure ; à présent, il était totalement méconnaissable. La touche finale consistait à se glisser dans les narines des boules de métal spécialement conçues pour cet usage. Les services techniques de l'OSS avaient même prévu des petits trous pour laisser passer l'air. Au début, il les trouva froides et inconfortables, mais il fallait bien avouer que l'effet était saisissant. Elles lui faisaient un nez aplati, fort semblable aux appendices nasaux des paysans russes.

Lorsqu'il jeta un dernier regard dans le miroir, il eut du mal à se reconnaître. Collant un œil contre une fissure de la cloison, il constata que tous les hommes qui l'avaient vu entrer étaient partis. D'un geste preste, il entassa ses vêtements américains dans la valise, sortit de la cabine, marcha vers les lavabos et posa la valise à ses pieds. Il passa quelques minutes à se laver les mains puis quitta les lieux en abandonnant la valise derrière lui. Un petit veinard la trouverait bientôt, déciderait de l'emporter et aurait l'agréable surprise d'y découvrir de beaux habits.

D'un pas traînant, il traversa la galerie du premier. Pour modifier sa démarche, il avait décidé de boitiller, comme s'il avait une jambe plus courte que l'autre. Une fois atteint le rez-de-chaussée, il acquit la certitude que personne ne le suivait. Il était devenu n'importe qui, un Russe entre deux âges, semblable à des millions d'autres à Moscou. Personne ne lui accorderait la moindre attention.

Rudolf von Schüssler n'appréciait guère qu'on l'interrompe dans son travail.

L'officier de sécurité dépêché par le *Sicherheitsdienst* était assis en face de lui, avec son air guindé et sa mine de carême, à lui poser toutes sortes de questions à propos des personnes parlant anglais qu'il avait pu rencontrer à Moscou, durant les derniers jours. Le temps de von Schüssler était bien trop précieux pour qu'il le gâche à répondre aux questions d'un flic, mais l'ambassadeur lui avait demandé de le faire, et bien sûr il avait accepté. Von Schüssler tenait beaucoup à rester dans les petits papiers de von der Schulenberg.

« Il est fort possible, dit l'homme du *Sicherheitsdienst*, que l'un de ces visiteurs soit un dangereux espion. »

Cette idée lui semblait du plus haut ridicule mais il joua le jeu. « Il y a des tas d'Américains et de Britanniques dans cette ville, répondit-il d'un air hautain. Trop d'ailleurs, si vous voulez mon avis. Justement, je discutais l'autre soir avec l'un de ces imbéciles maniérés, une sorte de dandy imbu de sa personne, et je ne pouvais m'empêcher de penser...

— Son nom ? », l'interrompit rudement l'homme du SD, en plongeant ses yeux gris acier dans ceux de von Schüssler.

Ce dernier eut un battement de cils puis secoua lentement la tête. « Son nom m'échappe. Mais s'il s'agit d'un dangereux espion, je veux bien manger mon chapeau. »

L'homme du SD lui adressa un sourire mauvais. « S'il s'avère être un espion, je vous y aiderai. »

Quelle vulgarité ! songea von Schüssler. *Quelle impudence !* Il trouvait cet homme répugnant, tout ce qu'il y avait de méprisable. Pourtant quelque chose en lui donnait la chair de poule ; il n'arrivait pas à comprendre quoi. Cette sensation ne lui était pas familière, mais pas totalement inconnue toutefois. Von Schüssler tenta de se remémorer dans quelles circonstances il avait pu la ressentir auparavant et se revit adolescent en train de visiter une grange attenant au *Schloss* familial, près de Berlin. Oui, c'était bien cela ; il marchait dans cette remise mangée par la pénombre quand tout à coup, il avait tendu la main pour attraper une corde enroulée. A cet instant, une peur panique l'avait envahi, le clouant sur place. Il lui avait fallu quelques secondes pour s'apercevoir qu'au lieu d'une corde, il avait failli attraper la queue d'un serpent. Un énorme serpent enroulé sur lui-même.

L'homme du *Sicherheitsdienst* lui faisait exactement la même impression.

Un serpent venimeux.

Metcalfe se présenta à l'appartement prêté par l'amie de Lana avec une demi-heure d'avance ; Lana, quant à elle, eut vingt minutes de retard. Il profita de ce battement pour percer l'enveloppe de sécurité en cellophane au moyen d'un canif, sortir prudemment la liasse de documents et les examiner. Ils étaient impeccables. Rédigés sur un papier grossier, blanc cassé, on n'aurait jamais soupçonné qu'ils venaient d'un laboratoire occidental. Ils étaient dactylographiés, sans doute sur une authentique machine à écrire soviétique, comme on en trouvait au Commissariat à la Défense. Et chacun portait un cachet officiel du Commissariat. Pour plus de véracité, ils avaient même pensé à utiliser un tampon abîmé par des années d'usage intensif et l'encre violette qu'affectionnaient les fonctionnaires soviétiques. Tous les papiers étaient datés et signés, les plus anciens remontaient à quelques semaines, les plus récents au jour même.

Certains portaient même le paraphe du commissaire soviétique à la Défense. La plupart étaient estampillés ULTRASECRET. Metcalfe n'en revenait pas. Ils résisteraient certainement à l'examen des spécialistes les plus pointilleux. Et il allait sans dire que les nazis les regarderaient à la loupe.

Soudain, l'idée lui vint que si jamais on découvrait que ces documents étaient faux, Lana serait éliminée. Et pas par le NKVD, mais par les nazis.

De la qualité de leur exécution ne dépendait pas seulement la réussite du plan de Corky.

Mais aussi la vie de Lana.

La première page était blanche. Elle servait probablement à cacher le contenu de la liasse à ceux qui la manipuleraient. Metcalfe examina les documents l'un après l'autre. Ils étaient étonnamment détaillés, crédibles – et quelle subtilité dans l'art de la tromperie ! Quelques semaines auparavant, Corky lui avait parlé de l'armée soviétique. A l'époque, Metcalfe n'avait pas compris pourquoi.

« La Russie est une force titanesque, avait dit Corky. Les Allemands ne le savent pas.

— Allons, s'était esclaffé Metcalfe. Bien sûr que les Allemands le savent – autrement pourquoi Hitler aurait-il passé un pacte avec Staline ? Le Führer ne respecte que la force. On ne s'allie pas avec un faible. »

Corky avait souri. « C'est exact. Mais il y a une différence entre ce que *pensent* les Allemands et ce qu'ils *savent*. »

A présent qu'il parcourait ces documents, Metcalfe comprenait mieux l'illusion que souhaitait créer Corky, le grand maître des illusions. C'était comme ce tableau pointilliste de Georges Seurat, la *Grande Jatte* : si on regardait de trop près, on ne voyait que des petits coups de pinceau colorés. Pour saisir la scène dans son entier, il fallait prendre du recul.

Si on regardait ces documents de près, on avait tôt fait de conclure que l'Armée Rouge n'était pas à la hauteur. Les détails rendaient le portrait d'autant plus convaincant. Il y avait là des inventaires, des mémorandums échangés entre le commissaire du Peuple à la Défense, le maréchal S.K. Timochenko, et le chef d'Etat-Major, le général K.A. Meretskov. Pour faire plus vrai, on les avait mélangés à des documents officiels de moindre importance, comme des listes, des rapports de réquisitions – une avalanche de paperasses traçant l'historique d'un géant aux pieds d'argile.

A la lecture de ces faux, on apprenait que l'Armée Rouge ne possédait que vingt divisions de cavalerie et vingt-deux brigades motorisées – bien moins que les Allemands ne le croyaient. Le fameux deuxième échelon stratégique, surtout en ce qui concernait les XVI et XIX armées et leurs troupes motorisées, relevait de la plaisanterie ; on cherchait en vain les véhicules modernes, les blindés. L'aviation soviétique était tout bonnement obsolète, la carence en armes et en équipements divers désastreuse ; tout leur matériel militaire remontait à Mathusalem. Ils manquaient terriblement de munitions : il y en avait juste assez pour alimenter quinze pour cent des unités blindées. Le système central de communication militaire était inexistant ; en cas de guerre, l'Armée Rouge devrait recourir à des moyens de transmission datant du XIXe siècle, comme les coursiers ou les télégrammes. Dans leur ensemble, ces documents témoignaient d'une incurie grave. Une honte à ne dévoiler à aucun prix.

Tout cela n'était qu'un tissu de mensonges.

Metcalfe en savait assez pour se rendre compte que ce tableau n'avait aucun rapport avec la réalité. Certes, l'Armée Rouge avait connu un séisme, mais elle était bien plus forte, bien plus moderne – plus puissante – que l'armée d'opérette ressortant de ces documents.

« La faiblesse suscite des réactions », aimait à dire Corky. Le paysage pointilliste qui s'étalait devant lui sur cette table en bouleau traçait de manière fort convaincante le profil d'une nation indigente. Les généraux de Hitler sauteraient sur l'occasion, c'était trop beau. Ils décideraient d'envahir la Russie ; l'Allemagne nazie ne laisserait pas passer pareille aubaine.

C'était une mystification de la plus haute intelligence.

Tout en remettant les documents en pile, Metcalfe jeta de nouveau un coup d'œil sur la première page. Etrange : ce n'était pas une feuille ordinaire mais un papier crème de belle qualité, une de ces feuilles de papier-chiffon sortant d'une papeterie britannique, dont Corky aimait à se servir. L'examinant de plus près, il discerna le filigrane de Smythson de Bond Street : le papetier préféré de Corky. De plus, il en émanait une faible odeur de produits chimiques et de menthe. Pep-O-Mint Life Savers ? Corky avait dû manipuler cette feuille-là plus que les autres.

La présence de produits chimiques lui mit la puce à l'oreille. Il sortit la minuscule fiole de ferricyanure de potassium dont il ne se séparait jamais quand il partait en mission et repéra un bol en céramique dans la cuisine. Il tapota le flacon pour en extraire une faible quantité de poudre, la mit à dissoudre dans quelques centilitres d'eau puis immergea la feuille de papier blanc dans la solution. En quelques secondes, des pattes de mouche tracées à l'encre indigo apparurent. L'écriture de Corky, à nulle autre pareille.

Il récupéra la feuille, la posa encore mouillée sur le comptoir de la cuisine et se mit à lire.

S...

Pourquoi les miroirs inversent-ils la gauche et la droite et pas le haut et le bas ? Qu'arrive-t-il quand une force irrésistible rencontre un objet fixe ? Ce genre de devinettes relève des amusements enfantins, mon garçon. Le temps est venu de passer dans la cour des grands. Bientôt, plus vite que tu ne l'imagines, les devinettes grimperont en difficulté et les solutions également. Préserver la civilisation nécessite parfois des moyens peu civilisés. Dans ces moments-là, on a besoin de quelqu'un capable de manier les forces obscures, afin que nos compatriotes aux joues vermeilles continuent à jouir de la lumière. Il en a toujours été ainsi. Rappelle-toi : Rome ne s'est pas construite en un jour. Tout s'est passé de nuit...

Ci-joint, les documents liés à l'opération WOLFSFALLE.

Rappelle-toi, la vérité est un miroir brisé. Ne te coupe pas sur les bouts de verre.

... A

Metcalfe comprit immédiatement. Il avait l'habitude des jeux de mots de Corky. *Pourquoi les miroirs inversent-ils la gauche et la droite et pas le haut et le bas ?* Mais ils n'inversent rien du tout, avait coutume de faire remarquer le vieil homme ; ils reflètent ce qu'ils ont en face d'eux, tout simplement. La confusion vient de l'observateur.

Qu'arrive-t-il quand une force irrésistible rencontre un objet fixe ? La force irrésistible n'était autre que la machine de guerre nazie. L'objet fixe l'ours russe. Qu'arriverait-il lorsque les deux se rencontreraient ?

Ils se détruiraient mutuellement.

Corky avait employé cette curieuse expression : « L'opération WOLFSFALLE. »

Die Wolfsfalle.

Le piège à loup.

Metcalfe eut tôt fait de deviner la signification de ce nom de code. *Wolf* désignait Adolf Hitler.

A ses débuts, ce dernier utilisait souvent ce pseudonyme. C'était son nom de guerre. Adolf était la traduction teutonne du mot « loup ». A la suite de son coup d'Etat manqué de 1924, peu après sa sortie de prison, il avait pris une chambre à la pension Moritz à Obersalzberg, en Bavière, et s'était inscrit sous le nom de *Herr* Wolf.

Eva Braun, l'amante supposée de Hitler, l'appelait Wolf dans l'intimité. Son bras droit, Rudolf Hess, avait même baptisé son fils Wolf en l'honneur de Hitler. Et puis en juin dernier, quand Hitler avait déplacé ses quartiers généraux dans un idyllique village belge, Brûly-de-Pesche, il s'était empressé de le renommer *Wolfsschlucht*, c'est-à-dire la gorge du loup. De ce poste de commandement, il supervisait l'invasion de la France. C'est là qu'il avait eu l'immense joie d'apprendre la reddition du gouvernement français. Selon les tout derniers renseignements, les hommes de Hitler avaient commencé à construire un complexe de bunkers d'une solidité à toute épreuve en Prusse-Orientale, à Rastenburg. Il y établirait ses quartiers généraux, son *Führerhauptquartier*.

Il les avait baptisés *Wolfsschanze* : la tanière du loup.

Pour toutes ces raisons, la signification de *Die Wolfsfalle* – le piège à loup – était claire comme de l'eau de roche.

Quand Lana entra et le vit, elle laissa échapper un cri. Puis elle comprit qui il était et se mit à rire sans gaieté. « *Bozhe moi !* Mon Dieu, Stiva, je ne te reconnaissais pas ! Pourquoi es-tu fagoté comme ça ? » Puis elle se reprit et secoua la tête sans le laisser répondre : « Evidemment, tu prends des précautions. J'en suis heureuse. »

Il la serra dans ses bras. Elle l'embrassa en frissonnant. « Oh, cette barbe – j'ai l'impression d'embrasser Rudolf, et je t'assure que ça n'a rien d'agréable. Je t'en prie, débarrasse-toi de cet accoutrement tout de suite ! »

Il se contenta de sourire. Il aurait tant voulu rester près d'elle plus longtemps mais savait que leur rencontre serait brève. Plus de temps il passerait ici, plus grands seraient les risques de se faire remarquer. Il allait partir sous peu et son déguisement devait rester intact. Il lui donna les poupées *matriochka*, qu'elle accepta avec un plaisir non dissimulé. Mais très vite, son humeur s'assombrit.

« Je suis morte de peur, Stiva. »

Il pouvait le lire sur son visage. « Raconte.

— J'ai peur de ce que nous sommes en train de faire. »

A peine capable de réprimer l'amer sentiment de culpabilité qui resurgissait en lui, il répondit : « Alors renonce. Si tu as trop peur, je ne veux pas que tu donnes ces documents à von Schüssler.

— Non, tu te méprends. Tu m'as demandé d'être brave. De faire quelque chose pour mon père et pour la Russie. Tout comme mon père a combattu pour notre pays. Tu m'as donné une chance d'être aussi courageuse que lui. Tu m'as donné un but.

— Alors de quoi as-tu si peur ?

— Je ne peux pas me permettre de retomber amoureuse de toi. Tu m'as offert le cadeau de ton amour, Stiva. Mais il n'y a pas d'espoir pour nous. L'avenir est bouché. Nous ne serons jamais heureux ensemble. C'est comme dans *Giselle*.

— Comment cela ?

— Eh bien, Giselle est une petite paysanne qui tombe amoureuse d'un jeune noble. Il se présente à elle sous un déguisement pour lui cacher sa véritable identité. Quand elle apprend la vérité, elle comprend que jamais elle ne pourra l'épouser. Alors, elle perd la raison et meurt.

— Mais moi, je ne prétends pas être quelqu'un d'autre.

— Regarde-toi ! »

Il gloussa. « Très juste. Mais tu ne deviendras pas folle, n'est-ce pas ?

— Non, dit-elle. Je n'en ai pas le droit. Je dois vivre pour le cadeau de ton amour.

— Mais ce n'est pas un cadeau, Lana. »

Elle regardait la liasse de documents d'un air distrait ; visiblement, elle pensait à autre chose. « Oui, tu as raison, dit-elle enfin. Nous ne sommes pas dans *Giselle* mais dans *Tristan et Isolde*.

— Les deux amoureux légendaires.

— Les amoureux *maudits*, Stiva. Souviens-toi. Ils n'ont pu se rejoindre que dans la mort.

— Parfait. Tu es la fougueuse et belle Isolde, la magicienne, la guérisseuse. Et moi je suis Tristan, le chevalier qui l'aime. »

Elle sourit étrangement. « Tristan est au service de son oncle, le roi. Il le trahit, Stiva. Il voyage sous un faux nom – celui de Tantris, un anagramme de Tristan – mais elle l'aime quand même.

— Mais elle, il ne la trahit pas, n'est-ce pas ? Il l'aime – et il se contente de faire son devoir.

— Oui. L'amour est toujours une affaire de trahison et de mort, pas vrai ?

— Seulement au théâtre. Pas dans la vie. »

Les yeux de la jeune femme s'emplirent de larmes. « Dans *Tristan*, le philtre d'amour est bien plus dangereux que le poison,

Stiva. » Elle ramassa le paquet de documents et le brandit devant lui. « Alors dis-moi, mon beau chevalier, où va ta loyauté ? Vers ton amour... ou vers ton roi ? »

Metcalfe ne savait que répondre. Finalement, il réagit impulsivement : « Je t'aime de tout mon cœur, tu le sais. »

Elle lui jeta un regard chargé de tristesse. « C'est bien cela qui me tracasse le plus », fit-elle.

Chapitre 24

LA BOUTIQUE était un vrai capharnaüm encombré d'un bric-à-brac d'objets en argent, de bijoux, de cristaux. Le long des murs, ses étagères regorgeaient de vieilles assiettes, de vaisselle en tout genre et d'antiques bustes de Lénine. Ce n'était ni un magasin d'antiquités ni un mont-de-piété mais quelque chose entre les deux : un *komissiony*, c'est-à-dire un dépôt-vente, situé dans l'une des plus anciennes rues de Moscou, l'Arbat. Entre les rayonnages se bousculaient une masse de clients venus tantôt dénicher une bonne affaire, tantôt échanger le vénéré samovar en argent de grand-maman contre une somme d'argent dont ils avaient désespérément besoin.

Les éclats de voix, le bruit de fond couvraient la conversation des deux hommes qui se tenaient penchés l'un à côté de l'autre sur la même icône. Le premier, un individu d'une trentaine d'années, avait tout de l'ouvrier soviétique; l'autre, plus âgé, portait un pardessus de fabrication étrangère et une toque de fourrure russe.

« J'ai failli ne pas vous reconnaître, fit Hilliard à voix basse. Très bien. Ne dites rien et suivez-moi. »

Metcalfe attendit que Hilliard sorte de la boutique pour lui emboîter le pas. Comme ils descendaient la rue Arbat en direction de la place Smolensk, ils se retrouvèrent à la même hauteur.

« Mais bon Dieu, qu'est-ce qui se passe ? siffla Hilliard entre ses dents. Si c'est le deuxième jeu de documents que vous cherchez, je vous ai dit de vous servir de la boîte aux lettres. De toute façon, le coursier n'arrivera que tard dans la journée. Je ne veux plus vous voir. Je croyais avoir été clair !

— Un ami à moi a été assassiné aujourd'hui. »

Hilliard lui jeta un rapide coup d'œil puis détourna le regard.

« Où cela ?

— Au Métropole.

— Au *Métropole* ? Seigneur. Où, dans sa chambre ?

— Dans la mienne. C'était moi qu'on visait. »

Hilliard laissa échapper un long soupir. Metcalfe lui expliqua qui était Roger, quels étaient ses liens avec lui et ce qu'il faisait à Moscou.

« De quoi avez-vous besoin? demanda Hilliard d'une voix radoucie.

— De deux choses. La première : contacter Corky sans tarder.

— Vous avez bien vu que le canal noir n'était pas sûr, Metcalfe...

— Je sais que vous disposez d'autres moyens pour le joindre. Je me fiche qu'il s'agisse d'une porte dérobée, de signaux de fumée, d'un message dans une bouteille ou d'une connerie dans le même genre : les types comme vous gardent toujours une carte dans leur manche. Et vous connaissez la musique tout autant que moi – si un membre du réseau est touché, Corky veut qu'on le prévienne aussitôt.

— Vous ne remettrez pas les pieds à l'ambassade. Vous n'utiliserez plus notre système de communication, Metcalfe.

— Je m'en contrefiche – vous pouvez le faire à ma place. Dites-lui que Scoop Martin est mort de la même façon que les gars de la station de Paris. Strangulation. Et à votre place, j'enverrais ce câble sans attendre.

— Je le ferai. »

Puis, se rappelant ses doutes au sujet de Hilliard, Metcalfe ajouta : « Et je veux une confirmation. La preuve que Corky a bien reçu mon message.

— Comment ? »

Metcalfe réfléchit un instant. « Un mot. Le mot suivant sur la liste. » Corky et lui avaient en commun une liste de mots codés. Il fonctionnait ainsi avec tous les agents qu'il envoyait sur le terrain. Cette liste n'était connue de personne sauf de Corky et de l'agent en question. C'était Corky qui l'établissait, soi-disant au hasard bien que Metcalfe n'y crût pas vraiment. Corky aimait trop les énigmes pour se priver de ce plaisir quand l'occasion se présentait.

« Ce sera fait, affirma Hilliard. De quoi d'autre avez-vous besoin ? Vous parliez de deux choses.

— Une arme. »

*

Metcalfe entra dans une cabine à pièces et appela le Métropole sous prétexte de laisser un message pour un client de l'hôtel, Roger Martin.

La réponse de son interlocuteur lui apprendrait ce qu'il voulait savoir. A présent, ils avaient dû trouver le cadavre de Roger et tout le personnel de l'hôtel était au courant. Très probablement, ils avaient appelé la police, et le NKVD par la même occasion. Mais il voulait quand même tester la réaction du réceptionniste, juste pour savoir si le personnel était inquiet, soupçonneux – si on leur avait ordonné de rester vigilants, de piéger Metcalfe, de l'attirer sur les lieux.

Il perçut un frémissement dans la voix de l'homme. Il semblait tendu mais, très vite, il retrouva le ton froid et assuré de l'employé modèle : « Non, le client que vous cherchez n'est... plus ici, je suis navré de vous l'apprendre. Nous n'avons pas d'autre information.

— Je vois, répondit Metcalfe. Savez-vous quand il est parti ?

— Pas le moins du monde, rétorqua l'employé. Je l'ignore. Je ne peux pas vous aider davantage. » Et il raccrocha.

Metcalfe, perplexe, fixait la cloison de la cabine téléphonique. C'était la réaction sincère et spontanée d'un homme ennuyé de ne rien savoir. Une réaction extrêmement parlante : l'employé ignorait ce qui venait de se passer. Si les autorités avaient bouclé le secteur, installé un piège – ou si Metcalfe avait été recherché pour interrogatoire, suite à la mort de Roger –, l'employé aurait su quoi répondre. On lui aurait ordonné de faire durer la conversation, de lui tirer les vers du nez.

Très étrange. Metcalfe s'était attendu à tout sauf à cela.

L'hôtel était situé sur la place Teatralnaya, près du Bolchoï. En face, se trouvait un petit square avec des bancs. Metcalfe avait besoin de surveiller l'hôtel, mais les endroits discrets pour ce faire étaient rares. Il traversa le square. L'endroit lui parut trop exposé. Il se voyait mal s'asseoir sur un banc et sortir ses jumelles pour observer les allées et venues devant le Métropole ; n'importe qui aurait pu s'étonner de le voir là.

En fin de compte, il choisit de se poster au milieu de la colonnade du Bolchoï. Il était tôt ; personne n'entrait ni ne sortait de l'entrée principale du théâtre. Il ferait en sorte de rester dans l'ombre, à l'abri des colonnes.

Bien sûr, il ne s'attendait pas à voir les hommes du NKVD encercler méthodiquement l'hôtel. Non, il recherchait des indices presque invisibles, des signes minuscules révélant un malaise, une perturbation dans la routine. Si le NKVD ou la police régulière avait investi l'hôtel, le modèle de base s'en trouverait altéré, comme des rides troublent la surface d'un étang quand on y jette une pierre. Les gens sortant de l'établissement auraient peut-être un regard inquiet, furtif. Certaines personnes pouvaient s'attarder un peu trop longtemps sur le trottoir. Des gestes trop étudiés, trop précipités auraient également constitué un indice.

Mais il ne vit rien de tel. Tout paraissait normal.

Etrange. C'était comme si rien ne s'était passé. Ce calme apparent le tracassait plus que tout.

Il revint sur ses pas, fit le tour du square et, contournant l'hôtel, se dirigea vers l'issue de service qu'il avait utilisée peu de temps auparavant. Il hésita un instant, entra et traversa les cuisines. Les doubles portes de l'office ne cessaient de battre, laissant passer des serveurs affairés, chargés de plateaux surmontés d'assiettes, de caisses remplies de provisions. Le repas du soir se préparait.

Là non plus, il ne remarqua rien d'anormal. Aucun policier ne montait la garde dans les cuisines.

Il poursuivit son chemin en direction de l'escalier de derrière sans rencontrer de garde. Arrivé au troisième étage, il émergea au bout du corridor sombre et désert. La *dezhurnaya* était assise à son bureau.

Personne à droite, personne à gauche. Pas de policiers, ni en uniforme, ni en civil.

Le couloir était vide.

C'était à n'y rien comprendre. Bon, à la rigueur qu'aucun garde ne soit là à l'attendre pour lui mettre la main au collet dès son retour, c'était admissible. Mais que les autorités n'aient envoyé personne patrouiller l'hôtel et ses alentours... Que la scène de crime ne soit pas remplie de flics...

Glissant la main dans sa poche, il toucha la grosse clé de sa chambre. Il l'avait emportée sans réfléchir en quittant l'hôtel quelques heures plus tôt. Et heureusement pour lui; cela lui éviterait d'avoir à affronter la vieille gorgone rivée à son bureau et donc d'alerter le personnel de l'hôtel.

Puis soudain, il se dit que cette clé ne lui serait peut-être pas nécessaire. La porte de sa chambre était peut-être ouverte. Des policiers ou des agents du NKVD l'attendaient peut-être à l'intérieur.

Metcalfe remonta le couloir sur la pointe des pieds puis tourna à droite. Il ne lui restait plus qu'une trentaine de mètres jusqu'à sa chambre.

La porte était fermée.

Autre chose l'étonnait. Le groom avait vu le cadavre de Roger; en Russie, comme en Amérique ou n'importe où ailleurs, quand un meurtre se commet, les autorités installent un cordon de sécurité autour de la scène de crime, et restent sur place pour enquêter.

Il s'approcha de la porte à pas de loup mais n'entra pas, préférant tendre l'oreille.

Aucun bruit.

Pour autant qu'il pût en juger, il n'y avait personne à l'intérieur. Pas de bruits de voix, du moins.

Il n'était sûr de rien, mais décida de courir le risque. Il glissa la clé dans la serrure, tourna puis actionna la poignée, en se tenant prêt à faire demi-tour à toute vitesse si jamais il tombait sur un comité d'accueil.

La chambre était sombre et vide.

Du regard, il inspecta les moindres recoins avant de traverser résolument la pièce en direction de la salle de bains, les mâchoires serrées. Il s'attendait à retrouver la vision de cauchemar du cadavre de Scoop.

Mais pas l'ombre d'un cadavre.

Non seulement le corps avait disparu, mais toutes les traces de l'assassinat également. La salle de bains brillait comme un sou neuf. Nul n'aurait pu imaginer qu'une sauvage agression avait eu lieu ici quelques heures plus tôt.

C'était comme si rien ne s'était jamais passé. Ils avaient emporté le cadavre, fait nettoyer les lieux afin d'effacer les indices. Mais *pourquoi* ?

Que diable se passait-il ?

*

A partir d'une autre cabine téléphonique située à quelques dizaines de mètres de l'hôtel, Metcalfe appela l'ambassade et demanda qu'on lui passe Hilliard.

Ce dernier répondit sur son poste, d'une voix revêche, proche de l'aboiement : « Hilliard.

— Roberts », annonça Metcalfe en utilisant le nom dont ils étaient convenus, puisque les lignes de l'ambassade étaient surveillées.

Il y eut une pause de dix, quinze secondes. Puis Hilliard se reprit. Il ne prononça qu'un mot : « Tain.

— Répétez, dit Metcalfe.

— Tain. Pas *teinte*, mais *tain.* » Et Hilliard raccrocha aussi sec.

Tain. Le mot suivant sur la liste fournie par Corky. Il venait confirmer que Hilliard avait bien discuté avec le vieil homme et lui avait transmis les informations.

Tain. La substance dont on enduisait le dos des miroirs. C'était du Corcoran tout craché, encore une fois. On retrouvait dans ce mot sa fameuse passion pour les expressions chargées de sens. De nouveau, la bonne vieille énigme dont Corky ne se lassait pas : pourquoi les miroirs inversent-ils la gauche et la droite et pas le haut et le bas ?

Un autre avertissement lui revint en mémoire : la vérité est un miroir brisé. *Ne te coupe pas sur les bouts de verre.*

En fait, Corky n'avait jamais cessé de le mettre en garde. Il suffisait pour s'en convaincre d'énumérer les mots qu'il avait choisi de placer sur cette liste. Metcalfe avançait à travers un monde peuplé de miroirs, un monde empli de dangers.

Corky lui-même ignorait à quel point il avait raison.

Rudolf von Schüssler feuilleta encore une fois la liasse de documents. Stupéfiant ! Tout bonnement stupéfiant ! Il tenait entre les mains le fruit de son génie – il était peut-être prétentieux de penser ainsi, mais le simple fait d'avoir su sauter sur cette belle occasion prouvait sa supériorité intellectuelle : le Führer lui-même ne l'aurait pas contredit. Il avait senti venir l'aubaine – celle que son cher pavot rouge lui offrait en lui donnant accès à ces documents confidentiels de la plus haute importance. Ce geste généreux lui confirmait à quel point elle l'aimait. Une créature adorable, si éprise de lui qu'elle ne pouvait rien lui refuser. Une femme au corps souple et musclé, mais au fond si frêle face à lui. Elle incarnait en tout point le *Ewig Weiblich* – l'éternel féminin. Les femmes donnaient, les hommes prenaient. C'était dans l'ordre des choses. De même, *Herr* Hitler n'allait pas tarder à s'emparer de l'empire qui lui revenait de droit !

Ce coup fumant allait asseoir la réputation de von Schüssler. Non, mieux que cela, il lui assurerait enfin la reconnaissance de ses pairs. Désormais on le jugerait à sa juste valeur. Il imaginait déjà la croix de chevalier épinglée sur sa jolie tunique bleu marine. Ce que Ludwig von Schüssler avait gagné à la force du poignet, en affrontant l'ennemi, son descendant se l'assurerait par la ruse, l'artifice – qualités cérébrales considérées comme moins viriles mais d'autant plus redoutables.

Dans le couloir menant à la suite de l'ambassadeur von der Schulenberg, son cœur battait à tout rompre. En passant, il salua quelques collègues d'un rapide hochement de tête. Lui revenaient à l'esprit certaines remarques condescendantes proférées par des membres des Affaires étrangères, longtemps avant sa nomination à Moscou. Ces gens-là le verraient d'un autre œil à présent. Les guerres se gagnaient grâce aux renseignements ! Les choses marchaient ainsi – se connaître soi-même, connaître l'ennemi. Et plus on creusait les détails, plus l'information devenait utile. Il ne quittait pas des yeux la première feuille de la pile, avec ses rangées de chiffres tapées à la machine. L'OKW n'aurait plus à spéculer, à conjecturer sur la nature des capacités militaires soviétiques. Désormais, il saurait tout.

« J'ai peur que le comte von der Schulenberg ne soit occupé », dit une *Frau* au cou de taureau, le cerbère particulier de l'ambassadeur. Werner se montrait toujours cordial avec lui, malgré son air légèrement supérieur... mais certaines personnes de son entourage avaient tendance à le traiter avec une brusquerie frisant l'impolitesse, sans toutefois lui fournir matière à se plaindre. Comment se plaindre d'un ton condescendant, d'un regard excédé, d'une moue vaguement méprisante ? Celui qui le ferait passerait pour un idiot. Pourtant ce genre d'attitude n'échappait pas à von Schüssler. Peu de choses lui échappaient, d'ailleurs. Et c'était justement son don pour l'observation, la déduction, qui lui avait permis d'aboutir à cela – *cela !* – l'information la plus formidable qu'on ait jamais transmise au Reich.

« Oh, vraiment ? » roucoula von Schüssler. On ne la lui faisait pas. Occupé : toujours la même rengaine. Cela ne voulait rien dire : était-il en rendez-vous ? Dégustait-il un verre de schnaps seul dans son bureau ? Que signifiait exactement « occupé » ? Allez savoir pourquoi, cette femme se sentait investie du droit de le traiter avec une rudesse proche de l'affront. Eh bien, elle n'allait pas tarder à revoir son attitude.

Un sourire éphémère crispa le visage du cerbère au cou de taureau. « Eh oui. Occupé. Désolé, monsieur. Je lui ferai part de votre visite.

— Occupé ou pas, il me recevra », répondit von Schüssler. Il frappa lui-même à la porte de l'ambassadeur, tourna la poignée en cuivre poli et s'introduisit dans le bureau, une pièce majestueuse entièrement lambrissée, au sol couvert de somptueux tapis orientaux. Le jour viendrait bientôt où von Schüssler décorerait son propre bureau de semblable manière. Il s'en était abstenu jusqu'à présent, de peur qu'on le trouve trop présomptueux. Mais à partir de ce jour, aucun environnement ne serait trop grandiose pour lui.

Le comte Werner von der Schulenberg était assis à sa table de travail, penché sur une pile de formulaires. Ses yeux chassieux exprimaient un profond ennui. Un verre de cognac était posé sur le coin de son bureau. Il plissa les paupières pour mieux voir von Schüssler. « Rudi, fit-il sur un ton guère enthousiaste. Que faites-vous là ?

— J'ai quelque chose à vous montrer », déclara von Schüssler. Un grand sourire lui plissait le visage. « Quelque chose qui va vous intéresser. Pour tout dire, je crois que le Führer lui-même n'en reviendra pas. »

TROISIÈME PARTIE

Moscou, août 1991

L'ambassadeur Stephen Metcalfe s'approcha de l'homme commandant le Groupe Alpha du KGB, le même qui avait donné l'ordre d'arrêter la limousine. Ils se trouvaient dans une rue sombre et déserte d'un vieux quartier de la ville, flanquée d'immeubles sinistres.

« C'est vous le responsable ? », demanda-t-il.

Le chef du commando répondit en russe en l'abreuvant d'un insupportable jargon administratif. Metcalfe lui répondit dans la même langue. Bien qu'un demi-siècle soit passé depuis, il n'avait pas oublié la règle numéro un de Corcoran : *quand on a affaire aux autorités, toujours s'en référer à une autorité supérieure.* « Dites donc, vous, qu'est-ce qui vous prend ? aboya-t-il. Je ne vois nulle part vos numéros matricule, pas plus que vos noms. Bon sang de bonsoir, nous sommes convoqués par le président du KGB en personne, Vladimir Kriouchkov ! Tous les barrages routiers étaient censés être au courant de notre passage ! »

L'expression féroce du commando laissa place à la confusion. L'Américain semblait si sûr de lui, si outré, que même un tueur aguerri s'y laissait prendre.

Metcalfe poursuivit : « Et qu'est-ce que fabriquent ces foutus motards censés nous escorter ?

— On ne m'a jamais parlé d'une escorte à moto ! », lâcha le commandant, sur la défensive.

Metcalfe savait que la plupart des moyens de communication étaient hors service, en raison de la crise. L'escadron du KGB était donc dans l'impossibilité de vérifier ses dires auprès de ses supérieurs. De toute façon, l'indignation de Metcalfe avait l'air tellement authentique que le commandant préféra couper court.

Un instant plus tard, Metcalfe et son ami russe regagnaient leur limousine. On les escorta et ils passèrent sans encombre le barrage routier.

« Vous n'avez pas perdu la main, à ce que je vois, s'exclama le général. Ça fait plus de cinquante ans. Un demi-siècle. » Il tendit le bras et tapota la poche-revolver du veston de Metcalfe. Un gros pistolet la déformait. « Vous seriez prêt à vous en servir ?

— Je n'en sais rien, répliqua honnêtement Metcalfe.

— Rappelez-vous la vieille maxime russe, dit le général d'une voix râpeuse comme un vieux cuir. Le destin a soif de chair et de sang. Et que demande-t-il le plus souvent ? De la chair et du sang. »

Chapitre 25

Berchtesgaden, Alpes bavaroises, novembre 1940

EN descendant de la Mercedes noire, le petit homme aux cheveux blancs fit signe à son chauffeur. Il avait des yeux bleus perçants, un teint rose, un sourire avenant, portait un uniforme bleu marine croisé à boutons de cuivre et une casquette ornée de galons.

L'amiral Wilhelm Canaris, chef du renseignement militaire allemand, régnait en maître sur tous les services d'espionnage nazis. Il s'était rendu au Berghof, le repaire de Hitler à Berchtesgaden, pour exposer au Führer les nouvelles hallucinantes qu'il venait de recevoir.

On l'escorta jusqu'au bureau personnel du Führer, une vaste pièce avec une vue panoramique sur les montagnes environnantes. Les meubles y étaient rares mais surdimensionnés. Canaris reconnut le long buffet où Hitler rangeait ses disques de phonographe, essentiellement du Wagner dont le buste trônait au-dessus. Sur un mur, une horloge aussi monumentale que laide s'ornait à son sommet d'un aigle en bronze. Deux grandes tapisseries à chaque bout de la pièce dissimulaient l'une un projecteur de cinéma, l'autre un écran de projection.

Devant une immense cheminée de pierre, trois hommes enfoncés dans des fauteuils en maroquin rouge discutaient avec le Führer. Deux à sa gauche, un à sa droite. Leur conversation semblait fort animée.

Il y avait là le commandant en chef de l'armée allemande, le *Feldmarschall* Walther von Brauchitsch, et le chef d'état-major de Brauchitsch, le général Franz Halder. Canaris les considérait tous deux comme des hommes raisonnables ; pas fanatiques pour un sou. Hitler leur faisait assez confiance pour les consulter sur le sujet ultrasecret dont nombre de ses généraux refusaient d'entendre parler mais qui lui trottait dans la tête depuis plus d'un an : l'invasion de la Russie. Au moment de la capitulation française, Hitler avait eu recours à eux pour dresser les plans d'attaque préliminaires. En règle générale, il avait tendance à suivre leurs avis.

A la droite de Hitler, Canaris reconnut le colonel Rudolf Schmundt, officier d'ordonnance de Hitler. Bien que de grade inférieur, il bénéficiait d'une grande influence.

Canaris prit place sur le dernier siège disponible, un long canapé trop bas pour être confortable. Les autres le saluèrent d'un hochement de tête et reprirent leur dispute, car c'en était une. On ne pouvait pas se disputer *avec* Hitler, mais se disputer *pour* Hitler ou *devant* Hitler était admissible.

Schmundt, que Canaris considérait comme l'alter ego de Hitler, s'exprimait avec une fureur contenue. « Churchill a rejeté nos offres de paix, cracha-t-il. Et maintenant, Staline avance tête baissée vers les Balkans. Il est clair que Churchill n'espère qu'une seule chose : l'entrée en guerre de l'Amérique et de la Russie.

— Exact, intervint von Brauchitsch.

— Par conséquent, nous devons broyer la Russie, poursuivit Schmundt, pour l'empêcher de s'allier à l'Angleterre contre nous. Et consacrer l'Allemagne maîtresse de l'Europe. Plus vite nous écraserons les Russes, mieux cela vaudra.

— Vous n'êtes pas sérieux, objecta von Brauchitsch. Auriez-vous oublié vos cours d'histoire ? Vous voulez donc reproduire les erreurs de Napoléon et vous embourber dans les steppes glaciales de Russie ? En plus, Napoléon n'a jamais réussi à envahir les îles britanniques. Si nous attaquons la Russie, nous courons à notre perte !

— Nous avons vaincu la Russie tsariste durant la dernière guerre », répliqua vertement Schmundt.

Après avoir écouté les divers avis d'un air absorbé, Hitler prit enfin la parole d'une voix basse, à peine audible. Les autres se penchèrent vers lui pour mieux l'entendre. « Et après cela, nous avons renvoyé Lénine en Russie à bord d'un wagon blindé, comme le bacille de la peste. »

Les autres gloussèrent poliment. « Eh oui, messieurs, reprit l'aide de camp de Hitler. Mais empêchons la peste de se propager. Nous ne laisserons pas la péninsule balkanique tomber sous le joug bolchevique. Nous ne permettrons pas que les Russes s'emparent de nos champs pétrolifères de Roumanie...

— Votre proposition relève de la folie pure, l'interrompit von Brauchitsch. Nous devons éviter à tout prix de nous battre sur deux fronts. Réfléchissez, ce n'est pas sérieux. Nous avons d'autres priorités : *isoler* la Grande-Bretagne. Et nous n'y arriverons pas sans la *coopération* de l'Union soviétique.

— Il ne s'agirait nullement d'une guerre sur deux fronts ! La Grande-Bretagne ne constitue plus une menace – juste un petit souci, répliqua Schmundt. Elle est déjà vaincue – il ne nous reste qu'à le lui faire admettre. Ecrasons la Russie et l'Angleterre jettera l'éponge – vous pouvez y compter !

— Vous dites "écrasons la Russie", comme si c'était un jeu d'enfant, s'indigna Halder. Alors qu'en réalité, l'Armée Rouge est un vrai colosse.

— Le "colosse" russe, répliqua Schmundt dédaigneux, n'est qu'une baudruche – si on la pique elle éclatera.

— Attaquer la Russie serait totalement déraisonnable, s'obstinait Halder. Un vrai suicide. Il nous faut préserver ce soi-disant traité d'amitié. Nous n'avons pas le choix. »

Canaris s'éclaircit la gorge. « Me permettez-vous d'intervenir ? J'ai une information pertinente à vous soumettre. »

Les autres firent silence, il en profita pour continuer : « L'*Abwehr* a reçu de Moscou un renseignement d'une importance considérable. » D'un geste théâtral, il sortit de sa mallette un dossier contenant de nombreux feuillets tapés à la machine et les fit passer en commençant par le Führer.

Hitler sortit ses lunettes de lecture. Ses compagnons ne le quittaient pas des yeux.

Au bout d'un moment, il leva la tête. « Ces documents sont authentiques ? » s'écria-t-il.

« Selon mes experts, oui. Ils ont étudié le papier, l'encre, les cachets, les signatures, et tout le reste, répondit Canaris.

— *Mein Gott in Himmel !* s'emporta Schmundt. L'Armée Rouge est un château de cartes !

— Quelle est la source ? demanda von Brauchitsch d'un air soupçonneux. L'un de vos agents à Moscou ? »

Canaris secoua la tête. « Il est quasiment impossible d'obtenir des renseignements à Moscou. Autant demander à un Arabe en burnous de traverser Berlin incognito. Un espion étranger se fait immédiatement repérer en Russie. Non, l'information vient d'un général du Commissariat à la Défense soviétique.

— Un agent double ? intervint Halder. Un traître ?

— Tout au contraire, répondit Canaris. Un homme loyal et qui le restera. Notre source est, comment dire, très proche du général.

— Une source fiable ?

— Oh, oui, dit Canaris. On ne peut plus fiable. Il ne s'agit pas d'un professionnel, mais d'un civil. Quelqu'un qui ne connaît rien au monde du renseignement.

— Une secrétaire, alors, avança Halder.

— En fait, c'est sa fille. »

Schmundt leva les yeux du document. « Depuis les purges, l'armée bolchevique n'est plus que l'ombre d'elle-même, dit-il. Mais ils sont en train de se réarmer... et vite.

— Dans deux ans, rétorqua Canaris, ils seront de nouveau puissants.

— Quand pouvons-nous attaquer ? » demanda Hitler à Schmundt.

Son aide de camp se permit un sourire de victoire. « A la fin de l'hiver. Au printemps de l'année prochaine. Vers le mois de juin, nous serons certainement prêts. »

Hitler se leva. Les autres s'empressèrent de l'imiter. « Le destin nous fait un signe, proclama-t-il. Mais nous devons agir vite. Je n'ai pas créé cette armée magnifique pour la laisser pourrir. La guerre ne se terminera pas d'elle-même. Je veux qu'on dresse des plans préliminaires en vue d'une offensive éclair contre l'Union soviétique. »

Chapitre 26

L'EMPLACEMENT de la boîte aux lettres morte ne convenait pas à Metcalfe. Il le trouvait trop exposé ; pour y accéder, il ne disposait que d'un seul chemin et pour s'en échapper, pas de sortie de secours. Lui-même aurait opté pour un autre lieu mais en l'occurrence, il n'avait pas le choix ; Amos Hilliard l'avait sélectionné et c'était lui qui décidait.

L'endroit comportait quand même un avantage. Il offrait une vue commode sur la rue Pouchkine. Metcalfe en profita pour surveiller le passage des piétons, regarder les gens qui entraient et sortaient du magasin de chaussures pour dames, de la boucherie et du bâtiment entre les deux, histoire de repérer éventuellement quelque flâneur au comportement suspect. Dans sa tenue de paysan, avec son *telogreika* et son gros sac à dos rempli d'outils, il passait pour un ouvrier ; il n'attirait pas l'attention.

Il resta un bon bout de temps à observer les allées et venues tout en songeant à Lana. Jusqu'à présent, tout s'était déroulé selon ses plans ; la jeune femme avait un peu oublié ses frayeurs du début. En remettant la première livraison à von Schüssler, elle avait prétendu avoir pêché ces documents au hasard, dans la serviette de son père et sur son bureau. Pour elle, ils ne signifiaient rien, avait-elle ajouté ; ce n'étaient que des chiffres incompréhensibles et terriblement ennuyeux. Lui, en revanche, ne les avait pas trouvés ennuyeux du tout, avait ajouté Lana. Elle ne l'avait jamais vu aussi excité.

Croyant diriger l'opération, von Schüssler lui avait expliqué comment il fallait procéder. Il porterait les papiers à l'ambassade allemande qui ferait un Photostat de chacune des pages. Ensuite, très vite, il lui restituerait les originaux. Son père ne devait surtout pas remarquer leur disparition, insistait-il. En conséquence, elle devrait respecter la procédure suivante à la lettre. Elle attendrait que son père se retire pour la nuit, subtiliserait les documents puis appellerait von Schüssler pour lui faire savoir qu'elle les avait. Ensuite, elle le rejoindrait à son appartement, lui remettrait le paquet, puis il courrait à l'ambassade les faire photocopier. Après quoi, il rentrerait chez lui, lui rendrait les originaux qu'elle s'empresserait de remettre en place après avoir regagné ses pénates avant que son père ne se réveille. Evidemment, des tas d'éléments pouvaient venir perturber son plan. Les soirs où Svetlana dansait, l'opération devrait être ajournée. Mais les jours de relâche, il fallait qu'elle reste chez son père pour vérifier si d'autres documents étaient disponibles.

En outre, von Schüssler tenait à rassurer Lana. Il lui répétait qu'elle œuvrait pour la bonne cause. Lana rapportait les arguments de son amant en les enrobant d'un humour grinçant : « Mieux nos deux pays se connaîtront, plus durable sera la paix qui nous unit. Tu es en train d'accomplir un acte magnifique, non seulement pour mon pays mais pour le tien. »

Après avoir passé une heure à surveiller les alentours, Metcalfe acquit la conviction que la voie était libre et se dirigea d'un bon pas vers l'entrée du modeste immeuble coincé entre les deux boutiques. Il ne vit personne dans le petit vestibule obscur. Le radiateur peint fixé sur le mur de droite était exactement comme Hilliard le lui avait décrit. Il passa une main derrière – il était froid, encore une fois Hilliard avait dit vrai – et ses doigts touchèrent quelque chose. Une épaisse enveloppe de couleur verte, idéale pour le camouflage.

Il savait qu'elle contenait le deuxième jeu de documents mis au point par les experts de Corcoran et acheminés via la valise diplomatique. Il l'enfonça dans son *telogreika* de paysan et sortit vite mais pas trop, de crainte d'attirer les soupçons. Quelques pâtés de maisons plus loin se trouvait le lieu prévu pour le signal de confirmation. Il y indiquerait au crayon rouge que le pli avait été réceptionné comme convenu.

Mais juste au moment où il émergeait de l'immeuble, un mouvement brusque de l'autre côté de la rue lui attira l'œil. Metcalfe se tourna, vit un visage familier mais dut regarder à deux fois pour le reconnaître.

C'était l'homme blond aux yeux pâles. Il marchait vers lui d'un pas alerte, sans aucune discrétion. On aurait dit qu'il était au courant de tout : de la boîte aux lettres morte, de la présence de documents compromettants sous la veste de Metcalfe !

Il songea : si on m'arrête maintenant, avec ce que j'ai sur moi, on me jettera en prison et ce sera le peloton d'exécution. Je n'aurai même pas droit à un procès. L'opération sera définitivement compromise, ils ouvriront une enquête qui les conduira à Svetlana ; et ils la tueront, elle aussi.

Le cœur de Metcalfe cognait à tout rompre. Il se mit à transpirer. Les conséquences seraient incalculables. Il pivota sur lui-même, enfila la rue Pouchkine et vit dans le reflet d'une vitrine que le blond lui courait après. Alors, il s'arrêta brusquement, changea de direction, repartit à toute vitesse vers la gauche et se mit à traverser la place en zigzaguant comme un fou entre les passants. Le blond le suivit en imitant ses mouvements saccadés et sans se soucier davantage des piétons qu'il bousculait sur son passage.

L'homme du NKVD était venu pour l'arrêter. Il n'était plus question de surveillance ; son comportement avait changé. Il ferait n'importe quoi pour lui mettre la main dessus.

Ça non ! Sacré nom de Dieu ! Metcalfe ne le permettrait pas.

Pivotant sur ses talons une fois encore, Metcalfe s'engouffra dans une étroite ruelle séparant deux vieux immeubles délabrés. Il pressa l'allure.

Le blond ne s'était pas laissé piéger ; il s'engagea dans la même ruelle mais sans trop se presser, bizarrement. L'homme du NKVD était-il déjà fatigué ? Comment était-ce possible ? Metcalfe jeta un œil par-dessus son épaule. Sur le visage de l'agent s'épanouissait un large sourire découvrant des dents grisâtres. *Pourquoi ?*

La ruelle bifurquait sur la droite ; Metcalfe fonça, prit le tournant comme s'il sautait un obstacle et, un instant plus tard, comprit ce qui réjouissait tant son poursuivant.

C'était une impasse.

La ruelle en J ne traversait pas le pâté de maisons suivant. Elle s'arrêtait là.

Il était coincé.

Il s'immobilisa, se retourna et vit le blond s'avancer vers lui, lentement, pistolet en main.

« Stoi ! » hurla l'homme d'une voix grave qui se répercuta sur les murs des immeubles. Stop !

« Les mains en l'air, je vous prie. » Le blond parlait anglais à présent.

Il se trouvait à une trentaine de mètres de Metcalfe, trop loin pour faire mouche à coup sûr. Mais appuierait-il sur la détente ? Peu probable. Quand on veut tuer, on ne se fatigue pas à pister une proie aussi longtemps. Non, l'homme avait des questions à lui poser. Metcalfe aurait droit à un interrogatoire en bonne et due forme.

D'un geste fluide, Metcalfe sortit l'arme que Hilliard lui avait donnée et la pointa sur l'homme du NKVD, qui se remit à sourire.

« Pas très bonne idée, camarade Metcalfe. Courir ne sert à rien.

— Ah oui, vraiment ?

— Ce n'est pas votre ville. Moi, je connais ces rues bien mieux que vous. Il faut toujours en savoir plus que l'autre.

— Je m'en souviendrai.

— Ce serait mieux si vous coopériez. On pourrait parler.

— Sur quelle base allez-vous m'arrêter ? demanda Metcalfe. Le crime d'être étranger à Moscou ?

— Nous en savons plus long sur vous que vous ne croyez », répondit l'homme.

Metcalfe regarda désespérément autour de lui. L'allée s'achevait sur une cour fermée par un immeuble aux murs décrépits. Il n'y avait pas d'échelle à incendie. Pas de prises pour escalader la façade, pas de rebord où s'agripper. On n'était pas à Paris.

Et pourtant, il n'était pas question de se laisser prendre en possession de documents falsifiés.

Il n'avait qu'à les jeter, mais *où* ? Il n'y avait *aucun* endroit, nom de Dieu ! Aucun endroit sûr, hors de portée de l'homme blond.

Un vieux tuyau en cuivre courait le long de l'immeuble. Il n'avait pas l'air très solide mais il faudrait faire avec.

« Très bien, dit Metcalfe sans lâcher son arme. Vous restez où vous êtes et on discute. On peut peut-être s'arranger. »

L'homme s'arrêta, son arme toujours tendue devant lui, et hocha la tête.

Soudain Metcalfe tira. La balle passa juste au-dessus de l'épaule du Russe. L'agent plongea puis riposta aussitôt, à l'instinct. Il manqua Metcalfe de trois ou quatre mètres. *Délibérément*.

Une fraction de seconde plus tard, profitant du désarroi momentané de son adversaire, Metcalfe enfonçait l'arme dans la ceinture de son pantalon et sautait pour attraper le tuyau. Il s'y agrippa et se mit à l'escalader. « Puisque vous semblez me connaître si bien, cria-t-il, vous savez que je ne me laisserai pas attraper ! » Le tuyau de cuivre était vraiment branlant. Il se détacha du mur mais la fixation du haut et plusieurs autres le long de la paroi de brique restèrent en place. Glissant la pointe de ses chaussures entre les briques, il parvint à se hisser aux trois quarts de l'immeuble haut de deux étages.

L'homme du NKVD passa à des tirs de sommation. Les balles perforaient les briques de chaque côté de lui. « Vous n'irez nulle part ! hurla le Russe. La prochaine sera pour vous. Je vais vous trouer la peau si vous ne descendez pas de là ! »

Metcalfe fit la sourde oreille. La fusillade cessa ; le Russe éjecta une cartouche vide. On entendit le claquement du métal contre le sol puis le bruit du rechargement. Metcalfe atteignit le haut de l'immeuble et attrapa la corniche qui lui resta dans les mains. Ce vieux plâtre s'effritait comme de la meringue. Alors il saisit la gouttière de cuivre qui semblait plus sûre et s'en servit pour se hisser sur le toit plat. Au même instant, une autre balle heurtait le parapet. Il ne s'agissait plus d'un tir de sommation. Le Russe le visait bel et bien !

Le toit de l'immeuble, large de six mètres environ, était couvert de goudron et de caoutchouc. Des conduits d'aération surgissaient çà et là. Il se précipita vers le bord opposé, glissa et perdit l'équilibre. Le revêtement était gelé. Il faillit basculer dans le vide. En dessous s'étirait une rue sillonnée de rails de tramways ; la vision d'une échelle à incendie lui mit un peu de baume au cœur. De l'autre côté, les semelles de l'homme du NKVD résonnaient sur les pavés. Il battait en retraite. Ou plutôt s'empressait de le rejoindre en contournant l'immeuble. Bientôt, il quitterait la ruelle et déboucherait sur la rue Pouchkine. Il n'aurait plus qu'à prendre la rue perpendiculaire. Mais pourquoi opérait-il seul ? D'habitude, ces gens-là travaillaient en équipe. Avec plusieurs hommes, son arrestation n'aurait posé aucun problème. A plusieurs, piéger Metcalfe eût été un jeu d'enfant ! C'était une chance pour lui. Mais en même temps, il ne parvenait pas à comprendre pourquoi l'agent du NKVD, de loin le plus habile de tous ceux qu'on lui avait assignés, se comportait en loup solitaire. Soudain, il réalisa son erreur : l'homme n'agissait pas seul. Il n'était qu'un éclaireur. Le reste de l'équipe n'allait pas tarder à se montrer.

Metcalfe sauta sur la plate-forme de l'échelle d'incendie rouillée et descendit en s'accrochant au grillage ; quelques secondes plus tard, il atterrissait dans la rue et se mettait à courir en suivant les rails du tram. Au bout d'une trentaine de mètres, il croisa une avenue. Jetant des coups d'œil inquiets à droite et à gauche, il hésitait sur la route à prendre quand il entendit derrière lui des bruits de pas précipités.

Il avisa l'entrée d'un passage souterrain, se rua dans cette direction. C'était un passage pour piétons, une construction récente à Moscou, devenue nécessaire depuis l'avènement de l'automobile. Il dévala les marches deux à deux, se noya dans la foule et bientôt repéra l'entrée du métro.

Il n'avait jamais pris le métro de Moscou – lui non plus n'existait pas lors de son dernier séjour – mais s'il ressemblait à celui de Paris, il lui fournirait une profusion de tunnels et d'embranchements bien utiles. L'entreprise comportait un risque, mais ce n'était rien comparé à la perspective glaçante de se faire appréhender avec les documents sur lui. Il passa l'entrée en marbre et s'avança vers les tourniquets en cherchant une poubelle pour y jeter le dangereux paquet ; pas de poubelle en vue.

Une longue file de passagers patientait devant une guérite, près de la rangée de tourniquets ; dans une autre file, plus rapide que la première, les gens attendaient de franchir les tourniquets. Où achetait-on les jetons ? Il ignorait si l'accès au métro nécessitait des jetons, des pièces de monnaie ou autre, et n'avait pas le temps de se renseigner. Balayant la foule du regard, il repéra deux officiers en uniforme, des femmes. Décidant de jouer le tout pour le tout, il coupa la file et sauta par-dessus un tourniquet. Derrière lui, fusèrent des cris, des coups de sifflet. Il devinait que l'homme du NKVD n'était plus très loin mais le moment eût été mal choisi pour le vérifier.

Il dépassa des colonnes de marbre, des murs de mosaïque, des lustres en cristal d'une beauté stupéfiante. Staline avait nommé le métro le Palais du Peuple ; à présent, Metcalfe comprenait pourquoi. Il s'engouffra dans un passage voûté d'où surgissait une foule dense. Ces gens venaient de quitter l'escalator montant ; il fonça quand même, dans l'idée de le prendre à contresens. Sans écouter les vociférations des passagers, il joua des coudes afin d'accéder aux marches d'acier. L'escalier particulièrement raide était tellement bondé que Metcalfe avait du mal à progresser, mais pas question de revenir en arrière – pas avec l'agent du NKVD sur les talons. Sans plus hésiter, il bondit et s'engagea à contre-courant. C'était lent, trop lent !

Les coups de sifflet, les bruits de bottes lui apprirent que ses poursuivants approchaient. Ils étaient nombreux, à présent ; le blond du NKVD avait été rejoint par d'autres. Renonçant à fendre la foule affluant vers lui, il examina les deux rampes larges de soixante centimètres environ. Pouvait-il grimper dessus et avancer ainsi perché ? Hélas, des lanternes cylindriques dépassaient de la rampe tous les deux ou trois mètres. Il s'agissait de globes décoratifs assurant l'éclairage de ce tunnel obscur.

Jugeant qu'il n'avait pas d'autre choix, il sauta, atterrit sur la rampe d'acier et ce faisant, écrasa une ampoule qui explosa. Des cris d'effroi jaillirent de partout. La rampe était raide ; impossible de s'y tenir debout. Il se laissa glisser, fracassant une lampe après l'autre. Quand il parvint enfin à se redresser, il leva les bras, prit appui sur le plafond bas et voûté, retrouva un semblant d'équilibre et continua de descendre en marchant en crabe. D'autres lanternes explosèrent sous ses pieds.

Arrivé au pied de l'escalator, il sauta par terre, manquant de justesse une vigile en uniforme. La vieille harpie fit un bond de côté et lui hurla de s'arrêter. Metcalfe poursuivit son chemin sans prendre garde au chaos qu'il laissait derrière lui.

Le métro était encore à quai. Un haut-parleur égrena les quatre notes d'un carillon. Le train allait bientôt démarrer. Metcalfe prit ses jambes à son cou et se jeta dans le plus proche wagon, au moment même où les portes se refermaient.

Il effectua un atterrissage peu discret à l'intérieur du compartiment, sans se soucier des mines choquées des autres passagers. Un vieil homme et un jeune enfant, probablement son petit-fils, eurent un mouvement de recul. L'homme prit l'enfant dans ses bras pour le protéger.

Il avait réussi. Le train prit de la vitesse, s'éloignant toujours plus de la station et de l'homme du NKVD. Metcalfe devait pourtant garder à l'esprit qu'il existait sans doute des systèmes d'urgence reliant les stations, des liaisons téléphoniques ou peut-être des transmissions radio : ne manquant pas de ressources, l'agent du NKVD avait dû téléphoner à ses collègues pour qu'on intercepte le fuyard au prochain arrêt.

Metcalfe se remit sur ses jambes et commençait à respirer quand il s'aperçut qu'il n'était nullement sorti d'affaire. Contrairement à ce qu'il avait cru, le blond n'était pas resté coincé à la station précédente.

Il était là, dans le compartiment d'à côté, en train de secouer la porte de séparation supposée ne servir qu'en cas d'urgence. Seigneur ! On aurait dit que cet enfant de salaud était lié à lui par un fil invisible ! Metcalfe le vit se retourner et courir à l'autre bout du wagon pour appeler un employé – un contrôleur, peut-être, ou un *militsiyoner*. Y en avait-il dans ce compartiment ? Ou dans le suivant ?

Soudain les freins hurlèrent, un violent courant d'air bouscula les passagers. Et le métro s'immobilisa au milieu du tunnel. De chaque côté, les parois étaient plongées dans le noir.

L'homme du NKVD avait réussi à convaincre les employés du métro d'arrêter le convoi. A moins qu'il n'ait simplement actionné le frein d'arrêt d'urgence ?

Metcalfe ne se laisserait pas attraper si facilement. Il se précipita vers les portes, glissa les doigts entre les joints en caoutchouc pour tenter de les écarter. Mais ils étaient collés. Le mécanisme d'ouverture maintenait les issues fermées entre les stations ; pas moyen de les séparer, même en y mettant toutes ses forces. Le jeune garçon assis sur les genoux de son grand-père ne le quittait pas des yeux. Il se mit à pleurer. Un homme l'apostropha violemment en agitant les mains comme un fou.

Il tenta sa chance avec les fenêtres et rencontra plus de succès. Elles s'ouvrirent ; il réussit même à en faire glisser une jusqu'en bas. Grimpant sur la banquette en cuir, il sortit un bras et découvrit qu'un espace de plusieurs dizaines de centimètres séparait le wagon de la paroi. Sans hésiter, il se suspendit aux poignées de cuir fixées au plafond du compartiment, exerça une traction, leva les jambes, passa le bas de son corps par la fenêtre et atterrit sur le ballast après une chute plus longue et plus douloureuse qu'il ne s'y attendait.

Mais au moins, il était sorti de ce métro. Et maintenant... maintenant quoi ?

Pendant qu'il progressait en rasant le mur du tunnel, les cris allaient crescendo. Pour seule lumière, il devait se contenter des ampoules éclairant l'intérieur des wagons. C'était suffisant pour faire apparaître les niches pratiquées dans la paroi, à intervalles réguliers. Elles servaient sans doute à protéger les ouvriers lors du passage des convois.

Se rappelant que son sac à dos contenait une torche, il tordit un bras en arrière et l'attrapa. A peine l'eut-il allumée qu'une explosion retentit. Metcalfe se jeta sur le sol. Le fracas de la fusillade se répercuta sur les voûtes obscures entamées par l'impact des balles, à quelques centimètres de lui. Quand il se retourna, il vit le blond debout dans la première voiture, le bras sorti, son Tokarev bien en main. Manifestement, il avait renoncé à l'avoir vivant; à présent, il ne pensait plus qu'à le descendre. En tout cas, il n'avait visiblement pas l'intention de le laisser s'enfuir une fois de plus.

Metcalfe manquait de place pour s'accroupir. Entre le train à l'arrêt et le mur de brique, il devait y avoir à peine soixante centimètres. Il n'avait donc pas d'autre solution que de rester à plat ventre contre le ballast. Les coups de feu continuaient de retentir, à intervalles réguliers. Metcalfe saisit le pistolet glissé dans la ceinture de son pantalon et, maintenant sa main droite avec la gauche, commença à riposter. Il tira à deux reprises. Mais le blond s'était déjà réfugié derrière une cloison du compartiment.

Soudain, un nouveau bruit se fit entendre : le vrombissement des moteurs de la locomotive. Lorsqu'il comprit que le train se remettait en marche, Metcalfe bondit sur ses pieds pour éviter les roues et se plaqua contre la paroi du tunnel. Il sentit le violent déplacement d'air; quand le mur d'acier passa en trombe à quelques centimètres de son visage, il ne put s'empêcher de tressaillir. Pour l'instant, pas question de bouger. Collé au mur comme il l'était, il se savait aussi vulnérable qu'une cible en carton. Il leva la main droite et, malgré l'espace restreint, tenta de braquer son arme sur le compartiment du tueur. Mais le train allait trop vite, il ne parvint pas à stabiliser sa position à temps pour faire mouche. En revanche, il vit nettement les yeux gris clairs de son poursuivant, son pistolet pointé sur lui. Une succession d'images lumineuses, comme dans un kaléidoscope. Durant cette fraction de seconde, il pensa : *C'est la fin : je ne peux pas bouger, je ne peux pas me défendre. Mais je refuse de mourir ainsi !* Brusquement, il se laissa glisser contre le mur de brique en ramenant ses épaules et ses bras contre sa poitrine pour ne pas être aspiré par le train. Tout se déroula en l'espace d'une seconde : l'homme blond sourit, lui fit un clin d'œil et tira ; l'éclair orangé jaillit du canon, Metcalfe s'affaissa ; une douleur atroce lui laboura l'épaule.

Un instant plus tard, tout était fini. Le métro avait disparu au fond de son tunnel, Metcalfe gisait sur les rails. Il toucha sa blessure. Le sang engluait ses vêtements sous la lourde veste de paysan. La balle avait dû lui érafler l'épaule ; il souffrait, l'hémorragie était impressionnante mais pas très grave. Il vivait encore, c'était l'essentiel. Il tapota le devant de sa veste pour vérifier que les documents s'y trouvaient toujours ; le craquement de l'enveloppe en cellophane le rassura.

Maintenant, il fallait sortir de là, mais comment ? Il ne devait pas y avoir plus de deux kilomètres entre deux stations ; malgré la douleur, il pouvait choisir de rejoindre la prochaine en suivant le tunnel mais, en réfléchissant mieux, conclut que ce serait une erreur. Le blond le savait blessé mais de là à penser qu'il était mort, il y avait une distance. Un type aussi malin, aussi méthodique que lui voudrait en avoir le cœur net. De deux choses l'une. Soit il était descendu à l'arrêt suivant pour attendre Metcalfe à la sortie du tunnel, soit il était en train d'organiser une battue. Pour ce faire, il lui faudrait stopper momentanément la circulation des trains. Le NKVD en avait le pouvoir. En conséquence, Metcalfe ne pouvait ni faire demi-tour ni continuer d'avancer dans ce tunnel qui le mènerait tout droit dans une souricière.

Il était pris au piège.

D'un autre côté, la prudence lui conseillait de ne pas s'attarder ici. Il existait certainement une autre sortie. Le contraire était impensable. Il se mit à cheminer le long de l'étroite bande de remblai, sans cesser de guetter l'arrivée du prochain métro, tout en balayant du faisceau de sa torche les parois et le plafond du tunnel, à la recherche d'un conduit d'aération, d'une issue quelconque. Le tunnel formait un coude vers la droite. A cet endroit, les rails se divisaient. Ou plutôt, non. Mais cela, il ne le comprit qu'en s'approchant. Une section de rails nouvellement posés s'écartait de la voie principale. Il s'agissait d'un embranchement n'ayant jamais servi. En suivant la courbe, il s'aperçut que ces rails neufs menaient à un tunnel en construction. Le revêtement en brique des parois s'arrêtait à une certaine hauteur. Les travaux n'étaient pas terminés. Par endroits, on voyait encore la couche de terre renforcée par des poutrelles en acier.

C'était un bon présage. Un tunnel en construction ne pouvait que conduire à une entrée, un puits permettant aux ouvriers d'accéder au chantier. Dès qu'il passa le tournant, il fut assailli par une forte odeur de soufre. Il y avait sans doute un conduit d'égout non loin de là. Il remarqua quelques bouteilles de vodka abandonnées sur le sol. Jamais des ouvriers n'auraient laissé traîner ce genre de choses ; devait-il en conclure que des vagabonds avaient investi les tunnels pour s'y ménager un refuge temporaire ? Dans ce cas, son hypothèse serait juste. Il existait bien une sortie.

Il marcha pendant une bonne demi-heure. La douleur lancinante qui battait dans son épaule ralentissait son pas. L'hémorragie l'affaiblissait. Il avait besoin de soins. Mais où aller ? Il n'était pas question de se présenter dans un hôpital soviétique. On l'assaillerait de questions, on remplirait des rapports. Roger possédait un brevet de secouriste – mais Roger était mort, se rappela-t-il dans un brusque élan de tristesse. Ne restait plus que Lana. Quand il lui remettrait les documents, elle pourrait peut-être s'arranger pour faire venir un médecin.

Plus il s'enfonçait dans le tunnel, plus l'état des travaux lui semblait avancé. Visiblement, on construisait de l'extérieur vers l'intérieur. Sur cette portion, le revêtement des parois paraissait achevé, les rails posés. Drôle de façon de procéder. Ils mettaient la charrue avant les bœufs mais tout fonctionnait ainsi chez les Soviétiques.

Tout à coup, le tunnel s'arrêta. Plusieurs hautes portes en acier se dressaient devant lui. Leur surface lisse, dépourvue de poignée, le laissa interdit. Impossible de les forcer. Il s'agissait manifestement d'une installation de sécurité destinée à dissuader les intrus. On ne franchissait ces portes qu'avec les bonnes clés. Il passa cinq minutes à les examiner, sans résultat. Pas moyen de passer par là.

Profondément déçu, accablé de fatigue, perclus de douleur, il revint sur ses pas. Le piège se refermait sur lui. Il ne restait plus qu'une seule façon de sortir d'ici : le tunnel principal. Ce qui signifiait se diriger vers l'une des deux stations où il se ferait prendre à coup sûr. Eût-il été valide, il aurait probablement choisi de rester terré là, dans les crevasses du tunnel, pendant des heures, des jours même. Mais il perdait toujours plus de sang et le froid devenait insupportable.

Il avait besoin d'un plan, bon Dieu, mais lequel ?

Un instant, il crut entendre des voix. Il s'arrêta pour écouter. Oui, c'était bien des voix. D'où venaient-elles ?

Il se trouvait encore à plusieurs centaines de mètres du tunnel principal. Auraient-ils déjà organisé une battue pour le coincer dans ce cul-de-sac ?

Mais non ! Les voix venaient d'ailleurs ; de quelque part sur sa droite. De quoi pouvait-il bien s'agir ? A droite, il n'y avait qu'un mur de brique et...

Et d'autres portes en acier. Ou plutôt une trappe d'accès scellée dans le mur de brique. Il ne l'avait pas remarquée en passant par là, tout à l'heure, pour la bonne raison que la trappe en question se trouvait très près du sol, camouflée par une peinture sombre, de la même teinte que les briques environnantes, et obscurcie par les poutrelles. Metcalfe demeura quelques secondes planté devant la plaque d'acier puis s'agenouilla et colla l'oreille dessus.

Des voix. Ça ne faisait aucun doute.

Mais ce n'était ni des cris, ni des ordres aboyés. Rien à voir avec le vacarme d'une battue. On aurait dit une conversation. Qu'y avait-il de l'autre côté de cette paroi ? Peut-être la liberté, songea Metcalfe. En tout cas, c'était une chance à saisir.

A y regarder de plus près, la trappe n'était pas peinte mais couverte de rouille. Elle était donc en fer. Munie d'une poignée et d'un loquet, elle semblait ancienne, bien plus ancienne que le mur de brique qui l'entourait. Il actionna prudemment la poignée puis tira doucement. En pivotant, le battant produisit un affreux grincement. Metcalfe suspendit son geste puis tira de nouveau, encore plus lentement. Cette fois il n'y eut aucun bruit. Il coula un regard par la porte entrebâillée. Un air tiède lui caressa le visage.

Ce qu'il découvrit le stupéfia.

Sous la lumière vacillante d'un feu de camp, il aperçut une immense salle entièrement dallée de marbre vert. La trappe s'ouvrait à environ trois mètres au-dessus du niveau du sol qu'on atteignait par une échelle en fer. La salle mesurait plusieurs dizaines de mètres de côté. Son plafond s'élevait à près de six mètres. Tout au bout, il discerna une sorte d'estrade. Derrière, creusée dans le mur, une grande niche abritait un énorme buste de Joseph Staline en marbre blanc. Trois hommes hirsutes, vêtus de guenilles, se réchauffaient au feu brûlant au centre de la salle. Près d'eux, des couvertures étaient étalées par terre.

Des clochards ? Que faisaient-ils ici ? Et surtout : quel était cet édifice somptueux ?

L'un des hommes leva les yeux et désigna Metcalfe en criant : « Seryozha ! »

Aussitôt, quelque chose le heurta par-derrière. Il venait de recevoir un coup violent à la nuque. Se retournant vivement, il découvrit son assaillant, un barbu aux yeux fous armé d'une barre de fer. Sans lui laisser le temps de l'utiliser à nouveau, il le renversa, le maintint plaqué au sol et, tout en lui arrachant la barre des mains, se mit à lui cogner le crâne par terre. Le barbu poussa un cri effroyable. Metcalfe lui cala un genou dans le ventre pour lui couper la respiration.

« Qui es-tu ? demanda Metcalfe. Tout ce que je peux dire, c'est que tu n'as rien d'un mec du NKVD. »

Le barbu grogna. « Le NKVD ? Je fricote pas avec ces salopards de tchékistes. Contrairement à toi ! A moins que tu sois un flic ? »

Il entendit des pas claquer sur les échelons rouillés ; se retournant brusquement, il vit un clochard braquer un petit revolver dans sa direction. Un Galand datant du XIXe siècle. « Laisse-le tranquille, sale tchékiste, ou je t'explose la tête ! » rugit l'homme.

D'un geste nonchalant, Metcalfe sortit son Smith & Wesson et le pointa sur le deuxième clochard sans pour autant lâcher le barbu. « Baisse donc ce vieux mousquet, conseilla-t-il, sinon tu risques de t'arracher un œil. »

L'homme perché sur l'échelle refusa d'obéir mais sa main se mit à trembler. « Lâche d'abord Seryozha ! cria-t-il.

— Je le lâcherai si tu baisses ce machin. Après, on causera. J'ai besoin de votre aide. Je ne suis pas un tchékiste, sinon j'aurais un Tokarev, pas un Smith & Wesson. Vous voyez ce sang sur mon épaule ? »

Le clochard semblait déjà moins sûr de lui. Metcalfe poursuivit : « Je suis en fuite. Ces salopards de *militsiyoneri* me collent aux basques. Et je me disais que vous auriez peut-être un petit coin pour moi.

— Mais qui es-tu ? »

Quelques minutes plus tard, Metcalfe était assis devant le feu en compagnie des quatre Russes. Celui répondant au nom de Seryozha souffrait d'un méchant hématome au front.

Metcalfe avait enlevé sa veste molletonnée et pressait sur sa blessure un bout de tissu sale fourni par l'homme au vieux revolver, sans doute le chef de cette fine équipe. Metcalfe leur raconta qu'il venait d'Ukraine et inventa au pied levé une fable plus ou moins crédible au sujet d'une tentative de cambriolage ayant mal tourné. La police de Moscou l'avait pris en chasse si bien qu'il avait dû se réfugier dans les tunnels du métro.

« Et vous, les gars ? demanda-t-il. Depuis quand vous vivez dans ce trou ? Et c'est quoi cet endroit ?

— Un abri antiaérien », dit le premier homme, qui se faisait appeler Arkady.

Metcalfe le considéra d'un air sceptique. « Avec tout ce marbre ?

— Les grands chefs ne se refusent rien. » Arkady alluma une cigarette et en offrit une à Metcalfe qui refusa. « Cette salle fait partie du complexe Métro-2, dit-il. Le *spetztunnel*.

— Le train spécial réservé à l'élite du parti, en cas d'évacuation d'urgence », commenta Metcalfe en hochant la tête. Il avait entendu des rumeurs, parcouru de vagues rapports de renseignements venant de Moscou. Il y était question d'un réseau ferré souterrain ultrasecret, conçu pour transférer les dirigeants du Kremlin dans une ville souterraine, à soixante-dix kilomètres de là.

« Dans la société sans classes, certains sont plus égaux que d'autres. » Le sourire d'Arkady se fit sarcastique.

« Existe-t-il d'autres abris semblables dans le coin ? »

Arkady et ses compagnons éclatèrent de rire. « Quand on les voit construire tous ces édifices monstrueux, on se demande parfois comment ils ne s'enfoncent pas. Ça tient du miracle, intervint un barbu grisonnant, digne comme un professeur malgré son long pardessus noir miteux. Avec tous les trous qu'ils n'arrêtent pas de creuser... Il doit bien y avoir douze niveaux sous la surface. Ça descend largement en dessous des tunnels du métro, à des centaines de mètres de profondeur par endroits. Staline et sa clique disposent pour leur usage exclusif d'un gigantesque réseau de bunkers et de tunnels secrets. Tout ça construit par des esclaves !

— Je croyais qu'on n'avait employé que des volontaires komsomol », répliqua un autre sur un ton sec.

Les rires redoublèrent. « Les volontaires komsomol n'ont fait que poser pour la photo, rectifia le professeur. En réalité, ces tunnels ont été creusés par des prisonniers. Ils ont attaqué le sol gelé à la pelle et à la pioche.

— Pendant des siècles, les tsars n'ont pas cessé de forer le sous-sol de la ville, dit Arkady. Ivan le Terrible a fait construire une chambre de torture sous le Kremlin puis il a ordonné qu'on tue les ouvriers pour que personne ne connaisse son existence. Son grand-père avait même enterré sa bibliothèque quelque part dans le coin. Une collection inestimable rassemblant des parchemins médiévaux, hébreux et byzantins, enfermés dans un sarcophage de style égyptien. Tellement bien protégée qu'on n'a jamais pu mettre la main dessus.

— On l'appelle la Bibliothèque Perdue d'Ivan le Terrible, précisa le professeur. Perdue parce qu'Ivan le Terrible, après l'avoir découverte, l'a enfermée à son tour dans une cachette introuvable. Quant à notre Ivan le Terrible contemporain, j'ai nommé Joseph Staline, on dit qu'il a fait creuser des tas de salles secrètes à des centaines de mètres sous Moscou. Il fallait bien cela pour cacher les corps des millions de Russes qu'il a exécutés.

— Mais ces abris construits sous Staline, s'enquit Metcalfe, depuis combien de temps existent-ils ?

— Les travaux ont débuté en 1929, répondit Arkady. Et ça continue toujours.

— Staline craint que Moscou ne subisse une attaque ?

— Bien sûr.

— Mais ce traité de paix avec l'Allemagne nazie... ?

— Staline vit dans l'attente de la guerre ! Ça l'obsède. Il suffit de l'entendre rabâcher ses histoires à dormir debout : les capitalistes nous encerclent, nos ennemis guettent l'instant propice pour étrangler le nourrisson bolchevique dans son berceau.

— Donc si les Allemands lancent une attaque...

— Il y sera préparé, répondit Arkady. Je vais te dire une bonne chose sur Staline. Il se tient prêt. Il n'a aucune confiance dans ses alliés. Ce type ne se fie qu'à lui-même. Mais pourquoi tu me poses ces questions ? Quel genre de voleur es-tu pour t'intéresser à ce genre de choses ? »

Metcalfe éluda la question en en posant une autre. « Et vous qui êtes-vous ? Pardonnez-moi, mais vous n'avez pas l'air de... vous vous exprimez trop bien pour être...

— Des clodos ? Des bons à rien ? s'esclaffa Arkady. Mais si, nous sommes des clochards. Dans cette société, on ne trouve pas de boulot, pas d'appartements. Nous sommes des fugitifs.

— Vous fuyez quoi ?

— Le NKVD. Ici nous sommes quatre mais il y en a sans doute des douzaines d'autres comme nous, cachés dans des abris souterrains pareils à celui-ci. Nous fuyons les persécutions. La police secrète.

— Vous leur avez échappé !

— Nous leur avons échappé in extremis. Certains avaient déjà reçu une convocation à la Loubianka, d'autres ont été prévenus de leur arrestation imminente.

— Pour quelle raison ?

— Quelle *raison* ? » cracha Seryozha, l'homme blessé. C'était la première fois qu'on entendait sa voix depuis sa bagarre avec Metcalfe. « Ils arrêtent les gens au hasard, aujourd'hui. Ils les arrêtent sans raison ou pour n'importe quelle broutille. Tu dis que tu viens d'Ukraine ? C'est si différent, là-bas ?

— Non, non, se hâta de répondre Metcalfe. C'est pareil. Mais j'ai besoin de votre aide. J'ai besoin que vous m'aidiez à sortir d'ici discrètement. Il y a sûrement un chemin ! Le NKVD veut ma peau, tout comme vous.

— Alors tu es un réfugié politique, toi aussi ? demanda le professeur. Un fugitif ?

— En quelque sorte », répondit laconiquement Metcalfe. Puis il réfléchit et corrigea. « Oui, moi aussi je suis un fugitif. »

Chapitre 27

LA PETITE COUR en ciment paraissait aussi lugubre que l'immeuble délabré se refermant autour d'elle. C'était un quartier pauvre, au sud-ouest de Moscou. Des journaux sales décrivaient des cercles, emportés par le vent ; çà et là, s'entassaient des monceaux d'ordures. Personne ne nettoyait jamais cette cour ; et personne ne s'en souciait. D'ailleurs, le mot cour était bien trop solennel pour cette ridicule surface cimentée, percée en son centre d'une bouche d'égout fermée par une grille en fer.

Personne ne vit la grille pivoter, se soulever. Personne ne vit la silhouette solitaire se hisser prestement à l'extérieur, après avoir escaladé l'échelle de fer menant aux canaux de drainage, plusieurs mètres en dessous. L'homme replaça la grille et, en moins d'une minute, il avait disparu.

Personne ne le vit sortir. Personne ne le vit s'évanouir dans les rues de ce misérable quartier ouvrier.

Quelque quatre-vingt-dix minutes plus tard, un vieux camion transportant du bois de chauffage se garait dans une autre cour, cette fois-ci dans un quartier infiniment plus propret. C'était une vieille guimbarde GAZ-42 crachant une fumée noire. Quand le conducteur passa au point mort, son tas de tôles se mit à vibrer furieusement en produisant un bruit de ferraille. Juste derrière la benne s'ouvrait le toboggan de livraison servant à approvisionner le bel immeuble en pierre de taille donnant sur la rue Petrovka.

Le chauffeur et son apprenti descendirent de la cabine et commencèrent à enfourner des rondins dans la gueule du toboggan. On entendait le bois atterrir avec fracas dans un grand wagonnet au sous-sol du bâtiment. Cette livraison n'était pas prévue, mais il faisait tellement froid que personne n'aurait eu l'idée de s'en offusquer. Quand ils estimèrent avoir déchargé assez de combustible pour donner le change, l'apprenti gagna la cave en passant par l'entrée de service et entreprit d'empiler correctement les rondins. Le chauffeur le suivit. Arrivé sur le seuil, il s'éclaircit la voix ; l'autre lui remit une liasse de roubles censés le dédommager à la fois pour le bois et pour le service rendu, puisqu'il avait accepté d'interrompre sa tournée et de faire un léger détour jusqu'ici.

Si quelqu'un les avait observés – mais il n'y avait pas âme qui vive – il aurait été surpris de voir le chauffeur sauter dans le camion et démarrer en laissant son apprenti seul dans la cave.

Deux minutes plus tard, Metcalfe montait l'escalier menant aux appartements. Il s'arrêta devant la porte capitonnée familière, appuya sur la sonnette et attendit. Son rythme cardiaque s'accéléra, comme chaque fois qu'il se présentait chez Lana. Mais aujourd'hui, plus que l'impatience c'était la peur qui faisait battre son cœur. Grâce à Seryozha, l'homme avec lequel il s'était battu dans le métro, et son ami chauffeur, il était parvenu jusqu'ici sans se faire remarquer. Mais cette expédition comportait un risque. De plus, en agissant ainsi, il enfreignait sa promesse de ne jamais remettre les pieds chez elle.

Il entendit l'habituel pas traînant et, quand la porte s'ouvrit, ne fut guère surpris de voir s'encadrer le visage raviné de la gouvernante-cuisinière.

« Da ? Shto vyi khotite ?

— Lana, pozhaluista. Ya – Stiva. »

Les yeux chassieux de la vieille *babouchka* semblaient le reconnaître. Mais elle ne changea pas de comportement pour autant. Bien au contraire. Elle referma la porte et s'enfonça dans les profondeurs de l'appartement.

Une minute plus tard, la porte se rouvrit. Cette fois c'était Lana. Ses yeux lançaient des éclairs, un mélange de colère, de peur et de quelque chose de plus doux – de la tendresse ? « Entre, entre vite ! » murmura-t-elle.

Dès qu'elle eut refermé derrière lui, elle dit : « *Pourquoi*, Stiva ? Pourquoi es-tu venu ? Tu m'avais promis...

— On m'a tiré dessus », répondit-il d'une voix calme. Soudain inquiète, Lana écarquilla les yeux. Il poursuivit sur le même ton : « La blessure est superficielle mais il faut la soigner. Elle est déjà infectée et ça risque d'empirer. »

En réalité, les élancements étaient devenus insupportables. Il avait du mal à bouger le bras. Faire appel à un médecin était non seulement impensable mais probablement inutile. Lana possédait une trousse de premiers secours ; elle s'offrit à le soigner. « On t'a tiré dessus ! Stiva, comment ça s'est passé ?

— Je t'expliquerai. Il n'y a pas à s'inquiéter. »

Elle eut un hochement de tête incrédule. « On t'a tiré dessus, répéta-t-elle. Eh bien, mon chéri, il va falloir faire vite. Père rentre du travail dans quarante-cinq minutes. » Elle dit à la gouvernante de prendre le reste de la journée puis emmena Metcalfe dans une pièce confortablement meublée, tapissée de livres. Un superbe tapis turkmène du XVIIIe siècle garnissait le sol : l'un des rares biens de famille qu'il leur restait, expliqua-t-elle.

« Viens dans la cuisine que j'examine cette blessure. » La petite cuisine sentait le kérosène. Elle posa une bouilloire sur le fourneau et, en attendant l'ébullition, l'aida à enlever son *telogreika* souillé, puis détacha très délicatement la chemise collée à la plaie. Il grimaça quand elle tira sur le tissu. Lana poussa un petit cri étranglé. « C'est pas très joli à voir », dit-elle. Elle prépara du thé noir bien fort qu'elle servit dans des verres ; en guise de sucre, elle lui présenta une assiette garnie de bonbons vaguement caoutchouteux. « Bon, tu bois ça pendant que je rassemble mes instruments chirurgicaux. Tu as faim, mon chéri ?

— Une faim de loup.

— J'ai des pirochki fourrés à la viande, de la soupe au chou, un peu de poisson salé. Ça ira ?

— Parfaitement. »

Il la regarda s'affairer, plonger une louche dans une marmite posée sur la cuisinière, pêcher des aliments dans des sacs à anse suspendus à l'extérieur d'une fenêtre donnant sur un puits d'aération. C'était un aspect d'elle qu'il ne connaissait pas. Son côté femme d'intérieur, nourricier, était à l'opposé de son image publique. Dans cette cuisine, elle n'était plus la gracieuse ballerine, la célèbre diva auréolée de gloire. Il lui paraissait étrange, presque merveilleux, que tous ces différents aspects coexistent à l'intérieur d'une même personne.

« Cet appartement doit te sembler terriblement exigu, dit-elle.

— Pas du tout. Il est magnifique.

— Tu m'as parlé de là où tu as grandi. L'opulence, les nombreuses demeures, les domestiques. Cet endroit doit te paraître bien misérable en comparaison.

— Il est chaud et confortable.

— Tu sais, nous avons beaucoup de chance de bénéficier d'un appartement pour nous tout seuls. Nous ne sommes que deux à l'occuper. Mon père et moi. Les autorités municipales pourraient très bien nous envoyer vivre dans l'un de ces sordides logements communautaires. Après la mort de mère, nous avons cru que tel serait notre sort. Mais, en raison du passé militaire de mon père – père est un héros –, ils nous ont accordé ce privilège. Nous disposons d'un four à gaz et d'un chauffe-eau dans la salle de bains – nous pouvons nous laver sans avoir à sortir d'ici, alors que la plupart de mes amis doivent se rendre aux bains publics.

— Ton père est un Héros de l'Union soviétique, n'est-ce pas ?

— Il a reçu cette décoration à deux reprises. Ils lui ont également décerné l'ordre de la Victoire.

— Il faisait partie des grands généraux. » Il prit une cuillérée de soupe bien chaude. Elle avait un goût délicieux.

« Oui. Mais sans être aussi célèbre que le général Joukov ou son vieil ami Toukhatchevski sous les ordres duquel il a servi. Il s'est battu contre l'amiral Koltchak pour récupérer la Sibérie. En 1920, il a participé à la défaite du général Denikine, en Crimée. »

Metcalfe étudia une photographie du père de Lana et se surprit à lui faire un aveu. « Tu sais, j'ai des amis à Moscou – de vieux amis, occupant de hauts postes dans divers ministères. Ces personnes me font parfois certaines confidences. Il paraît que le NKVD possède un *kniga smerty* – un livre de la mort. Une sorte de liste de gens à exécuter...

— Et mon père y figure, l'interrompit-elle.

— Lana, je ne savais pas comment te le dire.

— Tu crois peut-être que je l'ignore ? » Ses yeux lançaient des éclairs de colère. « Tu crois que je ne m'y attends pas – qu'il ne s'y attend pas ? Tous les hommes de son rang, tous les généraux qui ont survécu, savent qu'un jour on frappera à leur porte. Pas maintenant peut-être, mais demain. Et si ce n'est pas demain, ce sera la semaine prochaine, le mois prochain.

— Mais le chantage de von Schüssler...

— Quand son heure sonnera, nous verrons bien. Mais en attendant, je ne ferai rien pour accélérer les choses. Il est résigné à son sort, Stiva. Il attend qu'on frappe à la porte. Quand ça finira par arriver, je pense qu'il se sentira soulagé, tout compte fait. Chaque matin, je lui dis au revoir pour la dernière fois. » Elle entreprit de rincer la blessure puis l'épongea au moyen d'un tampon d'ouate imbibé d'iode. « Eh bien, apparemment, tu n'auras pas besoin de points de suture – et c'est tant mieux, car je suis à peine capable de repriser mes bas ! Ça m'ennuierait de devoir te recoudre, mon chéri. Il y a quelque chose d'ironique dans cette situation, tu ne trouves pas ?

— Comment cela ?

— Il ne s'agit sans doute que d'une coïncidence mais je ne peux m'empêcher de repenser à Tristan et Isolde. Mon amour, rappelle-toi ! Tristan est tombé dans les bras de son Isolde à cause d'une blessure. Elle a dû le soigner pour lui rendre la santé. »

Quand elle appliqua une bande pour fermer la plaie, Metcalfe serra les dents. « C'était une magicienne, une guérisseuse, tout comme toi. » Il avala une gorgée de thé. « Malheureusement, si je me rappelle bien, il souffrait d'une blessure mortelle, n'est-ce pas ?

— Il a été blessé deux fois, Stiva. D'abord, lors d'un combat avec le fiancé d'Isolde. Il le tue mais reçoit une blessure incurable. Seule Isolde, la magicienne, peut le sauver, donc il part à sa recherche. Et quand elle comprend que Tristan a tué son fiancé, elle tente de le venger – mais leurs regards se croisent et l'arme lui tombe des mains.

— Comme dans la vie, hein ? rétorqua Metcalfe, sarcastique. Après, Tristan est de nouveau blessé, lors d'un autre duel, mais cette fois Isolde ne peut le sauver, et ils meurent ensemble, dans un ravissement éternel. Dans le monde du ballet et de l'opéra, on appelle cela une fin heureuse, je crois.

— Bien sûr ! Parce qu'ils ne seront plus jamais séparés, imbécile ! Leur amour est désormais immortel.

— Si c'est ça une fin heureuse, je préfère la tragédie, dit-il en mordant dans le pirochki. Succulent.

— Merci. La tragédie c'est ce que nous vivons ici au quotidien, répondit Lana. La tragédie est un lieu commun en Russie. »

Metcalfe secoua la tête et sourit. « Tu as réponse à tout ! »

Elle battit des paupières à la manière d'une comédienne contrefaisant la naïveté. « Je ne cherche pas à avoir réponse à tout, Tristan. Je veux dire, Stephen. Ce que j'essaie de te faire comprendre c'est que la vraie blessure de Tristan est plus profonde. Elle réside au-dedans de lui – je veux parler de son sentiment de culpabilité. C'était *cela* sa blessure incurable.

— Maintenant, je vois bien que tu essaies de me dire quelque chose », fit Metcalfe. Il parlait sur le ton de la plaisanterie mais l'élancement qu'il ressentait n'avait rien à voir avec sa blessure à l'épaule.

« En Russie, les notions de culpabilité et d'innocence ont des limites aussi floues que la loyauté et la traîtrise. Il y a les coupables et les gens capables de ressentir de la culpabilité – seulement ce ne sont pas les mêmes. »

Metcalfe déglutit et la considéra d'un air ébahi. Il découvrait en elle des abîmes de lucidité qu'il ne sonderait pas de sitôt.

Lana lui adressa un petit sourire triste. « On dit que l'âme humaine est une forêt obscure. Certaines sont plus obscures que d'autres, c'est tout.

— C'est tellement russe, dit Metcalfe. Tragique jusqu'à la moelle.

— Vous les Américains, passez votre temps à vous raconter des histoires à dormir debout. Vous êtes tellement persuadés que quoi que vous fassiez, rien de mal ne vous arrivera.

— Par contre, vous, les Russes tragiques, avez tendance à croire qu'on ne peut jamais rien tirer de bon de quoi que ce soit.

— Mais non, répondit-elle, sévère. Tout ce dont je suis sûre c'est que rien ne se passe jamais comme prévu. Rien.

— Espérons que tu te trompes.

— Tu as d'autres documents à me donner, n'est-ce pas ? » demanda-t-elle en apercevant le paquet fermé, glissé à l'intérieur de la veste jetée à l'envers sur la table de la cuisine.

« Le dernier jeu, dit Metcalfe.

— Le dernier ? Est-ce qu'il ne risque pas de s'étonner en voyant le flux se tarir ?

— C'est possible. Peut-être devrais-tu lui remettre ces documents petit à petit, quelques-uns à la fois.

— Oui. C'est plus crédible comme ça, je pense. Mais qu'est-ce que je lui dirai quand il n'y en aura plus du tout ?

— Tu feras l'étonnée. Tu diras que tu ne comprends pas pourquoi ton père ne ramène plus rien à la maison, mais que tu ne peux lui poser la question, bien entendu. Tu l'amèneras à en conclure que les mesures de sécurité ont été renforcées et qu'il n'est désormais plus permis de sortir des documents classifiés du bureau. »

Elle hocha la tête. « Il va falloir que j'apprenne à mieux mentir.

— C'est parfois un talent nécessaire. C'est terrible mais ça n'en reste pas moins vrai.

— Il y a un vieux dicton russe qui dit : si tu combats un dragon trop longtemps, tu deviendras dragon toi-même.

— Il y a un vieux dicton américain qui dit : N'importe quel imbécile peut dire la vérité ; il faut du talent pour bien mentir. »

Elle secoua la tête en sortant de la cuisine. « Je dois me préparer pour aller au théâtre. »

Metcalfe prit son canif et ouvrit d'un coup de lame l'enveloppe de cellophane. Il n'y avait pas de petit mot de Corky à l'intérieur. Il feuilleta rapidement les documents tout en se demandant si Lana prenait le temps de les regarder avant de les transmettre. Elle était bien plus brillante et judicieuse qu'il ne l'avait supposé. Il avait eu tort de la sous-estimer.

Et si jamais elle les lisait attentivement? Qu'y verrait-elle? Metcalfe lui avait certifié que chacune de ces notes secrètes était une pièce d'un puzzle destiné à convaincre les nazis de la faiblesse – et donc de la docilité – de la Russie. Par conséquent, elle verrait dans ces documents ce qu'elle était censée y voir. Ce qu'il lui avait affirmé qu'ils contenaient.

Sa conscience politique était-elle assez aiguisée pour saisir que le véritable message était bien différent, pour ne pas dire inverse : la Russie était à ce point vulnérable qu'elle constituait une cible de choix pour une invasion allemande? Cette pensée le tracassait. Pourtant Lana n'avait jamais rien dit qui permît de supposer qu'elle voyait clair dans son jeu. Un jeu risqué à bien des égards, dans lequel Corky l'avait impliqué à son corps défendant.

Il tournait les pages quand une chose attira son regard. Un feuillet avec des rangées de chiffres et de lettres sans signification apparente, comme un brouillon. C'était un code. Après un examen plus attentif, il repéra les groupes de cinq chiffres et l'identifiant débutant la transmission. Il connaissait ce code.

Il s'agissait du code SOUVOROV, un chiffrement seulement utilisé par les Soviétiques et baptisé du nom d'un grand général russe du XVIIIe siècle. Les Allemands l'avaient *cassé*, Metcalfe le savait. Ayant découvert dans le consulat russe de Petsamo un livre de codes roussi par les flammes, les troupes finnoises l'avaient transmis aux nazis. D'après leurs analyses des transmissions allemandes, les Britanniques avaient pu confirmer que les nazis en connaissaient tous les secrets. Or, l'armée russe n'en savait rien.

Metcalfe comprit alors pourquoi la plupart des documents WOLFSFALLE étaient rédigés en code SOUVOROV. Corky avait joué là sa carte maîtresse. Les documents cryptés intriguaient toujours davantage. Ils seraient donc plus crédibles aux yeux des nazis. Le cryptage renforcerait l'illusion et gagerait du sérieux de leur contenu.

Incapable de déchiffrer la grande majorité de ces papiers, Metcalfe passa néanmoins en revue ceux qui étaient écrits en langage clair et acquit bientôt la certitude que cette nouvelle liasse contenait des renseignements quelque peu différents. Le jeu précédent dressait le portrait d'une Armée Rouge étonnamment faible et vulnérable mais s'efforçant de rattraper son retard en se réarmant.

Le deuxième jeu « révélait » la *raison* de ce réarmement. Tous les détails s'y trouvaient consignés avec une clarté inquiétante.

Il découvrit des lettres officielles ordonnant la production immédiate d'une nouvelle génération de tanks, bien plus lourds et puissants que tout ce que possédaient les Allemands, y compris leurs Panzer IV. Des blindés très rapides, capables de parcourir une centaine de kilomètres à l'heure – et, d'après les indications techniques jointes, conçus pour rouler non pas en terrain accidenté, mais sur les routes goudronnées d'Allemagne et d'Europe de l'Ouest. Vingt-cinq mille de ces tanks devaient être livrés en juin prochain.

Il découvrit des ordres – *contrefaits* comme il se doit par l'équipe technique de Corky – pour le développement de systèmes d'armement offensif de pointe, comme des avions, des roquettes, des bombes. D'autres concernaient la production en masse de planeurs pour le transport de troupes d'assaut. Il ne s'agissait nullement de matériels destinés à défendre la Russie contre une attaque. C'étaient bel et bien des armes offensives. En plus, leur livraison était également programmée pour le mois de juin. L'ordre était clair, la date impérative.

Et il y avait mieux. Un mémorandum urgent et ultrasecret, envoyé par le général A. M. Vassilevski au général Georgi Joukov, deux huiles de l'Armée Rouge, faisait allusion à une certaine opération *Groza* – Tonnerre. L'opération *Groza*, lut-il, avait été présentée en septembre à Staline et aux autres membres du Politburo, dans le secret le plus absolu.

Mémorandum après mémorandum, document après document, Metcalfe reconstitua le puzzle de la prétendue « opération *Groza* », comme le feraient bientôt les services de renseignement nazis. Au début du mois de juillet, selon le plan, l'Armée Rouge positionnerait vingt-quatre mille de ses nouveaux tanks sur sa frontière ouest.

La frontière avec l'Allemagne nazie.

Au cours des prochains mois, les troupes de l'Armée Rouge se masseraient sur la frontière ouest de la Russie. D'autres papiers officiels faisaient référence à l'entraînement des troupes d'assaut aéroportées – presque un million de parachutistes censés sauter sur l'Allemagne.

L'opération *Groza* n'avait rien à voir avec une stratégie de défense de la Russie. Elle décrivait en détail les dispositifs d'une guerre offensive contre l'Allemagne nazie.

Et une date était donnée pour le premier assaut de l'opération *Groza* : juillet 1942.

Cette date avait été confirmée par Staline lors d'un discours secret prononcé devant les officiers d'état-major, à peine une semaine plus tôt. Toujours selon ces documents, les plus hauts dirigeants de l'Armée Rouge avaient reçu copie de ce discours.

Metcalfe lui-même avait du mal à se dire qu'il s'agissait d'une gigantesque supercherie.

Les documents WOLFSFALLE contenaient un exemplaire du prétendu discours de Staline. Les experts de Corky s'étaient surpassés. Le ton de cette harangue était si sincère, si typiquement stalinien que Metcalfe se demanda un instant si elle n'était pas authentique.

Ça commençait par : *Camarades !*

L'Opération Groza a été approuvée. Notre plan d'attaque est prêt. Dans dix-huit mois, à l'été 1942, nous nous lancerons glorieusement à l'assaut des troupes fascistes. Mais ce ne sera qu'un coup d'envoi, camarades, un coin enfoncé dans le socle du capitalisme européen. Le capitalisme sera renversé et nous assisterons à la victoire du communisme sous la bannière de l'Union soviétique !

Dans tous les pays d'Europe, les cercles de pouvoir capitalistes ne cessent de s'entre-déchirer. Affaiblis, ils n'oseront s'opposer à l'avènement triomphal du socialisme en Europe et dans le monde. Nous libérerons les peuples. Tel est notre devoir, tel est notre honneur !

Metcalfe lut ce texte avec une stupeur mêlée d'indignation. C'était de la folie pure, mais en même temps c'était génial. Cette fable montée de toutes pièces tenait parfaitement debout.

Il avait entre les mains une preuve supplémentaire – s'il en était besoin – de la duplicité de Corky. Le vieil homme ne se contentait pas de tromper Hitler. Il le trompait lui aussi. *Ces documents dressent un portrait*, avait dit Corky.

Quel genre de portrait ?

Le portrait d'un ours, Stephen. Mais d'un gentil nounours. Un ourson dont on aurait arraché les griffes.

Corky lui avait menti sur la nature de ces faux, tout comme il lui avait menti sur les véritables objectifs de sa mission à Moscou. Le vieux maître espion l'avait soi-disant chargé de jauger von Schüssler en vue d'un recrutement éventuel, alors qu'il avait tout autre chose en tête. En réalité, il comptait utiliser Lana pour faire passer ces papiers falsifiés à von Schüssler. Non content de l'avoir dupé une première fois, Corky avait récidivé, et de manière encore plus effrontée, en lui taisant le contenu réel des documents WOLFSFALLE. Loin de dresser le portrait d'un ours en peluche, ils présentaient une bête sauvage, une puissance militaire impatiente de se réarmer, une nation belliqueuse prête à se lancer à l'assaut de l'Allemagne nazie.

Deux liasses de documents parfaitement imités, transmises à un ambitieux diplomate nazi par la fille d'un général de l'Armée Rouge. Il n'en faudrait pas plus pour inciter les nazis à foncer tête baissée contre l'Union soviétique – une réaction qui sonnerait certainement le glas de l'Allemagne nazie.

Très vite, l'indignation de Metcalfe laissa place à l'inquiétude : si Lana lisait ces papiers, comprendrait-elle qu'il lui avait menti ? Elle croyait transmettre des documents rassurant les Allemands sur les intentions de la Russie. Alors que c'était tout le contraire. Ils indiquaient clairement que Moscou souhaitait attaquer l'Allemagne la première.

Que ferait-elle si elle les lisait ? Refuserait-elle de les remettre à von Schüssler ?

Eh bien, c'était un risque à courir. Il n'avait plus le choix maintenant. Corky l'avait manipulé dans cette affaire, il la manipulerait à son tour. Il ne lui restait plus qu'à espérer qu'elle n'ait pas le temps ou l'envie d'en prendre connaissance.

Pourvu qu'elle les transmette aux Allemands sans se poser de questions.

« Stiva », appela-t-elle.

Elle portait un collant noir sous une blouse blanche et vaporeuse ; son visage était maquillé, ses lèvres fardées. « Tu m'as l'air superbe, dit-il.

— Et toi, tu es stupide, répliqua-t-elle en rejetant la tête en arrière.

— Tu n'as pas seulement l'air superbe, tu es superbe. Tu es une femme remarquable.

— Je t'en prie, le gronda-t-elle. Tu es bien trop indulgent. Je ne le mérite pas. » Elle tendit la main vers la liasse de documents.

« Touche-les le moins possible.

— Pourquoi ? »

Pourquoi ? pensa-t-il. *Parce que si tu ne les touches pas, peut-être que tu ne les regarderas pas. Et si tu ne les regardes pas, peut-être que tu ne verras pas qu'on t'a menti. Non, pas « qu'on t'a menti » mais que je te mens. Que je te trompe.*

Mais il répondit : « Je crois que les petits génies qui les ont fabriqués se sont arrangés pour y coller des empreintes digitales. Les empreintes de certains hauts responsables militaires soviétiques. Donc si les nazis les analysent, ils tiendront la preuve de leur authenticité. » Ce n'était que pure invention, pourtant Metcalfe trouva son explication plausible. Ses mensonges avaient beau être convaincants, il souffrait de les proférer devant elle.

« Ah !, fit-elle. Pas bête.

— Lana, écoute. Tu as été terriblement courageuse. Je sais combien ce fut pénible pour toi. Mais il y a une raison à tout. Tant de choses dépendent de ce que tu as accompli. Les enjeux sont énormes.

— Ces papiers sont bourrés de chiffres et de mots mystérieux ! On se dit que personne ne pourra les lire.

— Oui.

— Et pourtant chacun d'entre eux recèle un certain pouvoir. Comme le philtre préparé par la servante d'Isolde, hein ? » Elle rit.

« Pas tout à fait, répondit-il, mal à l'aise.

— Comment cela ? Tu veux dire que ces papiers ne sont pas destinés à engendrer un amour profond et durable entre notre chef intrépide et les dirigeants du Troisième Reich ? Von Ribbentrop, Heydrich, Himmler et Hitler ne se prendront pas d'une passion empoisonnée pour la Russie ? »

Metcalfe la regarda attentivement et déglutit. Il découvrait sans cesse de nouveaux abîmes en elle ; des profondeurs encore insondables pour lui. « Tu disais que tu ignorais tout de ces choses. Mais je vois que ton "ignorance" n'est pas si grande que tu le prétends, ma *dusya*.

— Merci, mon chéri. Mais je te retourne le compliment – toi et moi ne savons pas grand-chose, pourtant ce pas grand-chose ne veut pas dire rien du tout. Je crois me souvenir qu'un poète anglais disait qu'il faut se méfier du "petit savoir". Je me demande souvent si un petit peu plus que rien n'est pas plus dangereux que rien du tout. Qu'en penses-tu ? » Elle eut un sourire énigmatique. « Viens, mon chéri. Maintenant c'est moi qui ai quelque chose à te montrer.

— Voilà qui m'intéresse », fit Metcalfe. Il la suivit dans le salon et fut surpris de voir dans un coin un arbre de Noël chargé de fruits et de décorations confectionnées à la main. « Un arbre de Noël ? s'exclama-t-il. N'est-ce pas interdit par la loi, dans ce paradis sans Dieu ? Staline n'a-t-il pas aboli Noël ? »

Elle sourit et haussa les épaules. « Ce n'est pas un arbre de Noël, mais un *yolka*. Il suffit de fixer une étoile rouge en haut et le tour est joué. De toute façon, décorer des sapins est une coutume païenne. Les chrétiens se sont contentés de l'adopter. Chez nous, le Père Noël s'appelle *Dyed Moroz*, le Père Givre.

— Et ça ? », dit-il en désignant un coffret en bois verni, posé sur une table basse. Sur un lit de reps vert, deux pistolets de duel parfaitement assortis reposaient, coincés dans leurs habitacles. Les crosses en noyer finement ouvragées s'ornaient de feuilles d'acanthe ; des flammes étaient gravées sur les canons d'acier octogonaux. « Ils doivent bien avoir un siècle, fit-il.

— Plus que cela. Mon père y tient comme à la prunelle de ses yeux – ces pistolets de duel auraient appartenu à Pouchkine.

— Extraordinaire !

— Nos dirigeants ont beau dire qu'ils sont en train de créer le nouvel homme soviétique, que nous sommes des êtres neufs, débarrassés de notre histoire, des vieilles traditions pernicieuses et de la corruption de nos ancêtres, les racines familiales sont trop ancrées en nous. Elles se matérialisent par de petits objets qui se transmettent de génération en génération et nous rappellent qui nous sommes, d'où nous venons. Quel est ce mot anglais que je trouve si beau, si poétique ? Quand on le prononce on dirait qu'il émane de notre souffle, comme s'il était l'expression même de... »

Metcalfe se mit à rire. « *Heirloom ?* Héritage ?

— Oui, c'est cela !

— S'il y a de la poésie dans ce mot, c'est bien grâce à toi.

— *Heirloom*, répéta-t-elle lentement comme pour éviter de le bousculer, tel un objet ancien, fragile. Mon père possède de nombreux... héritages, des petits trésors secrets dont il est très fier. S'il les conserve si précieusement ce n'est pas à cause de leur valeur marchande mais parce que ses ancêtres y tenaient. A présent, il en est le dépositaire. Par exemple, cette boîte à musique de Palekh. » D'un geste de la main, elle désigna un coffret en bois laqué noir au couvercle orné d'un magnifique oiseau de feu multicolore. « Ou bien cette icône de la Transfiguration datant du XVe siècle. » C'était une plaque de bois peint mesurant dix centimètres sur douze environ. On y voyait Jésus en présence de deux disciples. Vêtu d'une tunique chatoyante, le Christ resplendissait d'une radieuse lumière spirituelle.

« Et un jour, tout cela te reviendra. »

Elle semblait pensive. « On ne possède jamais vraiment les choses précieuses. On est juste chargés d'en prendre soin.

— Mais je ne vois rien ici qui t'appartienne en propre, Lana. Tes admirateurs doivent pourtant te couvrir de cadeaux. Où les caches-tu ?

— C'est à cela que servent les grand-mères. Elles vivent bien loin d'ici. A Yashkino.

— Où est Yashkino ?

— Un petit village dans le bassin du Kouzbass. Il faut de longues heures de train pour y parvenir. Là-bas, les gens se disent des “provinciaux purs et durs”. Pas pour se dénigrer mais par orgueil.

— Avec les Russes, on a parfois du mal à faire la différence. Mais au moins, tu possèdes un endroit sûr où cacher ton futur héritage.

— Tu as l'air d'imaginer la caverne d'Ali-Baba. Mon trésor se réduit à un seul cadeau, venant d'un admirateur bien particulier – mais c'est un trésor à nul autre pareil.

— Voilà que ça recommence – bon, dis-moi, Lana, est-ce de l'orgueil ou du dénigrement ?

— Qu'est-ce que ça peut faire ?

— Tu ne vois pas que tu es en train de me rendre jaloux ?

— Tu aurais tort. Le don de ton amour compte plus que tout à mes yeux. » Elle l'attira contre elle. « Mon Stiva, depuis le premier jour, ce que tu m'as donné compte plus pour moi que tu ne peux imaginer. Plus que tu ne pourras jamais imaginer.

— Lana, je... »

Soudain, le téléphone sonna. Elle eut l'air inquiet. Il sonna plusieurs fois avant qu'elle ne se décide à décrocher.

« Allô ?... oui, c'est Lana. » Elle pâlit, écouta en marmonnant quelques syllabes de temps en temps, puis remercia son interlocuteur et raccrocha.

« C'était mon ami Ilya, le machiniste », expliqua-t-elle. Il la sentait agitée, presque effrayée. « Quand on discute au téléphone, on utilise un code convenu entre nous. C'est ce qu'il vient de faire. Ilya dit que Kundrov, mon ange gardien, s'est rendu au Bolchoï aujourd'hui pour poser des tas de questions à mon sujet. Et sur mon ami, l'Américain.

— Continue.

— Mais il a vu passer d'autres types. Des agents du NKVD. Ils sont tous à ta recherche. Ils utilisent le mot *espion.*

— Oui, répliqua Metcalfe nerveusement. Tous les Américains sont des espions.

— Non, cette fois c'est différent. Ils ont ordre de te rechercher et, s'ils te trouvent, de t'arrêter.

— Des menaces, tenta de la rassurer Metcalfe. Des menaces dénuées de fondement.

— Pourquoi, Stiva ? Sont-ils au courant de cela, de tout cela ? »

Elle montra les documents qu'elle devait emporter chez von Schüssler, dans la soirée.

« Non, ils n'en savent rien.

— Tu n'oserais pas me mentir, Stiva. N'est-ce pas ? »

Se sentant incapable de répondre à cette question par un autre mensonge, il la prit dans ses bras. « Je dois partir, dit-il. Ton père va arriver d'une minute à l'autre. »

Chapitre 28

« TED ?

— Oui ?

— Vous me reconnaissez ? »

Il y eut un long silence. « Oui, je crois. Nom de Dieu, mais qu'est-ce qui se passe, mon vieux ? » La voix de Ted Bishop sonnait différemment – plus sourde, tendue. C'était la voix d'un homme terrifié. Metcalfe appelait d'une cabine téléphonique située à une centaine de mètres de l'appartement du père de Lana, sur la rue Petrovka. Le journaliste britannique était basé au Métropole qu'il quittait rarement.

« Plus tard, répondit sèchement Metcalfe. J'ai besoin de votre aide.

— Vous rigolez ? C'est truffé de boy-scouts ici.

— J'ai besoin que vous montiez dans ma chambre pour rassembler quelques affaires. Vous pouvez faire ça pour moi, hein ? Vous connaissez le personnel depuis des années. Vous trouverez bien quelqu'un pour vous ouvrir.

— Ils me connaissent depuis des années certes, mais ça ne veut pas dire qu'ils m'apprécient. La familiarité alimente le mépris. Mais je vais voir ce que je peux faire.

— Je vous remercie. Je vous rappellerai dans quelques heures pour vous indiquer un lieu de rendez-vous.

— En parlant d'appels téléphoniques, quelqu'un vous a laissé des tonnes de messages urgents – ils me les ont même donnés, quand j'étais dans la salle à manger, au cas où je vous verrais. Un certain “Mr. Jenkins” ? Ce mec me paraît plutôt acharné.

— Mr. Jenkins » – c'était Hilliard. « Compris, fit Metcalfe. Merci.

— Très bien – euh, écoutez, je dis ça pour votre bien, ne remettez pas les pieds ici. Vous saisissez ? »

Metcalfe raccrocha et appela aussitôt l'ambassade des Etats-Unis. Il se présenta sous le nom de Roberts et voulut déballer son histoire de passeport perdu mais Hilliard prit très vite la communication.

« Sacré nom d'un chien, où étiez-vous fourré? marmonna Hilliard d'une voix cassée par la peur et la colère. Mais qu'est-ce que vous avez pu fabriquer? Vous êtes grillé, vous savez cela?

— Oui.

— Ils réclament du sang, mon vieux. Il va falloir vous casser d'ici vite fait. Vous êtes hors jeu. »

Metcalfe se changea en bloc de glace. Il fallait qu'il quitte Moscou, l'Union soviétique. Immédiatement. Il était grillé; désormais, il encourait au mieux une arrestation, au pire une exécution sommaire. Corky avait donné l'ordre de l'exfiltrer sur-le-champ.

« J'aurais besoin de support. » Ce qui signifiait des faux papiers, des visas, des billets d'avion. Documents que seul Corky était en mesure de fournir.

« Evidemment. Le bon Dieu y a pourvu, mais Il veut que vous fassiez vite. Comme si vous étiez déjà parti. Compris ?

— Compris. » La manière dont Hilliard restituait les propos de Corcoran aurait pu être amusante, en d'autres circonstances. Actuellement, cela ne le faisait pas rire.

« Quant à moi, j'ai terriblement envie d'un *satsivi*. Dans une demi-heure environ. » Sur ces mots, Hilliard raccrocha.

Metcalfe sortit en trombe de la cabine téléphonique.

Le violoniste regarda le petit homme chauve à lunettes quitter l'entrée principale de l'ambassade américaine. Selon les renseignements qui lui avaient été fournis, il savait qu'il avait affaire à un fonctionnaire de rang inférieur, un troisième secrétaire, doublé d'un agent de renseignement américain.

Pendant qu'il filait l'Américain, le vent tourna. Une bouffée de Barbasol vint lui chatouiller les narines. L'homme venait de se raser avec un savon à barbe de marque américaine.

Oui. Ce type-là le conduirait vers sa cible. Il en était sûr.

L'arme pesait lourd sous le manteau d'Amos Hilliard. Il n'avait pas l'habitude de sortir armé, cette sensation lui faisait horreur et ce qu'il s'apprêtait à accomplir le rendait positivement malade. Mais il fallait obéir. Corky s'était montré inflexible. Le message codé n'avait rien d'ambigu.

Metcalfe représente un risque pour cette mission, et donc pour l'avenir du monde libre. C'est une triste nécessité, mais on doit l'éliminer.

Le jeune espion avait fait ce qu'on lui avait ordonné de faire. Mais à présent, il était grillé. Ces maudits agents du NKVD et du GRU sillonnaient Moscou dans la ferme intention de lui mettre la main au collet. Et ils y parviendraient ; ce n'était qu'une question de temps. Impossible d'organiser une exfiltration. Il était trop tard. Dès qu'ils l'auraient attrapé, ils l'interrogeraient comme les Russes en ont le secret. Metcalfe lâcherait le morceau ; cela ne faisait aucun doute. Toute l'opération serait dévoilée, et cela Corky ne pouvait pas – ne voulait pas – en prendre le risque. Trop de choses étaient en jeu. Il ne permettrait pas que l'opération capote à cause d'un seul individu.

Dans des moments comme celui-là, Hilliard se demandait s'il était vraiment fait pour ce métier. Et surtout pour ce genre de mission. Il aimait bien Metcalfe, mieux encore il était persuadé que Metcalfe faisait partie des gentils, des types réglo. Ce jeune gars n'avait rien d'un traître. Seulement Corky avait donné un ordre, Hilliard n'avait pas le choix. Il avait un boulot à accomplir.

Metcalfe entra dans le restaurant Aragvi sept minutes avant l'heure du rendez-vous. « Dans une demi-heure environ », signifiait trente minutes précisément ; Hilliard était un homme précis. Il n'employait jamais un mot pour un autre et n'était jamais en retard. La file serpentant habituellement devant le restaurant n'était pas encore formée, l'heure du dîner n'ayant pas sonné. Tant mieux. Metcalfe surveillerait plus facilement les allées et venues. Il s'installa sur les marches du Télégraphe central, rue Gorki, pour mieux surveiller les parages. Pendant qu'il balayait l'espace compris entre l'entrée principale et les portes latérales du restaurant, il se souvint du coup de téléphone à Ted Bishop. Il lui avait promis de le rappeler pour lui fixer un point de rendez-vous. Cela pouvait attendre. Il le joindrait après avoir vu Hilliard. Son épaule le faisait moins souffrir mais un petit vaisseau sanguin continuait à battre douloureusement.

Amos Hilliard pénétra dans l'Aragvi par l'escalier de derrière. Il savait qu'en passant par là, son arrivée ne serait pas repérée. Ensuite, il emprunta le couloir sombre menant aux toilettes messieurs.

A sa grande surprise, il y trouva quelqu'un. C'était agaçant. Devant un lavabo, un homme se lavait les mains en les frottant vigoureusement au savon et à l'eau. Bon, peu importait. Hilliard attendrait. Dès que le type serait parti, il sortirait son Smith & Wesson et visserait le silencieux sur le canon filé spécialement modifié. Il vérifierait à deux fois pour bien s'assurer que la chambre de feu était chargée.

Stephen Metcalfe arriverait, s'attendant à recevoir des papiers d'identité et des instructions pour quitter discrètement la Russie. Loin d'imaginer ce qui allait se passer, il verrait Hilliard saisir un revolver et, avant de reprendre ses esprits, recevrait plusieurs balles dans le crâne. Tout cela dans le plus grand silence.

Hilliard en était malade mais, décidément, il n'avait pas le choix.

Embarrassé, il jeta un coup d'œil sur l'homme planté devant le lavabo, qui continuait à se laver les mains avec une remarquable constance. Jamais Hilliard n'aurait imaginé que ces savons soviétiques de merde pouvaient produire une telle mousse.

Ce visage inexpressif, ces traits aristocratiques, ces longs doigts délicats ne lui étaient pas inconnus. Une sonnerie d'alarme se déclencha dans sa tête. Il avait déjà vu cet homme quelque part. Et tout dernièrement, pensa-t-il. Etait-ce possible? Mais non. Ses nerfs lui jouaient des tours.

Puis l'homme leva les yeux. Lorsque leurs regards se croisèrent, Amos Hilliard sentit une inexplicable sensation de froid l'envahir.

*

Exactement une minute avant l'heure du rendez-vous, Metcalfe traversa la rue Gorki et marcha vers l'entrée de service du restaurant. Etant donné la fréquence des livraisons de nourriture et autres denrées, elle n'était pas verrouillée ; il put donc entrer sans se faire remarquer et traversa le restaurant désert en direction des toilettes messieurs où il avait déjà rencontré Hilliard quelques jours auparavant.

La pièce lui parut inoccupée. Il hésita un instant. Devait-il verrouiller la porte, comme Hilliard l'avait fait la dernière fois ? Il décida de n'en rien faire ; Hilliard était en retard. D'un pas résolu, il s'avança vers les cabines fermées et, sous la porte de la dernière, aperçut Hilliard.

Ou plus exactement, ses chaussures et le bas de son pantalon. Ce pantalon de tweed et ces grosses chaussures de cuir marron ne pouvaient appartenir qu'à lui, en tout cas jamais un Russe n'aurait porté ce genre de vêtements.

Etrange, pensa-t-il. Pourquoi Hilliard l'attendait-il dans les toilettes et pas à côté des lavabos, comme la dernière fois ?

« Amos ! appela-t-il sans obtenir de réponse. Amos », répéta-t-il, soudain inquiet.

Il tira la porte du cabinet. Le battant s'ouvrit lentement.

Dieu du ciel ! Une nausée faillit l'étouffer. Il crut s'évanouir. Non, pas *ça* ! Amos Hilliard était assis sur les toilettes, la tête rejetée en arrière, les yeux injectés de sang. Il fixait le plafond. Du sang jaillissait de son nez, de sa bouche. Sa gorge avait été nettement entaillée juste sous le larynx. On voyait bien la marque de la ligature, un sillon écarlate, fin comme le fil d'un rasoir ; l'arme du crime était un objet tranchant, aussi solide qu'un fil de fer. Le diplomate avait été étranglé, garrotté de la même manière que Scoop Martin et les membres de la station parisienne.

Non ! Hilliard venait à peine de rendre l'âme – il était arrivé voilà cinq minutes. Peut-être moins.

Metcalfe toucha le visage cramoisi de Hilliard. Il était encore tiède.

Le tueur rôdait sûrement dans le secteur.

Metcalfe se précipita vers la porte puis hésita. Le meurtrier devait l'attendre de l'autre côté, caché quelque part dans le restaurant désert, prêt à lui sauter dessus.

Metcalfe donna un violent coup de pied dans la porte qui

s'ouvrit à toute volée. Il resta en retrait, accroupi contre le mur, à guetter ce qu'il se passait de l'autre côté, s'attendant à voir une silhouette surgir de l'ombre, garrot au poing. Personne. Il passa d'un bond dans le couloir en tournant le buste de côté et d'autre, prêt à fondre sur son agresseur, s'il se montrait. Mais il n'y avait pas âme qui vive. Pourtant, le tueur ne pouvait pas avoir quitté les lieux depuis plus de deux minutes.

Il dévala l'étroit escalier en sautant deux ou trois marches à la fois, manquant de renverser un garçon chargé d'un plateau. Metcalfe jeta un coup d'œil au frêle jeune homme en uniforme de serveur et jugea aussitôt qu'il n'y était pour rien.

Dans le hall, une bouffée d'air froid lui indiqua que la sortie donnant sur la rue avait été ouverte récemment. Quelqu'un était passé par là quelques instants plus tôt. Et ce n'était pas Metcalfe puisqu'il avait choisi d'emprunter un autre chemin. Le tueur. C'était tout à fait possible. S'était-il esquivé par cette porte ?

Il poussa furtivement le battant d'acier en faisant bien attention à ne produire aucun bruit. A supposer que le tueur soit sorti par là, il devait être en train de s'éloigner en marchant – courir l'aurait rendu suspect aux yeux des passants – et donc Metcalfe avait une chance de l'apercevoir. Même s'il n'y avait qu'une faible chance de le prendre par surprise, il fallait tout faire pour la préserver. Il se glissa dans l'entrebâillement de la porte et la repoussa doucement pour la refermer derrière lui, soulagé du silence qui avait accompagné cette délicate opération.

A présent, il se trouvait à l'arrière du bâtiment où de grosses poubelles en métal débordaient de déchets alimentaires malodorants. Il regarda tout autour de lui, mais ne vit personne.

L'homme qui avait assassiné Amos Hilliard s'était évaporé.

Metcalfe était bien conscient qu'il valait mieux ne pas trop traîner dans le coin. Mais où aller ? Impossible de regagner le Métropole. Il fallait se faire à cette idée. Il était bel et bien grillé. On l'avait vu utiliser une boîte aux lettres morte ; le NKVD savait qu'il se livrait à des activités clandestines. Il devait impérativement quitter Moscou, et le plus vite possible. Dans cet Etat totalitaire où les individus comme les frontières subissaient une étroite surveillance, sortir était aussi difficile qu'entrer. Parmi les faux papiers d'identité restés dans sa chambre au Métropole, certains lui auraient été bien utiles mais le NKVD avait dû mettre la main dessus, à présent. Le geste le plus sage entre tous, le plus logique, consistait à contacter Corky et lui demander d'engager l'opération d'exfiltration mentionnée par Hilliard. Mais une exfiltration requérait de la coordination, d'âpres négociations à haut niveau. Les mystérieuses accointances de Corky lui faciliteraient la tâche. Le vieil homme était expert en la matière. Jamais un agent seul n'organisait d'exfiltration, sauf en cas d'extrême urgence.

Il voulait emmener Lana avec lui. Le climat ici n'était plus très sain pour elle, étant donné son implication. Il s'était promis de la protéger ; maintenant, il fallait la sortir du pétrin.

Afin de mettre son plan à exécution, il devait joindre Corky. Et le meilleur moyen de le faire passait par Ted Bishop. On ne pouvait appeler l'international qu'à partir de l'hôtel et il n'était pas question de remettre les pieds là-bas. A Moscou, les cabines téléphoniques ne donnaient accès qu'aux numéros nationaux. Amos Hilliard était mort. Il n'avait plus d'émetteur.

Décidément, il ne lui restait que Ted Bishop. En tant que correspondant à l'étranger, l'homme était censé passer des appels longue distance de manière régulière, peut-être même tous les jours, soit de sa chambre d'hôtel soit de la Poste centrale. Donc Bishop pourrait facilement composer l'un des numéros d'urgence, à Londres ou à New York. Dès qu'on décrocherait, il prononcerait quelques mots sans signification apparente qui alerteraient Corky sans que Bishop comprenne ce qu'il était en train de faire ni à qui il était en train de parler.

Et même si Bishop, pour une raison ou une autre, se trouvait dans l'incapacité de téléphoner, il pourrait l'aider de diverses autres manières. Une idée lui était venue en écoutant le programme radio de la BBC, à Paris. Chaque soir, à l'heure des nouvelles, ils diffusaient des dépêches codées, sous forme de messages personnels – des petites phrases d'apparence anodine, destinées à alerter les agents opérant sur le terrain et dont le sens véritable demeurait opaque pour tous les autres auditeurs. Pourquoi ne pas utiliser ces bulletins d'information pour passer son appel ? décida Metcalfe. Il composa mentalement le message passe-partout que Bishop pourrait envoyer à son journal, le *Manchester Guardian*. Il choisirait peut-être une notule au sujet d'un concert, d'une représentation théâtrale – peut-être même d'un ballet – où il insérerait certaines expressions dans la veine du langage codé inventé par Corky, assez banales pour échapper à la vigilance des censeurs soviétiques. Elles parviendraient jusqu'à Corky, l'informeraient du guêpier dans lequel il était tombé, et de ce qu'il préconisait pour en sortir. Bien sûr, appeler un numéro prédéfini à Londres ou à Washington serait nettement plus rapide.

Metcalfe répugnait à jouer franc-jeu avec Ted Bishop. Il devait continuer à lui cacher sa véritable identité et le but de sa mission à Moscou. Pour cela, il échafauderait un mensonge plausible en lui disant par exemple que les autorités soviétiques cherchaient à l'arrêter comme espion dans le but de renforcer la campagne de désinformation qu'ils étaient en train de mener contre les capitalistes étrangers. En tant que richissime homme d'affaires, il leur servirait de bouc émissaire. Voilà ce qu'il raconterait à Ted Bishop. Connaissant les convictions antisoviétiques de l'Anglais, ce dernier tomberait certainement dans le panneau.

Après tout, songea Metcalfe, il avait déjà menti à une personne bien plus chère à son cœur. A une personne à laquelle il tenait – non, qu'il aimait. Il se dit aussi que le mensonge commençait à devenir une regrettable habitude chez lui.

Mais en tout état de cause, Metcalfe ne pouvait faire aveuglément confiance au journaliste anglais. Il ne savait pas avec certitude à quel bord il appartenait. Donc pour l'instant, mieux valait ne se fier à personne. Avec Bishop, il jouerait de prudence.

Sans presser le pas, Metcalfe contourna l'arrière du restaurant Aragvi, de façon à se tenir éloigné des forces de police. Quelques pâtés de maisons plus loin, il trouva une cabine téléphonique plantée devant un dispensaire délabré : la Clinique centrale n° 22. L'établissement semblait fermé ; personne ne l'observait. Il appela le Métropole et demanda Ted Bishop.

Au numéro 7 de la rue Gorki, se dressait l'immeuble massif de la Poste centrale dont la construction s'était achevée en 1929. Conçu dans le plus pur style soviétique, il était imposant de l'extérieur comme de l'intérieur. Son architecture était censée donner une impression de solidité, de puissance, à l'instar d'une grande banque, ou d'une importante institution gouvernementale, ce qu'il était d'ailleurs. Les Moscovites faisaient la queue devant les guichets dans le but d'envoyer des télégrammes à leurs amis, à leurs parents habitant les coins les plus reculés de l'Union soviétique, poster des paquets ou acheter des timbres, passer des appels internationaux dans des cabines mal aérées. Pourtant, malgré la prodigieuse hauteur de plafond, les colonnes et le granit, malgré la présence sur les murs du gigantesque emblème soviétique, le marteau et la faucille, il régnait ici, comme dans toutes les autres administrations du pays, cette atmosphère lente et morose, propre à la bureaucratie soviétique. Metcalfe se lova dans un renfoncement et attendit Ted Bishop.

Un homme entre deux âges passait un coup de fil dans l'une des cabines. En l'observant, Metcalfe se rendit compte combien les appels étaient contrôlés. D'abord, on vous demandait votre passeport ou votre carte d'identité, puis il fallait remplir un bordereau, régler d'avance, tout cela pour passer un coup de fil dont on était certain qu'il serait écouté. Un moment, il hésita à franchir le pas. Pourquoi ne pas jouer le tout pour le tout et téléphoner lui-même à Corky ? Mais il rejeta vite cette idée. Jamais il n'aurait accès à l'international avec ses faux papiers d'identité russes. Quant à utiliser sa véritable identité, il n'en était pas question. Stephen Metcalfe était un homme recherché par les autorités. Daniel Eigen ne valait sans doute pas mieux. Non, il fallait que Ted Bishop passe ce coup de fil à sa place. Lui seul pourrait le faire sans trop attirer l'attention.

Finalement, à l'heure dite, le journaliste replet franchit les portes massives. Il transportait le sac en cuir de Metcalfe et jetait des regards anxieux tout autour de lui. Metcalfe resta en retrait, le temps de s'assurer que Bishop n'était pas suivi. Bishop avançait toujours vers le centre de la rotonde, Metcalfe, lui, restait caché dans le renfoncement obscur, à scruter les portes d'entrée, au cas où le journaliste aurait entraîné quelque importun dans son sillage – un flic le filant à son insu, ou bien quelqu'un travaillant *avec* lui.

Metcalfe resta encore une minute à regarder Bishop faire les cent pas, la mine renfrognée, puis quand il le sentit sur le point de s'en retourner, émergea lentement de son alcôve.

A cet instant, Bishop, qui ne se savait pas observé, parut faire signe à quelqu'un. Un geste ostensible, l'index levé. Metcalfe s'immobilisa dans son renfoncement et attendit.

Oui, Bishop avait bien fait signe à quelqu'un. Mais à qui ?

Puis Metcalfe vit la personne à qui ce geste s'adressait.

De l'autre côté du hall, près d'un alignement de guichets comme ceux qu'on voit dans les banques, une porte s'ouvrit laissant passer un homme blond.

Un homme blond aux yeux pâles. L'agent du NKVD s'avança rapidement vers Ted Bishop et se mit à lui débiter un discours en russe, d'après les quelques bribes que Metcalfe put en percevoir.

Metcalfe sentit ses entrailles se changer en glace. Oh, Seigneur ! Ted Bishop était une brebis galeuse.

Tout à coup, plusieurs détails lui revinrent en mémoire, dans un flux continu et précipité : la curiosité insatiable, joviale, typiquement journalistique du reporter, ses questions insidieuses. Ses rodomontades antisoviétiques cachaient de ténébreuses accointances. Il revit la scène de soûlographie dans sa chambre, le jour où Bishop s'était précipité dans la salle de bains pour vomir. C'était sans doute une ruse, un simple prétexte pour fouiller les affaires de Metcalfe, ses gadgets d'espion comme le blaireau creux et la crème à raser, sans parler de ses nombreux faux papiers d'identité. Bishop avait eu tout le temps de les chercher pendant qu'il faisait semblant de vomir dans la salle de bains ; il les avait certainement trouvés et connaissait donc toute la vérité sur Metcalfe. Le NKVD lui avait peut-être même refilé le tuyau, après que ses gorilles eurent perquisitionné sa chambre. Le NKVD l'avait peut-être même chargé d'effectuer une deuxième vérification, plus méthodique que lors de leur première visite.

Tout était possible. Le reporter avait vécu des années à Moscou. Contre certains passe-droits, les autorités l'avaient peut-être convaincu de leur rendre quelques menus services. Une sorte d'accord. Un échange de bons procédés. Ou pire. Il arrivait que des étrangers soient carrément recrutés par le NKVD ; Ted Bishop en faisait partie.

Ménage-toi toujours une porte de sortie, disait Corky. Aujourd'hui, Metcalfe n'avait pas eu le temps de respecter la consigne. Trop pressé, il avait omis de s'entourer de toutes les garanties nécessaires à sa sécurité. Et pourtant, sa vie même en dépendait.

Metcalfe se mit à longer les murs du grand hall d'un pas résolu, en prenant garde de ne jamais passer dans la lumière. Arrivé près des portes, il attendit le moment opportun pour sortir. Un couple s'approcha en se disputant violemment. Il leur emboîta le pas et franchit les portes avec ceux.

Arrivé sur le trottoir, il accéléra progressivement l'allure et quand il se retrouva rue Gorki, se mit à courir en direction du Bolchoï. Il fallait prévenir Lana au plus vite.

A moins qu'il ne soit déjà trop tard.

Chapitre 29

La façade du Bolchoï était éclairée de manière fort spectaculaire mais devant, tout était calme. Metcalfe en conclut que la représentation avait commencé. Il fit le tour du bâtiment et tomba sur une porte, sans doute l'entrée des artistes. Comme elle était verrouillée, il tambourina jusqu'à ce qu'un vigile lui ouvre. L'homme grand et maigre portait des lunettes cerclées d'or, un blazer bleu marine dont l'insigne indiquait SERVICE DE SÉCURITÉ DE L'ACADÉMIE NATIONALE DU THÉÂTRE DU BOLCHOÏ. La même inscription était cousue sur la visière de sa casquette.

Quand il vit l'homme debout devant lui, le vigile parut quelque peu rassuré.

Metcalfe s'était affublé d'une blouse blanche de médecin; un stéthoscope lui pendait autour du cou et, pour compléter le déguisement, il portait une sacoche en cuir noir. Il campait un médecin soviétique tout à fait convaincant. Son regard arrogant, presque impérieux, forçait le respect.

Pénétrer par effraction dans la clinique délabrée n'avait guère présenté de difficulté. Les mesures de sécurité étant quasiment inexistantes, la serrure avait cédé en quelques secondes. Il avait vite repéré le placard à vêtements contenant quelques rares blouses. Puis, dans un débarras voisin, il avait volé un stéthoscope et une sacoche de médecin. En tout, l'opération ne lui avait pas pris plus de cinq minutes.

« Oui, docteur ?

— Je suis le docteur Chavadze », annonça Metcalfe. Il avait choisi un nom géorgien pour justifier son léger accent. « On vient de m'appeler pour une danseuse. Elle participe au spectacle de ce soir. »

Le garde hésita. « Laquelle ?

— Comment diable voulez-vous que je le sache. Une tête d'affiche, je suppose, sinon on ne m'aurait pas dérangé en plein dîner. On m'a parlé d'une urgence – une fracture de fatigue. Bon, veuillez m'indiquer la direction des loges, tout de suite. »

Le garde hocha la tête et ouvrit la porte en grand. « Suivez-moi, je vous prie. Je vais chercher quelqu'un qui vous y conduira, docteur. »

Un jeune machiniste débraillé, affublé d'une moustache naissante, escorta Metcalfe dans les coulisses labyrinthiques du Bolchoï. Ils traversèrent une série de corridors sordides, plongés dans la pénombre. Le machiniste murmura : « On monte trois niveaux et c'est à gauche de la scène. » Puis il ne prononça plus un mot ; le spectacle était en cours. L'orchestre jouait du Tchaïkovski ; Metcalfe reconnut un thème de l'acte II du *Lac des cygnes*.

Comparée à la magnificence des espaces réservés au public, la saleté des coulisses était vraiment ahurissante. Ils passèrent devant des toilettes malodorantes, longèrent des couloirs grinçants ; les plafonds étaient bas, de nombreuses lattes de parquet manquaient ; ils contournèrent des passerelles rouillées, des échelles branlantes. De temps en temps, ils croisaient des groupes de danseurs costumés et lourdement maquillés, tirant sur leurs cigarettes. Quand ils passèrent près de la scène, l'orchestre entama l'émouvante mélodie du pas de deux. Les accents lancinants du hautbois, de la harpe, les amples trémolos des cordes lui donnèrent la chair de poule. Le faisceau incident d'un projecteur perçait la pénombre des coulisses d'une lumière bleue fantomatique ; Metcalfe se figea, comme fasciné par la magie du spectacle.

« Attendez », dit-il en posant la main sur l'épaule du machiniste. L'adolescent le considéra d'un air perplexe. Il ne comprenait pas pourquoi ce médecin s'intéressait tant à la représentation.

Il y avait quelque chose de surnaturel dans ce décor : un lac scintillant sous le clair de lune, une toile de fond figurant la forêt environnante. Plusieurs grands arbres en carton-pâte – et au centre, Lana. Metcalfe la dévorait des yeux, transporté d'émotion.

Vêtue d'un tutu blanc très ajusté, garni de plumes et de volants de tulle mettant en valeur sa taille fine, Lana incarnait Odette, la reine des cygnes. Sur ses cheveux relevés en chignon serré reposait un diadème de plumes blanches. Elle était aussi délicate et vulnérable qu'un bel oiseau. Les cygnes décrivaient des spirales autour du couple qu'elle formait avec le prince Siegfried puis, soudain, sortirent de scène en tournoyant. Odette et Siegfried restèrent seuls. D'un geste gracieux, il la souleva par la taille, la reposa délicatement ; elle le prit dans ses bras, courba son cou gracile et de sa joue effleura la sienne. Metcalfe ressentit un ridicule accès de jalousie. Il s'agissait d'un spectacle de danse, rien de plus ; la danse était son métier et le prince un simple collègue.

« Très bien, fit Metcalfe. Allons dans sa loge. Je l'attendrai. C'est bientôt l'entracte.

— Je crains que vous n'ayez rien à faire ici », articula une voix d'homme parlant anglais avec un accent russe.

Metcalfe se retourna, surpris – était-ce le jeune machiniste taciturne ? –, et découvrit celui qui venait de l'interpeller. L'homme blond aux yeux pâles.

L'agent du NKVD se tenait à quelques mètres de lui, le menaçant d'un pistolet.

« Mais oui, c'est bien vous », dit l'agent du NKVD d'une voix à peine audible. Le jeune machiniste les contemplait, terrorisé. « Je ne vous ai pas reconnu tout de suite. Je dois admettre que vous ne manquez pas d'imagination. Si vous teniez tant à voir danser Mlle Baranova, vous auriez dû acheter un billet comme tout le monde. Les spectateurs ne sont pas admis dans les coulisses. Suivez-moi, je vous prie. »

Metcalfe sourit. « Cette arme est inutile, rétorqua-t-il, à moins que vous n'ayez l'intention de vous en servir. Et je doute que vous oserez tirer au milieu d'un pas de deux. Une détonation risquerait de déconcentrer Mlle Baranova et gâcherait le plaisir des spectateurs, n'est-ce pas ? »

L'agent hocha la tête sans remuer un muscle de son visage. « Je préférerais éviter de tirer mais si j'ai à choisir entre vous laisser filer et interrompre la représentation... en fait, je n'ai vraiment pas le choix.

— On a toujours le choix », répliqua Metcalfe en reculant à pas lents. Dans sa poche de poitrine, il sentait le poids de son propre pistolet, mais cela ne le rassurait pas ; si jamais il y portait la main, le Russe le prendrait de vitesse. Quelque chose dans son expression lui disait qu'il n'hésiterait pas à faire feu.

« Gardez les mains le long du corps », ordonna le Russe.

Coulant un regard sur sa gauche, Metcalfe repéra la présence de câbles fixés à un système de poulies. Ils étaient à portée de sa main. Très au-dessus de lui, une paire de poids en plomb se balançait, retenue par des cordes passées dans des crochets métalliques. Il glissa discrètement les mains derrière le dos et recula de quelques centimètres comme s'il avait peur. « Ne tirez pas, supplia-t-il d'une voix chevrotante. Dites-moi juste ce que vous voulez. »

La *corde* ! Elle était toute proche ; il la toucha du bout des doigts puis sortit lentement le couteau rangé dans sa poche de derrière et, toujours à l'insu du Russe, posa la lame aiguisée contre la corde tendue, scia une fois puis deux.

L'agent du NKVD se permit un imperceptible sourire tenant du ricanement. « Je vois très bien ce que vous faites. Vous ne pouvez pas continuer à fuir ; c'est fini pour vous. Je suggère que vous me suiviez sans faire d'histoires.

— Et ensuite ? » demanda Metcalfe.

La lame finit par sectionner la corde qui se déroula rapidement en lui glissant des mains. Libérés, les poids en plomb accrochés très haut dans les combles chutèrent à une vitesse terrifiante. L'homme blond se trouvait juste en dessous. Il dut percevoir le chuintement de l'air car il leva les yeux et fit un bond de côté à l'instant même où les deux masses jumelles allaient s'abattre sur lui. Elles ne le manquèrent que de quelques centimètres. Il était sauf mais son geste salvateur l'avait déséquilibré. Et bien sûr son arme n'était plus braquée sur Metcalfe. Le jeune machiniste émit un jappement apeuré avant de s'enfuir à toutes jambes.

Au lieu de faire de même, Metcalfe bondit sur l'homme blond et le heurta si violemment qu'il le renversa. Lui collant les bras contre terre, il lui enfonça son genou dans le ventre et le cloua au sol.

Soudain, un surprenant brouhaha se déclencha dans la salle de spectacle. L'orchestre avait cessé de jouer ; on n'entendait plus que les exclamations des spectateurs. Metcalfe ne put voir ce qui se passait car déjà le blond contre-attaquait. Il s'arc-boutait pour se relever, bandait les muscles de ses bras puissants mais le choc lui avait coupé le souffle et ses tentatives restaient vaines. Soudain quelque chose de dur s'écrasa sur le crâne de Metcalfe. On venait de le frapper par-derrière et si rudement qu'il sentit le goût du sang sur sa langue. Un coup de crosse : le Russe avait réussi à libérer sa main droite et tentait de l'assommer avec son pistolet.

Metcalfe grogna de douleur et réagit en comprimant encore plus rageusement le ventre de l'homme. En même temps, il s'empara de son arme et lui en assena un coup sur la tempe avec une force telle qu'il se demanda une seconde s'il ne l'avait pas tué.

Le blond perdit connaissance. Son corps devint tout mou, ses bras retombèrent, ses yeux se révulsèrent. Il était inconscient – mais pour combien de temps ?

A présent, les cris fusaient d'un peu partout. Des machinistes accouraient pour s'emparer de lui. Lorsque Metcalfe sauta sur ses pieds, il vit qu'il était coincé !

Il pivota sur la droite, se rua vers une échelle métallique et grimpa. Elle menait à une passerelle composée de planches et de tubes passant juste au-dessus de la scène. Après avoir pris pied sur la passerelle, il retira l'échelle devant le nez de ses poursuivants. Quand il commença à longer la passerelle, il réalisa enfin l'étendue des dégâts que son geste avait occasionnés. En sciant la corde, il n'avait pas seulement détaché une paire de poids en plomb. Rien d'étonnant à ce que la musique se soit tue et que les spectateurs affolés aient bondi de leurs sièges en vitupérant. Le lourd rideau pare-feu était tombé sur le devant de la scène, interrompant la représentation de manière tout à fait impromptue : les gens avaient dû croire qu'un incendie venait de se déclarer quelque part dans le théâtre. Ils se pressaient en masse vers la sortie !

La passerelle conduisait à une autre plus étroite. Metcalfe s'y engagea et courut jusqu'à une sorte de guichet menant à un panneau d'accès en bois. En bas, les hurlements gagnaient en intensité, en frénésie, tandis que les spectateurs suivaient du regard les efforts des membres de l'équipe pour arrêter l'intrus en blouse blanche qui avait actionné le rideau en plein milieu du *Lac des cygnes*. Le panneau pivota, Metcalfe franchit l'ouverture et se retrouva dans une épaisse pénombre. Il avança à tâtons le long d'un tunnel étroit et bas de plafond. Les bruits de voix venant de la scène lui parvenaient étouffés. Il progressa tant bien que mal les mains tendues devant lui pour éviter les obstacles invisibles.

Un rai de lumière au ras du sol lui indiqua la présence d'une autre porte ; Metcalfe s'arrêta, palpa le chambranle en bois grossier puis la poignée, ouvrit et se retrouva dans un corridor peu éclairé qu'il crut reconnaître. Mais oui ! Il était déjà passé par ici, la dernière fois qu'il était entré dans les coulisses pour voir Lana. En un clin d'œil, il se repéra. Il fallait juste prendre en sens inverse puisqu'il était arrivé de l'autre côté. Il enfila un couloir à gauche et déboucha sur les loges. La troisième, marquée BARANOVA, S.M., était entrouverte.

Il se précipita et quand il arriva devant, entendit des voix à l'intérieur. Elle était là ! Vêtue de son tutu immaculé, toujours coiffée de son diadème de plumes, elle discutait avec un jeune homme aux joues rouges, un membre de l'équipe.

« Ce n'est rien, disait le garçon à la danseuse étoile. Juste une fausse alerte – il y a eu un problème technique dans les cintres, certainement.

— Mais c'est dingue ! répliqua Lana. Ça n'est jamais arrivé ! Où est le directeur, le régisseur ? Il faut faire une annonce ! »

Tout à coup, elle leva les yeux, bouche bée. « Stiva ! cria-t-elle. Que fais-tu... ?

— Vite, Lana. Ecoute-moi ! » Il regarda l'assistant puis de nouveau Lana comme pour l'interroger.

« Tout va bien, Stiva. C'est Ilya, mon ami. Celui qui m'a prévenue, l'autre jour !

— Non, je suis désolé, Lana. Il faut que je te parle seul à seule. »

Il désigna la porte ; Ilya hocha la tête d'un air confus et s'éclipsa.

Lana se jeta dans les bras de Metcalfe. Malgré son épais maquillage de scène, ses yeux soulignés de khôl, elle était toujours aussi ravissante. « Que fais-tu là ? Tu es vêtu comme... Je vois. Tu t'es introduit ici en te faisant passer pour un médecin. Mais tu n'aurais pas dû venir ! Stiva, que se passe-t-il ?

— Lana, tout cela devient trop risqué ! Je quitte le pays et je veux que tu m'accompagnes.

— *Quoi ?* Pourquoi dis-tu cela ? »

Il lui résuma les derniers événements. La trahison de Ted Bishop, la rencontre de l'agent du NKVD près de la boîte aux lettres. « Ils ont établi des rapprochements. Ils savent qui je suis. Ils m'ont vu récupérer les documents. Ils connaissent mes liens avec toi. C'était simple pour eux. Je ne veux pas qu'ils te fassent subir le même traitement. Je ne le permettrai pas !

— Stiva ! explosa Lana. Le danger est partout, ici. Ce que je fais comporte un risque mais j'ai choisi de le faire. Et sache que je n'agis pas contrainte et forcée par toi mais parce que j'estime que cette cause est bonne, que de mes actions sortira quelque chose de bien – pour la patrie et pour mon père. Non, je ne m'enfuirai pas avec toi, tu comprends ? Maintenant, je t'en prie... il faut que tu partes.

— Je ne partirai pas sans toi. »

Lana semblait apeurée. « Non, Stiva, je ne peux pas quitter la Russie.

— Tu n'es pas en *sécurité* ici.

— Je ne recherche pas la sécurité. Je vis ici parce que c'est ma patrie. C'est dans mon sang.

— Lana...

— *Non*, Stiva ! »

Il était inutile de discuter davantage ; c'était à devenir fou ! Metcalfe enleva sa blouse blanche, son stéthoscope et les fourra dans la sacoche vide. « Bon d'accord, agis à ta guise. Pour l'instant, j'ai besoin de sortir d'ici sans me faire voir. Hélas, je suis connu comme le loup blanc dans ce théâtre. Ils vont me chercher partout. Dans une minute, ils seront là.

— Attends », dit-elle. Elle ouvrit la porte et fit un pas dans le couloir. Metcalfe l'entendit discuter avec quelqu'un. Elle revint un instant plus tard. « Ilya va t'aider.

— Tu lui fais confiance ?

— Aveuglément. Et tu peux faire de même. Il connaît tous les passages secrets de ce théâtre. En plus, c'est lui qui conduit le camion qui transporte les décors. Il peut te faire quitter Moscou.

— Mais pour aller où ?

— Il y a un hangar dans les faubourgs de Moscou où le Bolchoï entrepose ses décors les plus volumineux et les accessoires qu'on n'utilise pas. Il sert aussi d'atelier pour la fabrication des décors. Les lieux sont gardés mais l'homme peut se laisser corrompre – et pour pas cher. »

Metcalfe hocha la tête. « Je pourrai me cacher là-bas ?

— Il y a des tas de cachettes. Tu pourras y rester deux jours au moins.

— Je n'ai pas besoin de tant de temps. Il me faut simplement une base d'où je pourrai repartir une fois que j'aurai organisé ma prochaine étape. »

On entendit frapper à la porte. Ilya entra et lui tendit sans ménagement un grand masque, un capuchon et une tunique noire. « C'est le masque du Baron von Rothbart, expliqua-t-il. Ou plutôt, un masque de rechange. Il ne l'utilise jamais. »

Metcalfe le saisit, visiblement impressionné. « Le mauvais génie. Le sorcier qui a changé Odette en cygne pour la garder prisonnière. Bonne idée. C'est le seul moyen de circuler ici sans attirer les soupçons. »

Ilya le remercia d'un sourire. « Je ferais l'impossible pour aider un ami de Lana. Ecoute, Lana, Grigoriev a demandé qu'on reprenne le spectacle tout de suite.

— Stiva », dit Lana en se blottissant de nouveau contre lui. Elle le serra dans ses bras. « Je préférerais rester avec toi au lieu de retourner sur scène. Tu le sais.

— C'est là que se trouve ta place, répondit Metcalfe. Sur scène.

— Ne dis pas cela !

— Mais c'est vrai, rétorqua Metcalfe. Et ne prends pas cela comme un reproche. C'est sur scène que tu vis pleinement.

— Non, dit-elle. Je vis pleinement quand je suis avec toi. Mais tout ceci – elle désigna son costume puis son geste s'étendit à la loge qui les entourait – tout ceci fait partie de moi, également. Nous nous reverrons bientôt, mon Stiva. Ilya prendra soin de toi. » Elle lui déposa un baiser sur les lèvres et sortit précipitamment de la loge.

Le couloir des loges grouillait de monde, à présent. Les danseurs en costume se précipitaient vers la scène. Un homme, un responsable apparemment, frappait dans ses mains pour les inciter à se dépêcher. Au beau milieu de cette cohue, Ilya et Metcalfe parvinrent à se déplacer sans éveiller les soupçons grâce au masque et à la tunique noire. Pour tout un chacun, Metcalfe n'était autre que le personnage de comédie connu sous le nom de Baron von Rothbart ; il n'y avait plus qu'à espérer que le vrai von Rothbart ne se montre pas. Mais fort heureusement, on ne le vit pas.

Puis Metcalfe aperçut une paire de vigiles parmi la foule des artistes. Ils scrutaient les visages des gens qu'ils croisaient tout en leur hurlant des questions. Metcalfe passa à quelques centimètres de l'un des gardes, les nerfs tendus à se rompre. Il s'attendait à ce qu'on l'arrête pour l'interroger mais il n'en fut rien. C'était comme s'il avait été invisible. Les gardes ne lui accordèrent pas la moindre attention. Le masque qu'il portait ne cachait pas seulement son visage, il légitimait sa présence en ces lieux. En tant qu'artiste, il devenait intouchable.

Les risques d'être découvert semblèrent diminuer dès que les deux hommes eurent bifurqué pour gagner une partie du couloir que Metcalfe n'avait encore jamais vue. Elle menait à un escalier de service très raide. Ilya le lui désigna d'une petite chiquenaude. Ils s'engagèrent dans la cage obscure et descendirent sans bruit.

Au même instant, à l'étage inférieur, un vigile se mit à escalader les marches. En les voyant, il tendit la main pour les arrêter.

L'estomac de Metcalfe se serra.

« Hé, Volodya ! lança Ilya sur un ton jovial. Mais qu'est-ce que tu fiches ici ? »

Le vigile connaissait l'habilleur de Lana ! « On cherche un intrus habillé en médecin, l'informa le garde.

— En médecin ? Je ne l'ai pas vu, désolé, répondit Ilya. Mais si mon ami ici présent ne rejoint pas la scène dans trente secondes, je perds mon boulot. » Il se remit à descendre, suivi de près par Metcalfe.

« Attends une minute ! » leur hurla le garde.

Ilya se retourna. Metcalfe se figea sur place.

« Tu as promis de me refiler deux billets pour la représentation de samedi, se plaignit le garde. Où sont-ils ?

— Donne-moi encore un peu de temps, répliqua Ilya. Venez, Baron, il faut qu'on y aille. » Il se remit à descendre, Metcalfe sur les talons.

Arrivés au pied de l'escalier, Ilya le conduisit à travers un autre dédale. Finalement ils arrivèrent devant une porte métallique. Après quelques manœuvres, l'habilleur vint à bout du verrou et ouvrit le battant à toute volée. « L'entrée du bétail, annonça-t-il.

— Le bétail ?

— Les chevaux, les ours, parfois même les éléphants quand nous donnons *Aïda*. Les bêtes sentent trop mauvais pour qu'on les fasse passer par l'entrée des artistes, crois-moi. Tu imagines un peu, avec les bouses qu'elles lâchent partout ! »

Metcalfe ôta son masque. Ils traversèrent en toute hâte un long tunnel de brique qui empestait les excréments d'animaux. Le sol de ciment était jonché de paille. Ils débouchèrent sur une aire de chargement couverte, où plusieurs camions stationnaient. Sur chacun d'eux étaient peints les mots THÉÂTRE ACADÉMIQUE NATIONAL DU BOLCHOÏ. Ilya courut vers les doubles portes fermant le hangar, les déverrouilla puis les ouvrit d'une poussée. A l'extérieur, le bruit de la circulation tenait du rugissement. Ilya sauta dans la cabine d'un camion. Metcalfe ouvrit la portière arrière et monta. Le compartiment contenait d'immenses toiles peintes, serrées les unes contre les autres. Il parvint à se faufiler entre deux et referma la porte.

Le moteur toussota puis se mit à tourner. Ilya appuya plusieurs fois sur l'accélérateur pour le faire chauffer et enfin le véhicule se décida à rouler.

Metcalfe s'affaissa sur le sol de métal rouillé qui vibrait davantage à chaque nouvelle accélération. L'odeur du carburant était presque insupportable.

Le voyage serait relativement long jusqu'aux faubourgs de la ville. Il s'installa comme il put. Bien que plongé dans une obscurité profonde, il voyait nettement le visage de Lana. Ses traits angéliques luisaient comme une luciole dans son esprit. Il repensa à leur conversation. Il retrouva les mots qu'elle avait eus pour repousser son avertissement. Il revit la façon dont elle l'avait embrassé avant de tourner les talons comme pour s'esquiver. Cette femme était si brave, si impétueuse. Si passionnée.

Quand il lui avait proposé de l'aider à quitter le pays, elle lui avait opposé un refus catégorique. Malgré sa profonde déception, il la comprenait. Elle ne pouvait quitter son père, sa patrie. Pas même pour suivre son Stiva. Ses liens avec la Russie étaient plus puissants que tout ; telle était la triste vérité.

Soudain, le camion freina ; le moteur se tut. Cela faisait à peine cinq minutes qu'ils avaient quitté le Bolchoï. Qu'était-il arrivé Ilya était-il descendu ? Le moteur n'était pas tombé en panne ; on l'avait juste coupé. Le camion n'était pas arrêté à un feu, sinon le moteur tournerait encore. Metcalfe tendit l'oreille dans l'espoir de discerner un signe quelconque, des voix. Mais il n'entendit rien.

Il se leva et grimpa derrière une toile peinte pour se cacher au cas où le camion serait fouillé. Toujours coincé entre deux décors, il attendit.

Brusquement, la porte du camion s'ouvrit et une étrange lumière jaune inonda l'habitacle. Metcalfe ne remuait pas un cil. Pour se rassurer, il se répétait que si fouille il y avait, elle serait rapide et superficielle. En voyant tous ces décors de théâtre entassés, le garde ou qui que ce fût d'autre renoncerait vite à poursuivre son inspection. Il refermerait la portière et le camion repartirait sans encombre.

Pourquoi ? se demandait Metcalfe. *Pourquoi les avait-on arrêtés ?*

« Il est au fond ! » clama unc voix.

La voix d'Ilya. Metcalfe la reconnut sans peine.

Plusieurs autres voix résonnèrent, accompagnées de bruits de pas assourdis. Quelqu'un grimpa à l'arrière du camion. De nouveau, le jeune habilleur – décidément c'était bien sa voix – prit la parole : « Je vous assure, il est à l'intérieur. »

Mais c'était impossible. Ce n'était pas Ilya ! Et si c'était lui, à qui donc s'adressait-il ?

On écarta brusquement les toiles. Metcalfe apparut. Deux hommes l'aveuglèrent de leurs torches. Deux hommes en uniforme. Des uniformes du Bolchoï ? Des vigiles travaillant pour le théâtre ?

Nullement. Il reconnut l'emblème du serpent enroulé autour du poignard, cousu sur les épaulettes. Mais cela n'avait aucun sens !

Les deux agents s'emparèrent de lui et le firent descendre sans ménagement. Metcalfe comprit aussitôt qu'il serait inutile de résister ; le camion était entouré d'officiers en uniforme. Dans un coin, Ilya tirait tranquillement sur une cigarette, tout en bavardant avec certains d'entre eux. Son allure décontractée prouvait qu'il ne s'agissait pas d'une interception. Il n'avait pas été arrêté de force. Il connaissait ces gens-là. Plus ou moins bien. En tout cas, il avait l'habitude de les fréquenter. Il travaillait avec eux.

Le camion était garé dans une cour. Metcalfe avait déjà vu cet endroit, mais seulement sur des photographies. Jamais il n'aurait imaginé qu'un jour il le verrait de ses propres yeux.

Des menottes se refermèrent sur ses poignets ; on le poussa pour l'obliger à avancer. Un peloton d'hommes en uniforme l'escorta.

« Ilya, cria Metcalfe. C'est un malentendu. Fais quelque chose ! »

Mais déjà Ilya s'installait au volant de son camion. Il jeta sa cigarette sur le sol en ciment, salua ses compagnons d'un geste amical, démarra et disparut au loin.

Poussé, traîné par les gardes, Metcalfe passa sous un porche en briques jaunes dont l'aspect familier lui donna la nausée.

Il se trouvait dans le quartier général du NKVD.

La Loubianka.

Chapitre 30

Le terme cauchemar eût été inexact. Les cauchemars ont beau recéler un infime noyau de réalité, ce ne sont que des songes qui s'évanouissent au réveil. L'horreur se dissipe avec le sommeil. Metcalfe ne vivait pas un cauchemar mais la réalité, *sa propre* réalité. Et il n'existait pas de porte de sortie. C'était cela le plus terrible. Au cours de sa dernière année passée dans le réseau d'Alfred Corcoran, il s'était trouvé impliqué dans bon nombre de situations plus qu'inconfortables. À plusieurs reprises, il avait failli être démasqué, il avait échappé à des contrôles, à des arrestations. On lui avait tiré dessus, il était passé à deux doigts de la mort. Il avait assisté à des meurtres, des amis chers à son cœur étaient morts devant ses yeux.

Mais tout cela n'était rien face à l'horreur qu'il était en train de vivre.

On l'avait jeté dans une cellule de l'infâme prison de la Loubianka, un monde clos d'où personne ne s'échappe, où les talents qui lui avaient permis de se sortir de tant de situations inextricables se révéleraient inefficaces. Il ignorait depuis quand il végétait dans ce cachot : dix heures ? Vingt heures ? Faute de voir le soleil se lever, se coucher, en l'absence d'horaires, de rythmes, il perdait la notion du temps.

Il faisait un froid polaire dans cette étroite cellule isolée au fond d'un souterrain. Un matelas épais de trois centimètres à peine garnissait le sommier de métal sur lequel il était allongé. Les innombrables prisonniers qui l'avaient précédé en ces lieux y avaient laissé une odeur pestilentielle. La couverture de laine grise grossière ne mesurant pas plus d'un mètre vingt de long ne lui couvrait que les jambes et pas grand-chose d'autre.

Bien qu'accablé de fatigue, Metcalfe n'arrivait pas à dormir : une puissante lumière électrique illuminait sa cellule à toute heure du jour et de la nuit et à travers les lattes métalliques d'un store filtraient des rayons d'une lumière artificielle venant de quelque part à l'extérieur. Ils ne voulaient pas qu'il dorme ; ils cherchaient à l'épuiser physiquement et mentalement. Toutes les trente secondes, le disque de métal couvrant le judas de la porte glissait et un œil inquisiteur s'y encadrait. Dès qu'il faisait mine de se protéger le visage avec la couverture, un garde ouvrait le judas et lui aboyait de l'enlever. Dès qu'il se tournait vers le mur, un garde lui intimait de se coucher sur le dos.

Il faisait si froid que sa respiration se changeait en buée. Il ne parvenait pas à réprimer ses grelottements. On lui avait ordonné de se déshabiller puis ses vêtements avaient été taillés en pièces avec des lames de rasoir, ses boutons arrachés, sa ceinture confisquée. Après une fouille au corps, on l'avait fait passer sous la douche mais sans lui donner de serviette pour se sécher. Il avait dû renfiler ses vêtements en lambeaux sur sa peau humide puis avait traversé une cour glaciale pour gagner une autre partie du bâtiment où on avait pris ses empreintes et sa photo, de face et de profil.

Il en connaissait un bout sur la Loubianka mais son savoir se résumait à ce qu'il avait pu glaner parmi les textes documentaires, les rapports du renseignement et les bruits de couloir. Rien que du théorique, pas du vécu. Il savait par exemple que, avant la Révolution, le plus vieux bâtiment du complexe de la Loubianka avait servi de siège social à la Compagnie d'assurances de toutes les Russies. Il savait aussi que la Tchéka, premier avatar de la police secrète soviétique, l'avait investi pour y installer des bureaux, des salles d'interrogatoire, des cachots.

C'était une usine de mort. On exécutait les prisonniers importants au sous-sol du numéro 1 de la rue Dzerjinski, la plus secrète des annexes de la Loubianka. Il avait entendu dire qu'au moment des exécutions, les prisonniers étaient conduits dans une salle de cette cave. On y déployait une bâche sur le sol et soit au moment où le supplicié faisait son entrée, soit quand il se tournait vers le mur, on lui tirait une balle dans la nuque avec un pistolet automatique Tokarev à huit coups. Les bourreaux étaient grassement rétribués. Exclusivement des hommes, la plupart du temps illettrés, ils exerçaient un métier à haut risque étant donné les ravages causés dans leurs rangs par l'alcoolisme et le suicide.

Aussitôt après, on emportait le corps pour l'enterrer dans une fosse commune. Une femme de ménage venait nettoyer. Un médecin au service du NKVD constatait la mort puis établissait un certificat de décès. La vie de la victime s'achevait officiellement avec la production de ce macabre document, sauf lorsqu'il s'agissait de quelqu'un de connu. Dans ce dernier cas, on racontait à sa famille que le prisonnier avait été condamné à dix ans de prison, qu'il était interdit de correspondance et le tour était joué. On n'entendait plus jamais parler de lui.

Metcalfe savait tout cela mais ignorait tant de choses par ailleurs. Avait-il été trahi – ou le NKVD avait-il simplement décidé que le moment était venu de l'arrêter ? On l'avait surpris aux abords d'une boîte aux lettres morte ; sa chambre d'hôtel avait été fouillée, son émetteur découvert. Ils possédaient une douzaine de raisons valables pour l'incarcérer.

Mais pourquoi Ilya, l'ami de Lana, son habilleur, quelqu'un du Bolchoï – un garçon auquel elle semblait faire implicitement confiance, qui l'avait avertie qu'on la soupçonnait – l'avait-il conduit ici ? Pourquoi lui ?

Ilya devait leur servir d'informateur. La chose n'avait rien de saugrenu. Ce garçon représentait un rouage infime de la grande machine du NKVD, comme tous ses semblables au sein de la société soviétique. La police secrète choisissait telle ou telle personne, la menaçait de s'en prendre à un membre de sa famille ou de dévoiler quelque insignifiant trafic – ou tout simplement lui versait un salaire symbolique en échange de sa collaboration. Le NKVD soupçonnait Metcalfe, il savait qu'il rendait régulièrement visite à Lana. Par voie de conséquence, engager ou soudoyer le fidèle assistant de la célèbre ballerine pour qu'il leur serve Metcalfe sur un plateau tombait sous le sens.

Mais était-il possible... était-il possible que Lana elle-même l'ait trahi ?

Elle ferait n'importe quoi pour protéger son père. A supposer qu'ils aient exercé une pression sur elle – un chantage insoutenable –, aurait-elle pu craquer et se ranger du côté du NKVD ? Cette hypothèse n'avait rien de rocambolesque si on y réfléchissait bien.

Puis une pensée nauséeuse lui vint à l'esprit : *Pourquoi la trahison de Lana serait-elle si inconcevable... alors que toi-même tu lui as menti ?*

Il ne savait que penser. Il était si harassé que tout se mélangeait dans sa tête.

Un cliquetis métallique le fit sursauter. Une clé tourna dans le verrou de sa cellule. Metcalfe se redressa et se tendit, prêt à affronter l'inconnu. Trois gardes en uniforme entrèrent. Pendant que les deux subalternes le menaçaient de leurs armes, leur chef hurla : « Debout ! »

Metcalfe se leva sans les lâcher du regard. Non seulement il était seul contre trois, mais même s'il parvenait à s'emparer d'une arme, et qu'il la pointe sur la tempe d'un de ses geôliers, même s'il arrivait à prendre un otage, jamais il ne pourrait sortir de là. La meilleure solution consistait à coopérer jusqu'à ce qu'une occasion se présente.

« Quelle heure est-il ? demanda-t-il.

— Les mains dans le dos ! », tonna le chef.

On le conduisit dans un couloir sombre jusqu'à une porte en fer trouée d'une petite grille. Il s'agissait d'un ancêtre de l'ascenseur. On lui écrasa le visage contre la paroi intérieure de la cabine, la porte se ferma d'un coup sec et l'ascenseur se mit à monter.

Ils débouchèrent sur un long corridor aux murs peints en vert clair et au parquet couvert d'un long tapis d'Orient. Les globes de verre blanc suspendus au plafond fournissaient une lumière pisseuse.

« Regarde droit devant toi, c'est tout, ordonna le geôlier en chef. Les mains derrière le dos. Ne regarde pas sur le côté. »

Metcalfe marchait, flanqué de deux gardes. Le troisième le suivait de près. Du coin de l'œil, il aperçut un alignement de bureaux. Certaines portes étaient ouvertes. A l'intérieur, des hommes et des femmes étaient penchés sur leur ouvrage. Tous les vingt pas environ, on croisait un garde en uniforme.

Soudain, on le poussa vers le mur. Il se retrouva coincé au fond d'une niche de la taille d'une cabine téléphonique, le temps de céder le passage à un personnage important ou à quelque fonctionnaire que sa vue aurait pu importuner.

Ils arrivèrent enfin devant une large porte de chêne sombre. Le chef des gardes frappa. Au bout de quelques secondes, un petit homme aux cheveux clairs, pâle comme un spectre, ouvrit. Il devait faire office de secrétaire-réceptionniste, d'aide de camp en quelque sorte. Son bureau servait d'antichambre à celui de son supérieur. Sur sa table de travail trônaient une machine à écrire et plusieurs téléphones. On signa des papiers dont la copie fut remise au chef des gardes. Metcalfe regardait la scène en silence, attentif à ne trahir aucune émotion, aucune anxiété. L'aide de camp frappa à une porte puis souleva une petite trappe percée dans le battant.

« Prisonnier 08, dit-il.

— Entrez », répondit une voix.

L'assistant ouvrit et s'effaça pour laisser passer Metcalfe escorté du chef des geôliers. Les autres restèrent en retrait, au garde-à-vous.

Ce bureau spacieux ne pouvait appartenir qu'à un haut fonctionnaire. Un grand tapis d'Orient couvrait le sol ; les meubles étaient sombres, massifs. Contre un mur se dressait un gros coffre-fort. Sur un énorme bureau couvert de reps vert s'entassaient des dossiers et une batterie de téléphones. Un homme mince et fragile était assis derrière. Vêtu d'un uniforme gris empesé, il avait un front haut, bombé, un crâne dégarni, et ses lunettes rondes sans monture dilataient ses yeux de manière grotesque. Sans prendre la peine de se lever, il fit un geste rapide de sa main décharnée. Le garde pivota sur ses talons et sortit de la pièce, laissant Metcalfe planté là.

Le binoclard se pencha sur son bureau et, pendant quelques minutes, compulsa divers documents comme si Metcalfe n'était pas devant lui. Après avoir sorti un épais dossier, il leva les yeux vers son visiteur, sans rien dire.

Metcalfe reconnut la bonne vieille technique d'interrogatoire ; face au silence obstiné, le sujet inexpérimenté avait tendance à se sentir embarrassé, il devenait anxieux. Ne manquant pas d'expérience, Metcalfe décida de rester coi jusqu'à ce que l'interrogateur ouvre les hostilités.

Cinq bonnes minutes passèrent. Enfin, le binoclard se fendit d'un sourire et dit dans un anglais châtié : « Préférez-vous vous exprimer dans votre langue ? » Puis il passa au russe : « Ou bien en russe ? Je sais que vous le parlez couramment. »

Metcalfe cligna les yeux. L'anglais lui donnerait un avantage, pensa-t-il. L'homme du NKVD ne maîtrisait sans doute pas toutes les subtilités de cette langue, contrairement à lui. Il répondit donc en anglais : « Peu m'importe. L'essentiel est de pouvoir discuter de manière franche et cordiale. Etes-vous investi de ce pouvoir, camarade... ? J'ai peur d'avoir mal entendu votre nom.

— Je ne me suis pas présenté, comme vous dites, vous autres Américains. Vous pouvez m'appeler Roubachov. "Monsieur Roubachov", pas "camarade" – nous ne sommes pas des camarades, monsieur Metcalfe. Asseyez-vous, je vous prie. »

Metcalfe s'installa sur l'un des deux grands canapés de cuir vert, près du bureau de Roubachov. Au lieu de l'imiter, ce dernier resta debout. Derrière lui trônaient trois cadres représentant Lénine, Staline et « Félix de fer » alias Dzerjinski, l'infâme fondateur de la Tchéka. Roubachov était placé de telle sorte qu'il semblait faire partie de cette galerie de portraits.

« Voulez-vous un verre de thé, monsieur Metcalfe ? »

Metcalfe fit non de la tête.

« C'est un thé délicieux. Notre président le fait venir de Géorgie. Vous devriez le goûter, monsieur Metcalfe. Vous avez besoin d'avaler quelque chose.

— Non, merci.

— On m'a dit que vous n'aviez pas touché à la viande qu'on vous a servie. J'en suis navré.

— Oh, ainsi donc c'était de la nourriture ? » Il revit l'assiette en aluminium qu'on lui avait jetée comme à un chien. Une soupe claire où surnageaient quelques morceaux d'abats, accompagnée d'un quignon de pain noir rassis. Combien de temps s'était écoulé depuis ? Combien de temps depuis qu'on l'avait précipité au fond de cette cellule ?

« Certes, cet endroit n'a rien d'une station thermale sur la mer Noire, et pourtant votre séjour pourrait durer éternellement... » Fier comme un paon, Roubachov passa devant son bureau et se planta face à Metcalfe, les bras croisés sur la poitrine. Ses hautes bottes de cuir noir brillaient comme un miroir. « Ainsi donc, vous êtes un espion extrêmement talentueux. Rares sont ceux qui arrivent à semer nos agents comme vous l'avez fait. Je suis très impressionné. »

L'homme, bien sûr, s'attendait à ce que Metcalfe s'empresse de nier. Il s'en abstint.

« J'espère que vous comprenez dans quelle situation vous vous trouvez.

— Absolument.

— Je suis heureux de l'entendre.

— Je comprends que j'ai été enlevé et emprisonné illégalement par la police secrète soviétique. Je comprends qu'une grave erreur de calcul a été commise, qui produira des conséquences dont vous êtes incapable d'imaginer les retombées. »

Roubachov secoua lentement la tête d'un air triste. « Non, monsieur Metcalfe. Aucune "erreur de calcul", comme vous dites, n'a été commise. Nous sommes une nation tolérante, mais il y a une chose que nous ne tolérons pas. C'est qu'on nous espionne.

— Oui, répondit tranquillement Metcalfe. Il suffit qu'un visiteur semble importun pour qu'on l'accuse d'"espionnage". C'est une chose bien connue, n'est-ce pas ? Et quand je dis "on", je veux parler en l'occurrence du Commissariat au Commerce extérieur. Les termes de l'accord qui a été conclu avec ma société n'ont pas eu l'heur de plaire, et...

— *Non,* monsieur. Je vous en prie, ne me faites pas perdre de temps avec vos allusions douteuses. » Il pointa un index tordu vers les tas de dossiers encombrant son bureau. « Vous voyez, j'ai beaucoup de travail et mes journées sont trop courtes. Alors, comme on dit, cessons de tourner autour du pot, monsieur Metcalfe. » D'un pas très digne, il regagna sa place derrière son bureau, pêcha une feuille de papier et la tendit à Metcalfe. L'enquêteur empestait le tabac à pipe et la transpiration. « Votre confession, monsieur Metcalfe. Signez-la, et nous en aurons terminé. »

Metcalfe regarda le papier et, voyant qu'il était vierge, leva les yeux vers le Russe, avec un sourire en coin.

« Contentez-vous de signer en bas, monsieur Metcalfe. Nous compléterons plus tard. »

Metcalfe sourit de nouveau. « Vous avez l'air d'un homme intelligent, monsieur Roubachov. Vous n'avez rien de commun avec les rustres qui ont pris l'imprudente décision d'arrêter un éminent industriel américain dont la famille possède nombre d'amis à la Maison-Blanche. Je ne vous vois pas prendre le risque de déclencher un incident diplomatique susceptible de dégénérer au point d'échapper à tout contrôle.

— Votre discours me va droit au cœur, répliqua l'enquêteur en revenant s'adosser à son bureau. Mais la diplomatie n'est pas dans mes cordes. Je ne m'occupe pas de ce genre de choses. Mon boulot consiste uniquement à poursuivre les criminels, prononcer des sentences et veiller à leur exécution. Nous en savons beaucoup sur votre compte. Plus que vous n'imaginez. Nos agents ont observé vos faits et gestes depuis que vous êtes arrivé ici, à Moscou. » Roubachov souleva l'épais dossier. « Tout est consigné là-dedans, jusqu'au moindre détail. Et je vous assure que vos allées et venues n'ont rien à voir avec les déplacements d'un homme d'affaires. »

Metcalfe pencha la tête de côté, souleva un sourcil. « Je suis un homme, monsieur Roubachov. Et en tant que tel, je ne reste pas insensible aux charmes des jeunes filles russes.

— Permettez-moi de vous répéter que je n'ai pas de temps à perdre, monsieur Metcalfe. Donc, je disais que vos allées et venues m'intriguent. Vous semblez vous mouvoir assez facilement et dans un périmètre assez large.

— Je connais bien la ville.

— On vous a vu récupérer des documents rue Pouchkine. Le niez-vous ?

— Récupérer des documents ?

— Nous avons des photographies, monsieur Metcalfe. »

Des photographies de quoi, se demanda-t-il. De lui en train de prendre le paquet derrière le radiateur ? De lui en train de glisser le paquet dans son manteau ? Ignorant ce qu'ils avaient réellement vu, il devait tout nier en bloc.

« Je serais curieux de les voir, ces photographies.

— Je n'en doute pas.

— Je brasse des documents toute la sainte journée. Cette paperasse est un vrai calvaire pour moi.

— Je vois. Avez-vous l'habitude de vous enfuir quand des agents du NKVD s'approchent de vous ?

— J'estime que n'importe qui a envie de s'enfuir devant le NKVD. Vous n'êtes pas de mon avis ? Même les innocents ont la trouille au ventre quand ils vous voient rappliquer. C'est votre réputation qui veut cela, et vous en êtes fiers, non ?

— Si, admit le Russe avec un léger gloussement. Les innocents nous craignent mais les coupables encore plus. » Le petit sourire s'effaça. « Vous n'ignorez pas que le fait de porter une arme à Moscou constitue un crime.

— Si je porte une arme c'est uniquement pour me protéger, répondit Metcalfe en haussant les épaules. Vous savez parfaitement que vos rues ne sont pas sûres. Les riches hommes d'affaires étrangers sont des proies faciles.

— Le port d'arme n'est pas une infraction banale, monsieur Metcalfe. Rien que pour cela, vous encourez une longue peine de prison. Et croyez-moi, les prisons soviétiques ne sont pas des hôtels quatre étoiles. » Il se retourna pour fixer les portraits de Staline, Lénine et Dzerjinski, comme s'il y puisait son inspiration. Sans changer de position, il ajouta : « Monsieur Metcalfe, il y a des gens dans cette organisation – des hommes bien plus influents que moi – qui souhaitent votre exécution. Nous avons des preuves de vos activités d'espionnage, bien plus que vous n'imaginez. En fait, nous en avons assez pour vous envoyer au goulag pour le restant de vos jours.

— J'ignorais que vous aviez besoin de preuves pour cela. »

Les yeux démesurés de Roubachov se posèrent sur son interlocuteur. « Avez-vous peur de mourir, monsieur Metcalfe ?

— Oui, répondit Metcalfe. Mais si je vivais à Moscou, je n'en aurais pas peur. De toute façon, si vous disposez vraiment de toutes ces prétendues preuves, pourquoi vous fatiguez-vous à discuter avec moi ?

— Parce que je souhaite vous offrir une chance. Passer un marché, dirons-nous.

— Un marché.

— Oui, monsieur Metcalfe. Si vous me fournissez les renseignements que je cherche – si vous confirmez certains détails au sujet de l'organisation pour laquelle vous travaillez, vos objectifs, des noms, etc. – eh bien, il se pourrait qu'on vous renvoie chez vous par le prochain train.

— J'aimerais vous aider. Mais je n'ai rien à vous dire. Je suis navré. »

Roubachov frappa dans ses mains. « Mais non, répondit-il. C'est moi qui suis navré. » Il s'approcha de son bureau et pressa un bouton. « Merci de m'avoir accordé un peu de votre temps, monsieur Metcalfe. Peut-être vous sentirez-vous plus enclin à la confidence lors de notre prochaine rencontre. »

La porte du bureau s'ouvrit brutalement et les trois gardes entrèrent en trombe comme si leur intrusion était prévue dans la mise en scène.

*

On le fit tout de suite passer dans une autre partie du bâtiment, par un corridor tout blanc vivement éclairé. Ils s'arrêtèrent devant une porte marquée SALLE D'INTERROGATOIRE NUMERO TROIS. L'un des gardes appuya sur un bouton, des soldats en armes lui ouvrirent. La pièce devait sa blancheur immaculée aux carreaux de faïence vernie couvrant toutes ses surfaces : sol, murs et même plafond. Metcalfe comprit que les soldats du NKVD attendaient son arrivée car ils étaient tous munis de gourdins en caoutchouc. On referma la porte.

Devinant ce qui allait suivre, Metcalfe serra les dents.

Les cinq hommes se rassemblèrent autour de lui et la bastonnade commença. Il avait l'impression de recevoir de violents coups de pied dans le ventre, les reins, mais en dix fois pire ; des points brillants éclatèrent sous ses paupières. Face à ce déchaînement de brutalité, il réagit à peine, s'efforçant simplement de protéger ses organes vitaux, mais en vain. Le sol se déroba sous ses pieds, sa vision se troubla.

Les coups continuaient à pleuvoir, la douleur devenait insupportable ; par chance, il s'évanouit très vite.

On lui jeta de l'eau froide à la figure pour le ranimer, le ramener à ce paroxysme de souffrance qu'il avait fui l'espace d'un instant. Puis les coups reprirent. Le sang coulant de sa bouche formait des taches sur le sol. Il jaillissait de ses yeux, ruisselait sur ses joues. Quand Metcalfe retrouva la vue, les images qui passaient devant lui étaient étrangement hachées, comme celles qui sortent d'un projecteur de cinéma quand la pellicule est mal accrochée. Des taches marron parsemaient son champ visuel, entrecoupées d'éclairs aveuglants. Il se dit qu'il allait mourir ici, dans cette pièce carrelée. Un obscur médecin vendu à leur cause rédigerait son certificat de décès et son corps serait jeté à la fosse commune. Même dans son délire – des bouffées hystériques atténuant par instants l'abominable martyre des coups de matraque – il ne cessait de penser à Lana. Il s'inquiétait pour elle, se demandait si elle était en sécurité ou s'ils l'avaient arrêtée pour l'interroger, elle aussi. Si elle serait épargnée ou si son tour viendrait bientôt de se tordre de douleur au milieu de cette pièce carrelée, les cheveux, le nez, les yeux ensanglantés.

Cette image abominable ne le quittait pas. Il ne permettrait pas que Lana endure la même torture. *Si j'ai encore le pouvoir d'empêcher cela,* s'admonesta-t-il, *je dois le faire. Je dois lui épargner la vision de ce lieu de cauchemar. Si je meurs ici, elle sera à leur merci.*

Je dois vivre, je dois m'arranger pour rester en vie.

Je dois parler.

Au prix d'un gros effort, il leva une main crispée, l'index recourbé. « Attendez, gémit-il. Je veux... »

Sur un signe de l'homme qui semblait commander aux bourreaux, les coups cessèrent. Les gardes restèrent à l'observer pour voir ce qu'il allait dire.

« Conduisez-moi chez Roubachov, coassa-t-il. Je veux parler. »

Avant de le ramener dans le bureau de Roubachov, ils prirent bien soin de nettoyer ses blessures. Il eût été inconvenant de salir le beau tapis d'Orient de l'enquêteur-chef. On le déshabilla, le fit passer sous la douche, puis on lui remit un uniforme gris tout propre qu'il enfila. Le simple geste de lever les bras lui causait une souffrance terrible, comme une lame de couteau qui s'enfoncerait entre ses côtes.

Manifestement, Roubachov n'avait pas vraiment hâte de le recevoir. Encore une fois, Metcalfe reconnut la bonne vieille tactique. On le laissa poireauter dans le couloir pendant de longues minutes qui pour lui durèrent une éternité ; il aurait tant aimé s'asseoir. Mais non, il tiendrait bon. Metcalfe savait que le passage à tabac dans la salle d'interrogatoire n'était qu'un prélude à d'autres pratiques. Il arrivait souvent qu'on oblige un prisonnier à rester debout contre un mur pendant des jours sans dormir. Le malheureux finissait par désirer de toute son âme que la mort vienne le délivrer. Seuls deux gardes l'accompagnaient, ce qui signifiait qu'on ne le considérait plus comme une menace. Il était bien trop faible à présent.

Enfin, on le fit entrer. L'assistant pâle comme un spectre était parti – ayant sans doute fini son service –, remplacé par un autre jeune homme, encore plus falot. On signa des papiers puis la deuxième porte s'ouvrit et Metcalfe fut introduit dans le bureau du chef.

*

Chaque fois que le violoniste discutait avec le SS *Gruppenführer* Reinhard Heydrich, le privilège inouï dont il jouissait le faisait vibrer jusqu'aux tréfonds de son être. Quelle chance d'avoir un tel mentor ! Heydrich n'était pas seulement un violoniste virtuose, c'était aussi un brillant stratège. Le fait qu'il ait tenu personnellement à lui confier cette mission était un superbe hommage rendu à ses talents d'assassin.

Voilà pourquoi Kleist détestait décevoir Heydrich. Dès que la connexion téléphonique brouillée fut établie et que Heydrich eut décroché, il en vint tout de suite au fait.

« Malgré mes efforts, je n'ai toujours pas réussi à découvrir ce que trafique l'Américain », dit-il. Il résuma les faits – car Heydrich avait horreur qu'on le noie sous les détails. Il lui raconta que l'associé britannique de l'Américain avait refusé de parler, même sous la contrainte, et qu'il avait dû se résoudre à le tuer. Il rapporta comment Amos Hilliard, le diplomate qu'il avait suivi jusqu'au lieu de rendez-vous convenu avec l'Américain, l'ayant malheureusement reconnu – peut-être grâce à l'un des trombinoscopes de Corcoran – il avait été contraint de l'éliminer lui aussi. A la suite de quoi, se retrouvant avec un cadavre bien voyant sur les bras, il n'avait eu d'autre choix que de battre en retraite le plus vite possible.

« Vous avez fait votre devoir, le rassura Heydrich. Le diplomate aurait grillé votre couverture. En outre, plus vous éliminerez de membres du cercle, plus l'Allemagne y trouvera son compte. »

Le violoniste sourit en jetant un regard distrait dans la salle des communications de l'ambassade d'Allemagne. « Dès lors, monsieur, la question se pose de savoir s'il est temps de se débarrasser de l'Américain. » Kleist se sentait terriblement frustré de n'avoir pas encore reçu l'ordre d'en finir avec ce perturbateur, une bonne fois pour toutes. Mais il n'osait l'exprimer ouvertement.

« Oui, rétorqua Heydrich. Je pense qu'il est vraiment temps de déterrer ce nid d'espions. Mais un rapport vient de nous parvenir, selon lequel notre homme aurait été conduit à la Loubianka pour interrogatoire. Il a peu de chance d'en sortir vivant – les Russes vont peut-être nous faciliter la tâche, tout compte fait.

— Un autre pêcheur a donc ferré le poisson, dit Kleist manifestement déçu. Et s'ils ne vont pas jusqu'au bout ?

— Alors ce sera à vous de jouer. Et je ne doute pas une seconde que vous réussissiez. »

Cette fois, Roubachov était assis derrière son énorme bureau. Les monceaux de dossiers empilés projetaient une ombre sur sa tête. Il semblait occupé à écrire ; au bout de quelques minutes, il posa son stylo et leva les yeux.

« Il paraît que vous avez quelque chose à me dire, monsieur Metcalfe ?

— Oui, répondit Metcalfe.

— Bien. Je savais que vous étiez un homme raisonnable.

— Vous m'y avez forcé. »

Roubachov le fixa de ses yeux agrandis par ses verres de lunettes. Globuleux comme ceux d'un poisson. « Nous appelons cela de la persuasion et je vous assure que nous disposons de nombreuses autres méthodes. »

La bouche de Metcalfe s'emplit de sang : il cracha sur le tapis. Roubachov le foudroya du regard.

« Quelle pitié ! articula Metcalfe. Voyez-vous, il aurait mieux valu – et c'est presque un euphémisme – que vous n'entendiez pas ce que je m'apprête à vous dire. » *Quand on est confronté à l'autorité, on doit toujours se réclamer d'une autorité supérieure. Si tu dois retenir une seule chose de mon enseignement, que ce soit celle-là.* Alfred Corcoran.

Les sourcils de Roubachov se soulevèrent au-dessus de ses lunettes sans monture.

« Je n'en doute pas, monsieur Metcalfe, fit l'enquêteur d'une voix douce. Vous auriez préféré me cacher la vérité. Cela dit, je vous assure que vous avez fait le bon choix. Un choix difficile, certes, mais vous êtes un homme courageux.

— Vous ne comprenez pas, Roubachov. Ce que je m'apprête à vous dire ne vous apportera rien de bon. Vous regretterez de l'avoir jamais entendu. Vous savez, traiter des affaires en Russie n'est pas une sinécure pour un chef d'entreprise comme moi. Il faut établir des compromis – créer des *incitations*, dirons-nous – avec des personnages très haut placés. Des compromis entourés du plus grand secret, de la plus totale discrétion. » Malgré la douleur, Metcalfe tendit les mains, paumes levées, dans un geste destiné à souligner le luxe de la pièce qui les entourait. « Fort heureusement pour vous, dans ce joli bureau, vous êtes à mille lieues des manœuvres douteuses prévalant dans les hautes sphères – je veux parler du Politburo – et c'est tout à fait normal. Les grandes affaires d'Etat sont avant tout des affaires d'*hommes* d'Etat, Roubachov. Et les hommes d'Etat ne sont que des hommes, après tout. Des êtres humains mus par leurs désirs, possédés par l'appât du gain, l'avarice – autant de besoins irrépressibles qui, dans ce paradis des travailleurs, ne doivent jamais paraître au grand jour. Et pourtant, il faut bien satisfaire ces besoins irrépressibles. C'est là qu'entrent en jeu certaines personnes discrètes ayant le bras long. Les dirigeants des Industries Metcalfe en font partie. »

Roubachov le fixa sans ciller. Son visage ne trahissait aucune émotion.

« Et vous comprendrez, j'en suis sûr, que tous les... compromis que ma compagnie a passés avec de très hauts dignitaires de votre gouvernement doivent rester totalement confidentiels. Je ne vous parlerai donc pas des équipements dernier cri que nous avons acheminés dans le plus grand secret et qui garnissent en ce moment une maison à Tbilissi et une autre en Abkhazie – appartenant, soit dit en passant, à la mère de votre patron, Lavrenti Pavlovitch. » Pour désigner Beria, il avait choisi d'employer son prénom et son patronyme, laissant supposer qu'ils se connaissaient bien. Peu de gens savaient que Beria avait offert à sa mère deux maisons somptueusement meublées en Géorgie. Mais Roubachov, lui, ne pouvait pas l'ignorer ; Metcalfe en était quasiment certain.

Pour masquer son trouble, Roubachov secoua lentement la tête. Metcalfe en profita pour continuer : « Tout bien considéré, les extravagances de votre Lavrenti Pavlovitch vont bien au-delà de ces broutilles. Vous aurez beau insister, jamais je ne vous parlerai du magnifique petit Tintoret suspendu dans la salle à manger de sa maison de la rue Kachalova. » Personne ou presque ne savait où vivait Beria, or Metcalfe était dans le secret des dieux et fort heureusement ce détail venait de lui revenir en mémoire. « De toute façon, je doute que vous ayez été invité à dîner chez Lavrenti

Pavlovitch. Et même si cela avait été le cas, je suppose que la splendeur de ce petit joyau vous aurait laissé de glace. Le président du NKVD est un être raffiné, un homme de goût, alors que vous n'êtes qu'un *moujik*. Voilà pourquoi, enfin, vous aurez beau me torturer, je ne vous dirai pas comment Lavrenti Pavlovitch s'est procuré l'argent nécessaire à son acquisition après avoir pillé les icônes des églises russes et autres objets religieux afin de les revendre à l'étranger – encore une opération effectuée en toute confidentialité par les Industries Metcalfe. »

L'enquêteur ne hochait plus la tête. Son visage était devenu exsangue. « Monsieur Metcalfe, marmonna-t-il, aussitôt interrompu par son interlocuteur.

— Je vous en prie, posez donc la question à Beria. Prenez donc ce téléphone et appelez-le. Pendant que vous y êtes, demandez-lui ce que sont devenues les icônes volées dans l'église du Christ-Sauveur à Moscou. Ne vous gênez pas, allez-y, appelez-le. Posez-lui la question. »

Metcalfe rivait sur Roubachov un regard fixe et impassible. Roubachov tendit sa main décharnée vers la batterie de téléphones et décrocha un combiné blanc.

Metcalfe se cala au fond du canapé, le sourire aux lèvres. « Dites-moi une chose, monsieur Roubachov. Est-ce vous qui avez pris la décision de m'arrêter ? Ou l'ordre est-il venu d'en haut ? »

Roubachov approcha le combiné de son visage. Un petit sourire nerveux crispa ses lèvres mais il ne répondit pas. Son doigt resta suspendu au-dessus du cadran.

« Il apparaît clairement que vous conspirez contre Beria... ou bien alors vous n'êtes qu'un instrument entre les mains de ses ennemis, et Dieu sait qu'il y en a à l'intérieur de cette organisation. Qu'en pensez-vous ?

— Votre insolence est intolérable ! » explosa Roubachov, le combiné toujours collé à l'oreille. Sa colère – une colère irrépressible, apparemment – était un bon signe.

Sans relever l'intervention de Roubachov, Metcalfe poursuivit. « Evidemment, vous vous dites que si vous me faisiez disparaître, vos problèmes s'évanouiraient du même coup. Eh bien, j'ai le regret de vous apprendre que vous me sous-estimez. Ma famille est en relation avec des avocats new-yorkais. Ces messieurs conservent dans un coffre certains documents particulièrement compromettants. Je dois les contacter à un moment convenu entre nous. Si jamais je ne le fais pas, ils les rendront publics, ce qui provoquera un énorme scandale. Plusieurs personnalités moscovites sont impliquées, de fidèles clients des Industries Metcalfe. Et comparé à ces gens-là, le président Beria n'est que du menu fretin – je suppose que vous n'avez pas envie de tremper dans une affaire de cette envergure. Je pense à quelqu'un en particulier, un homme qu'il vaut mieux ne pas mécontenter. » Metcalfe tourna la tête et regarda ostensiblement le portrait de Staline cloué au mur. Roubachov suivit son regard. Un rictus de terreur figea son visage blême. Metcalfe n'avait jamais vu une telle expression sur les traits d'un gradé du NKVD.

« Cela reviendrait à signer votre arrêt de mort », poursuivit Metcalfe. Il haussa les épaules. « Personnellement, cela ne me fait ni chaud ni froid. Après tout, c'est vous qui m'avez tiré les vers du nez, n'est-ce pas ? »

Roubachov pressa le bouton de la sonnette posée sur son bureau.

Berlin

Quand l'amiral Wilhelm Canaris eut terminé ses explications, les hommes assis autour de la table de conférence restèrent figés de stupeur, comme frappés par la foudre. Ils se trouvaient dans la grande salle de conférences de la nouvelle Chancellerie, construite selon les indications du Führer par Albert Speer, son architecte favori. A l'extérieur, le blizzard soufflait.

Dans une niche haut perchée, un buste en marbre de Bismarck dominait le petit groupe. Aucun des hommes présents dans la pièce, pas même Hitler, ne savait qu'il s'agissait en fait d'une réplique du buste original ayant orné l'ancienne Chancellerie pendant des années. Lors de son transport vers les nouveaux quartiers généraux, on l'avait laissé tomber et il s'était brisé au niveau du cou. Sans rien dire à personne, Speer avait demandé au sculpteur de concevoir une copie parfaite. Il avait fallu la frotter avec une décoction à base de thé pour imiter la patine de l'âge. L'architecte considérait la destruction accidentelle de l'original comme un mauvais présage.

Ce jour-là, tous les plus hauts dirigeants étaient rassemblés, dans le but de débattre du projet d'invasion de l'Union soviétique. Cette opération était loin de recueillir tous les suffrages. Certains, comme le *Feldmarschall* Friedrich von Paulus, le *Feldmarschall* Wilhelm Keitel et le général Alfred Jodl, s'étaient prononcés contre en arguant que toutes leurs troupes étaient déjà déployées sur d'autres fronts.

Tous les vieux arguments avaient été remis sur le tapis. On risquait de s'enfoncer dans un bourbier. Il valait mieux neutraliser la Russie, la tenir à l'écart, s'assurer qu'elle ne marcherait pas sur les plates-bandes de l'Allemagne.

Mais les renseignements venus de Moscou avaient changé la donne.

Dans la pièce, l'atmosphère était électrique.

L'opération *Groza* changeait tout. Staline fomentait une attaque-surprise. Ils devaient donc prendre l'initiative.

Le chef du bureau de la Sécurité du Reich, le SS *Gruppenführer* Reinhard Heydrich, s'exprima le premier. « Qu'est-ce qui nous dit que ce renseignement n'est pas un coup monté ? » demanda-t-il.

L'amiral Canaris se tourna vers Heydrich, prit le temps de détailler son long nez osseux, ses yeux de reptile. Ce type avait vraiment une allure sinistre. Ils se connaissaient bien, entretenaient des relations mondaines, comme on dit. Violoniste talentueux, Heydrich venait souvent chez les Canaris jouer de la musique de chambre avec *Frau* Canaris qui tâtait elle aussi de l'instrument. Canaris n'avait plus aucune illusion sur lui depuis longtemps. Il le considérait comme un barbare fanatique, un homme dont il fallait se méfier. L'objection qu'il venait de lever était du Heydrich tout craché. Elle lui servait uniquement à se faire valoir auprès du Führer, à passer pour un expert en matière d'espionnage.

« Mes hommes ont examiné les documents à la loupe et j'invite votre personnel à faire de même, répondit Canaris sur un ton égal. Vous aboutirez à la même conclusion. Ils sont authentiques.

— Je me demande juste comment il se fait que le NKVD n'ait pas encore découvert la fuite », insista Heydrich.

A cet instant, le *Feldmarschall* von Paulus intervint : « Je me dois d'indiquer que nous n'avons décelé aucun indice laissant soupçonner une intention belliqueuse de la part de Staline. Pas la moindre mobilisation de troupes, pas de déploiement. Pourquoi les Russes nous feraient-ils l'honneur d'attaquer ?

— Parce que Staline rêve d'avoir toute l'Europe à sa botte, répondit Jodl. Depuis toujours. Mais cela n'arrivera pas. Il n'est plus temps d'hésiter. Il faut lancer notre *Präventiv-Angriff* – notre attaque préventive – sur la Russie. Avec quatre-vingts ou cent divisions, nous en viendrons à bout en l'espace de quatre à six semaines. »

Chapitre 31

LES RUES sombres étaient revêtues d'une couche de neige fraîche assourdissant les bruits. Au cœur de la nuit, les feux de circulation se faisaient rares. Quelque part, une horloge sonna 1 heure. Face à lui, s'étendait le quai Krymskaya puis, enjambant la Moskova, la masse imposante du pont Krymsky, le plus long pont suspendu d'Europe, construit deux années plus tôt.

Metcalfe marcha vers le fleuve. Une silhouette solitaire se tenait au milieu du pont, sur le trottoir réservé aux piétons. Une femme drapée dans un manteau, la tête couverte d'un fichu. C'était Lana; il en était sûr. Son cœur s'emballa; c'était plus fort que lui. Il accéléra le pas et fendit l'air glacial de la nuit, mais impossible de courir; ses jambes, sa cage thoracique le faisaient encore trop souffrir. Son corps meurtri commençait à peine à se remettre de la violence des coups. Les bourrasques transperçaient les haillons qui lui tenaient lieu de vêtements.

L'enquêteur-chef Roubachov avait ordonné qu'on le relâche immédiatement et qu'on l'efface des registres de la Loubianka. On lui avait restitué toutes ses affaires, à l'exception de son arme. Mais au lieu d'un sentiment de triomphe, Metcalfe ne ressentait que le vide, l'engourdissement.

Sur la surface étale de la Moskova, la pleine lune se brisait en millions de particules lumineuses. Ses rayons blafards faisaient luire les chaînes d'argent et les poutrelles d'acier du pont qui, de temps en temps, se mettait à trembler lorsqu'une voiture ou un camion s'y engageait.

Le chemin n'en finissait pas; Lana semblait si loin et les cuisses de Metcalfe se dérobaient sous lui. Lana lui tournait le dos. Elle regardait l'eau, perdue dans ses pensées. Une heure plus tôt, il avait appelé le Bolchoï à partir d'une cabine publique. En l'entendant, elle avait poussé un petit cri étouffé puis s'était écriée : « Mon amour, mon chéri, où étais-tu? » Puis un dialogue rapide, des phrases cryptées. Ils avaient fixé un lieu de rendez-vous en évitant de prononcer son nom et l'endroit où il se trouvait, au cas où on les aurait écoutés.

Il était honteux de l'avoir, dans un moment de faiblesse, soupçonnée d'avoir contribué à son arrestation. C'était impensable. Si elle l'avait trahi, les lois physiques immuables régissant l'univers n'auraient plus eu de réalité à ses yeux. Comment aurait-il encore pu croire à la gravitation universelle, à l'existence du soleil et de la lune?

Elle se tourna, remarqua son pas traînant et se précipita vers lui. Quand elle fut assez près pour voir son visage, elle poussa un cri et se jeta à son cou.

Il grogna : « Hé, vas-y doucement!

— Qu'est-ce qu'ils t'ont fait? » Elle desserra son étreinte, le soutint avec précaution, l'embrassa, le prit dans ses bras et resta un long moment sans bouger; il renifla son parfum, goûta la tiédeur de sa bouche. Etrangement, il se sentait en sécurité près d'elle et pourtant il savait qu'aucun n'endroit à Moscou n'était sûr ni pour elle ni pour lui. « Ton visage... » De violents sanglots soulevèrent sa poitrine. « Stiva, ils t'ont battu!

— Ils appellent cela de la persuasion. Ils m'ont dit que la Loubianka n'était pas un établissement thermal et me l'ont fait comprendre. Mais ç'aurait pu être bien pire. En plus, j'ai eu de la chance – je suis encore vivant.

— Tu étais à la Loubianka! Je ne savais pas où tu étais passé – j'ai demandé à Ilya; il a dit que son camion avait été intercepté par la police, qu'ils avaient fouillé le chargement, t'avaient trouvé et arrêté. Il a ajouté qu'il n'avait rien pu faire pour les en empêcher. Il avait l'air si terrifié; j'étais désolée pour lui. Des amis à moi sont allés à la police pour demander ce qui t'était arrivé. Ils ont prétendu ne rien savoir. Après trois jours, l'une de mes amies s'est rendue à la prison Lefortovo. Les gardiens lui ont assuré qu'ils n'avaient pas de prisonnier correspondant à ton signalement. Mais tout le monde ment dans ce pays ; impossible de connaître la vérité. Tu es resté absent cinq jours ! Je finissais par croire qu'on t'avait envoyé loin d'ici, peut-être exécuté !

— Ton assistant est un *stukach* », déclara Metcalfe en employant le mot russe signifiant informateur.

Lana écarquilla les yeux et resta silencieuse quelques longues secondes. « Je ne l'ai jamais soupçonné. Sinon je n'aurais pas permis qu'il t'approche, Stiva, tu dois me croire !

— Je te crois.

— A présent, je comprends mieux certaines choses. Toutes ces questions sans réponse, tous ces petits détails insolites... Je ne m'y attardais pas, mais quand même ! Il lui arrive de vendre des billets au marché noir, mais il le fait sans trop se cacher. Ces broutilles me passaient au-dessus de la tête alors que j'aurais dû les prendre au sérieux !

— Tu ne pouvais pas deviner. Depuis quand travaille-t-il pour toi ?

— Il me sert d'habilleur et d'assistant depuis quelques mois mais nous nous connaissons depuis des années. Il s'est toujours montré gentil à mon égard. Voilà quatre ou cinq mois, il a commencé à se rapprocher de moi. En fait, il ne me quittait plus, il se rendait indispensable. Un jour, il a dit qu'il aimerait bien être affecté à mon service pendant les représentations, si je n'y voyais pas d'inconvénient, et moi bien sûr, j'ai...

— Est-ce que cette période correspond au début de ta relation avec von Schüssler ?

— Eh bien, oui. Un peu après, mais... Oui, évidemment, ce n'est sûrement pas une coïncidence. Comme les autorités voulaient garder un œil sur moi, ils ont dû en charger Ilya.

— Von Schüssler est un diplomate allemand, une source potentielle de renseignements, et toi tu es une artiste connue dans tout le pays. Les risques et les potentialités étaient trop importants pour que le NKVD laisse passer l'occasion de t'espionner.

— Mais Kundrov...

— Il appartient au GRU, le renseignement militaire... une agence rivale. Le NKVD et le GRU tiennent à garder leur indépendance l'un vis-à-vis de l'autre. De plus, ils n'emploient pas les mêmes méthodes. Le NKVD s'entoure d'un plus grand secret. Mais Lana – écoute-moi. Je te repose la question, j'insiste et je veux que tu y réfléchisses sérieusement, parce que c'est très sérieux. Je te demande de partir avec moi.

— Non, Stiva. C'est impossible – nous en avons déjà discuté. Je ne partirai pas. Je ne laisserai pas mon père, je ne laisserai pas la Russie. Je ne peux pas ! Tu dois comprendre !

— Lana, tu ne seras plus jamais en sécurité dans ce pays.

— C'est mon pays, il est terrifiant mais je l'adore.

— Si tu ne viens pas avec moi aujourd'hui, tu n'auras plus d'autre occasion.

— Non, Stiva. Ce n'est pas vrai. Dans quelques jours, ma troupe doit se rendre à Berlin pour danser devant le Haut Commandement nazi. Un échange amical. Ils continueront à nous permettre de franchir nos frontières.

— Mais tu seras toujours prisonnière. Berlin est une prison aussi bien gardée que Moscou, Lana. »

Soudain, on entendit un déclic, le son inimitable d'un cran de sécurité qu'on enlève. Metcalfe se retourna vivement. Malgré l'obscurité, il reconnut les yeux pâles, les cheveux blonds. Une vision horriblement familière tout comme l'expression de triomphe s'étalant sur le visage de l'agent du NKVD. L'homme pointait son arme sur Metcalfe. Il s'était approché en silence. Le bruit des moteurs, les vibrations du pont, la concentration des deux amants avaient contribué à camoufler le bruit de ses pas.

Instinctivement, Metcalfe tendit la main vers son arme, puis se souvint qu'il n'en avait plus. On la lui avait confisquée dans la Loubianka.

« Les mains en l'air, hurla l'homme du NKVD. Tous les deux. »

Metcalfe sourit. « Vous êtes à côté de la plaque, mon vieux. A moins qu'on n'ait pas pris la peine de vous informer. Vous feriez mieux de discuter avec vos supérieurs avant de vous rendre ridicule. Roubachov, par exemple...

— Silence ! rugit l'homme de la police secrète. Les mensonges éhontés que vous avez débités à propos de Beria peuvent intimider un trouillard comme Roubachov – cet imbécile ne pense qu'à sa carrière – mais moi, heureusement, je suis sous les ordres directs du bureau de Beria. Les mains en l'air, j'ai dit ! »

Metcalfe et Lana obtempérèrent. « Décidément, vous n'avez pas peur du ridicule, lança Metcalfe. Vous persistez et vous signez, sans craindre de faire de cette malheureuse histoire une affaire personnelle. Vos méthodes ont échoué mais vous refusez de l'admettre. Vous semblez oublier que vous n'êtes qu'un petit flic de bas étage. Certains enjeux vous dépassent, des enjeux dont vous ignorez tout. Non seulement votre entêtement risque de ruiner votre carrière mais il pourrait bien vous coûter la vie. »

Le soupir du Russe exprima tout à la fois son mépris et son hostilité. « Vous mentez comme vous respirez, avec un certain talent certes, mais sans discernement. C'est moi qui ai trouvé votre émetteur, dans les bois au sud-ouest de Moscou, près de la datcha de l'ambassade américaine. »

Le visage de Metcalfe resta impavide, exprimant à la rigueur un scepticisme amusé. Son esprit en revanche fonctionnait à plein régime. Roubachov n'avait pas parlé d'émetteur ! S'il en avait connu l'existence, il lui en aurait fait part ; pourquoi ce silence, alors ?

« Oui, reprit l'agent aux yeux gris. Il s'agit d'un petit détail que j'ai omis d'indiquer dans mon rapport à Roubachov. J'avais l'intention de le garder en réserve pour m'en servir plus tard – ce lèche-cul ne m'a jamais inspiré confiance. Mais je peux vous assurer que l'émetteur a été examiné par nos spécialistes. J'ai vu leurs conclusions. Conçu par les services secrets britanniques pour les communications des agents en mission sur le terrain. Un homme d'affaires n'a pas besoin de ce genre d'engin. » Il déplaça son arme de quelques centimètres. A présent, il visait la poitrine de Lana. « Un engin qui, par contre, peut s'avérer extrêmement utile pour transmettre certains renseignements militaires obtenus par la fille d'un général de l'Armée Rouge.

— Non, c'est faux ! hoqueta Lana. C'est un mensonge ! Je ne conspire pas contre le gouvernement !

— Ecartez-vous l'un de l'autre ! Cette fois-ci, si jamais vous sortez de la Loubianka, ce sera dans une boîte en sapin, articula l'homme du NKVD.

— Elle est à moi », prononça une autre voix. Metcalfe se retourna. L'homme du GRU approchait de l'autre côté.

« Kundrov ! cria Lana. Elle semblait franchement soulagée de voir apparaître son ange gardien du GRU. Vous me surveillez, vous me connaissez – ce monstre profère toutes sortes d'accusations démentes !

— Oui, répondit calmement Kundrov, s'adressant à l'agent du NKVD. Je connais cette femme. J'ai été assigné à sa surveillance. Tu connais les procédures, Ivanov. Cette arrestation est sous la responsabilité du GRU, l'agence d'origine. »

L'homme du NKVD pointa de nouveau son arme sur Metcalfe. L'expression glaciale figeant son visage cruel ne varia pas d'un iota. « Tu n'as qu'à t'occuper de la femme, répondit-il. Moi, je me charge de l'espion américain. »

Kundrov lui aussi avait sorti un pistolet. Il tenait en respect Lana et Metcalfe. « Il vaut mieux que tu les prennes tous les deux ensemble, répondit-il froidement. A condition d'indiquer les circonstances réelles dans ton rapport.

— J'accepte, cria Ivanov, l'homme du NKVD. J'écrirai que nous les avons arrêtés toi et moi, en collaboration. Ainsi, nous partagerons les honneurs. Après tout, pour enquêter sur cette conspiration, deux organes étatiques ne sont pas de trop. L'espion américain est du ressort du NKVD mais la fuite de renseignements vitaux pour l'Armée Rouge concerne les services secrets militaires.

— Attends, s'exclama Kundrov. Cet Américain est un fieffé menteur. Il serait encore capable de s'en sortir. Employer les méthodes légales avec lui serait une perte de temps. »

Ivanov riva sur Kundrov un regard qui en disait long. « Une perte de temps, c'est vrai, fit-il en souriant.

— Notre règlement prévoit la procédure à suivre en cas de tentative de fuite.

— Non ! hurla Lana qui comprenait ce que Kundrov était en train de suggérer.

— Oui. » L'homme du NKVD sourit malicieusement. « L'Américain a voulu nous filer entre les doigts. D'ailleurs, ce n'était pas la première fois. »

Une expression résolue se peignit sur le visage de Kundrov quand il pointa son Tokarev. On lisait dans ses yeux l'absolue détermination d'un homme qui s'apprêtait à faire son devoir sans laisser place aux remords. L'étoile frappée sur la crosse en bakélite lança un éclair furtif sous le clair de lune. « Finissons-en avec ce trouble-fête », dit-il tranquillement tout en pressant la détente.

Lana poussa un hurlement. Au même instant, Metcalfe banda ses muscles, se jeta sur elle et la plaqua contre le revêtement d'acier du pont, hors de la ligne de mire de l'agent du GRU.

L'arme de Kundrov tira deux fois, deux coups précis qui manquèrent pourtant leurs cibles. Couché sur Lana pour la protéger de son corps, Metcalfe leva les yeux et vit, incrédule, l'agent du NKVD basculer par-dessus la rambarde. Son corps sans vie tomba à pic dans la Moskova. Quand le cadavre toucha l'eau, on entendit distinctement un grand plouf. Kundrov avait abattu son camarade du NKVD ! Les deux balles qui leur étaient destinées étaient allées transpercer la poitrine du blond aux yeux pâles ! Que s'était-il passé ?

Reportant son attention sur Kundrov, Metcalfe s'aperçut qu'il ne s'agissait pas d'un accident ! L'homme du GRU n'avait pas commis de maladresse. Sa véritable cible n'était autre qu'Ivanov !

« Je n'avais pas le choix, expliqua Kundrov en rengainant son pistolet. Il aurait parlé de vous dans son rapport, Svetlana. De vous et de votre père. »

Les cris de Lana s'étaient mués en sanglots. Elle gémissait doucement en contemplant son ange gardien. « Je ne comprends pas ! murmura-t-elle.

— Il arrive parfois qu'on tue par générosité, dit-il. Partez... à présent ! Vous devez quitter les lieux toute affaire cessante, Svetlana Mikhaïlovna, avant que d'autres n'arrivent et que la situation ne se complique encore plus. Vite. Les tirs vont attirer les autorités. Rentrez chez vous. » On percevait une sorte de tendresse dans la voix de l'homme ; une tendresse et une terrible froideur en même temps.

Metcalfe se redressa lentement. Lana fit de même. « Mais Stiva – mon Stiva – qu'allez-vous faire de... ?

— Il doit quitter la Russie, l'interrompit Kundrov. Ils veulent tous le voir mort et sa situation ne risque pas de s'arranger. Ecoutez-moi bien. Partez. Courez ! Il ne faut pas rester ici ! »

Lana regarda Metcalfe d'un air désemparé.

« Oui, dit Metcalfe. Il faut que tu partes, *dusya*. Je t'en prie. » Il l'entoura de ses bras, la serra et lui déposa un baiser passionné sur les lèvres. Puis il s'écarta. « Nous nous reverrons. Mais ailleurs qu'à Moscou. Cours, ma chérie. Cours. »

Encore abasourdi, Metcalfe s'assit à l'avant de la berline M-1. L'homme du GRU tenait le volant. Avec sa bouche cruelle et son nez robuste, il était l'image même de l'arrogance. Mais sa voix formait un étrange contraste avec son aspect : il y avait chez lui quelque chose de raffiné, d'agréable même.

« Il est possible que personne n'aie vu le corps d'Ivanov tomber dans la Moskova, dit-il. Encore que j'en doute. Il ne reste plus qu'à espérer que le quidam ayant assisté à la scène se comportera comme tous les Soviétiques de base et choisira de se taire. La peur de la police, la peur des représailles – en général, ça suffit pour que les gens renoncent à se mêler des affaires d'autrui.

— Pourquoi ? » l'interrompit Metcalfe.

Kundrov comprit à demi-mot. « Pourquoi j'ai fait ce que j'ai fait ? Peut-être suis-je plus attaché à Mlle Baranova que je ne le devrais.

— Vous auriez pu négocier et obtenir qu'Ivanov la laisse s'en aller.

— Ce gens-là ne lâchent jamais leurs proies. C'est pour cela qu'on les appelle les *shchelkunchik* – les casse-noisettes. Dès qu'on tombe entre leurs griffes, on est fichu.

— C'est pareil avec vous autres. Cette explication ne me suffit pas.

— Comment dit le proverbe : "A cheval donné, on ne regarde pas la bouche" ? Je vous ai donné un cheval.

— Je vous répondrai par cette citation de Virgile : "Méfie-toi des Grecs même porteurs de présents."

— Mais vous n'êtes pas troyen et je ne suis pas grec. Vous me considérez comme un ennemi parce que je travaille pour le GRU.

— C'est la réalité, non ?

— La réalité que vous êtes capable de percevoir, peut-être. C'est normal, un agent américain perdu dans Moscou ne fait pas dans la nuance. Pour lui, les choses sont noires ou blanches.

— Si cela vous fait plaisir. C'est vous qui savez. » Metcalfe remarqua qu'ils approchaient de la station de chemin de fer. Kundrov freina.

« En effet, c'est moi qui sais. Et je n'ai pas le temps de discuter. Vous imaginez peut-être que les hommes qui travaillent dans les services de renseignement soviétiques sont aveugles au point de ne pas remarquer ce qui se trame autour d'eux ? Que vous autres, les étrangers, voyez des choses qui nous échappent ? Quelle arrogance ! C'est vous qui êtes aveugles. Et nous qui œuvrons dans l'ombre, au cœur du système, sommes les mieux placés pour connaître la vérité, car nous pouvons bien observer les mécanismes. Vous voyez, je n'ai pas d'illusions. Je sais que je ne suis qu'un rivet de la grande guillotine. Ma mère avait coutume de citer une vieille maxime russe : "Le destin a soif de chair et de sang. Et qu'est-ce qu'il demande le plus souvent ? De la chair et du sang." On ne doit jamais oublier cela. Peut-être un jour vous raconterai-je mon histoire. Mais pour l'instant, nous avons mieux à faire. »

Kundrov coupa le moteur et se tourna vers Metcalfe. Ses yeux luisaient aussi férocement que ses cheveux roux. « Quand je rentrerai au quartier général du GRU, je rédigerai mon rapport. J'y inscrirai que j'ai tiré et que je vous ai blessé au moment où vous vous échappiez. Lorsqu'il s'agit de ressortissants étrangers, il est admis que le meurtre est la meilleure des solutions, quand tout le reste a échoué. Donc, vous êtes toujours libre, mais impossible de dire où vous vous terrez. Je peux attendre quelques heures avant de remettre mon rapport mais ensuite votre nom figurera dans les registres des gardes-frontières. Faire davantage me placerait dans une situation fort périlleuse.

— Ce que vous avez fait est déjà considérable », répondit Metcalfe d'une voix posée.

Kundrov jeta un œil sur sa montre. « Vous achèterez un ticket de train pour Leningrad. En arrivant à la gare, vous tomberez sur un couple de paysans qui se contenteront de vous demander si vous êtes le cousin Ruslan. Vous les saluerez comme il se doit, vous leur serrerez la main et ils vous feront monter dans leur camion. Ils éviteront de vous parler et vous respecterez leur silence.

— Qui sont-ils ?

— Des rebelles. De braves gens qui travaillent dans une ferme collective. S'ils font ce qu'ils font c'est qu'ils ont leurs raisons.

— Et ils font quoi, exactement ?

— De temps en temps, ils font office d'intermédiaires pour un réseau de contrebandiers – sauf qu'il ne s'agit pas de contrebande de marchandises mais d'êtres humains. Il arrive que des gens aient besoin de quitter l'Union soviétique rapidement et en toute sécurité. Ils vous conduiront dans un village frontalier. Là, d'autres prendront le relais. Je vous en prie, comprenez-moi bien : ces personnes risquent leur vie pour sauver la vôtre. Traitez-les correctement, observez une totale discrétion et faites ce qu'ils vous disent. Ne leur causez aucun problème.

— Vous les connaissez ?

— J'en connais certains. Il y a de cela bien longtemps, j'ai découvert leurs activités illégales. Un choix s'est alors présenté à moi. Soit j'ajoutais quelques noms sur la liste des millions de victimes des purges... soit je fermais les yeux et les laissais poursuivre leurs activités. Ce sont des gens courageux qui font des choses courageuses.

— Et combattent le système que vous défendez, le provoqua Metcalfe.

— Je ne défends pas ce système, répliqua Kundrov. Les héros sont une denrée rare en Union soviétique, et ces temps-ci plus que jamais. Leur nombre doit grossir au lieu de diminuer. Nous en avons besoin. A présent, il faut que vous partiez sinon vous allez rater le train. C'est votre dernière chance. Ne la laissez pas filer. »

QUATRIÈME PARTIE

Moscou, août 1991

De toute son existence, l'ambassadeur Stephen Metcalfe n'avait jamais autant appréhendé une entrevue. D'un geste machinal, il toucha l'acier froid du pistolet caché dans la poche de sa veste, ce qui lui remit en mémoire les paroles de son ami russe : *Personne à part vous ne peut l'approcher. Il est mieux protégé que moi. Vous seul êtes en mesure de parvenir jusqu'à lui.*

Son vieil ami marchait à ses côtés dans un couloir sombre et silencieux. Un escadron de gardes en uniforme les encadrait. Ils se trouvaient à l'intérieur du Kremlin, l'épicentre du pouvoir soviétique. Metcalfe avait foulé ces lieux des douzaines de fois. Mais cet endroit précis lui était inconnu. La forteresse du Kremlin contenait un nombre infini de départements, d'annexes. Ce bâtiment-là, situé au nord-est du complexe, abritait le présidium du Soviet suprême. C'était dans cet édifice orné de colonnes néo-classiques que le chef de la police secrète soviétique, Lavrenti Beria, avait été arrêté en 1953, après avoir fomenté son coup d'Etat, suite à la mort de Staline.

Quelle remarquable coïncidence, songea Metcalfe, assailli par des pensées sinistres.

Ici même se trouve le bureau de l'homme que la plupart des Moscovites considèrent comme le grand manitou de l'Union soviétique. Quelqu'un de plus puissant que Gorbatchev lui-même – ou, plus exactement, que Gorbatchev à sa grande époque.

Stepan Menilov était un homme tranquille et discret, d'après ce qu'on disait, Metcalfe n'ayant jamais eu l'occasion de le rencontrer. C'était une éminence grise, un apparatchik de carrière tenant d'une main ferme les rênes d'un pouvoir dont la plupart ne connaissaient même pas l'existence. Mais il ne se contentait pas de les tenir; on disait qu'il menait l'attelage avec l'aisance d'un cocher émérite. Depuis son ténébreux royaume, il exerçait son influence et orchestrait les interactions les plus alambiquées comme un virtuose de la baguette commande à la multitude d'instrumentistes dont il est le maître absolu. C'était effectivement un chef d'orchestre, puisqu'on le surnommait le *Dirizhor*.

Menilov cumulait les fonctions de secrétaire du comité central du Parti communiste d'Union soviétique et de vice-président du tout-puissant Conseil de la Défense supervisant le KGB, le ministère des Affaires étrangères, le ministère de la Défense et celui de l'Intérieur. Gorbatchev occupait toujours son poste de président – mais un président pour l'instant indisponible puisque prisonnier dans sa somptueuse villa de Crimée.

A présent, c'était Stepan Menilov qui régnait sur l'URSS.

Le vieil ami de Metcalfe lui avait dressé le portrait de Stepan Menilov. Cinquante-sept ans, communiste convaincu, expert en armement. Il avait été élevé par sa grand-mère puis son oncle dans un petit village du bassin du Kouzbass. Après avoir rapidement franchi les échelons de l'industrie soviétique, il était devenu secrétaire du comité central en charge du complexe militaro-industriel. On lui avait décerné le prix Lénine en récompense de ses bons et loyaux services rendus à la nation.

Metcalfe voyait donc à peu près à qui il aurait affaire. Pourtant il n'était pas préparé à ce qu'il découvrit lorsque la porte du vaste bureau de Menilov s'ouvrit en grand, et que le personnage lui-même se découpa devant ses yeux. L'homme était grand, élancé et d'une beauté hors du commun – pour un acteur restant toujours dans la coulisse, c'était plutôt surprenant. Il se déplaçait avec une grâce et un maintien inhabituels. Il tendit à Metcalfe une main ferme et demanda au général d'attendre dans l'antichambre car il souhaitait parler à l'Américain seul à seul.

En s'asseyant face à l'immense bureau en acajou sculpté du *Dirizhor*, Metcalfe ne savait trop comment entamer la conversation. C'était une expérience inédite pour lui. Placée bien en évidence sur le bureau, il remarqua la valise noire contenant les codes nucléaires soviétiques.

« Bien, bien, bien, dit Stepan Menilov. Le légendaire Stephen Metcalfe. L'émissaire de la Maison-Blanche, un homme exempt de tout reproche, naviguant au-dessus des politiques partisanes. Et je n'en doute pas, porteur d'un message venant du Bureau Ovale. Un message qui pourra être désavoué par la suite, en cas de besoin. Tout comme la conversation que nous allons avoir. C'est très astucieux, vraiment – cela prouve que vous autres Américains êtes capables d'une subtilité dont je ne vous croyais pas dotés. » Il tendit les mains en prenant place dans son fauteuil profond. « Quoi qu'il en soit, j'écouterai ce que vous avez à dire. Mais d'abord, laissez-moi vous prévenir : je ne ferai rien de plus qu'écouter.

— Je n'en demande pas davantage. En manière de préambule, je tiens à corriger un point. Je ne suis pas envoyé par la Maison-Blanche. Ma mission n'a rien d'officiel. Je souhaite simplement parler de manière ouverte, et sous le sceau du secret, au seul homme investi du pouvoir d'arrêter cette folie.

— Folie, dites-vous ? répliqua Menilov d'un ton cassant. Ce qui se passe à Moscou en ce moment est au contraire la fin de la folie. Un retour à la stabilité.

— La fin des réformes, vous voulez dire. Un coup d'arrêt aux remarquables changements que Gorbatchev a initiés.

— Les changements sont dangereux quand ils sont trop nombreux. Ils conduisent au chaos.

— Le changement peut être dangereux, certes, répondit Metcalfe. Mais dans le cas de votre grande nation, l'immobilisme me semble plus dangereux encore, à l'heure actuelle. Vous ne voulez quand même pas revenir à l'époque de la dictature. J'ai connu la Russie sous Staline ; j'ai assisté aux ravages de la terreur. On ne doit pas laisser une telle catastrophe se reproduire.

— Ambassadeur Metcalfe, vous êtes un grand homme dans votre pays. L'establishment américain vous considère comme un lion indomptable. Si j'ai accepté de vous recevoir, c'est pour cette seule raison. Mais si vous prétendez nous dicter notre conduite, je vous arrête tout de suite.

— Je comprends parfaitement. Mais je désire malgré tout vous décrire les conséquences du coup d'Etat que vous planifiez. »

Stepan Menilov souleva les sourcils pour exprimer son scepticisme et sa méfiance. Metcalfe connaissait très bien ce genre de mimique. « Est-ce une menace, monsieur l'ambassadeur ?

— Pas du tout. C'est une prédiction doublée d'une mise en garde. Cette affaire risque fort de relancer la course aux armements qui a laissé votre pays exsangue. N'oubliez pas que des milliers de vos compatriotes ont perdu la vie au cours de nombreuses guerres civiles par procuration, un peu partout sur cette terre. On peut même aller jusqu'à craindre un désastre nucléaire. Je vous garantis que Washington fera tout ce qui est en son pouvoir pour vous en empêcher.

— Vraiment, dit froidement le Chef d'orchestre.

— Vraiment. Vous vous retrouverez isolés. Les échanges économiques dont vous avez désespérément besoin s'en ressentiront gravement. Vous ne parviendrez plus à vendre vos céréales. Votre peuple connaîtra la disette et les troubles qui en résulteront plongeront la Russie dans une tourmente inimaginable. Je viens de discuter avec le nouveau conseiller pour la Sécurité nationale auprès du Président des Etats-Unis. Par conséquent, et bien que je ne sois pas ici en mission officielle, je sais de quoi je parle, je vous prie de me croire. »

Le *Dirizhor* se pencha en avant et posa les mains à plat sur son bureau. « Si l'Amérique croit pouvoir exploiter ce moment de flottement à la tête du gouvernement soviétique pour formuler des menaces, laissez-moi vous dire qu'elle se fourvoie. Si jamais vous tentez quoi que ce soit contre nous, dans n'importe quel endroit du monde, nous n'hésiterons pas à employer tout l'armement dont nous disposons dans nos arsenaux.

— Vous m'avez mal compris, l'interrompit Metcalfe.

— *Non*, monsieur, c'est vous qui avez mal compris. La tourmente qui règne à Moscou n'a rien à voir avec de la faiblesse. » Il désigna la mallette nucléaire. « Nous ne sommes pas faibles et nous ne reculerons devant *rien* pour défendre nos intérêts.

— Je n'en doute pas. Je voulais juste que vous compreniez qu'il n'est pas trop tard pour faire un pas en arrière et éviter de basculer dans le précipice. Et vous seul êtes en mesure de le faire, ce pas. Je propose que vous appeliez les autres membres de votre Comité d'Urgence pour leur annoncer que vous retirez votre soutien. Sans vous, leurs plans ne sont plus que des chiffons de papier.

— Et ensuite, ambassadeur Metcalfe ? Retour au chaos ?

— Vous n'y retomberez pas. Tout est différent aujourd'hui. Le changement peut se mener dans un contexte pacifique. Vous êtes capable d'y contribuer. Ecoutez-moi, bon sang : le trône où vous vous asseyez ne doit pas se transformer en une caisse de dynamite. »

L'homme connu sous le sobriquet de Chef d'orchestre se contenta de rire. « Vous prétendez connaître mon pays. Mais vous semblez ignorer une chose : en Russie, il n'y a rien de plus dangereux que le chaos. Le désordre représente la plus grande menace.

— Il vous faudra beaucoup de courage pour renoncer, insista Metcalfe. Mais si vous le faites, vous pouvez compter sur notre soutien. Vous serez protégé – je vous en fais la promesse. Vous avez ma parole.

— Votre parole ! cracha Menilov. Pourquoi vous croirais-je ? Que sommes-nous l'un pour l'autre ? Nous ne sommes que deux sous-marins sillonnant les océans.

— Ne vous fiez pas aux apparences. Le domaine où nous exerçons vous comme moi n'a que faire des apparences. Je vais vous raconter une histoire, si vous le voulez bien.

— Qu'avez-vous fait d'autre depuis que vous êtes entré ici ? Et je vous ai écouté, monsieur l'ambassadeur. J'ai tout écouté.

— Avec tout le respect que je vous dois, répondit Metcalfe, je pense que celle-ci, vous ne la connaissez pas. »

Chapitre 32

Berne, Suisse, novembre 1940

BIEN plus paisible et moins cosmopolite que Zurich et Genève, la capitale suisse était construite sur un haut promontoire rocheux, sorte de forteresse naturelle cernée en partie par la vallée de l'Aar. La vieille ville, l'Altstadt, formait un étonnant labyrinthe, un réseau de venelles et de passages exigus. A proximité de Casinoplatz s'ouvrait Herrengasse. Tout au bout d'une rangée de maisons du XIVe siècle, le numéro 23 était une vieille demeure bourgeoise. A l'arrière, le terrain sur lequel elle était bâtie plongeait doucement vers la rive de l'Aar. On y voyait des vignes en terrasses. Dans le lointain, les montagnes de l'Oberland bernois dominaient le paysage.

C'était en ces lieux qu'Alfred Corcoran avait établi sa résidence. De là, il supervisait les opérations d'espionnage. Et ces opérations étaient en train de passer à la vitesse supérieure.

Traverser la frontière finnoise n'avait pas été une mince affaire. En gare de Leningrad, Metcalfe avait rencontré le vieux couple dont Kundrov lui avait parlé. Ils l'avaient déposé au milieu des bois, à l'extérieur de la ville. Vingt minutes plus tard, un camion s'était arrêté. Avant même de couper son moteur, le chauffeur lui avait annoncé un tarif exorbitant. Le camion transportait une douzaine de ballons d'eau chaude destinés à être livrés à Helsinki : même en temps de guerre, le commerce continuait. On avait savamment modifié l'un des conteneurs en y perçant des trous en haut et en bas, pour laisser passer l'air, avec un panneau amovible pour la prise d'air. Le sommet avait été scié pour lui permettre de s'y introduire. Metcalfe eut l'impression de se glisser dans un cercueil. Il ne connaissait pas cet homme, ne le reverrait sans doute jamais et, pourtant, il y entra sans rechigner. A la suite de quoi, l'autre referma le couvercle et le souda au chalumeau.

A la frontière russo-finnoise, ils n'eurent droit qu'à un contrôle de routine. Peu de temps après, le camion s'arrêta et le chauffeur lui réclama de nouveau une centaine de roubles – « pour le dérangement », insista-t-il.

Metcalfe s'exécuta.

Les vols reliant Malmi, l'aéroport d'Helsinki, à Berne en Suisse n'étaient pas fréquents mais un homme d'affaires ayant les moyens et de bonnes relations parvenait toujours à ses fins, à condition d'y mettre le prix.

Dans le quartier de l'Altstadt, Metcalfe remontait à présent l'Herrengasse. Suivant les instructions de Corky, il trouva la maison cachée sous les tonnelles et l'entrée aménagée à l'arrière, réservée aux visiteurs souhaitant passer inaperçus.

Il sonna puis attendit avec appréhension qu'on vienne lui ouvrir. Les quelques petites semaines qui s'étaient écoulées depuis sa dernière entrevue avec Corky, à Paris, lui paraissaient des années. Il était parti à Moscou avec l'identité de Daniel Eigen – la couverture dont il avait fini par adopter toutes les caractéristiques : le play-boy superficiel traitant ses semblables avec une désinvolture n'ayant d'équivalent que son indifférence pour les affres de la guerre. Mais Daniel Eigen avait disparu. Pas seulement parce qu'il était grillé mais parce que ce personnage ne lui correspondait plus. Un ami assassiné, une amante trahie – ces choses-là vous changeaient un homme, on n'y pouvait rien.

Sa position face à son vieux mentor avait changé elle aussi. Il avait fidèlement suivi ses ordres en enrôlant Lana dans cette mission. Il avait fait ce qu'on lui avait enjoint de faire. Mais désormais, il lui était impossible d'obéir aux ordres de Corcoran sans réfléchir.

La porte s'ouvrit ; une gouvernante le fit entrer. La matrone – suisse, selon toute vraisemblance – portait un chignon serré en forme de brioche. Elle lui demanda son nom, accueillit sa réponse avec un hochement de tête, puis l'introduisit dans un salon vaste et lumineux, avec de hautes fenêtres et deux grandes cheminées. Dans l'une d'elles, une flambée crépitait; assis devant l'âtre, Corky se prélassait au fond d'un fauteuil à oreillettes. Quand Metcalfe entra, il se tourna vers lui.

Le visage de Corcoran lui parut encore plus pâle, encore plus parcheminé que lors de leur dernière rencontre, quelques semaines plus tôt. Comment avait-il pu vieillir à ce point? La tension de la guerre, l'angoisse engendrée par l'opération WOLFSFALLE? La peur de perdre ses agents sur le terrain, ses joyaux de la couronne, comme il les appelait? Tout à coup, les rumeurs sur sa santé lui revinrent en mémoire. En effet, Corky avait l'air malade, et visiblement son mal s'était fortement aggravé en très peu de temps.

« Stephen Abernathy Metcalfe, clama Corky d'une voix cassée mais ferme. Tu n'as pas fini de me surprendre. » Un sourire fantomatique se dessina sur le visage du vieil homme quand il se leva. Une cigarette se consumait dans le cendrier près de lui. La fumée formait des ronds et des boucles en se dispersant.

« Dois-je prendre cela comme un compliment? répondit Metcalfe en s'approchant pour serrer la main de Corcoran. Ou un reproche? » L'odeur des Pep O-Mint Life Savers monta de son costume en tweed. Une odeur aussi forte que celle de la fumée de cigarette.

Corky se ménagea une pause, le temps de réfléchir à sa réponse. « Les deux, j'imagine. Je n'étais pas certain que tu parviendrais jusque-là.

— J'avoue que j'ai eu du mal à trouver un vol pour quitter Helsinki. » Il s'enfonça dans un fauteuil en brocart posé de l'autre côté de la cheminée.

« Oh, ça c'était le cadet de mes soucis. Je parle de Moscou. Tant de choses ont tourné au vinaigre, là-bas... » Corky s'était replacé face au feu. Muni d'un tisonnier, il entreprit de l'attiser. Metcalfe éprouvait une sorte d'apaisement. Ces flammes crépitantes lui faisaient du bien. Il y avait en elles quelque chose de primitif, d'essentiel. Le vieux maître espion était toujours aussi féru de mise en scène. Il croyait aux atmosphères, aux décors. S'il avait choisi cette rue pavée de l'Altstadt et cette maison, avec ses deux cheminées, ses allures d'église médiévale et son confortable aménagement intérieur, c'était surtout pour que ses visiteurs s'y sentent à leur aise et qu'une fois détendus, ils en viennent à confesser leurs péchés devant leur directeur de conscience.

« Vous oubliez de mentionner le reste. Tout ce qui a tourné exactement comme vous l'aviez prévu, rectifia Metcalfe, sur le point d'exploser. Bien que vous n'ayez jamais pris la peine de m'expliquer quoi que ce soit.

— Stephen... », commença Corcoran. Dans sa voix, on sentait comme une mise en garde.

« Quel besoin aviez-vous de me mentir ? Pourquoi ne pas m'avoir dit tout de suite la vraie raison de mon départ pour Moscou ? Et ensuite, pourquoi toutes ces histoires à dormir debout au sujet des documents que Lana devait transmettre à von Schüssler ? A moins que le mensonge ne soit votre seconde nature. Une mauvaise habitude impossible à corriger.

— Je sais combien toute cette affaire a été pénible pour toi, dit Corcoran en contemplant calmement les flammes. Votre histoire d'amour... n'était pas vraiment morte, n'est-ce pas ? Ta mission en est devenue d'autant plus difficile à accomplir. Mais c'est justement parce que vous étiez encore liés que je savais pouvoir compter sur sa collaboration. Tu veux savoir pourquoi je t'ai menti ? Eh bien, je viens de te fournir la réponse, Stephen. C'est pour cela et rien d'autre.

— Ce que vous dites est absurde. »

Corcoran soupira. « Si je t'avais dévoilé mes plans à son sujet, tu n'aurais jamais pu refaire sa conquête. Il fallait que tu sois sincère pour ranimer les feux de votre amour. Stephen, je t'ai menti pour t'éviter d'avoir à lui mentir. Du moins, au début. »

Metcalfe resta silencieux une minute, perdu dans ses pensées. Il ne savait que répondre. Pour réfléchir correctement, il fallait d'abord évacuer tout sentiment de colère.

« Stephen, tu ne perçois pas la moitié des enjeux de cette affaire. Le péril est bien plus grand que tu n'imagines.

— J'ai du mal à le croire, Corky. J'étais là-bas. Ils m'ont enfermé dans leur saloperie de Loubianka, pour l'amour du ciel !

— Je sais.

— Vous savez ? Comment diable... ? Ne dites pas que vous avez une taupe au *NKVD* ! »

Corky lui tendit une liasse de documents, des interceptions de renseignements, à première vue. Metcalfe les parcourut sans cacher son trouble. Il s'agissait d'un compte rendu détaillé des interrogatoires qu'il avait subis à la Loubianka; dont une transcription partielle de ses échanges avec l'enquêteur du NKVD.

« Mais... Mais qu'est-ce que ça veut dire, Corky? Vous avez une taupe à la Loubianka?

— J'aimerais bien. Mais non, hélas. C'est une source au premier degré.

— Ce qui signifie?

— Je plaisante, excuse-moi. Depuis quelque temps, nous sommes en mesure d'intercepter certaines transmissions de l'*Abwehr*. Ce que tu as entre les mains est la transcription de l'une de ces interceptions.

— Ce qui veut dire que l'*Abwehr* a placé un agent à la Loubianka? »

Corky fit oui de la tête. « Et pas n'importe qui, d'après ce que je constate.

— Seigneur! » Metcalfe se détourna vivement du feu et se mit à fixer Corky. « Est-ce que cela signifie qu'ils savent que Lana travaille pour nous?

— Evidemment non. Ils connaissent vos relations d'amitié, c'est tout. S'ils soupçonnaient quelque chose de plus grave, nous l'aurions appris, très certainement. Certains ont émis de sérieux doutes au sujet des documents WOLFSFALLE; mais pas pour cette raison.

— Qu'est-ce que vous entendez par "de sérieux doutes"?

— Pour l'instant, l'opération est suspendue, Stephen. » Corcoran tira longuement sur sa cigarette. Son regard se perdit dans la contemplation des flammes. « Les généraux de Hitler sont profondément divisés sur la question de l'invasion de la Russie. Il y a ceux qui ne rêvent que de cela depuis le départ. Il s'agit d'une minorité de fanatiques. De nombreux autres ont été convaincus par les documents WOLFSFALLE. Ils font pression pour que l'assaut soit lancé au mois de mai prochain – avant que l'Armée Rouge ne soit en mesure d'attaquer la première. Mais par ailleurs, au sein même du Haut Commandement nazi, certains dignitaires estiment qu'une invasion de la Russie serait de la folie pure – un truc dément. Ces généraux-là sont les plus modérés. Ils gardent les pieds sur terre et tentent de minimiser les effets nuisibles des délires de Hitler. Pour rallier leurs collègues, ils leur rappellent le pitoyable échec de Napoléon en 1812.

— Mais nos documents prouvent bien les intentions belliqueuses de Staline ! Comment justifient-ils leur attentisme, dans ce cas ?

— Ils le justifient en laissant planer un doute sur la véracité du renseignement lui-même. C'est tout naturel.

— Planer un doute? Ont-ils découvert que ces documents sont des faux ? »

Corcoran secoua lentement la tête. « Je n'ai aucune indication là-dessus. Il s'agit de faux de toute première qualité, je dois dire. Parmi les dirigeants nazis, personne n'a de raison de soupçonner que ces papiers ont été fabriqués par les Américains, du moins pas à notre connaissance. Mais d'après eux, il n'est pas impossible que Moscou y soit pour quelque chose.

— C'est absurde! Pourquoi les Russes auraient-ils fait cela? Pour pousser les nazis à les envahir ?

— N'oublie pas, certains membres du gouvernement soviétique haïssent profondément Staline. A tel point qu'ils placent tous leurs espoirs dans une invasion allemande. Ils voient Hitler comme leur sauveur. Ces gens-là sont particulièrement influents parmi les cadres de l'Armée Rouge.

— Ils anéantiraient leur propre pays à seule fin d'éliminer Staline ? C'est complètement absurde !

— Une seule chose compte, Stephen. Des doutes sérieux existent quant à l'authenticité des documents WOLFSFALLE. Rien n'est plus facile que d'instiller le doute, surtout quand on estime qu'envahir la Russie reviendrait à s'enfoncer dans un bourbier, ce qui d'ailleurs est loin d'être faux. Du coup, des interrogations se font jour. Certains chefs militaires allemands avancent l'argument que le NKVD est assez bien informé pour arrêter cette femme, cette fille de général qui transmet des documents ultrasecrets à von Schüssler. Or il ne le fait pas. Pourquoi ?

— Mais tant que les documents semblent authentiques...

— Les doutes persistent, répondit Corky d'une voix glaciale. Et ces doutes, combinés à des arguments logistiques, frappés au coin du bon sens, des arguments plaidant en défaveur d'une guerre éclair en Russie, commencent à prendre le pas sur les avis favorables. Le temps joue contre nous. A moins qu'on ne réagisse en menant une action supplémentaire – une action qui confirmerait l'authenticité des documents – notre plan s'écroulera comme un château de cartes.

— Mais que peut-on faire de plus ?

— La source doit être irréprochable, répondit Corky après une pause.

— La source... ? La source est la fille d'un général de l'Armée Rouge – un général qui, selon les nazis, a conspiré en secret contre Staline !

— Il a peut-être conspiré en secret contre Staline, répéta Corky avec une moue sarcastique, mais il attend toujours qu'on l'arrête et qu'on le traîne devant un tribunal.

— C'est comme ça que von Schüssler tient Lana ! Il possède la preuve.

— Le métier d'espion, mon garçon, est une forêt de miroirs. Comprends-le dès maintenant, avant qu'il ne soit trop tard. Des miroirs qui réfléchissent d'autres miroirs.

— De quoi diable parlez-vous donc ?

— En avril 1937, Joseph Staline a reçu un dossier en provenance de Prague contenant la preuve que son chef d'état-major, le maréchal Toukhatchevski, ainsi que d'autres généraux de haut rang, s'étaient mis en rapport avec le Haut Commandement allemand pour fomenter un coup d'Etat contre lui.

— Ça tombe sous le sens. Telle était la raison des procès pour trahison et des purges massives qui se sont ensuivis.

— Oui. Trente-cinq mille officiers ont été passés par les armes. Tous les gradés de l'Armée Rouge. A la veille de la guerre. Du pain bénit pour les nazis, non ?

— *Du pain bénit... ?*

— Tu te doutes bien que nous ne sommes pas les seuls capables de fabriquer de faux documents, Stephen. Le chef du renseignement de Hitler, Reinhard Heydrich, est un formidable adversaire. Un homme très brillant. Il connaissait les tendances paranoïaques de Staline. Il le savait persuadé que le complot couvait, même parmi son proche entourage.

— Seriez-vous en train d'insinuer que les preuves contre Toukhatchevski étaient fabriquées de toutes pièces ?

— Heydrich a lancé deux de ses adjoints du SD, Alfred Naujocks et le Dr Hermann Behrends, sur cette opération. Une équipe de faussaires de premier ordre a pondu des documents d'une perfection confondante – la correspondance entre Toukhatchevski, d'autres dirigeants de l'Armée Rouge et les grands mamamouchis de la *Wehrmacht*. Dans ces lettres, les Russes demandaient clairement l'aide des Allemands pour détrôner Staline.

— Grands dieux ! s'exclama Metcalfe, ébahi. Des faux ?

— Heydrich a fait réaliser les documents en question. Le Dr Behrends les a emportés à Prague afin de les vendre – les vendre, rends-toi compte, contre des millions de dollars – aux agents soviétiques en poste là-bas.

— Toukhatchevski a été victime d'un coup monté ? C'est ça que vous voulez dire ?

— La Révolution, comme Saturne, dévore ses propres enfants les uns après les autres. Je suis persuadé que Heydrich connaît la vérité, parce que c'est lui qui est à l'origine de la supercherie ayant abouti à la décimation de l'armée soviétique par Staline. Il sait que Toukhatchevski n'était pas coupable, de la même façon qu'il sait que le général Mikhaïl Baranov n'a rien d'un conspirateur. »

Donc le chantage exercé par von Schüssler sur Lana était dénué de tout fondement ! Metcalfe aurait voulu courir la rejoindre pour lui annoncer la bonne nouvelle. Mais son enthousiasme se dissipa vite dès qu'il comprit ce qu'impliquerait cette révélation. « Donc la fiabilité du père de Lana demeure sujette à caution, dit-il.

— Tout demeure sujet à caution. » Corky exhala deux filets de fumée blanche. « Y compris le destin de WOLSFALLE. A moins que nous ne choisissions de griller notre propre agent. Un grand sacrifice, certes, mais qui sauverait l'opération – et le monde en même temps, si j'ose dire. »

Le visage de Metcalfe se vida de son sang. « Je ne saisis pas.

— Mais si, je crois que tu saisis parfaitement », répondit Corky d'une voix douce, à peine audible. Il continuait d'attiser le feu, redoutant de croiser le regard de Metcalfe.

« Prenez le temps de m'expliquer, répliqua Metcalfe, furieux. Je suis un peu lent.

— Tu es tout sauf lent, Stephen, mais tu sembles vouloir que j'énonce les choses à haute et intelligible voix. S'il faut en passer par là, je vais le faire. Svetlana Baranova doit se laisser arrêter par le NKVD. C'est la seule manière de convaincre les nazis de l'authenticité des documents qu'elle leur transmettait. »

Metcalfe bondit sur ses jambes et se dressa devant Corky. Le menaçant d'un index vengeur, il articula d'une voix grinçante : « Qui veut la fin veut les moyens, hein, Corky ? C'est bien cela ? Si un être humain se place en travers du chemin, devient un obstacle, vous n'hésitez pas à le jeter aux loups ? Même une femme qui a accompli des actes de bravoure pour servir notre cause, qui a mis sa vie en péril...

— Epargne-moi tes grands discours moralisateurs. Il s'agit de la survie de l'Europe, des Etats-Unis – la survie de la démocratie sur cette planète. Je n'ai pas besoin que tu me fasses un cours sur l'éthique opérationnelle. » Les paupières lourdes de Corcoran rendaient son regard étrangement morne.

« *L'éthique opérationnelle ?* C'est comme ça que vous appelez cette infamie ? » Ecœuré, à court d'arguments, Metcalfe se laissa tomber dans son fauteuil et se remit à contempler le feu. « C'est de la folie pure !

— Eh oui, comme disait Lord Lyttelton : "L'amour espère encore là où la raison désespère", hein ? » L'éclat ambré du foyer soulignait les rides profondes sillonnant le visage du vieillard.

« Que savez-vous de l'amour ?

— Je suis un espion, Stephen. De l'amour je connais surtout le désespoir.

— Et la raison ?

— Ça aussi je connais. Les raisons de désespérer, essentiellement. Crois-moi, je sais parfaitement que cette femme est formidable. Mais devine quoi ! La paix mondiale est tout aussi formidable. Empêcher que la planète ne soit anéantie par la force de frappe fasciste. Ça, c'est de la beauté à l'état pur. Empêcher que le Troisième Reich n'engloutisse la civilisation. C'est comme un grand verre d'eau fraîche.

— Ça suffit, dit froidement Metcalfe.

— Tu m'enlèves les mots de la bouche. » Les yeux de Corcoran ne cillaient pas.

« Vous ne changerez jamais, n'est-ce pas Corky ? »

Corcoran inclina légèrement la tête. « J'ai l'impression que toi tu as changé, en revanche. »

Metcalfe haussa les épaules. « Ah bon ? C'est peut-être le monde qui a changé.

— Stephen, Stephen. Pourquoi t'obstines-tu à ne rien comprendre ? Le monde n'a pas changé. Le monde n'a pas changé d'un iota. Et il ne changera pas – si *nous* ne le changeons pas. »

Metcalfe cacha son visage dans ses mains. Les idées se mirent à tourbillonner sous son crâne. Il devait y avoir une solution ! Au bout d'un instant, il leva les yeux et regarda le feu d'un air apparemment résigné. « Quelles sont vos intentions ? demanda-t-il d'une voix atone.

— Demain après-midi, la troupe du Bolchoï arrive à Berlin – une délégation amicale envoyée par Moscou. Ils se produiront au Staatsoper. Ils se contenteront probablement de sortir de la naphtaline leur vieille production du *Lac des cygnes*. Ces rustres d'Allemands n'y verront que du feu.

— Lana sera là.

— Et son petit ami nazi, von Schüssler, aussi. Une petite escapade le temps de faire un crochet par sa propriété. Il suffira de glisser un mot au NKVD qui arrêtera Lana sous les yeux des Allemands. Et le monde entier respirera mieux. Je suis terriblement désolé, Stephen.

— Elle lâchera la vérité au NKVD.

— Ah bon ? fit Corky d'une voix blasée. A ce moment-là, cela ne fera plus aucune différence. Elle pourra protester tout ce qu'elle voudra, dès que le Haut Commandement nazi apprendra qu'elle est sous les verrous, le plan WOLFSFALLE sera sauvé.

— Je crains que ce ne soit pas aussi simple, dit Metcalfe en prenant bien soin de contrôler sa voix. Non, j'ai une meilleure idée. Vous m'envoyez à Berlin et je...

— Et tu reprends les rênes.

— Quelque chose dans ce genre. »

Corcoran fixa Metcalfe pendant quelques secondes. « Tu veux lui dire au revoir, c'est cela ?

— Accordez-moi ça, concéda Metcalfe. Et je promets que je ferai de mon mieux. »

Corcoran secoua la tête. « Oublie ça. Tu retournes à Bar Harbour. Là-bas, tu passeras tes après-midi à naviguer sur ton voilier. Je te vois déjà voguant vers les îles Cranberry avec un Tom Collins dans une main et une jolie blonde récemment diplômée de Westover pendue à ton cou. Et tout ce que tu as vécu ces derniers temps, tu l'oublieras très vite.

— Nom de Dieu, Corky...

— Ne fais pas l'enfant. Tu as déjà grandement mérité notre reconnaissance éternelle. » Corcoran produisit un petit sourire glacial et subreptice, comme un magicien sort une carte de sa manche. « Allons, vois les choses du point de vue pratique. Toutes tes couvertures ont été grillées. Je ne prendrai pas le risque de te renvoyer sur le terrain.

— Mais moi je le prendrai, ce risque, répliqua Metcalfe.

— Tu ne piges donc rien ? Tu n'es pas seul dans cette affaire. Tu nous mets tous en danger – enfin les quelques membres restants du Bottin – sans parler de l'opération elle-même.

— Je pense être le mieux placé pour décider.

— Stephen, je t'en prie. Bon d'accord, j'ai raté mon coup. C'est ma faute. Je t'ai enseigné trop de choses...

— Je vous dois tout ce que je sais. Je le reconnais bien volontiers.

— Mais j'ai omis de t'apprendre une chose vraiment cruciale : l'humilité. Je pensais que la vie s'en serait chargée mais apparemment je me trompais. Non, Stephen, ce n'est pas à toi de décider. Les enjeux te dépassent. Tu nous as été utile mais aujourd'hui c'est fini. Rentre chez toi. La vie s'ouvre devant toi comme un grand terrain de jeu. Oublie les horreurs. Et laisse tes aînés s'occuper du reste. »

Metcalfe garda le silence pendant un bon moment. « Parfait, finit-il par dire. Renvoyez-moi chez moi. Mais d'abord je vais vous dire ce qui arrivera si vous le faites. Je ne sais pas ce que vos sources ont pu vous raconter, mais je connais cette femme et j'ai passé beaucoup de temps avec elle dernièrement. Or il se trouve qu'elle a un petit faible pour von Schüssler. »

Corky parut décontenancé. « Tu ne m'avais rien dit de tel !

— Vous vous croyez peut-être capable de sonder le cœur des femmes mieux que moi. Moi, je fonctionne à l'intuition. Et je sens qu'elle éprouve des remords envers son Allemand – il se peut même que ses sentiments aillent au-delà d'une simple sympathie.

— Ce qui signifie, en clair ?

— Ce qui signifie que Lana pourrait très bien compromettre la mission – en informant von Schüssler qu'il s'est fait piéger. Il n'en faudrait pas plus pour que tous nos efforts soient réduits à néant.

— On ne peut pas laisser faire cela, lâcha Corcoran.

— En effet. Et je promets de tout tenter pour que l'opération reste sur les rails. Je sais comment contrôler cette femme. » Il riva sur Corcoran un regard empreint d'une farouche détermination. Il fallait que Corky tombe dans le panneau. C'était essentiel. Bien trop de choses en dépendaient.

Le regard fixe de Corcoran le transperça comme un rayon X; il s'efforçait de pénétrer l'âme de Metcalfe. Après une bonne minute, il dit : « Chip Nolan est descendu au Bellevue Palace. Il pourra te fournir tous les papiers dont tu auras besoin. »

Alfred Corcoran resta assis à contempler le feu tout en fumant. Il avait été surpris et, à dire vrai, sacrément ennuyé d'apprendre que Stephen Metcalfe était encore en vie. Amos Hilliard s'était fait tuer avant d'avoir pu éliminer ce risque pour la sécurité.

Mais Corcoran se targuait d'être un grand pragmatique. Pour qu'une opération réussisse, il fallait savoir improviser constamment. Il fonctionnait ainsi depuis toujours. Alors, tant pis. Metcalfe avait sans doute deviné juste au sujet de la danseuse russe. Il le laisserait partir pour Berlin afin de s'assurer que l'opération WOLFSFALLE restait bien sur les rails. Peut-être fallait-il se féliciter que les choses prennent ce tournant.

La gouvernante suisse entra dans la pièce avec un plateau d'argent. Elle lui versa une tasse de thé fumant.

« Merci, *Frau* Schibli », dit-il. Avant de s'installer à Berne, il avait pris la précaution de demander à Chip Nolan de vérifier les antécédents de cette pauvre *Hausfrau.* On n'était jamais assez prudent.

Il attrapa le téléphone, composa le numéro du Bellevue Palace et demanda la chambre de Chip Nolan.

Le Bellevue Palace sur la Kochergasse bénéficiait d'une vue panoramique sur l'Aar coulant en contrebas. La suite de Nolan n'était pas moins spacieuse et magnifique. Metcalfe n'hésita pas à en faire la remarque à l'agent du FBI. « J. Edgar Hoover doit vous payer une fortune », ironisa Metcalfe à l'intention du petit homme chiffonné.

Chip le lorgna d'un air méfiant. Un voile passa sur ses yeux noisette. « M. Hoover est bien conscient de l'importance du travail d'investigation du Bureau dans le monde entier... James. C'est bien votre nom ? James ? »

Pendant un instant, Metcalfe resta sans voix puis se souvint que l'homme du FBI ne savait pas tout. La sacro-sainte compartimentation chère à Corky lui interdisait de connaître la véritable identité des agents travaillant pour le vieil homme.

« En quelque sorte, oui, dit Metcalfe.

— Vous prenez un verre? proposa Nolan en s'approchant du bar. Whisky? Gin? A moins que vous ne préfériez la *vodka*, depuis votre séjour dans la Mère Russie, hein? »

Metcalfe lui jeta un coup d'œil et vit un sourire sournois sur son visage. « Rien pour moi, merci. »

Nolan se versa un scotch avec de la glace. « Vous étiez déjà allé là-bas, non?

— En Russie, vous voulez dire? » Metcalfe haussa les épaules. « Oui, une ou deux fois.

— Ah oui. Ça me revient. Vous parlez ruskof, n'est-ce pas?

— Un peu.

— Vous aimez?

— Quoi? La Russie?

— L'utopie socialiste. Quel est ce type qui disait: "J'ai fait un tour dans le futur, et ça marche"?

— Si c'est ça le futur, dit Metcalfe, on est tous dans de beaux draps. »

Nolan gloussa, visiblement soulagé. « Je ne vous le fais pas dire. Mais des fois, quand on entend Corky parler des Russes, on se demande s'il ne leur trouve pas des excuses.

— Non, c'est juste qu'il craint les nazis encore plus.

— Ouais, bon. Ça veut dire que la peur a transformé des tas de patriotes américains en sympathisants communistes.

— Quiconque a vu la Russie de Staline de ses propres yeux – je veux dire réellement vu, constaté à quel point les êtres humains sont broyés par le système – ne finira jamais communiste.

— Bravo, lança cordialement Nolan en tendant son verre en direction de Metcalfe. Dites ça à vos copains du Bottin.

— Qui cela par exemple?

— Les gars de Corky. J'ai rencontré pas mal d'entre eux. Tout ce qui les préoccupe c'est Hitler-ci et Hitler-ça, les nazis, le fascisme... On dirait qu'ils se contrefichent de ce qui arriverait si jamais l'Oncle Joe arrivait à ses fins. Si le Kremlin prenait le dessus, on pourrait dire adieu au Bottin, je vous en fiche mon billet. Ces dandies iraient planter des radis à Novosibirsk. » Il posa son verre. « Très bien, vous avez besoin d'aller à Berlin, je comprends, mais votre couverture de Paris est fichue, pas vrai ?

— Je le crains, en effet. En tout cas, je ne prendrai pas le risque.

— Berlin ! Dites donc, vous jouez dans la cour des grands maintenant.

— Qu'est-ce qui vous fait dire cela ?

— Si vous prenez les types du NKVD pour des durs-à-cuire, attendez de tâter de la Gestapo. C'est pas des rigolos, croyez-moi.

— J'y ai déjà tâté à Paris.

— Paris, c'était un jardin d'enfants, James. Paris n'est rien. A Berlin, la Gestapo tient les commandes. Laissez-moi vous dire un truc, il va falloir garer votre cul, là-bas. Ce sera pas le moment de faire le joli cœur. »

Metcalfe haussa les épaules. « Ma mission est très stricte.

— A savoir ?

— Ma mission ?

— Je ne peux pas vous aider si vous ne me donnez pas de détails.

— Vous oubliez les principes sacrés de Corky.

— La compartimentation peut s'avérer mortelle, James. Rappelez-vous tous ces pauvres types qui ont passé l'arme à gauche, le mois dernier. Tout ça parce que Corky les maintenait dans l'ignorance, dans l'isolement. Moi je suis dans Berlin et en dehors en même temps – je peux vous y aider. »

Metcalfe secoua la tête. « J'apprécie votre offre, mais j'ai seulement besoin de faux papiers.

— Comme il vous plaira. » Nolan déverrouilla une armoire et sortit un classeur en cuir. « J'ai toujours dit que la meilleure cachette consiste à se montrer au grand jour. OK, donc vous serez un banquier américain basé à Bâle. William Quilligan. » Il tendit à Metcalfe un passeport corné. Metcalfe l'ouvrit, trouva sa photo et plusieurs tampons couvrant deux années de voyages transatlantiques, la plupart entre New York et la Suisse. « Vous travaillez pour la Bank for International Settlements, une sorte de consortium international traitant pas mal d'affaires avec les Allemands. La Reichsbank est votre plus gros client. Vous avez l'habitude de leur arranger des coups en douce, genre transports d'or et autres.

— Ce qui signifie que cette banque s'occupe de blanchir de l'argent pour le compte de l'Allemagne nazie. »

Nolan gratifia Metcalfe d'un regard acéré. « Rien que des opérations parfaitement légales, régies par les lois suisses. Ah oui, le président de votre banque sort de Harvard, tout comme vous.

— Moi c'est Yale.

— Yale, Harvard, c'est du pareil au même. En tout cas, ce type se rend souvent à Berlin pour rencontrer le président de la Reichsbank, Walther Funk, mais cette fois-ci, il a eu un empêchement. Vous êtes chargé de le remplacer. Un respectable fondé de pouvoir censé leur remettre en main propre certains actes à fin de signature.

— Je dois aller à Berlin. Peu importe la couverture.

— Ouais, bon, je suggère que vous fassiez vos petites affaires sans trop traîner. Vous n'êtes plus dans un film d'Errol Flynn. »

Une heure et demie plus tard, Metcalfe montait à bord du train reliant Berne à Bâle. Il commençait son périple vers l'Allemagne nazie.

Chapitre 33

LES RUES de Berlin résonnaient du bruit des bottes cloutées martelant le pavé. Des soldats défilaient en rangs bien formés ; on voyait aussi des officiers SS en uniforme noir, quelques membres des sections d'assaut, tout de brun vêtus, et un groupe de gosses en uniforme bleu sombre et bottes de cavalier : les Jeunesses hitlériennes. Voilà une dizaine d'années, lorsque Metcalfe avait découvert Berlin, c'était une ville joyeuse, pleine de rires. Aujourd'hui, les Berlinois qui circulaient dans les rues semblaient harassés, désabusés. Leurs gros pardessus étaient élégants mais ternes. Les femmes, autrefois si jolies, avaient perdu leur séduction. Elles ne portaient plus que des bas en coton, des chaussures basses, et ne se maquillaient plus puisque les nazis considéraient le maquillage comme une futilité à proscrire.

L'impression d'ensemble se dégageant de cette ville était l'obscurité et pas seulement à cause du temps trop souvent maussade ni des journées raccourcies par l'hiver. Non, il faisait sombre parce que les gens étaient sombres. A cela s'ajoutait le *Verdunklung*, l'extinction des feux. Son train était entré en gare avec deux heures de retard. Il avait sauté dans un vieux taxi bringuebalant, conduit par un chauffeur dans le même état. Direction l'hôtel Adlon sur Unter den Linden. Il n'y avait pas de réverbères dans les rues. Pour seule lumière on devait se contenter des croix fendant les feux de circulation, au carrefour entre Unter den Linden et Wilhelmstrasse et du clignotement occasionnel des lampes-torches avec lesquelles les piétons éclairaient le trottoir tout en marchant. Ils les éteignaient et les rallumaient à chaque obstacle, telles des lucioles. Dans les trams et les bus, un éclairage bleuâtre donnait aux passagers des mines spectrales. Les phares des rares voitures étaient encapuchonnés. L'hôtel Adlon lui-même, qui autrefois brillait de mille feux comme pour vous inviter à entrer, avait revêtu ses habits de deuil. Sur les portes, des tentures sombres cachaient le hall brillamment éclairé.

La ville avait subi un ravalement de façade depuis la prise de pouvoir par les nazis, et le résultat n'avait rien d'une réussite. Le ministère de l'Air de Hermann Goering sur Wilhelmstrasse, le ministère de la Propagande de Joseph Goebbels – cette monumentale architecture nazie avait quelque chose de sinistre, d'intimidant. Partout dans la ville, on apercevait les fameuses *Flakturmen*, ces tours en béton servant à la défense antiaérienne. Berlin était en état de siège, une ville en guerre avec le reste du monde, et ses citoyens ne semblaient guère partager l'enthousiasme martial de leurs dirigeants.

Metcalfe eut du mal à cacher sa surprise lorsque le réceptionniste de l'hôtel lui tendit une liasse de coupons alimentaires, échangeables contre telle quantité de beurre, de pain ou de viande. L'homme lui expliqua qu'ils étaient exigés dans les restaurants, même si on vous invitait à déjeuner ou à dîner. A Berlin, sans tickets de rationnement, impossible de manger.

Metcalfe s'arrangea avec le concierge de l'hôtel pour obtenir des billets pour la représentation spéciale donnée par le Ballet du Bolchoï au Staatsoper, sur Unter den Linden. Pendant qu'il défaisait ses bagages dans sa chambre, le téléphone sonna. Un fondé de pouvoir de la Reichsbank souhaitait le rencontrer, ainsi que Chip Nolan l'en avait averti.

Ils se virent dans le hall de l'hôtel. Le banquier était un homme obèse entre deux âges, avec des sourcils épilés, un crâne chauve et luisant, répondant au nom d'Ernst Gerlach. Il portait un costume gris bien coupé ; au revers, un gros bouton blanc frappé d'une swastika rouge. Ce cadre moyen de la Reichsbank se comportait avec une arrogance révélatrice d'un certain mépris envers Metcalfe – William Quilligan. Il semblait le considérer comme un larbin dont on lui aurait confié la pénible tâche de l'accueillir et de le divertir.

« Etes-vous déjà venu à Berlin, monsieur Quilligan ? » demanda Gerlach pendant qu'ils s'asseyaient dans les fauteuils extrêmement rembourrés du bar.

Metcalfe s'accorda une seconde de réflexion. « Non, c'est la première fois.

— Eh bien, vous n'avez pas choisi le meilleur moment. Le peuple allemand traverse une passe bien difficile, comme vous l'avez sans doute remarqué. Mais grâce au commandement avisé de notre Führer et l'aide de grandes institutions comme votre banque, nous en sortirons. Si nous prenions un verre !

— Une tasse de café pour moi.

— Je ne vous le recommande pas, monsieur Quilligan. De nos jours, le café est un ersatz. Le grain de café national-socialiste, comme on l'appelle – enfin, vous savez, les slogans des réclames voudraient nous faire croire qu'il est "Bon pour la santé, revigorant, savoureux, impossible à distinguer du vrai café !". Les réclames oublient juste de préciser qu'il est carrément impropre à la consommation. Que diriez-vous d'un doigt de bon cognac allemand, à la place ?

— Ça me convient parfaitement. » Metcalfe glissa une grande enveloppe kraft sur la table en la poussant très vite vers le banquier. Il voulait en finir avec cette affaire le plus rapidement possible afin de pouvoir courir au Staatsoper. Il avait des choses bien plus importantes à faire qu'écouter les bavardages de ce gros nazi de seconde zone. « Vous trouverez tous les effets financiers à l'intérieur, expliqua Metcalfe, ainsi que les instructions complètes. Une fois les opérations exécutées, vous me les retournerez au plus vite, par un moyen à votre convenance. »

Gerlach eut l'air un peu surpris par l'impertinence de Metcalfe. Avant de parler affaires, on devait observer certaines conventions sociales. Se lancer dans les négociations à brûle-pourpoint relevait de la grossièreté. Mais l'Allemand se reprit très vite. Il passa insensiblement à un discours fleuri et quelque peu condescendant sur les difficultés d'exercer leur métier par les temps qui couraient, à cause de l'avancée du conflit. « Seules votre banque et la Banque nationale suisse, ajouta-t-il, sont restées de solides amies de l'Allemagne. Et je vous assure que nous saurons vous en remercier une fois la guerre terminée. »

Metcalfe comprenait entre les mots : dans chaque pays envahi –

de la Pologne et la Tchécoslovaquie jusqu'à la Norvège, le Danemark et les Pays-Bas – les nazis avaient pillé les trésors nationaux, saisi les réserves d'or. Les seules banques étrangères désireuses de participer à ce gigantesque cambriolage étaient la Bank for International Settlements et la Banque nationale suisse. De ce fait, les nazis avaient des milliers de tonnes d'or volé en dépôt à Berne et à Bâle. La BIS allait même jusqu'à verser des dividendes à l'Allemagne sur cet or, tout en se chargeant d'en vendre de temps à autre afin de le réinvestir en devises étrangères, tout cela dans le but de financer la machine de guerre nazie. Si les nazis tenaient tant à travailler avec la BIS c'était parce que cette institution bâloise ne risquait rien. Le fruit de leurs pillages était en sécurité en Suisse. Personne ne le confisquerait.

C'était un scandale. Metcalfe écoutait avec une fureur grandissante ce beau parleur pérorer sur la révision des modalités de paiement des intérêts en des termes plus favorables à la Reichsbank. Tout en rongeant son frein, il dut subir ses péroraisons sur les lettres de crédit, les récépissés de dépôt, l'or en réserve transféré à Bâle, les transactions en or suisse. Après tout, il avait un rôle à tenir, alors il écouta humblement, prit en note les instructions de *Herr* Gerlach, et promit de les communiquer à Bâle dans les plus brefs délais.

« Laissez-moi vous inviter à dîner ce soir, annonça Gerlach. Mais je dois vous prévenir qu'aujourd'hui c'est *Eintopftag* – le jour du plat unique. Malheureusement, cela signifie que tous les restaurants, même Horcher, le meilleur de tout Berlin, sont obligés de servir un immonde ragoût. Mais si vous désirez malgré tout vous soumettre à cette hérésie culinaire...

— Ce serait avec grand plaisir, répondit Metcalfe, mais hélas, j'ai déjà prévu quelque chose pour ce soir. Je vais voir un ballet.

— Ah, le Bolchoï. Bien sûr. Les Russes nous ont envoyé leurs jolies danseuses pour tenter de nous amadouer. » Il produisit un sourire carnassier. « Laissons-les faire leurs cabrioles. Leur heure viendra. Bon, alors tant pis. Ce n'est que partie remise. Si vous êtes libre pour déjeuner ou dîner demain, je vous emmènerai chez Horcher ou au Savarin, et nous y dégusterons des homards et autres délices non rationnés du même acabit, d'accord ?

— Merveilleux, répliqua Metcalfe. Je meurs d'impatience. »

Trente minutes plus tard, s'étant enfin débarrassé de l'odieux banquier nazi, Metcalfe entrait dans le Staatsoper, l'un des plus vastes opéras du monde, construit au XVIIIe siècle sous Frédéric le Grand dans le style classique prussien, bien qu'on ait cherché à lui donner des allures de temple corinthien. Ce grandiose chef-d'œuvre architectural figurait en bonne place dans l'impressionnante liste de merveilles comprenant le musée de Pergame, le Vieux Musée et la Staatsbibliothek, sans oublier la porte de Brandebourg.

L'aménagement intérieur tirait sur le rococo. Le grand vestibule carrelé de marbre noir et blanc scintillait tout autant que les spectateurs assemblés là. Ces derniers n'avaient rien de commun avec les Berlinois de la rue. Bien que la tenue de soirée soit officiellement réprouvée, les amateurs d'opéra n'avaient pas hésité à se mettre sur leur trente et un. Les hommes portaient des fracs ou des uniformes, les femmes des robes de bal, des bas de soie. Leurs visages rayonnaient, leurs bijoux aussi. Il flottait dans l'air des effluves de parfums français. On reconnaissait *Je Reviens* et *L'Air du Temps*. Tous les produits français, presque impossibles à trouver à Paris, abondaient en ces lieux : des trésors de guerre.

Metcalfe devait absolument contacter Lana ce soir, d'une manière ou d'une autre. Il ne savait rien des dispositifs de sécurité en vigueur ici. Mais quelles que soient les mesures de protection entourant la troupe du Bolchoï, il se débrouillerait pour lui glisser un mot. Kundrov, son ange gardien, serait probablement présent : point de meilleur intermédiaire. Il se trouvait peut-être dans le public. En fait, c'était fort probable. Metcalfe observerait les spectateurs jusqu'à repérer Kundrov – à moins que Kundrov ne le repère le premier.

« *Herr* Quilligan ! » Il reconnut aussitôt cette voix impérieuse, se retourna et vit Ernst Gerlach, le fondé de pouvoir de la Reichsbank. Gerlach avait dû recevoir l'ordre de ne pas lâcher « William Quilligan » d'une semelle. En tant qu'étranger, il était automatiquement suspect. Les nazis n'avaient rien à envier aux Russes dans ce domaine. Dès que Gerlach avait entendu « Quilligan » repousser son invitation à dîner, il avait probablement décidé – à moins qu'on ne lui en ait soufflé l'idée – de le suivre au Staatsoper, histoire de le tenir à l'œil. Cette manœuvre, comme toutes les filatures organisées par la police d'Etat, n'avait rien de discret, et Metcalfe ne comptait pas lui faciliter les choses.

Gerlach était à présent si proche que Metcalfe renifla dans son haleine les relents savonneux de l'Underberg, un digestif aux herbes. « Enfin, *Herr* Gerlach ! Pourquoi m'avoir caché que vous aviez des billets pour le ballet ? »

Soudain Gerlach abandonna son ton péremptoire et s'empêtra dans une explication qu'il espérait plausible. « Euh, c'est que j'aurais tant préféré dîner en votre compagnie. Le plaisir d'assister à une représentation du Bolchoï n'est qu'une piètre consolation », dit-il, visiblement mal à son aise.

« Trop aimable, et pourtant je ne vois pas du tout... »

« Daniel ! Daniel Eigen ! » Une voix féminine. Metcalfe eut un coup au cœur. Daniel Eigen – sa couverture parisienne ! Grands dieux, quelqu'un ici connaissait le plus parisien des play-boys argentins ! Cela n'avait rien de surprenant, étant donné le nombre de nazis circulant entre Berlin et Paris.

Metcalfe gardait obstinément le dos tourné, bien que cette voix soit impossible à ignorer tant elle était sonore, exubérante et dirigée vers lui sans aucune ambiguïté.

« Comme dit notre Führer, les plans les plus élaborés doivent parfois se soumettre aux réalités quotidiennes », répliqua sèchement Gerlach qui tentait de retrouver sa dignité.

A présent, il s'agissait de fausser compagnie au banquier le plus vite possible. L'admiratrice de Daniel Eigen ne cessait de se rapprocher, fendant la foule avec une agilité proprement étonnante : il ne pourrait continuer longtemps à l'ignorer. Il la repéra du coin de l'œil et la reconnut aussitôt. Une beauté quelque peu défraîchie, drapée d'hermine, sœur de l'épouse d'un dignitaire nazi. Son nom lui revint : Eva Hauptmann. Il avait fait sa connaissance et plus encore alors qu'elle séjournait à Paris avec sa sœur et son illustre beau-frère. Le beau-frère en question avait été rappelé à Berlin. Sa petite cour l'avait suivi et comme Eva Hauptmann en faisait partie, Metcalfe avait bien cru ne jamais la revoir.

Oh, *Seigneur* ! Tendant une main endiamantée, la femme lourdement parfumée lui tapota l'épaule. Impossible de l'ignorer. Il se retourna donc et posa sur elle un regard dépourvu d'expression. Elle était avec une amie, une autre Allemande qu'elle fréquentait déjà à Paris. L'amie souriait timidement mais ses yeux brillaient de convoitise. Metcalfe se dit qu'Eva Hauptmann avait dû lui chuchoter quelques mots à l'oreille pour lui expliquer, tout excitée, que l'homme d'affaires argentin ici présent lui avait fait les honneurs de son lit, peu de temps auparavant.

Metcalfe adopta un air perplexe et, s'adressant à Gerlach, reprit la conversation au vol. « Eh bien, c'est un vrai plaisir de nous retrouver ainsi, dit-il. Si nous allions nous asseoir dans la salle ?

— Daniel Eigen ! » gronda la femme à l'étole d'hermine. Elle lui coupa le passage. « Comment... comment osez-vous ? »

Gerlach contemplait la scène avec un étonnement teinté d'amusement. « Cette personne vous parle, *Herr*... Quilligan. »

Il fallait répondre ; elle était trop insistante, trop inflexible. Il plissa les yeux sans se départir de son flegme. « Je crains que vous ne me confondiez avec quelqu'un d'autre.

— Quoi ? s'étrangla la femme. Je vous *confonds* ?... Ça oui, je vous ai peut-être confondu avec un homme du monde ! *Herr* Eigen, personne ne traite Eva Hauptmann comme une vulgaire traînée !

— Madame, déclara Metcalfe d'une voix ferme, vous vous méprenez. A présent, veuillez m'excuser. »

Il hocha la tête et coula un regard interloqué en direction du banquier qui n'avait rien perdu de la scène. « Je dois avoir un visage très commun, dit Metcalfe. Ce genre de chose m'arrive souvent. Enfin, si vous voulez bien m'excuser, je dois aller aux toilettes. Le premier acte est assez long. »

A ces mots, Metcalfe tourna les talons et s'enfonça dans la foule, comme poussé par un besoin urgent.

Derrière lui, il entendit la femme lui crier sur un ton furibond : « Et dire que ça se prétend un *homme* ! »

En réalité, il avait repéré non loin de là une sortie donnant sur la rue ; il devait à tout prix vider les lieux, et sur-le-champ. Pas plus qu'Eva Hauptmann, Gerlach n'ajoutait foi aux protestations de Metcalfe. Et c'était bien cela le problème ; Gerlach s'empresserait de faire part de ses soupçons à ses supérieurs. Il leur dirait que William Quilligan n'était pas celui qu'il prétendait être. La couverture de Metcalfe avait été grillée en moins de temps qu'il n'en fallait pour le dire.

Metcalfe devait sortir d'ici au plus vite. Il reviendrait plus tard dans la soirée, après le début de la représentation, pour se mettre en quête de Kundrov. L'entrée latérale ouvrait vers l'extérieur, il la poussa et se retrouva dans la nuit froide. Une sensation de soulagement l'envahit. Il l'avait échappé belle.

Une fraction de seconde avant de sentir le contact dur et glacé de l'acier contre sa tempe, il entendit l'homme approcher.

« Stoi ! »

Du russe. *Pas un geste.* Il entendit et sentit armer le pistolet. Le coup allait partir.

« Ne bouge pas, répéta le Russe. Regarde droit devant toi ; ni à gauche ni à droite.

— Que se passe-t-il ? demanda Metcalfe.

— Pas un mot, Metcalfe ! siffla le Russe. Ou Eigen. Peu importe ton nom, *shpion* ! Là devant toi, il y a une voiture. Tu descends les marches tranquillement et après tu avances vers la voiture. Tu comprends ? »

Metcalfe ne répondit rien. Il regardait obstinément devant lui. Le Russe connaissait son nom. Il appartenait au NKVD ; aucun doute là-dessus.

« Réponds au lieu de hocher la tête ! grinça le Russe.

— Oui, je comprends.

— Bien. Vas-y doucement. Je tiens ce pistolet contre ta tempe. Il suffit d'une petite pression sur la détente et le coup part. Au premier mouvement brusque, ta cervelle giclera sur le trottoir. Tu comprends ce que je dis ?

— Oui », fit Metcalfe. L'adrénaline fusait dans son corps ; il regardait la berline noire garée le long du trottoir, à quelque huit mètres de là, et calcula ses chances ; apparemment il n'y avait aucune solution, aucune échappatoire. Le Russe ne plaisantait pas : à la moindre alerte, le coup partirait.

« Pose les mains sur ton ventre. Croise-les ! *Allez !* »

Metcalfe obéit. Il descendit lentement les marches du Staatsoper sans bouger la tête. Du coin de l'œil, il discernait quand même, au bout de l'arme, une forme sombre prolongée par une main crispée.

Peut-être au moment d'atteindre la voiture parviendrait-il à saisir la main du Russe et à lui arracher le pistolet. Ou alors, il attendrait que l'homme s'installe au volant, à moins qu'il n'oblige Metcalfe à conduire, ce qui ouvrirait d'autres possibilités. Qui sait ? En tout cas, il lui fallait patienter un peu et saisir sa chance quand elle se présenterait. Soit fuir... soit tenter de parlementer. Que voulaient-ils ? Le questionner, lui faire subir un *interrogatoire* ? »

Ou bien l'enlever pour le ramener à Moscou ?

A la Loubianka, et cette fois sans espoir de retour.

Il continuait de marcher. Le canon sur sa tempe commençait à lui faire mal. Il entendait les lourdes chaussures de fabrication russe racler le sol à côté de lui.

Cette fois-ci, pas de porte de sortie.

Un raclement.

Une chaussure. Et tout à coup, un autre bruit : celui d'une arme heurtant le macadam. Sur sa tempe, la douleur disparut. Quand il osa enfin tourner la tête, il vit son ravisseur étendu à terre, le cou curieusement tordu en arrière. De l'écume s'accumulait dans sa bouche, ses narines. Ses yeux révulsés étaient devenus blancs. Le Russe émit un gargouillement étouffé, un flot d'écume jaillit d'entre ses lèvres.

Son assaillant était en train de mourir devant ses yeux, mais par quel miracle ?

Metcalfe pivota de nouveau, mais dans l'autre sens, pour tenter de trouver une explication.

Ce qu'il vit alors le rassura.

Chip Nolan.

L'homme du FBI se tenait là, une seringue hypodermique dans la main droite. « La bonne vieille recette du Mickey Finn, annonça-t-il en brandissant la seringue. Hydrate de chloral. Injecté dans le cou, ça va vite – et c'est mortel. Ce sale coco ne se réveillera pas. Son compte est bon.

— Bon sang ! souffla Metcalfe. Dieu merci, vous étiez là – mais enfin, que faites-vous à Berlin ? »

Nolan esquissa un sourire. « La compartimentation, vous vous souvenez ? Ne vous ai-je pas conseillé de faire attention à vous ?

— Vous m'avez mis en garde contre la Gestapo. Vous n'avez rien dit au sujet du NKVD.

— J'estimais inutile de vous mettre en garde contre ces salopards. Je croyais que vous saviez à quoi vous en tenir, pour les avoir fréquentés. Tous des enfoirés. Ça ne me fait ni chaud ni froid de répandre un peu de sang russe sur le sol allemand. » Il donna un coup de pied dans le cadavre de l'homme. Le corps était flasque, le visage blafard.

« Je vous dois une fière chandelle, s'exclama Metcalfe. J'étais fichu. »

Chip inclina la tête d'un air modeste. « Tenez-vous à carreau désormais, James », dit-il en empochant la seringue et s'éloignant d'un pas tranquille. Ces derniers mots furent presque couverts par le grondement des camions militaires transportant des pièces d'artillerie de Unter den Linden vers la porte de Brandebourg.

Encore abasourdi mais grandement soulagé, Metcalfe regarda autour de lui pour s'orienter puis rebroussa chemin et courut vers le Staatsoper, bien déterminé à mettre autant de distance que possible entre le cadavre du Russe et lui.

Une silhouette l'attendait sur les marches, à l'endroit même où l'agent du NKVD l'avait surpris tout à l'heure. Metcalfe sortit son arme de son étui.

Puis il reconnut Kundrov. Un sourire énigmatique s'étalait sur son visage. En le regardant approcher, Kundrov demanda : « Qui était-ce ?

— L'homme au pistolet ? Je croyais que vous le sauriez – c'est un de vos compatriotes.

— Non, je ne parle pas du *shchelkunchik*.

— C'est l'un des miens.

— Il me rappelle quelqu'un. J'ai déjà vu sa tête quelque part. Peut-être dans l'un de nos trombinoscopes. S'il n'avait pas été là, j'aurais dû tuer ce *shchelkunchik*. Deux en une semaine. Pas très bon pour ma réputation. Le NKVD n'apprécie guère qu'on réduise ses effectifs à sa place.

— Ils préfèrent s'occuper eux-mêmes des exécutions.

— Exact. Vous êtes venu pour revoir Lana. Vous ne pouviez pas vous passer d'elle. Même si votre présence lui fait courir un grand danger.

— Ce n'est pas cela. J'ai besoin de votre aide. »

Le Russe alluma une cigarette – une marque allemande, nota Metcalfe. « Vous me faites assez confiance pour me demander mon aide ? s'étonna Kundrov en soufflant deux filets de fumée par ses narines dilatées.

— Vous m'avez sauvé la vie. Et celle de Lana.

— Le cas de Mlle Baranova est totalement différent du vôtre.

— J'en suis tout à fait conscient. Et j'ai l'impression que vous êtes amoureux d'elle. Vous vous en rendez compte ou pas ?

— Vous connaissez le proverbe russe : "L'amour est mauvais. On peut tomber amoureux d'un bouc."

— Lana n'a rien d'un bouc. » Le Russe éludait la question ;

laisse-le faire, pensa Metcalfe. L'honnêteté n'était pas toujours la meilleure des politiques.

« Assurément non. C'est une femme remarquable.

— J'ai employé cette expression plus d'une fois pour la décrire.

— Je suis son ange gardien, Metcalfe. Rien de plus. Le fait de la côtoyer jour après jour ne m'a pas facilité la tâche, mais je n'y peux rien. Je n'entretiens aucune illusion à son sujet. Elle m'a toujours considéré comme son geôlier – plus cultivé, plus civilisé que la moyenne peut-être, mais geôlier quand même.

— Ce n'est pas le genre de femme qu'on emprisonne.

— Ni qu'on possède, répliqua Kundrov. L'aide que vous réclamez – je suppose que c'est pour elle.

— En effet.

— Je ferai tout pour l'aider, je ne vous apprends rien.

— Telle est également la raison de ma présence. »

Kundrov hocha la tête et tira sur sa cigarette. « C'est une détestable habitude mais tellement plus plaisante quand la cigarette est allemande et pas russe. Même les fascistes en font de meilleures que nous.

— Pour juger un pays, il existe des choses plus importantes que ses cigarettes.

— C'est vrai. Aujourd'hui, entre l'Allemagne et la Russie, il y a plus de ressemblances que de différences. »

Metcalfe souleva un sourcil. « J'avoue que vous me surprenez.

— Je vous l'ai déjà dit à Moscou. Je vois le système de l'intérieur. Je connais ses perversions mieux que vous ne pourrez jamais espérer les connaître. Voilà pourquoi je ne suis pas étonné que vous me demandiez d'aider Mlle Baranova à s'enfuir. »

Metcalfe fut incapable de cacher sa stupéfaction.

« Mais je ne crois pas qu'elle en ait l'intention, poursuivit Kundrov. Trop de choses la retiennent en Russie. En fin de compte, nous avions tort. Elle est peut-être du genre à se laisser emprisonner.

— Elle vous en a parlé ?

— Non. Elle n'en a pas eu besoin.

— Vous la comprenez.

— Je comprends qu'elle est tiraillée entre deux désirs.

— Et donc vous comprenez qu'on ait envie de fuir l'Union soviétique ?

— Je ne fais pas que comprendre. Moi-même j'en ai envie. J'en ferais même une condition.

— Une condition?... Pour quoi faire?

— Pour vous aider, pour aider Mlle Baranova. Tel sera mon prix.

— Vous voulez partir? C'est bien ce que vous dites?

— Je possède des renseignements, un bon paquet de renseignements. Sur le GRU, les services secrets soviétiques. Des informations qui pourraient s'avérer extrêmement utiles au gouvernement américain. Quels que soient les gens pour lesquels vous travaillez, je peux vous être d'une très grande utilité. »

Metcalfe n'en revenait pas. Mais rien dans l'expression de Kundrov ne laissait soupçonner une ruse, une quelconque manœuvre destinée à le mettre à l'épreuve. Kundrov était parfaitement sérieux. « Pourquoi? Pourquoi feriez-vous une pareille chose?

— Vous plaisantez ou quoi? » Kundrov jeta son mégot par terre, prit une autre cigarette et l'alluma avec un petit briquet en cuivre. Sa main tremblait; l'homme était nerveux. « Vous avez vu de vos propres yeux ce que notre magnifique tyran a fait de l'un des plus grands pays du monde et vous me demandez pourquoi je veux partir? Pourtant, vous avez été témoin de la terreur, de la paranoïa, de la déloyauté, de la cruauté qui sévissent en Russie! Alors je vous retourne la question: pourquoi vous étonner qu'on veuille fuir une telle prison?

— Mais vous en êtes l'un des geôliers!

— Il arrive parfois que même les geôliers ne choisissent pas leur sort, répondit Kundrov dans un soupir. J'avais à peine vingt ans quand ils ont emmené mon père. Ils l'ont jeté en prison. Ne me demandez pas pourquoi; vous devriez savoir aujourd'hui qu'ils n'ont pas besoin de raisons. Je suis parti à sa recherche. J'ai mené mon enquête dans tous les bureaux de Moscou jusqu'à ce que j'aboutisse au quartier général du GRU, place Arbatskaya. Quand je suis arrivé là-bas, ils m'ont emprisonné à mon tour; battu, torturé. » Pour appuyer ses dires, il montra la cicatrice blanche qui lui traversait verticalement la joue, près de la commissure des lèvres. Ce curieux rictus déformant les traits de Kundrov n'avait donc rien d'une moue ironique. Il provenait d'une blessure. « Ils ont fini par me relâcher à condition que je m'engage dans le GRU. » Devant l'expression incrédule de Metcalfe, il hocha la tête. « Oui, pas mal d'entre nous ont été "recrutés" de cette manière.

— Et votre père ?

— En fait, il est mort en prison, dit Kundrov sans émotion particulière. Ils ont prétendu qu'il avait succombé à une crise cardiaque. Je n'ai jamais su la vérité.

— Mon Dieu », murmura Metcalfe. Jusqu'à présent, il avait été persuadé que les serviteurs du système soviétique n'avaient pas à endurer ses cruautés. Mais de toute évidence, personne n'était épargné.

« Je n'ai pas besoin d'épiloguer sur le tragique destin de certains de mes amis et collègues du GRU. Les choses se passent ainsi. Un nouveau directeur est nommé à la tête du GRU. Il arrive avec ses propres laquais, distribue ses faveurs à ceux qui ont l'heur de lui plaire. Ces derniers à leur tour se débarrassent de leurs ennemis en les accusant de Dieu sait quoi. C'est le cycle éternel de la cruauté arbitraire. A vomir. Vous connaissez le vieux symbole gnostique de l'*ouroboros,* le serpent-dragon qui se mord la queue – il s'engendre et se dévore en même temps. C'est une belle métaphore de la tyrannie étatique. La révolution s'autodévore. La révolution russe a donné naissance à Lénine, le monstre que le monde entier considère comme un sauveur. Mais c'est Lénine qui a créé le goulag, les camps d'internement. De lui est née une autre sorte de monstre : Staline. Qui engendrera à son tour une créature à son image. Et le cycle se perpétuera ainsi jusqu'à la fin des temps. La machine de terreur dont Staline se sert pour se maintenir en place ne cesse de s'autodétruire ; elle dévore le peuple russe tout en produisant un cycle perpétuel, marqué au sceau de la terreur. La machine se nourrit de ceux qu'elle terrorise ; elle cannibalise les siens. Vous dites que je fais partie des geôliers. Je vous réponds, comme je l'ai fait à Moscou, que je ne suis qu'un rivet de la guillotine.

— Mais vous m'avez aidé à m'enfuir. Vous connaissez le réseau clandestin qui aide les opposants à quitter le pays – vous pouvez partir quand vous le voulez !

— Ah, vous croyez cela ? Hélas non. Quand un Russe ordinaire s'échappe, les gros bonnets haussent les épaules ; ils s'en fichent. Quand l'un des geôliers s'enfuit, ils font tout pour le rattraper. Ils envoient des équipes du NKVD chargées d'assassiner ceux qui ont osé franchir le pas. Si je ne trouve pas de protecteur – en clair, un gouvernement occidental – je mourrai, ce n'est qu'une question de jours. Comme je viens de le dire, je peux être d'une grande utilité à vos employeurs. »

Metcalfe garda le silence pendant un long moment. Kundrov ne cherchait pas à le circonvenir. Il était parfaitement sérieux. Sa haine envers la Russie de Staline semblait authentique; cette déclaration, il l'avait longtemps et âprement méditée durant des années. Finalement, Metcalfe trouva la réponse appropriée : « Si vous restez à Moscou, vous serez encore plus utile à votre peuple.

— A condition que je survive, répliqua Kundrov avec un sourire sardonique. Mais hélas pour moi, mes jours sont comptés. Bientôt, on me tirera une balle dans la nuque.

— Vous avez tenu le coup jusqu'à présent. Vous avez grimpé les échelons.

— En bon caméléon, je possède le talent de paraître loyal aux tyrans qui me paient. C'est un réflexe de survie, rien de plus.

— Ce talent vous sera fort utile.

— J'y perdrai mon âme, Metcalfe.

— Si vous ne cherchez qu'à survivre, peut-être que oui. Mais si vous poursuivez un autre objectif, plus vaste, ce sera différent.

— Maintenant c'est à moi de vous demander de vous exprimer plus clairement.

— Vous ne saisissez pas? Qu'adviendra-t-il de la Russie si tous les gens comme vous s'en vont? Qu'adviendra-t-il du monde? Seuls vos semblables sont en mesure de changer le système de l'intérieur – afin d'empêcher que la Russie de Staline ne détruise la planète!

— Je vous le répète, Metcalfe, je ne suis qu'un rivet de la guillotine.

— Aujourd'hui, vous n'êtes qu'un rouage de la machine mais dans cinq ans, dans dix ans, on pourrait bien vous en confier le maniement. Si vous faisiez un jour partie de ceux qui contribuent à orienter la politique de votre pays...

— A condition que je vive assez longtemps. A condition qu'on ne m'exécute pas avant.

— Personne mieux que vous ne sait comment survivre à l'intérieur du système. Et Joseph Staline n'est pas éternel, bien qu'on ait parfois l'impression du contraire. Un jour, il mourra...

— Et un autre Staline prendra sa place.

— Un autre dirigeant prendra sa place. Un autre Staline ou bien un réformateur – qui peut le dire? Ce sera peut-être quelqu'un comme vous. Peut-être vous ! Qui sait ? Je veux dire par là que si vous partez pour l'Amérique, la Grande-Bretagne ou n'importe quel autre pays du monde libre, ou de ce qui en restera quand cette foutue guerre sera finie, vous ne serez qu'un émigré russe parmi des milliers d'autres. En revanche, si vous restez à Moscou – si vous gardez vos opinions pour vous, si vous vous insérez dans le système pour le changer de l'intérieur – il y a une chance ! Une chance pour vous de modifier le cours des choses, le cours de l'histoire. D'empêcher la machine de terreur de détruire la planète. Bon sang, le monde a besoin d'hommes comme vous à Moscou – des hommes bons, honorables et sains d'esprit. Vous vous souvenez de ce que vous m'avez dit à Moscou ? Vous m'avez dit que les héros sont une denrée rare en Russie – que leur nombre devrait grossir au lieu de diminuer. »

Kundrov s'était tourné face au Staatsoper. Il demeura dans cette position sans rien dire si longtemps que Metcalfe crut qu'il n'écoutait plus. Mais quand de nouveau il regarda Metcalfe, ce dernier décela une expression différente sur son visage. Sa moue orgueilleuse, presque hautaine, avait laissé place à une étonnante vulnérabilité. Ses yeux brillaient d'une grâce inattendue. « Ai-je le choix ? » demanda-t-il.

Metcalfe hocha la tête. « Je ne m'opposerai pas à votre demande.

— Ce n'est pas ce que je veux dire. Je n'ai fondamentalement pas le choix. Je ne veux pas agir en fonction d'un caprice. »

Le Russe n'avait rien perdu du discours que Metcalfe venait de lui tenir. Sa décision était prise.

« Que voulez-vous que je fasse pour Mlle Baranova ? », demanda Kundrov.

Chapitre 34

HERR Gerlach avait beau être un employé modèle de la Reichsbank, il ne faisait aucunement confiance aux officiers de police servant le régime nazi. Les agents de la *Schutzpolizei*, de la *Kripo* et de la Gestapo prenaient un malin plaisir à rafler les hommes partageant son orientation sexuelle pour les envoyer en camp de concentration. Jusqu'à présent, il était passé entre les mailles du filet. Peut-être parce que ses qualités professionnelles faisaient de lui un collaborateur irremplaçable, peut-être parce qu'il avait des clients haut placés. A moins que ce ne soit pour ces deux raisons à la fois – ou simplement par chance. En tout cas, il préférait ne pas tenter le diable. D'ailleurs, il avait réformé ses habitudes pour éviter de se faire remarquer par les voyous en uniforme.

Pourtant, il se trouvait confronté à un problème – le genre de problème qui risquait de lui retomber dessus et d'anéantir tous ses efforts, s'il n'y prenait pas garde. Cette femme, une Allemande bien sous tous rapports au demeurant, malgré sa mise tapageuse et son maquillage trop voyant, avait interpellé *Herr* Quilligan en l'affublant d'un autre nom. Elle l'avait appelé Daniel Eigen. Quilligan avait nié, répété qu'il s'agissait d'une erreur, mais aussitôt après il s'était éclipsé. Un comportement hautement suspect.

Gerlach s'aperçut qu'il n'avait pas encore pris le temps d'examiner les documents que *Herr* Quilligan lui avait transmis. Et si jamais ce type était une sorte d'escroc ? Pire encore – et là, on frisait la catastrophe –, cet Américain se faisant appeler William Quilligan pouvait très bien être en réalité un agent américain participant à une opération contre la Reichsbank ! Les Américains et les Britanniques faisaient l'impossible pour s'emparer des possessions allemandes à l'étranger. Ce « Quilligan » était peut-être chargé d'obtenir des signatures et toute l'information nécessaire à la confiscation de certains fonds détenus par la Reichsbank.

Ce soir-là, l'opéra était truffé d'agents de la Gestapo et de la *Schutzpolizei*. Décidant toutefois de procéder autrement et d'appeler au préalable l'un de ses supérieurs au ministère, il avisa une cabine téléphonique dans la *Zuschauergarderobe*, située à l'étage inférieur. De toute évidence, il était trop tard pour téléphoner au bureau ; il essaya d'abord de contacter son supérieur direct à son domicile mais, n'obtenant pas de réponse, appela le patron de son patron, un certain Klausener, placé immédiatement sous le grand directeur et collaborant couramment avec la Bank for International Settlements. Bien entendu, il le dérangea en plein dîner mondain et Klausener n'apprécia guère ce coup de fil intempestif. « Je n'ai jamais entendu parler de ce dénommé Quilligan ! hurla-t-il. Pourquoi diable me dérangez-vous ? Appelez Bâle. Appelez la police, *Hosenscheisser* ! »

Après que Klausener eut raccroché, Gerlach murmura entre ses dents : *« Ach ! Verdammter Schweinhund ! »* Quel connard ! Il était trop tard pour contacter Bâle, sans compter que pour passer un appel international c'était la croix et la bannière, ces temps-ci.

Finalement, il s'avança bille en tête vers l'un des officiers SS en uniforme d'apparat qui flânaient dans le hall. En arrivant près de lui, il sentit son estomac se nouer. Par chance, son costume gris et sa cravate impeccable lui assuraient un semblant de respectabilité.

Le SS était vêtu de noir de la tête aux pieds : tunique, boutons de cuir, cravate, culotte, bottes de cavalier. Sur son avant-bras droit, les lettres SD figuraient au centre d'un losange argenté. Les trois cordelettes d'argent tressées sur la patte de son épaulette et l'insigne frappant son col le désignaient comme un SS *Sturmbannführer*.

« Excusez-moi de vous déranger, *Herr Sturmbannführer*, mais j'ai besoin de votre aide. »

Frau Eva Hauptmann remarqua que sa meilleure amie Mitzi-Molli Krüger, la considérait d'un air supérieur. En l'absence de leurs époux respectifs, la loge des Hauptmann paraissait encore plus vaste, raison pour laquelle Mitzi-Molli accaparait tant son attention, sans doute. Sa mine pincée l'exaspérait, d'autant plus qu'Eva ne disposait d'aucun argument susceptible de lui faire ravaler sa morgue. Elle devinait ses pensées – elles se connaissaient depuis la classe de terminale à Hanovre, après tout. Elle savait donc que Mitzi-Molli se réjouissait de son humiliation. De toute façon, cette femme avait toujours été jalouse d'elle – elle lui enviait sa beauté, son mari. Eva savait parfaitement qu'elle jubilait intérieurement. Et il y avait de quoi, finalement ! Ce goujat l'avait ostensiblement ignorée ! Pourtant, il ne pouvait l'avoir oubliée – à Paris, ils avaient eu une brève mais ardente liaison, et Eva Hauptmann était un bon coup : le genre de femme dont les hommes se souvenaient.

Non, Daniel Eigen ne l'avait pas oubliée, bien évidemment – alors pourquoi avait-il fait semblant de ne pas la reconnaître ?

Peut-être était-il venu accompagné – cela expliquerait tout. Or elle n'avait remarqué aucune femme à ses côtés. Eigen était en train de discuter avec une *Tunte* ennuyeuse comme la pluie. Et pas une seule femme en vue.

Eva se mit à ruminer. Elle devait absolument trouver un moyen de faire comprendre à Mitzi-Molli que Daniel Eigen était un noceur invétéré. Après cela, elle lui expliquerait que son étrange réaction, son embarras n'avaient rien d'étonnant. S'il l'avait snobée c'était uniquement pour donner le change. Leur aventure avait été si passionnée que la revoir ici lui avait fait un choc. Son ancien amant avait simplement voulu épargner la femme qui l'accompagnait ce soir. En fait, Eigen était sûrement encore amoureux d'elle et redoutait de montrer son trouble à sa compagne du moment. Voilà pourquoi il avait agi si bizarrement !

Elle était sur le point de se tourner vers Mitzi-Molli pour lui débiter son histoire, l'air de ne pas y toucher – comme elle savait si bien le faire –, quand la porte de la loge s'ouvrit. Eva fit volte-face et vit un officier SS tout de noir vêtu s'encadrer sur le seuil.

Son mari occupait une haute position au sein du Reich mais les SS la mettaient mal à l'aise. Ces hommes étaient arrogants, ivres de pouvoir ; ils ne respectaient pas les règles de la bienséance. Des tas d'histoires à vous hérisser le poil lui étaient venues aux oreilles. Des gens comme il faut, influents, issus des meilleures familles, s'étaient retrouvés du jour au lendemain au quartier général de la SS, à Prinz-Albrechtstrasse. On ne les avait plus jamais revus.

Le SS la désigna du doigt et sans même se présenter lui lança un fort grossier : « Veuillez me suivre, je vous prie.

— Je vous demande pardon ? répondit Eva de son ton le plus hautain.

— Nous avons besoin de quelques éclaircissements.

— Le ballet va bientôt commencer, le coupa Eva. J'ignore ce que vous me voulez, mais cela peut attendre.

— Il s'agit d'une question de la plus haute importance, insista le SS. Vous avez salué un homme dans le hall – un Américain.

— Il n'est pas américain mais argentin. Qu'a-t-il fait ? »

Les services de sécurité de l'Allemagne nazie, le *Reichssicherheitshauptamt*, se divisaient en sept départements distincts. Le Département VI – chargé du renseignement extérieur et du contre-espionnage – était si vaste que son quartier général prenait un immeuble entier à lui tout seul. Ce bâtiment moderne de trois étages se dressait au numéro 32 de Berkaerstrasse, à l'intersection de Hohenzollerndamm.

Moins d'une heure après que le *Sturmbannführer* Rudolf Dietrich se fut précipité dans la cabine téléphonique réservée aux SS, devant l'opéra, pour y passer un appel urgent, un officier supérieur frappait à la porte du directeur du Département VI et entrait dans son bureau donnant sur les deux rues. Les deux hommes restèrent enfermés pendant de longues heures. Soit dit en passant, le SS *Oberführer* Walter Rapp – à trente-deux ans il était le plus jeune chef de service de toute la SS – avait la réputation de passer sa vie dans son bureau. Rapp mettait un point d'honneur à tout examiner jusqu'aux moindres détails. Tous les comptes rendus de renseignement passaient par lui, il étudiait lui-même les dépenses de son service et allait jusqu'à surveiller ses propres agents. On racontait qu'il avait des oreilles partout.

Le jeune SS *Standartenführer* Hermann Ehlers parlait rapidement car il savait que son supérieur avait horreur d'être dérangé dans son travail. Rapp le laissa débiter son discours et, au bout d'une minute ou deux, l'interrompit brusquement.

« Si cet Américain a été démasqué par le SD de Paris, pourquoi se trouvait-il à Moscou ?

— J'ai personnellement effectué des recherches dans nos fichiers mais je n'ai pu rassembler que des fragments d'informations, monsieur. Je sais qu'il a tué plusieurs de nos hommes à Paris, après l'anéantissement de son réseau.

— Son vrai nom ?

— Stephen Metcalfe. Il travaille pour un réseau d'espionnage américain fondé par un maître espion nommé Corcoran.

— Ce nom ne m'est pas inconnu. » A présent tout ouïe, Rapp se redressa sur son siège. « J'ai mes propres informations sur le réseau Corcoran. Que faisait-il à Moscou ?

— Je dispose de peu de choses à ce sujet. Mais j'ai ici le résumé d'un rapport envoyé par notre agent à la Loubianka. Le NKVD a arrêté Metcalfe et lui a fait subir une série d'interrogatoires.

— Et ensuite ?

— Ils ont fait chou blanc. Metcalfe a été relâché.

— Pourquoi ?

— En lisant entre les lignes, on comprend que Metcalfe a réussi à manipuler son interrogateur. Il lui a fait croire qu'il travaillait pour Beria.

— Et c'est vrai. Je veux dire c'était vrai ?

— Non, il s'agit probablement d'une histoire inventée de toutes pièces. Cela dit, nous n'avons pas vérifié auprès de Beria. Personne n'oserait le faire. Une chose est vraie, cette affaire relève directement du *Gruppenführer* Heydrich. C'est une question de la plus haute importance.

— *Heydrich ?* Comment savez-vous cela ?

— L'agent du SD chargé d'éliminer Metcalfe est un protégé de Heydrich, violoniste comme lui. Un individu sans pitié et peu recommandable...

— C'est sûrement Kleist. Je ne vois personne d'autre. Ainsi donc, l'Américain court toujours ?

— Heydrich voulait le forcer à se trahir. Il l'a fait suivre, a ordonné qu'on enquête sur ses activités à Moscou. Mais à présent, bien sûr, il ne cherche plus qu'à l'éliminer purement et simplement. »

L'*Oberführer* Rapp réfléchit un instant. « Faites-le venir. Si ce que j'ai appris sur Kleist est exact, j'ai dans l'idée qu'il sera heureux de clore sa mission. Metcalfe a-t-il des contacts ici, des relations ?

— Il y a un banquier. Une *Tunte*, une tante nommée Gerlach.

— Un de ses amants ?

— Pas du tout. C'est Gerlach qui nous a alertés. L'Américain a débarqué à Berlin en début de journée. Il se fait passer pour un banquier de la succursale suisse de la Bank of International Settlements. Gerlach et lui ne se connaissent que depuis quelques heures.

— Où est-il descendu ?

— A l'hôtel Adlon. Nous avons déjà fait fouiller sa chambre. Des agents de la Gestapo en civil sont restés sur place pour le cueillir à son retour. »

Ehler avait agi vite et bien. Rapp poussa un grognement censé lui exprimer ses félicitations. « Doit-il revoir Gerlach ?

— Probablement. Gerlach coopérera, bien entendu.

— D'autres contacts connus ? »

Ehler hésita un instant. « J'ai effectué une double vérification, dit-il avec un orgueil à peine dissimulé. Le nom de Metcalfe figure dans un autre fichier. Il semblerait qu'un vague attaché d'ambassade en poste à Moscou, un certain von Schüssler, figure dans un rapport de routine retraçant les contacts de nos ressortissants avec des étrangers. Metcalfe lui a été présenté et ils ont eu une brève conversation. Kleist a interrogé von Schüssler à Moscou.

— Vraiment ? Je connais ce von Schüssler – du moins, le *Schloss* von Schüssler.

— C'est donc un homme riche.

— A millions. Il est en poste à Moscou, dites-vous ?

— En fait, il est actuellement en déplacement à Berlin pour quelques jours.

— Très intéressant comme coïncidence ! Cela ne signifie peut-être rien mais la piste mérite d'être explorée. J'aimerais que vous vous mettiez en relation avec ce Kleist et que vous l'envoyiez faire un petit tour du côté de la résidence de von Schüssler. Et le plus vite sera le mieux.

— Oui, monsieur.

— Nous devons envisager toutes les possibilités. Il va sans dire qu'une question de la plus haute importance pour le *Gruppenführer* Heydrich est aussi de la plus haute importance pour nous. L'Américain ne quittera pas Berlin. C'est aussi simple que cela. »

Chapitre 35

Le *SCHLOSS* von Schüssler ne se trouvait qu'à une trentaine de kilomètres de Berlin, planté au sommet d'une montagne couverte de conifères. Avec ses remparts, ses tourelles coniques, son toit pentu en pierre rouge et ses murs de pierre blanche, il était le parfait archétype de la forteresse du XIVe siècle. Voilà plusieurs centaines d'années, les von Schüssler avaient fait partie des Chevaliers Libres de l'Empire germanique, un statut supérieur à tout titre de noblesse. Au début du XIXe siècle, l'un des illustres ancêtres de Rudolf von Schüssler s'était vu accorder le titre de *Graf* – comte. Le domaine était dans la famille depuis des siècles et bien qu'il ait perdu sa fonction de citadelle à la fin de l'époque médiévale, ses fortifications demeuraient intactes.

Kundrov avait expliqué à Metcalfe comment se rendre au domaine familial des von Schüssler. Pendant que le Russe organisait les préparatifs, Metcalfe avait réussi à se procurer une voiture. Il déambulait dans une rue proche de Unter den Linden quand il avait vu un Berlinois occupé à garer une Opel Olympia cabossée. L'homme avait une allure de chien battu. Metcalfe s'était approché et, dans un allemand châtié, lui avait offert près d'un millier de reichmarks pour son véhicule, bien plus qu'il n'en valait. L'argent était rare à Berlin à cette époque ; surpris par cette offre généreuse, l'Allemand s'empressa de lui remettre les clés. Ce n'est que lorsque Metcalfe voulut grimper le flanc de la montagne pour atteindre le *Schloss* de von Schüssler qu'il comprit la raison de cet empressement. Non seulement l'Opel était poussive mais en outre la transmission fonctionnait très mal. Elle vibrait tellement dans les côtes que Metcalfe craignit de ne jamais arriver à destination.

Sur la route, il acheta une paire de jumelles Zeiss pour l'observation des oiseaux, ainsi qu'un costume tyrolien en loden vert et gris. Lorsqu'il arriva au *Schloss* – et gara l'Opel dans les bois, loin des curieux –, il était accoutré comme un ornithologue amateur. On était en début de soirée ; personne n'aurait eu l'idée saugrenue d'observer les oiseaux à une heure pareille. Mais cette couverture valait mieux que rien et, d'ailleurs, il ne comptait pas traîner longtemps dans le coin, juste le temps d'effectuer une brève reconnaissance. S'il parvenait à pénétrer dans le *Schloss* sans se faire remarquer, il ne lui resterait plus qu'à trouver un endroit où se cacher en attendant la nuit. Le moment venu, il irait retrouver Lana.

Mais après avoir fait le tour du château, il comprit qu'on n'y entrait pas comme dans un moulin. Loin s'en fallait. Derrière ses hautes murailles trop lisses pour être escaladées patrouillaient des bergers allemands bien dressés. L'endroit présentait tous les aspects d'une forteresse imprenable mais c'était plus une question de style que de nécessité. C'était ainsi que vivaient les riches Allemands. Un apparat purement symbolique ayant malgré tout son utilité en temps de guerre. Metcalfe tenta malgré tout d'escalader la muraille, ce qui ramcuta les chiens qui l'avaient vraisemblablement reniflé. Plutôt que de risquer d'alerter les gardiens du château – von Schüssler était encore à l'opéra mais devait avoir du personnel sur place –, Metcalfe préféra abandonner. Il se laissa tomber et regagna vite sa voiture. Il en avait assez vu pour savoir qu'investir la place frisait l'impossible. L'entrée principale était fermée par des grilles en fer hautes et massives, gardées par une véritable meute de bergers allemands et de dobermans qui se mirent à gronder d'un air menaçant dès qu'il fit mine de s'approcher. Seuls les véhicules dûment autorisés étaient admis. Non loin du bâtiment principal se trouvait un garage en brique abritant une magnifique berline Daimler. Elle appartenait très certainement au maître des lieux. Posté derrière un gros chêne, Metcalfe vit un homme en livrée de chauffeur émerger d'une entrée latérale du *Schloss*. Il s'arrêta un instant, comme pour observer les chiens qui grognaient.

Metcalfe se raidit. Le chauffeur avait sans doute été alerté par le tapage. Si jamais l'homme s'aventurait plus loin, Metcalfe n'aurait plus qu'à s'enfoncer très vite dans les bois. Il attendit de voir ce que le chauffeur comptait faire.

L'homme en livrée sortit un petit sifflet d'argent et souffla dedans. Aussitôt, les chiens se calmèrent. Metcalfe poussa un soupir de soulagement. Le chauffeur avait dû conclure que les molosses en avaient après un quelconque animal sauvage.

Quelques minutes plus tard, Metcalfe reprenait la route de Berlin. Il descendit Unter den Linden en direction du Staatsoper, puis contourna le théâtre pour se garer derrière. Peu après, la Daimler de von Schüssler – de couleur ivoire avec des garnitures noires, une grille de radiateur très caractéristique, des sièges de cuir crème et des finitions en châtaignier – s'arrêta devant l'entrée des artistes. Le chauffeur en livrée – celui que Metcalfe avait vu rappeler les chiens tout à l'heure – en descendit et alluma une cigarette. Appuyé contre le mur, il se mit à fumer d'un air placide en attendant son employeur et sa petite amie.

Kundrov, dont la fonction consistait à savoir ce que faisait Lana à toute heure du jour et de la nuit, avait informé Metcalfe que le chauffeur avait transporté les bagages de Lana et de von Schüssler jusqu'au *Schloss* quelque temps plus tôt. En outre, Kundrov lui avait indiqué que von Schüssler se trouvait dans le Staatsoper, debout près des loges, les bras chargés de pavots. En entendant cela, Metcalfe fut piqué au vif. Il ne pouvait s'empêcher de ressentir de la jalousie. C'était ridicule, bien sûr ; elle détestait cet homme. Et pourtant...

Il consulta sa montre. La représentation n'allait pas tarder à se terminer. Lana apparaîtrait, probablement en compagnie de von Schüssler, et ensemble ils monteraient dans la Daimler. Le truc consistait à capter l'attention de Lana, à se faire voir d'elle à l'insu de l'Allemand. Il devait lui faire passer un message, arranger un rendez-vous d'une manière ou d'une autre. Un instant, il avait pensé confier un billet au chauffeur puis s'était ravisé – l'homme était au service de von Schüssler et, en fidèle serviteur, serait bien capable de remettre à son employeur le mot destiné à Lana. Non, le seul moyen de lui fixer rendez-vous consistait à lui donner un message en main propre au moment où elle sortirait du théâtre.

A moins que... Il existait d'autres façons de procéder. Un garçon de courses pouvait se précipiter vers elle, lui tendre un bouquet de fleurs contenant une lettre. Oui. Cela pourrait marcher. Il regarda autour de lui et vit le chauffeur s'avancer vers l'entrée des artistes. Pourquoi ? Pour y accueillir von Schüssler ? Metcalfe n'avait vu personne sortir : qu'avait donc aperçu le chauffeur ? Puis il entendit vaguement l'homme discuter avec le garde posté devant la porte. Une bribe de phrase dériva vers lui : *« die Toilette. »*

Metcalfe regarda la Daimler laissée sans surveillance et, en un éclair, prit sa décision.

C'était peut-être de la folie... mais si cela marchait, son problème trouverait une solution inespérée.

Il fonça vers la Daimler et appuya sur le bouton d'ouverture du coffre. Il était spacieux, tapissé d'une moquette immaculée. Comme les bagages de Lana et de von Schüssler les avaient précédés, il ne contenait qu'une couverture pliée.

Il regarda autour de lui ; personne en vue.

S'il décidait d'aller jusqu'au bout, il faudrait agir vite... maintenant !

Il grimpa dans le coffre puis tira le couvercle sur lui. Le verrou produisit un déclic en se fermant. Quand il se retrouva dans le noir, il roula sur lui-même pour se blottir dans un coin, attrapa la couverture et s'en enveloppa.

Si tout allait bien... *si*... personne n'ouvrait le coffre : pourquoi l'aurait-on fait ? Du moins jusqu'à ce qu'ils atteignent le *Schloss* et que Lana, von Schüssler et le chauffeur descendent de voiture. Il attendrait encore quelques minutes et dès qu'il serait certain que plus personne ne traînait dans les parages, il ouvrirait le coffre de l'intérieur et sortirait. C'était une manœuvre fort téméraire, pourtant c'était la meilleure manière de parvenir jusqu'à elle.

Si tout se passait bien. *Si* personne n'ouvrait le coffre.

Et dans le cas contraire ? Il portait sur lui l'arme fournie par Chip et l'utiliserait sans hésiter.

Il faisait noir comme dans un four. A tâtons, Metcalfe tenta de se repérer. Il toucha le couvercle du coffre, à la recherche du levier d'ouverture.

Il n'y avait rien.

Rien qu'une surface d'acier émaillé parfaitement lisse.

Ce coffre ne s'ouvrait pas de l'intérieur! La panique l'envahit. Comment diable allait-il faire pour sortir de là ? Il était enfermé !

Le moteur tournait toujours. Metcalfe sentit les gaz d'échappement emplir l'espace où il était blotti. Quand on respirait ces gaz, on risquait l'évanouissement et même la mort.

Ses mains s'affolèrent. Il se mit à explorer frénétiquement l'étroit habitacle, à la recherche d'une manette, d'un quelconque bouton susceptible de le libérer. Mais ses doigts ne rencontraient rien d'autre que des surfaces planes.

Sacré nom de Dieu !

Il était pris au piège !

Le violoniste gara sa voiture sur l'allée circulaire et marcha lentement vers le *Schloss* en observant l'architecture médiévale d'un œil torve. Cette bâtisse était impressionnante, certes, mais il en avait vu de plus belles.

Le fait que sa proie se trouvait à Berlin – dans *sa* ville ! – lui faisait l'effet d'une invitation. Une provocation à laquelle Kleist ne pouvait résister. Le violoniste ne supportait pas de laisser un travail inachevé.

Il sonna à la porte, un serviteur blême aux cheveux gris ouvrit le gigantesque battant.

« Herr Kleist ? Darf ich Sie bitten, nährer zu treten ? » Le maître d'hôtel, qu'on avait averti de sa visite, l'invita à pénétrer dans les lieux d'une manière excessivement guindée, comme si l'homme du SD était un vulgaire représentant de commerce. Une attitude volontairement humiliante que Kleist feignit d'ignorer.

« Votre maître est-il ici ? demanda Kleist.

— Non, monsieur, comme je l'ai dit à votre chef...

— Ce n'est pas mon chef. Dites-moi, quand von Schüssler doit-il revenir ?

— *Graf* von Schüssler ne regagnera le château que dans deux heures. Il est à Berlin, à l'opéra.

— Avez-vous eu des visiteurs ?

— Non.

— La femme et les enfants de von Schüssler sont-ils ici ?

— Non, répondit le maître d'hôtel d'un air irascible. Ils sont en vacances à la montagne. »

Le violoniste fit une courte pause et se mit à humer l'air. Ce château sentait le moisi. L'odeur âcre des vieilles pierres se mêlait aux remugles des matériaux organiques en décomposition. Par-dessus, il renifla les émanations piquantes des produits détergents, celles du décapant pour l'argent et de l'encaustique, ainsi qu'une légère touche de parfum, celui d'une femme. Dans la catégorie senteurs masculines, il repéra celle *der Hausdiener* et la transpiration aux relents d'ammoniac d'un ouvrier. Aucune trace de von Schüssler. Les odeurs féminines, quant à elles, formaient un arrière-fond à peine perceptible. Les membres de la famille étaient effectivement absents, et ce depuis plusieurs jours.

Découragé, il regagna sa voiture quelques minutes plus tard. Il se heurtait à une impasse. Peut-être l'Américain tenterait-il de contacter von Schüssler plus tard dans la soirée ou bien le lendemain. C'était une éventualité, bien sûr.

Puis, comme il ouvrait sa portière, une rafale de vent lui apporta une curieuse sensation olfactive.

Très diffuse.

Ses narines se dilatèrent. Quelqu'un s'était tenu à cet endroit même peu de temps auparavant. Quelqu'un portant un vêtement de lainage et du cuir flambant neufs, tout droit sortis du magasin. En général, les Berlinois se contentaient de vêtements usagés. Ils en changeaient rarement. Kleist tourna la tête pour mieux humer l'air. Une odeur mâle, c'était certain. Et pas celle d'un Allemand, sinon il aurait reconnu ce pot-pourri de bière, d'orge et de pommes de terre se dégageant de la plupart de ses compatriotes. Il détecta en arrière-fond une note savonneuse – ni savonnette, ni savon déodorant, mais quelque chose fleurant le propre quand même, quelque chose d'étranger.

Du savon Ivory. Oui, c'était exactement cela. L'homme était donc américain. Il portait un vêtement de laine neuf – de la laine bouillie, plus précisément – et des bottes de cuir à peine portées. L'odeur d'un vêtement alpin, peut-être tyrolien. Un Américain déguisé en Tyrolien.

Il referma soigneusement sa portière et revint vers le *Schloss*.

Le maître d'hôtel le reçut froidement.

« Vous avez eu des visiteurs, insista Kleist.

— Vous me l'avez déjà demandé et je vous ai répondu : aucun. »

Kleist hocha la tête. « Je vois que vous avez des chiens de garde sur la propriété. Ont-ils manifesté quelque agitation en début de soirée ?

— Non... enfin oui, je crois. Mais cela ne signifie pas nécessairement...

— Vous avez eu un visiteur. Il n'est peut-être pas entré mais il a fait le tour de la propriété. Très récemment. Et il va revenir. »

Le SS *Oberführer* Walter Rapp, chef du Département VI du *Reichssicherheitshauptamt*, dévisageait Hermann Ehlers.

« Kleist est-il certain que Metcalfe traîne dans le secteur ? demanda-t-il au jeune homme.

— C'est ce qu'il affirme.

— Il le tient des serviteurs ?

— Apparemment non.

— Alors sur quoi base-t-il son affirmation ?

— "Des indices", c'est tout ce qu'il a dit. Mais il en est absolument certain.

— "Des indices", marmonna Rapp en saisissant le téléphone. Eh bien, heureusement que les restrictions ne touchent pas les agents de la Gestapo, dit-il. Je veux qu'on envoie une équipe là-bas, et sur-le-champ. »

La Daimler roulait.

Deux minutes plus tôt, il avait entendu des voix approcher, dont celle de Lana, et son cœur avait bondi. La panique qui le tenait depuis qu'il se savait coincé dans le coffre se calma quelque peu.

Puis vint le bruit d'une portière qu'on ouvrait puis refermait. S'attendant au pire, il banda ses muscles, prêt à bondir. Allait-on ouvrir le coffre ? Cette situation avait quelque chose de comique. De ces deux maux quel était le plus grave ? Rester enfermé ou être découvert par le chauffeur ? Dans le deuxième cas, il n'aurait qu'à sauter à la gorge de l'homme et le maîtriser. Mais cela n'arrangerait en rien ses affaires.

Le véhicule accéléra dans un ronronnement mécanique. Lana et von Schüssler étaient assis à quelques dizaines de centimètres de lui, dans le compartiment passagers. Un murmure lui parvenait. Ils discutaient. Metcalfe réfléchit à ce qu'il allait dire à Lana. Quelle serait sa réaction ? C'était une femme courageuse et pragmatique mais il lui arrivait de se montrer imprévisible. La proposition qu'il comptait lui faire était à ce point téméraire qu'elle confinait au ridicule.

En outre, elle comportait pas mal de dangers.

Mais c'était le seul moyen de sauver *Die Wolfsfalle* et la vie de Lana par la même occasion.

Le moteur de la Daimler renâclait, le chauffeur rétrograda. Ils s'engageaient sur une côte. Le *Schloss* était donc proche : ils avaient dû atteindre la dernière partie du chemin, une montée aboutissant devant l'entrée du château. Puis la voiture ralentit et s'arrêta le temps qu'on ouvre le portail. D'autres voix retentirent non loin de là, des cris. On aurait dit que plusieurs hommes étaient postés près de l'entrée ; Metcalfe se demanda ce qu'il se passait. Au bout d'un moment, la voiture redémarra, roula quelques dizaines de mètres au ralenti puis s'arrêta pour de bon. Une portière s'ouvrit. Il entendit la voix de fausset de von Schüssler, le doux soprano de Lana. Leurs pas crissèrent sur le gravier, la portière claqua.

Mais le moteur tournait toujours. La voiture se remit à avancer au ralenti, parcourut une courte distance et s'immobilisa de nouveau. Cette fois, on coupa le moteur. Etaient-ils entrés dans un garage ?

Il attendit, blotti dans l'obscurité absolue du coffre. Il y eut un sifflement presque imperceptible, les portières s'ouvrirent et se refermèrent une fois de plus. Il se dit que le chauffeur était en train de nettoyer son véhicule. Quelques minutes plus tard, il discerna le frottement des semelles de l'homme contre le sol en ciment, le tintement des clés de contact qu'on accrochait à un clou. Ensuite, ce fut le silence.

Il attendit encore.

Cinq, dix minutes – il avait perdu la notion du temps. Avant de réfléchir au moyen de sortir de ce caisson d'acier qui le rendait claustrophobe, il voulait s'assurer que le chauffeur avait bien quitté les lieux.

Finalement, estimant que le moment était venu, il entreprit d'inspecter à tâtons le couvercle du coffre mais sans rencontrer plus de succès que précédemment. Pas de poignée, pas de manette. Les câbles et les fils de fer enfoncés dans les coins ne commandaient pas l'ouverture.

Le sentiment de panique ressenti tout à l'heure refaisait surface. Son cœur cognait à tout rompre ; il manquait d'air ; il avait la bouche sèche.

Il devait bien y avoir un moyen de sortir d'ici, bon sang !

Voilà quelques minutes, Lana était encore assise dans cette voiture, si près de lui qu'il aurait presque pu la toucher. Soudain, une idée germa dans son esprit.

Si près de lui qu'il aurait presque pu la toucher.

Il chercha du bout des doigts le petit compartiment contenant la boîte à outils dont on se servait pour changer les pneus. Il la força. A l'intérieur, il trouva des tournevis, une jauge de pression, des tenailles, des clés à roue. Au moyen du tournevis, il souleva la moquette couvrant le fond du coffre puis l'arracha pour dénuder la plaque métallique le séparant de la banquette arrière. Comme il s'y attendait, il rencontra plusieurs boulons maintenant un panneau amovible ; en toute hâte, il dévissa le rectangle d'acier, le fit glisser sur le côté et accéda au dossier de la banquette. Une telle manœuvre n'était pas prévue dans le mode d'emploi mais, à force de déformer les ressorts, de tordre les montants, il parvint peu à peu à repousser la banquette.

Il lui fallut batailler vingt minutes mais il finit par émerger dans le compartiment passagers de la Daimler. La prison du coffre n'était plus qu'un mauvais souvenir.

La voiture ne se trouvait pas dans un garage mais sous une sorte d'auvent, une structure rudimentaire en brique, ouverte d'un côté, qui laissait entrer le clair de lune. D'un bond, il descendit. Le plafonnier s'alluma pendant une ou deux secondes. Quelqu'un aurait-il pu apercevoir cette lumière ? Il se souvint des voix entendues à l'entrée du domaine. Sans quitter l'abri de l'auvent, il hasarda un coup d'œil à l'extérieur. Une trentaine de mètres en contrebas se découpait la haute barrière en fer. De l'autre côté, plusieurs silhouettes masculines. Des gardes ? Il identifia le crissement des bottes sur le gravier, le gémissement des chiens tirant sur leurs laisses. Et le grondement guttural des molosses – les bergers allemands et les dobermans aperçus dans la journée – qui ne cessaient d'arpenter le périmètre compris à l'intérieur de la clôture, excités par la présence de leurs congénères et de leurs maîtres.

L'un des gardes gratta une allumette. Un halo de lumière perça la nuit. Le temps que l'homme allume sa cigarette, Metcalfe vit plus ou moins nettement ce qu'il se passait de l'autre côté. Les individus qu'il prenait pour des gardes n'en étaient pas.

Il reconnut sans difficulté les uniformes de la Gestapo. Un détachement de la Gestapo patrouillait devant l'entrée principale.

Pourquoi ?

Ils n'étaient pas là, cet après-midi. Les fonctions que von Schüssler occupait aux Affaires étrangères ne lui donnaient pas droit à une telle protection, digne d'un haut dignitaire du Reich. Alors que faisaient-ils ici ? Les pensées se bousculaient sous le crâne de Metcalfe. Von Schüssler venait d'arriver en ville, accompagné de Lana. Le *Sicherheitsdienst* avait-il eu vent de sa présence à Berlin ? Connaissaient-ils ses liens avec Lana – auraient-ils compris qu'il cherchait à la retrouver ?

C'était possible – tout était possible – bien qu'improbable. La Gestapo attendait un visiteur. Quelqu'un s'apprêtant à entrer ou à sortir du *Schloss*. Mais qui ?

Ils étaient postés à l'extérieur, pas sur le domaine lui-même. Ils ne fouillaient pas la propriété ; par conséquent, ils guettaient une arrivée.

C'est moi qu'ils attendent, pensa-t-il. *Serait-ce possible ?*

Il allait devoir pénétrer dans le *Schloss* sans se faire repérer par la Gestapo. Le bâtiment principal se dressait à une trentaine de mètres de là. Pour l'atteindre, il fallait emprunter un sentier plus ou moins exposé à la vue. Dans les pièces du dernier étage, des lumières brillaient. Une lueur rougeâtre éclairait l'une des fenêtres. C'était la chambre de Lana. La jeune femme aimait déposer un foulard rouge sur sa lampe de chevet.

Les agents de la Gestapo attendaient un visiteur venant de l'extérieur. Lui était déjà dans la place. S'il parvenait à se déplacer silencieusement à travers l'obscurité...

Et les molosses ? Apparemment, ils étaient massés le long des barrières, faisant tout pour attirer l'attention des chiens de la Gestapo. Peut-être étaient-ils mal dressés. Ou plus probablement – comme les agents de la Gestapo, leurs homologues humains – étaient-ils dressés à repérer les personnes extérieures cherchant à pénétrer sur leur territoire.

Il sortit tranquillement de sous l'auvent, avisa une haie d'ifs pas très haute qui courait le long de l'allée circulaire, se mit à quatre pattes et progressa ainsi jusqu'à son extrémité. Ensuite, se collant contre la pelouse, il rampa à plat ventre dans l'herbe. Il lui fallut peu de temps pour atteindre le château qu'il entreprit de contourner, en quête d'une entrée de service.

Il la trouva sans problème : une étroite porte en planches non verrouillée. Le *Schloss* était si bien protégé par ses murailles, ses grilles, ses chiens de garde, qu'on jugeait inutile de fermer à clé les issues empruntées par les domestiques. Il tira sur le battant en prenant bien garde de ne pas faire grincer les gonds.

Quand il entendit le bruit de pattes martelant le sol, il était déjà trop tard.

Soudain, un grognement effroyable déchira l'air. Le doberman fondit sur lui et, fermement décidé à lui déchirer le bras, planta ses crocs dans la manche de son manteau en lainage. Le tissu fut transpercé ; une douleur lancinante lui traversa le corps. Le chien avait réussi à le mordre.

Metcalfe se défendit en lui balançant des coups de pied, se tordant dans tous les sens pour lui faire lâcher prise. Comme l'entrée de service était entrouverte, il franchit le seuil d'un bond et claqua la porte sur le mufle du chien. Il recommença plusieurs fois jusqu'à ce que le molosse, dans un glapissement furibond, desserre enfin ses monstrueuses mâchoires.

Dopé à l'adrénaline, Metcalfe se précipita dans le couloir obscur. Tout au bout, il vit un rai de lumière s'allumer sous une porte. Il y avait fort à parier qu'un domestique, alerté par le tapage, venait vérifier ce qu'il se passait. Metcalfe ignorait où menaient les nombreuses portes de chaque côté du couloir. Il secoua une poignée puis une autre. La troisième céda. De l'autre côté, il trouva un escalier étroit menant à une cave humide, referma derrière lui et se mit à descendre.

Malgré l'obscurité, il vit où il était tombé. Des centaines de bouteilles de vin du Rhin et de Moselle étaient rangées autour de lui. Le cellier de von Schüssler. Il se blottit dans un renfoncement et attendit.

Quelques minutes passèrent, personne ne se montra. Concluant qu'il était en sécurité, il consulta sa montre ; dans vingt minutes, minuit sonnerait. Mieux valait patienter encore un peu. D'ici une heure, Lana et von Schüssler iraient probablement se coucher. Ensuite, les domestiques suivraient leur exemple. Fureter dans une maison inconnue comportait trop de risques.

Mais le temps passait. Si Kundrov avait réussi à organiser l'opération comme convenu, il ne restait plus que six heures.

C'était insuffisant pour tout ce qu'il devait accomplir.

Chapitre 36

UNE HEURE plus tard, Metcalfe traversait à pas de loup les couloirs obscurs du dernier étage du *Schloss*.

Il comprit vite que les pièces étaient réparties comme dans tous les châteaux médiévaux. Les domestiques occupaient le rez-de-chaussée ; au premier, on avait une chapelle et une grande salle de réception ornée d'une table proprement monumentale ; les pièces d'habitation tenaient tout le deuxième étage. Chaque niveau se divisait en plusieurs ailes. Metcalfe repéra tout de suite l'aile dévolue à Rudolf von Schüssler aux peaux de tigre étalées sur le sol et autres trophées de chasse garnissant les murs. Il parcourut les appartements du maître de maison et passa devant sa chambre. Au bout du couloir, il tomba sur un bureau : une pièce encombrée de livres et de meubles à laquelle il n'accorda qu'un simple coup d'œil.

Dans une autre aile, il trouva les appartements des enfants von Schüssler. La suivante semblait ne pas servir très souvent ; elle devait être réservée aux visiteurs.

Il en conclut que la chambre de Lana n'était plus très loin.

Metcalfe en savait assez sur von Schüssler pour se permettre de supposer sans grand risque d'erreur que Lana et lui ne dormiraient pas ensemble dans le château familial. Le protocole, le cérémonial aristocratique s'y opposaient. En outre, il était quasiment sûr que

Lana elle-même ferait tout pour éviter de partager la chambre de son amant.

Sous une porte de châtaignier ciré, il vit un rai de lumière. Une lueur rougeâtre. C'était la chambre de Lana. La jeune femme était peut-être en train de lire près de sa lampe de chevet drapée d'un foulard.

Mais était-elle seule ?

Devant la porte, sur un chariot de service couvert d'une nappe, reposaient une serviette en lin bien repassée, un verre en cristal, un pichet en argent, une flûte à champagne vide. Tous ces objets figuraient là en un seul exemplaire. Le couvert était dressé pour une personne, remarqua-t-il.

Lana était à l'intérieur, et seule.

Metcalfe tourna la poignée en cuivre, ouvrit lentement la porte.

Il entendit sa voix. « Rudi ? C'est vous ? »

Pour répondre, Metcalfe attendit d'avoir franchi le seuil et refermé derrière lui. La pièce entièrement lambrissée de panneaux de bois magnifiquement sculptés s'ornait d'un plafond à caissons et de lourdes draperies brodées. Assise au milieu d'un immense lit à baldaquin surchargé de coussins, Lana lui parut aussi radieuse que le jour où il l'avait aperçue sur scène pour la première fois. Son négligé de soie rose, ses cheveux aile de corbeau cascadant sur son cou de cygne rehaussaient encore sa beauté. Son visage s'éclaira ; elle eut un hoquet de surprise et tendit les bras vers lui.

« Stiva, *zolotoi* ! cria-t-elle. Je croyais ne plus jamais te revoir !

— On ne se débarrasse pas de moi si facilement », répondit Metcalfe. Puis il la serra contre lui et l'embrassa passionnément.

Quand il se détacha d'elle, il vit qu'elle pleurait. « Comment as-tu fait pour entrer ? Comment es-tu arrivé à Berlin ? – Sa voix n'était plus qu'un soupir. – Que fais-tu ici ?

— J'ai entendu dire que tu dansais, ce soir. Tu sais que je ne rate aucune de tes représentations quand je suis en ville.

— Non, dit-elle en secouant la tête pour lui faire comprendre que l'heure n'était pas à la plaisanterie. C'est à propos des... documents. Quelque chose de grave s'est passé – je le vois dans tes yeux, Stiva. » On sentait la frayeur dans sa voix. « Qu'y a-t-il ? Un problème ? »

Metcalfe ne voulait plus lui mentir ; il l'avait trop fait. *« Dai ruchenku »*, dit-il en serrant entre les siennes sa main douce et parfumée. Il s'assit au bord du lit et se mit à lui parler calmement. « Tu n'es plus en sécurité à Moscou. Je veux que tu partes.

— Que je quitte la Russie. » Ses yeux écarquillés luisaient comme des braises.

« C'est probablement ta dernière chance. Ils ne t'en accorderont pas d'autre.

— Stiva, *golubchik*, je te l'ai déjà dit : la Russie est ma *rodina*. Ma patrie. C'est elle qui me constitue.

— Ce sera toujours ta *rodina*. Elle sera toujours au fond de toi, Lanouchka. Comme une partie de toi-même. Il en sera toujours ainsi. Mais au moins tu seras vivante, et libre !

— La liberté », commença-t-elle amèrement.

Metcalfe l'interrompit. « Non, Lana. Ecoute-moi. Tu ne connais pas la liberté. Celui qui est né et a grandi dans une prison ne peut savoir ce qu'est la liberté.

— "Des murs de pierre ne font pas une prison, cita-t-elle, Ni des barreaux de fer une cage... Si je peux aimer librement."

— Mais, Lana, tu n'as même pas le droit d'aimer librement !

— Mon père...

— Ça aussi c'est un mensonge.

— Que veux-tu dire ?

— Il n'y a jamais eu de complot. Juste des "preuves" fabriquées de toutes pièces par les nazis pour frapper l'armée soviétique en plein cœur. Staline voit des traîtres partout. Les SS le savaient et ont inventé une correspondance déloyale impliquant les plus hauts dirigeants de l'Armée Rouge.

— C'est impossible !

— Rien n'est impossible, Lana. Pour un esprit paranoïaque, les limites n'existent pas. Ton père détestait Staline comme tout individu sain d'esprit, mais il n'a jamais comploté contre lui.

— Comment le sais-tu ?

— Je le sais. »

Elle lui adressa un sourire triste. « Quel soulagement ce serait de le savoir en sécurité, désormais.

— Oui, convint Metcalfe. Mais hélas ses heures sont comptées.

— Tu te souviens de ses pistolets de duel ?

— Ceux qui appartenaient à Pouchkine ?

— Oui. Eh bien, un jour il m'a dit qu'à l'époque où les gens se battaient en duel, cent mille personnes environ possédaient ce genre de pistolets. Et pourtant, les duels étaient relativement rares. Peut-être mille, pas plus. Selon lui, le fait de posséder une paire de pistolets de duel et de les placer bien en évidence servait surtout d'avertissement. En les voyant, vos ennemis potentiels comprenaient qu'il valait mieux ne pas vous provoquer car vous étiez prêt à vous battre.

— Ton père est-il prêt à se battre ?

— Il est prêt, oui... mais à mourir », murmura-t-elle.

Metcalfe hocha la tête. « Au paradis des travailleurs, l'innocence est une faiblesse, dit-il d'un ton farouche. La machine de la terreur s'ingénie à monter les innocents les uns contre les autres, n'est-ce pas ? Elle place un informateur dans chaque immeuble ; et comme personne ne sait qui "informe", qui dénonce les prétendus traîtres, tout le monde se méfie de tout le monde. La confiance n'existe pas. Ni entre voisins, ni entre amis, ni même entre amants.

— Mais moi je te fais confiance », murmura-t-elle. Ses joues ruisselaient de larmes.

Metcalfe ne savait que répondre. Il l'avait trompée, manipulée. Nul moins que lui ne méritait sa confiance. Il en était bouleversé. La bonté, la droiture de cette femme le rendaient positivement malade. Ses yeux s'embuèrent de larmes : des larmes d'amertume, de colère et de compassion. « Tu as tort. Je ne suis pas digne de confiance, articula-t-il, les yeux fermés.

— Tu n'as quand même pas changé à ce point ! Regarde ce que ton monde a fait de toi. Ton monde de liberté – il t'a durci le cœur, il t'a enlevé la confiance ! Alors dis-moi en quoi ton monde "libre" serait-il meilleur que ma prison, avec ses barreaux dorés ?

— Lana, *milaya*, écoute-moi. Ecoute-moi attentivement. Je vais te dire quelque chose – je vais te dire la vérité. Et peu importe ce que tu penseras de moi ensuite – non, c'est faux, je tremble rien qu'à l'idée que tu pourrais me haïr ! Mais tu dois connaître la vérité et si cela gâche tout, alors tant pis. Ce mensonge me pèse sur la conscience. Je suis incapable de continuer à me taire. Tu mérites mieux, bien mieux. »

Lana ne le regardait plus. Elle vint s'asseoir près de lui et se recroquevilla comme si elle s'effondrait sur elle-même. La main que Metcalfe tenait entre les siennes était devenue froide, humide. De même, quelque chose à l'intérieur de lui s'était mué en glace, encore que cette soudaine froidure n'eût rien à voir avec l'indifférence : au fond de lui, s'étendait une steppe glaciale où marchait un homme solitaire, aussi terrorisé qu'un enfant perdu. « Je veux te parler de l'opération dans laquelle je t'ai impliquée », commença-t-il. *Qu'est-ce que je raconte ?* pensa-t-il aussitôt. *Qu'est-ce que je fais ?* Il était venu dans la seule intention de la persuader de quitter la Russie, de participer à une dernière mission requérant un prodigieux courage, ayant pour double conséquence de lui sauver la vie et de garantir le succès de l'opération WOLFS-FALLE. Mais à présent... une pulsion irrépressible le poussait à ouvrir son cœur à cette femme qui représentait tout pour lui. « Les documents que je te remettais. Je te disais qu'ils étaient censés convaincre Hitler et sa clique des intentions pacifiques de la Russie.

— Je sais », l'interrompit-elle. Elle avait ouvert les yeux mais contemplait le sol d'un air accablé. « Je connais la vérité, *dorogoi* Stiva. Je sais ce que contenaient ces documents.

— Tu les as lus.

— Bien sûr que je les ai lus. Tu me sous-estimes, *milenky*. Si la Russie ne constituait pas une menace, Hitler n'hésiterait pas à l'envahir. Ce serait comme une invitation en bonne et due forme. Les hommes tels que Hitler – et Staline – détestent la faiblesse. Au lieu de les rassurer, elle les rend encore plus vindicatifs. Si Hitler avait estimé possible d'avaler la Russie d'une seule bouchée, il aurait déjà envoyé ses armées sur Moscou et Leningrad. Il nous aurait envahis depuis longtemps. Non, pour empêcher Hitler de déclarer la guerre à la Russie, il faut qu'il croie en sa puissance. C'est aussi simple que cela. »

Metcalfe était abasourdi. Il voulait la regarder dans les yeux mais elle fixait obstinément le sol. Elle poursuivit : « En fait, vous voulez déclencher une guerre entre Hitler et Staline. Tel est votre véritable objectif. Tes documents révèlent les intentions belliqueuses de Staline. S'il croit en leur véracité, l'Etat-Major nazi n'aura pas le choix. Les Allemands enverront leurs troupes. »

Metcalfe se tourna vers elle et prit son visage entre ses deux mains. « Mon Dieu, souffla-t-il. Tu sais tout depuis le départ.

— Et j'approuve, Stivouchka. Je trouve cela dangereux, audacieux mais brillant. C'est notre seul espoir. Si Hitler nous attaque en tablant sur notre faiblesse, il courra droit à l'échec. Oui, Stiva, je le sais depuis le début.

— Tu es si belle. Je n'ai jamais rencontré de femme plus belle que toi. Et je n'ai jamais rencontré de femme plus remarquable que toi.

— Dans ce cas, dis-moi une chose, répondit-elle sur un ton solennel. Et pas de faux-fuyants : le NKVD me soupçonne-t-il de transmettre aux Allemands des secrets militaires soviétiques ? Est-ce pour me dire cela que tu es venu ?

— Non. Ils ne sont encore sûrs de rien. Mais ce n'est qu'une question de temps. L'*Abwehr* – le renseignement militaire allemand a placé un pion à l'intérieur de la Loubianka. Il y a des fuites dans un sens et dans l'autre. Rien ne reste éternellement confidentiel.

— Un "pion" ?

— Une taupe. Un type à leur service, qui les informe et leur transmet des rapports.

— Un espion parmi les espions ! »

Il hocha la tête. « Les Allemands trouvaient que les documents leur parvenaient trop facilement. Aujourd'hui, ils se demandent s'il ne s'agirait pas d'une mise en scène orchestrée par l'Union soviétique.

— Et tu penses que leur... leur "pion" à la Loubianka risque de me démasquer.

— C'est possible. Dans toute opération impliquant plus de deux personnes, les fuites sont toujours possibles.

— Mais ce n'est pas cela qui te préoccupe le plus. Tu redoutes surtout l'échec de l'opération.

— Tu dois me trouver impitoyable.

— Je ne suis pas une enfant », lâcha-t-elle en se tournant soudain vers lui. Ses yeux écarquillés lançaient des éclairs. « Je croyais que tu avais fini par t'en rendre compte. Je mesure aussi bien que toi l'importance des enjeux. Nous savons que le destin du monde libre compte davantage que la vie d'une danseuse. »

Ses paroles le glacèrent. « Tu me trouveras peut-être présomptueux, répliqua-t-il doucement, mais je veux te protéger tout en sauvant l'opération.

— Comment est-ce possible ?

— Kundrov.

— Kundrov ? Que veux-tu dire par là ?

— Si tu nous donnes ton feu vert, Lana, Kundrov va faire un rapport sur toi à ses supérieurs.

— *Un rapport sur moi*, dit-elle. Je ne comprends pas.

— Il leur fera part de ses soupçons à ton sujet. Il leur dira que la fille d'un grand général soviétique transmet des secrets militaires au diplomate allemand dont elle est amoureuse. Ça fera l'effet d'un coup de tonnerre, à Moscou. La nouvelle se répandra jusqu'au sommet de l'Etat. Le GRU appellera le NKVD à la rescousse et des ordres seront aussitôt émis. »

Elle hocha la tête. Les traits de son visage se durcirent. Elle avait compris. « Les Allemands apprendront mon arrestation par leur espion à la Loubianka. Les hommes de Hitler auront la preuve irréfutable que la Russie n'est pour rien dans cette affaire, que les documents sont authentiques » Elle haussa les épaules ; elle s'exprimait d'un ton badin mais sans parvenir à cacher sa tension, sa peur. « La vie d'une petite danseuse ne pèse pas grand-chose face à l'anéantissement de Hitler. »

Metcalfe lui prit le visage à deux mains et l'obligea à le regarder. « Non ! Je ne te sacrifierai pas !

— C'est moi qui me sacrifierai, répondit froidement Lana.

— Ecoute-moi ! Ils ne t'arrêteront pas. Tu sais comment ça se passe. Le NKVD n'osera pas agir en territoire allemand. Ils feront en sorte que tu rentres au bercail. Ils t'ordonneront de revenir sur-le-champ en prétextant une urgence. Peut-être un souci avec ton père. Ils te mettront dans le premier train pour Moscou pour te cueillir à l'arrivée.

— Oui, oui, convint-elle. C'est exactement ce qu'ils feront.

— Mais tu ne monteras pas dans ce train ! Tu feras défection – ils penseront qu'on t'a avertie, qu'ayant compris ce qui t'attendait à Moscou tu as choisi de t'enfuir. C'est parfaitement raisonnable.

— Et comme ferai-je pour m'enfuir ?

— Tu n'as qu'un mot à dire, Lana, et je téléphone en Suisse. Le Special Operations Executive britannique et la RAF gèrent une flotte de petits monoplans – des Lysander – servant au parachutage des agents en zone occupée. Il leur arrive d'en ramener aussi.

— Ils survolent l'espace aérien allemand ?

— Les pilotes connaissent les capacités et les contraintes d'horaires de la DCA nazie. Ils volent bas et assez vite pour prendre les Allemands de court. Ces avions ont déjà effectué des douzaines de vols semblables. Tout est une question de coordination. Dès l'instant où nous demanderons l'intervention d'un

Lysander, il faudra se tenir prêts à rejoindre le point de rendez-vous convenu. A l'extérieur de Berlin. Si tout ne se déroule pas exactement dans les temps, le pilote ne prendra même pas la peine d'atterrir. Il tournera en cercle puis regagnera la base de Tempsford dans le Bedforshire. Et la fenêtre se fermera pour toujours.

— La fenêtre ?

— Dès que Kundrov aura transmis son rapport à Moscou, il faudra réagir très vite. Si nous ratons l'occasion, le NKVD te mettra la main dessus. Et je n'y pourrai plus rien.

— Et Kundrov ?

— Nous avons déjà tout prévu. Il se charge d'enclencher les opérations, et moi, je n'ai qu'à passer ce coup de fil à Berne. Dès qu'ils me confirmeront le départ du Lysander, Kundrov présentera son rapport à ses supérieurs. Les autorités de Moscou profiteront de la présence du NKVD à Berlin pour leur demander d'organiser ton départ. Le mécanisme se mettra en branle. Personne ne pourra l'arrêter. Il n'y aura pas de retour en arrière.

— Tu lui fais confiance ?

— Il m'a posé la même question. N'oublie pas que ce type nous a déjà sauvé la mise ». Metcalfe se souvint de sa conversation avec Kundrov, le jour où il lui avait demandé de l'aider à fuir la Russie. « J'ai d'autres raisons de lui accorder ma confiance. Lana – la balle est dans ton camp.

— Oui.

— Je veux que tu prennes ton temps pour réfléchir. Ma proposition peut te paraître terriblement risquée mais à mon avis, tu cours encore plus de risques en rentrant à Moscou. Ils ne t'épargneront pas.

— J'ai répondu oui, Stiva.

— Tu comprends bien que la réussite n'est pas garantie ?

— Je te le répète, je ne suis pas une enfant. On n'est jamais vraiment sûr de rien, dans la vie. Dans *notre* monde, rien n'est sûr à cent pour cent, mon chéri. Je souffre de quitter mon père. Mais chaque matin, je lui dis au revoir pour la dernière fois. Alors je te réponds oui. »

Ils gardèrent le silence pendant une minute ou deux.

« Il faut que je passe deux coups de fil. Le premier à Kundrov : il l'attend. » Metcalfe sortit un petit bout de papier sur lequel il avait griffonné le numéro d'une cabine téléphonique dans le centre de Berlin. « L'autre en Suisse. Von Schüssler est un diplomate. Les Affaires étrangères ont dû l'équiper d'une ligne téléphonique donnant accès à l'international.

— Il y a un téléphone dans son bureau. Peu après notre arrivée, il a appelé l'ambassade allemande à Moscou. »

Il jeta un coup d'œil à sa montre en se disant qu'il faisait ce geste de plus en plus souvent depuis quelques heures.

« Très bien. Nous disposons de cinq heures, peut-être moins. Si tout se passe comme prévu, dès que j'appellerai Kundrov, il contactera Moscou. Ensuite, tout ira très vite ; Kundrov y veillera. Moins d'une heure après, tu recevras le coup de fil d'un inconnu qui te dira que ton père est très malade, que tu dois rentrer à Moscou sans attendre. Il te conseillera de te présenter à l'Ostbahnhof pour prendre le Bruxelles-Moscou de 19 h 30 effectuant un bref arrêt à Berlin à 4 h 2 du matin.

— Et ensuite ?

— Ensuite, Kundrov te rejoindra ici pour te conduire au point de rendez-vous, un ancien studio de cinéma dans la banlieue de Berlin. Aujourd'hui, les Allemands s'en servent comme d'un leurre. Une ville factice censée détourner les bombardements visant Berlin. Il y a là-bas un champ suffisamment vaste pour permettre l'atterrissage d'un petit avion. C'est l'emplacement le plus sûr à soixante kilomètres à la ronde. Bon, pour que ce plan ait une chance de réussir, il faut que l'avion pénètre dans l'espace aérien allemand entre le moment où tu recevras l'appel du NKVD et l'heure à laquelle tu seras censée te rendre à l'Ostbahnhof. Quand ils étudieront à la loupe la succession des événements de cette nuit, tout devra sembler plausible. Ils verront qu'après avoir reçu ce coup de fil, tu as réfléchi et décidé de prendre conseil auprès de tes traitants...

— Mes "traitants" ?

— Les gens pour qui tu travailles. Je suis désolé. C'est le vocabulaire du monde auquel j'appartiens.

— Mais comment peux-tu être sûr de trouver un avion dans un délai aussi bref ?

— Les gens que je connais ont énormément d'influence. Si, par malchance, il se révèle impossible d'organiser un vol en urgence, nous remettrons tout cela à plus tard. Kundrov ne fera son rapport à Moscou qu'au moment où nous serons assurés d'obtenir un avion. »

Elle prit un air méditatif comme si quelque chose la chiffonnait.

« Et si l'avion est intercepté – ou descendu – par les forces aériennes allemandes après que le NKVD a organisé mon arrestation...

— Je préfère éviter de penser à ce genre de choses, Lana, répondit Metcalfe après une pause.

— On doit toujours s'attendre au pire.

— Parfois on n'a pas le choix. Mieux vaut espérer le meilleur.

— C'est une attitude fort désinvolte alors que le sort de plusieurs êtres humains est en jeu. Sans parler du sort de l'humanité.

— Il n'y a rien de désinvolte là-dedans. Je suis américain – donc optimiste.

— Et moi je suis russe, donc pessimiste. Nous ne pouvons avoir raison tous les deux en même temps.

— Mais bientôt, toi aussi tu seras américaine, ma chérie. Ecoute, le temps file et nous sommes là à discuter. Il faut se presser. Agir, et sans attendre. Si tout se passe bien, ma chérie, demain nous serons ensemble dans un endroit où nous pourrons enfin prendre notre temps. »

Chapitre 37

REDOUTANT de voir apparaître les chiens de garde, Metcalfe n'osait s'écarter de la porte par laquelle il était entré dans le *Schloss*. Mais le champ était libre, les molosses ayant probablement regagné leur territoire de chasse, sur le pourtour de la propriété. De même, les hommes de la Gestapo étaient repartis bredouilles. On les avait sans doute dépêchés sur une autre mission. Metcalfe fila se réfugier sous l'auvent et, malgré l'obscurité, repéra les clés de la Daimler suspendues à leur crochet.

La voiture démarra sans bruit, sortit du garage, descendit l'allée et s'arrêta devant le portail principal, fermé à clé. Quelques chiens erraient dans les parages. Quand ils levèrent le museau, une lueur dorée éclairait leurs yeux. On les sentait inquiets, certains poussèrent des grognements de mise en garde. De toute évidence, ayant reconnu l'automobile mais pas le conducteur, ils se demandaient comment réagir. Dès que Metcalfe descendrait de la Daimler pour ouvrir le portail, à supposer qu'il y arrive, les chiens le renifleraient, l'identifieraient comme un intrus et attaqueraient. Bien sûr, il pourrait se défendre avec son arme mais le bruit de la détonation alerterait les domestiques, peut-être même von Schüssler.

A présent, les chiens entouraient la voiture en poussant de petits cris plaintifs entrecoupés de grognements. Cet étranger au volant de cette voiture si familière les rendait perplexes. Un groupe de cinq ou six ne cessait de le fixer avec une farouche intensité, prêts à bondir.

Le temps s'arrêta. D'un instant à l'autre, l'un des chiens se déciderait à aboyer, bientôt imité par ses congénères, tirant du sommeil l'ensemble de la maisonnée. Seulement voilà, pour déverrouiller le portail, il fallait bien descendre de voiture. Il n'avait guère le choix et de plus, le temps pressait. L'horaire fixé était irrévocable. Il n'y avait pas une minute à perdre !

Un éclair argenté passa dans son champ de vision.

Il s'agissait d'un fin tube métallique, rangé dans un petit compartiment du tableau de bord. Un sifflet. Metcalfe s'en saisit.

Un sifflet à ultrasons.

Quelques heures auparavant, il avait vu le chauffeur s'en servir pour calmer les chiens. Il le glissa entre ses lèvres et souffla de toute la force de ses poumons. Aucun son ne retentit hormis celui de l'air sortant à forte pression, la fréquence du sifflement n'étant audible que pour les chiens.

Immédiatement, les grognements cessèrent. Les molosses reculèrent et, comme de braves toutous, se plantèrent tranquillement sur leur séant.

Non sans hésitation, Metcalfe ouvrit la portière, sans pour autant lâcher le sifflet, au cas où il lui faudrait renouveler l'expérience, et marcha vers le portail. A son grand soulagement, il vit la grosse clé en fer encore enfoncée dans la serrure. Forcer cet antique mécanisme ne lui aurait pris que cinq minutes ; mais l'économie de temps qu'il venait de faire n'était pas négligeable.

Chaque minute comptait.

Grâce au plan de Berlin fourni par Chip Nolan, Metcalfe traversa la ville à bonne vitesse, sans pour autant attirer l'attention de l'Orpo, l'*Ordnungspolizei*.

Tout en conduisant, il repassait dans son esprit le détail des opérations établi conjointement avec Corky et Kundrov. Corky avait abandonné son flegme coutumier quand il s'était aperçu que Metcalfe l'appelait de Berlin sur une ligne directe. « Nom de Dieu, mon garçon, mais d'où téléphones-tu ? Du bureau privé du Führer ? » s'était-il exclamé. La requête de Metcalfe fut suivie d'un long silence. Le jeune homme avait cru se voir opposer telle ou telle objection, aussi fut-il fort surpris de cette réaction. Corcoran ne se plaignit même pas d'avoir été réveillé en pleine nuit. Il se contenta de soulever une objection : « Il ne s'agit pas simplement d'appeler un taxi, Stephen. J'ignore totalement quelles sont les conditions de vol, la visibilité. » Le vieux maître espion posa le combiné et le reprit quelques minutes plus tard. « Un Lysander partira sous peu de la base de combat de la RAF à Tangmere, sur la côte anglaise de la Manche, et arrivera à destination à trois heures du matin. Tu n'imagines pas combien de sonnettes j'ai dû tirer pour monter cette opération. » Il précisa l'emplacement précis choisi pour le ramassage puis énuméra toute une série d'instructions.

Dès qu'il eut raccroché, Metcalfe appela Kundrov sur un numéro de cabine convenu entre eux. Ils ne discutèrent guère plus d'une minute ; les deux hommes savaient quoi faire.

« J'appelle tout de suite Moscou, dit Kundrov. Mais rappelez-vous, c'est un acte irrévocable. Il n'y aura pas de retour en arrière. »

A présent que Metcalfe approchait du site de ramassage, il n'en croyait pas ses yeux. Corky lui avait décrit l'endroit mais le découvrir par lui-même avait quelque chose d'hallucinant.

Un vaste complexe de bâtiments disposés en fer à cheval entourait un grand champ. Au centre, il vit un énorme bâtiment en béton ressemblant à un hangar, couvert d'un toit en tôle ondulée et flanqué de structures en brique de taille plus modeste. Des filets de fumée sortaient de plusieurs cheminées. Autour des bâtiments étaient disséminés des réservoirs d'essence et des cuves de déchets. On aurait dit une sorte d'usine, une fabrique de munitions de taille gigantesque.

En fait, il s'agissait d'un décor. Le bâtiment central était bien réel. En revanche, les annexes non, tout comme les cuves, les citernes, et les camions probablement.

Ce vaste terrain servait autrefois de lieu de tournage. Les nazis l'avaient réquisitionné et transformé en leurre antiaérien. Au cours des derniers mois, les hommes de Hitler s'étaient dépêchés d'en construire des dizaines semblables partout en Allemagne – rien qu'à Berlin on en dénombrait quinze. On disait que cette idée leur venait des Britanniques qui, durant la récente bataille d'Angleterre, avaient édifié cinq cents sites factices – des terrains d'aviation, des ports, des bases militaires en contre-plaqué et tôle ondulée – dans des zones reculées afin de tromper les nazis, détourner leurs bombardements et épargner les zones habitées. Cette ruse stratégique avait remporté un grand succès en Grande-Bretagne. Les nazis avaient gaspillé un temps et un matériel précieux ; les dommages infligés aux villes anglaises avaient été réduits d'autant.

Selon l'ancien stratège chinois Sun Tzu : « L'art du leurre est le fondement de toute guerre. » Les nazis semblaient avoir pris ce principe au pied de la lettre. Les avions anglais partant bombarder le centre de Berlin se guidaient sur le Lietzensee, le lac séparant Kurfurstendamm et Kaiserdamm, aussi la Luftwaffe avait-elle couvert le lac de bois flottants ressemblant, vus de haut, à des immeubles résidentiels, ce qui faussait les images des radars. Le long de Charlottenberger Chaussée, de Tiergarten jusqu'à la porte de Brandebourg, ils avaient maquillé les réverbères en sapins et, pour accentuer l'impression de forêt, déployé un filet de camouflage garni de bandes de tissu vert. Les immeubles officiels factices se dressant dans le voisinage de la gare Ostkreuz S-Bahn étaient censés tromper les pilotes de la RAF effectuant des vols de reconnaissance et leur faire prendre la gare pour Wilhelmstrasse.

Mais dans toute l'Allemagne, aucun site factice n'était aussi élaboré que celui-ci.

Les Studios Brandebourg avaient été fondés en 1921, à l'époque où l'industrie cinématographique allemande, alors à son apogée, faisait de l'ombre à Hollywood. Ces lieux avaient vu passer des vedettes légendaires comme Marlène Dietrich, Pola Negri et de talentueux metteurs en scène tels que Fritz Lang ou Ernst Lubitsch. Puis le Troisième Reich imposa son ordre, prit le contrôle de ce secteur florissant, les « non-Aryens » en furent bannis et les Studios Brandebourg cessèrent de fonctionner. Les nazis s'arrogèrent ce gigantesque espace où, peu de temps auparavant, se tournaient westerns et épopées bibliques. Dans le bâtiment central, la monumentale salle de tournage était toujours emplie de décors et d'accessoires accumulés au cours des deux décennies d'activité cinématographique. Tout avait été abandonné tel quel. Aujourd'hui, les décors qui avaient vu naitre tant de chefs-d'œuvre classiques n'étaient plus que des nids à poussière.

Les experts de la *Luftwaffe* avaient édifié de chaque côté de la salle de tournage plusieurs faux bâtiments en brique, transformant le site tout entier en une époustouflante réplique d'une usine d'armement. Même la fumée artificielle sortant des cheminées – censée attirer les avions ennemis – était confondante de vérité. L'illusion d'optique était tout bonnement parfaite.

En outre, cette zone jouxtant la ville de Berlin à l'ouest côtoyait un grand complexe militaro-industriel, ce qui ajoutait encore à la ruse destinée à duper les avions de combat britanniques. On trouvait là les usines Kraftwerk Ouest de Siemens, AEG, les industries de radiocommunications Telefunken, l'usine Alkett produisant des tanks et Maybach des moteurs. Des fabriques en tout genre encerclaient Berlin, tournant à plein régime afin d'alimenter en continu la machine de guerre nazie.

Bien entendu, comme tous les leurres, le site était désert, ce qui en faisait l'un des emplacements les plus sûrs à Berlin. Metcalfe, Lana et Kundrov s'y retrouveraient sans craindre les regards importuns. Mais plus important que les bâtiments eux-mêmes, le grand champ enneigé compris dans l'enceinte des studios se prêtait idéalement à leur projet. Il mesurait plusieurs centaines de mètres de côté, or, deux cents mètres étaient largement suffisants pour l'atterrissage et le décollage du petit Lysander.

Par chance, la lune aux trois quarts pleine brillait assez pour éclairer la zone d'atterrissage, pensa Metcalfe. Le service de reconnaissance photographique de la RAF possédait des clichés détaillés de Berlin vu du ciel ; ce site factice était donc bien connu du renseignement britannique. Et cela n'avait rien d'étonnant. Depuis le mois d'août, la RAF avait effectué plus de quarante sorties sur Berlin. A chaque raid, elle améliorait sa précision.

Toutefois, si l'on voulait que le ramassage se déroule sans heurts, il y avait certaines procédures à respecter. Corky avait dépêché Chip Nolan sur les lieux pour leur donner un coup de main. L'homme du FBI apporterait avec lui le matériel nécessaire, dont des lampes-torches destinées à envoyer un signal de reconnaissance en morse. En l'absence de ce signal lumineux indiquant qu'il pouvait atterrir sans danger, le pilote du Lysander ferait demi-tour et rentrerait aussitôt en Angleterre. Nolan devait également apporter des flambeaux, sans doute fournis par la résistance antinazie qui les cachait dans une planque à Berlin. Corky avait précisé que trois flambeaux devraient être fichés en terre de manière à former un grand L marquant la piste. Le pilote poserait le monoplan au niveau du premier puis décrirait un cercle sur environ cent vingt mètres entre les deux autres. Il ne couperait pas les gaz – si jamais le Lysander calait et se trouvait dans l'impossibilité de repartir, ce serait la catastrophe. Tout bien calculé, l'avion ne resterait pas au sol plus de trois minutes, à supposer que tout se passe bien.

Mais réussir un tel tour de force relevait du prodige pour la bonne raison qu'aucun des paramètres n'était sûr à cent pour cent. Comme tout ou presque reposait sur des facteurs humains, les risques d'erreur ne manquaient pas. Leur beau plan pouvait s'écrouler à tout moment.

Une barrière grillagée peu élevée entourait l'usine factice. On l'avait édifiée non par souci de sécurité mais pour renforcer l'illusion. La Daimler franchit l'un des portails ouverts et se gara sur un parking goudronné devant le grand bâtiment de béton.

Metcalfe balaya le secteur du regard pour s'assurer qu'il était seul et marcha vers la salle de tournage où Chip était censé l'attendre. Il dépassa l'un des faux édifices en brique. Même à une distance de trois mètres, les briques peintes avaient l'air vraies. Pour renforcer l'illusion, on avait dessiné des rangées de fenêtres sur la façade de contre-plaqué. Les murs, les toits, les seuils de portes et les fenêtres nettement découpés produisaient un effet extrêmement réaliste.

Il consulta sa montre. Chip devait être arrivé.

Il contourna le bâtiment pour gagner l'entrée principale faisant face au champ. Une voix – celle de Nolan – retentit à l'intérieur de la salle de tournage.

L'homme du FBI se tenait devant la réplique étonnamment ressemblante d'une rue berlinoise. Des pavés luisants, des réverbères, des immeubles du XIXe siècle, une boîte aux lettres, une terrasse de café. Metcalfe reconnut aussitôt le décor d'un film avec Marlène Dietrich. Chip Nolan portait une caisse en bois.

« Ah, vous voilà ! lança Metcalfe. Pile à l'heure. Je suis heureux de vous voir. Ça ne va pas être facile. »

Il jeta un regard émerveillé autour de lui. Avec ces longues nefs remplies de pièces de décor, certaines disposées en tas, d'autres simplement abandonnées sur place, cet édifice était aussi vaste qu'une gare parisienne. On aurait dit qu'une douzaine de tournages venaient de s'interrompre, le temps de souffler un peu. Il aperçut dans un coin une rangée de maisons improbables, conçues dans le style expressionniste allemand. Elles penchaient chacune dans un sens et leurs fenêtres peintes obliquaient un peu au hasard. Ce décor aurait très bien pu servir au tournage du *Cabinet du Dr Caligari*. En tournant la tête, il reconnut un luxueux appartement de Manhattan. Puis un minuscule chalet suisse, dressé devant une toile peinte figurant les Alpes. A la devanture d'une boulangerie, le mot KONDITOREI peint en lettres gothiques dorées s'étalait sur une vitrine regorgeant de pâtisseries laquées. Ailleurs, les toits de Londres étaient reproduits presque grandeur nature.

Chip eut un sourire modeste. « Eh bien, vous savez ce qu'ils disent au Bureau. Qu'il pleuve, qu'il neige, que le soleil brille, de jour comme de nuit... Non, excusez-moi ça c'est le slogan de la poste. » Nolan posa la caisse en lui adressant un regard chaleureux mais attentif.

« En tout cas, je suis content de vous voir.

— Vraiment ? » Nolan sourit. « Pourtant, faudrait voir à respecter le principe de compartimentation et tout le bataclan. Seulement voilà, quand on ignore trop ses petits collègues, il arrive qu'on aille droit dans le mur. »

Metcalfe haussa les épaules. « Possible.

— Vous savez, ça fait juste une heure qu'ils m'ont informé de ce rendez-vous. Le message venait du siège central. Et je dois dire que j'ai les pires inquiétudes quant aux conditions de sécurité de cette opération. Nous courons les plus grands risques.

— Comme si vous veniez de vous en apercevoir ! Après ce que Corky a déjà perdu... » Metcalfe ne termina pas sa phrase. Le vieux maître espion tenait à diviser l'information, à l'intérieur comme à l'extérieur du Bottin. « Ecoutez, si vous avez quelque chose à me dire, c'est maintenant ou jamais. » Il jeta un œil sur sa montre en se demandant quelle région de l'Allemagne le Lysander était en train de survoler au même moment. Chacun de ses nerfs était tendu à se rompre.

« Vous avez mal compris. Je croyais que c'était vous qui aviez quelque chose à me dire.

— Je ne vous suis pas.

— Je pense qu'à nous deux, nous possédons une infinité de données. Pourquoi ne pas les partager ? Mais pour cela, il faut que vous jouiez cartes sur table. En guise de hors-d'œuvre, que faites-vous à Berlin ?

— Je pense que vous le savez. » Il montra l'espace qui les entourait. « Une exfiltration.

— Oui, mais *pourquoi* ?

— C'est compliqué et le temps presse, pas vrai ? Disons seulement qu'il s'agit d'un agent russe.

— Un agent russe, d'accord. » Nolan prit un air absorbé et fit un pas en avant. « Et c'est vous qui gérez cet agent russe. »

Metcalfe haussa les épaules, mal à l'aise. « Dans un sens.

— A moins que ce ne soit le contraire.

— De quoi diable parlez-vous ?

— J'ai besoin de savoir ce qu'ils vous ont dit, mon ami, fit Nolan d'un ton calme.

— Je ne vous suis pas », répliqua Metcalfe sans cacher sa perplexité.

L'homme du FBI lui jeta un regard glacial ; Metcalfe connaissait ce genre d'expression. Comme tous les enquêteurs professionnels, Nolan savait se servir des silences entendus pour soutirer des aveux. « Ecoutez, je vous ai vus ensemble, vous et votre ami du GRU. Kundrov, c'est cela ? Devant l'opéra. Vous croyez peut-être que j'ignore que vous travaillez avec lui ?

— Je travaille avec lui, dites-vous ? Mais mon vieux, vous avez tout faux. C'est lui qui travaille avec nous – il nous aide et en faisant cela il prend des risques considérables ! »

Nolan eut un rire sarcastique. « Vous connaissez l'histoire du type qui trouve un serpent à sonnette au sommet d'une montagne enneigée. Le serpent à sonnette lui dit : “J'ai froid, j'ai faim. Emmène-moi dans la vallée et je promets que je ne te ferai pas de mal. Je ne suis pas comme les autres.” Le type fait ce qu'on lui demande. Dès qu'il arrive dans la vallée, le serpent lui plante ses crochets dans le cul. Le type dit : “Mais tu as promis !” Et le serpent fait : “Hé, tu savais qui j'étais quand tu m'as ramassé.”

— Merci pour cette leçon de zoologie. Mais si nous ne mettons pas les flambeaux en place, et tout de suite... »

Nolan haussa la voix pour couvrir ses protestations. « Ne détournez pas la conversation. Il ne faut pas croire tout ce qu'ils racontent. Tout cela tend vers un but, et ce but est de vous manipuler. Semer la discorde. Monter les gens les uns contre les autres. » Nolan fit une pause. « Bon. Qu'est-ce qu'il vous a raconté à mon sujet ?

— Quoi ? » De la perplexité Metcalfe passa à l'agacement. Jetant un autre coup d'œil à sa montre, il marmonna : « On n'a jamais parlé de vous. Pourquoi l'aurait-on fait ? » Un moment après, il se souvint qu'en effet Kundrov lui avait posé des questions sur Nolan. *J'ai déjà vu sa tête quelque part. Peut-être dans l'un de nos trombinoscopes.*

« Pour rien, répondit Nolan d'un ton égal. Hé, je travaille pour la section *Flaps and seals*, un point c'est tout... "frappez et on vous ouvrira". Pas vrai ?

— Si vous croyez que la fuite vient de moi... vous vous carrez le doigt dans l'œil, c'est moi qui vous le dis.

— Du calme, mon petit. » Nolan scruta le visage de son cadet pendant encore un bon moment puis lui décocha un clin d'œil amical, comme si ses soupçons s'étaient évanouis d'un coup. « Il fallait juste que je m'en assure.

— Ecoutez, comptez-vous m'aider oui ou non ? martela Metcalfe.

— Je vous le répète, tout l'art de l'espionnage consiste à pousser les autres à faire le sale boulot à votre place sans qu'ils s'en rendent compte. Les Russes sont passés maîtres en la matière. Voilà le problème. Au cours des dernières semaines, je me suis documenté sur ce réseau d'espions. Tout ce qu'il y a de redoutable, tout ce qu'il y a de secret. Ils opèrent partout en Europe, et même aux Etats-Unis. Et ils compromettent gravement la bonne marche de la politique étrangère américaine. Un Stuka qui lâcherait ses bombes sur Washington ne ferait pas autant de dégâts.

— Bon sang, Chip, vous êtes sûr de ce que vous dites ?

— Comme deux et deux font quatre, mon ami. Mais nous les combattons avec plus d'efficacité chaque jour. Nous avons la situation bien en main. Nous leur coupons l'herbe sous le pied, l'un après l'autre. Dès que j'apprends un nouveau nom, nous agissons. Il y a trop de choses en jeu pour tortiller du cul. Il s'agit d'un réseau constitué d'Américains et d'Européens, des membres de la bonne société souvent issus des meilleures familles, et baignant parfois dans les hautes sphères du pouvoir. C'est un remarquable exploit, je vous assure.

— Mais si les Soviétiques ont mis ce réseau en place...

— Je n'ai pas dit qu'ils l'avaient fait. Ils n'en ont pas eu besoin. Vous vous rappelez sûrement la question préférée du camarade

Lénine : *A qui profite le crime ?* Quand on bénéficie d'un réseau clandestin de cette envergure, peu importe qui en est responsable.

— Comment se fait-il que Corky n'en ait jamais parlé ?

— Parce qu'il en fait partie. » Nolan cligna les yeux et fit un pas en direction de Metcalfe. « Et vous aussi. »

Le sang cognait dans les oreilles de Metcalfe. « Vous rendez-vous compte des absurdités que vous êtes en train de débiter ? Vos fantasmes paranoïaques nous font perdre un temps précieux. La prochaine fois que vous aurez envie de proférer de pareilles accusations, je vous conseille...

— Moi, je surveille les feux de signalisation, vous devriez m'en être reconnaissant. Je connais la musique par cœur. Croyez-moi, je sais le pourquoi et le comment. Vous n'imaginez pas à quel point. Les renseignements russes déchiffrent un code que mes amis du *Sicherheitsdienst* croyaient indéchiffrable et brusquement, voilà que le GRU envoie un type à Berlin pour me débusquer. Après ça, j'apprends que vous discutez au téléphone avec Corky. Il me contacte sous un prétexte foireux et me dit de vous rejoindre dans ce vieux studio avec des torches et des flambeaux. » Il secoua lentement la tête, une expression écœurée sur le visage. « Désolé, je ne marche pas. Je ne tremperai plus dans les conneries de Corky. Que ce soit bien clair, James – ou devrais-je dire Stephen ? »

Metcalfe se sentit comme touché par la foudre. *Mes amis du Sicherheitsdienst.* La vérité lui tomba dessus comme un coup de masse.

C'était Nolan le traître.

Depuis le début.

« Seigneur Dieu ! cria Metcalfe. C'est vous – c'est vous qui les avez vendus ! » Son esprit chancelait.

Il n'aurait su dire comment mais une arme – un Colt .45 plus précisément – s'était matérialisée dans la main de Nolan. Elle le visait en plein front.

La sonnerie stridente du téléphone résonna dans la nuit.

Couchée dans son lit, Lana Baranova regardait l'appareil sans bouger. Elle savait pourquoi on l'appelait et la chose n'était pas pour la rassurer.

Au bout de trois sonneries, quelqu'un répondit, probablement un domestique. Il y eut un long silence. Elle ne bougeait toujours pas mais tremblait de tous ses membres. Ses bagages étaient faits, elle se tenait prête.

Quelques minutes plus tard, on frappa.

« Oui ? »

La porte s'ouvrit lentement. Eckbert, l'un des valets de Rudi, se tenait là, en peignoir, les cheveux en bataille. Avec une courbette maladroite, il dit : « *Entschuldigen Sie,* madame. Je suis désolé de vous déranger, mais vous avez un appel. »

« Les types de la station de Paris... Les nazis n'auraient jamais pu y pénétrer sans vous... Roger Martin... Amos Hilliard. C'était vous aussi ! » Metcalfe sentait son cœur cogner à tout rompre.

Le visage rougeaud de Chip brillait de sueur. Ses yeux gris délavés étaient comme morts. « Vous me faites bien trop d'honneur, mon vieux. Je me contente de leur indiquer la direction à suivre. Quand j'apprends des trucs intéressants, je leur donne les noms et les adresses. Le SD possède ses propres équipes de... nettoyage.

— De nettoyage... » fit Metcalfe comme en écho. Une vision d'épouvante s'afficha devant ses yeux. Celle de Scoop Martin garrotté. Puis vinrent celles d'Amos Hilliard, de Derek Compton-Jones et Johnny Betts, à Paris... Un accès de fureur s'empara de lui. Il regarda le canon de l'arme pointée vers lui comme un œil noir le fixant d'un air féroce. Puis il leva la tête et vit les yeux de Chip. Deux trous sans fond. « Baissez cette arme, Chip, ordonna-t-il.

— Désolé, mais un patriote doit savoir prendre des décisions même si cela lui coûte », répliqua Nolan. L'arme ne tremblait pas dans sa main. « Le monde n'a rien d'un endroit idyllique. Il faut choisir son camp.

— Choisir... son camp ? explosa Metcalfe. Et vous, dans quel... camp êtes-vous ? Celui des fascistes ? Des nazis ? Celui d'Adolf Hitler ?

— Je suis dans le camp du réalisme, mon pote. Pour une Amérique plus forte. Loin du socialisme mou de l'Etat-providence que Roosevelt et sa bande de sympathisants communistes voudraient nous imposer. Vous voyez, Metcalfe, si vous laissiez tomber vos œillères, vous pourriez peut-être considérer les choses en face. Il y a des milliers de communistes dans les bureaux de Washington, et Roosevelt le sait pertinemment. Qu'en dit-il ? Il dit : "Certains de mes meilleurs amis sont communistes." Et qui est son plus proche conseiller ?

— Harry Hopkins. Baissez votre arme, Chip.

— Exact. Harry Hopkins. Un agent soviétique notoirement connu. En fait, il *vit* à la Maison-Blanche. La plupart des membres du *Brain-Trust* de Roosevelt ont la carte du parti communiste. Ils baissent leur froc devant leur "Oncle Joe". "L'oncle Joe est un gars qui gagne à être connu", disent les camarades. Quel fut le premier acte de Roosevelt en accédant à la présidence ? Il a reconnu l'Union soviétique – il a légitimé le vol de la Russie par les bolcheviques alors que ces mêmes bolcheviques clament partout qu'ils rêvent de répandre le communisme à travers ce foutu monde. Roosevelt et sa bande de lèche-cul prosoviétiques ne cherchent qu'à faire basculer le monde entier sous la coupe de l'empire soviétique. Etablir un gouvernement unique pour toute la planète, avec Moscou pour capitale. T'avais pas compris ça, hein Metcalfe ?

— Non, en effet. En revanche, je comprends que vous n'êtes qu'un salaud de fasciste, articula Metcalfe.

— Fasciste, qu'est-ce que ça veut dire ? répliqua Chip. Les national-socialistes, les nazis, les fascistes – appelez-les comme ça vous chante, je m'en fiche – sont notre seule chance de nous en sortir. Vous devriez prier pour qu'ils réussissent. Qu'on soit d'accord ou pas avec Hitler, il serait stupide de ne pas voir ce qu'il a fait pour son pays. Il a pris un Etat en voie de décomposition, dirigé par les juifs et les communistes, et l'a nettoyé de fond en comble pour reconstruire une foutue *centrale électrique*, la nation la plus forte, la plus puissante d'Europe.

— Une tyrannie, plus exactement.

— Non, mon pote. La "tyrannie" c'est autre chose. Regardez ce que les hordes slaves sont en train de perpétrer en Russie. Exterminer la race blanche, c'est ça la tyrannie. Dites-moi un truc, Metcalfe : est-ce que vos snobinards de parents vous ont élevé comme un rouge ou est-ce que vous vous êtes converti plus tard, à Yale ? »

Metcalfe sourit. « Alors comme ça, vous me prenez pour un communiste.

— Mais non, vous n'avez rien d'un coco, Metcalfe. Vous savez ce que vous êtes ? Vous êtes ce que Lénine appelait un "idiot utile". A savoir : tous les adulateurs débiles, les lèche-cul prosoviétiques qui sévissent dans les démocraties occidentales, toujours prompts à prendre la défense de l'Internationale communiste quoi qu'elle fasse. Et voilà qu'à présent vous autres, les idiots utiles, voudriez nous pousser à entrer en guerre contre une nation qui ne nous veut pas de mal, et donc envoyer des millions de jeunes Américains à la mort de l'autre côté de l'Atlantique. Tout cela pour quoi ? Pour préparer l'Europe à accueillir l'Oncle Joe.

— La "nation qui ne nous veut pas de mal" – s'agirait-il de l'Allemagne nazie? Du Troisième Reich? Je vous rappelle que leurs tanks ont déjà envahi la France, la Pologne, la Norvège, le Danemark et la Hollande.

— Le *Lebensraum*. Il faut bien un peu d'espace pour respirer. Il ne vous a sans doute pas échappé que votre Oncle Joe ne cesse de grignoter du terrain à droite et à gauche, pendant que tout le monde a le regard braqué sur Hitler, n'est-ce pas? Il a déjà envahi la Finlande, la Lituanie, la Lettonie et l'Estonie, une grande partie de la Roumanie, de la Pologne... et la guerre ne fait que commencer. Roosevelt et ses patrons bolcheviques n'ont pas apprécié la manière dont Hitler a démantelé le communisme en Allemagne. L'Allemagne nazie est notre seul rempart contre le bolchevisme. Pas étonnant que Roosevelt veuille nous faire entrer en guerre. Il s'agit d'un conflit global titanesque, mon gars, et certains voudraient pousser l'Amérique du mauvais côté. La Maison-Blanche et les huiles du Département d'Etat font tous le tapin pour l'Oncle Joe. Roosevelt encourage son connard de copain, le dénommé Alfred Corcoran, à envoyer des agents à travers le monde pour combattre Hitler, notre seul véritable ami. Les agents comme vous ont une grande importance, Metcalfe. Vous travaillez sur le terrain, vous conduisez des opérations, et cela fait de vous une vraie menace. Si personne ne se charge de vous arrêter, vos amis de Moscou se répandront bientôt à travers l'Europe comme une traînée de merde. »

Metcalfe se contenta de hocher la tête. « Je vois mieux le tableau, maintenant. Voilà pourquoi vous cherchiez à vous renseigner sur Kundrov. Vous aviez peur que les renseignements soviétiques n'aient trouvé votre piste, que Kundrov ne vous ait démasqué. »

Nolan haussa les épaules. « Je n'avais qu'un seul moyen de m'en assurer. Je devais vous rencontrer seul à seul et plonger mon regard dans vos yeux de bon toutou.

— Voilà pourquoi nous devions être seuls, poursuivit Metcalfe en partie pour lui-même. Jamais vous ne vous seriez démasqué devant un subalterne. Pas vous. Vous êtes sans doute l'agent du Reich le plus gradé au sein des services secrets américains. Il y a trop de choses en jeu.

— Vous avez raison, je ferais tout pour préserver ma couverture. Non, si j'avais un adjoint, ce serait forcément un homme de confiance. Quelqu'un avec qui je travaillerais en direct. La discrétion est primordiale, cela va sans dire. Or vous connaissez les hommes du gouvernement. Ils croient dur comme fer au copinage, à l'inverse de ton baratineur de Corcoran, avec sa foutue *compartimentation*. Nom d'un chien, ce type c'était rien que du toc. Du toc et une foutue menace.

— C'était ? fit Metcalfe d'une voix blanche.

— Ah oui, j'ai employé l'imparfait. Eh bien, je crains que mes amis ne lui aient rendu une petite visite, voilà quelques heures. Le vieux schnock nous a quittés, j'en ai peur. On m'a dit qu'il s'était fait dessus. Dommage pour sa gouvernante, *Frau* Schibli, mais elle était en travers du chemin.

— Espèce de salopard ! » rugit Metcalfe.

Nolan leva la main et fit un petit signe.

Metcalfe perçut un mouvement dans son dos, comme le chuintement d'un serpent qui attaque, et soudain quelque chose lui enserra le cou. *Impossible de respirer !* Une sorte de fil de fer lui cisaillait la gorge.

« Merci, *Herr* Kleist », lança Nolan. Il fit un autre geste et le fil se détendit.

Metcalfe toussa. Le fil lui avait entaillé la peau ; la douleur pulsait comme si une bande de feu lui traversait la gorge.

« Mes amis allemands ont encore quelques questions à te poser, dit Nolan. Nous allons nous y mettre tout de suite. Bon, encore une fois : que faisais-tu à Berlin ?

— Crève, misérable ordure ! » La voix de Metcalfe était rocailleuse, le fil lui ayant déjà entamé le larynx.

« Après toi, mon petit, répliqua Nolan en lui adressant un autre clin d'œil grotesque. Après toi. Ecoute, laisse tomber tes grands airs. La vertu outragée ! Tu te fatigues pour rien. Ton public n'est pas là. Tu as déjà vu un veau pris dans les fils barbelés ? Il se débat, il s'étrangle petit à petit. Non, je suppose que non, il n'y a pas de veau là d'où tu viens. Mais je t'assure que c'est une vision horrible. Il y a quelque chose de primal dans ce spectacle – c'est comme quand on se noie. La panique vous prend, c'est l'horreur. Une mort épouvantable. »

De nouveau, Nolan leva la main et le fil se tendit. Le visage de Metcalfe vira au rouge puis au violet, comme si tout le sang qu'il avait dans le corps s'était rassemblé dans sa tête et y restait bloqué. Des billes de douleur pure explosèrent sous son crâne.

Je me contente de leur indiquer la direction à suivre... Le SD possède ses propres équipes de... nettoyage.

C'était l'assassin de Paris, de Moscou ! Celui qui avait tué Roger Martin, Amos Hilliard, les hommes de la station radio...

La voix de Nolan résonnait, lointaine. Il parlait sur un ton posé, inexorable. « Allez, lâche tout, Stephen, dit-il presque tendrement. Tout ce que tu as fait et tout ce que tu n'as pas fait. Toutes les femmes que tu as baisées et toutes celles qui t'ont échappé – tu n'as qu'à tout lâcher en bloc. »

Sur un autre signe de la main, le fil se relâcha brusquement et la douleur reflua. « Tu commences à voir de quoi je parle ? Comprends-moi, j'ai horreur de faire cela. C'est vrai. Mais comme je disais, il faut choisir son camp. Toi, tu as choisi le mauvais. Bon, tu veux bien transiger avec moi ? Non ? » Un regard triste. « *Herr* Kleist, veuillez reprendre.

— Attendez ! lança Metcalfe.

— Je suis désolé, Metcalfe. Je n'y trouve aucun plaisir. J'agis en fonction d'un intérêt supérieur.

— Vous avez raison, hoqueta Metcalfe. On m'a utilisé. J'étais un *outil.* »

Chip le considéra d'un œil soupçonneux. « Pardonne-moi, mais cette conversion de dernière minute me laisse un peu dubitatif.

— C'est la vérité, ça fait longtemps que j'y pense », insista Metcalfe. Parler lui causait une vive souffrance mais il se força à poursuivre. « On ne peut pas se mentir éternellement. C'est juste que je ne comprenais pas dans quelle galère m'avait embarqué Corky. Il m'a envoyé en Russie pour enrôler certains fonctionnaires gouvernementaux influents et leur proposer de participer à un plan d'attaque dirigé contre l'Allemagne. Mais ça vous le savez déjà, n'est-ce pas ? »

Nolan rapprocha son visage de celui de Metcalfe et hocha imperceptiblement la tête. « Continue.

— C'est là-dessus que je travaille, ici aussi. Je – mon Dieu, Chip, je n'en savais foutrement rien. Je n'étais qu'un gosse à peine sorti de l'université, avec des étoiles plein les yeux. Je voulais sauver le monde et j'ai rencontré un vieux mentor plein de sagesse qui m'a pris sous son aile. Mon Dieu ! Quel aveugle j'ai été ! »

Chip semblait hésiter. Il tenait toujours son arme braquée sur Metcalfe mais ce dernier devinait que son index mollissait. Il sentait que Chip hésitait, qu'il aurait aimé le croire. Le poisson semblait prêt à mordre. « Parle-moi un peu de ce plan, reprit Chip.

— C'est du grand art. Proprement époustouflant », souffla Metcalfe sur le ton de la confidence. Il jeta un regard à droite et à gauche, comme pour s'assurer qu'on ne l'entendait pas. *L'action est toujours deux fois plus rapide que la réaction,* pensa-t-il. *Un geste soudain, inattendu. C'est le seul moyen.* Mais il avait du mal à situer l'assassin derrière lui. A en juger d'après l'angle du fil entourant sa gorge, l'homme devait avoir sa taille. Le fait qu'il ne sente pas la chaleur de son haleine signifiait qu'il se tenait à soixante centimètres de lui, pas moins – et pas plus, sinon comment aurait-il pu serrer le garrot? Metcalfe poursuivit : « Le dénommé Kundrov que j'ai rencontré tout à l'heure appartient au GRU, comme vous ne l'ignorez sans doute pas. »

Chip opina du bonnet.

Il a cessé de me viser, songea Metcalfe. *Il est tout ouïe, il boit mes paroles. Ce type est incapable de se concentrer sur deux choses à la fois.*

« Maintenant, je vais vous dire la meilleure. » Quand il se pencha vers Chip comme un homme se penche vers son confident, il sentit le fil lui entamer un peu la gorge, en guise d'avertissement. Soudain, vive comme l'éclair, sa main droite jaillit, saisit le canon au niveau du pontet et le souleva brutalement. Au même instant, Metcalfe projeta son coude en arrière, espérant atteindre l'étrangleur au plexus solaire. Il entendit l'homme cracher tout l'air de ses poumons. Le coup avait donc porté. Il pivota pour sortir de la ligne de feu puis bondit sur Chip. Une détonation assourdissante se répercuta à travers l'immense espace du plateau. En s'enfonçant dans le plafond en tôle ondulée, la balle produisit un tintement métallique. Instantanément, Metcalfe se jeta de tout son poids sur l'homme du FBI et le plaqua au sol.

A deux ou trois mètres de là, un individu de noble allure, aux traits finement ciselés, se tenait accroupi, recroquevillé sur lui-même.

« *Salopard!* » rugit Chip en tentant de reprendre le contrôle de son arme. D'une violente chiquenaude, Metcalfe lui arracha le Colt qui s'envola et retomba avec fracas sur le sol de béton, quelque quinze mètres plus loin. Comme Chip se retournait pour voir où était passée l'arme, Metcalfe lui décocha un furieux coup de genou dans l'entrejambe. « Ordure de nazi ! » hurla Metcalfe. Et pour ponctuer son invective, il l'assortit d'un deuxième coup de genou.

Chip hurla de douleur et se plia en deux.

Metcalfe se tourna vers le deuxième homme – le « *Herr* Kleist » de Nolan – qui venait de se redresser et se précipitait vers le Colt comme un chacal sur une charogne. Metcalfe devait l'atteindre avant lui. Il sortit l'arme cachée dans la ceinture de son pantalon et bondit vers l'assassin en cherchant du regard une lueur métallique sur le béton. Où donc était passé ce fichu Colt ? Il avait disparu. Et l'Allemand ? L'un comme l'autre semblaient s'être évaporés.

Metcalfe regarda autour de lui. Les recoins sombres, les grosses pièces de machinerie susceptibles de dissimuler l'assassin se comptaient par dizaines. Et le fait d'être armé lui aussi ne lui conférait aucun avantage.

Il devait sortir de ce piège. Tout de suite.

Metcalfe descendit à toute vitesse l'allée la plus proche, passa dans un autre décor et se mit courir comme un fou. Ses pieds touchaient à peine le sol. Il dut franchir l'équivalent d'un terrain de football avant de sauter dans un autre plateau de tournage. L'endroit était relativement abrité. Il devait prendre le temps de réfléchir, trouver un plan d'attaque – passer du rôle de proie à celui de prédateur.

Il y avait trop à perdre. S'il échouait, le point de rendez-vous prétendument sûr se transformerait en traquenard fatal non seulement pour lui mais aussi pour Lana.

Hors d'haleine, Metcalfe s'accroupit près d'un sommet alpin en papier mâché. Les deux autres devaient être aussi essoufflés que lui, puisqu'ils avaient dû parcourir à peu près la même distance. Mais l'avaient-ils vu entrer ?

Un léger bruit suivi d'un autre, plus net, lui fournit la réponse. Il entendit marcher et reconnut aussitôt le pas lourd de Chip.

Il fallait sortir d'ici et sans se faire remarquer. A travers la pénombre, il discerna une porte en bois, une trentaine de mètres plus loin. Il parcourut la distance en un clin d'œil en s'efforçant de rester discret et saisit la poignée.

Qui lui resta dans la main.

La porte était factice! Un panneau peint. Le chambranle et le battant étaient constitués d'une planche de contre-plaqué épaisse d'un demi-centimètre, collée sur un morceau de bois de charpente d'un mètre sur deux.

Metcalfe donna un coup d'épaule mais le bois était trop solide, probablement renforcé par-derrière.

Les pas de Chip se rapprochaient. Il le vit enfiler l'allée dans sa direction, de nouveau armé de son Colt. Quinze mètres, dix mètres...

Metcalfe était pris au piège.

A sa gauche, il repéra une grosse poubelle en métal rouillé, haute d'un mètre et longue d'un mètre quatre-vingts environ. Malgré son piteux état, ses parois semblaient assez épaisses pour arrêter des balles d'un Colt. Chip s'immobilisa et se plaça en position de tir, les deux mains serrées sur son arme. Au même instant, Metcalfe plongea derrière la poubelle. Il y eut un silence : Chip était probablement en train de se repositionner pour contourner l'obstacle.

Metcalfe mit à profit cette accalmie momentanée pour armer son Smith & Wesson.

Soudain, une volée de balles cingla la poubelle. Metcalfe sentit un pincement aigu à l'épaule droite, comme si un glaçon s'était glissé dans son col. Une balle venait de se loger juste sous la clavicule. Il hoqueta; la douleur était extrême. Comment était-ce arrivé? Alors qu'un filet de sang tiède se mettait à couler sous ses vêtements, il réalisa avec horreur que la poubelle n'était pas en métal mais en tissu. Une sorte de mousseline tendue sur une armature de bois! La balle n'avait eu qu'à percer quelques épaisseurs de fibres pour se ficher dans son épaule.

Il tenta un roulé-boulé en se disant qu'en changeant de position, il éviterait de recevoir encore du plomb dans le corps. Il y eut deux autres coups de feu qui s'enfoncèrent dans la poubelle mais l'épargnèrent. Metcalfe se mit à progresser à quatre pattes, le plus vite possible, en utilisant la poubelle comme écran.

Un nouveau répit. Chip était-il en train de se repositionner? Pourquoi ne se remettait-il pas à tirer? Après tout, il ne devait pas se trouver à plus de trois ou quatre mètres.

A peine eut-il le temps de se poser la question qu'il entendit un claquement métallique sur le sol. Une cartouche qu'on éjectait. Chip rechargeait son arme! Metcalfe sauta sur ses pieds et fonça vers l'allée voisine, sans prendre le risque de regarder en arrière. Un instant plus tard, il avait mis une bonne dizaine de mètres entre lui et son poursuivant; le Colt manquait de précision au-delà d'une distance de sept mètres. Il se mit à courir en zigzag en titubant presque, comme un homme ivre, sachant pertinemment qu'une cible bougeant de manière imprévisible était extrêmement difficile à atteindre, surtout quand elle ne cessait de s'éloigner du tireur. Quand il osa regarder derrière lui, il vit Chip de nouveau en position de tir, occupé à ajuster sa ligne en avançant et reculant son arme.

Dès qu'il comprit la manœuvre de Metcalfe, Chip baissa son Colt et se lança à sa poursuite. Metcalfe aperçut un instant trop tard la maquette de château haute de trois mètres – le fameux *Schloss* de Neuschwanstein, construit par Louis II de Bavière, le roi fou. Emporté par son élan, il fonça dans le décor. Le contre-plaqué trembla, de gros morceaux de plâtre commencèrent à pleuvoir et l'une des flèches fut projetée en l'air. Dans un long craquement, le château bascula en avant et s'écrasa devant les pieds de Chip.

En s'écroulant sur lui, le contre-plaqué en miettes lui fit perdre l'équilibre. Metcalfe gagna ainsi plusieurs précieuses secondes. Il fit volte-face, se tourna vers Chip, ajusta sa visée et appuya sur la détente. L'arme cracha. Un cri guttural s'ensuivit. Il l'avait blessé!

Metcalfe voulut faire feu une deuxième fois mais rien ne se produisit.

L'arme était vide.

Il chercha dans sa poche la poignée de balles qu'il y avait glissée quelque temps plus tôt. Elles n'y étaient plus. Elles avaient dû tomber quelque part. Il se trouvait donc à court de munitions.

Metcalfe n'avait plus le choix, à présent; il devait continuer à courir. Il se mit en quête d'une issue et en aperçut une, quelques allées plus loin. Une porte d'acier : elle paraissait réelle mais à cette distance, impossible d'en être vraiment sûr.

Une longue rangée de caisses en bois séparait cette allée de la suivante. Les caisses étaient trop hautes pour qu'on les franchisse d'un bond. Par chance, un établi en bois posé devant allait lui permettre de les escalader. Il prit appui sur la table – qui s'écroula. Merde ! C'était une table en bois pour maquettes – encore un décor – ayant probablement servi au tournage d'une comédie burlesque.

Il tomba à genoux sur le sol en ciment. Une douleur lancinante explosa dans ses jambes. Sa clavicule lui faisait toujours aussi mal. Sa chemise était imbibée : il avait perdu beaucoup de sang.

« J'ai entendu, cria Chip d'une voix haletante. Plus de munitions. Pas de bol, fiston. Tu aurais dû y penser. Prends ça comme une leçon ! Encore une qui arrive un peu trop tard. Malheureusement pour toi ! »

Metcalfe ne répondit pas.

« Ta dernière heure a sonné, Metcalfe. Il faut te faire à cette idée. Mais prends la chose du bon côté. Tu vas enfin servir à quelque chose. La planète sera sacrément plus sûre après ta disparition. »

Metcalfe se relevait péniblement quand son œil fut attiré par l'une des caisses posées à quelques centimètres de sa tête. Elle était remplie d'armes.

Des mitraillettes anciennes, certaines ridiculement démodées : des MG-34, des fusils d'assaut MP-43, des pistolets-mitrailleurs MP-38, mais aussi des grenades à main et d'autres, plus petites, en forme d'œuf. Cet armement factice avait dû servir à tourner des films se déroulant lors de la Première Guerre mondiale.

Metcalfe tendit la main vers la caisse et s'empara d'un Luger 9 mm Parabellum semi-automatique, un P-38 datant lui aussi de la Grande Guerre mais tout aussi crédible qu'un vrai. Il jeta un coup d'œil sur sa gauche, vit les jambes de Chip s'agiter sous les morceaux de contre-plaqué, glissa le Luger dans la poche de son manteau et descendit l'allée en courant pour s'engouffrer dans un appartement de Manhattan, garni d'un grand piano ivoire et d'un lustre immense. Ce dernier pendait assez bas pour entrer dans le champ de la caméra. La méchante corde qui le retenait était accrochée à une sorte de tige en fer ressemblant à un mât de navire d'où jaillissait une autre perche partant à angle droit et servant de support à un micro. Metcalfe tira sur le mât qui vint percuter le sol, juste devant Chip qui achevait de se relever, et lui coupa la route.

Metcalfe défonça la barrière formée par les caisses en bois.

Certaines s'écroulèrent avec fracas mais il parvint à se frayer un passage jusqu'à l'allée suivante, puis il se rua vers la porte en acier.

Elle était *vraie*, constata-t-il non sans soulagement.

Quand il l'ouvrit, il s'aperçut qu'elle ne donnait pas sur l'extérieur mais sur une cage d'escalier sombre. Vers le bas, le colimaçon devait mener à une cave et vers le haut... Un toit peut être ?

Il opta pour le toit. Dans une cave, on risquait plus de se retrouver coincé. En serrant les dents, il monta quatre à quatre. Son épaule lui faisait de plus en plus mal, une douleur sourde lui tenaillait les rotules. Une autre porte métallique se présenta à lui, qu'il ouvrit à toute volée. Elle donnait effectivement sur le toit de l'édifice. Un toit plat, couvert de gravier goudronné. Grâce à la lune, la nuit était assez claire pour qu'il traverse l'espace en courant. Quand il arriva près du bord, il réalisa que le sol se trouvait à une trentaine de mètres sous ses pieds : une chute pareille signifiait la mort ou, au mieux, une blessure assez grave pour l'immobiliser durablement. De là où il se tenait, il avait une vue sur le bâtiment de brique jouxtant la structure centrale. Il n'en était pas à plus de deux mètres. Ses quatre cheminées fumaient. S'il prenait correctement son élan, il y arriverait. Il avait franchi des gouffres bien plus larges lors de ses escapades nocturnes sur les toits de Paris.

Un tonnerre de bruits de pas l'avertit du danger. Chip le suivait comme une ombre. Un instant plus tard, il apparut sur le pas de la porte.

« Fonce, vas-y, saute, imbécile ! cria-t-il. D'une manière comme d'une autre, tu es un homme mort. Alors pourquoi hésiter ? » Il posa le pied sur le sol goudronné et s'avança lentement, l'arme au point.

Metcalfe recula de deux ou trois mètres, entama une petite course, prit son appel et s'élança en ramenant ses jambes contre son ventre en vue de la réception.

Ensuite, tout se passa très vite. Son élan le propulsa assez loin pour le faire retomber au milieu du toit en grès. Au même moment, Chip hurla : « Crève, salaud ! » et tira. L'homme du FBI avait pris son temps pour viser, sa main ne tremblait pas. Metcalfe comprit qu'il n'y couperait pas.

La dernière invective de Chip résonnait encore aux oreilles de Metcalfe quand le sol se déroba sur lui. Le toit en grès s'enfonça comme s'il était en massepain. En tombant, il sentit le déplacement d'air produit par le projectile qui venait miraculeusement de le manquer.

A peine remis de sa surprise, il heurta quelque chose de dur. Le sol du bâtiment ? Non, c'était de la terre, de la terre meuble récemment retournée. Il poussa un grognement en se demandant s'il s'était cassé une jambe, mais après avoir vérifié, constata que tout fonctionnait. Pas de fracture. Il était perclus de douleur – il n'aurait pu en endurer davantage ! – mais ses membres avaient tenu bon.

La structure de brique était fausse, cela il le savait depuis le départ, en revanche jamais il n'aurait imaginé à quel point elle était fine. Le toit devait être constitué d'un genre de toile peinte imitant le grès ; quand il était passé au travers, le tissu avait ralenti sa chute juste assez pour lui éviter le pire.

Metcalfe se mit à inspecter les lieux sans bouger de là où il était tombé. Ce « bâtiment » était un drôle d'endroit. Il s'agissait ni plus ni moins d'une grande boîte constituée de poutres et de solives formant une armature sur laquelle était tendue une toile peinte couleur brique sur sa surface externe. Comme son regard balayait l'espace, il vit soudain une chose qui le fit sursauter. Il s'agissait de mannequins – des personnages grandeur nature habillés en ouvriers et disposés près des fenêtres. Alignées sur le sol en terre, il remarqua quatre boîtes métalliques rectangulaires, chacune reliée à des tonneaux d'essence de deux cents litres par un tuyau court. De ces curieuses boîtes sortaient de gros conduits connectés aux quatre fausses cheminées.

Il en saisit aussitôt l'utilité. Ces générateurs mécaniques produisaient la fumée sortant des cheminées.

Ce genre d'engins étaient couramment employés sur les champs de bataille. Equipant surtout les tanks, ils produisaient un large écran de fumée destiné à tromper l'adversaire, masquer l'avancée des troupes et déjouer la surveillance ennemie. La version britannique – moins sophistiquée – de ce dispositif portait le nom de *smudge pot*. Les Anglais s'en servaient pour dissimuler l'usine Vauxhall Motors à Luton et la protéger des attaques des bombardiers ennemis opérant de jour. Après l'avoir perfectionnée, les

Allemands en avaient équipé les raffineries de pétrole de Ploiesti, confisquées à la Roumanie.

Ces machines tournaient grâce au diesel contenu dans les tonneaux voisins. L'endroit avait lui aussi vocation de leurre, mais ici il s'agissait de créer l'illusion d'une usine.

Il entendit des pas. Deux personnes approchaient ! De toute évidence, attiré par le bruit, l'associé allemand de Nolan, l'assassin du SD, venait de rejoindre l'Américain.

Metcalfe eut beau scruter l'espace, il ne vit qu'une seule entrée. La prudence lui interdisait de l'emprunter car ses poursuivants risquaient fort d'arriver par là. Il courut se cacher derrière une armoire. Une seconde plus tard, la voix de Chip retentit : « Tu es fait comme un rat, Metcalfe. Il n'y a pas de sortie. Jette ton arme, approche les mains en l'air. On va parler ! »

Parler de quoi ? De mes dernières volontés, peut-être, pensa Metcalfe. Il vit que l'un des générateurs de fumée était à sa portée. Un tuyau partait d'un côté vers le tonneau de fuel ; un autre montait jusqu'à la cheminée.

Détendant brusquement le bras, il tira sur le tuyau d'évacuation. Aussitôt un grand nuage de fumée se mit à tournoyer dans l'espace clos, produisant un épais brouillard blanc.

Chip avait déjà atteint l'armoire. Metcalfe l'apercevait à travers une fissure du bois ; l'homme du FBI boitait. Il l'avait donc blessé à la jambe. Mais sa détermination demeurait intacte. Il regardait d'un côté et de l'autre, hésitant visiblement sur la direction à prendre.

Metcalfe ne voulait pas lui laisser le temps de se décider.

Il sortit son faux Luger et bondit en braquant son arme sur le visage de Chip. Ce dernier tressaillit et réagit en levant son Colt.

La nappe de brouillard gagnait du terrain ; elle leur arrivait déjà aux genoux.

« Stephen, je t'avais bien dit que ta dernière heure avait sonné, déclara Chip.

— La tienne d'abord, connard, répliqua Metcalfe. Personnellement, je m'accorde un léger répit. »

Les deux hommes ne se quittaient pas des yeux mais dans le regard de Chip, on décelait une nuance d'incertitude. Le faux pistolet produisait l'effet escompté. Il effrayait l'adversaire aussi efficacement que s'il avait été chargé de cartouches 9 mm.

Bien décidé à l'avoir à l'esbroufe, Metcalfe lui lança : « Alors, Chip, qu'est-ce que tu comptes faire, maintenant ? Qui va gagner, d'après toi ?

— Tout dépend du calibre de la balle », lâcha Chip en esquissant un sourire.

Du coin de l'œil, Metcalfe vit l'Allemand se glisser dans le bâtiment. « Pas seulement. Qui de nous deux a le plus d'importance ? dit Metcalfe. Je ne suis que du menu fretin, non ? Un combattant parmi tant d'autres. Tandis que toi, tu es un rouage essentiel. L'un des renégats les plus cotés par les nazis. Si tu meurs, le monde fasciste pleurera ta perte – pas vrai ? »

*

Le violoniste progressait à pas de loup à travers le brouillard dense. Il n'y voyait rien. Et plus grave encore, il ne sentait rien. La fumée irritait ses délicates membranes nasales, le privant de son précieux odorat, son arme la plus sophistiquée.

Sans odorat, il était comme perdu. Il manquait de repères, la panique le gagnait. La main gauche crispée sur la corde de violon, il errait dans la brume, les bras tendus devant lui pour ne pas tomber.

Soudain, il crut percevoir un bruit.

Vif comme un serpent à sonnette, il attrapa l'autre bout de la corde pour former la boucle mortelle et enserrer le cou de sa victime...

Puis il comprit qu'il s'acharnait contre un objet rigide, un objet en bois.

Un mannequin.

Ecœuré, il relâcha la corde et s'enfonça de nouveau dans le nuage de fumée.

Le violoniste se savait privé de sa meilleure arme. Malgré son handicap, rien ne l'empêcherait d'achever sa mission.

La fumée montait à hauteur d'épaule, à présent. C'était une curieuse sensation, comme s'ils se mouvaient à l'intérieur d'un nuage dont seules leurs têtes émergeaient. La fumée, plus opaque qu'un brouillard naturel, irritait les yeux de Metcalfe. Où était passé l'assassin, l'homme que Nolan avait appelé *Herr* Kleist ? *Je dois rester vigilant,* pensa-t-il, *sinon ce sinistre individu profitera de mon face-à-face avec Chip pour se glisser furtivement jusqu'à moi.*

« Pour dire la vérité, je n'ai pas l'intention de mourir. Toi, par contre... » Chip hésita et baissa les yeux vers l'arme que tenait Metcalfe. « Je ne t'ai jamais donné de Luger », s'étonna-t-il.

Metcalfe haussa les épaules. « Tu n'es pas le seul à me fournir des armes.

— C'est un pistolet allemand, hein ?

— C'est bizarre ! dit Metcalfe sur un ton désinvolte. On dirait que les Fritz n'ont que des armes de Fritz. Qu'en dis-tu ?

— C'est une pièce de collection !

— On prend ce qu'on vous offre. En temps de guerre, faut pas se montrer trop difficile.

— C'est... Bon Dieu, c'est... un putain d'accessoire ! Ce foutu canon est bouché... ! »

Metcalfe n'attendit pas la réaction de Chip. Il lui sauta dessus et en y mettant tout son poids, le renversa violemment dans la poussière. Les vapeurs d'essence devenaient difficiles à supporter. Quand il voulut arracher l'arme des mains de Chip, Metcalfe put à peine ouvrir les yeux.

Son corps endolori montrait des signes de faiblesse mais Chip lui non plus ne semblait pas au mieux de sa forme. Il se défendait pourtant comme un beau diable. La colère le faisait rugir. Il ne lâcherait pas cette arme. Mais il avait du mal à résister à la pression exercée sur son poignet. Peu à peu, Metcalfe détournait le canon de manière à l'orienter vers son adversaire.

« Dis donc, fils à papa – ici c'est comme à Yale, on n'est qu'un crâne et des os [1] ! » Chip Nolan haletait, un rictus mauvais déformait ses traits. L'effort intense qu'il déployait pour résister à la pression de Metcalfe faisait trembler son bras et sa main. C'était une sorte de bras de fer dont l'enjeu n'était autre que la mort du perdant. « *Ton* crâne *et tes* os. » L'agent du FBI ne lâchait toujours pas prise. L'arme pivota d'abord en direction de Metcalfe puis revint vers Chip. Ce mouvement recommença plusieurs fois comme si les deux hommes se livraient à un jeu puéril. Soudain,

1. Jeu de mots faisant allusion à une société secrète, les *Skull and Bones*, créée au sein de l'Université de Yale (NDLT).

d'un geste désespéré, Chip rassembla toute son énergie, rabattit le pistolet et s'apprêtait à presser la détente quand sa main se crispa. L'arme se mit à trembler violemment. Chip avait trop présumé de ses forces. A l'instant même où son index se posa sur la détente, son poignet céda. Sa main se rabattit vers l'arrière et l'arme se retrouva pointée vers lui. Les yeux de Chip s'agrandirent de terreur quand il comprit ce qui allait se passer.

La détonation déclencha un formidable carillon sous le crâne de Metcalfe, incapable de détacher son regard du spectacle horrible qu'il avait devant les yeux. La boîte crânienne de Chip venait de s'ouvrir comme une coquille de noix. Du sang lui éclaboussa le visage. Il tomba à la renverse et s'affala sur le sol, complètement épuisé. Le brouillard blanc et âcre qui l'environnait de toutes parts le rendait aveugle. La douleur le paralysait. Il parvenait à peine à respirer.

Il entendit un léger frottement.

Comme le bruissement d'un serpent ondulant sur le sable.

Un instinct primitif le poussa à lever la main pour protéger sa nuque. Au même instant, quelque chose lui frôla le cou et le poignet, quelque chose de froid, de métallique. Soudain, la chose lui enserra le cou. Une force titanesque était en train de le broyer. On l'étranglait – et ce qu'il avait connu tout à l'heure n'était rien comparé à cette agression d'une férocité inouïe ! Il se redressa d'un bond et se mit à gigoter comme un fou en se servant des réserves d'énergie qu'il ignorait posséder. Il voulut hurler mais de sa gorge ne sortit qu'un piteux gargouillement.

Plusieurs doigts de sa main droite étaient coincés contre son cou par le fil – s'il s'agissait bien d'un fil. Il décida de se servir de son autre main, serra le poing et décocha un coup circulaire derrière lui dans l'espoir d'atteindre son agresseur.

Ils possèdent leurs propres équipes de... nettoyage.

C'était ce type-là qui s'occupait du nettoyage.

L'assassin du *Sicherheitsdienst* était sur le point d'achever sa mission. Le tueur vicieux qui avait garrotté ses camarades à Paris, Amos Hilliard et Roger Martin, son ami...

Et qui maintenant s'acharnait sur lui.

Des images de ses compagnons morts défilèrent devant ses yeux. Pendant ce temps, le fil de métal s'enfonçait dans son cou. Seuls les doigts de sa main droite empêchaient que le garrot ne sectionne l'artère carotide, ne tranche les tissus délicats de la gorge. Ses yeux rougis par la fumée s'ouvraient sur un espace aveugle, peuplé d'une brume à couper au couteau. Il ne voyait pas à plus de trente centimètres ! Il courba le dos, tenta un furieux roulé-boulé en décochant dans le même geste un coup de pied à l'assassin. Mais cette fois, l'étrangleur était trop près pour que ses coups portent. Le fil se resserra un peu plus et lui coupa la circulation. Metcalfe était sur le point de s'évanouir. Des petits points lumineux clignotaient au milieu du brouillard opaque. *Il ne pouvait plus respirer !*

Non, il ne se laisserait pas avoir par ce tueur ; il ne le laisserait pas faire. Il y avait Lana, toujours Lana. Elle allait arriver d'un moment à l'autre, à bord d'une voiture conduite par Kundrov. Quelques minutes après, un Lysander britannique atterrirait non loin de là pour les emmener en Angleterre. Et après cela, retour au bercail. Le cauchemar prendrait fin. Lana serait sauvée, libre. Tous leurs efforts trouveraient leur récompense. Les documents transmis à von Schüssler seraient enfin reconnus comme authentiques. Les dignitaires nazis tomberaient tous dans le panneau.

D'un côté Lana saine et sauve, de l'autre la machine de guerre nazie s'enferrant dans un conflit dont elle ne pouvait sortir vainqueur. Ce serait la fin du Reich. C'était ainsi que les choses devaient se passer. C'était ainsi que les choses se passeraient ! Il suffisait que Lana paraisse et qu'ils montent ensemble dans ce Lysander en partance pour la liberté. Le destin de deux personnes était en jeu ; le destin de *millions* de personnes était en jeu.

Il ne pouvait pas mourir maintenant !

De sa main libre, il agrippa la main de son assaillant posée sur sa nuque, celle qui maintenait le garrot contre sa gorge avec une force inimaginable. De nouveau, Metcalfe courba le dos et rassemblant ses dernières forces saisit les doigts du tueur, en écarta deux et tira dessus pour lui faire lâcher prise. Mais en vain. L'autre ne faisait que serrer davantage. Metcalfe n'aurait jamais cru pouvoir endurer une telle souffrance. Il était sur le point de perdre connaissance. Sa main droite entaillée par le fil ne lui servait à rien et pourtant, sans elle, il aurait déjà succombé. Il serait déjà mort, la gorge tranchée.

Secoué par des tremblements irrépressibles, Metcalfe était pourtant bien déterminé à ne pas lâcher la main du tueur ; à force d'acharnement, il parvint à lui attraper tous les doigts et les tordit en arrière jusqu'à sentir, jusqu'à entendre, un claquement. Il lui avait cassé les doigts ! L'homme poussa un hurlement de douleur et de rage. La tension du fil sur sa gorge se relâcha. Metcalfe en profita pour happer une goulée d'air tout en inspectant le sol autour de lui du bout du pied. Il rencontra un objet dur. Certainement un tonneau de fuel. L'un des quatre tonneaux de deux cents litres.

Oui ! Le fuel ! Le mazout... une matière glissante !

Si seulement il parvenait à le renverser d'un coup de pied pour que son contenu visqueux se répande sur le sol.

Il lança ses jambes en avant et de sa main libre écarta les doigts brisés de l'assassin, ce qui ne soulagea guère la tension du fil sur son cou. Ignorant la douleur, il se jeta de côté... et alla percuter le tonneau qui bascula. Le tuyau d'alimentation se détacha et le liquide se mit à jaillir, arrosant copieusement tout ce qui se trouvait autour.

Mais à sa grande déconvenue, il s'aperçut que ce qu'il avait pris pour du fuel n'était en fait que de l'essence ! L'essence n'étant pas visqueuse, son plan tournait court.

Soudain, il sentit le garrot s'amollir.

L'assassin poussa un grand cri. Il venait de recevoir un jet d'essence dans les yeux. Trempé de la tête aux pieds, il n'y voyait plus rien. L'Allemand recula pour se mettre à l'abri. Metcalfe en profita pour se libérer, bondit en avant et trébucha sur un objet solide, nappé de brouillard. Un générateur de fumée : à sa base, on apercevait encore la flamme bleue de l'essence. Metcalfe attrapa l'engin et le jeta sur l'Allemand qui le reçut de plein fouet. Le générateur s'écrasa bruyamment sur le sol.

A cet instant, un éclair jaillit.

Un éclair orange qui, un quart de seconde plus tard, se transforma en une énorme boule incandescente. L'homme glapit comme un animal blessé. Metcalfe vit la sphère de flammes se diriger vers lui.

La douleur était incommensurable, extraordinaire, sophistiquée même. Le violoniste savait qu'il était en train de brûler vif. Il hurlait comme un damné, de toutes les fibres de son corps, comme si le fait de hurler pouvait alléger sa souffrance. Et pourtant, rien n'y faisait. Cette souffrance était insupportable.

Mais elle n'était rien face au sentiment d'échec. Il n'achèverait pas sa mission – l'Américain allait en réchapper.

Il cria jusqu'à ce que ses cordes vocales cèdent. A présent, les flammes investissaient tout son corps. Il savait qu'il allait mourir; inutile de se rouler dans la poussière pour éteindre l'incendie. Il n'était plus qu'une torche et, de toute façon, son corps refusait de bouger.

L'instant d'après, il eut une dernière satisfaction. Son sens de l'odorat était revenu. Ses narines reniflèrent une odeur forte et facilement reconnaissable. Celle de la chair brûlée.

Celle de sa propre chair qui brûlait.

A travers le rideau de flammes, Metcalfe vit l'homme vaciller. Le hurlement atroce qui s'éleva alors n'avait plus rien d'humain. C'était un couinement suraigu, la plainte d'un animal blessé à mort. Deux secondes après, la boule de feu ne remuait plus mais continuait à rugir. Les flammes grandissaient, gagnaient de la hauteur. Elles commencèrent à lécher l'armature de bois du décor qui prit feu instantanément. Metcalfe se retourna et se mit à courir. Au même instant, l'édifice tout entier s'enflamma.

Il ne cessa de courir qu'en atteignant le sol pavé où il s'écroula, à bout de forces. La structure de toile et de contre-plaqué n'était plus qu'un immense brasier mugissant, diffusant une chaleur intense, perceptible même à une distance de trente mètres.

Le tueur était mort.

Les deux tueurs étaient morts. Mais où était *Lana*? Où était *Kundrov*? Il regarda sa montre. L'avion était censé atterrir dans peu de temps et les flambeaux n'étaient toujours pas allumés. Si le pilote ne les voyait pas, il en déduirait que le rendez-vous était annulé et regagnerait sa base.

Metcalfe s'élança vers le champ illuminé par l'éclat orangé de l'incendie. Des freins crissèrent. Metcalfe se retourna vers le bruit et vit Kundrov au volant d'une voiture noire. La portière s'ouvrit en grand, le Russe descendit prestement.

« Bozhe moi!, s'écriait-il. *Pozhar* – le feu! » Il le rejoignit à toute vitesse. « On vous a... tiré dessus! Qu'est-il arrivé?

— Où est-elle? » demanda Metcalfe.

Kundrov secoua la tête d'un air sinistre.

Metcalfe le saisit par les épaules. « Où est-elle? » répéta-t-il. Les yeux de Kundrov étaient cernés de rouge. « Vous étiez censé la prendre au *Schloss* -- qu'est-il arrivé? Qu'avez-vous fait d'elle? »

De nouveau, Kundrov secoua la tête en signe d'impuissance.

« Elle n'y était pas.

— Qu'est-ce que ça veut dire "elle n'y était pas" ?

— Von Schüssler était présent mais elle était partie.

— *Partie ?* Mais qu'est-ce que vous racontez, bon Dieu ? Le NKVD est passé plus tôt que prévu, c'est cela ? Le diable vous emporte ! C'est impossible !

— Non ! hurla Kundrov. Elle a dit à von Schüssler qu'elle devait regagner Moscou de toute urgence et elle est partie aussitôt après, en demandant qu'on la conduise à la gare.

— Mais c'était un *coup monté*, elle l'avait bien compris ! »

Kundrov parlait d'une voix faible et monocorde, comme hypnotisé. « Von Schüssler était bouleversé. Il prétend qu'elle a insisté pour qu'on la conduise tout de suite à la gare. Il a accepté et demandé à son chauffeur de l'emmener à l'Ostbahnhof. Quand l'homme s'est rendu compte que la Daimler n'était plus là, il a pris un autre véhicule.

— Ils l'ont enlevée ?

— J'en doute fort. Elle est partie de son plein gré.

— Mais pourquoi ? tonna Metcalfe. Pourquoi a-t-elle fait cela ?

— Laissez-moi vous dire une chose. J'ai dû amasser près de deux mille pages de renseignements sur cette femme. Je l'ai observée de très près. Je crois que jamais aucun citoyen soviétique n'a fait l'objet d'une telle surveillance. Pendant des années, je l'ai suivie pas à pas. Je la connais mieux que quiconque. Et pourtant je mentirais si je disais que je la comprends. »

Metcalfe leva les yeux vers le ciel éclairé par la lune. Depuis une minute environ, il avait commencé à percevoir un faible gémissement dans le lointain. Il n'y avait guère prêté attention au début, mais à présent il ne pouvait plus l'ignorer. On entendait nettement le bourdonnement d'un moteur de Lysander. L'avion apparut juste au-dessus de l'horizon.

« Les balises ! hurla Metcalfe.

— Pour quoi faire ? répliqua Kundrov sur le même ton. Sans elle, quelle importance ?

— Nom de Dieu ! » Les deux hommes restèrent paralysés à regarder le Lysander passer lentement au-dessus de la piste d'atterrissage improvisée. Il décrivit une boucle et, un instant plus tard, disparut dans le ciel nocturne.

Metcalfe regarda sa montre. « Le train entre en gare dans moins d'une demi-heure. Si nous conduisons à tombeau ouvert, nous y serons à temps. »

L'Ostbhanhof ressemblait à une cathédrale gothique. Aucune lumière ne venait éclairer sa façade sinistre, hormis l'éclat jaunâtre filtrant à travers ses hautes baies vitrées. L'endroit était désert; leurs pas précipités résonnaient sur les dalles. Ils ne s'arrêtèrent de courir que pour consulter la pancarte indiquant les trains en partance et repérer le numéro de la voie.

Il n'y avait personne sur le quai mais le train était là. Derrière ses vitres sombres, on apercevait des passagers endormis. Pendant que les deux hommes remontaient le quai à toute vitesse, une sonnerie retentit, prévenant les derniers retardataires du départ imminent.

Un petit groupe d'individus vêtus de noir était agglutiné tout au bout du quai. Ils étaient les seuls à monter à bord du train. Metcalfe accéléra l'allure. Jamais il n'avait couru aussi vite. Peu importait son corps meurtri, le visage de Lana flottait devant ses yeux hagards. Quand il arriva à leur hauteur, les hommes en noir étaient déjà dans le wagon. Il ne remarqua aucune femme avec eux. *Lana était-elle dans ce train ? Etait-elle déjà montée ?*

Où était-elle ? Il voulut crier son nom; son cri ne franchit pas la barrière de ses lèvres mais vibra au-dedans de lui comme une plainte désespérée. Son cœur battait la chamade, son sang charriait une peur indicible.

Où était-elle ?

Hors d'haleine, Kundrov le rattrapa. « Ces types appartiennent au NKVD. Je les renifle à des kilomètres. Elle est sûrement dans le train. Ils lui servent d'escorte. »

Metcalfe hocha la tête. Il se mit à longer lentement le compartiment dans lequel les hommes venaient de monter, en jetant des regards fous à l'intérieur.

Lana !

Son cri resta coincé dans sa gorge.

Puis soudain, il hurla à pleine voix : « Lana ! Lana ! »

Les freins lâchèrent un long sifflement, le train s'ébranla et se mit à glisser sur ses rails. Metcalfe reprit sa course en épiant les passagers à travers les vitres, en criant son nom. « Je t'en prie, Lana ! Oh, mon Dieu ! »

Puis il la vit.

Elle était assise au milieu d'une rangée de fauteuils, entourée de gardes. Quand elle leva les yeux, leurs regards se croisèrent.

« Lana ! » Son cri se répercuta à travers l'espace caverneux de la gare déserte.

Elle portait un fichu. Seules ses lèvres étaient maquillées. Elle se détourna.

« Lana ! » hurla-t-il une fois encore.

De nouveau, elle leva les yeux et de nouveau leurs regards se croisèrent. Ce que Metcalfe lut au fond de ses beaux yeux le glaça jusqu'à la moelle. Ce regard perçant signifiait : *Je sais ce que je fais.*

J'ai pris ma décision, n'insiste pas.

Ses traits tendus semblaient lui dire : *Ma vie m'appartient. J'accepte cette mort. Je ne m'en laisserai pas détourner.*

Le hurlement qui sortit à ce moment-là de la bouche de Metcalfe résonna comme une question : « Lana ? »

La résignation, la détermination se lisaient sur le visage de la jeune femme. Elle lui adressa un imperceptible hochement de tête et se détourna.

« Non ! » beugla-t-il comme un animal terrassé.

Mais elle ne le regardait plus. Son visage s'était refermé. Elle scrutait l'espace devant elle comme une condamnée résolue à escalader l'échafaud sans l'ombre d'un frémissement. Sur ses traits lumineux transparaissaient la terreur, la méfiance et, chose curieuse, la profonde sérénité d'une femme qui venait de choisir son destin.

Chapitre 38

Moscou, la Loubianka

Le petit homme au teint cadavérique, aux cheveux pâles, fit demi-tour et sortit de la chambre des exécutions. Bien qu'il ait assisté à des centaines de mises à mort au nom de son supérieur, l'enquêteur principal Roubachov, il n'arrivait toujours pas à s'y faire. C'était proprement insoutenable. Décidément, tout ce que faisait le NKVD lui donnait envie de vomir. Voilà pourquoi il avait accepté de travailler en secret pour les Allemands. Quand l'occasion s'était présentée, un an plus tôt, il n'avait pas hésité un instant. Pour détruire la machine de terreur soviétique, il aurait fait n'importe quoi. Des nazis, il ne savait presque rien ; une seule chose lui importait : Hitler était déterminé à mettre fin à cet empire soviétique qu'il exécrait au plus haut point. Si les renseignements qu'il avait transmis à Berlin pouvaient précipiter la chute de Staline, c'était tant mieux.

L'aide de camp au visage blême nota mentalement l'heure de la mort. L'*Abwehr* voudrait connaître tous les détails. Ils lui réclameraient également les comptes rendus d'interrogatoires. C'était une femme incroyablement belle, l'une des plus grandes danseuses russes – et pourtant, tout comme lui, elle travaillait pour Berlin ! Elle avait enduré mille morts et, avant de flancher, avait fini par avouer avoir dérobé des documents militaires ultrasecrets à son père, un général soviétique, pour les remettre à son amant, un diplomate allemand.

Pour l'homme aux cheveux pâles, la danseuse était rien de moins qu'une héroïne. Tout comme lui, elle avait combattu le Kremlin, espionné pour le compte de Berlin. Avant de passer aux aveux, elle avait subi la torture. Une souffrance inimaginable qui avait duré plusieurs heures. Il se demandait si lui-même possédait la force de caractère, le courage extraordinaire dont elle avait fait preuve avant de tout confesser, comme finissent par le faire tous les suppliciés.

La bâche étalée sur le sol de la salle d'exécution était aspergée du sang de cette belle femme. Une image sinistre qui resterait à jamais gravée dans son esprit. Bientôt ils emporteraient son cadavre, puis la femme de ménage viendrait passer la serpillière. Le NKVD ferait disparaître tous les détails de l'exécution de Svetlana Baranova. Personne ne saurait jamais comment elle était morte.

Mais il veillerait à ce que le sacrifice de cette femme courageuse ne reste pas vain.

Cette nuit, quand il rentrerait chez lui pour rédiger son rapport et l'envoyer à l'*Abwehr*, il leur décrirait par le menu tout ce qu'elle avait accompli en faveur du régime nazi.

Il fallait que Berlin soit mis au courant. D'abord parce qu'il avait mission de tout rapporter, mais surtout parce qu'il tenait à vanter sa bravoure et honorer sa mémoire.

Berlin

L'amiral Canaris savourait d'avance l'annonce qu'il s'apprêtait à faire. Il comptait s'adresser tout spécialement à Reinhard Heydrich qui, depuis le départ, n'avait cessé de mettre en doute l'authenticité de sa source, à Moscou.

« Nos agents en poste à la Loubianka viennent de confirmer les nombreux renseignements de seconde main que nous possédions déjà. La personne qui nous a transmis tous ces précieux documents au sujet de l'opération WOLSFALLE fomentée par Staline vient d'être exécutée.

— Ce qui signifie que la source est tarie !, s'écria le *Feldmarschall* Wilhelm Keitel. Un vrai désastre ! »

Canaris scruta les yeux reptiliens de Heydrich. Cet homme était aussi pervers que brillant. Tout comme Canaris, il comprenait ce que cette nouvelle recouvrait. Mais Heydrich préféra rester coi. La campagne qu'il avait lancée pour se débarrasser de Canaris et saper l'influence de l'*Abwehr* venait d'échouer lamentablement.

« Oui, c'est regrettable, répondit calmement Canaris. Quel dommage que cette femme ait dû donner sa vie pour servir notre cause ! » Cette périphrase résumait parfaitement la situation que chacun percevait nettement, à présent : l'exécution de leur source venait de prouver sa fiabilité.

Canaris laissa ses paroles produire leur effet dans l'esprit de ses interlocuteurs. Soudain, Hitler se leva.

« Une jeune femme s'est sacrifiée pour que nous soyons informés de la trahison de Staline. Honorons son courage. Je décrète l'invasion de la Russie. A partir de ce jour, nous appellerons cette campagne *Opération Barberousse*. Elle commence dès aujourd'hui. Ma décision est irrévocable. Quelqu'un autour de cette table a-t-il quelque chose à y redire ? »

Il y eut quelques hochements de tête mais pas le moindre mot.

« Croyez-moi, poursuivit le Führer. Il nous suffira de donner un grand coup de pied dans la porte pour que toute la maison s'écroule.

— Bravo, bravo ! » s'exclama Keitel, bientôt rejoint par plusieurs autres.

Un large sourire éclaira le visage du Führer. « Notre campagne de Russie sera une vraie promenade de santé. »

Chapitre 39

Yalta, Crimée soviétique, février 1945

La défaite nazie était imminente. Officiellement, Berlin ne s'était pas encore rendu mais ce n'était qu'une question de temps, l'affaire d'un mois ou deux, peut-être. L'avion du président Roosevelt atterrit en Crimée un peu après midi. Parmi les nombreuses personnes voyageant à son bord, se trouvait un jeune homme nommé Stephen Metcalfe, l'un des assistants du Président.

Le Bottin n'avait pas survécu à la disparition d'Alfred Corcoran. De toute façon, dès que Metcalfe avait appris l'exécution de Lana Baranova par le NKVD, il avait décidé de démissionner. Bien que conscient d'avoir accompli quelque chose de grand, il avait du mal à en supporter le coût. La seule femme qu'il eût jamais aimée était morte à cause de lui. Il lui avait fait courir un danger si grand qu'il avait eu raison d'elle.

Metcalfe avait regagné Washington dans un état d'abattement et de profond désespoir. C'était un homme brisé. Il avait vécu plusieurs mois claquemuré dans l'hôtel Hay-Adams, noyant son chagrin dans l'alcool. Sa vie était terminée.

Mais ses nombreux amis avaient fini par mettre le holà. Ils l'avaient poussé à sortir de son marasme, chercher un emploi, une place dans la société. L'entreprise familiale ayant continué à prospérer sans lui, son frère Howard ne lui cacha pas qu'un coup de main de sa part serait le bienvenu. Metcalfe ne manquerait jamais d'argent mais il avait surtout besoin d'un but dans la vie.

Un jour, à son hôtel, Metcalfe reçut un message d'un homme ayant joué un rôle éminent dans le Bottin de Corky : le président Franklin Delano Roosevelt. FDR invitait Metcalfe à passer à la Maison-Blanche pour discuter un peu avec lui.

Le lendemain, Metcalfe était engagé comme assistant débutant auprès du Président. Il avait de nouveau un but dans la vie.

Le cortège présidentiel parcourut les cent kilomètres séparant le terrain d'aviation de Saki du palais Livadia, l'ancienne résidence d'été du tsar, perchée dans les montagnes. Pendant les cinq heures que dura le voyage, des soldats soviétiques alignés le long de la route saluèrent le Président avec le claquement de bottes propre à tous les militaires.

Tout n'était plus que décombres. Les nazis n'avaient laissé que des ruines derrière eux. Un spectacle épouvantable. Immeubles éventrés, terres dévastées. Ils arrivèrent au palais à la nuit tombée. Les Allemands avaient pillé le château de fond en comble, allant jusqu'à démonter la robinetterie et les poignées de portes. Mais les Russes avaient tout remis en l'état juste à temps pour la conférence des Trois Grands. Staline, Churchill et Roosevelt comptaient sur cette rencontre pour gommer une bonne partie de leurs divergences et construire le monde d'après guerre.

Metcalfe dut attendre le troisième soir pour pouvoir enfin visiter les lieux. La façon dont les choses se passaient ici le décevait profondément. La maladie du Président l'empêchait de soutenir de longues conversations; il avait du mal à fixer son attention. Ses déclarations publiques manquaient de logique. Peu de gens connaissaient la gravité de son état, mais il n'en avait plus pour très longtemps. En outre, son plus proche conseiller, Harry Hopkins, souffrait lui aussi d'un mal incurable. Roosevelt suivait deux objectifs : convaincre Staline de s'allier aux Etats-Unis pour vaincre le Japon et en finir avec la guerre; et créer une organisation internationale qu'il avait déjà baptisée Nations unies. A part cela, rien ne comptait vraiment pour lui, si bien qu'il avait tendance à abonder trop facilement dans le sens de Staline. Quant à Churchill, il le snobait et faisait la sourde oreille à tous ses arguments, tout en manifestant par ailleurs une grande naïveté à l'égard de Staline qu'il s'obstinait à appeler « Oncle Joe » sans mesurer l'ampleur de sa malfaisance. Metcalfe tentait bien d'ouvrir les yeux de ses compatriotes mais il était trop jeune dans le métier ; on ne l'avait convié au sommet de Yalta que pour prendre des notes lors des sessions plénières. Nul ne l'écoutait ; sa frustration grandissait de jour en jour.

Au moins quand j'étais espion, pensait-il, *je faisais quelque chose de concret. Ici, je ne suis rien de plus qu'un bureaucrate.*

Une silhouette se découpant en contre-jour avançait vers lui en boitillant. Ses vieux réflexes resurgirent, son corps se tendit, il sentit l'adrénaline inonder ses veines. L'instant d'après, voyant qu'il s'agissait d'un unijambiste, ou plutôt d'un homme avec une jambe de bois, il relâcha la tension. Rien d'inquiétant.

« Metcalfe ! » s'écria l'unijambiste en s'approchant.

Metcalfe resta sidéré. Ces cheveux roux comme les flammes, cette bouche fière, presque arrogante. « Lieutenant *Kundrov* ?

— *Colonel* Kundrov, je vous prie.

— Mon Dieu ! » Metcalfe serra la main de son ami. « Vous êtes ici, vous aussi ? Qu'est-il arrivé à... ?

— Stalingrad est passé par là. La grande bataille de Stalingrad. J'ai eu de la chance de ne perdre qu'une jambe. La plupart de mes camarades y ont laissé la vie. Mais nous avons gagné. Hitler a fait une terrible erreur de calcul en décidant d'envahir l'Union soviétique.

— Raison pour laquelle il a perdu la guerre, ajouta Metcalfe avec un hochement de tête.

— Vous aviez raison. »

Metcalfe crut voir luire une étincelle dans l'œil de Kundrov.

« Je ne vois absolument pas de quoi vous parlez.

— Certes. On ne doit pas parler de ces choses-là. L'histoire secrète de la guerre doit rester enfouie. »

Metcalfe ignora la remarque de Kundrov. « J'ai appris que Rudolf von Schüssler avait été exécuté pour trahison sur ordre de Hitler, après la bataille de Stalingrad.

— Comme c'est regrettable.

— Mais ce que je n'ai toujours pas compris c'est pourquoi l'Armée Rouge était si mal préparée au conflit. Staline ne pouvait ignorer les intentions de Hitler. »

Kundrov prit une expression plus grave. « Beaucoup ont tenté de prévenir Staline. Churchill lui-même. J'ai personnellement envoyé plusieurs mises en garde au Kremlin, j'ai même écrit à Staline directement, mais je doute qu'il ait reçu mes courriers. Tous les avertissements sont restés lettre morte. J'avais l'impression que Staline refusait d'envisager la trahison de Hitler.

— Ou son incommensurable bêtise, peut-être...

— Nous ne le saurons jamais et c'est vraiment dommage. » Il se ménagea une courte pause. « Je vois que vous travaillez pour la Maison-Blanche, à présent.

— Il faut bien faire quelque chose.

— Le Président vous écoute-t-il ?

— D'une oreille distraite. Je suis un blanc-bec et le Président ne se fie qu'à ses conseillers les plus expérimentés, comme il se doit.

— Malheureusement. Ces vieux messieurs ne comprendront jamais la Russie comme vous la comprenez.

— Vous êtes trop aimable.

— Non, je suis juste. Ils n'ont pas vu Moscou de la manière dont vous l'avez vue.

— Peut-être. J'avoue que je hais votre gouvernement mais que j'aime le peuple russc. »

Kundrov ne répondit pas. Pourtant Metcalfe crut deviner ce qu'il avait en tête. Ni l'un ni l'autre ne feraient jamais allusion à la tentative de fuite de Kundrov. Encore un secret qu'il valait mieux laisser enfoui.

« Quelle étrange coïncidence que nous ayons justement choisi ce soir pour sortir nous promener, lança Metcalfe d'un air impassible.

— Votre Présidcnt sc mcurt, dit Kundrov. Les jours de Hopkins sont comptés. Ce qui explique peut-être pourquoi ils vendent les meubles, comme vous dites.

— Qu'entendez-vous par là ? demanda Metcalfe, sur le qui-vive.

— A Berlin, vous laissez Staline s'emparer de ce dont il a envie. Vous nous offrez la Pologne sur un plateau. Bientôt, à cause de votre négligence, le Kremlin prendra le contrôle de toute l'Europe de l'Est ; je vous en fiche mon billet. Qui plus est, votre Président joue cavalier seul, ce qui met Churchill dans des rages folles. Pendant ce temps-là, Staline se frotte les mains et ne fait que s'enhardir.

— Comment avez-vous pu avoir connaissance des conversations privées entre Churchill et Roosevelt ?

— Pourquoi pensez-vous que je suis venu à Yalta ? Nos agents de renseignement passent leurs nuits à retranscrire les entretiens de Roosevelt avec tel ou tel, avant de les traduire en russe pour les remettre à Staline à l'heure du petit déjeuner.

— Vous avez placé des micros dans la suite du Président.

— Vous n'êtes sûrement pas si naïf, Metcalfe. Vous connaissez nos méthodes. Chacun des mots sortant de la bouche de votre Président est transmis à une station d'écoute voisine. Je suis bien placé pour le savoir puisque c'est moi qui dirige cette station. »

Metcalfe sourit. « Le plus drôle dans l'affaire, c'est que je suis obligé d'entendre cela sans réagir puisque je n'ai aucun pouvoir. Même si je prévenais Roosevelt, on ne me croirait pas.

— Exactement comme ce qui s'est passé quand j'ai tenté de prévenir Staline. Vous et moi ne sommes que de minuscules rouages dans la grande machine. Mais un jour viendra peut-être où nous serons investis du pouvoir d'influer sur les décisions de nos deux gouvernements. En attendant, essayons de réduire la casse. Sans jamais oublier le bien que nous avons fait.

— Et le mal. »

Kundrov lui adressa un sourire triste mais ne répondit rien. Il sortit de la poche de sa veste une feuille de papier de mauvaise qualité. « Juste avant que Mlle Baranova ne soit exécutée par le NKVD, on l'a autorisée à écrire une lettre. » Il la tendit à Metcalfe qui reconnut la fine écriture de Lana, malgré les bavures de l'encre.

Voyant l'expression perplexe de Metcalfe, Kundrov dit tranquillement : « Si l'encre est délavée c'est à cause des larmes. »

Metcalfe se mit à lire sous la pâle lueur du clair de lune. Ses mains tremblaient, ses joues ruisselaient. Quand il eut fini, il leva les yeux. « Mon Dieu, murmura-t-il. Cette femme était le courage incarné !

— Elle savait que le plan que nous avions monté n'était qu'un pis-aller, peu susceptible de tromper les Allemands. Elle avait la certitude que seule son exécution convaincrait les nazis qu'elle était bien une espionne.

— Elle aurait pu choisir de vivre ! s'écria Metcalfe. Elle aurait pu venir avec moi en Amérique... » Sa voix s'étrangla. Il était incapable de poursuivre, incapable de prononcer un mot de plus.

Kundrov secoua la tête. « La Russie était sa patrie et c'est là qu'elle voulait être enterrée. Elle vous aimait de tout son cœur mais elle savait que la réussite de votre plan dépendait de son ultime sacrifice. Elle l'a fait pour la Russie, pour la liberté et pour vous. »

Metcalfe sentit ses jambes se dérober sous lui, comme s'il était sur le point de s'effondrer, comme si toute la force de son corps s'en était allée.

« Nous devons regagner la salle de bal », intervint Kundrov.

Quand ils entrèrent, on leur tendit à chacun un verre de cognac arménien des plus exquis. Et ce fut reparti pour une autre interminable série de toasts.

Kundrov leva son verre à la santé de Metcalfe, se rapprocha de lui et dit tranquillement : « Son sacrifice a dépassé tout ce que nous pouvions imaginer. »

Metcalfe acquiesça d'un hochement de tête.

« Et vous ne pourrez jamais mesurer le don – le don d'amour – qu'elle vous a fait.

— C'est faux », répliqua Metcalfe.

Mais Kundrov ne se laissa pas interrompre. « Peut-être qu'un jour vous comprendrez. Mais en attendant, buvons ensemble à la femme la plus extraordinaire que nous connaîtrons jamais, l'un comme l'autre. »

Metcalfe cogna son verre contre celui de Kundrov. « A Lana », dit-il. Les deux hommes gardèrent le silence pendant un long moment ; on les sentait perdus dans leurs pensées. Puis ils burent.

« A Lana, mon seul, mon unique amour, ajouta Metcalfe, cette fois pour lui-même. A Lana. »

Moscou, août 1991

L'ambassadeur Stephen Metcalfe entreprit de raconter son histoire à Stepan Menilov ; l'histoire, vieille d'un demi-siècle, d'un homme d'affaires américain amoureux d'une belle danseuse russe.

Sur le visage de Menilov, la perplexité mêlée d'ennui se mua bientôt en attention soutenue. Il gardait les yeux rivés sur ceux de Metcalfe.

Avant que Metcalfe n'achève son récit, le Chef d'orchestre tonna : « C'est encore un de vos trucs ! Je reconnais bien là les méthodes de vos spécialistes en opérations psychologiques ! Eh bien, je suis désolé mais ça ne marche pas ! »

D'une main tremblante, Metcalfe sortit le pistolet de sa poche de poitrine.

Menilov le considéra, comme touché par la foudre. *« Bozhe moi ! »* murmura-t-il.

Metcalfe avait le cœur serré chaque fois qu'il regardait le pistolet de duel admirablement ouvragé. Il n'oublierait jamais le jour où il avait reçu ce paquet. Cela faisait cinquante ans. Il venait d'apprendre l'exécution de Lana et traînait sa soûlographie au fond d'une chambre de l'hôtel Hay-Adams à Washington. Le colis provenait de l'ambassade soviétique : il avait voyagé depuis Moscou par la valise diplomatique. A l'intérieur, Metcalfe avait découvert un pistolet ancien avec une crosse en châtaignier finement ciselée et un canon gravé de flammes. Il reconnut aussitôt l'un des deux pistolets de duel que Lana lui avait montrés en lui précisant qu'ils appartenaient à son père. Une note non signée – mais de la main de Kundrov, à n'en point douter – lui annonçait que Lana lui avait légué cette pièce dans une lettre qu'on lui avait permis d'écrire avant de mourir. Ce dernier cadeau l'avait ému jusqu'aux larmes car il signifiait que son père était mort. Il s'était toujours demandé avec une infinie tristesse pourquoi elle ne lui en avait légué qu'un.

« Prenez-le », ordonna Metcalfe.

Menilov n'en fit rien, se contentant d'ouvrir un tiroir de son bureau d'où il sortit un pistolet de duel parfaitement identique. Crosse en châtaignier gravée de feuilles d'acanthe, canon octogonal en acier gravé de flammes.

« Les deux font la paire, dit le Russe.

— D'après votre mère, ils auraient appartenu à Pouchkine », précisa Metcalfe.

Une rougeur monta aux joues de Menilov. Il parla lentement, avec une certaine difficulté. « Je n'ai jamais su qui vous étiez, dit-il. Mère vous appelait Stiva – juste Stiva. Mais elle m'a donné votre prénom. » Il avait l'air en transe. « Ma *babouchka* m'a parlé du jour où les tchékistes sont venus la chercher, vous savez. Mère n'a pas été surprise de les voir, elle les a suivis avec sérénité. Elle disait qu'elle savait que son Stiva l'aimait et qu'elle affronterait courageusement son destin, quel que soit le prix à payer pour cela.

— Vous ne deviez pas avoir plus de six ans », parvint enfin à articuler Metcalfe. Dans la Russie de Staline, un enfant russe de père américain était considéré comme un citoyen de seconde zone ou pire. Il restait suspect quoi qu'il fasse. Lana devait savoir que l'avenir de son enfant tenait à peu de chose. Pour le protéger, elle ne devait surtout pas parler de lui à Metcalfe.

« Oui. J'ai gardé très peu de souvenirs d'elle, bien sûr. Mais j'ai vu des photos, et sa grand-mère – que j'appelais *babouchka* – ne cessait de me parler d'elle pour préserver sa mémoire. Je sais que c'était une femme très brave. »

Metcalfe hocha la tête. « Je n'ai jamais rencontré d'être plus brave qu'elle. Elle vous a transmis cette qualité, j'en suis certain. L'histoire de nos deux pays est jalonnée de tant de faux pas, tant d'erreurs regrettables. L'occasion vous est donnée de rétablir l'équilibre, d'accomplir le geste qui sauve, de prendre le bon chemin. Et je sais que vous le ferez. »

La limousine de l'ambassadeur Stephen Metcalfe s'arrêta devant l'aéroport Sheremetyevo, près de Moscou. Comme il voyageait incognito, il n'y avait là ni photographes, ni journalistes, ni caméras de télévision. Il avait atterri à Moscou en toute discrétion, il en repartirait pareillement. Que les autres donnent des interviews et tirent la couverture à eux, si l'envie leur en prenait.

L'un des épisodes les plus stupéfiants du XXe siècle – un siècle pourtant rempli d'épisodes stupéfiants – venait de s'achever. La tentative de coup d'Etat était désamorcée : sans le soutien de l'homme qu'on appelait le *Chef d'orchestre*, les conspirateurs s'étaient révélés incapables d'accomplir leur forfait. On renversa les statues des vieux tyrans ; les rues s'emplirent de liesse

Une page de l'Histoire venait de s'écrire ; peu importait qui avait tenu la plume. Le monde ne savait rien du rôle de Metcalfe dans l'évolution des événements militaires, un demi-siècle plus tôt. Il ignorerait également celui qu'il venait de jouer. Seuls deux hommes partageraient son secret : le fils qu'il n'avait jamais connu et son vieil ami Kundrov, l'ancien lieutenant du GRU à la tignasse rousse, devenu en vieillissant un général trois étoiles aux cheveux blancs.

Le Marine que l'ambassade américaine avait assigné à son service l'aida à porter ses bagages. Le jeune homme coiffé en brosse semblait impressionné et très excité d'avoir eu la chance de côtoyer un homme aussi important.

Metcalfe, pour sa part, se montrait plutôt cordial mais on sentait qu'il avait l'esprit ailleurs.

Un cadeau spécial, avait dit Lana. *Le cadeau de ton amour.*

Et pour la première fois en l'espace de quatre-vingts ans, Stephen Metcalfe comprit que certains cadeaux n'ont pas de prix.

Dans la collection Grand Format

Cussler (Clive)	*Atlantide* ■ *Raz de marée*
Cussler (Clive), **Dirgo** (Craig)	*Bouddha* ■ *Chasseurs d'épaves, nouvelles aventures* ■ *Pierre sacrée*
Cussler (Clive), **Kemprecos** (Paul)	*Mort blanche* ■ *L'Or bleu* ■ *Serpent*
Cuthbert (Margaret)	*Extrêmes urgences*
Davies (Linda)	*Dans la fournaise* ■ *En ultime recours* ■ *Sauvage*
Farrow (John)	*Le Lac de glace* ■ *La Ville de glace*
Genna (Giuseppe)	*La Peau du dragon*
Hartzmark (Gini)	*A l'article de la mort* ■ *Mauvaise passe*
Kemprecos (Paul)	*Blues à Cape Cod* ■ *Le Meurtre du Mayflower*
Larkin (Patrick), **Ludlum** (Robert)	*La Vendetta Lazare*
Ludlum (Robert)	*Le Code Altman* ■ *La Directive Janson* ■ *Le Pacte Cassandre* ■ *Le Protocole Sigma* ■ *La Trahison Prométhée*
Ludlum (Robert), **Lynds** (Gayle)	*Objectif Paris* ■ *Opération Hadès*
Lustbader (Eric Van)	*La Peur dans la peau*
Lynds (Gayle)	*Mascarade* ■ *La Spirale*
Martini (Steve)	*L'Avocat* ■ *Irréfutable* ■ *Le Jury* ■ *La Liste* ■ *Réaction en chaîne*
McCarry (Charles)	*Old Boys*
Moore Smith (Peter)	*Les Écorchés*
Morrell (David)	*Accès interdit* ■ *Le Contrat Sienna* ■ *Disparition fatale* ■ *Double image* ■ *Le Protecteur*
O'Shaughnessy (Perri)	*Intentions de nuire* ■ *Le Prix de la rupture*
Palmer (Michael)	*Fatal* ■ *Le Patient* ■ *Le Système* ■ *Un remède miracle*
Scottoline (Lisa)	*Dans l'ombre de Mary* ■ *Dernier recours* ■ *Erreur sur la personne* ■ *Justice expéditive*
Sheldon (Sidney)	*Avez-vous peur du noir?* ■ *Crimes en direct* ■ *Racontez-moi vos rêves*
Sinnett (Mark)	*La Frontière*
Slaughter (Karin)	*A froid* ■ *Au fil du rasoir* ■ *Mort aveugle* ■ *Sans foi ni loi*

Cet ouvrage a été imprimé par

FIRMIN DIDOT

GROUPE CPI

Mesnil-sur-l'Estrée

pour le compte des Éditions Grasset
en septembre 2007